上部

卜心

麾下 著

作家出版社

一代人的青春记忆

奋斗前行的歌与泣

目 录

序：一部独具特征和魅力的文学作品

张　平

《补心》是一部长篇小说，一部医学题材的长篇小说。

当代医疗体系和医学水平的快速发展，让新生代作家们很少涉猎这样的写作领域。

医学与每一个人息息相关，但是，想要一窥医学殿堂的隐秘，想要了解医务工作者的喜怒哀乐与所思所想，并不是一件容易的事情。特别是对心脏外科和神经外科这两个医学王冠上的合璧联珠来说，给人的印象是高大上而又令人望而生畏。学术领域的深厚性和知识端的密集性，会让绝大多数当代作家和读者对于心脏外科和神经外科既感到陌生，又会觉得十分好奇。

让文学界和读者感到幸运的是，《补心》的作者，恰恰是一个心脏外科和神经外科这两大医学领域的一线权威并在国内外享有盛誉的知名专家。

所以当看到《补心》这部书稿时，立刻就给了我强烈的阅读期待和眼前一亮的感觉。

小说十分好看，文笔也非常老到娴熟。

应该都是作者十分熟悉的工作和生活范畴。打开书稿，一股浓郁鲜活的生活气息便扑面而来，让你被深深吸引，欲罢不能。

在这部书稿中，我们看到了一群医务人员的成长过程，也看到了他们的情感历程，呈现在我面前的是一个又一个的生动复杂又令人怦然心跳的心脏外科和神经外科案例。作者以一个资深心脏外科医生的感受和眼光，把他多年的情感积累和人生认知完全倾注在这本书稿之中。故事跌宕起伏，情节曲折生动，众多人物的生活经历令人震撼激越，纯真凄美的真挚爱情令人哀婉叹息。

作者的情感竭诚而浓烈，满篇的细节生动而感人。

这既是当代读者一直渴望弥补的阅读空间，也是当代文学创作方面的一个重要收获。

我和作者相知有年，尽管平时交往不多，但对他还是有一些较深了解。作者为人忠厚，性格刚毅，秀外慧中，学识渊博。即使工作繁忙，他的图书阅读量也始终不减。所以看到他的两部长篇小说书稿，我一点儿也没感到诧异惊奇。古今中外，有很多医务工作者既是大夫，同时也从事文学艺术创作，其中不乏取得重大成就者，最为熟知的自然是鲁迅、郭沫若和郁达夫，而在当代作家中，余华、池莉、毕淑敏等人也都是学医出身。外国作家的例子就更多了，契诃夫、约翰·济慈、柯南·道尔、毛姆、渡边淳一，不胜枚举。

坊间经常有这么一种开玩笑打趣的模式，用到作者这里，并不仅仅是幽默。看了《补心》，觉得作者有可能是作家中最好的医生之一，也有可能是医生中最好的作家之一。以本人对作者的了解，同那些医生作家有所不同的是，他是在完整地完成了作为专业医生的使命后再从事写作的，这一点尽管不是绝无仅有，至少也可以说是非常罕见。

这也许正是文学的魅力所在。纵然在自己的业务领域纵横捭阖，名震天下，但文学就是文学，同样也会让你欲罢不能，令你心甘情愿并为之献身终生。

我想这一点对于本书以及文学创作非常重要。作者是一代名医，多年的医务生涯，让他很轻松自如地做到了"专业人说专业事"，对于与故事情节相关的病情、治疗的描述能够做到丝丝入扣还原本状的准确无误。并不是浅尝辄止，蜻蜓点水，仅靠想象对陌生领域发生的生活和事件进行猜测与描摹。

这既是本书的独特之处，也是本书的最大看点。

事实上，医生、律师和记者这些行业，涌现出优秀作家的比例会很大。尤其是医务工作者，他们丰富的阅历会比较容易地令其转行为文学创作。医生在执业过程中不可避免地要接触到很多生生死死的人物，遭逢很多扶危度厄的事件，对于生命中生老病死过程中的明澈了解和参与，刻骨铭心的瞬间，生离死别的冷厉，必然引发出对于生命意义的深入思索和不懈考问。形诸笔端其实就是内心感受的自然流淌，灼灼其华的璧联，熠熠生辉的珠串，集大成者其实就是人生，就是文学。

作为心脏外科医生的特殊性，把这些每天都在发生的故事情节，穿线缀连起来，自然而然，便能起到一经捧读即不肯释卷的阅读效果。

大爱在人间，正如本书的书名所展示的那样，"补心"，既是爱心的审美圭臬，也是情感的行为准则，同时也是一个医学工作者对人生的体验总结。

谨此，真诚向读者们推荐《补心》这本独具特征和魅力的文学作品。开卷有益，相信你会有更多的收获。

是为序。

序言作者为：
第五届茅盾文学奖获得者
民盟中央第十一、十二届专职副主席
中国作家协会第七、八、九届副主席
中国文学艺术界联合会第十届副主席

自 序

2022年六月，我脑部被查出一个不小的肿瘤，幸亏影像学检查提示是脑膜瘤。神经外科学中有两种肿瘤是可以手术完全治愈的，一种是听神经瘤，另一种就是脑膜瘤，这两种肿瘤都是良性肿瘤，但因为它们在容量不大的颅腔内占据不小的空间，对脑组织有很强的挤压作用，其危害性自然非同小可。在这种情形下，有两种情绪左右着我的心态，在为罹患这种疾病气馁的同时，我也为自己感到庆幸。

作为一个心脏外科医生，平时的工作十分繁忙，这次因为要手术而住进了天坛医院神经外科，让我一时空闲了下来，能够思考一下自己的人生来路和未来方向，不禁有了很多感慨与想法，也就构思了这样一部小说。

幸亏开颅手术过程非常顺利，手术效果也非常好，术后的第五天我就出院了，只是在出院后按照常规要服用一段时间抗癫痫药物，我的思维基本上处于滞止状态，但在停用抗癫痫药物后，我又恢复了思维的活跃状态，很快就将这部小说完成了。

我是1976年至1979年读初中，1979年至1981年进入黄冈中学读高中，1981年考入武汉大学医学院（原湖北医科大学）学医，后来又攻读了心脏外科学硕士和博士学位，此后一直是做心脏外科医生，在医疗领域深耕细作。

我的这一段经历与改革开放四十年的时间段基本重合，可以说这是我及同龄人十分幸运的地方，让我们的人生和命运得以跟随着国运一起跃升发展，可以说我们这一代人是改革开放政策的最大受益者，因为我们的人生恰好是赶上了改革开放的四十年，也见证了中国历史上最好的四十年，见证了这个伟大的时代。

小说具有半自传体性质，主要讲述的是普通人如何在困境中寻找出路，面对生活不认命也不服输的现实题材故事。我的求学经历是一个典型的小镇做题家所经历的一切，家乡是大别山区的一个县城城关小镇，家境拮据，自小就知道没有什么靠山，只能靠自己苦读走出一条路。果然皇天不负苦心人，终于考取了黄冈中学，后来又进入了医学院校，成为一名心脏外科专家，最后完整地完成了一个医务工作者服务于广大病患的使命。

现在回望人生的来路，看明白了我们这一代人实际上是吃足了改革开放的红利，只有在这个时代下，像我们这样毫无背景的小镇做题家才有着无限的可能，从内心来说，我们要感谢这个伟大的时代。本书封首荐语中有两个关键词就是小镇做题家、逆袭，这可以很好地反映这个时代的本色，那就是在时代浪潮的托举下，每一个人都有着希望，都有着足够的跃升空间，都有着无限的可能，回望起来，让人感叹那是一个多么美好的时代！

最近的二十年来，循证医学大行其道，医务工作者在进行医疗生产活动的时候言必称指南，所有的医疗活动都是在各种各样指南的条条框框之下进行的，这种医学模式的确提高了医学治疗的总体疗效和同一性，但是它不可避免地存在着固有的缺陷和不足，这就是针对病患个体化的人文关怀是明显不够的。

循证医学的最大弊端就是把患者当成了数字，患者的任何检查指标都被用中位数或平均值加减标准差来评估、计算和比较，对于那些散落于标准差范围之外的患者则被处理成为边角余料，从而也就被忽略不计了。对此，作者本人在临床工作中深有体会。

20世纪末，美国哥伦比亚大学教授丽塔·卡伦出版《叙事医学：

尊重疾病的故事》（*Narrative Medicine: Honoring the Stories of Illness*），书中提出叙事医学的概念及其理论框架，以此为滥觞，叙事医学逐渐步入医学舞台的中央，到现在已经成为循证医学最重要的补充手段。

叙事医学强调通过构建临床医务工作者的叙事能力，以非技术性的语言记述患者疾苦故事，以帮助其深刻地理解、解释、回应他人困境，从而是一种提升共情能力、职业精神、信任关系以及自我反思意识的医学实践模式。

作者在临床工作中也深切地体会到，作为一个医者善于倾听和语言交流，对于治疗重症患者，特别是对那些有着心理困扰的重症患者何其重要。叙事医学不是把患者当成没有生命、也没有喜怒哀乐的数字，而是把他们当中的每一个个体都当成活生生的人，没有任何病例会被忽视，每一个个体的特殊诉求都将得到回应。

医疗小说，特别是优秀长篇医疗小说在这方面有着天然的优势，这也是我在创作这本小说遭遇瓶颈而止步不前时，仍然能保持热情不衰减的重要原因，这种热情激励着我最终顺利地完成了创作。

我想这本小说的价值有二，其一是提供了一个让普通人了解和探秘医学白色城堡的窗口，特别是对于心脏外科学和神经外科学这两个天花板级别的学科来说，本书能使读者窥入其中的深奥秘辛；其二是作为一部长篇小说，这里面有非常多的生动情节交错互构，有医生和医生之间的情节，有患者和患者家属之间的情节，也有医患之间的情节，显得整个小说非常跌宕起伏、异常精彩。在这里边更突显了一种为挽救病人所做的巨大的努力，也突显了病人的家属和病人本身为了能够治好疾病，为了重获新生的所有努力，而在这些努力的背后还折射着对生命的尊重，强调了生命的价值，所以是一部非常精彩好看的小说。

这本书的手稿完成后，得到了中国作家协会原副主席、著名作家张平先生的大力拔擢，他将书稿推荐到作家出版社。张平先生在百忙之余为本书作序，给予我极大的鼓舞，让我感激万分。这本书在写作的过程中，得到了我在黄冈中学的同学童素红女士和黄志红女士的多方提点，为我提供了不少素材，也为本书的重新取名出了不少主意，还有其他同学也热情地提供了帮助，在此我一并表达衷心的感谢。

必须要强调的是，本书是医疗小说，其根本是情节生动的小说，引人入胜，而不是枯燥难读的医学教科书，读者如果愿意打开阅读，必定能被作者娓娓道来的叙事手法所吸引，一定会有所收获，物有所值。本书中的人物和故事情节多有虚构，凡有类似经历者或者姓名类同相近者，请切勿对号入座。

麾下

2023 年 7 月 12 日星期三于北京

第一章　混乱的龙池中学

龙池中学是一个只有初中部的学校，草创没有几年，每个年级是按五个班来配备师资的，每一届都是维持在三百来人。在最近的全省中学等级划分中被划分为普通中学，在麻城县家长的口碑中却被叫作"破烂校"，人们这么称呼一所学校并非源自促狭，而是这个学校在创建之初就让人头痛不已。

龙池学校所在的城郊多有小混混和小流氓，这所学校的学生常常与之厮混，基本上每个班都有几个学生被浸染得流里流气，常常因为几句话不投合就在校内或校外公开斗殴。

首任校长程自文为此头痛不已，将年轻力壮的老师组织成护校队，在放学前后对校内及驻地周围进行巡逻，邀请城北派出所的干警作犯罪防范讲座。程自文好多次对那些冥顽不灵、不受教化的学生进行苦口婆心的教导，立校两年多后，这种混乱的局面才有所消减，那些年轻老师的工作重心才从护校转移到教学上面来。

当地人认为，龙池中学要比县二中、三中差多了，更别说想要与划分为重点中学的县一中相比较了。这所学校是这么一种存在，它位于麻城县的城乡接合部，有大量的平民或者贫家子弟，但也有少量的官家子弟在此上学。

本来这所学校是在麻城教育界鄙视链的最低端，却因这个学校从外地调来了一个叫陈正明的数学老师，将这个学校的一个最差班变成了全年级最好班，而且在中考阶段竟然有六个学生考入了声名显赫的黄冈中学。

剪子街是麻城北门外的一条有名的街道，这条街道之所以有名主要是因为街道上孩子们的调皮、桀骜不驯，这一群半大的小子都进入了龙池中学就读初中，把龙池中学搅了个天翻地覆，校长、男男女女的老师们都对这群小子很头疼。管他们吧，他们根本就不听，说多了就旷课逃学，在教室里留下空位子给老师看；不管他们吧，他们就在课堂上交头接耳，整个课堂里都是嗡嗡声，那些愿意听老师讲课的学生根本就没法完整地听老师在讲台说出一个完整句子。

这一群半大小子当中，闹腾得最凶的就是甘隆和余辰两个，好多次任课老师踏着上课铃声走进教室的时候，甘隆和余辰这两人还站在课桌上，拿着树枝或木棍当作长戈短剑对战，他们把自己想象成《水浒传》和《三国演义》当中的英雄或武将，要一决高下才善罢甘休。

开学快半个月了，初一一班的数学课都因为没有老师愿意来教，校长只好让学生们自习，但是这些学生在小学中都只学过算术，初一就要学习代数了，让没有开过窍的学生自习数学，纯粹是浪费时间，因为这些学生没有一个人能看明白代数是怎么回事！

初一一班的学生们照例以为今天的这堂数学课又可以在打闹中度过，甘隆和余辰两人正在课桌上站着，你一枪我一剑地战斗正酣，门口突然进来一个四十来岁的老师，这就是初一一班新来的数学老师陈正明，看到全班混乱的局面，陈正明陷入了错愕状态。他是听同事们说过，这个班极其难教，但没想到这些学生这么大胆，老师到了教室竟然被视为无物，只见甘隆与余辰两个人继续对打嬉闹，根本就不理会新老师的到来。

学生们看着陈正明进入教室，而闹得最欢的两个学生仍然在桌子上跳来跳去地搏杀，陈正明对学生们的不敬并未发怒，而是倚在门上带有欣赏的眼光看着这两个学生的打闹。学生们见这个新来的老师的反应与其他老师不同，反而安静了下来，一齐把目光投向了仍然站在桌子上的两个同学。

甘隆和余辰被突然静下来的局面所惊醒，二人知道全班同学都在注视着他们，一下子停住了相互搏杀，将树枝木棍丢到了地上，从桌子上跳了下来，坐回到各自的座位上。陈正明老师开始平静地作了自我介绍，接着就开始代数课的讲述，他从一元一次方程开始讲起，由于他循循善诱，学生们觉得数学课并不是像天书那样难懂，开始认真地听起陈正明老师的讲课。

但是，甘隆和余辰两人却伏在课桌上睡起觉来，陈正明老师见二人并没有妨碍其他学生听课，为了不影响讲课的进度，他不便停下来去叫醒二人。但是没有想到甘隆和余辰两人睡得越来越香，竟然响起了鼾声，引得初一一班的同学们大笑起来，纷纷侧目看着他们。坐在甘隆和余辰前面的锦梅同学，转过身来将二人推醒。当甘隆与余辰二人揉着眼睛醒过来，蒙蒙地看着陈正明老师的时候，全班爆发出哄堂大笑。

甘隆与余辰二人顿时被全班的大笑嘲弄得面红耳赤，两人一对眼色，起身就要朝教室门外走去，他们是打算到操场上去打球，懒得上这门乏味的数学课，陈正明老师并未阻止二人，此时甘隆已经走到了教室门口，而余辰正经过前排的周林身边。周林别有用心地悄悄伸出一只脚，余辰一个不留意，被周林的脚绊了一个跟跄，向前一蹿，摔倒在门口，啃了一嘴地灰，全班同学再次爆发出哄堂大笑。余辰觉得受到了愚弄，他站了起来，揪住周林的衣领，挥拳就要打向周林的面部。

陈正明见事态要向恶性方面发展，一个大跨步来到余辰和周林身边，用一只大手钳住余辰的右手腕，厉声说道：

"住手！你要闹就到外面去闹！别影响同学们学习！"

陈正明老师说着，他的大手用力一推，将余辰推出了教室门外，这一声厉喝和这用力一推，将全班学生都震住了，本来全班学生都在嬉笑，一下子变得噤声起来。余辰在陈正明老师的这用力一推当中，感受到巨大的力量，他知道这种力量是他抗衡不了的，内心更是受到一种震撼。

余辰被陈正明推出了教室门外后，课堂立即恢复了秩序，数学课的教学遂得以顺利进行。余辰和甘隆两人出了教室后，闲来无事，东逛西逛，学校的大门关了，不经过大门是出不了校门的。

龙池中学的校长程自文之所以命令校工将校门紧闭起来，是因为经常有地痞流氓在上课期间闯入校内，寻衅滋事。为了不让这些地痞流氓从校墙翻进校园内，程自文还找来瓦工在校墙上嵌插碎玻璃片。

甘隆和余辰两人觉得也没有什么意思，就在操场上坐了好半天，两个人又拿了篮球相互攻防打起球来。初一一班的班长梁波出于自己的责任心，走出教室门去，阻止两个人打球，想拉甘隆与余辰两人回到教室内来听课，但是两个人根本不理会。梁波反复地劝说二人，结果两个人在恼怒之下，把梁波推出了球场，把他推倒在地后，甘隆和余辰两人继续打球。

梁波没有办法，就从球场上爬了起来，气哼哼地回到教室里继续上课，但是梁波因为受到两个人的打击，精神也集中不起来，就一直看着窗外二人打球的场面。坐在梁波后面的乔婕，看着梁波出神的样子，就拿个铅笔头杵了杵梁波的背部，让他回个神，要他认真听讲。

这堂课总算是讲完了，陈正明接着讲完了他与这个班级的第二堂课，布置了作业后就离开教室，准备回到办公室去备课，经过操场的时候，甘隆与余辰这两个小子仍然在打球，他便在操场上停住了，看着二人打球。甘隆和余辰两人看见陈正明老师在关注他们，二人并不理会，继续二人之间打闹式的篮球对抗赛。

眼见这两个学生逃学旷课自顾自地打球，全然没有尊重师长的教养，陈正明按捺住心中的不快，劝慰自己说，没有教育不好的孩子，只有教育方法不当的老师和家长，对这两个刺头学生，不能单纯一味用高压斥责的方式激怒他们，只有采取适当的方法，平心静气地以平等姿态引导，才能教育好他们。对这些调皮捣蛋的学生，既要有严格的纪律，更要因势利导，引导他们回归到纯良赤子的状态。想到这里，陈正明对二人说：

"你们俩这么喜欢打篮球，我也喜欢打篮球，我们三个人一起打怎么样？"

甘隆满不在乎地说：

"你想打就打呗，不过，看你的样子，也就是臭球篓子！"

陈正明说：

"臭球篓子？好，我就让你们俩看看什么叫臭球篓子！"

说罢，陈正明将手中的备课本和三角尺及数学教材放到了篮球架下，脱下了衬衣，上身只穿着白色背心，露出浑厚的胸部肌肉，双侧上肢的肱二头肌和肱三头肌硬绷，让甘隆与余辰心中不由得一震。这时球正好滚到了脚边，陈正明迅捷地捡起橘红色的篮球，一个腾跃，来了个鹞子翻身，将篮球贴着篮球板向球筐投了过去，轻松地将篮球投了进去！

余辰脱口而出，喊道：

"好！"

甘隆说：

"还有点本事！再来。"

甘隆边说边抢过从篮筐掉下的篮球，也想从篮下投球，却被陈正明一下子盖了帽。说实话，甘隆与余辰二人平素喜欢到处野疯，身材很高，与陈正明这个成年老师比起来并不显矮，只是二人的弹跳不如老师，因此在篮筐下抢球时就落了下风。却说陈正明将甘隆手中的球盖落下来，就顺势抢在手里，甘隆与余辰两人死死地拦住陈正明，不让他运球靠近篮板投球。陈正明见近筐投篮被二人锁死，遂远远地站在离球场中线不远的地方，一个凌空飞投，只见篮球在空中划出一条优美的弧线，稳稳地落入篮筐正中，连筐沿都没有碰一下，嗖的一声穿篮网而过！

陈正明的这一记漂亮的飞投把甘隆和余辰两个看呆了，不由得在内心里佩服起他们的这位新老师来。甘隆与余辰两个小声耳语起来，想要两人联手攻防，一起对付陈老师，陈正明隐约听见他们二人的对话，遂干脆将篮球丢到地上，用右脚将球踩住，对二人说道：

"你们两个，有没有信心和我对赌一下？"

甘隆回答道：

"对赌？陈老师，你要赌什么？"

陈正明说道：

"我一个人对付你们两个人，双方进行篮球比赛，如果哪一方打赢了，另一方就必须听从对方的安排。"

余辰说：

"那好啊，陈老师，我就不信我们两个人还打不赢你一个人，你别小看我们还是半大小子。"

陈正明说：

"那一言为定，如果你们两个人打输了，以后就得老老实实地上我的数学课。"

甘隆不服气地说：

"哎，姓陈的，如果你打输了，那又如何说？"

陈正明说：

"我要是打输了，你们爱怎么着就怎么着，你们想在课堂上睡觉，或者干脆不上课，我都不管你们了。"

甘隆一听喜笑颜开，说道：

"好啊，这个对赌值得，我们俩一定会打败你姓陈的。"

这个时候初一一班坐在最后排的学生成功也来了，成功是班上最高的学生，他甚至比陈正明还要高出半个头。听到了他们三人的对赌条件，也嚷嚷说：

"陈老师，我也要参加！"

余辰说：

"陈老师，敢不敢让我们三个人打你一个人？毕竟你是一个成年人，以一对二我们两个半大小子，就是赢了说出去也不好听吧？"

陈正明说道：

"那好，我一人打你们三个人，如果你们三个人打赢了，对赌的条件还是一样啊。"

甘隆听了陈正明的话，立即将陈正明踩着的篮球一脚踢了出来，余辰就势将篮球捡了起来，跳到球场半场的边线上，对着陈正明喊了起来：

　　"陈老师，现在就算开球了！谁先投进十个球，就算谁赢！"

　　说罢，余辰就将篮球抛向站在篮板下的成功手中，成功顺势将球投向篮板，落到了篮筐上，但是滚边掉了下来，甘隆接住后再擦篮板一投进了。接下来就该陈正明发球，他站在线上三大步跨向篮板，将球向篮板上一撞，球反弹回来后，陈正明就地弹跳而起，双手接住篮球，再顺势投向篮筐之中，来了一个漂亮的扣进！

　　接下来是成功发球，他发给甘隆，甘隆再将球传给篮板下的余辰，余辰接过球后，向篮筐投了过去，没有投中，站在篮板下的陈正明一个弹跃接住了从篮筐上滚落的篮球，顺手将球推入筐内，迅速将比分变成2∶1。再接下来该是陈正明发球了，这一次他并没有运球靠近篮球架，而是站在球场边上，用右手举起球试了两下，成功见陈正明老师要原地投篮，就直接站在老师的面前阻拦。陈正明老师见状，将球向地上一拍，运球闪到成功的背后，甘隆跳上前来阻挡，这时陈正明已经靠近篮球架了，他一个旱地拔葱跳了起来，双手将球投向篮筐，进了，比分已经变成3∶1了！

　　三个孩子此时已经明白双方实力的巨大差异，变得绝望起来，余辰干脆一屁股坐到了地上，叹起气来。陈正明拿稳了球，得意地问他的这三个新学生道：

　　"怎么样？你们还比吗?"

　　三个学生异口同声地回答说：

　　"不比了，不比了，比下去也是输！"

　　陈正明说：

　　"那你们就算认输了吧?"

　　三个学生说：

　　"认输，认输！"

　　陈正明说：

"那我们刚才讲的对赌条件要兑现吧?"

甘隆说:

"败军之将,不可以言勇!老师赢了,我们认输,从明天起,我保证不在课堂上睡觉了,也不逃课。"

陈正明说:

"不逃课、不睡觉这只是基本的,我要你们三人都好好听讲,要听懂!"

余辰说:

"老师,这你可是超出对赌条件了吧? 听不听得懂,那由不着你吧?"

陈正明说:

"那也是,这样,只要你们三人好好上课,不影响其他同学,我再想办法让你们听得懂数学课!"

三人回答说:

"一言既出,驷马难追,这一点我们答应老师。"

说罢,三人连招呼都不打一个,就转身向校外走去,陈正明看着他们三人的背影,心里想,这个班上的三个害群之马,总算收服了他们的一点野性,但还得使出手段制服他们才是。

第二章　慑服"三剑客"

陈正明回到办公室，与同事老师交谈起来，顺便就对他新执教的这个初一一班进行了解，特别是对班上的几个刺头，他作了深入的分析。这个初一一班最大的刺头就是甘隆，父亲是个乡村游医，平素忙于在乡间为人诊治疾病，对甘隆疏于管教，任他在乡野打闹。甘隆不喜欢安静地坐着上课，但他有一个好处，就是崇尚英雄，特别喜欢读《三国演义》和《水浒传》；初一一班的第二个刺头就是余辰，他的父亲是城北区派出所所长，余辰是甘隆的追随者，而成功则是甘隆与余辰的小跟班，但凡二人做什么出格的事时，总会有成功帮腔。

三个人可以左右整个班的局面，如果想要整顿初一一班的班风，必须先将这三个学生的心态和风气整顿下来，而这三个人同声出气，互相视为最好的朋友，他们甚至还学三国的刘、关、张结义为兄弟，当然这个时候，这三个学生的年岁也只有十二三岁，并不懂得结义成为兄弟的真正含义。陈老师心想，好在今天的这一场所谓的篮球赛，是他与这三个刺头的第一次正面交锋，成果至少是为今后收服他们打下了基础。

在接下来的数学课中，陈正明老师发现甘隆、余辰和成功这三个学生倒还真是遵守他们对赌的诺言，虽然见余辰与成功两人好几次蠢蠢欲动，互递眼色想要逃课出外游玩，却被甘隆用严厉的目光阻止了。

三人也都没有伏桌睡觉，但陈正明的讲课正常进行的同时，用余光发现他们三人并没有认真听讲，思路根本就没跟随他的教学一起互动，而是相互间丢换小纸条，不时地发出嬉笑之声，影响周边的同学注意力不集中，使教学效果大受影响。

陈正明老师明白，这三个刺头虽然遵守了昨天的对赌合约，但他们的心性并未收拢回到课业中来，他知道，这个时候如果将他们的脾性惹毛，他们会破罐子破摔，干脆破门而出不上课，所以陈正明克制住自己心中的恼怒，没有批评他们三人，甚至没有向他们投以怒目。

陈正明老师的两节数学课讲完后，接着是两节语文课，他回到办公室，一边备课、批改作业，一边思索如何彻底收服那三个刺头。语文任课老师是于车水，他有个小小的残疾，就是左手的小指边上多了一个指头，学生们背地里喊他为"于六指"。

于车水家庭出身是地主，虽然到了八十年代初期，政府出台了新的政策，不以家庭出身区分对待各色人等，但于车水老师头上戴了二十多年的"地富反坏右"的帽子，他的脖颈早已经被这顶帽子压弯了，这一辈不可能再抬起头了，当然这是指他的心理上的感觉。

其实于车水老师年轻时是一表人才，玉树临风，当年有很多漂亮姑娘对他芳心暗许，但后来那些姑娘都不敢接近于车水，更不敢嫁给他，因为于车水出身于地主阶级，这一辈子就永远被打入另册。在人间的无形阶梯当中，他是被压在十八层地狱最底层的，所以，于车水到了四十多岁还孑然一身，既没有结婚，也没有住房，现在就住在龙池中学的一间漏雨的宿舍里。

这些并不是对于车水最大的打击，而学生们对他的侮辱和不尊重最令他气愤和反感，因为不管他是在校内还是校外，总是有半大小子在他身后喊："于六指，扒狗屎；不用筷子，自己吃！"这些坏小子几个成群，像合唱般地跟随着他身后唱和，紧随不舍，有的时候还有女学生也跟着唱。有的时候，是一个领头的领唱，其他几个坏小子齐声应和。这种场面极具侮辱性。

于老师有时在气愤之下捡起石头吓唬地扔向他们，他们躲开后不久又聚拢来唱骂，像黏在鞋底的牛屎一样，再怎么跺擦也抖搂不下去。在这个环境中时间长了，于车水老师也只有忍受，暗自神伤，在社会上不敢与任何人计较。

而这些学生的家长见到孩子作恶，既不阻止，也不纠正他们的不当行为，因为在这些家长的心目中，像于老师这种曾被政府定为另类的人就是社会上的贱民，他们就是该受到嘲弄和侮辱。那时人和人之间的尊重是很稀少的，家长顶多是漫不经心地或者假意地呵斥孩子，但是他们看到这些毛孩子在于老师身后哄闹，反倒是乐观其成，当作一个笑话来看。甘隆也是这些半大小子当中的一个，混在人群中喊于老师的诨名为六指，他算得上闹腾得最欢实的一个。多年之后，当他成年时反思他年少时的颠顶行为，觉得是实在对不起于车水老师的。

于车水这天的语文课是第三、四节，他讲授马致远的《天净沙·秋思》，尽管初一一班的同学们课堂秩序不算好，但于车水老师的课程讲授还勉强能进行下去。他尽量提高嗓音，将全诗朗读了一遍，又逐字逐词地将枯藤、人家、断肠人、天涯等这些词解释清楚，还煞有介事地唱诵一番，以便让学生们对这首意境深远、画面清奇的元代小令加深印象，方便学生们的记忆。

甘隆开始还算能听得进于车水老师的讲课，不过上了二十来分钟的课时，他就觉得老师的讲课太过乏味，遂偷偷地拿出书包中的《三国演义》，翻看了起来。又过了十来分钟翻看课外书累了，甘隆就将这本《三国演义》放进课桌抽屉里。坐在甘隆身边不远的余辰悄声对甘隆说话，要将书借过去看看。甘隆拿出这本《三国演义》，想让坐在中间的陈辉将书传给余辰，可陈辉听课入了神，就没有理会甘隆，甘隆遂将书从空中抛给余辰。

余辰站起来接甘隆抛过来的书而没有接稳，书掉落在陈辉的课桌了，将陈辉的笔盒打落在地，笔盒中的几支笔哗啦一声，全撒落在地上，惹得全班学生的目光朝向余辰看去。于车水老师的讲课被迫中断下来，他发现这一切的肇事者就是站起来的余辰，他大喝一声：

"余辰，你在干什么！"

说罢，于车水老师大步流星地从讲台来到教室中央，伸出右手拧住余辰的耳朵就向教室外拖去，边走边说：

"我让你闹，我让你闹！你要闹就给我出去闹！"

余辰被扯着耳朵来到教室门口，他的耳朵被拧扯得生疼，就喊了起来，说道：

"于六指，于六指，疼，疼，于六指，你快放手！"

听到余辰又这么侮辱地喊他的诨名，于车水变得更加怒不可遏，一把将余辰推向教室门外，余辰只顾着耳朵疼痛，没有提防到于车水猛地用力，蹿出了门外，门廊外是一个半尺高的台阶，使余辰面部朝下地扑倒在地。他痛得过了好半天才能转动头部，又过了好半天才慢慢地站了起来，而在这个时候，于车水老师已经回到了教室，将甘隆的那本《三国演义》收缴起来了，再继续下面的讲课。

余辰当天回到家里，母亲林贞看到他脸上一大块挫伤，将整个右半脸完全变成了紫茄子，两个眼睑肿得老高。余辰这个样子把林贞吓了一大跳，心疼不已，赶忙问儿子是谁将他打成这样，余辰说就是于车水于六指老师，林贞气愤不已，当即就拉着余辰要到学校里去找老师和校长评理，刚出了家门两百来米，余辰的父亲、城北派出所所长余协威正推着自行车、穿着白色的干警服回来了，三个人正好相遇。

余协威立即支起自行车，蹲下来看余辰的伤口，心疼地把自行车一脚踢翻在地，又用手捡起一块石头，狠狠地砸向地面，使这块石头弹得老高。林贞说要余协威一起到学校找老师和校长评理，余协威说学校早已关门人去校空，今天去也白去，不如先到城北诊所把伤口包扎好，明天他亲自去教训于车水于六指，不用那么啰唆地评什么理，对于这个地富反坏右的孝子贤孙，拳头就是理，如果他于车水对拳头敢有不服，就用他随身带着的铐子铐起来，关进拘留所的禁闭室中！

第二天早上，余协威带着余辰闯进了龙池中学的校长办公室，校长程自文赶紧起身笑脸相迎，用好言好语向城北这个地盘上的大佬赔罪，递烟倒茶，唯恐余所长不消解气愤。余协威仍觉得不解气，直接到教室中来找于车水老师算账。

这时候，于车水老师是在给初一二班上语文课，仍然是在讲解一首古诗。于车水老师刚将课本铺开放在讲台上，领着同学们进行第一遍诵读，这时余协威突然闯了进来，一把揪住于车水老师的衣领，不由分说地将他拉到教室外。

于车水老师挣扎着要脱出余协威的抓攫，拼命地掰开余协威的大掌。全班学生都拥到窗口来看热闹，隔壁班级也有不少学生伸出头来看热闹。余协威说：

"谁让你打我儿子，把脸打成这样，以后让他怎么做人？"

于车水说：

"你教的好儿子，上课闹堂，辱骂老师，你这么野蛮闯闹课堂，原来他是跟你学的！"

余协威听了怒不可遏，回手一拳就打到于车水的鼻梁上，顿时两个鼻孔喷流出鲜血，学生们在窗口大喊起来：

"打人啦，打人啦，派出所所长打人了！"

"流血啦，流血啦，于老师鼻子流血了，于六指鼻子流血了！"

几乎全部初一年级五个班的课堂都喧闹起来，好多学生跑出教室来观看，那正在上课的四个老师见状只好放下粉笔，来到门外劝架。副校长李力也赶了过来，对余协威劝解道：

"余所长你别打于老师了，再怎么说你们都姓余呀。"

余协威说：

"我可是人民警察，派出所所长，他于六指一个地富反坏右的残渣余孽，也配和我同姓？"

余协威说罢又一巴掌抽在于车水老师的脸上，留下红红的五指山印。好在两个男老师上前拉住了余协威，两位女老师护住于车水老师，将这矛盾的双方分隔开来，这时校长程自文从办公室赶了过来，将余协威拉到自己的办公室里劝慰起来。

两个女老师把于车水拉到水龙头旁边，一个老师用手接住凉水拍按于车水的脖子，另一个老师则找了些报纸塞到于车水的鼻子里止血，过了约五分钟，于车水鼻子的出血总算止住了。经过一番折腾，五个班的学生总算回到教室，再继续上课。

在校长办公室里，余协威气哼哼地对校长程自文说：

"于车水，这个于六指，虐待学生，我要你开除他，不然的话，我要你好看！"

程自文曲意逢迎余协威，说道：

"好，好，好，我开除于老师，我开除于老师！"

但程自文这是随口应承，在内心里并不是想真心要开除于车水，他心里自有一杆秤，这件事的起因是余协威的儿子余辰辱骂老师，后来余协威又殴打老师，现在他余协威还仗势欺人，还要逼着开除受屈的于老师，这是没有天理的事；况且，于车水是龙池中学中语文教学水平最高的老师，他程自文作为校长更是舍不得将于老师逐出自己的师资队伍。

这个时候，闻讯而来的陈正明老师赶到校长办公室，听见校长说要开除于车水，顿时火起，开口就质问程自文，说道：

"程校长，于车水老师挨了学生骂，还挨了家长的殴打，这是受了天大的委屈，你有什么理由要开除他？"

余协威抢过话来，说道：

"陈老师，于六指就是该打，他把我儿子的脸破相了，为什么不能打？"

陈正明说：

"余所长，你身为派出所的所长，对于车水老师不尊重，你开口闭口就称于老师为于六指，指称别人的身体缺陷这是极不礼貌的行为，你说你余所长又高又胖，我叫你余大个，你高兴听吗？于车水是不该失手摔伤你儿子余辰的脸，但起因是你儿子先闹堂，后又辱骂于老师，这是事件的起因！"

陈正明的话说得余协威一愣一愣地，他感到他作为城北区最高警务长官的权威受到了陈正明老师的挑战，正要发火，却又听到陈正明继续说：

"按这个道理，学校非但没有理由开除于车水老师，你余所长和余辰父子还应该向于车水老师道歉，我听说于老师的鼻子都被你余所长打出血了，如果有什么后果的话，你余所长还应该赔付于老师治病的医药费和误工费。"

余协威站了起来，用手指指着自己的鼻子，面对着陈正明和程自文说道：

"什么？什么？我余协威，堂堂的派出所所长，还要向那个于六指道歉？哦，不，我余协威还要向他于车水道歉？还要赔付他的医药费和误工费？"

陈正明以逼视的目光与余协威对视着，回答说：

"是的，就是应该道歉加赔付！"

程自文在一旁要阻止陈正明与余协威对峙，说道：

"不用道歉，不用道歉！"

陈正明说：

"程校长，如果余所长父子不向于车水老师道歉的话，这个学校再也没有管好的可能性了，初一一班也没有办法教了，学生们有样学样，龙池中学将来真的要变成流氓学校了，我也不再教初一一班了！"

程自文好不容易将陈正明派到初一一班当班主任，现在他要撂挑子，这可把程自文急坏了，对于正在对峙的双方，余协威他不敢得罪，而陈正明他不愿意放手，只好喏嚅着对余协威说：

"余所长，余所长，这，这……"

没想到余协威接过话头说道：

"要我余协威跟这个六指道歉？没门！我余协威作为堂堂的派出所所长，不受你们的要挟，你们这个破龙池中学就是个流氓学校，我儿子余辰不读也罢，我明天就把他转到县一中去上学！"

陈正明说道：

"余所长，你儿子转不转学是你的自由！不过，我要劝告你一句，你说龙池中学是流氓学校，这当中有你儿子的一份贡献，而且龙池中学就在你的治下，龙池中学的名声乱到如此不堪的地步，也有你作为派出所所长的一份责任。再说，你儿子在学校辱骂老师，你作为派出所所长到学校殴打老师，你们父子可是美名传扬四海，县一中的师生很快就尽人皆知，我倒想看看，你有什么本事将你儿子转到县一中去上学！"

余协威站起身，说道：

"好，我今天就把儿子领走，明天就让他到县一中去上学！气死你们！你们以后别犯到我的手里，到时看你们如何求我！"

余协威说罢，怒气冲冲地闯出了校长办公室，拉着儿子余辰走出了校门。胆战心惊的程自文埋怨陈正明得罪了余协威：

"陈老师，你这样得罪余所长，以后学校要受到派出所的刁难，我作为校长更不好做工作了。"

陈正明老师笑了起来，说道：

"校长，您不用担心，他们父子在学校打人，传到一中里去，一中的校长也怕他们打呀，所以一中的校长也不敢要这个学生，也没有哪个老师敢教他，到时候他余协威还是要转回头来求你收留余辰的，到时候你就算在学校立了一威，那些刺头学生就不敢出格地闹腾了。"

程自文说：

"听你这么一说，倒是有道理！希望如此。"

却说余协威第二天带着儿子余辰来到县一中找到校长胡伟，要求将余辰的学籍转到县一中的初中部来，胡伟看见余辰头面包扎着带有药水的纱布，联想到昨天晚上他的老同学陈正明到他家中讲述在龙池中学发生闹剧的全部经过，心里就有了数。

余协威是城北派出所的所长，权限只能管理城北的治安，但县一中却是位于城中，其治安是属于另一个派出所管理，因此，胡伟对余协威不必忌惮他的权力，但胡伟也不愿意明着得罪余协威，就虚与委蛇地对余协威说：

"余所长，我作为一中的校长，非常愿意接收令郎来一中上学。不过，这事我一个人拍不了板定夺，再说现在已经开学了一个多月，学生学籍定额已经用完了，要转学也得等到下一年。"

余协威听了，拿出两条烟，对胡伟校长说：

"校长，这两条烟您先抽着，您要觉得对口味，我再给您送过来，只是犬子的上学问题，请胡校长一定高抬贵手，帮帮忙。"

胡伟说：

"余所长，你不用客气，本人不抽烟，这两条烟你先拿回去，这样吧，我把这事在校务会上讨论讨论，讨论通过了我再向教育局专门为你儿子要一个学籍名额。现在马上要开会了，我就不留所长了。"

胡伟站起来走向一中的会议室，只把余协威留在办公室里一个人待着，他只得拿着两条烟，牵着余辰回家去了。

余协威在胡伟这里吃了闭门羹，他还不死心，但他琢磨胡伟说的话中并没有将转学的路堵死，就又好几次去找胡伟求情，带的礼物一次比一次贵重，从别人送给他的呢绒布料，到上海手表，不一而足，但胡伟都不为所动，虽然他从来没有直接拒绝余协威为余辰转学的要求，但也绝不给余协威留下礼物的机会。就这样，半个月过去了，余协威为余辰转学到县一中的所有努力都归于失败。

半个月过去了，余辰脸上的擦伤已经基本上好了，两个青紫的眼睑也完全消了肿，实际上来看，余辰的这次受伤基本上没有留下什么后遗症。母亲眼见这么长时间儿子余辰没有学上，天天待在家里闲逛，她埋怨余协威没有本事，连儿子转学县一中的事都搞不定，白当了派出所的所长了！

余协威被老婆不停地数落，气恼异常，好几次想挥拳打林贞，却被林贞怒睁的杏眼压制下来，他只好静下心来仔细琢磨胡伟的作为和话语，他明白了胡伟是绝不会让儿子余辰转入县一中去读书的。他设身处地地想，如果他余协威当这个县一中的校长，他也不会转进一个辱骂老师、家长又殴打老师的学生，那不仅是害群之马，还会把那些听话的学生都带坏，听话的学生有样学样，都跟余辰学，这个县一中的学风不全变坏了吗？到时候，这个学校又如何管理？

想到这里，余协威只好跟林贞商量，决定还让儿子余辰回到龙池中学上学，因为他听说尽管龙池中学很烂，但他好几次听其他家长讲，初一一班的数学老师陈正明和语文老师于车水的教学水平实际上都很不错，让他们教子弟实际上是个不错的选择。

林贞听了余协威的分析，接受了他的观点，认为转学本来就是余协威提出来的，现在既然儿子余辰转学无望，就只好让他继续在龙池中学上学了。而余辰则更为高兴，因为他的两个最为亲密的狐朋狗友甘隆和成功都在龙池中学，如果他自己转到县一中上学，势必与两个好朋友要分开了，这将是他最不愿意看到的情形。

余协威第二天就来到龙池中学找到程自文校长，言明儿子余辰不转学了，仍然希望把儿子交给初一一班的班主任陈正明，因为这个年级好像只有陈正明老师才能镇得住像儿子余辰这样的刺头学生，而且这个班上的数学与语文老师的教学水平都不错，如果真能把儿子余辰的心性扳正回来，将来学习成绩倒真不一定就比在县一中学习的差。

对于余协威的这个要求，程自文有点为难，他知道如果余辰想要回到初一一班上课，陈正明老师肯定会要求余协威父子向于车水老师道歉，这个要求余协威可能难以接受！遂回答余协威说：

"余所长，能不能换个班上学呀，初一三班的刘琴老师教得不错，而且她人好说话，陈正明老师尽管水平高，可是个犟牛脾气，你如果不向于车水老师道歉，他可能不会接受余辰的。"

余协威说：

"道歉就道歉吧，只要为了儿子好，我愿意道歉，不过于车水也不是没有过错，他是不是同时也要向我儿子余辰道歉？"

程自文说：

"好，余所长，只要你愿意道歉，陈正明老师和于车水那边的工作由我来做，我相信双方只要开诚布公，没有过不去的火焰山，大家都冰释前嫌了，对学校好，对学生好，对学生的家长也好，这全都是好事！"

经过龙池中学的校长程自文在双方多次劝解，余协威与余辰父子一方，与陈正明老师和于车水老师一方达成谅解，程自文将双方请到自己的办公室，同时请来初一年级的十来位老师作为见证人，举行了双方的互相道歉仪式。

首先是余辰当着校长和老师们的面，念了他花了两天时间写的向于车水老师的道歉信，保证上课好好听讲，绝不会再叫于老师的诨名，事毕余辰面对着于车水老师躹了一个深躬，以示歉意。

作为家长的余协威也郑重地向于车水老师道了歉，表示自己绝不再随意乱发脾气，不再靠武力解决问题，他也向于车水老师躹了一个深躬，而于车水老师现在鼻子和面部受到的拳伤已经自愈了，他对余协威父子二人的诚恳道歉表示接受，也表示整个冲突事件的发生发展过程中，他自己也有不理智的地方，结果造成了学生的面部受伤，请求余协威父子的原谅。

派出所所长余协威父子向于车水道歉的事情在麻城县传得很快，影响特别大，人们对于车水的态度开始有所变化，在他身后喊于六指的孩子明显减少了，而龙池中学的老师和学生对陈正明老师则更是肃然起敬，因为正是他的坚持，竟然能让土皇帝一般的城北派出所所长余协威低头认错，说明陈正明老师有着比土皇帝更为强大的力量。

很快，余辰就回到初一一班上课了，他明显地感觉到，不管是语文课还是数学课，整个课堂的秩序比以前好转了许多，同学们虽然还有许多不认真听讲，但没有人敢随意逃课，如果有人在课桌上睡觉，很快就会被周边的同学推醒。

但是，学生中还是有胆大的。这天，陈正明在上数学课，他正背对着学生在黑板上写板书，甘隆折起一个纸飞机，射向陈正明老师的头部。陈正明受到纸飞机的攻击后，转过头看见掉在地上的纸飞机，而满堂学生哈哈大笑起来，有人在背后用手指指向甘隆。陈正明马上就明白始作俑者是甘隆，他停止书写，捡起纸飞机。陈正明忍住了心中的怒火，没有用言语责骂训斥甘隆，也没有将他赶出教室，只是眼睛一眨不眨地与甘隆逼视了五分钟，直到甘隆不好意思地低下了头，这才将纸飞机放到讲台上，重新讲起课来。

像甘隆这样调皮捣蛋的学生有救吗？陈正明下课分析，甘隆虽然基础很差，但在做作业时他却总能别出心裁地另辟蹊径，解题思路与别的同学不一样，因此想来甘隆智力不差，但因缺乏引导、信任，导致他自小就玩世不恭地胡闹。

陈正明在下课后，把甘隆找来谈心，指出甘隆的不足，还把甘隆的作业找出来，指出他尽管有很多题做错，但有些思路却是一般学生所想不到的，还说如果甘隆认真学习，有可能超过现在全年级成绩最好的学生。

这是甘隆第一次从老师口中听到表扬，也是他第一次得到老师的理解和承认，经过一夜的思考，第二天甘隆来到教师办公室，找到陈正明老师承认错误，说他不应该在课堂上用纸飞机搅乱课堂，还讲出那天他是和成功打赌，如果他敢把纸飞机射中陈老师的头部，就输给他五块钱的恶作剧。通过这件事情，陈正明老师对甘隆多次谈心、开小灶补课，使他不再在课堂上打闹，有时还积极举手回答问题，作业也能基本上全部做完，而且答案错误也明显减少。

陈正明老师还有一个惊喜，就是在他成功地慑服了甘隆后，成功和余辰也几乎是同步地有了很大的转变，他们也能按时完成作业，在课堂上能安静下来，想来此亦所谓的擒贼先擒王，把他们这个"三剑客"中的老大甘隆慑服，另外两个兄弟自然而然地就归顺了。

第三章　整治班风

陈正明老师上次在操场上见到班长梁波阻止甘隆和余辰逃课打球时被推倒在操场上，当时他就在心里盘算，这个梁波性情太过温和懦弱，不足以对班上调皮捣蛋的同学产生威慑力，他陈正明要想管理好这么一个乱班，必须有一个得力的班长作为助手，否则，一切的措施很难实施下去，这个班就没有逆袭的希望了！因此，陈正明下定决心，要重新更换人选作为初一一班的班长，到现在这件事已经提上了议事日程。

其实现任班长梁波的心里也正在琢磨想卸任班长的职务，初一年级开学之初他被指定为班长，开始时他高兴过一阵子，但在开学后的一个来月的时间里，他才知道这个初一一班的班长可不是那么好当的。班上的调皮学生太多，都是太能闹事的学生，他在课堂上和课后行使当班长的职权时，根本就没有人听他的。

在上自习课时，只要没有老师在教室里，整个教室就乱成一锅粥，相互聊天打闹，纸飞机满教室飞，作为班长的梁波站起来软软地对同学们说，哎，你们不要打闹了，一会儿陈老师知道了要发脾气的。可梁波越是阻止他们，他们的打闹越是变本加厉，根本不把梁波的话当回事，还挑衅地撑他说，你去告状吧，去把陈老师和于老师都找来，让他们两个老师一起收拾我们。梁波面对这种局面也束手无策，只好低头做他的作业去了。

让梁波彻底死心不想当班长的就是那天在篮球场上甘隆和余辰两人粗暴地将他推倒在地，他的头部被撞出一个大包，从那时起他就不想再干班长了，只是他和班主任陈正明老师说过几回，陈老师让他先坚持一段时间，等时机合适时重新选举出新班长再说。因此现任班长梁波是勉为其难地拖到现在！

这一天下午上完课，陈正明老师召开了他接手这个班级的第一次班务会，主题就是改选班长和班委会。陈老师说，自从我接手一班以来，这个班的班风大家有目共睹，现在到了非整治不可的地步，就目前的状况来看，班委会自身的作风不强、本领不硬是班风涣散的主要原因，现任班长梁波也反复向我提出过好几次，要求卸任班长的职责，我陈正明作为班主任思考下来，认为梁波比较柔弱，对于一班这个烂摊子，他号令不严，威望不高，做不到令行禁止，他确实缺乏领导力，将他换下来是最明智的做法。我先进行民意测定，看看大家有什么意向，可以当众说出来。

这时候，余辰在台下大声喊出来道：

"我提议甘隆当班长！"

成功也喊道：

"我也提议甘隆当班长！"

陈正明老师在黑板上写下甘隆的名字，接着问道：

"大家还有什么人选意向？"

周林说道：

"陈辉，陈辉当班长最合适！"

陈正明老师又在黑板上写下陈辉的名字，再一次发问，有人说：

"还是梁波当班长，他从不打闹，能做到以身作则！"

陈正明老师又在黑板上写下梁波的名字，再次发问，有个女生说：

"最好选个女生当班长，听老师的话，乔婕和锦梅都是好人选。"

陈正明老师又写下了乔婕和锦梅两个名字，此后再也没有人提出新的人选。陈正明老师说：

"既然大家已经提出了五个候选人，这是大家中意的人选，就请大家投票选举，每人用一个纸条写上班长和副班长的人选名字，唱票后统计选举结果。"

最终唱票统计的结果是，全班五十六张有效选票中，班长人选的前两名是甘隆二十四票、陈辉二十三票，其余的梁波一票、锦梅三票、乔婕五票。从投票的结果看，班长应该从甘隆和陈辉两个人当中选出，但陈正明老师再一分析投票的结构，发现投甘隆的都是一些不听话、闹腾的学生，而且这些选票都是甘隆自己，加上余辰、成功这两个死党向那些学生拉票拉来的，陈正明听见甘隆、余辰和成功向那些投票的学生封官许愿；而支持陈辉的学生都是那些相对听话、相对学习较好的学生，这些选票不是通过拉票获得的，是各自真实意向的表达。

陈正明老师回到家中，再将甘隆与陈辉两人进行了分析对比，他认为甘隆虽然聪明，在学生中有号召力，但他此时心性未定，太过顽皮，还没有安下心来学习，如果现在选他任班长，这不是帮他，反而是害了他；不但对于纠正班风无益，反而会把一班的班风推向更加混乱的地步，很可能就把整个班集体带着走偏向。而陈辉这个学生现在是这个班上成绩较好、作风处于前列的好学生，而且他发展全面，学习和体育、品德都不错，没有偏科的缺陷，在温和的学生中有号召力，与班上各个派系和小团体之间都能保持比较良好的关系，而且听从老师的指挥安排，如果选陈辉当班长，将来肯定能成为班主任的好帮手、好参谋。

在确定好班长人选之后，陈正明老师又相继确定了副班长和各科的课任代表。英语成绩相对好一点的乔婕担任了英语课代表，而甘隆成为副班长，而且他对数学表现出浓厚的兴趣，也被任命为数学课代表。

初一一班的教学步入正轨，但陈正明老师还是有他忧虑的地方，就是这个班的学生早恋成风，严重影响到学生的学习态度。梁波卸任班长后，情绪低落，没有精神学习，成为陈正明老师最为操心的学生，有时候他甚至后悔撤销梁波的职务。他在半夜为班级的混乱状态而睡不着觉时扪心自问，他这么做是不是对梁波有些不公平？是不是会影响到梁波的性格和人格的发育从而铸成大错？

如果是那样的话，这教书育人的造化之功非但没有达到，反而还起了相反的作用，几夜之间陈正明辗转反侧难以成眠。他有时又自我宽慰，梁波的反常行为可能就是他为这个班拨乱反正所必须付出的代价，想到这里他又有所宽心，认为只要想办法帮助梁波回归正常状态，就不失为很好的补救。

很明显梁波在这次班长选举会上落选对他的打击很大，他变得开始违反校纪，借走校卡偷偷出校门买东西；经常打骂同学，欺负比他身材弱小的同学；从不开小差的他开始上课捣乱；甚至和高年级同学结伙偷偷在厕所吸烟，出现了很反常的变化。

陈正明在自责和着急之中，连续几周中每周两三次找他到办公室谈话，既讲班级纪律，又讲做人道理。每次他都答应得很好，但过不了几天，他就又会犯错。令陈正明最为头疼的事情是，班上的学生向他报告说，梁波与朱燕谈恋爱，他们在学校上课时偷偷地拉着手，下课了还是腻歪在一起，有说有笑。听到这个消息，他的心里咯噔一下地沉了下来。

如果说梁波从一个听话的好学生变成调皮捣蛋的学生是他被撤职引起的心理反抗的话，通过心理调适还是可以将他的出格行为扳正过来，如果此时再加上他迷上早恋，这种反叛行为很可能就会固化，从此在变坏的道路上滑行下去。

陈正明心急之余，决定要打散梁波与朱燕的这对早恋，但他觉得这是一道棘手难题，如果操之过急或者操之不当，其效果就会适得其反，不但拆不散他们，反而会激化梁波与朱燕这对小情侣的反抗情绪，以致让他们在早恋、旷课和逃学的道路上走到黑。

陈正明沉下心来分析认为，像梁波与朱燕这种非正常状态下的早恋，很可能并不是因为生理或求偶情感的需要，更多的只是因为遇到挫折后寻找心理安慰，是因为好玩，甚至因为无聊而造成的，或者两个人是因为想要抱团取暖才走到一起的。只要对他们加以正确的引导，应该可以比较好地处理这类事件。

这天，陈正明批改梁波交来的数学作业时，发现十道题梁波只做了三道题，而数学作业本的内芯和背面写满了"LOVE，LOVE，I LOVE YANYAN!"这一类的字眼。陈正明生气之余，决定对梁波采取特殊的方案来对待，他避开众人把梁波叫到教研办公室来，此时正好没有别的老师在，他故意营造一种平和的氛围，与梁波进行和风细雨的谈心施教，在谈到梁波与朱燕的恋情的时候，陈正明表现十分淡定，像是在处理一桩寻常事情一样，使梁波感觉到前段时间因为班长职务被撤不是起自陈正明老师对他的偏见和不信任。这种感觉让梁波有了受尊重的感觉，在涉及他的隐私时，他的秘密会被陈老师严格保守。

梁波来到办公室后，陈正明起身为他拉过一把椅子，让他坐在自己的身边，关好门后，陈正明拿出梁波的作业本，心平气和地说道：

"梁波，这上面写的是朱燕的名字吧？你喜欢朱燕？或者说你爱朱燕吗？"

此时的梁波对陈正明怀有怨气，对老师的问话就予以挑衅性地回答说：

"是呀，我喜欢她，我爱她！"

梁波本来以为这样会激怒陈正明，达到报复他的目的，没想到陈正明仍然面带微笑、语态平和地说：

"你很有眼光呀，朱燕是个好女孩子。喜欢她，有没有向她表白呢？"

梁波说：

"不用表白，我们俩心心相印，我喜欢她，她也喜欢我！"

陈正明老师说：

"不，你们不是心心相印，而是同病相怜吧？"

梁波不解地问道：

"陈老师，您为什么这么说？"

陈正明说：

"现在你们十三四岁的年龄，男孩女孩有自己喜欢的对象很正常，我们作为老师知道后，也不会横加阻挠的。但是，你们现阶段所谓的喜欢或者所谓的爱情，只是一种带有好感的情绪，还不是爱情。你们现在学业未成，事业还未扬帆，这个年龄也不是追求爱情的年龄，应该把主要精力放在学习上。"

梁波听陈老师这么一说，开始点头表示赞同。陈正明老师继续说：

"我知道，前段时间班委会做了调整，你的班长职务被同学们投票选了下来，你接受不了这个现实，以为是老师和同学们把你抛弃了，不喜欢你了。但事实不是这样，你仍然是我最喜欢的学生之一，仍然是我们这个班的成员，只要你不再逃学旷课，不打骂同学，不早恋，你一样能做一个好学生。如果你这样执迷不悟，一条道走到黑，很可能你连初中都毕业不了，你未来的人生之路就堪悲了，好在到目前为止你胡闹的时间短，老师和同学们都知道你是一时糊涂，等你想明白了后，就自己就会改过来。"

梁波点点头，觉得陈老师说到他的心坎上，他的羞耻感和良心开始苏醒过来，为自己前一阵的胡作非为感到脸红。陈正明老师见梁波的心思开始软化，就继续趁热打铁，说道：

"现在我再说一说你的早恋问题。你知道，爱情是很纯洁、很神圣的一种情感，喜欢一个人就要对一个人负责，有能力给她幸福，而不是小孩的嬉闹。爱不是一时冲动随口而出的话语，爱需要能力，更不是两个人因为赌气而胡闹。"

梁波频频点头，说道：

"老师，我明白了，我再也不找朱燕了。"

陈老师说：

"那你的这本作业呢?"

梁波说：

"陈老师，我真为我的行为羞赧。这样吧，这本作业本我撕掉，我今晚把全部的数学题重做，明天交给您批改。"

陈老师说：

"现在马上就要期中考试了，你要把精力放到全力备考上来，争取考出好成绩。"

梁波说：

"陈老师，还好您没有逼我，不然我会恨您的。您为我讲清楚了道理，我明白现在谈恋爱也不现实，我还是要好好学习，考上好的大学再谈恋爱吧！我会按照老师说的做的，不再意气用事了，要好好学习。"

也许是陈正明老师对他苦口婆心的劝慰触动了梁波，也许是一次次谈话的感召，梁波又变回了从前的样子，不再爱说脏话，不再欺负弱小的同学，而且还真信守了他对陈正明老师的诺言，不再找朱燕了。

陈正明老师这边将梁波安抚下来之后，只算解决了问题的一半，问题的另一半是朱燕。陈正明注意到，朱燕在梁波对她表现出冷淡的情绪之后，仍然热情高涨，频频向梁波递约会纸条，或上赶着要和梁波说悄悄话，下课之后在路上拦截梁波，不止不休。陈正明也约谈了朱燕好几次，而朱燕因为缺失家庭关爱，对梁波在感情上有很大的依赖，如果就此将梁波从她身边扯开，她就失去了心理依靠，所以她仍是对梁波纠缠不休。

陈正明思考着这个问题，他觉得先要让朱燕对梁波产生失望，她自己就会主动地放弃对梁波的追求。他思来想去，才想出了一个办法。原来朱燕是坐在梁波的后面，两个人的座位很近。陈正明想出的办法是将长得很清秀漂亮的锦梅，调到梁波身边，跟梁波做同桌。

这个办法果然很快就起效了，因为锦梅坐在梁波身边之后，梁波有很多学习问题就频频地向锦梅请教，以锦梅的理智，她绝对不会与梁波陷于早恋，但在背后的朱燕看来，两个人的正常学习交往就是他们之间说话亲密的表现，让朱燕产生了很大的嫉妒心，又对梁波产生了很深的失望，她以为梁波移情别恋了，梁波对她不够忠诚，所以也就慢慢地对梁波死心了。

因为朱燕递纸条过去后，梁波也不予理睬，有的时候她见着锦梅和梁波一起发出会心的笑声，她就会以为是在嘲笑她。很快朱燕就不再纠缠梁波了，也不再向他递纸条了。

替换班长带来的风波渐渐平息后，初一一班仍然存在严重的问题，这就是同学们的学习积极性并不高，期中考试的成绩很能说明问题，数学的及格人数不到全班的一半，语文、政治、英语成绩全部不理想，简直可以说是惨不忍睹。

甘隆把期中考试的成绩拿回家让父亲签字，结果被父亲痛打了一顿，原来甘隆的语文考了八十六分，数学只有五十几分。气急之下的父亲让甘隆跪在地上，拿出戒尺打了他足有五戒尺，尺尺都在甘隆的臀部留下血印。

甘隆的父亲甘成元要求甘隆与余辰断交，因为甘成元听说了余协威与余辰父子殴打、辱骂于车水老师的事，他认为儿子甘隆的学习成绩不佳是受了余辰的影响。甘隆嘴上答应了父亲的要求，却在心里仍然视余辰为最好的朋友，决定虽然以后不敢再带余辰到家中来玩，但是他们两人可以在其他地方继续交往，一如既往地做结义兄弟。

这次期中考试，全班以余辰的数学成绩最为悲惨，他只考了十几分，是整个初一年级中分数最低的那一个。因为余辰开学时没有好好学，中途又因转学失败而旷课了将近二十来天，所以他再回到课堂学代数时，就跟不上陈老师的讲课进程，是以有了这样难堪的成绩。

初一年级第一学期的期中考试是这批学生进入中学阶段的第一次正规考试，程自文校长对这次考试的成绩十分重视，将五个班的成绩排列下来，初一一班的数学和语文两门课程都是全年级的垫底！

不过，这么差的成绩还真不能怪陈正明老师和于车水老师的教学不力，主要是因为入学后的将近两个来月，课堂秩序一直受以甘隆、余辰和成功为首的刺头们影响，整个班级的学习风气极为不端，不久前因为课堂上的于车水老师挨打事件，陈正明老师坚持要余协威道歉的举动取得成功，大大地纠正了班风，学生们才开始认真听讲，但这对于紧接着而来的期中考试的成绩并没有太大的影响。

第一次期中考试成绩在全年级垫底的现实彻底打击了初一一班全班学生的自信心和自尊心，这些学生当中本来有些人在小学阶段的学习成绩很不错，这次全班成绩如此不堪让他们觉得前途无望，他们相互讨论说，委身于一个下三滥学校里最差班级里，以后任凭自己如何努力学习，都难逃学习成绩差被人嘲笑的命运，因此初一一班的学生们出现塌方式的溃败，学心涣散，一蹶不振。

开始时，陈正明老师用出老生常谈的办法，对全班学生进行责备与呵斥，结果是无济于事，还增加了以甘隆、余辰和成功这三人小团体为首的全班男生的敌意，他们甚至在陈正明老师走出课堂后小声地辱骂他。

原来，陈正明老师是黄州教师进修学院的数学老师，在他正要被聘为副教授的那年，他被打为右派而下放到深山老林的公社里面，当了小学和初中一体式学校的老师。在他困顿受抑期间，他一边从事教学，一边仍然继续研究数学，直到两年前才被摘去右派的帽子。

陈正明老师刚刚四十来岁的年龄，他不是麻城县本地人，而是湖北应城人，他是为了解决与夫人刘琴两地分居而从应城调到麻城县来的。他的口音接近于邻省的口音，所以余辰和成功他们在暗地里骂陈正明为"北方侉子"，还说这个北方侉子还挺裹筋（麻城话，纠缠不清或理不顺之意）这一类不尊重老师的话，这些话在初一年级当中传播，结果很多任课老师都听见了，回报给陈正明老师。

面对着全班军心不稳的局面，陈正明老师焦虑异常，他甚至自责没有管好这个班级，内心慌慌不安，经过仔细分析，他认为要逆转这种局面必须分两步走，首先是要让全班学生重建自信心，其次是想办法提高学生们的学习成绩。但如何让学生们重建自信心，这是一个难题，因为大部分学生都认为自己没有什么价值了，肯定考不上大学，此生必将潦倒，因此就破罐子破摔，对他们的任何激励没有任何的正面反应。

陈正明老师知道，这些学生的智商和情商都是不错的，而且他们的基本品质都还没有遭到荼毒，仍然是可造之才，虽然他有时听到学生们在背地里骂他，或者有的任课老师在他面前告诉他说这些学生编派他的小故事，陈正明老师大度地一笑置之，对学生们的恶作剧般的行为不以为意。

陈正明老师认为，这些初一一班的学生还是保持有天使般的纯真的，他们因为一时的失意而蒙蔽双眼，又因为丧失自信心而无力飞翔，如果给这些学生插上自信有力的翅膀，给予他们低沉时飞翔的勇气，他们必将会展翅腾飞，最终会飞上蓝天，干霄凌云。

但是，对于如何让初一一班的学生重建自信心，这倒难倒了陈正明。这天晚上吃过晚饭后，陈正明的爱人刘琴在批改作业，她高兴地喊正在做家务的陈正明说：

"老陈，快来，快来，我这里有一篇好作文，和你分享一下。"

原来，刘琴是初一三班的语文老师，她将学生们的作文带回家批改。陈正明揩干手后，从刘琴手里接过这篇作文一看，它是写在一张被揉成团后又展开的白纸上的一篇议论文，开始时陈正明心中不悦，觉得写这篇作文的学生是不认真地应付作业，就把这张纸放到刘琴面前的书桌上，转身就要回到厨房去继续完成家务，结果刘琴把他又叫住了，对他说：

"老陈，你别看这张纸不整洁，你好好看一下作文的内容，写得真是力透纸背，有见地。"

陈正明这才重新拿起作文认真地读了起来，他觉得这篇议论文还真写得不错，条分缕析地把议论的问题分析得很透彻，而且用词遣句十分恰当到位。看完这篇作文后，陈正明和刘琴交流了看法，与此同时，陈正明突然想出了一个想法，决定要给初一一班的学生上一堂特殊的思想教育课。

第二天下午上完课后，陈正明老师将全班学生留下来正式进行了这一堂思想教育课。来到讲台上，陈正明老师拿出了一张白纸，对学生们说：

"这张白纸，你们觉得有用吗？"

同学们都说："有用，在上面可以写字画画！"

陈正明老师将这张白纸揉成团后，再问学生们说：

"你们觉得这张纸还有用吗？"

同学们都说：

"没有用了，不能写字画画了！"

陈正明又拿出一张十元的新纸币，对学生们说：

"这张纸币是不是每个同学都愿意要？"

同学们说：

"当然愿意要呀！可以买文具和小吃呀！"

陈正明老师又将这张十元纸币揉成团，又问同学们道：

"现在这张纸币你们还想要吗？"

同学们说：

"当然还愿意要呀，它的价值并没有变化！"

陈正明老师继续问：

"这张纸币贬值了吗？"

同学们响亮地回答说：

"没有贬值！"

陈正明老师说：

"同学们，你们就是这一张被揉成团的纸币，你们的人生价值没有贬值，因为你们仍然还真诚，还有赤子之心，只是你们现在被一场期中考试夺去了自信心，没有了自信心，你们的心态就变成了像这张被揉搓而皱褶的纸币了！但是，你们并没有贬值，只要你们重新振作起来，就一定会有辉煌的人生！

"同学们，你们试想一下，在你们成长的道路上，在你们学习的过程中，还有，在你们今后的人生历练之中，是不是总会遇到这样或那样的挫折，甚至失败呢？有时候，我们的人生就像这张被揉搓得不成样的纸币一样，难道我们的人生就失去价值了吗？"

一时之间，初一一班的同学们陷入了沉思，讲台下的同学们议论纷纷。这时候，甘隆站了起来说：

"陈老师，你说得有道理！我们懂了，只要不放弃自己，我们就还有翻盘的机会！我们也会好好学习的，但是，我们就算是想振作精神，认真学习，可前面因为贪玩已经铸成大错了，挽回不了丢失的课业呀！"

陈正明老师说：

"好，甘隆同学，你提出这个问题，说明你们已经认识到问题的症结所在了，你请坐下。刚才我和大家交流的是第一个问题，要让大家认识重建自信心的重要性，我现在先问全班同学，搞好学习，你们对未来有没有信心？"

初一一班的全体同学齐声回答道：

"我们有信心！"

陈正明老师高兴地说：

"好，既然你们对未来有信心了，我现在就和你们接着谈第二个问题，就是如何让你们提高成绩。我决定为大家将前一段的课程进行补课，为大家打牢基础！"

原来，这一段时间以来，陈正明老师为初一一班的成绩忧心忡忡，他思来想去，决定为那些成绩不好的同学进行额外的补课，而且是免费的，将那些因为第一学期前期课堂秩序混乱带来的课业损失补回来，陈正明老师是寄希望期末考试，让初一一班的成绩有大幅的提高。

为了达成这个目的，陈正明老师在周末放假的时候，叫来数学成绩最差的七八个学生，来到自己并不宽敞的家中进行补课，这当中自然包括数学都不超过三十分的余辰和成功，甘隆的成绩虽然有五十来分，但陈正明分析甘隆思维逻辑性强，是个很好的数学苗子，如果善加辅导，将来肯定能成为大材，遂也把甘隆列为补课对象。

这些学生的家长知道陈正明老师利用休息时间，要为自己的孩子开小灶补课，自然是乐见其成，督促那几个心性仍然十分野的孩子早早来到陈正明的家中，有几个家长把孩子送来后就不走，一直在门外等着，他们这是怕自己的孩子找借口不参加补习课，就在门外力阻他们逃课。

此后的十来个星期天，陈正明老师都花在为孩子们补课上面了，他自家的家务只能用晚上的时间来做。课程到此时是上到代数的一元一次方程和一元二次方程，陈正明对这些补课的学生采用启发式教学。

每天面对初一一班的这几十张稚嫩可爱的笑脸，陈正明老师感到了压力和责任。在龙池中学的所有班主任当中，陈正明起得最早，也睡得最晚，而且与本班的学生接触得最多。

根据多年的教学经验，陈正明老师知道这一群考试成绩欠佳的学生并不是因为愚蠢而学不进去，这些学生身上有不同禀赋和才能，陈正明老师都予以充分的鼓励，特别是甘隆与余辰两人本来心性清明灵动，却因为贪玩调皮在他们心灵上蒙上了一层云翳，对数学这门学科还没有开窍，只要好生引导，让他们的心灵有一道闪电通灵，开其心窍后，他们必能登入数学这门学科的门庭。

经过陈正明老师十来个星期天的补课，初一一班这几个数学成绩最差的同学果然慢慢开窍了，他们能够跟上正常的讲课进度，从一元一次方程的解析进入二元一次方程的解析，这些同学能够理解其中的精义，陈老师还经常出一些小测验试题。他非常高兴地见到全班不及格的同学只有四五个人了，而甘隆则是有质的飞跃，他答题又快又好，二十个试题几乎能够全对，成绩很快就在初一一班上名列前茅，但是他有一个因为贪快而粗心出错的毛病。

陈正明老师对甘隆的这个特点，看在眼里喜在心中，他知道甘隆贪快是因为他的心算、逻辑推理的速度远远快于班上的其他同学，而且他贪快也是想享受同学们对他艳羡的目光，这是一种虚荣心，只要引导得好，就可以纠其偏颇的！陈正明一番思索下来，发现甘隆是一个非常好的苗子，再次确定只要假以时日，他必能成就大材。

余辰也在甘隆的带动下，变得能坐得住，拿起课本也能读得进去，数学成绩在几次小测验中都能及格，有时能得七十几分，有向甘隆看齐的势头。陈正明老师和于车水老师看在眼里，心中总算有些欣慰，特别是于车水老师因为这个学生的不懂事和家长的豪横而受尽委屈，现在看到余辰有变好的趋向，他觉得他受的委屈也算值了。要说教师这个职业就是伟大，心心念念的事业就是得天下英才而育之！

初一年级的三门主课是数学、语文和英语，间插有政治、劳动课和体育课。解决好数学与语文课的学习问题之后，班主任陈正明老师和英语老师秦怡华又发现这个班级出现了严重的集体负性偏科问题，而且还是非常重要的英语科目，近来的几次考试下来，全班学生没有几个人的英语达到及格的标准。

这件事情让陈正明和英语任课老师秦怡华忧心如焚，两个人坐下来一起分析了对英语负性偏科的原因，找出了解决问题的症结。原来，龙池中学的生源是城乡接合部的各个镇级、村级小学，都非常缺乏英语这门课程的师资，因此这些学生都没有接受到正规的英语学习启蒙，很多学生连二十六个英文字母都背诵不全，几乎所有学生对基本的单词、拼写规则都不明白，更别说要他们听懂记住单词了，慢慢地就发展成为全班性的厌恶英语这门课程。有些调皮的学生如周林常常在英语老师说英语的时候，他就学作鹦鹉发声，惹得整个课堂发出喧笑之声。

原来，周林敢这么做就是看人下菜碟！经过前一段时间的班务会对班风整顿后，数学课的陈正明老师和语文课的于车水老师都在一班建立起威信，那些爱调皮捣蛋的学生逐渐收敛起来，不敢在课堂上做小动作。但是英语老师秦怡华是刚刚毕业的女老师，她的脸上还带着刚从师范毕业出来的学生稚气，加上她人长得十分端庄，姿态优雅，惹得学生们十分喜欢她，好多男生想吸引她的注意，但又不懂英语，不会上课回答问题来博得秦老师的好感，好多男生干脆在上英语时做出出格的动作。

甘隆就是这些被秦怡华吸引的男生之一，平时上课他老老实实坐姿端正，只要秦怡华老师来上英语课，甘隆就斜靠在后排课桌上，有时还将他的脚跷到前排的座椅背上；有时候秦怡华站在讲台上时，甘隆经过讲台的时候，会猛地推动前面走的同学，将这个同学搞得一个趔趄，险些跌倒，这些动作十分夸张，如此三番地将秦怡华吓得向后躲避，看到秦怡华如此狼狈，往往会引发全班哄堂大笑。

还有一次，秦怡华在黑板上出了一道英语问题，甘隆积极地举手回答，实际上他只知道其中一部分，并不知道完整答案，他抢着回答问题，就是想要在秦怡华面前表现一下，结果甘隆站起来后支吾了半天，也说不出个所以然，秦怡华哭笑不得，只好让甘隆坐下。

秦怡华感到学生们特别是甘隆只会恶作剧，对她有些不尊重，她找来甘隆说：

"甘隆，我看你现在已经是副班长了，要以身作则地维持课堂秩序。我知道你是想引起老师对你的注意，我也的确注意到了。你看看，你本来长相很不错的，神情气质也非常好，但是，你在课堂上斜靠背，高抬胯，这样的形象有多难看呀！走路也不庄重，前推后挤的，既不安全，又不雅观！如果你能将这些缺点改掉，你的风度气质会吸引更多的女孩子关注你的，等你上了大学，喜欢你的女孩将排成队来追求你！"

秦怡华的一番话将甘隆点醒，他知道通过恶作剧来引起美女老师的注意，实际会适得其反，不但得不到秦老师的好感，反而会引起她的嫌恶，认识到这一点后，甘隆便在英语课上带头认真听讲，不再做夸张的动作，走到秦老师的面前时，也礼貌地点头致敬。课堂上有些同学不遵守课堂秩序时，甘隆和陈辉也站起来帮助维持秩序。

秦怡华尽管解决了课堂秩序问题，但她仍然发现一班学生的英语成绩上升得不多，因为他们的底子实在太差了，知识缺额太大！陈正明老师针对上述这些问题，建议英语老师秦怡华对英语基础差的学生进行突击补课，从最基本的补起，将他们缺失的发音、拼写规则等问题进行拾遗补阙。

在此基础上，英语老师秦怡华为了加强同学们对英语固定短语的记忆，她专门编一些顺口溜教给学生们，同时还在上课时巧妙地设置各种情境让学生们进行对话练习，让学生们用蹩脚的口语和为数不多的词汇进行自我介绍，教学生们唱脍炙人口的英文歌，以增强学生们学英语的兴趣，让学生在不知不觉中增加了对英语这门课程的亲和力，不再有畏惧和厌恶的情绪。

英语期中考试，甘隆只得了可怜的二十多分，即使在这个差班里，这个成绩也是倒数的。秦怡华老师心里着急，在课堂上狠狠地训了甘隆一顿，说：

"你自以为天资聪颖，调皮捣蛋不止。从你英语期中考试只得二十几分的成绩来看，实则是一窍不通！"

甘隆本来对自我期许甚高，被秦老师这么一说，气得差点掉下眼泪来，羞愧难当。在一次上英语课前，秦怡华老师在教室里转悠，借此分析学生的心性和心智，以图有的放矢地对每个学生进行施教。秦怡华经过甘隆的课桌时，看见桌上放着一本《水浒传》，她拿起来翻了翻，和颜悦色地问甘隆道：

"你喜欢读小说？"

甘隆心中忐忑，怯怯地回答说：

"是的，秦老师。"

秦怡华说：

"那你的语文肯定很好吧？"

甘隆站了起来，得意地回答道：

"那当然，所有的课文我看一遍都记得住。这本《水浒传》里的诗词我都背诵得出。"

秦怡华将《水浒传》随手翻到了"智取生辰纲"这一回，对甘隆说：

"你说得这么自豪，那我考考你吧！你背一下，'智取生辰纲'这一节中，白胜挑着一担白酒上冈时唱的歌是什么？"

甘隆立即背诵说：

"赤日炎炎似火烧，野田禾稻半枯焦。农夫心内如汤煮，公子王孙把扇摇。"

甘隆背诵得非常顺畅，不打一个磕巴，这让秦怡华感到十分惊奇，她拍了拍甘隆的肩膀说：

"你放心，喜欢语文的同学英语也一定能学好，这都是靠记忆的学科。你要有信心。"

甘隆受宠若惊地坐了下来，心中有一些感动，鼻子酸酸的。自此甘隆学习英语的兴趣大增，他觉得秦怡华老师信任他，他必须努力做出回报。

为了加深同学们学习英语的印象，秦怡华老师经常带着道具来到课堂上，包括水果、蔬菜、食物及各式各样的小家什，她经常让同学们尝试她带来的食物，要他们用英语对这些食物的味道、性状进行描述。有一次秦老师讲述一个英文单词，让朱燕起来回答问题，可怜的朱燕无论如何也猜不出是什么，只听见秦怡华不停地摇头说"NO"，实在没有办法的情况下，秦老师用手指了指自己的脖颈部位，朱燕这才醍醐灌顶般地脱口说出"necklace"（项链）这个单词，秦老师高兴地跷起大拇指，惹得全班同学哄堂大笑。从此全班同学对这个"necklace"（项链）就永远不会忘记，而同学们就此将朱燕取名为"Necklace"。

在学生们的单词量有所增加后，秦老师就非常注意让学生们进行短句作文，让他们对近几天发生在周边的事情进行描述，而且还引导他们尽量以英语进行思维，还鼓励学生们不要怕犯语法错误，大胆用英语在课堂上进行交流，让学生们的信心一点点地增长起来。

秦怡华对班上学生因势利导的教学，这种种尝试是成功的，很快全班学生对英语的入门知识有了基本的掌握，还记住不少简单的单词，秦怡华老师趁热打铁，对学生们每天按时听写英语单词和词组，对易犯的错误做好登记，反复听写，直至全班绝大多数同学改正这些错误。

而学生们因为短期内英语成绩突飞猛进，那些因为没有兴趣而不愿意学习英语的同学反而来了兴趣，每天有很大的热情读、背、写英语课文和优秀的英语范文，特别注意记忆单词和语法，他们背了一遍又一遍，写了一遍又一遍。英语老师秦怡华还给学生们布置短文写作，让学生们将学到的单词和短句在短文写作中融会贯通，增加他们学习英语的获得感。通过一个多学期的努力，在初中二年级的期中考试时，全班英语成绩实现了突破，除了少数几个学生，绝大部分学生都及格了，有十几个同学达到了八十分以上，而乔婕的英语则达到了几乎满分，英语老师秦怡华遂将乔婕调整为英语课代表。

第四章　激烈的篮球赛

　　初一一班的三门主课的教学进度和深度都慢慢地归于正轨的时候，学校开始以班级为单位组织一些对抗性体育活动，以增加各个班级的凝聚力，从而培养集体意识和集体荣誉感。这一次学校组织了篮球比赛，体育老师在初一一班挑选那些身材高挑的男孩子参加篮球队，这里面自然就包括甘隆、余辰、成功、陈辉和周林这几位同学。

　　初一一班的篮球队与其他四个班相比较有着天然的优势，因为他们的平均身高在初一年级的五个班中是最高的，关键是初一一班的班主任陈正明老师是篮球高手，他主动要求充当初一一班篮球队的教练。一来可以对这帮愣头青小子在球技上进行调教，提高他们的战术和技术水平；二来通过当教练，与学生们打成一片，作为老师可以近距离接近学生，了解这些少年学生的所思所想，从而有的放矢地解决问题。

　　接下来的日子的课余时间，陈正明都是和篮球队队员们在一起，他先是教他们运球、传球、近投、远投、配合和攻防的技术动作，又教队员们进行战术欺诈和动作性哄骗对方，在两周多时间将这些队员教会了基本功后，陈正明老师就开始组织实战对练，就是他挑两个身材略矮的周林和陈辉组成一个三人队，而甘隆、余辰及成功三个身材高大的队员则组成另一队，两队之间展开六人半场篮球赛。

　　初一一班的女同学们看到陈正明老师这么热心而积极地参与到班

级的篮球活动当中，在他们六人进行半场篮球赛的时候，都非常受到鼓舞。乔婕和锦梅两个女同学组织全班的十几个女同学，来到球场边上喝彩和鼓掌，以此鼓舞篮球比赛的士气，增加现场的人气。女同学们还打来开水，事先放在球场边上凉好，等比赛休息的时候就赶快端上来让队员们喝，并用书本当扇子为队员们扇风，让他们尽快消除身上的汗水。

经过这么一段时间的实战训练，初一一班篮球队的水平呈直线上升的态势。时间很快就进入各个年级内部的对抗赛了。初一年级在第一轮的两两捉对比赛中，初一一班与初一五班胜出，这两个班进行决赛，以决出年级的冠军和亚军。在这场年级决赛中，作为教练的陈正明老师派出了最强阵容参赛，以甘隆打前锋，以周林作为后卫，余辰打边锋与甘隆打配合，采取进攻为主、防守为辅的比赛策略；与此同时，乔婕和锦梅组织起全班女同学作为啦啦队拼命地呐喊助威。

初一五班的实力也不弱。五班是这个年级的尖子班，前不久的期中考试的语文课和数学课的平均成绩是五个班中最高的，要比初一一班的平均分高出将近三十分。而他们的篮球实力也强于初一一班，首先初一五班篮球队的平均身高比初一一班要高，身材具有优势，加上这个班上的孩子家境殷实，比初一一班的孩子更早接触到篮球运动。

但初一一班好在有陈正明老师作为教练，对他们作了技术和战术强化训练，使他们的竞赛水平迅速提高。对于初一一班这个被全校嘲笑的差生班来说，他们在心理上莫名地对初一五班有一种敌视的情绪，想要利用这次篮球决赛把初一五班的篮球队打败，以此报初一一班被其他班歧视的一箭之仇。

而初一五班的学生在与初一一班的学生对骂中，知道初一一班想要羞辱他们的心态，初一五班的篮球队在赛前聚合到一起，认真地分析了初一一班的长处和短处，发誓要尽全力夺得入校后第一次篮球赛的冠军，绝不给初一一班借此翻身的机会。

所以，这场比赛在开始前半个小时，球场就聚满了观众，首先来的是初一年级各班的学生，接着初二年级和初三年级的学生也都来围观；要开赛前十五分钟的时候，校长程自文、副校长李力和各班班主任都到场观赛，以示重视。为了公平起见，不担任班级班主任的体育老师刘大健吹哨裁判。

通过正反面猜币，初一五班占了先机，由他们开球后迅速传球，双方开始进行了激烈的攻防转换，比分也交替上升，看来两个班的篮球实力真是不分伯仲。比赛场上，甘隆作为前锋，他身材高大，冲撞突破对方的防线能力极强，加上投篮命中率高，有好几个远投的三分球赢得了全场观众的喝彩，初一五班的班主任甚至因为甘隆的表现而禁不住发出赞叹。

在整个围观人群的眼睛都随着篮球转动的时候，初一一班的啦啦队队长乔婕本来也只关注比分的变化和篮球的传递，本方一有进球时她手下的啦啦队员就摇旗呐喊，暂停时就及时地送上凉好的白开水，可是不知不觉地，乔婕的眼睛却完全被甘隆的身影所吸引，特别是甘隆好几次远程投射命中三分球时的高抬手挥洒动作令她着迷，她春心爱意开始萌动，不知不觉地爱上了甘隆。当身边的锦梅发现乔婕眼神直勾勾地发呆，提醒她要加紧呐喊助威的时候，乔婕这才发现自己失态了，不觉得脸部开始发烧起来，她怕锦梅发现自己内心的秘密，遂又大声地呼喊起来。

两个班的比赛在开始时比分相互追咬，一时不分上下，但到了下半场就能看出陈正明老师对初一一班篮球强化训练的效果了，因为甘隆和余辰他们这五个队员的体力明显地优于初一五班的五个队员，因此，下半场甘隆和余辰及成功三人仍然弹跳纵跃，没有一点疲态，而对方的体力则明显跟不上，抢球和阻球常落败于初一一班的对手。到了快要终场的时候，两边的比分差距就已经拉大了，当裁判刘大健吹响终赛的哨音，两边的比分是72：59，初一一班成为初一年级的篮球冠军，而初一五班则屈居亚军。

这场比赛的结果完全出乎校长程自文的意料，在他印象中，这个初一一班是全年级最差的班级，而且学生大多数是很难驯服的刺头，没想到今天却能打败德智体居于全年级之冠的初一五班，加上副校长李力对校长程自文耳语说，虽然期中考试初一一班是全年级垫底，但近几次陈正明老师搞了几次小测验，这个班的成绩已有很大的提升，因此，程自文对陈正明刮目相看，他没想到这个新调入龙池中学的老师这么有本事，在不到一个学期的时间将全校最差的班搞得大有起色。

因此，在次日的校务会上，程自文表扬了陈正明老师，这一次表扬在各年级老师当中引起了极大的不快。本来，陈正明作为龙池中学的外来户，他是受到歧视的，程自文将全校最差的一个班交给他管理，很多老师在背后想看陈正明的笑话，想看他在带教初一一班时出什么洋相。因此，很多老师没想到陈正明老师能在不到一个学期的时间内就将初一一班的刺头制服，并带领他们走出低谷，现在竟然能拿到初一年级的篮球比赛冠军。

对陈正明最不服气的老师当中有一个是初二五班的班主任杨成明，他所带的初二五班是初二年级的篮球冠军，而且学习成绩也是全年级最好的班级。当校务会结束后，杨成明当着校长程自文的面，向陈正明发出挑战，他说：

"陈正明老师，你们初一一班拿到初一年级的篮球冠军，敢不敢和我们初二年级的冠军比一场，看你我谁更厉害？"

陈正明老师说：

"杨老师，你肯定比我厉害，不过，我们的学生谁更厉害，那就要比比看！别看我的学生比你的学生要低一年级，我想他们肯定不会怯战的！"

这一下引起了校长程自文的兴趣，他对陈、杨两位老师说：

"从来没有这种比赛，高年级对低年级这种比赛说不定更有看头、更有挑战性，那我们好好组织一下，下周三下午进行这场年级决赛。"

两位老师击掌说，好，一言为定，到时候一较高下。陈正明老师回到班级就向同学们发出了动员令，他问同学们说，你们有没有勇气接受初二年级的挑战？同学们把目光全都投向了篮球队长甘隆，甘隆站起来，看了看同学们，对陈正明老师说：

"接受，陈老师，我们不但要接受他们的挑战，还要在球场上将他们打服!"

同学们也都向甘隆投以赞许的目光,一起拍起巴掌来,还齐声喊了起来:

"打服,打服,打服,打服初二五班!"

而在这些同学当中,特别是乔婕、锦梅和几个活跃的女同学的心旌又摇曳起来,她们越来越喜欢甘隆了,在心中暗暗地希望能得到甘隆的青睐和关注。而这一番豪言壮语引发了全班同学的同声同气的互动,陈正明知道这一场篮球赛起到了预期的作用,激发了全班的集体荣誉感,而且也激起了同学们在面对困难时不怕困难、迎难而上的斗志,而这种斗志对他们这些未成年的小子来说,是走向社会前的必要心理准备,也是他们克服以后学习当中的无数难题的心理缓冲垫。陈正明老师用欣赏的目光看着甘隆,对甘隆越发喜欢,觉得这个孩子真是一块可锻造的良材。

很快,初一一班与初二五班之间的年级间篮球决赛开始了。照例是学校篮球场被围观的老师和学生挤得水泄不通,个子矮的学生想要挤进人墙里去观看比赛还真不容易。

这场比赛打得难解难分,两个班级的队员都拼尽了全力。初一一班篮球队的甘隆、余辰、成功、周林和陈辉这几个队员这一次才知道他们遇上了硬骨头,而且还是非常难啃的硬骨头,他们拼尽全身力气拼抢,大汗淋漓,总算能基本与对方保持平衡,没有出现一边倒的倾颓局面。

其实,在陈正明老师的心目中,即使这场球输了,对于初一一班来说也不能算是丢脸,毕竟他们是以小敌大,这股勇气就值得嘉许!但甘隆和余辰在上场前,两个相互鼓劲,发誓一定要打败初二五班,好让初一一班在龙池中学打出一股豪气,让别的班级再也不敢嘲笑他们是全校最差的班级了!

初二五班的队员则是为了荣誉而战,如果他们与低一年级打输了,那在此前他们在初二年级赢得的冠军荣誉不但不是荣耀,反倒成为整个年级的污点，因此，这次比赛初二五班的队员比上次初二年级的决赛更为紧张，也更加团结，更加用力，其目的只有一个，那就是完胜初一一班的篮球队。因此，这两个班级的队员对于这一场年级间的决赛来说，都是志在必得，毫不退让。

两个队从裁判刘大健吹响开场哨开始，双方咬得非常紧，比分交替上升，到了中场的时候，初二五班的分数领先了初一一班八分之多，陈正明老师见状立即叫了暂停，让五个上场队员围拢在他周围，低声地面授机宜，特别强调要周林与陈辉两个人盯防住对方的主力队员刘槐一，让余辰和成功两人保护甘隆进行侧线突破和篮下突击。

五个队员得计之后，上场立即按照陈正明老师的方案实施，由于对方主力队员刘槐一被周林和陈辉有效阻击，加上余辰与成功的积极传球投喂和保护，甘隆在篮下投球屡屡得手，竟然让他有点百发百中的感觉，到了下半场快要终场的时候，初一一班竟然反超了初二五班一分，围观的人群中发出对初一一班赞许、对初二五班讥诮的喊声，而乔婕及锦梅带领的啦啦队员呐喊起来更加卖力，她们大声地呼号："初一一班，加油！甘隆，加油！""初一一班，加油！甘隆，加油！"

初一一班的啦啦队员的加油呐喊气势将初二五班的啦啦队完全压制下去了，初二五班的班主任杨成明气得对他的学生大喊："你们有气无力的，没吃中午饭吗？"

但是初一一班的啦啦队员的声浪完全将杨成明的喊叫声淹没了。比赛很快就到了最后两分钟，初一一班的比分至此始终领先初二五班两分，这让初二五班的队长刘槐一十分着急，他发狠劲一定要在比赛结束前将比分扳回来。双方拼尽力气要抓住这最后的两分钟时间，取得最后的胜利，因此双方的争抢和断球更加激烈，在一分多钟的时间内双方竟然没有进一个球。

只剩下二十来秒的时间了，双方的比分停滞于68：67的状态。这时的球掌控在初一一班的成功手中，刘槐一在情急之下，全力拦阻成功的运球，成功想将球传给余辰，却被刘槐一凭借身高优势抢夺了过来，而此时只剩下五秒就要终场，他一个三步上篮，准备一跃而起，来一个腾空灌篮。

如果刘槐一的这一腾空灌篮成功了，双方的比分势必就改写成68∶69，初一一班篮球队就要落败，而且再无反败为胜的机会了。情急之下，正在篮板附近的甘隆腾跃而起，要阻止刘槐一的灌篮；与此同时，站在甘隆身后的余辰也做出了同样的腾跃动作，两个人同时将刘槐一投出的球压制了下去，但此时的余辰太过性急，他的右手外肘将腾起的甘隆猛地推向篮板，使甘隆的左前额重重地撞击在坚硬的篮板铁包边上，甘隆一下就倒在地上，半天没有醒过来。

此时裁判刘大健吹响了终场哨，双方的比分仍为68∶67，初一一班取得了这场跨年级决赛的胜利，其代价是主将甘隆意外受伤。

比赛终哨刚刚吹响，余辰就发现甘隆倒地不起，顾不上双方的计分，立即弯下腰来喊叫和拍打甘隆，但甘隆仍然未醒过来，这时候老师陈正明及校长程自文、副校长李力都赶了过来，他们着急地呼唤甘隆，但甘隆仍然昏迷不醒。陈正明老师发现甘隆此时的呼吸是均匀的，摸摸脉搏仍平稳，因此他判断甘隆的伤情是可以送到医院里去诊治的，陈正明老师立即吩咐余辰、成功和陈辉这几个学生把教室的一个门板拆卸下来，众人将甘隆抬上门板，再找来一个板车，将甘隆抬到板车上，急急地送往县医院的急诊科就诊。

甘隆刚被送到急诊科时就醒了过来，跟来的女同学们议论说，很可能是刚才在路上颠簸把甘隆又震醒了，他现在已经没有问题了；但甘隆此时发现自己的鼻子在流清涕，众人又议论说，甘隆可能是伤风了，也没有什么大问题。

但此时急诊科的值班医生已经来到跟前，经过一番诊视检查，他跟陈正明老师说，甘隆这是闭合性颅外伤，合并有颅底骨折，甘隆鼻子里流出的清涕并不是伤风引起的鼻涕，而是因为颅底骨折，颅内的脑脊液沿着骨折缝流入了鼻腔，这个现象说明甘隆的头部外伤十分严重，要留院观察；在观察期间出现迟发性昏迷，那就是硬膜外血肿，就必须开颅手术。当然这是一种可能性，留院观察就是要排除这种可能性。

此时甘隆的父亲甘成元从家中赶到县医院来了，他听说甘隆的头部外伤是余辰用外肘推击而造成的，气得挥拳就要打余辰，甘隆见状就吃力地要起身来保护余辰，但他的头部剧痛，只好又躺下了，甘隆的痛苦之状让甘成元放下了拳头，他怕再引起甘隆情绪激动而加重病情。

好在经过四十八小时的观察，甘隆并未出现迟发性昏迷，医生为他照了头颅骨的正侧位X光片，没有发现撞击部位有什么凹陷，也就说明此处局部没有骨折，而只有颅底骨折。陈正明老师和甘隆的父亲一起去向主诊医生请教下一步的治疗方案，主诊医生说，既然甘隆没有额骨骨折，只有颅底骨折，而且他又没有迟发性昏迷，现在看来就没有必要进行手术治疗了，可以回家休养，但甘隆作为病人在一个月的时间内必须保持坐位，这是要防止流入鼻部的脑脊液经过颅底的骨缝返流入脑，造成脑部感染，因此陈正明老师和甘隆的父亲决定将甘隆带回家养病。

甘隆回到家中，两个眼部出现淤青，让人想起熊猫的样子，同学们到甘隆家中来看望他时，开玩笑说甘隆已经变成大熊猫了，要好好保护起来，有些调皮的男同学还带来竹子送给甘隆，说这是专门为他采摘的食物。

乔婕和锦梅也带着班上的女同学一起来看甘隆，为他带来在田野里采摘的鲜花。而乔婕还从家里拿来了一罐蜂蜜，这是她那位当粮食局局长的父亲从乡下带回家的，乔婕悄悄地从家中拿来看望甘隆，这个动作显得特别突出，因为其他的男女同学都没有带什么补品来。

甘隆在一个多月的时间内不能上学，只能在家中坐着静养，这样势必会影响他的学业，甘隆现在已经不是原来那个无忧无虑的浪荡子了，他现在也关心学业，生怕自己因为生病而影响成绩。

其实这些忧虑陈正明老师都已考虑到了，他在班上提议班上学习优秀的同学到甘隆家中为他补课，把白天老师讲的课业为甘隆讲习讲习，他的这个提议很快就得到同学们的热烈反应，乔婕第一个站起来说，她可以为甘隆补习英语，余辰说他可以为甘隆补习数学，而班长陈辉说他可以为甘隆补习语文。

陈正明老师被同学们的热情所感染，他没有想到原来声名狼藉的初一一班现在出现了这么令人感动的场面，同学们之间的霸凌事件逐渐减少，而相互友爱、相互关心则越来越多。这一次跨年级篮球争霸赛中，出现甘隆意外受伤事件的确是一件坏事，但这也成为促进同学精神面貌向良性方面转好的一个非常好的契机，他觉得要利用这种契机引导同学们向良善靠近，最终引导他们成为诚挚有信、为人以忠的君子。

一个多月后，甘隆眼部的淤青逐渐消退了，鼻腔不再有脑脊液流出，到县医院外科复诊的时候，医生告诉说甘隆现在基本上康复了，只是暂时还不能剧烈运动，但是可以恢复上学了。在这一个多月期间，陈正明老师惊喜地发现，学生们的学习自觉性比开学之初要高得多，不但在白天的课堂上开小差、讲话的同学少多了，而且晚上自习时间，这些学生也能到校复习白天的功课，完成作业。

再过二十来天，就到了初一的上学期的期末考试，而这次期末考试则是在两天时间内考了四门课程，包括有两门主课数学和语文，另外有政治和英语，考试完的第二天，四科成绩全都统计出来了，初一一班的四门课程平均分数没有一门垫底，其中语文和数学都是初一年级五个班中的第三名，政治和英语则都是位列第四名。这个成绩令校长非常满意，因为初一一班进校分班时是全年级最差的一个班，现在有这样的成绩说明通过班主任陈正明老师的努力，这个最差班已经逆袭成为年级的中游班级了，加上初一一班在年级篮球赛当中勇夺冠军，程自文校长高兴得要把陈正明老师评为年度先进老师，尽管到此时为止，陈正明老师来到龙池中学工作只有一个学期，没有完成一整个年度的工作时间。

而在初一一班的内部，学生的总体成绩比开学之初的摸底考试成绩有了明显的提升，学生个人当中，以班长陈辉的成绩最好，语文、数学、政治都超过了八十五分，乔婕的英语是八十二分，是全班的最好成绩。余辰的成绩是四门都及格，语文和数学甚至有七十多分，甘隆则因为一个多月没有上课，这次期末考试成绩就显得比较平庸，四门课程的成绩都有七十分以上，数学甚至有八十二分。

陈正明老师在分析全班学生的亮点的时候发现，如果开学后甘隆、余辰和成功这些刺头孩子没有逃学旷课，没有打架胡闹，他们能够考出更好的成绩，所以其实余辰和甘隆将来有很大的后劲，特别是甘隆在休学一个多月后还能考出现在这样的成绩，说明他还有很大的提升空间，将来很可能成为全年级最好的学生。

第五章　转校风波

初一一班的乔婕是吸引全校男生注意力的中心，尽管她的父亲乔志钰曾在乡下工作过好长一段时间，但她的母亲林回梅却带她在麻城县城城关镇上生活和读书，让她自幼练习体操，后来又带她报名参加了县青少年小红花艺术团，因为她有良好的体操训练基础，所以参加艺术团后经常成为集体舞蹈的领舞。

那个时候小红花艺术团在逢年过节或重大节假日的时候，但凡学校内或校际有什么重大活动，乔婕就带领舞蹈队参加表演，在"北京的金山上""各族人民欢聚一堂"这一类的群体性舞蹈演出中，在二十几位小演员中，她就是做出难度最大的或最标准舞蹈动作，并经常占据C位的那一位舞蹈公主，是众星拱捧的月亮，因为乔婕的舞蹈动作最为优美，特别是她的踢腿动作是全体舞蹈演员中踢得最高的。

乔婕的容貌则是龙池中学长得最漂亮的，神态气质高冷而优雅，身材高挑，腰紧腹平，握不盈尺。乔婕在平常的时候梳一条高马尾辫，带有强烈的青春气息，前额没有刘海，使她的面部显得敞亮而富于十足的清爽感；而在舞蹈演出或训练的时候，她就会把头发盘在头顶部，就显得她更加挺拔高峻，走路的时候，腰身与臀部就优美地扭动起来，而扎起马尾辫随着头部的运动而左右摆动，显得步态十分轻盈，吸引了众多男生艳羡的目光，但是她目不斜视的神态显得高傲而冷峻，所以她得到许多男生的喜欢，但又不敢随意接近她。男生们在暗地里议论同班或同校的女生时，常常说乔婕走路一扭一扭的，高冷得像个"菩萨"，所过之处尽是回头观望的男生。

有时候乔婕外出行走，总会有好几个男同学结伴跟随在她的后面，但总是保持十来米的距离，不敢靠近；胆大一些的男孩子们会在乔婕的身后起哄，或者莫名其妙地大笑，或者窃窃私语般在议论乔婕。这时候走在前面的乔婕会转过头来，用眼睛瞪着这些尾随的男孩子，他们就会因怕惹恼乔婕而退到更远的地方。青春期的男孩子追女孩子，是受荷尔蒙刺激的一种不自觉癫狂行为，这些行为是不受大脑控制的，他们这样做只是想尽办法引起心仪女孩的注意，再伺机对她好。

有时候乔婕在经过男孩聚集的地方的时候，本来热烈争吵的男孩子们会突然安静下来，眼睛齐刷刷地向乔婕行注目礼，大胆一点的男孩这时会怯生生地喊乔婕的名字，而乔婕则对这些男孩子的示好视而不见，收紧胸腹，昂首挺胸，目不斜视地加快步伐通过。

这些男生中胆子大的就变着法地来接近乔婕，这些方法是五花八门的。最简单的方法就是写纸条，乔婕经常在她的课桌抽屉里发现纸条，这些纸条上多是写着什么"请你下课后到什么什么地方去，我会在那里等你"，有的纸条上干脆用中文或英文写"我爱你"或者"I LOVE YOU"这一类字句，这些纸条多半是在教室里没有人的时候塞进乔婕的课桌抽屉里的。

胆子大的学生敢在纸条上署名，但多半纸条没有署名，这是一些胆子小的男孩怕遭到拒绝或被忽视惹得同伴们的嘲笑，因此不敢在纸条上署名。乔婕有时在一天之中能接到四五张这样的小纸条，有很多是隔壁班或高年级的学生趁初一一班教室人少的时候跑进来塞进抽屉的。乔婕开始接到这一类纸条的时候，有些脸红而惊慌失措，把纸条交给老师，后来接到纸条多了，乔婕就习以为常，常常一撕了之。

另外一种接近乔婕的方法是想方设法地换座位，换成与乔婕同桌，这是胆子最大的同学使用的伎俩。陈进鹏是全班身材最为高大的男生之一，他的座位被安排在全教室最后排，而刘团团本来是和乔婕同桌。

陈进鹏在后排坐着上课时，抑制不住总将目光投向乔婕，他绞尽脑汁想出了和刘团团换座位的办法。下了课后，陈进鹏找到一个无人处，抓住中等身材的刘团团的衣领威逼着交换座位，刘团团怕挨陈进鹏打，只好同意他的要求。

当陈进鹏出其不意地坐到乔婕身边的时候，乔婕十分反感，质问他说：

"陈进鹏，你怎么坐到我的身边来了？"

陈进鹏说：

"我是和刘团团换了座位的，所以这是我的座位！"

乔婕说：

"我不喜欢你坐在我身边，你这么高，会挡住后面同学的视线的！"

陈进鹏说：

"我就要和你坐一起，你又不能赶我走！"

乔婕说：

"那好，你有种，你看我能不能将你赶走！"

下了课，乔婕直接找到陈正明老师，说陈进鹏私自换座位，不守课堂纪律，还挡住后面同学的视线，她不愿意和陈进鹏坐在一起。陈正明老师答应调查一下这个事情，但还没来得及过问，接下来就又是一节政治课，胡敏忠老师给大家讲述"剩余价值"和资本家如何通过资本剥削工人阶级以完成财富的积累，以及财富如何向资本转换，进一步剥削工人阶级。

因为头一天晚上没有休息好，乔婕又觉得胡敏忠讲的课十分沉闷而无趣，陷入无限的困顿之中，不知不觉地伏在桌子上睡觉。胡敏忠感到不悦，点名将乔婕叫醒，但过了不久乔婕又伏桌睡了起来，胡敏忠再次点名想要叫醒乔婕，可她实在太困了，没有听见胡敏忠的点名，胡敏忠气急之下，对她旁边的陈进鹏说：

"陈进鹏，你把乔婕推醒，实在太不像话了，上课睡觉叫都叫不醒！"

乔婕听到陈进鹏的名字，她一个激灵就坐了起来，对着伸手过来要推醒她的陈进鹏厉声说道：

"可别碰我！"

乔婕对陈进鹏的这一声厉喝，让他吓得像受到烫伤一样将手一下子缩了回来。原来，乔婕是如此讨厌和反感这个主动要坐在她身边的同桌，一是不喜欢陈进鹏这个傻大个似的身材；二是不喜欢他不请自来坐在自己的身边，想以这种唐突的方式追求自己；三是因为陈进鹏是从乡下转学过来的，他有一些不良的习惯，喜欢直接用手去抠牙齿，把嘴唇咬得厚肿难看，更有甚者他有时候用手去摸脚后又直接到处乱摸。乔婕十分讨厌他这些不讲卫生的习惯，不愿意让他有接触自己身体的机会。

下了政治课，乔婕再一次以同样的理由找到陈正明老师，要求尽快把陈进鹏从自己身边调开。陈正明老师找来陈进鹏，责问他道：

"陈进鹏，你为什么私自将座位从最后排调到中间去了？"

陈进鹏说：

"陈老师，我的视力不好，看不清楚黑板，所以要调到中间去。"

陈正明说：

"那这样，你想坐中间也可以，但必须坐在边座上去，这样既挡不住后面同学的视线，又满足了所谓的视力不好的要求。"

陈进鹏知道他想继续与乔婕同桌的可能性已经被消除了，坐到边座还不如坐到最后排，在最后排想偷懒睡觉不容易被发现，遂主动说：

"那陈老师，我还是回到最后排座位吧！"

这次换座位的风波就这样平息了。但还有很多同学想其他的办法来接近乔婕，比如说有的男孩很喜欢乔婕，老是制造偶遇或邂逅的机会，在放学的时候要为乔婕背书包，或者要求和她在一起写作业，在写作业时为了找机会和乔婕说话，就故意装作是不经意地碰乔婕的臂肘，让她的字写错，或将乔婕的文具弄丢到地上，又为乔婕将文具捡起来表功，通过这种方式引起乔婕的注意，这样一来一往就增加了与乔婕说话交流的机会。青春期小男生对小女生的情愫，如荷苞刚刚开绽时欲说还休，如未成熟的莲蓬一般青涩。还有的同学会巧妙地向乔婕讨要照片，当然这一类要求通常都是被乔婕拒绝或忽视。

但是在龙池中学也有不喜欢乔婕的人，那就是被乔婕抢走风头的女生，如初一一班的梁婷也是面容姣好、仪态万方的女孩，她的家世良好，父亲是县气门厂的副厂长，有一个姑姑移居香港，家中的电器要比平常人家多多了。照说乔婕和梁婷这样两个家世相近的女孩子是相通相融的，但是就是因为大多数男孩的目光被乔婕吸引走了，显得梁婷有些落寞，因此梁婷对乔婕怀有很深的敌意，几乎到恨之入骨的地步，常常在背后说乔婕的坏话，好在男孩子们不听梁婷的煽动，一如既往地对乔婕好。

县教育局体教科向各学校下发文件，要求各中学在初中部和高中部成立校级篮球队，要在全县范围内进行校际比赛。龙池中学的校长委托体育教研组组长刘大健老师组建龙池中学篮球队。刘大健受命之后，将初一一班的甘隆、余辰，初二五班的刘槐一、张峻及初三年级的林轲、方宏六位身材高挑、有篮球特长的学生组合成为新成立的篮球队，自己身兼校队教练。

校篮球队成立后，刘大健组织队员在每周一、三、五的下午进行训练，每次训练时间长达两个小时，很快就使新组建的篮球队的配合、攻防、战术及个人球技各个方面突飞猛进。很快全县校际篮球赛就进入第一期的循环赛阶段。

龙池中学篮球队在这场循环赛当中，第一场比赛是与县二中进行客场比赛，以几乎相近的比分险胜了对方，但在第二场与县一中进行的客场比赛中，他们则负于对方。接下来的是要与县二中、县一中进行在龙池中学的主场比赛。在与县二中进行主场比赛时，龙池中学的老师和学生将篮球场围了里三层外三层，梁婷都积极观赛，但乔婕是作为啦啦队员为本校队员送水、送擦汗毛巾，更得了便利之先，加上乔婕练过舞蹈和体操的俏拔身姿让她出现在球场的时候，吸引了全校男人的目光，而梁婷则被淹没在围观的人群中，还时时听见身边的男生在交头接耳地说：

"那个女孩好漂亮，她叫什么？是哪个班的？"

"她叫乔婕，你还不知道呀？真是孤陋寡闻，全校最美的女生，校花！"

这一类的议论让梁婷听了十分嫉妒，认为是乔婕抢了她的风头，乔婕就是她的敌人。在接下来与县一中进行主场比赛前，梁婷也学着乔婕扎起高马尾，穿着她父亲从广州为她买的紧身打底裤，穿八厘米的高跟鞋，她这是要与乔婕一争高下。

在比赛休场的时候，梁婷的愿望还是落空了，因为所有围观男生的目光还是被乔婕吸引走了，几乎没有人注意到梁婷新奇的衣装，她气疯了，主动跑到球场要去为刚刚投了好几个三分球的甘隆送水喝，结果又被乔婕带领的啦啦队员捷足先登了。梁婷在甘隆面前讨个没趣，将水瓶向地上一投，恼火地急转身要退出围观的人群，因为她在大庭广众之下被甘隆拒绝，这非常伤害她的自尊心，她必须退场才能保住她的面子。但没想到梁婷转身太急，穿着八厘米高跟鞋的双脚转圜不及，右脚向侧方一倾，梁婷扭伤了足踝而跌倒在地，全场围观的男生发出喝倒彩的叫好声，令梁婷更加尴尬，落得个满脸通红，好在梁婷的两个小姐妹跑上前来，将她扶了起来，一瘸一拐地退出了球场，使得这场球赛得以继续进行下去。

梁婷被甘隆拒绝已经十分伤心，被乔婕抢了风头又十分气恼，当她的父亲和哥哥开着车来接她的时候，梁婷哭得梨花带雨，说要转学走了，不想读这所龙池中学。梁婷的哥哥梁小庆问明原委后，答应妹妹要为她出头。

很显然，梁婷这样的女孩子对抢了她风头的对头绝不会善罢甘休的，而且她的活动能量也绝不会局限于龙池中学的课堂和校园之内，她的哥哥梁小庆就是混迹于社会上的那些油子哥。当梁婷求助于她哥哥，要他整治对头乔婕后，他就去找与他过从甚密的社会闲散人员求助，宣称龙池中学有一位面容姣好、体态婀娜的美女，值得他们一亲芳泽。

所谓人怕出名猪怕壮。乔婕的美貌为她带来男同学们的喜欢和暗恋，也吸引了社会上闲散人员的注意。转过年来就是初一年级的下学期了，学生们在开学后按部就班地上课，教学进程波澜不惊。这天下午上完了三节课后，到了五点来钟，学生们听到了下课铃就都收拾起书本和文具，背起书包回家去了。

初一一班的乔婕、锦梅和陈兰三位同学的住址相近，经常结伴一起回家，今天她们三人也相约走在一起。当她们三人走到龙池桥上的时候，见有五个小地痞站在桥的一侧玩闹，她们三人怕惹事，就侧身走到桥的另一侧，想快速通过桥面以回避这些小地痞的纠缠。但是她们的这种躲避行为，反而让这五个小地痞觉得这三个小女子心虚胆小，是可以任其欺负的对象，所以为首的一个叫"火子"的地痞对着三个女孩喊道：

"嗨，嗨，嗨，那三个小妞，站住，过来陪大爷我玩玩！"

火子就是听了梁婷哥哥的教唆后到龙池桥上来给乔婕找碴的，当然梁婷的哥哥不会出现在这种场面之中。三个女孩听出了火子的调戏不怀好意，吓得加快脚步，想要跑过龙池桥，其中陈兰的鞋都跑掉了，她不敢捡，只顾向前跑去。但火子手下的两个小地痞受火子的指使，一前一后地跑了过来，将这三个女孩拦住了去路。这三个女孩子想要逃走，却被这两个小地痞拉住不放，五个人就拉扯僵持着，这时候火子就和另外两个地痞从桥的另一侧走到这边来了，他一把将长得最好看的乔婕拉了过来，双臂紧紧环住乔婕的身体，想要用嘴去亲乔婕的脸，乔婕誓死不从，伸手抵住火子的脸，不让他的臭嘴靠近自己的嘴唇。但另一个叫"扣子"的地痞见他的头目火子不能得手，就上前捉住乔婕的双手，火子这才用嘴贴到了乔婕的脸上，乔婕气得用两脚乱踢，其中的一脚踢到了火子的裆部，火子一下子痛得大叫了一声，双手脱开了对乔婕的环拥。乔婕趁势跑开了，但扣子追上来将乔婕拉住了往回拽，而与此同时，另外两个女同学锦梅和陈兰也正在遭受另外三个地痞的调戏。

这个时候，结伴回家的甘隆、余辰和成功三人刚刚来到龙池桥头，看见他们的三个女同学正在遭受五个地痞的欺侮，不由得怒火烧心，三人快速跑到龙池桥的中央，甘隆一把将扣子向后一推，护在乔婕的面前，不让她再受欺侮，而余辰与成功两人则分别去救锦梅和陈兰两人。

但三个初中小男生是很难与五个快要成年的地痞抗衡的，这六个初中生在与地痞的抗争中很快就落入下风，特别是甘隆为了护住乔婕，受到火子与扣子两人的围攻，受到这两个地痞的毒打，他被打得鼻青脸肿的，而且余辰与成功两人也受到另外三个地痞的毒打。双方的实力太过悬殊，这六个初中生完全处于被动挨打的局面，好在甘隆与余辰的勇气可嘉，他们二人总是不服输，奋力地反击对方的殴打，只是他们终究脱不开这五个地痞的缠斗，更别说甘隆想让他的三个女同学脱身，跑到派出所去报警了！

好在此时陈正明老师和初二的物理老师黄兴博两人下班了，正要到菜市场去买菜，正骑着车从龙池中学校门出来，经过龙池桥时看到他们的学生正在遭受地痞流氓的侵害，二人不由分说，立即将自行车停靠在桥边，大声呵斥以火子为首的这五个地痞，要他们立即停止殴打学生。

但火子是这一带有名的地痞老大，他见陈正明和黄兴博只有两位成年人，而他们一方有五个身高体壮的青年人，双方实力还是没有发生根本性的逆转，他对两位老师的呵斥根本就不予理会，继续殴打三位男同学，还要继续揩那三位女同学的油。陈正明与黄兴博老师一对眼色，就跳上前来，要与这些地痞直接交手，以阻止他们的流氓行为。这五个地痞因此转过身来与陈、黄两位老师相斗，同时也不忘继续殴打甘隆、余辰与成功三位男同学，但他们放松了对三个女学生的纠缠，因此乔婕和锦梅得以逃脱，她们俩迅速跑向城北派出所报警去。

地痞火子见有女学生跑向派出所的方向，知道很快就有干警过来抓他们了，心中开始害怕起来，但此时陈正明老师的一只有力的大手正攥住他的左腕不放松，火子在情急之下，就用右手所持的短刀猛地刺向陈正明的右掌部，陈正明痛得啊地叫了一下，松开了火子，火子趁机逃脱，扣子和另外三个地痞也寻机逃走了。

当乔婕、锦梅及陈兰三位女同学带着派出所所长余协威和三个干警赶到龙池桥时，五个地痞已经全部跑走，看到黄兴博老师正在为陈正明老师包扎伤口。余协威请陈正明老师先到附近的卫生所看病，诊所的医生为陈正明将伤口清创后，缝合了三针，又重新做了无菌包扎。从诊所出来后，余协威又带他们师生回到派出所做了立案和笔录，并让他们八个师生对最后的记录签名备案。

地痞火子团伙劫持龙池中学的女学生并打伤老师陈正明和男学生的事件在麻城传得沸沸扬扬，激起轩然大波，街头巷尾传说就连派出所所长的公子也被流氓打伤了，这个龙池中学的治安环境太差，不能把自己的子女放在龙池中学上学了。因此，好几个学生的家长来到学校找校长程自文，要求将自己的子女转学到县城一中上学。

这些家长当中最有影响的就是乔婕的父亲乔志钰，当他听说女儿乔婕今天受了欺负，就下决心要将乔婕转走，绝不再让女儿乔婕在龙池中学上学了。本来呢，乔志钰是黄土门乡的乡长，半年前因为工作出色被提任县粮食局局长。

在回到县城工作之前，乔志钰原想把乔婕的学籍转到县一中，但是他的调令是不久前才到他的手中，因此，他起意将乔婕转学的动作就晚了，县一中初中部的名额已经满了，是以乔志钰让乔婕先在龙池中学上个半年一年的课，等他在县粮食局工作安定下来后，再将乔婕转到县一中去，但没想到他上任粮食局局长的半年多来，工作太忙，几乎每半个月要下一次乡，一下乡要在乡下待好几天，这样他就把女儿乔婕转学的事情耽搁了下来。这次女儿被地痞劫持、欺负，使乔志钰痛下决心，一定要把女儿转学的事情搞定。

乔志钰这次找到县一中的校长胡伟说明来意，胡伟自然是很爽快地答应了粮食局局长的要求，并出具了接收函。当乔志钰兴高采烈地拿出县一中的接收函回到家中，当着妻女的面说很快就能将乔婕转到县一中上学，乔婕出乎意料地拒绝了父亲的好意。乔婕说她只喜欢在龙池中学上学，她与初一一班的老师和同学已经很熟悉了，不想再转到新的环境中从头来过！乔志钰情急之下说道：

"婕儿，这个龙池中学就是一个烂学校，县一中的条件要好得多，你为什么不想转学？别的学生想转还转不了呢！"

乔婕说：

"爸，你说龙池中学是个烂学校不假，初一一班更是一个烂班，但是自从陈正明老师带班以来，情形就变了，我们班学习成绩已经大幅提高，而且陈老师还说了，他一定会把我们这个班带成全县最好的初中班！"

乔志钰说：

"婕儿，那是陈正明吹牛！你们学校这么差，师资力量这么弱，他凭一己之力就能把你们班带成全县最好的初中班，这可能吗？你以为县一中的老师都是吃素的吗？"

乔婕说：

"爸，你别不信，只上学期一个学期，陈老师已经把我们班的风气纠正很多，成绩也好了很多，你不相信我管不了，反正我相信我亲眼看到的，我相信陈老师的水平和能力，我绝不转学，绝不换班。"

乔志钰说：

"婕儿，这不单单是学校教学的事情，还有治安我更加担心，上次你被火子这帮流氓劫持的事你难道忘了吗？"

乔婕说：

"爸，治安的事情县公安局已经出面管了，我们同学余辰的爸是城北派出所所长，他出面到县公安局汇报了案情，县公安局把这当成大案来办，已经在全县发协查通报，火子这个团伙再也不敢来滋扰龙池中学了！"

乔志钰说：

"不行，我不能由着你的性子，我明天就到学校去找程自文校长，直接给你办转学手续！"

乔婕的母亲也说：

"婕儿，这件事我随你爸的意见，不能让你再在龙池中学上学了，别这样耽误下去，你考不上好的中学，将来连个大学也考不上，我和你爸的老脸将来在麻城就没有地方放了！"

乔婕说：

"爸，妈，我现在就和你们表态，不管你明天转不转得了学，反正我是不愿意到县一中上学，我只在龙池中学读初中！"

乔婕回答她父亲说她因不想离开初一一班这个班集体而不想转学，但是在她的心目中实际上是不想离开甘隆，因为甘隆这一次挺身而出，在龙池桥头被地痞流氓打得鼻青脸肿，在那个危急关头，这个小小男子汉成为她的保护神。原来乔婕因为甘隆在篮球场上矫健的身姿而对他有好感，她在心目中潜滋暗长的幽情，现在一下变成了明确的爱情，这个少女已经爱上了同班同学甘隆，而且是深深地爱上了他，只是因为少女的羞涩，她从未向甘隆表达这种感情，而甘隆则像一个木头人一样，对乔婕的倾慕未有任何的察觉和回应。

而乔志钰只当女儿说出这话是孩子气，认为只要他将转学手续办好，到时候由不得她不到县一中去上学，因此第二天乔志钰放下手中的公干，让秘书派了一个车随他一起来到龙池中学，找到校长程自文。程自文从乔志钰手中接过转学籍接收函，他当然不愿意像乔婕这样的好学生被转走，就飞快地思索如何说服乔志钰改变主意，他先向副校长李力使了个眼色，让他去把初一一班的班主任陈正明老师请过来，而他自己则想办法做起乔志钰的劝解工作。程自文对乔志钰说道：

"乔局长，你为什么要将女儿转走呀？她在我们学校最受重视，是初一一班的英语课代表，我们老师对她特别培养，要比你把她转到一中好得多。乔局长请试想一下，县一中优秀学生那么多，老师把精力平均放到其他学生身上，到时候乔婕在那里反倒受了冷落，学习成绩反而会不如在我们这里，你说你这是何必呢？"

乔志钰说：

"你们龙池中学的治安这么差，乔婕上次就被火子劫持了，我还有胆让她在你们学校上课吗？"

程自文说：

"乔局长，这件事已经处置好了，我保证不会再发生类似的事情，县公安局向全县发了协查通报，要抓火子团伙了。"

乔志钰说：

"那还有其他团伙呢？你如何保证学校的治安不受干扰，保障我女儿的安全？"

程自文说：

"乔局长，县一中也有治安问题呀，你不是不知道吧？不过，我私下透露一个消息，听说中央要搞严打，惩治一批流氓地痞，到时候全国、全县的治安就会清明起来，龙池中学也不是法外之地，治安和县一中一样都会好起来的。"

这个时候，陈正明老师已经被李力副校长请到校长办公室里来了，校长程自文立即站起来向乔志钰介绍说：

"乔局长，这是我们龙池中学的金牌老师陈正明，他是你女儿的班主任老师，你有没有听女儿说过，陈老师的数学很有启发性，连智商一般的同学一听他讲课，都能开窍！"

乔志钰说：

"这倒是听乔婕说过，陈老师讲课特别会深入浅出，只是以前没有见过陈老师，今日有幸得见。"

陈正明坐下来后，乔志钰继续说：

"陈老师，我这次来是要为乔婕办转学手续，转到县一中上学，那里条件要好很多。"

陈正明说：

"乔局长，县一中从总体上来说，肯定要比龙池中学强许多，只是具体到每一个学生身上并不尽然，乔婕转学到县一中，未必就能受到针对她特点的教学，到时候学习成绩的提升未必就比在龙池中学强！"

乔志钰说：

"陈老师，你的教学能力我在坊间是有所耳闻，你的数学水平也是有口皆碑，但你在龙池中学也就是一枝独秀，龙池中学其他学科不强，对孩子的全面发展也不利呀！"

陈正明说：

"乔局长说得自然有一些道理，程校长和作为班主任的我并不是要强行留下乔婕不让她转学，只是我在来校长办公室前问过乔婕本人，她说她已经与本班级的同学有感情了，特别是班上的三个男同学奋不顾身地保护她，令她十分感动，她舍不得同学们，不愿意离开龙池中学。"

乔志钰说：

"孩子年纪小，不知道前路艰难，如果她考不上大学，将来怎么办？所以，我不会任孩子胡为，一定要将她转学到县一中去的。"

陈正明说：

"乔家长，说到考大学，现在大学录取率是百分之五左右，即便到了县一中也未必能保证一定能上个好大学呢！"

乔志钰说：

"县一中上学考取大学的概率要远高于龙池中学吧?!"

陈正明说：

"那黄冈中学呢？黄冈中学的大学录取率要远高于县一中吧？"

乔志钰说：

"黄冈中学谁不知道是全国数一数二的好中学，但是县一中都去不了，还奢谈什么黄冈中学呀！"

陈正明说：

"乔局长，只要你将乔婕这三年都让我陈正明带教，我就保证让她在中考时能考上黄冈中学！"

乔志钰疑惑地说：

"陈老师，你能保证这个？上黄冈中学?"

陈正明说：

"乔婕是个好苗子，只要善加引导，她中考自然能考好，上黄冈中学是不成问题的！我这么大包大揽地向你作保证，不是看在你是局长的分上，是看到乔婕实在是个学习的好苗子，想得英才而育之！"

乔志钰说：

"好，既然你陈老师这么说了，有了这个保证，我暂且信你一回，信你龙池中学一次。"

乔志钰又转过头对校长程自文说：

"程校长，既然陈老师这么诚恳，你程校长又这么热情，我就暂时不办理转校手续，不过我要说好，再观察一个学期，如果乔婕的成绩没有提高到理想的目标，她在初二年级时我就还是要为她办转学手续的！"

程自文校长说：

"乔局长，你就瞧好吧，我们一言为定。"

乔志钰见龙池学校真诚挽留，加之女儿乔婕坚决不肯转学，遂暂时收回了要为女儿转学的打算，其他想为子女办理转学手续的家长见县粮食局局长放弃了为女儿转学的尝试后，也纷纷改变了主意，这一次集体转学的风波总算平安度了过去。程自文校长紧张的心理总算放松了一点点，因为如果这次批量学生转学成为龙池中学的一种风气，那必然会将龙池中学的名声搞得更加狼狈不堪，他作为校长的领导责任自然也推卸不了，到了年底向县教育局汇报工作时一定会受到批评，他这个校长的职务能不能继续担任下去就很难说了。这一次转学风波的平安度过有陈正明老师很大的功劳，因此，程自文校长对陈正明十分感激，由是对陈老师的合理化建议也极愿意采纳。

在这一年的八月中旬，火子团伙作为麻城县最嚣张的犯罪团伙被县公安局抓获，关入大牢，后来依法判了重刑。自此之后，龙池中学周边的治安大为好转，学生家长们也开始放心让子女到这个学校上学。

第六章　少年心事当拏云

陈正明老师走出了校长办公室后，对他在乔志钰面前夸下的海口有些后悔，这给他带来很大的压力。对于龙池中学这样的师资力量极差的学校来说，想要在中考后送几个学生进入黄冈中学的目标实在太高了，要知道黄冈中学是全国的中学教育的高标！好在还有两年多时间，有大把时间来努力，或许能达成这个目标。

不过，陈正明对乔志钰夸下的海口并不是毫无根据的大吹大擂，他曾对全班同学做了全面的分析和衡量，结果认为他所带教的这个初一一班的学生都是禀性纯良的学生，虽然爱打爱闹，那也只是因为没有人做良好的教导，以致明镜之心落满了尘埃。只要他作为班主任和带教老师对这些学生勤加引导，循循善诱，用爱心拂拭他们那蒙尘之心，这些学生一定能从迷途转入正轨，再在学业上加以良好的辅引，这些学生是都能够取得非常好的成绩的。

陈正明有这种想法并不是自作多情而又一厢情愿地上赶着讨好学生，而是出于政治教师胡敏忠的一次告状。原来，在不久前的一堂政治课上，胡敏忠老师准备向学生们讲解"经济基础"和"上层建筑"两个概念，他在开始讲课前，要对这个新的授课班级进行初步了解。胡敏忠老师问道：

"同学们，你们说说，你们是为什么要来到我们龙池中学上学的？"

这一问像一瓢水泼进油锅之中，引得全班学生像炸了锅似的议论起来，这时候余辰站了起来，回答说：

"胡老师，我们还不是想考县一中没有考取，才被扒拉到龙池中学里来了呗！"

余辰说完，引发全班同学哄堂大笑起来，搞得胡敏忠好像是自己不了解情况，开课伊始就哇里哇啦地乱问问题，而且这个问题还问得十分不恰当，又好像是他碰了一鼻子灰一样，心中十分不爽，只好不再发问，直接讲课了。

回到教学办公室后，胡敏忠就向陈正明告状，说初一一班的学生们对他不敬，还有声有色地学着余辰的腔调把他的回答重述了一遍。陈正明老师听了胡敏忠老师的告状，不怒反喜，哈哈地对着胡敏忠一笑，说道：

"你这么一说，看来我的这一班学生还不是朽木不可雕般的无可救药呀，说明他们还是有向学之心，有向上之意，孺子可教也。"

陈正明这么说并不是仅仅宽慰胡敏忠老师，他的内心也确实是这么认为的。鉴于胡敏忠老师这一次提供的宝贵信息，陈正明想到作为班主任，要与其他任课老师一起作经常性的沟通，以此建立起学生思想动态联系机制，从而有的放矢地针对学生的所思所想进行教育工作。

具体到目前学生因自信心丧失而学习积极性不高的问题，陈正明在心中盘算要开一次班委会，和同学们做一个开诚布公的交谈，以此来激发他们的斗志，提高他们的学习兴趣，但他的打算被龙池中学突然发生的一件淹溺事件所阻扰而暂时放了下来。

原来，初二三班的一个叫刘全的学生带领本校的几个同学，到农民菜地偷摘农民种植的西红柿，这当中就包括初一一班的学生周林。结果这些学生被农民发现了，这五六个学生被拿着扁担和锄头的农民追逐得四分五散，其中刘全被两个农民追着向东逃走，但是一条大河拦住了他的去路。刘全跳入涨满洪水的大河之中想游到对岸去，以逃脱两个农民的追打，但没想到陷入了河中的漩涡，慢慢地淹溺而亡，他的尸体直到第三天才在下游几十里的地方被找到，全身也被淹得浮肿起来。

这件事对整个麻城城关镇影响很大，所有的街道都在传播这个消息，刘全的家长与学校及当事的农家陷入纷扰之中，而且也在龙池中学的学生中投下很重的阴影。虽然这个事件主要人员是初二三班的学生，但是初一一班的周林也参加了这个事件。所以，陈正明老师也受到校长程自文的严厉批评，他被指责管教学生不严。

陈正明老师分析这个事件的前因后果之后，就将周林叫到身边进行了批评和教育，但是他想，这个事件所带来的影响正是召开班务会的契机，因此他在周二下午下课后将全班学生留了下来，召开一次由全体学生参加的思想教育工作班务会。为了增加师生之间的互动和了解，陈正明老师请来了语文老师于车水、英语老师秦怡华，还有体育老师刘大健、带教物理课的黄兴博老师和带教政治课的胡敏忠老师一起参加这次班务会。

在这次班务会召开之前，班长陈辉已在陈正明老师的授意下，在黑板上写好了这次班会的主题"端正学风，明志定向"八个大字，这八个大字让参会的任课老师和全体学生感受到这次主题班会的严肃性。陈正明老师随后就对同学们做起了全面的思想动员工作，他先问同学们一个问题，说道：

"同学们，我作为班主任，把同学们留下来，还兴师动众地请来了五位任课老师，是为了举行一次正式的班务会议，这次班务会是我们班级第一次正式会议，是事关我们班级今后的走向、事关每一位同学今后前途命运的班务会，在这次班务会正式举行之前，我们先鼓掌向五位参加这次班务会的老师表示欢迎和致敬！"

初一一班的全体同学拼命地鼓掌，让五位老师感受到同学们的热情，他们遂一起站立起来，向同学们挥手表示感谢。待五位老师重新坐定后，陈正明老师继续说道：

"今天我们这个班务会的主题是'端正学风，明志定向'。为了在这次班务会上完整地贯彻这个主题，我将其分解为三个亚主题。"

陈正明老师说完，遂转身在黑板上写下三个问题，同学们看去，这三个问题是：

一、我们为什么而学？我们为谁而学？

二、我们如何学习才能取得最佳效果？

三、现阶段，我们的学习目标是什么？

在写完板书后，陈正明老师转过身来，对着同学们说：

"同学们，我们现在在龙池中学学习已经进入第二学期的期中了，我们有没有搞清楚一个问题，就是我们是为谁而学习？"

有个学生在台下喊了一声，说道：

"家长为我们提供了学费和食宿，是家长送我们到学校里来的，所以我们当然是为家长学习的。"

"我学习是为了满足父母的期望，获得老师的赞许！"

有的学生说：

"我想要快快成长，才来上学的。"

"我想考一个好大学，就来学习了。"

陈正明老师说：

"同学们，如果我们不好好学习，不掌握足够的知识，掌握过硬的本领，没有足够的文化，将来怎么在社会上立足？连足都立不住，我们又如何回报社会，如何为国家作贡献？因此，我们现在学习知识和文化，实际上为我们自己而学；而我们掌握了充分的知识文化，就掌握了为人民服务的本领，也就能够投身于为祖国振兴的伟大事业，就能够登上为人民作贡献的舞台，实际上学习也是为国家而学习，为人民而学习。

"再说各位同学的家长辛辛苦苦地工作，在社会上挣钱为我们提供了良好的食宿环境，提供学费，提供良好的学习环境，从孝道的角度讲，我们难道不应该回报他们吗？所以说我们的学习又是为家长而学习。

"所以总结起来说，我们的学习有多重意义，是既为自己而学习，也为国家为人民而学习，还为家长而学习，我们肩负着这么重的责任和义务，难道不应该沉下心来好好学习吗？难道为了一些蝇头小利而去偷鸡摸狗，去小偷小摸几个西红柿、几根黄瓜、几根甘蔗，这类东西值得我们去偷偷摸摸吗？将来我们掌握了大本领，能够为国家作贡献的时候，回报不是比这个更大，更为荣耀光荣吗？"

这个时候，班长陈辉走上前来，在黑板上写下：

为振兴祖国而学
为报答父母而学
为完善自己而学

在陈辉写完这三行字后，陈正明老师继续说道："陈辉同学的这三行板书已清楚地回答我们学习是为什么和我们为谁而学的问题，现在我们就来讨论第二个问题，我们如何学习才能取得最佳效果？现在我们先请上周林同学。"

这时候，周林同学站了起来，走到讲台前，拿出一份检讨书，先向全体同学做出了诚恳的检讨，发誓以后再不做这些偷鸡摸狗的小偷小摸了，一定要把精力放到学习上来。周林同学退回到座位后，陈正明老师继续说：

"人来到这个世界上几十年，甚至上百年的时间，每个人都有每个人的使命，如果没有这种使命感，我们不就像蚂蚁蚊蝇一样，永远碌碌无为地度过一生了吗？那么如果想有所作为，必须有本事才能为人民、为国家作出贡献，如果我们心胸更加开阔一点，那就是要掌握为全人类作出贡献的本事。

"所以，我们不要为那些蝇头小利而蝇营狗苟，不要做那些没意义的事，对我们来说现阶段最有意义的事情就是好好学习，能够顺利地进入高中。在完成初中阶段的学习后，能够顺利进入高中，将来能够上升到更好的平台，掌握更大的本领，为自己为父母为国家而努力。因此，对于我们学生来说，遵纪守法、专心学习、戒除浮躁，才能取得最佳的学习效果。"

这时候，班长陈辉再次走上前台，在黑板的第二个问题上写下"遵纪守法，专心于学"八个大字。这时候，台下有个学生插话说：

"陈老师，我们龙池中学这么差，我们能升入什么学校读高中啊？还不如早早地当个工人工作呢，或者回乡当个农民，那也能自己养活自己。"

陈正明老师说：

"这个问题问得好！这就是我们要讨论的第三个问题，我们现阶段的学习应该制定什么样的目标。

"同学们，工人农民是光荣的职业，也是为社会作了基础性贡献的职业，但我们如果树立更加远大的理想，如果我们能够当上科学家，比如说当上物理学家、化学家、数学家，能够探索未知的世界，是不是对人类的贡献就更大呢？你们语文课本上正在学唐代诗人李贺的《致酒行》，你们说说这首诗的尾联是什么？"

全班同学一致回答说：

"少年心事当拏云，谁念幽寒坐呜呃！"

陈正明老师说：

"我想于车水老师已经给你们讲解了这联诗的意义，少年人应当有凌云壮志，没有人怜惜你困顿独处、唉声叹气。现在你们回答我，你们是愿意当凌云厉风的大鹏，还是愿意当倚檐避室的燕雀呢？"

全班同学一致回答说：

"我们要做展翅高飞的大鹏！"

陈正明老师继续说：

"好！同学们志向高远，有凌云之气！作为你们的班主任，我陈正明为你们感到欣慰。"

周林同学在台下插话道：

"我们有远大理想又如何？龙池中学的条件这么差，我们能学得好吗？"

陈正明老师说：

"你们说我们龙池中学没有好的师资，没有好的教学条件，这是客观事实，但是，摆在我们同学面前的不利条件只是暂时的。我们现在初中阶段是为将来人生打好学习的基础，将来会进入高中学习，有的同学还要进入大学学习，为自己也为人类作出更大的贡献。我们初中毕业之后的未来的升学之路，中学的可以升入本校的高中进去学习的。我们龙池中学也必将设一个高中部，我们是欢迎大家进入本校的高中部进行学习，另外一个选择是进入县一中的高中部学习的。

"但是，同学们，你们还有另外一种选择。位于黄州的黄冈中学会向黄冈地区的每一个县招收十名优秀学生，让他们进入黄高进行高中阶段的学习。如果进入黄高学习，那么我们将来考入大学的机会更多，考入中国或者世界名校的可能性会更高，我们的人生就会站上更加高大的平台上。在这个高起点的平台上，我们将会为人类作出更大的贡献，我们可以当大科学家、当大工程师、当大医生。同学们，你们有没有信心好好学习，将来在中考的时候考取好成绩，以优异的成绩进入更好的学校学习，比如说进入黄冈中学学习？"

结果，出乎陈正明老师意料，全班几乎没有人正面回答他的问话，反而在台下叽叽喳喳地议论起来，陈正明听见学生们说，这黄高太高大上了，考进去肯定太难，我们考不上；有的人说，黄高是全国数一数二的中学，那是人尖子才能上的学校，我们想都不敢想考到黄高去上高中。

陈正明见学生们议论纷纷，觉得还不如让他们畅所欲言，遂点名说：

"甘隆，你说说，你有什么想法？"

甘隆站起来说：

"黄冈中学在一个县取十名，哪里会轮到我们这种差班呢？名额早被那些好中学抢走了，我们只要能上县一中就行。"

陈正明老师遂让甘隆坐下，又讲了起来，他说：

"同学们，珠穆朗玛峰是全世界最高的山峰，是所有登山家的梦想，都发誓要征服它。我对同学们的期望并不是要你去登上珠穆朗玛峰，但是就你们初中阶段来说，就我们这个师资力量比较差的龙池中学来说，考上黄冈中学就是你们这一阶段的珠穆朗玛峰，你们如果不树立一个更高的理想，当然就不可能征服它，现在还有两年多的时间，如果你们勤奋学习，还是有机会登上这个阶段性的高峰的。

"当然，对于那些学习成绩比较差的同学或者学习动力不足的同学来说，作为班主任，我陈正明也不是说一定要指望你考上黄冈中学，但至少你们通过努力能够考上我们自己的龙池中学或者县一中的高中部。而对于那些学习成绩好一些的，或者学习动力充足的同学来说，如果你们通过努力就能跨入黄冈中学的校门。

"同学们，你们愿不愿意付出努力，愿不愿意为这个梦想而奋斗？你们有没有信心通过更加刻苦地学习，而征服你眼前的这一座高峰？"

同学们说：

"我们愿意奋斗，我们要考黄高，要考黄高。"

陈辉又走上前台，用板书写下"树立远大理想，确定既定目标，脚踏实地，努力学习"一行字。陈正明老师说：

"好，今天的班务会取得了鼓舞同学们学习热情的效果，你们愿意努力学习，我陈正明还有我们的语文、英语、政治和体育老师，还有明年将会教你们物理的黄兴博老师，一起努力为你们加油助威。"

这个班务会开完了后，乔婕故意拒绝了锦梅一起回家的邀约，等大部分同学回了家后，来到龙池桥上徘徊，她这是要等甘隆经过龙池桥时向他表白。今天该甘隆做清洁值日，做完清洁后，他会一个人回家，而且也要经过龙池桥，这是乔婕算计好的最佳时间，她要向甘隆表达爱意。

乔婕在龙池桥上等了十多分钟，终于见到甘隆从学校校门出来，乔婕见他身边没有别人，遂迎了上去，从书包里拿出了一个精致的皮封笔记本，涨红了脸地呈递到甘隆面前，说道：

"甘隆，这是我送给你的礼物，一个笔记本！"

甘隆没想到乔婕这么主动，不但没有接过这个笔记本，反而退后了一步，问道：

"乔婕，你为何要送我笔记本呢？"

乔婕说：

"这是感谢你上次在这里救了我，保护我，不让我受到火子他们的欺负！"

甘隆说：

"你把笔记本收起来吧，我要它没有用！"

乔婕说：

"为什么没有用呀！你用它记笔记不是很好用吗？再说，我这是给你送的生日礼物呀，后天不就是你的生日吗？我还想约你一起考黄冈中学呢，我们俩到时一起上黄冈中学，就能在一起度过高中阶段，那将是多么美好的事情！"

甘隆说：

"我不想考黄冈中学，我家的条件太差，不比你是局长的女儿，衣食无忧。"

乔婕说：

"不管你考不考黄高，你先把笔记本接着，你考黄高我就考，你不考黄高我就不考。"

甘隆说：

"你是局长的千金，我高攀不起，笔记本你自己收着吧。"

甘隆说罢，掉头就向前走了，把乔婕留在龙池桥上，任风吹起她的刘海凌乱，看着甘隆不近人情的背影，乔婕气得哭了起来，生气地把皮封笔记本扔下了龙池桥，慢慢地沉入了小龙河中。

其实甘隆也对乔婕抱有好感，但是他心里还有自卑感，因为乔婕的父亲乔志钰是堂堂县粮食局局长，而自己的父亲甘成元则是走村串户的游医郎中，双方家长的身份地位差别太大。有时候甘隆还得为父亲送午饭，而甘隆生怕同学们知道父亲是游医郎中，每次送饭给父亲时，他就尽量躲着同学们，不让同学看见他手里提着为父亲送饭的饭盒。

有时候，乔婕和女同学们在甘隆的前面行走，而甘隆本想快走超越她们，但一想到女同学们会发现他手中的饭盒时，他便泄了气，只得磨磨蹭蹭地在乔婕这些女同学后面慢慢行走。这种自卑的心理使甘隆对乔婕这些干部家庭出身的同学有疏离感，因此，当乔婕向他示好的时候，甘隆有些不知所措，干脆就生硬地拒绝了乔婕的示好。

乔婕的这个动作却被余辰看在眼中。余辰是因为今天数学书忘在课桌抽屉里了，他原本已经回到家中，翻看书包时才发现数学书没有在里面，遂急急忙忙地赶回来拿书，没想到看到乔婕在桥上送甘隆笔记本被拒绝的一幕。余辰原本就对乔婕抱有好感，就是没有机会向她表白，这次看到乔婕主动向甘隆示好，他的心头顿起嫉妒之心，好在他看到甘隆没有接受乔婕的笔记本，对甘隆的敌意就烟消云散了。

现在余辰又看到乔婕被甘隆气哭，将一个崭新的皮封笔记本扔下了小龙河，觉得自己表白的机会来了。刚好在此时天下起小雨来，龙池中学的学生们本来上学都没有带雨伞的，但是余辰是从家里回来再次返校，他看着天气阴沉下来，就随身带着雨伞备用。雨下起来之后，余辰正好来到乔婕的跟前，他将雨伞撑起来，遮盖到乔婕的头上，但出乎余辰意料的是，乔婕抬头看见是余辰雪中送炭地为她撑起雨伞，却一把将他推开，自己冒雨跑回家中，留余辰一个人在雨中发愣了半天。

原来余辰拿的这把雨伞是他爸爸留置在家中的，是干警专用的雨伞，当乔婕看到这把伞上有派出所的标识，马上就想起来半年前余辰的父亲，也就是派出所所长余协威将语文老师于车水打伤的事，引起她对余辰十分反感，而且乔婕在心中觉得，余辰看到了刚才她被甘隆拒绝的那一幕，所以她感到羞愤不已，这才粗暴地拒绝了余辰的好意。

第七章　打败黄高

麻城县初中年级校际篮球比赛结束不久，黄冈地区教育局的体教科向全地区所属十县对应部门下发了文件，要组织全地区县际篮球比赛，要求每县各自组织自己的初中篮球队参赛。麻城县一中的体育教研组长李成钢受命为新组建的县初中篮球队主教练，而龙池中学的体育教研组长刘大健则为副教练，这么任命是因为新队的六位球员中有三位是来自县一中，三位来自龙池中学，这当中就包括有甘隆、成功和余辰三人。

为了方便起见，开始时是两位教练各自在本校对所属的队员进行训练，这样甘隆、成功和余辰三人在每天下午下课后跟随刘大健一起进行强化技能提高。为了更进一步提高三人的篮球水平，李成钢和刘大健两人还好几次组织县一中及龙池中学的校队进行对抗赛，这样一来，甘隆、成功和余辰要参加地区篮球比赛的消息在龙池中学不胫而走，尽人皆知，使三人成为龙池中学的风云人物，男孩子们羡慕又嫉妒，女孩子们很多为三人患上了单相思。

很快，县队就要到黄州去比赛了。还是于车水老师想得贴心周到，他预计麻城县队是新成立的队伍，要和黄州中学和黄冈中学校队进行比赛，胜利的概率不高，他叫来甘隆、成功和余辰，鼓励他们要和县一中的队员同心同德，同仇敌忾，而不要因为来自不同的学校意气用事。甘隆、成功和余辰三人似懂非懂地点头答应于车水老师，特别是余辰对于于车水老师更是感激，想当初自己的父亲余协威动手打过于车水的耳光，而他自己还取笑于老师的生理缺陷，没想到于车水老师不计前嫌，主动地关心他们三人，鼓励他们打好比赛。这让余辰觉得于车水老师的形象高大起来，眼前这个瘦瘦的、有些驼背的于车水老师在此时的余辰看来，竟然要比军人出身、身高体壮的父亲余协威更加可亲，也更加可敬！

在甘隆、成功和余辰他们出行的前一天，体贴的于车水老师把他的语文讲课顺序做了改动，将应该在一个月后讲析的《诗经·秦风·无衣》提前到今天来了，为了强化甘隆、成功和余辰的印象，于车水老师让他们每人领读这首诗的一章。

岂曰无衣？与子同袍。王于兴师，修我戈矛。与子同仇！
岂曰无衣？与子同泽。王于兴师，修我矛戟。与子偕作！
岂曰无衣？与子同裳。王于兴师，修我甲兵。与子偕行！

在于车水老师这般苦心孤诣而又声情并茂的讲演解析后，甘隆、余辰和成功三人当堂就将这首秦军战歌背诵得滚瓜烂熟，他们十分感激于老师的良苦用心，在出征前夕为他们送来这样的精神食粮，鼓励他们一致对敌、敢拼敢斗的豪情。

两位正、副教练带着六位队员来到黄州城。临行前，甘隆、成功和余辰三人拿着装有衣服的行包从龙池中学出发到长途汽车站坐车之前，班主任陈正明、校长程自文和副校长李力他们一起出来送行，谆谆叮嘱三人要好好打球，同时在休息时间注意自习文化课，要为麻城县争光，为龙池中学争光。在送行仪式结束后，乔婕过来了，为甘隆和余辰、成功每人送上一副护腕。

这是乔婕用自己的压岁钱在文体用具店里买的，她本来只想买一副送给甘隆，但这样做显得有些唐突，不禁脸红起来。过了一会儿她想出主意，买了三副给出征的三位队员每人一副，她觉得这样就模糊了她心意的指向性，还可以掩盖自己的小心思，好在护腕并不贵，只要八毛钱一副，她本来就不多的压岁钱完全买得起，她为自己的聪明暗自得意。

不要说三人从来都没有见过护腕，龙池中学的体育教研组也没有配备这种稀奇玩意，因此乔婕送上护腕的时候，花了好几分钟才让他们明白了用途。甘隆、成功和余辰三人接受了各自的护腕后，只当是同学的友情，并未多想，都向乔婕表示了感谢。

三人随县队一起坐在长途车上，开始时有些打闹说笑，过了不久，余辰突然对成功说：

"成功，今天我们好像是沾了甘隆的光吧？"

成功说：

"沾他什么光？"

余辰说：

"沾了亮头光呀！你看看这护腕多好呀，可以防护在投远篮时伤了手腕，你以为这护腕是送给你的吗？"

成功恍然大悟，说道：

"哦，我明白了，这护腕是送给甘隆的，乔婕是不好意思，就拿我们俩来做掩护。"

甘隆被二人说得脸红，用右手绷起板栗，在余辰和成功两人的头上分别重重地砸了一下，说道：

"就你们俩聪明！"

甘隆说完，抬头向窗外看去，是一片起伏的丘陵，他的脑海中浮现出乔婕的形象，竟然有一份甜蜜的感觉。

到达黄州城后，主教练李成钢代表麻城队参与抽签，结果第一场比赛就是麻城县队对黄冈中学队。李成钢和刘大健这一下头就大了！他们就是担心碰上黄冈中学队，这是一支他们难望其项背的强队！要是第一场比赛就输给了这样的强队，麻城县队那只好当天就打道回府，那将是多么大的耻辱！李成钢和刘大健两人一想到出发上车前，县教育局体教科科长前来送行，反复叮咛他们要为麻城县争光，为麻城教育争光，这样败兴而归，如何向领导交差？

李成钢和刘大健两人硬着头皮带着县队与黄冈中学队进行比赛，

他们二人知道，对于这个新组建的县队来说，不宜给他们太多的压力，以免他们因为害怕失败而缩手缩脚！

果然当麻城县队的球员来到黄州灯光球场，他们发现形势对己方十分不利，观众中有很多人是对方的拥趸，言谈话语都是支持黄冈中学队，最为要命的是，站上球场时甘隆和余辰他们发现对方球员要比自己这一方壮实很多。双方在赛前热身的时候，都在各自的篮板前试投，余辰对甘隆说：

"他们怎么比我们强壮这么多？明显一看他们壮得像是高中学生，我们怎么弱得像初一的学生？"

甘隆说：

"你傻呀？他们是地区行署的中学学生，天天都有新鲜菜吃，隔天还有鸡蛋和大肉吃，不像我们都是吃咸菜下饭。"

余辰说：

"你说得在理，你看看他们的球鞋、球衣全是新的，我们的全是旧得发白！看这架势，他们这体格我们肯定撞不赢呀！这球不用比就知道我们赢不了！"

甘隆说：

"赢不了也要打！我们总不能没有比赛就举手投降吧？"

甘隆想了一下，立即走向正副教练说出了他的担心。正教练李成钢明白甘隆的担心有道理，将全队六名队员召集到一起暗授密计，他也不指望能打败黄冈中学队，而是希望己方少输几个球，不要溃败！

李成钢对他麾下的六名队员说：

"今天这场球赛对我们十分不利，最主要的是对方体质远超你们几个，你们不能硬拼，要智取。"

麻城县队队长刘成武说：

"李教练，这如何能智取，他们像是高中生一样，有压倒性优势！"

副教练刘大健说："你们冲撞不赢就少冲撞，多传球，专找他们的空当进行突破！"

这个时候主裁判吹响比赛开场哨，双方各自派出五个队员来到中线敌住，成功作为候补队员在场下待命。一开场麻城县队就处于下风，主力队员刘成武、甘隆和余辰就被对方队员全部压制住，因为身体冲撞完全处于下风，抢夺篮板球争夺不过不说，运球传球又总是被对方抢走，不到十分钟，双方的比分就拉开了。

对方的队长黄鹏是主力队员，投球如有神助，屡投屡中，中场投三分球也常有斩获，双方的比分差距进一步拉大。主教练李成钢和副教练刘大健非常着急，却又无计可施。黄冈中学队开始瞧不起麻城县队了，干劲松懈下来，他们内部互不传球，各自上篮抢分，本来支持他们的观众席中开始发出嘘声，但是麻城县队仍然被对方压制得无所作为。

黄冈中学队此时越来越傲慢，在传球之间称这些麻城县队队员为乡巴佬，特别是副队长郭亮表现得十分无礼，直接对着甘隆说，撞死你这个乡巴佬！甘隆被激怒起来，他们凭什么这么豪横，瞧不起人！他觉得好像整个观众席上的人群都在嘲笑来自麻城的这六个土孩子，穿着旧球鞋、洗得发白的球衣，他知道自己的大脚趾已经挣破了袜子的束缚，正亲密地与旧球鞋吻交，而几粒沙粒则硌得他的脚疼，却不敢脱鞋将沙粒倒出来，免得全体观众席看他出洋相！与此同时，甘隆觉得对方崭新的回力球鞋和新球衣都好像是对自己的一种压迫性存在，是在开口嘲笑来自麻城县的穷困小子的寒酸！

甘隆本来要上前和郭亮理论，但一看郭亮的身形比自己壮实许多，就只好打消了这个念头，替补队员成功也听到了郭亮的无礼，十分气愤，对着甘隆和余辰喊了起来：

"岂曰无衣？与子同袍。甘隆、余辰，你们拼命呀！"

听到成功的喊叫，甘隆和余辰一对眼色，意思是面对对方的鄙夷，我们拼了吧！两人一起喊出口号：

"岂曰无衣？与子同袍。"

甘隆此时已经忘记了旧球鞋内的沙砾，在球场上来回奔跑，以调动敌方的防守，寻找空当出击。甘隆和余辰两个人遂不顾身材的弱势，拼命地与黄冈中学队员争抢，两人合力将对方的黄鹏压制住，使黄鹏再也没有机会投球，或者即使投球也投而不中，一下子逆转了对方分数上升的势头。麻城县队的刘成武及另外两个队员受到甘隆和余辰两人奋不顾身冲抢的鼓舞，他们也一起喊出"岂曰无衣？与子同袍"。全麻城县队的队员此时完全团结起来，要为荣誉和尊严而战。

黄冈中学队被麻城县队突然表现出来的气势一下子打蒙，自乱阵脚，他们内部之间的传球总是被麻城县队抢断，转而投球进筐，比分一步一步地被追上来了。刘成武和甘隆作为正副队长知道他们的转机是在喊出"岂曰无衣？与子同袍"之后，立即调整策略，在每次敌我双方的发球前一起喊出口号，果然进一步振奋了士气，而对方听不懂麻城话，不知道他们喊的是什么意思，更加疑惑，内部配合更加混乱。很快麻城县队的比分直追黄冈中学队，围观的观众见状，纷纷转而支持客队，大声地为甘隆、刘成武的每一次投篮喝彩，如果有漂亮进球时，则报以经久不息的掌声。

麻城县队在观众们的鼓舞下越打越起劲，到快要终场的时候，比分就反超对方了！教练李成钢和副教练刘大健喜出望外，时而聚头商量对策，时而大声地对场上队员发出指令，刘成武和甘隆这两个正、副队长则积极地配合，听从两个教练的指挥，达到上下同心、全员合一的境界。

反观黄冈中学队自从被逆转后，军心涣散，指导教练上下奔跑，指挥队员们跑动起来，队长黄鹏和副队长郭亮也想将全队队员的信心调动起来，无奈为时已晚，麻城队的士气已经高涨到不可抑制的地步，一直持续到终场时麻城队以76∶68的比分赢得了这场比赛的胜利，为麻城县队赢得了开门红！而黄鹏和郭亮两位正副队长则垂头丧气地带着队伍离场。

这场比赛的当天晚上，黄州城刮起了狂风，挟带着暴雨冲刷着荆楚大地，这是当年的第五号台风登陆后内窜的余威。在比完赛后第二天是麻城县队的归程日期，却因为这一场未曾预料的狂风骤雨而推迟了行程，因为从黄州出发的班车全数取消了。教练李成钢和副教练刘大健只好带着全队队员在黄冈地区招待所中躲雨。

甘隆、余辰和成功三人住在地区招待所的同一间房间。成功站在窗口，望着满天的乌云，说道：

"唉，哥们，我们来到了黄州，与黄冈中学近在咫尺，今天又没有事，不如我们看看神话般的黄冈中学究竟是什么样？"

余辰说：

"你疯了吧！现在是狂风暴雨，怎么去呀！"

甘隆说：

"说实话，我真没有想到我们能够在篮球场上打败黄高队！不过，他们的实力的确是比我们县队高出一大截。再说，黄高的教学更是高出我们龙池中学和县一中不知多少倍，现在人们都说，只要考入了黄高，就算是一只脚已经踏入了大学之门！我真想去黄冈中学看一看！"

余辰说：

"现在下这么大的雨，两个教练肯定不让我们去的！"

甘隆说：

"这样吧，我们不告诉两个教练，自己去黄冈中学看一看，就像圣徒朝圣一样。我下决心要去，不知你们两个敢不敢和我一起去？"

成功说：

"我说到黄高去看看，只是随口一说，你还真想去呀！即使不告诉两个教练，我们又没有雨衣雨伞，怎么去？"

甘隆说：

"没有雨衣、雨伞就不敢去了？我就是空头淋雨也要去！"

余辰说：

"即使这样，我们也不知道黄冈中学在哪里呀！"

甘隆说：

"在比赛前，我问过黄高队的队长黄鹏和副队长郭亮，黄冈中学在黄州城南，离这里顶多五条街！路在脚下，路在眼睛之中，只要我们去找，还有找不到的吗？不管你们两人去不去，我自己肯定是要去的！"

成功说：

"既然老大你执意要去，我也陪着你去！"

余辰说：

"我们是结义三兄弟，你们要去而我不随行，岂不是不仗义？那我也一起去，看看黄高究竟是个什么宝地！"

按照甘隆的安排，他们三人先到了教练李成钢和副教练刘大健的房间去汇报了一下这次比赛的心得体会，又和两位教练说，昨天打球累了，外面又下着大雨，所以他们三人就准备蒙头睡上一个大觉，两位教练笑着同意了他们的要求。

待旅店走道安静下来后，甘隆、成功和余辰三人蹑手蹑脚地走出房间，轻轻地带上门锁，避开了两位教练和三位县一中队友的两个房间，猫着身体走出了旅店。

本来在临行前，成功对甘隆建议说，最好把隔壁房间的三个县一中队友也叫上，六个人一起逃出去参观黄冈中学，万一被两个教练发现了，到时候法不责众，对他们的处罚肯定就要轻得多，但是甘隆拒绝了这个提议。他认为县一中学生的理想多半是仍然在县一中上高中，黄高的吸引力对他们来说并不是那么巨大，如果惊动了他们，说不定他们会向教练告密，就可能导致这次行动"流产"！

三人并没有雨具，为了不被雨淋出病来，他们尽量贴着墙根行走，但是衣服还是很快就被淋湿了。余辰和成功两人想退回，但见甘隆意志坚决，一心一意要到黄冈中学的校园去看一看，便继续向前行进了。

他们不知道方向，问路上打着伞的行人如何到黄冈中学，可能是因为风大没有听清楚，行人向东指了指方向，三人便向东行进，在大雨之中走过了人民广场，又沿着胜利街向东行进，再向南转折来到考棚街，就看到了一所气派的中学。

三人的心情十分激动，这就是他们要找的圣地黄冈中学，这时候风势有所减小，但雨仍然下得很大，三人不顾全身衣服湿透了，就直接在雨中行走，向在不远处的中学校舍走去。等到三人走到近前，仔细看了一下学校大门的招牌，上书"黄州中学"四个大学。成功和余辰以为他们是到达了目的地，可甘隆说，非也非也！我们要找李逵，却找到了李鬼！原来这不是黄冈中学，而是黄冈中学的兄弟学校。

成功和余辰一下子气馁起来，想要直接返回地区招待所，但是甘隆坚持要再次去寻找黄冈中学朝圣，成功和余辰只好再次随着甘隆一起行动起来。这次甘隆学乖了，再次找行人问路时，他反复强调是要找"黄冈中学"，不是要找"黄州中学"，几次问询下来，行人们都指向南方。三人遂沿着考棚街向南行去，来到会同街，再向西行了两里多路，果然就来到了黄冈中学的正门北门。

但这天是星期天，学校放假，加上下着大雨，守门人将学校的大门紧闭起来。三人冒雨敲开学校大门，守门人拒不放三人进入校内参观，粗暴地将他们赶走，并将黄冈中学的大门锁得严严的。余辰说：

"我们已经来到了黄冈中学的大门前，现在大门锁住了，这就撤吧。"

成功也说：

"这大雨天，到了大门口就算来了，要不我们今天到此为止吧？"

甘隆说：

"我们必须进入黄冈中学校内走那么一趟，不要说下着大雨、大门紧锁，今天就算是下刀子，黄冈中学是龙潭虎穴，我也要进去。你们俩跟我来，我看看周边哪里校墙低一些，翻进去！我就不信这个邪，黄冈中学他黄鹏、郭亮能上，我甘隆一定也上！他敢称我们为乡巴佬，我就要让他看看，哪一天乡巴佬要和他们一起上课，还要在成绩上压过他！"

余辰和成功说：

"那我们就听老大的，就是要压过郭亮他们！"

三人离开校门，继续向西行进了两百米的距离，就看到一家日杂公司，从日杂公司与黄冈中学之间的一条巷道再折向南，就来到与黄冈中学一墙之隔的黄冈造纸厂，厂内堆料场上堆着齐墙高的草垛。三人爬上草垛，顺势登上学校的西墙，向下一跳就进入了黄冈中学校园之内，好在校内没有人，他们这三个不速之客的侵入行为没有被发现。

三人冒雨找到了黄冈中学的高中部教学楼，甘隆找到了高一一班的教室。余辰说：

"这个空教室有什么可看？"

甘隆说：

"你不懂！这里是钟扬上过课的教室，所以我们要来看一下，即使现在是空教室，也可以体会一下钟扬当年的意气风发！"

成功说：

"钟扬？你说的是黄冈中学成名之战的主将钟扬？"

余辰说：

"钟扬，就是那个传说中只上过一年高中就参加高考，被中国科技大学少年班录取的钟扬吗？"

甘隆说：

"对，就是这个钟扬！这是传奇性的人物，黄冈中学的传奇就是他们这届学生开启的！你们俩想想，当年黄冈中学挑选二十三名学生，只上了一年高中就参加高考，这二十三名学生全部被名牌大学录取，夺得了湖北省的第一、二、三、五、六名，不到十五岁的钟扬被中国科技大学少年班无线电专业录取，这不是神话吗？这二十三个学生上课的教室就是这一间！"

余辰说：

"听说钟扬他们后面这一届黄高学生也非常厉害，是吗？"

甘隆说：

"这个自然是的，八〇届的黄冈中学不仅包揽文理科状元，而且在全国录取率只有百分之四的情况下，高校录取率高达百分之九十以上。六百分以上超高分占全湖北省的九分之一。你要想想，我们湖北省是高考强省，前几十名说不定都是其他省的第一名。"

成功说：

"是太神话了，值得景仰，值得崇拜！"

余辰说：

"是太值得崇拜了！我好像看见钟扬就坐在教室里翻书、举手回答问题一样！我好像能闻到他身上的气息！"

甘隆说：

"怎么样，我让你们来没白来吧？我就是要体会一下黄高的氛围！你们有没有信心，和我一起考上黄高，也创造和钟扬一样的传奇？"

成功和余辰说：

"有信心，我们能在篮球场上打败不可一世的黄高篮球队，努力学习就一定能考上黄冈中学的高中部！"

三人心往一处去，将手搭在一起，齐声大喊：

"岂曰无衣，与子同袍！考取黄高，考取黄高。"

"岂曰无衣，与子同袍！考取黄高，考取黄高。"

这个时候，雨已经停了，校园内一片寂静，三人无所顾忌的大喊声传到门房，守门人怕是有小偷盗窃，拿起了巡棍就向教学楼这边赶了过来。三人在大喊之后，甘隆忽然发觉不妥，向教学楼外张望时发现正在赶过来的守门人，三人吓得弓身向楼上躲去。守门人在教学楼巡查了三遍，没有发现异常，怀疑是自己幻听才嘟嘟哝哝地回到门房去了。

三人惊魂甫定，又悄悄地来到图书馆前瞻仰了一番，便顺着原路回到校外，取近路回到招待所。三人想悄悄地躲开两位教练的房门，悄悄地回到自己的房间中更换干爽的衣服，但是当他们蹑手蹑脚地进入廊道时，李成钢和刘大健两位教练堵住了他们的去路。原来甘隆他们出了招待所后不久，两位教练准备叫上全体队员进行赛事总结，分析双方的得失，此时就发现三位队员不在，他们准备出门去寻找，却又不知方向，只好打开房门守株待兔。

刘大健责备他的三个队员后，让他们立即回房间洗了个热水澡，换好衣服，再行开会。第二天县队坐上回程班车，甘隆、成功和余辰三人都发烧咳嗽起来，好在他们三人都是傻小子睡凉炕的身体底子，回到麻城县不久就都烧退咳止，痊愈了。而乔婕听说三位功臣生病，本来自己悄悄地为他们买了些退烧药和止咳药，没有了用途，就只好自己悄悄留存起来。

回到麻城后，因为打败大名鼎鼎的黄冈中学，刘大健老师和李成钢老师受到了县教育局体教科和各自校长的大力表扬，而甘隆、成功和余辰三人都受到了班主任陈正明及校长程自文的表扬。

很快初一年级下学期的期末考试进行了，几门课考试成绩统计下来，初一一班的成绩在全年级当中位列第二，仅次于初一五班这个最强班。特别是由陈正明老师任教的这门数学，初一一班的平均成绩几乎要追上初一五班了，而甘隆和余辰两个人的数学就显得非常突出，已经名列全年级的第三名和第六名。这样的成绩令初一一班的学生家长们感到十分欣喜，他们没想到这个最差班结果变成一个相当好的班了。而陈正明老师开始觉得，他当初一逞口舌之快而夸下的海口实现的可能性大大增加，他在心中觉得当初接手的初一年级这个最烂班级的学风和班风，现在总算走上了正轨。

在数学课教学当中，陈正明有这么一个思想，他认为男学生的理性思维要强于女学生，所以他认为在数学学习方面，男同学肯定是要压倒性地优于女同学，但是初一一班的锦梅同学给了他一个全新的认识，而他的旧有观念是褊狭的，甚至是有失公允的。

在这一天的数学课上，陈正明出了一道很难的测验题，他意在考查同学们的演算和逻辑思维能力。当他在黑板上把这道题目抄写下来后，全班的同学都低下头来仔细认真地进行解答，看着这种景象，陈正明感到十分高兴，他知道这些野马般的学生基本上已被驯服，进入了一种能够认真学习数学的状态。

但陈正明发现女生锦梅在很快写了几行演算之后，就玩起转笔来。转笔是初中生们很喜欢的一个小游戏，相互间比谁转的时间更长，转得更精妙。现在锦梅不但没有伏案解题，反而是在悠闲地转笔，陈正明感到不悦，立即厉声问锦梅道：

"锦梅同学，你为什么不好好答题？还在这儿玩转笔呀？"

锦梅说：

"陈老师，我已经解答完了。"

陈正明说。

"你不可能解答得这么快！连甘隆同学都没有解答完。"

锦梅说：

"陈老师，我的确已经解答完了这个问题，我解答得更加简捷一些。"

陈正明说：

"不可能呀，你肯定省略掉了必要的步骤，等会儿我要证实你是偷懒贪玩，我可要责罚你的啊。来，现在请甘隆同学和锦梅同学把他们各自认为的正确答案在黑板上公布一下！"

结果全班数学最好的甘隆同学站起来，在黑板上解答这道题，共有二十五个步骤；与此同时，锦梅也在黑板上写下了她的答案，只有十二个步骤。陈正明老师看了一下甘隆的答案是正确的，但并没有仔细地推敲锦梅的答案，就说道：

"同学们，锦梅的答案是不是有问题啊？她的解答在逻辑推理上出现了空当。"

这时余辰和甘隆两人都站起来说：

"陈老师，我怎么发觉锦梅的答案比我们更简捷呢？没准她的思路是对的。"

陈正明这才回过身去，重新仔细地推敲锦梅的十二步解析步骤，发觉锦梅的答案确实是对的，没有任何漏洞，而且思路更加简捷。锦梅让陈正明刮目相看，他为自己的褊狭感到汗颜，但他大方地说：

"是我错怪了锦梅同学！不过，同学们，这反而让我更感到高兴，就是说女同学和男同学一样，都可以学好数学，甚至可以超越男同学，也就是说女同学在学习数学这门课程上并没有什么性别劣势，女同学一样具有很好的理性思维和逻辑推理能力。因此，我们班上有女同学十几名之多，你们不要对数学产生畏难和气馁的情绪，都要学习锦梅，要树立学习好数学的信心。而作为你们老师的我，也要更正自己认识上的误区和偏差。"

听了陈正明的话，同学们对锦梅感到佩服，甘隆和余辰几位男同学在数学方面有了难解的题目，也更愿意和锦梅一样商讨。这一堂课后，初一一班明显地出现了以甘隆、余辰和锦梅这些数学成绩好的学生为中心的小团体，他们带着全班学生一起改变了不喜欢数学的情绪。

锦梅的这次突出表现让陈正明陷入了思考，照实力讲，甘隆的数学思维能力要远远好于锦梅的，没想到在解答这道数学题时反而是锦梅有更快捷的思路，想来甘隆在成为本班数学成绩最好的学生后，就沾沾自喜、浅尝辄止，就不再追求更加完善的方法了。

陈正明本来想将甘隆叫到办公室来，直接对他进行批评指正，但他一想，甘隆这种孩子现在心气太高，自以为是，单纯用言语批评可能是隔靴搔痒，起不到警醒甘隆的作用，就暂缓了他的行动，想要找出一种好办法来教育甘隆，但百思不得其法。

这天程自文校长在校办公会上宣布，县教育局要举行全县初中数学竞赛，参与者是各学校初二、三年级的学生。得到这个消息，陈正明计上心来，他决定派出初一年级的甘隆参加这次数学竞赛，挫一下甘隆的锐气，让他认识到自己的不足。

果然，受龙池中学派遣，甘隆和初二、三年级的三个同学一起参加了全县初中数学竞赛。龙池中学被打得片甲不剩，没有一个同学得到名次，连一个安慰奖都没有得到。这次比赛满分是一百分，而赛前对自己信心满满的甘隆只得了二十分。

当陈正明老师叫来甘隆，告诉他这次竞赛的成绩时，这件事情对他刺激很大，因为最近的几次数学考试他都能得九十多分，这次比赛大败而归令他感到十分沮丧，甚至开始怀疑自己的能力，他问陈正明道：

"陈老师，是不是我就不是学数学的料呀？"

陈正明说：

"你平时考试总是班级第一、年级前三名，这说明你学数学还是有悟性的！你这次比赛大败，不是败在你的能力不行，而是败在你自视甚高，不追求卓越，满足于浅尝辄止。"

甘隆说：

"陈老师，我如果想下次参赛取得好成绩，应该怎么做呢？"

陈正明说：

"要勤思善索，多做练习，多看一些课外书籍，不要仅仅满足于课堂所学的知识，那是对于一般的学生要求的，而我对你有更高的期望。我看你平时学有余力，我这里有两本课外书，你先拿去学习和做题，学完了再到我这里换书学习！"

甘隆性格争强好胜不服输，听从了陈正明老师的建议，把陈老师那里所有相关的数学书借过来学习，通过这样的一个过程，在两三个月之后，他的数学成绩越来越好了，解题的思路也越来越简明清晰了。

第八章　追求从平凡到卓越

从初二年级开始开设了物理课，初二一班的物理课由黄兴博老师任课。黄兴博老师清俊儒雅、斯文和气，是个有思想的老师，龙池中学的教学仪器和教学条件都不理想，设备匮乏，没有实验仪器，他就用瓶子、树枝等代替来做实验，而不像其他的老师一样，只是口述物理现象，让学生们有一个直观的感受。为了提高学生们对物理课的兴趣，黄兴博老师就用瓶瓶罐罐做实验，拼拼凑凑搞教学，自己动手制作教具。

黄兴博老师觉得对于一门课程的学习，最重要的是激发学生对这门课程的神秘感，从而激发学生的内在自我驱动的兴趣。他的教学理念是，激发学生因兴趣而学，而不是为了考试和分数而学，这才是最好的教学方法。

在初二一班上物理课的第一堂课上，黄兴博老师并不是按照物理课本从力学原理开始讲起，而是从生活当中蕴含的物理原理开始，来引发学生们的思考。这天黄兴博走进教室的时候，看见成功拿着一个核桃，用教室门碾压核桃。成功以为黄老师会生气而批评他，慌忙要将核桃收起来。没想到黄老师非但没有生气，反而将这枚核桃拿过来，向全班同学发问道：

"同学们，我们知道核桃好吃壳难剥，有些同学很聪明，知道用门缘碾压核桃后就很容易剥壳了，但是，你们能说一说，这当中蕴含有什么样的物理原理吗？"

同学们一时不知如何回答，纷纷议论说：

"碾压个核桃，还有物理原理？"

黄兴博说：

"当然有呀，其实我们生活当中，很多事物都包含有内在的物理规律和原理的，如果我们学好物理，掌握事物的内在规律，就能更加从容自如地生活和工作。比如说，用门缘来碾压核桃就是为了省力，我们用手轻轻推动门扉，通过门扉传导力矩到达门缘，将我们的手力放大几十倍，这就是杠杆放大原理。"

同学们说：

"原来是这个道理！还真是黄老师所说的！"

黄兴博继续说：

"刚才我说的是物理原理，不过我作为老师还是不提倡用门碾压核桃这种做法，这种做法对门体和门框都有很大的损害。是不是呀，同学们？"

同学们说：

"是的！"

成功听到黄老师不点名的委婉批评，将抽屉里面的核桃全部收拢，准备课后拿出去丢掉，不再以此影响课堂。黄兴博老师继续说：

"刚才的核桃是一个力学物理原理，我现在再做一个简单的电学实验，先让你们打开一个神秘的世界。"

只见黄兴博老师带来一个金属板、一把黄沙、一张琴弓。初二一班的学生不知道黄兴博老师拿来的这些看似与教学无关的道具有什么用。

只见黄老师让学生们先围聚在他身边，然后将黄沙撒在金属板上，再用琴弓弦贴紧金属板的边缘，用不同的力度和速度拉动琴弓，神奇的事情发生了。学生们注意到，金属板上的沙粒竟然自动站立了起来，而且还随着琴弓的运动而起舞，而且这样起舞的沙粒还能变换阵形，时而变成方格排列，时而变成菱形排列，时而又变成千军万马奔腾。

此时的黄兴博老师手中的琴弓就像一根魔棒，指挥沙粒起舞就像是指挥士兵听从将军的号令一样。

初二一班的全体同学没有见过这种阵势，七嘴八舌地问黄兴博老师沙粒起舞的原理，黄兴博只是笑而不答，他知道，他激发同学们对物理的兴趣的目的达到了。等同学们回到座位上后，黄兴博老师说：

"同学们，刚才的实验实际上是一个电学实验，现在我们再做一个气压实验，看看我们能从中得到什么样的启发？"

甘隆在台下问道：

"黄老师，做什么样的气压实验呢？"

黄兴博老师说：

"这个实验和我们最近看到的一期电视节目有关，中央电视一台《动物世界》栏目有个节目讲述用麻醉飞针制服受伤的老虎，兽医为老虎疗伤的故事，不知大家看过没有？"

班上的很多同学回答说：

"看过了，可我们就是不懂这个麻醉飞针是如何将麻醉剂注入动物体内的。"

黄兴博老师说：

"好，我先重复一下这个麻醉飞针的过程，大家再思索一下麻醉飞针的原理，好不好？"

同学们说：

"好，黄老师又要表演魔术了！"

只见黄兴博老师在门板上挂上一块猪皮，拿出一个已经制备好的一毫升的小注射器，里面装有红色的液体。黄老师又拿出一根长长的竹管吹筒，将小注射器放入吹筒内，他将吹筒对着猪皮的方向，再深吸一大口气，用嘴包住吹筒的尾口，使尽气力一吹，小注射器一下子猛地飞出吹筒，直直地插在猪皮上，而小注射器内的红色液体则被一个无形的力量自动注入猪皮之内。

黄兴博老师在做完这个实验后，问同学们道：

"同学们，你们认为是什么力量将红色液体注入了猪皮之内的？"

好多同学说：

"不知道呀，好奇怪，就像有个无形之手在推压注射器的活塞一样！"

甘隆说：

"可能是注射器的飞行惯性推动了注射器的活塞。"

黄兴博老师说：

"好，有的同学说是无形之手，有的同学说是飞行惯性推动注射活塞完成了注射动作的，同学们有这些回答，说明同学们是作了思考的，但是这些回答对不对呢？我们再设计一个实验，证实一下这些假说对不对。"

说罢，黄兴博老师又拿出另外一支小注射器，并抽满红色的液体，按照先前吹管的动作，将这个注射器飞扎到猪皮上，可同学们都注意到，这支注射器上的红色液体并没有被注入猪皮内。同学们一下子议论纷纷，他们判断注射器的自动注射与飞行惯性是无关的，遂七嘴八舌地讨论这两支注射器之间的差别。

黄兴博老师见已经将同学们探究隐秘、格物致知的心理调动起来了，遂将两支注射器拿到一起，展示给同学们看，原来，第一支注射器是被处理过的，其前针孔已经事先被封堵密闭了，而且其针头侧方磨出了两个小孔。黄老师演示用一支小皮圈将针头侧方的两个小孔封堵住。在这支注射器内注入液体后，再用另一支注射器注入压缩空气，这样一支可自动注射的麻醉飞针就制备完成。

黄兴博老师将这个新制备的麻醉飞针重新做了一次飞注实验，再向同学们发问道：

"同学们，现在你们应该明白麻醉飞针的工作原理了吧？"

甘隆同学站起来说：

"我现在明白了。首先是飞针扎入皮肤的瞬间将封堵侧孔的小皮圈向后推移，这样密闭的针管系统变成了开放的系统，后方的压缩空气就提供了动力，推动活塞挤压麻醉剂从侧孔注入动物体内，完成了飞针注射的过程。"

黄兴博老师说：

"甘隆同学讲得非常好！这就是气体力学在我们生活中的应用实例！将来我们会在物理学中学到更多的精彩实验现象，这就是物理学的魅力所在，这门学科可以解开大千世界无数的谜题，要学好物理学，我们就从力学开始。"

甘隆本来是在初一年级下学期开始对数学发生了兴趣，结果黄兴博老师的很多实验让他对物理学也感兴趣了。陈正明老师见黄兴博老师的教学能让学生们感兴趣，不但没有出现厌学的现象，反而还期待黄老师来讲课，因为每一堂课黄老师都会用自制的教具为他们带来意外的惊喜。学生们在喜欢陈正明老师的同时，也喜欢上了黄兴博老师，而语文老师于车水也慢慢地受到了同学们的尊敬，自从上次余辰父子向他道歉后，再没有学生敢当他的面叫他的诨名于六指了，因此，于车水老师对于学生们语文课的教学越来越上心，使全班的语文成绩有了非常大的飞跃。

在上物理课的时候，同学们经常发现物理老师黄兴博用教鞭顶着腹部，有时候额头还出现豆大的汗珠，同学们发现原来黄兴博老师是由慢性肝病引发的腹部疼痛，他为了不影响教学，坚持给学生们上课，有时疼得实在受不了了，黄兴博老师还拿出止疼片服用。慢慢地他的疼痛加重，常规剂量的止疼片不管用，黄老师只好加大剂量服用，一个学期下来，他竟然一节课都没有耽误。

黄兴博见甘隆表现出对物理的强烈兴趣，遂对甘隆的学业加以特别的关注，他找来牛顿和爱因斯坦的传记送给甘隆，甘隆慢慢地对天体运动的奥秘产生了极大的兴趣，他也想从事黑洞、引力这方面的研究，发誓这一辈子要从事理论物理学，要到普林斯顿大学去追寻先贤的足迹，问鼎诺贝尔物理学奖。

黄兴博在单独对甘隆进行辅导时，甘隆同时发现黄兴博老师腹部疼痛难忍，遂回家向他的父亲甘成元说了这件事，甘成元遂专门到学校找到黄兴博老师为他号脉，并进行了望闻问切四诊，进行了八纲辨证后为黄兴博老师开具了方药汤剂。黄兴博老师吃了几服药后，他腹部的疼痛竟然消失了，这令他十分高兴，对甘隆物理学的辅导更为上心，总是为甘隆讲一些现代物理学前沿研究的进展和实验，使甘隆更加坚定了要从事理论物理学的决心。

接下来发生的王英退学事件是对初二一班学生们影响很大的一件事。原来，陈正明老师发现乔婕的同桌王英有好几天没来上学了。他遂派乔婕到王英家去问明原因，结果王英回答乔婕说，没别的原因，就是她自己不想再念书了。乔婕追问王英不想再念书的原因，王英回答说，读书没那么重要，家里的经济条件差，想早点去打工挣钱。

果然，这几天白天王英真的到工地打工去了，她是个未成年的女孩子，却到建筑工地去当小工，一天能挣五毛钱，工作内容是在工地打杂，为瓦匠大工递送砖块和砂浆。在打工的这几天内，不到十五岁的王英每天在五点来钟就要起床，六点钟前就必须吃完早饭，中午也只有半个小时吃饭，而且吃的饭是要自己带米，每餐都是小小的王英自己洗米，放到蒸笼里让其他人代蒸，吃的菜只有土豆白菜，几乎没有荤腥。王英为了自己有体力干活，吃饭都是用筷子捅进去的，而且要尽量多吃，不然的话半天就没有力气干活，工头就不发这一天干活的工钱。年少的王英是个女孩子，干活就是向一米多高的架子上搬砖，运送水泥浆，稍慢一点就要挨骂，没有人因为她是不满十五岁的女孩子而对她客气一点。

陈正明老师见乔婕劝不回王英回校上课，遂亲自到王英家里去家访。陈正明老师几次家访均见王英家门上一把锁，家中没有人。陈正明向邻居一打听，原来王英的母亲是残疾人，没有能力出外挣钱，而她父亲是家中唯一的劳动力，因为在工地受伤而出不了工，没有收入养家糊口，家中生计陷入困境，这才有了父亲不得已让王英到建筑工地打工挣钱，现在她的父亲因为腰伤而在医院养伤，残疾母亲则在照顾父亲。

陈正明老师此次就在王英家中的门口一直等到天黑，才见到王英疲惫不堪地从工地回到家中，王英远远地见到陈老师在家门口等她，本能地想要躲开陈老师的关切，结果陈老师眼尖，及时地发现了王英。

陈正明见到王英后先是问寒问暖，后又要求王英先回到学校上课，至于生计和学费的事情，他回校与其他老师商量一下该如何办理。

陈正明老师回到学校后，联系了校内的所有老师，将王英的困境与老师们交流后，全校老师一起捐了款，总款项达到一百多元，其中陈老师捐款达二十元之多，这一百多元虽然保障不了王英家长远的生活，但至少比王英一个人到工地挣每天五毛钱的工资要强得多，可以帮助王英家支撑一段时间。

当然，仅仅只靠教师们的捐款是远远不够的，陈正明老师还号召全班学生帮着想办法，结果班长陈辉还真想出了一个帮助王英家的好办法。原来，陈辉的父亲是县瓦楞纸箱厂厂长，瓦楞纸箱厂有很多外配手工活，陈辉让父亲从这些外配手工活中分配一部分给王英家。王英的父亲有腰伤，但不耽误手工干活，而且她的母亲也在她父亲的指挥下帮助干活，加上王英在学业之余帮忙，一个月下来，一家三个人做这些外配手工活计，也能挣下三十多元钱，这对于一家人的生计来说，还是够用的。

在解除了王英的远忧近虑之后，陈正明老师又专门拜访了她的家长，这才有了王英的父亲准许她重新回到学校上课。陈老师的这一番努力下来，总算全班学生没有掉队的，都能完成初中阶段的学业。而在同期龙池学校的其他班级，有好几个学生，要么因为厌学，要么因为家庭条件差，在初一或初二阶段就退学了，还有好几个学生在初三阶段因为觉得学习成绩不好，升入高中阶段无望而退学，还有好些同学觉得读书无用，不如早点工作挣钱，就退学打工去了。

每当看到这些退学的学生不再回到学校上课，王英觉得自己遇上了陈正明这样的老师真是她的幸运，遇上了像陈辉这样的同学也是她的幸运，这种幸运让她能够完成学业，她总是不胜感慨！

这一学年当中，陈正明老师眼见学生们的学习劲头变得更足了，不用他督促，几乎所有的同学都能自觉地学习，眼见着学生们的成绩一天比一天好。这一年，学校举办英语比赛，这个比赛当中有笔试和口语比赛，乔婕在这场英语比赛中得了头名，而另外一位女同学锦梅则是亚军，连一度要退学的王英也得了第七名。在学校的推荐下，乔婕、锦梅和王英代表初二一班参加全县的英语竞赛，最终结果是乔婕得了这次全县英语竞赛的亚军，而锦梅得了这次全县竞赛的第十名。

同样，龙池学校也举办了全校数学竞赛，甘隆成为初二年级的冠军、余辰成为初二年级的亚军，班长陈辉则成为初二年级的第五名。同样在学校的推荐下，甘隆、余辰和陈辉三个人代表初二年级参加了全县的数学竞赛，最终结果是甘隆得了这次全县竞赛的第三名，而余辰则得了第九名。

在语文老师于车水的精心教育下，初二一班的语文也取得了不俗的成绩，全县进行了作文比赛，有五名同学得了奖，其中乔婕的作文得了这次县赛的亚军，陈兰和另外三位同学也得了三等奖。

在初二年级的上学期期末考试结束后，统计分数发现，当初那个最差的班级的平均分数与最好班级的平均分数竟然只有小数位的差别，初二五班只是略高于初二一班！陈正明看着这样的成绩，他心里默算着，以初二一班这样的成绩上升速度，在三年学习期满时，送几个成绩突出的学生进入黄冈中学学习的可能性是很大的，这样的话，他们未来的前景将会更为可观；而那些学习成绩平庸的同学也可以顺利进入普通高中学习，完成他们自己的学业。

经过这几次参加学校和全县的数学、语文及英语比赛，校长程自文发现，这个入校时最差的班级，这个没有老师愿意带教的班级，渐渐地成为初二年级的好班级之一，与当初的尖子班五班成为可以相抗衡的班级。他心里知道，这是陈正明老师作为班主任，带领其他的任课老师如物理老师黄兴博、语文老师于车水和英语老师秦怡华一起努力的结果，而这个转变是在仅仅一年半的时间内发生的，在接下来的一年半的时间内，说不定初二一班能完全超过初二五班，成为全年级最好的班级。

第九章　少女心事很难猜

　　到了初二年级的时候，陈正明老师带教的这个班级的学生，和其他的同学们一样，开始春心萌动了。少女乔婕的心思细腻而敏感，在她的内心深处对甘隆抱有很大的好感。有的时候在上学途中，乔婕看见甘隆提着饭盒为他父亲送饭，她甚至想把他的饭盒接过来陪着甘隆送饭，或者有的时候想上前依偎着甘隆的手臂一起行走，但这只是乔婕的内心心理活动，她是不敢真正地走上前去和甘隆做身体语言上的交流。

　　尽管上次在甘隆的生日那天乔婕曾经送给他皮封笔记本时，甘隆拒绝过乔婕的好意，但是乔婕对甘隆的喜欢却是野草般疯狂地潜滋暗长，难以自抑。甘隆内心并不是不喜欢乔婕，他对她的婉拒是源自他对家庭出身的自卑，不敢与乔婕这个出身于官家的子女做更深的交往。

　　虽然乔婕对甘隆的爱意仅仅是在内心活动当中，她总想增加与甘隆多打照面的机会，但是她又不愿意让甘隆看穿她的心思。自从上次甘隆在龙池桥头粗暴地拒绝了她的好意之后，乔婕小心翼翼地保护自己心灵所受的创伤，但是她又抑制不住自己内心的欲望，想要和甘隆见面或者接触，她就经常装作是偶遇或者巧遇甘隆。

　　初二年级的下学期开学一个多月，就到了春暖花开、草长莺飞的季节，初二一班组织到五脑山林场远足踏青。全班同学放归到大自然之中，心情高兴得就像重获自由的奴隶一样，唱着歌儿采摘花草。在陈正明老师的带领下，同学们游玩了五脑寺和麻姑仙洞。

却说这个麻姑洞是离龙池中学八九里的一个大山洞，相传后赵部将麻秋在修筑麻城时残暴对待民工，而他的女儿麻姑，是个性情温顺、怜悯百姓的善良女子，她通过上半夜学鸡叫，引发全城的鸡都鸣叫起来，其父听到鸡鸣就让民工收工，民工得以提前休息，几次下来，麻秋觉得不对头，发现是麻姑所为，就狠狠地打了麻姑。

麻姑愤然离家出走，决意修真，途中遇仙人指点，便来到五脑山北端仙居山的半山腰，这里山不高但灵秀无比，确如仙境般，仙人用手一指，地裂山开，奇洞形成，麻姑就在洞中开始了漫长的修炼生活，终于得道成仙。

同学们来到洞内，只见中空如屋，洞底有一深渊，鱼游其中，同学们惊奇于麻姑洞的神奇和对神话传说中麻姑的义举的赞许。乔婕和锦梅、陈兰及王英几个女同学在一起行走，锦梅开玩笑说：

"我们的乔婕这么漂亮，她是不是就是麻姑变的呀？"

陈兰说：

"我看是的，要不我们都回龙池中学，就把乔婕留在这个麻姑洞修仙，做个真麻姑，你们说怎么样？"

乔婕见锦梅及陈兰二人打趣她，要追打二人，二人沿着台阶向渊池边跑去，乔婕红着脸沿着湿漉漉的台阶向下追着，可这次出游她穿着母亲从京城带回的坡跟鞋，她的一个步伐跨大了一些，没想到就向侧边一滑，她的右侧足踝扭伤，人就倒在渊池边上。锦梅和陈兰回过身来想要扶起乔婕，却见乔婕的右踝已经肿成了包子一样，乔婕痛得根本不能行走。

陈老师和其他老师闻讯赶了过来，不知道如何处理乔婕的踝伤，这时甘隆也听到消息，从洞口来到洞内，他蹲下身来，摸了摸乔婕的踝部，发现可能不是简单的扭伤。为了证实他的判断，他让乔婕脱了右足的坡跟鞋，轻轻地叩击乔婕的足跟部，乔婕直喊疼痛。

将乔婕的足踝放好后，甘隆站起身来对陈正明老师说：

"陈老师，我跟家父学过一点医术，刚才给乔婕检查时，证实她有足跟部的叩击痛，可以判断她是足踝部要么有骨折，要么有骨裂，她现在不能行走了！"

陈正明老师说：

"甘隆，你判断有这么严重，骨折或骨裂？"

甘隆说：

"是的，我以前见家父为人诊治骨伤病时，他教过我，只要有叩击痛就是有骨折，至少是骨裂，现在乔婕肯定是不能行走了，否则就会加重病情的。"

陈正明老师说：

"那依你所见，应该如何治疗呢？"

甘隆说：

"陈老师，先让乔婕在此地静坐休息一会儿，我们可以到这个麻姑洞里渊池深处找一些积冰，为乔婕的踝部做冷敷治疗，同时，我再到洞外的五脑山上去采些草药，捣成药浆后，再敷到她的足踝部，促进愈合。这些治疗完成后，我们几个身强力壮的同学就把乔婕背回家，再到医院进行进一步的诊治。"

陈正明老师说：

"好，那就分头行动，我带余辰去找积冰，黄兴博老师配合甘隆去采草药，于车水老师负责引导其余同学在附近活动，一切以安全为第一要事，再不能发生任何意外事故了。"

果然，黄兴博老师和甘隆二人出了麻姑仙洞，攀爬到五脑山的半山腰，甘隆按照父亲甘成元以前教给他的草药知识，采摘了两大把伸筋草、透骨草，和黄兴博老师一起回到洞中；而此时陈正明已经深入到麻姑仙洞最阴冷的角落，这里还真有积冰，他亲自深入到阴冷的角落里，小心翼翼地取出两大块积冰，交给余辰接住。二人回到乔婕的身边时，拿了一块毛巾将积冰包住，按照甘隆教的方法为乔婕的右踝做冰敷。冰敷了半个小时后，甘隆和黄兴博老师才回到洞中。

甘隆将伸筋草、透骨草放到另一块毛巾上包好，再用一块毛巾包住一根干净木棒，对草药用力地捣杵，嗣后甘隆将捣成泥浆的草药敷到乔婕右足踝部，再用毛巾包扎好。此后，甘隆又找了两根柔软的青木枝，固定到乔婕受伤足踝的两侧，防止乔婕的伤踝不自主的运动而加重创伤。到此时乔婕感觉到她踝伤的疼痛大大减轻了。

陈正明老师看到甘隆小小的年纪，却能镇定自若地处理突发事件，而且处理起外伤来还蛮像正规医学院毕业的医生，在心里慨叹，甘隆这个小子长大了可真不得了，一定能干大事。便对甘隆说道：

"甘隆，没想到你还能治外伤病，你将来高考就考医学院吧，考协和医学院，将来当个大医生！"

甘隆说：

"陈老师，我可不想当医生，我甘隆就想学爱因斯坦，将来当个理论物理学家，探索浩广的宇宙和星空，这才是我的梦想！"

陈正明老师对黄兴博说：

"黄老师，你这是用了什么迷魂阵，你来班上教学半年，就把他的志向从数学转到物理学上来了，就逃离了数学的阵地！"

甘隆说：

"陈老师，数学是理论物理学的主要工具，我还是数学的狂热拥趸呢！"

陈正明与黄兴博老师听了，两人相视哈哈一笑。这次远足踏青的回程可比来程要困难得多，因为乔婕不能行走，只好几个老师和身强力壮的同学们轮流将她往回背，而背她背得最多的是甘隆和余辰，好在乔婕身材苗条，并不是很重，所以同学们和老师们背起她来，也不觉得很吃力。

乔婕受了足踝的扭伤，是甘隆用家学的医术为她缓解剧痛，现在回程中甘隆又是那个背她最多的人，使乔婕心中过意不去。余辰看见今天甘隆在乔婕面前大出风头，心中好不嫉妒，为了在乔婕面前博回面子，余辰就好几次主动地要背乔婕。

乔婕被背回到县医院，找了骨科医生进行诊治，经过对她足踝部的正侧位拍X光片证实，乔婕的足踝部存在骨裂，这和甘隆在山洞中的判断几乎是一致的，乔婕由此更加佩服甘隆，也感激他第二次在关键时刻救了自己，因此乔婕对甘隆的爱意更加炽烈起来。在家中休养的那些日子里，乔婕坐在床头，喜欢呆呆望着窗台，幻想甘隆能够像超人一样，从窗子走到自己的身边；她又幻想自己变身为灰姑娘，而甘隆则幻变为那个风度翩翩的王子，而这个王子已经救过自己两次了，都是在她几乎陷于绝境时，甘隆像从天而降的英雄拯救了她。

县医院的医生为乔婕右足踝部打了石膏，乔婕在家休养了两周后，就每天坐轮椅上学了。每天余辰自告奋勇地来到乔婕家为她推轮椅，乔婕自然对余辰的帮助是十分感激的，但她在内心里希望这个主动来家推轮椅的人是甘隆，而不是官家子弟余辰。此时余辰的父亲余协威已经从城北区派出所所长提升为县公安局副局长，相应地余辰身上的官家子弟气也越来越重了，好在他的学习成绩还不错，这也冲淡了乔婕对余辰身上的官家子弟气的反感。

其实，甘隆本来也想来推乔婕的轮椅送她上学的，但乔婕和余辰这两家都是住在县府家属大院的，门口有专门岗哨盘查，像乔婕和余辰这样局级干部的子弟门岗都是认识，他们是可以自由进出，而甘隆则是家境贫寒的游医的子女，他想要进入县府家属大院，必然会受到门岗的呵斥和驱逐。甘隆对这些门岗怀有深深的反感，慢慢地他对家境优越的乔婕和余辰也怀有不好的感觉。

父亲游医的身份给甘隆以巨大的压力，特别是很多其他同学家长有坐办公室的，至少是在工厂有正式工作，而自己的父亲要么在街边摆摊，要么到处行医，这让甘隆有时觉得低人一等，由此认为自己没有追求乔婕的资本。好在甘隆的学习成绩已经成为全年级头几名，这是支撑甘隆自信心的一大支柱，让他在同学们当中以父亲职务、权力来区分同学等级的气氛中，得以不气馁。所以学习成绩好又让甘隆很是自傲，同学们中特别是余辰愿意和甘隆来往，在表面上保持很好的关系，都是因为甘隆的学习成绩已经越来越优异了，这让同学们对甘隆很是佩服。

而乔婕随着足踝伤的好转，她对甘隆的关注越来越深入，其实乔婕的座位与甘隆的座位相隔较远，两个人之间没有机会交集，但乔婕总是到后排的女同学那里借些纸笔，借此能够多看甘隆几眼，而这些动作她都装作是不经意地发生似的。有时候，乔婕还经常制造机会与甘隆碰面，让甘隆经常在自己的生活中出现。

有时候，乔婕怀疑她比甘隆更了解他的行踪——他每天什么时候会去操场打球，和哪些人打球以及他回家的路径，他家的位置，这一切都在乔婕的掌握之中，但这一切都是乔婕偷偷观望发现的，她尽量不让甘隆发现自己在关注他。

有时候乔婕在经过球场时，发现甘隆在和同学们打篮球，她会保持抬头挺胸，姿容姣好地从球场边走过，而自己的眼睛则绝不投向球场，而只是用余光搜寻甘隆的身影。如果两个人不期然地狭路相逢，乔婕也会红着脸匆匆地逃走，或许用一两句话来敷衍甘隆，借此掩盖她内心的痴意与不安，其实她的手心里则会捏紧得出汗。

在乔婕陷入对甘隆的单相思的同时，班长陈辉和余辰两人一样对乔婕也陷入了单相思的煎熬之中，只是余辰表现出来的勇气要比陈辉大得多。和甘隆相反，余辰对自己的家庭的背景是十分自豪的，因为他父亲是县公安局副局长，是整个城区的头面人物，他觉得乔婕的父亲是粮食局局长，两家基本上门当户对，他追求乔婕是理所当然的事情。而陈辉的家庭背景其实并不弱，其父是县瓦楞纸箱厂厂长，手下管理着一百多号人，但如果要和余辰父亲余协威比起来，区区一个纸箱厂厂长是不足道的。

余辰的座位是处于乔婕座位的侧方，他总觉得乔婕的背影、侧脸永远是看不够的，下课时间甚至有时是上课时间，余辰总是盯着乔婕看，看得乔婕都有些不好意思。如果乔婕有时不经意地给余辰一个微笑，能使他快乐很长时间；或者乔婕与余辰说上一两句话，余辰也能记住好几天。

余辰每天推轮椅来接送乔婕，他追求乔婕的心思被周林同学看透，有一天在上晚自习的时候，周林嘲笑余辰，说全班人都知道余辰想和乔婕好，但乔婕是瞧不上余辰的，因为乔婕只喜欢甘隆，所以余辰是癞蛤蟆想吃天鹅肉。

周林说这些讥诮话的时候，乔婕就在现场，余辰这般被周林奚落，一下子变得怒不可遏，上前就抓住周林的衣领，挥拳要打周林，而周林则挣扎着站起来还击，两个人扭打成一团，互不相让，在各自脸上留下抓伤和拳头重击引起的淤青。好在此时成功从围观的学生中站了出来，将二人拉开了，一场在自习课堂上的互殴打斗总算被终止了，这个时候陈正明老师从家中赶了过来。

相比较来说，周林的力气要大于余辰，在这一次斗殴中周林明显占了上风，余辰的眼睛被他打得肿得老高，手臂部也被周林咬了一大口，那块肉几乎要掉下来。余辰当即被陈正明老师带了几个学生一起送到县医院的急诊科，医生为余辰进行了清创缝合，陈老师代余辰家长交了治疗费用，这个时候，余辰的父亲余协威副局长赶到医院的急诊科来了，把医生写的病历和治疗费用清单留了下来，他准备以此作为证据，要用手段来整治周林。

同学们看到这场斗殴事件的起因是简单地由周林嘲讽余辰的恋情引发的，但其实事情的经过远非同学们看到的或者以为的那样。原来，周林的父亲是个小商贩，经常在县城北街上摆摊儿，出售农副产品来挣钱养家，以供养周林上学。而余辰的父亲余协威，就是公安局主管治安的副局长。

以前余协威还只是城北区派出所所长的时候，周林父亲在北街上摆摊时经常受到余协威的驱赶，而在余协威升任主管治安的副局长之后，也经常把周林的父亲捉进拘留所拘留几天，经常收缴他摆摊的那些农副产品如黄瓜、土豆、甘蔗之类的东西。因此周林对作为余协威儿子的余辰怀有严重的敌意，在这次余辰表现出对乔婕的紧追不舍时，周林就故意嘲笑余辰，让余辰在全班同学面前丢丑。

第十章　底层冲突的逻辑

　　由于这是周林的第二次犯大过错，校长程自文非常生气，觉得非要处分周林不可。而余辰的臀部外伤和眼部严重肿胀，使他的父亲余协威愤怒至极，专程从公安局来到龙池中学找程自文要求严惩周林。

　　这次余协威开着警车，带了几个干警一起来到龙池中学校长办公室，找到了程自文校长，在开口说正事之前，余协威的跟班就将五条大前门烟放进了程自文办公桌的底下，放到这里比较隐蔽，就算有老师进入校长办公室里来，也很难轻易地发现程校长收受礼物。

　　余协威要求龙池中学将周林开除学籍。余协威威胁程自文道，如果不处分周林，龙池中学就将被取消"治安优秀学校"的称号，而且他还会把儿子余辰转学到县一中上学，以后再也不管龙池中学的治安案件了，因为他余协威作为堂堂的公安局副局长不能让亲生儿子在这个满是流氓的龙池中学上学。

　　在公安局副局长余协威的威胁下，校长程自文不得不开除周林，而且还要在他的档案当中记下一笔。周林要被开除的消息让他的父亲周小锣坐立不安，周小锣着急地来到龙池中学找到程自文校长，手里拿起几个萝卜和西红柿，装在一个小塑料袋里面，请求程自文饶过他的儿子，不要将他儿子开除。程自文本意也是不想开除周林，但一想到公安局副局长那张因为气愤而扭曲的脸，程自文不敢答应周小锣的要求，他给出必须开除周林的理由有三条。第一条理由是周林前次偷盗农民财物，已经被学校一次记过处分了，这一条被记录在周林的学籍档案中了，现在这次伤人事件是再犯；第二条理由此次事件是由周林挑衅引起的；第三条理由是周林造成余辰的眼部及臂外伤，伤情鉴定为轻伤，是有作出刑事处罚的理由的，如果周林不被开除，公安局就会将他关进拘留所，周林现在已经年满十五岁了。

周林的这次被处分和开除，使甘隆更进一步地认识到，官家与民家是两个明显分野的阶层，民家子弟千万不要与官家子弟混在一起，否则就很容易受到伤害。因此，甘隆与余辰的关系发生了潜在的变化，甘隆做到表面上与余辰相安无事，但是内心里面躲避与余辰更多的接触，从此再也不敢和余辰一起打篮球，更不敢和余辰发生任何争执。同样，甘隆也认为乔婕是官家子弟，在内心里对乔婕有很强的疏离感，他对乔婕的防卫心则更进一步增强，对乔婕的示好不予任何回应。

陈正明老师听说程自文校长想要开除周林，他就拉着副校长李力一起去劝阻程自文，想要保留周林的学籍，只给周林一个处分教育就行了，但陈正明老师和副校长几番努力下来，没有任何的成效，程自文校长依然决定要开除周林。

余辰的眼部肿胀很快就消除了，他眼瞅着乔婕的感情出现空档期，就趁机继续向乔婕发起进攻，几次三番地送乔婕英雄钢笔或者手表之类的礼物，都被乔婕拒绝。原来，乔婕从她当粮食局局长的父亲那里知道，周林是被余辰的父亲余协威靠权势赶走的，特别是她父亲乔志钰说到余协威的所作所为时，表现出十分不屑的神情，所以乔婕在内心对余辰更进一步反感，也不愿意和余辰多说话。

在这场带有硝烟味道的感情旋涡之中，班长陈辉是最讨巧、最占到便宜的那一位，他以班长的身份，借着与乔婕讨论班务的机会，利用一切时机增加与乔婕说话，有时候在上学和放学的途中也陪着乔婕。到初二下学期，数学难度陡然提升，数学知识的广度和深度一步步加强，比如说二次根式、复杂多边形几何、函数这些内容对于乔婕来说有些吃力，而陈辉以数学见长；乔婕的英语是全校比赛冠军，而陈辉则对英语单词和语法理解不到位，因此陈辉与乔婕两人互帮互学，如陈辉辅导乔婕数学，而乔婕则辅导陈辉英语，这样使他们之间互相增加了对彼此的好感，但在内心里，乔婕仍然希望得到甘隆的青睐。

周林被学校开除后，他的父亲周小锣在失望和气愤之下，将周林痛打了一顿，周林便很少归家，从此在社会上与一些闲散人员混在一起，做些偷鸡摸狗的事。有几次带着几个混混来到龙池中学要打余辰，但都被余协威派出干警将周林及其团伙抓了起来，在拘留所关了很长时间，他再也不敢来找余辰的麻烦了。

在周林被学校开除后不久，王英再次辍学，因为她的父亲腰部受伤之后，又患有严重的肝病，终于不敌恶疾的折磨而去世，靠糊纸盒挣钱的养家之路也断掉了，而她的母亲受刺激后精神病发作更加频繁，而且王英还有一个年幼的弟弟没有人扶养。她必须嫁给一个大龄痴汉，并且自己还要打工挣钱，才能支撑起她这个没有经济来源的家。

家长的地位和权力是学生最好的分层器，决定着学生的前程和方向，也决定着这些学生一生的失败与成功，可以说，很多人在出生的时候，他或她未来的路已经注定，这就是底层冲突的逻辑，权势为大，它决定着每个人的命运沉浮。

到了甘隆所在班级初二下学期快要期末考试之前的一个月时，龙池中学为初三的学生召开了一次中考动员会。程自文校长在大会上作了激情澎湃的演讲，他要求全体初三学生立即进入临考状态，要他们全力以赴，在这一个月的时间内，将所有的精力放在考好升学考试这一件要务上，要他们争取进入一个更好的中学，进入黄冈中学或者县一中，至少要考入本校的高中阶段进一步学习。而程自文对教师的要求是，要他们想各种办法提高升学率，要为龙池中学的名声打一个翻身仗。

初二年级的所有老师也被要求参加这次会议，陈正明老师、黄兴博老师、于车水老师因为对初二一班的带教效果受到了表扬，他们全部参加了此次动员会。程自文校长还要求初二年级的各个班主任向初二年级的学生传达这次动员会的主旨精神，因为这些初二学生在接下来的学期就进入初三阶段，现在向他们传达动员会的精神就是要为这批学生打好心理基础，让他们对中考的严峻性有心理准备。

到了这个阶段，和全国各地的中学一样，升学率是龙池中学教学生产的一个重要考察指标，它不但对校长程自文是一个重要指标，而且对每个老师，特别是班主任老师都是一个重要的指标。升学率是学校校长和所有老师奖金分配的最重要考虑因素，也是他们晋升职称和争取荣誉称号如"优秀老师"和"辛勤园丁"的依据。因此这些老师，尤其是班主任老师都十分努力地督促学生们用功学习，争取在中考中考出好成绩。

很快，初二年级和初一年级都进入了期末复习阶段，在这个紧张阶段，学生成功得到了一本小说，这是他的叔叔从香港带回来的《查泰莱夫人的情人》，这本书本来是成功的叔叔带回来自己看的，将书放在自己卧室里闲时阅读。成功到他叔叔家做客，翻阅这本书时觉得内容非常吸引人，就偷偷将这本书带回自己家中，又带到学校来看，刚好他叔叔这几天又出差了，并没有发现这本书被成功从他家中带走。

成功不断在课堂上偷看这本书，还在同学间小范围传阅，这当中包括甘隆和余辰，三个人有时躲到一起偷看这本书里面的黄色插图。成功这样做是出于他的炫耀心理，要他最好的同学看他有别人没有看过的书，而且这书是从香港带回到麻城来的好东西。

本来这本黄色小说只在他们少数几个男同学中传播，是不会引起老师的注意的，但是那个作死的成功有一天把这本小说放到了与他同桌女同学陈兰的抽屉里面了。成功和陈兰两人是坐在相邻座位，那天他正在翻阅这本书时，听到甘隆和余辰在窗外喊他出去打篮球。成功本来是不想去打篮球的，但余辰走进来拉住他的衣袖就要向外走去，他只得站了起来，随手将这本小说放进课桌的抽屉内，没想到他在情急之下放进了陈兰的课桌抽屉。事后分析，成功的这个动作很难说他是有意为之还是无心之举，但不管怎么讲，他这一个举动铸成大错，为他和初二一班带来很大的麻烦。

而陈兰发现了这本书之后，看见书里面有赤裸男女交合的插图，她吓得尖叫起来，正在教室里做作业的几个女学生，包括乔婕和锦梅被陈兰的尖叫吸引了过来，她们也都看见了这本书的黄色插图，几个女生就一起将书交给了陈正明老师。有个女学生甚至还越级把这个事件报告给了校长程自文和副校长李力，程自文和李力两个人对这件事大惊失色，要严肃处理把黄色书籍带到学校的学生。

成功受到学校的记过处分，他在气愤之下，在一天晚上放学途中将陈兰拦住了，把她逼在一个墙角里猥亵了，将双手伸进了陈兰的胸部摸她的乳房，在成功要脱裤子的时候，发现有人经过这个墙角，成功吓得逃走了。陈兰哭哭啼啼地回到家中，向她父亲诉说被欺负的事，她父亲陈回子拉着陈兰来到成功家里找他算账，后来是成功的父亲和他的叔叔成小杰一起出了钱，将这件事摆平。

陈兰的父亲陈回子威胁要将成功的丑事告到学校，成功的叔叔成小杰答应给他五百元人民币才算将此事压下来，但当时先只给一百元，其余差额以后再补。成小杰是麻城县城关最有钱的商人，他从广州和香港倒卖衣服、电子表到麻城挣了大钱，因此总是想到用钱来摆平一切事情。陈回子拉着陈兰来找成功的父亲评理时，他以成小杰用黄色书籍将儿子成功带坏为理由，逼着成小杰出钱将这件事平复下去。

因为这件事没有闹到学校里来，程自文校长虽然听到一些成功猥亵陈兰的风声，但为了学校的面子，他只得装聋作哑，不在校务会上讨论这个问题，成功总算逃过一劫，而陈兰的心里委屈不已，主动向陈正明老师要求转班。陈正明老师在问明原委之后，同意陈兰的转班要求，并且主动与初二五班的班主任任雄交涉，让陈兰很顺利地转到初二五班上课。陈正明老师这么做，是因为初二五班的班风和成绩都是不错的，他想陈兰已经在被成功猥亵的处理当中受了委屈，不能再让陈兰因为转班而使她的学业受到影响。

很快就到了初二年级期末考试，成绩统计下来，陈正明老师所带教的一班的平均成绩已经牢牢地占据年级第一的地位，而甘隆的成绩已经是数学和物理全年级名列榜首，而乔婕、余辰的总分成绩也在年级的前五名之内。本来，在初二这一阶段，陈正明老师带的这个一班中出了好几件不好的事情，一是周林与余辰两位同学互殴，而且周林因为此事而被开除学籍；二是学生王英因为家境困难而退学，使龙池中学学生的失学率上升；三是学生成功看黄色书籍，并猥亵女同学，算得上是流氓行为。这三件事使程自文校长和李力副校长对陈正明老师的带教能力开始有所怀疑了，但没想到这次期终考试，初二一班的成绩远远高于当初的最好班级初二五班，两位正副校长这才想起，陈正明老师带教的这个班是原来全校最差、最乱的班级，出现一些这样或那样的偏差的原因，不是陈正明老师能力差，而是因为这个班本来底子就薄，现在能取得这样的成绩，说明陈正明老师的功力还真不一般。

这一年国内试行九年制义务教育。不同省份根据实际情况采取了不同学制，有些省份采取六三学制，就是六年小学和三年初中，而有的省份采取了五四学制，即五年小学和四年初中。

湖北省麻城县龙池中学采取了六三学制，而当时有些农村中学的初中部是两年学制，根据文件的精神，就把有些学制不足的农村中学与正规学制的学校进行合并、升级。离龙池中学不太远的一个乡级中学土门中学就合并到了龙池中学，龙池中学的初三年级增加到八个班，全年级有四百多人，而此时初中毕业一共有三个选择：一个是去读技校，一个是去考中专，还有就是去考重点高中。

第十一章　烂俗卑鄙令人狂

暑假过后，陈正明老师作为班主任带教的这个班就进入了初三年级上学期，女同学陈兰就正式到初三五班上课。初三五班在入校时是全校最好的班，现在在年级当中也位列第二，陈兰转到这个班后很开心，因为她脱离了成功猥亵事件对她造成的委屈和心理压力，也用不着天天看到成功的嘴脸而老回忆起被逼到墙角受辱的事。

但过了半个月，初三五班的男同学开始有人辱骂陈兰，骂她是"不要脸的女人""破鞋""小婊子"，说她勾引男人。开始只有一两个男同学这么骂她，后来有一群同学跟着骂，这当中还有好几个女同学。

陈兰在气愤之下，找成功评理，成功不但不向陈兰道歉，反而还嘲笑陈兰就是婊子，还说上次他受到学校的记过处分就是陈兰害的。无奈之下，陈兰找到甘隆要他主持公道，因为陈兰知道甘隆是他们三位结拜兄弟中的老大，而成功则为老三。

甘隆也觉得这件事起因在某种程度来说与他自己有关系。甘隆想，当初如果不是因为叫余辰去催成功打篮球，成功就不会将黄色书籍错放进陈兰的桌屉里面，也就没有陈兰将黄色书籍交给陈正明老师这件事，成功也就不会受到记过处分，也就没有后续的猥亵事件的发生。所以甘隆觉得他应该出面管管成功，让成功不要再散布谣言侮辱陈兰了。

甘隆找到成功，二人来到校外的小龙河畔的一块空地，两人在河畔草地坐下后，甘隆直截了当地对成功说：

　　"成功，陈兰已经够可怜了，你别再欺侮她了。"

　　成功说：

　　"甘隆大哥，我没有欺侮她呀，反而是她害得我受了记过处分。"

　　甘隆说：

　　"你受了记过处分，那也是你带黄书到学校里看，还让女同学们看，这是你咎由自取，当初我不让你带到学校里来的，你就是不听，你还当我是你大哥吗？现在，我再警告你一回，不准再骂陈兰是婊子和破鞋了！"

　　成功说：

　　"甘隆，我叫你一声大哥，你还真把自己当成大哥呀！陈兰就是害我的臭婊子，她的奶子我都摸过了，这还不是婊子吗？不是婊子，她为什么要转到五班去，那还不是她心虚！"

　　甘隆一听成功如此嚣张地不听劝阻，立即从草地上一纵，将成功扑倒在草地上，两人扭打在一起，顺着小龙河河畔的斜坡向河水方向滚去，两人扭滚到了河边，甘隆的左脚已经进入河水之中，好在他一激灵，将右脚顶在河岸上，两个人总算没有滚进小龙河之中。甘隆顺势将成功的头部和躯干抵压在河岸上，反剪着成功的双手，将成功完全制伏，成功大声地求饶。甘隆发狠地问道：

　　"你还认不认我这个大哥？"

　　成功求饶说：

　　"认，认，认，甘隆，不，大哥，大哥，你永远是我大哥！"

　　甘隆说：

　　"你听不听我的发号施令？"

　　成功说：

　　"听，听，听。"

　　甘隆说：

　　"那你还骂不骂陈兰是婊子、破鞋？"

成功说：

"大哥，骂陈兰是婊子、破鞋的是五班的人，是五班班长张峻先骂出来的！"

甘隆说：

"那也是你叔叔成小杰传出去的！"

成功说：

"那我回家求叔叔不要再传谣陈兰破鞋了，好不好，我回家就求我叔叔。"

甘隆这才放开了成功，成功再次答应回家要求他叔叔不要再传谣言了，甘隆与成功遂达成和解。二人这才回到了学校。好在二人打架这件事发生在校外，学校的老师学生并不知道，因此这次打架事件也没有受到学校的处理。

回到学校后，甘隆又找初三五班的班长张峻，质问他有什么理由辱骂陈兰，张峻狡辩说，他是听到成功的叔叔成小杰的说法，对陈兰的人品表示不屑才骂她的。经过张峻的解释，甘隆才搞清楚谣言是成功的叔叔散布的。上次成小杰交付了第一笔一百元钱后，再也没有给陈兰父亲陈回子一分钱，因为成小杰觉得此事已经时过境迁，即使陈兰的父亲再将成功猥亵陈兰的丑事告到学校，学校也不会再处分成功，所以成小杰不愿再支付余下的差额。陈兰的父亲陈回子气愤之下反复去找成小杰要剩下的钱，成小杰耍赖不给，反而破口大骂陈兰是婊子，还四处造谣中伤陈兰，说她不修妇德。还派自己的手下到陈兰的新班级同学家长中传播这种谣言。

其实初三五班班长张峻本身是一个极好的学生，学习上进，而且他已经入团了，但是他对成功猥亵陈兰的整个事件的发生经过并不是完全明了，并不知道整个事件的前后曲折经过。

而张峻的父亲和成小杰一起做生意，他父亲说从成小杰那里听说，陈兰是一个婊子，陈兰是如何如何勾引别人，而且还恶人先告状害他侄儿受了记过处分，还向他要钱。因此不明就里的张峻就怀着崇高正义感，对新转入班级的陈兰进行辱骂，并且带领全班男同学和部分女同学对陈兰进行骚扰。

在甘隆找到张峻之后，张峻面对甘隆作出承诺，答应不再辱骂陈兰，也不让初三五班的同学们继续辱骂陈兰。但是木已成舟，有关陈兰的谣言已经在校内和校外传播，仍有其他班级和年级的学生在陈兰背后指指点点，骂她为娼妇。

众口铄金，校内校外的议论和辱骂让陈兰承担了极重的压力，她几度崩溃地在教室内大哭，遂重新找到程自文校长和陈正明老师，要求重新转回到初三一班。但鉴于成功仍然在这个班上，双方容易造成对峙局面，对双方的学习影响不好，校长程自文遂把陈兰转班到初三三班，但没承想，陈兰的处境丝毫没有得到改善，初三三班的女生们也开始孤立陈兰，她们三五成群地聚在一起窃窃私语，或者就干脆当面指骂陈兰。

陈兰的东西也开始莫名其妙地丢失，书包被扔在地上，上面踩满大小不一的脚印，有时甚至课本和文具散落一地。而陈兰的课桌和椅子上经常有人吐的脓痰和狗粪，这些秽物被清除干净后，第二天又重新出现。

这一天初三三班上完物理课后，物理老师黄兴博刚走出教室，陈兰因为内急，没有来得及将物理教材收拾起来，就第一个跑出教室门去上厕所，她刚跑出门，身后就有个男同学大声说：

"看呀，这个小不要脸的，这么急，是不是又想那事了！"

初三三班的同学们听了这话，发出哄堂大笑，陈兰顿时停住了脚步，泪水涌了出来，可她找不出是谁说的这句话，而且即使她知道是谁说的这句话，她也不敢找他理论，因为在这个新班集体里，她是新人，是外来户，被那些早已经抱成团团伙伙的男女同学视为异己，如果她陈兰胆敢找一个人反击，其他人就会群起而攻之的。

陈兰想想她无力反抗，遂转身又去上厕所了，等她返回教室时，桌子上的那本物理课本已经被人撕成两半，在课本的封面上被人用粗笔写下"大婊子"三个字，而周边的同学们则挑衅地看着她。

陈兰看到这个景象，气得将残破的物理课本一把推下课桌，伏在课桌上大哭起来。陈兰哭了几分钟后，初三三班的语文任课老师刘琴老师走进了教室，要进行下一堂课的教学。陈兰的情绪一时难以平复下来，为了不影响语文课的教学，她便站起身来，拿起书包就向门外走去。

此时是上午十点多钟，走出校门的陈兰没有地方可去，便漫无目的地在小龙河边游走，有好几次她想走下河中去自溺，但当她一将脚踏入水中时，她便被自己的念头吓住了，又转悠到其他地方。陈兰就这样游荡了大半天，到天色快黑的时候，才回到她的那个漏雨透风的平房中。这个时候，陈兰的养父已经回到家中，她的弟弟，就是养父陈回子的亲儿子也早已被养父从小学中接了回来。

陈兰一进家门，就被陈回子叱骂：

"你这个死东西，又跑哪里野去了，到现在才回家。"

本来就心情欠佳的陈兰不想理会养父的责骂，遂走进屋内，把书包向凳子上一丢，呆头坐了下来。陈回子走了过来，用手揪住陈兰的耳朵说道：

"老子跟你问话呢！你耳朵聋了吧？吃老子的饭，还不听老子的话！"

陈兰回嘴说道：

"不想理你！"

陈回子说：

"你这个小贱货，还敢回嘴，我不打死你！"

陈回子从门外找来一根粗棍，举棍就朝着陈兰的上身打去，陈兰举手抵挡陈回子击打过来的棍子，陈回子怒不可遏，一把将陈兰从凳子上拉了起来，这个动作太猛，陈兰的身体跌向陈回子的手中，陈回子的左手就无意地触到了陈兰的胸部。

陈兰是那种体格比较发达的女孩子，进入青春期后她的胸部发育就很丰满了，胸部非常大，有的男同学注意到她的胸部大，而在背后议论她，说她那么胖，奶子还那么大，她怎么就像个猪一样。因为怕惹人注意她显得特殊的身材，惹得别有用心的人对她起歹心，陈兰在穿衣的时候，那个年代没有胸罩，陈兰就在外衣里面用一块布将胸部裹得很严实。今天在被同学们气哭而逃学后，她在小龙河边游荡时觉得胸闷气促，有压迫感，她干脆就将这块裹胸布解开，因此她的胸部就显得特别大了起来。

陈回子触碰到陈兰的胸部后，一股肉乎乎的感觉一下子触发了陈回子那早已蛰伏而蠢动的兽性，他说道：

"你这奶子弹性还真大，难怪外人骂你是小婊子，让我来好好摸摸。"

陈回子说罢，丢下右手中的棍子，伸过来就按在了陈兰的胸部，陈兰一把将陈回子的右手挡开，这一下更加激怒了陈回子，他左手抓住陈兰的肩膀，右手要剥陈兰的上衣，一边动作，一边说道：

"嗯！你这个没有良心的东西，老子白白养你十几年了，别人能搞你，我摸你都摸不了？"

陈回子的右手直接伸进陈兰的衣服摸起来，陈兰扬起手抽了陈回子一耳光，骂了一句：

"流氓！"

陈回子干脆将陈兰推倒在床上，嘴里不干不净地骂道：

"你不让我摸，我干脆搞你！"

说着他的手就伸向陈兰的裙子里面，这时陈兰的弟弟在旁边哭了起来，而被陈回子用巨大身体压住的陈兰则又打又踢，想要阻止陈回子的兽行，但陈兰毕竟不是陈回子的对手，陈回子继续不管不顾地进行他疯狂的乱伦行动，无奈的陈兰眼中流出悲凉的眼泪。过了十几分钟后，陈回子心满意足地站起身来穿好衣裤，对着抽泣着流泪的陈兰说道：

"快点滚起来做饭，老子饿了！"

陈兰站起来，头也不回地冲出了门，淹没在黑夜之中，陈回子也不再理会她了，自己做起饭来。陈兰离开那个令她伤心而没有丝毫温暖的家，她伤心地想，自从养母在生下弟弟不久就撒手人寰，家中再也没有一个疼爱她的人了，家中只剩叱骂和责打，还有做不完的家务！今天继父又跨过了人伦界限欺辱她，做出这等兽行，这个家不回也罢！可不回家，又能到哪去呢？学校里是群体性对她的歧视和霸凌，哪里也没有她生长落脚之地呀，天下之大，在哪里能找到她安身立命之所啊？

陈兰在徘徊之中，想到了白天尝试过几次的小龙河，她想，看来那里才是她最后的归宿了！陈兰绝望地向小龙河的方向走去，快到小龙河的时候，她忽然想到一个念头，既然是要作最后的告别，那还不如到更大的河流中去，还不如到麻城的母亲河举水河中，到那里去洗净这个世界泼到她身上的脏污，以自己未曾污损而纯洁的灵魂走向天国！她厌恶这个欺压她的世界，她想要逃离这个肮脏的世界！她要到清清的举水河中去洗濯自己的身体，去洁净自己的灵魂！让宽广的举水河把自己带向长江，再带向大海，再带向无垠和永恒！

想到这里，陈兰便调整方向，向县城东边的举水河走去。天色伸手不见五指，要到举水河边必须经过一片广阔的庄稼地和菜地，成年男性单独在这样的黑天里行走都会心生胆怯，然而陈兰此时已是向死之心，她心中没有任何的恐惧，一个人在黑暗中前行。行走了一个多小时后，陈兰来到举水河的西岸。

举水河发源于大别山南麓，自北向南流经湖北黄高麻城市、武汉市新洲区、黄冈市团风县，在团风县境内注入长江，是长江主要支流之一。此时是枯水季节，河中的水量并不大，陈兰翻过举水河的西堤后，下到河床里才见到浅浅的流水。陈兰有点失望，这满足不了她想溺毙的愿望，更别提她想流入长江大海的想法了，但此时她死意已决，便沿举水河向下游寻找，向下游行走了半里来水路，她发现水中出现一个深深的积水塘，这是盗挖河沙的人留下的隐患。

陈兰蹲下来，试了一下积水塘的深度足够淹过她的头顶，她便脱下上衣，将自己的双手捆了起来，她这样做是她害怕因挣扎着游回到浅水区。做了准备工作后，陈兰便回头朝西边看了一眼，那里是麻城县城的方向，那里是她无可留恋的地方，那里是侮辱她、欺压她、令她失望的地方。她又回头看了身前的这个积水塘，这是她将要得到解脱的地方，是一个再也没有欺辱、打骂和校园霸凌的地方，她心中没有害怕，也没有悲戚，冷静地向着积水塘的深部一步一步地走去，直到塘水淹没了她的鼻部，陈兰开始呛咳，吸入了大量的带有沙泥的水分。她开始挣扎，但她的双手已经自我束缚起来，而且这个深塘是陡降坡地，她不可能再自己回到浅水区了，只见她继续呛咳，吸入了更多的沙水，她的身体开始下沉，直到将她全部淹顶。

陈兰一夜未归，陈回子也没放在心上。直到第二天下午，已经沉降于深塘底部的陈兰的身体被水泡胀，尸体漂浮起来，移到河床上的浅水区里，被几个在河里游泳的小子发现了，迅速地报告给了最近的派出所，经过派出所发出告示及知情人的指认，找到了陈回子。陈回子这才知道他的养女陈兰已经自尽了。由于判断事主是自溺，派出所让陈回子把尸体领回去办理后事。

陈兰入水自溺后，她的养父陈回子又找到成小杰，要他赔上女儿的性命。成小杰经过算计之后，觉得这回如果不出点血他是肯定赖躲不过去的，所以拿出了两万块钱给了陈回子，对这桩纠纷做个了结，陈回子就再没有进一步地索要了。

想来也是，陈兰只是陈回子的养女，当年陈回子因为长时间没有生育而领养了弃儿陈兰，后来他生下自己的儿子之后，就再也不喜欢陈兰了。现在陈兰因受到校园霸凌而自溺，陈回子觉得他少了一个累赘，现在从成小杰手中讹到两万块钱，他已经心满意足了，根本不去想陈兰这么大一个活人就这么没了，心里有什么遗憾。

陈兰自溺的事件让甘隆十分伤心，他为自己未能还陈兰的清白而自责，更为陈兰的自杀而伤心不已，在心内对余辰和成功这样家世的子弟开始有些厌恶的感觉，而且他把这种厌恶的感觉还折射到对乔婕家庭的看法上，认为乔婕虽然性情温婉，但那只是表象，她骨子里仍然有干部子弟的傲慢与自大。

接下来发生在甘隆家中的事件使他更加加重了这种心理。甘隆的父亲是一中医游医，为无数的病患解除过疾苦，是一个医术高医德好的医生，但是因为没有行医执照，经常受到卫生局和公安局的联合执法队驱逐，因而甘隆为此经常受同学们的嘲笑。

这一天中午，甘隆回家吃午饭后拿着母亲为父亲装好的饭盒，准备送到父亲的诊所，这间小诊所是父亲为附近城郊的居民和农民看病的地方，也是甘隆全家衣食的来源和依靠。他的父亲虽然没有上过专门的医科大学，但是专门师从了民间中医学习医术。父亲行医多年，擅长用中医治疗各种疑难杂症，在附近居民中的口碑很好，经常是一剂或几剂下去，药到病除，而且诊治费用和药费很低，因而受到附近居民和农民的欢迎。

甘隆曾经亲眼看见父亲甘成元的一例神奇医治案例。一年前，在甘隆还在读初一年级的时候，那时候甘隆与余辰和成功两个人的关系还非常铁，还是自称为"三剑客"结拜兄弟的时候。有一天余辰告诉甘隆说，他的父亲余协威已经发作非常严重的耳鸣半年了，到县医院和武汉协和医院、同济医院去找很多名医看过，那些大医院的专家教授为余协威做了很多昂贵的检查，用了很多西药，最后效果还是不理想，他还是一如既往地耳鸣。

在没有办法的情况下，余协威又找到中医大学的名老中医为他开了十多种方剂，吃了一百多服中药，这些治疗都没有效果，余协威仍然是每天耳边在打闷雷，不但耳鸣没有治好，他的听力也越来越下降，已经影响到他在公安系统的工作了，因此他的脾气变得十分暴躁。

甘隆让余辰请他爸爸来找自己的父亲甘成元看看，而余协威将信将疑地来到父亲的小诊室后，父亲甘成元问明余协威不是高音性蝉鸣样的耳鸣，而是低音性闷雷样耳鸣，又为余协威看了舌苔把了脉后，在他的两侧耳门插了一穴针灸，耳鸣当时就减轻了；父亲又为余协威开了只有两味药的小方子：三七、丹参。余协威吃了三剂后耳鸣完全消失，后来他的听力也恢复正常了。这一过程被甘隆看在眼里，对父亲甘成元的医术大为敬佩，父亲的形象在他的眼中顿时高大起来。

但不到一年后，父亲在甘隆心目中的高大形象却又被余协威踩躏捣碎了。这天当甘隆提着饭盒来到父亲的小诊所跟前时，却看见门前停了一辆公安局的执法车，有好几个干警，还有几个戴着红袖标的卫生局医政科的干事们围在诊所门前，将诊所内的桌子和药品搬出，在地上堆了一地，那些干事用封条将诊所的门封上。而父亲甘成元则被从诊所内赶了出来，在干事们的呵斥声中，父亲无助地低着头蹲在地上，双手抓挠着自己的白发。此时，那些干警和干事们则将药品、诊桌、听诊器和药柜等一股脑儿地搬上执法车扬长而去。甘隆远远地看见，余辰的父亲余协威虽然没有出现在这封堵诊所的干警之中，但他的确坐在一辆轿车内指挥这场行动，并用大喇叭督促干事和干警们要加快行动。

甘隆清楚地记得，在为威严而脾气暴躁的干部余协威诊治完后，卑微的父亲不敢张口收取一分钱的诊治费用，余协威在耳鸣消失后，也没有当面向父亲表示感谢，只是让他的儿子余辰轻描淡写地对甘隆说一声"耳鸣好了"。甘隆知道，父亲的身份卑微使他得不到应有的尊重，更别说获得应有的回报！余协威不但不对父亲的医术表示感谢，还带人来封堵他赖以生存的小到只有一间陋室的诊室。

等封门的干警和干事们扬长而去后，甘隆这时才敢走上前去扶起父亲，两人在默默无言中相互搀扶着回家。这天下午，甘隆没有回到龙池中学去上学，父亲的惨状让他的心情久久平复不下来，即使到了学校，他也听不进老师讲的一个字。第二天甘隆再去上学，他已经想清楚了很多人世与社会上的事情，陈正明老师问他为什么旷课一下午的时候，他淡淡地回答说，昨天下午有些肚子痛，现在已经完全好了，他这是不愿意将他心灵上的创伤再撕开一次，去面对社会给他的痛楚与血沥。

甘隆读初三的时候，已经是一九八三年了，甘隆的父亲甘成元越来越困难了，因为他没有行医资格而多次受到驱赶，所以他只能到乡下去行医，在那里受到驱赶的可能性比较少。这个经历让甘隆心里非常愤懑，他发誓一定要做人上人，一定要好好学习，再也不受父亲这种被人驱赶、被人歧视的罪。

这种状态让甘隆开始对余辰和成功保持警惕，跟他们的来往就变得越来越少了，尽管在他们刚刚进入龙池中学时就结拜为兄弟，号称"三剑客"，但此时甘隆只与他的这两位结拜兄弟保持表面上的友谊了。甘隆觉得只有自己好好学习，好好读书，在中考中考全县的头名状元，就能考取黄冈中学，将来读一个好的大学，这才是他未来的出路，这才能为他家光宗耀祖，而和干部子弟搅和在一起对他是没有任何好处的。

甘隆原来在见证周林、王英、陈兰这些平民子弟受到欺辱的时候，他在内心里觉得，通过好好学习来提高自己的实力，一样能与干部子弟保持友好关系，双方还能保持克制的友谊，不至于自己也会受到那些干部子弟的欺负，而那些受欺负的同学是因为学习成绩没有他这么过硬才咎由自取的。

在甘隆亲眼见父亲被余协威的部下驱赶之后，他的内心翻起了波澜，看到父亲受到屈辱，他觉得他与那些干部子弟再也无法保持密切来往了，双方如果能保持克制的友谊，那也只是表面上的。因此甘隆的内心里对余辰和成功非常厌恶，同时对乔婕也保持警觉，他觉得乔婕虽然性情善良，非常温婉柔美，但是她在骨子里肯定还是保持高傲和冷峻傲慢而难以接近。因此，尽管这时候乔婕十分爱恋甘隆，但是甘隆还是用冷脸拒绝了乔婕的示好。

因为驱赶甘隆父亲甘成元并拆毁他在麻城镇的诊所的那些干警是受余辰父亲余协威的指挥和管理，因此甘隆发下狠心，一定要通过学习来比余辰更加成功，要比余辰和成功过得好，要比所有那些有权有势的子弟更加成功。此后，甘隆虽然与余辰和成功还保持表面上的正常交往，他们三人结义没有破散，但是甘隆的心里发誓一定要在学习上全面压制余辰，将来要做个大科学家，比余辰过得更好。

甘隆在内心想，他如果要找人生伴侣，也必须是一个知书达理、贤惠可人、惠而有慧的女士，他绝不找干部子女作为人生伴侣。而曾几何时，甘隆认为陈兰是那么温婉可人的一个女孩子，而且正符合他择偶的理想，但没想到现实却将她逼死。这个事件是现实给甘隆上的一节好课，让他清醒起来，也让甘隆变得沉默寡言起来，不再爱和同学们，特别是干部子弟打打闹闹、说玩笑话，而是变得更加努力，他觉得在这个环境当中，他必须破茧而出，如果要做人上人，他必须努力地学习，而他的家庭不可能是他的依靠，他那个做游医郎中的父亲也不可能成为他的靠山，他能依靠的只有他自己，而且他自己别无所长，只有通过努力学习才是他将来唯一出人头地的机会。所以此时的甘隆不用家长督促，也不用老师鼓励，他自己就积极主动地学习，甚至晚上学习超过了十二点仍然还在做作业和复习功课，而且在周末他也不出去玩了，也不再打篮球。甘隆发誓要通过自己的努力来改变自己的命运，改变家族的命运，发誓要做人上人，做受人尊敬的科学家，做一个大物理学家。

甘隆的心里更下决心要做一个声名显赫的物理学家，像爱因斯坦那样做一个受人尊敬的理论物理学家，因此甘隆在心理上更进一步地接近黄兴博老师，而黄老师越来越喜欢甘隆，送了甘隆好几本课外物理书籍，让甘隆能慢慢了解到现代天体物理学和理论物理学的进展。

初三年级上学期，麻城全县举行了初中数学竞赛，甘隆获得了全县数学第一名，而同时乔婕也参加了全县英语比赛，获得英语比赛第一名。

第十二章　向黄冈中学冲刺

　　到了初三年级的下学期，龙池中学对毕业班的学生督促得越来越紧，学生们明显感觉到他们已经进入了临战的状态。这种紧张的备考气氛是由很快就召开的中考动员会启动的。在初三下学期开学后的第二周，校长程自文就将全体初三学生召集在一起，热情洋溢而又激情澎湃地向学生们发出了中考动员令。

　　程自文校长是想在这一届学生的中考中打一个翻身仗，摆脱龙池中学中考升学率在这五六年来总是居于全县倒数三四名的地位，虽然龙池中学现在不敢和县一中比较，但如果努力拼搏一下，还是可以和县二中或者县三中拼一下名次排位的，但要想达到这个目的，龙池中学至少要把今年的中考成绩做一个大的跃升。

　　为了提高老师带教的积极性，程自文老师许诺各位班主任，凡是送一名学生进入黄冈中学，就增加年终奖一百元人民币。而且对那些学习成绩好而有苗头的学生，程自文在这次中考动员会上对他们都予以精神奖励和物质奖励，而且还将陈辉、甘隆、余辰和成功这些成绩优异的学生都吸收入团组织。

　　初三一班的学习成绩异军突起，给校领导带来了惊喜，校长程自文和副校长李力两个人对这个班更是寄予厚望。程自文将这个班上的种子选手都一一盘算出来，其中包括甘隆、余辰、成功、陈辉、乔婕和锦梅这六个学生，他们是冲击黄冈中学的后备选手。而在原先的重点班初三五班当中，程自文校长也确定了张峻和其他五个种子选手。

为了进一步促进初三年级学生竞争性的学习局面，在李力副校长的建议下，程自文校长将原来的一个重点班、四个普通班的局面打散，将初三一班提升为重点班，这样初三年级就有了初三一班、初三五班两个重点班，其余六个班划分为平行班。程自文校长要在初三年级的两个重点班之间，六个平行班之间进行教学、学习比赛，以中考升学率作为最终评判成绩的指标。这一重新分班、分级比赛的做法，对初三年级老师造成了极大的危机感，而这种危机感相应地产生了极大的压力和推动力，全体老师不但积极备课，讲课全力以赴，晚间自习时也驻班督促学生们学习，甚至还在自习时间额外为学生们补课。

校长程自文的这一番动员活动和分班竞赛行动，把全年级的心态都一下子转变过来了，甘隆也受到了激励和鼓舞，每天睡觉六个小时，除了吃饭睡觉，其他时间都在学习，而其他大部分同学都自觉地减少了课外游戏时间。

对于决定着每个学生未来前途和命运的初中升高中考试，家长们都很重视，他们知道，全国每年有一千万左右的初中生都要经历这样一场人生搏杀式的考试，除了二十万左右考上中专外，其余的学生只有一条路可走，那就是升上重点高中后再考入大学，而大学的录取率只有百分之五左右，人口少的县有三千到五千名初中生，而像麻城这样的人口大县有将近一万名初中生参加中考，想想这千军万马要挤上这一座独木桥而不被挤掉河去，其难度有多大，其竞争性有多强！对于麻城县的初中考生来说，黄冈中学是最为吸引人的高中，其次是县一中，再次就是县二中，再后就是三中和龙池中学这样的学校。谁都想考上黄高，但你得有那个本事！

因此很多家长也来旁听了初三年级的中考动员会，如乔婕的父亲乔志钰、余辰的父亲余协威、陈辉的父亲都来了。乔志钰为了激励乔婕考上最好的高中黄冈中学，父女二人之间签订了合同，其中乔婕为甲方，而乔志钰为乙方，乔婕保证在备战中考的这一学期中，包括期中考试、第一次模拟考试、第二次模拟考试、毕业会考这四次大考中，每次考试的总分成绩要达到全年级的前五名，如果甲方乔婕每次达到这个要求，乙方乔志钰则奖励甲方乔婕一百元；如果甲方乔婕没有达到这个要求，则应退付乙方一百元。如果甲方乔婕在中考后被黄冈中学录取，乙方则一次性奖励乔婕三百元。

当课后乔婕与锦梅两人坐在一起说悄悄话，乔婕说起与她父亲乔志钰签下的合同，以及考上黄高的奖金的时候，甘隆正在后面做数学练习题，听见了乔婕的话，甘隆心里很不是滋味。他想，乔志钰毕竟是国家干部，是县粮食局局长，用这么多钱来奖赏女儿好好学习鼓励她考上黄高，自己的父亲不要说用钱来奖励他，现在父亲在麻城镇上的小诊室被封堵后，只能到乡下去游走行医，他二十多天都没有见到父亲了，而且母亲说家中的钱粮已经不多了，再这样下去，家中就没有饭吃了。

甘隆好不心酸，又对乔婕心生厌恶起来，连带着对锦梅也有些讨厌了。自此甘隆更加刻苦学习了，不再与余辰和成功打篮球，也尽量躲着乔婕示好的目光，他一心一意要考取最好的黄冈中学，将来考取最好的大学，以报答日夜在外奔波挣钱养家的父亲和含辛茹苦的母亲。家庭的贫穷让甘隆变得孤傲和冷峻，他再也不是刚刚进入龙池中学时那个无忧无虑的少年郎了，再也不是和官家子弟结义为"三剑客"的无知浪子了，他现在心忧垂垂老矣的父母，心忧自己的未来和前程。他知道，生长在这么一个下层的家庭当中，他无所依靠，只能依靠自己，只能依靠自己努力学习！

在中考动员会后，初三一班来了一位复读生，这位学生叫吴波涛，他是城郊南投村人，曾是上一年级的逃课大王，不求上进，经常跑到校外的游戏厅打台球、玩游戏，与村人打麻将度日，结果在去年的中考中成绩一塌糊涂，不但达不到上中专的分数线，更不用说考上高中了。

吴波涛曾经与同龄人一样心怀梦想，现在却成了一名中考落榜者，他变得灰心丧气，是打工还是失业，不知道等待他的命运是什么。就在吴波涛迷茫失望之际，他只好跟着舅父一起到工地打工，做了不到半个月的建筑小工。打工实在太累了，吴波涛尚未成年的身体根本承受不了这样的工作量。

在父亲和姐姐的提示和督促下，吴波涛心不甘情不愿地被迫转向复读，但他问了好几个中学，复读生都要交三百元复读费，家境困难的吴波涛有些想放弃复读，这个消息被甘隆从父亲甘成元那里听到了。原来，甘隆和吴波涛两家曾是乡邻，两个人在幼年时是最好的玩伴，曾一起上树掏鸟蛋，下河摸鱼，到泥田中挖藕，只是上学时吴波涛比甘隆要早一年级而已。

甘成元是在行医途中听到有关吴波涛的消息的。甘隆当天傍晚就要赶到吴波涛的家中劝他到龙池中学来复读，因为甘隆知道，程自文校长实行了一个很好的优惠政策，就是对复读生不收取任何费用。从龙池中学到吴波涛家所在的南投村必须渡过举水河，为了不耽误学习时间，甘隆没有借道举水河大桥，而是脱下鞋袜，挽起裤腿，直接蹚过举水河找吴波涛苦口婆心地劝慰，要他进入龙池中学复读。

吴波涛重新进入龙池中学学习后，被陈正明老师认领后进入初三一班，并且按甘隆的要求，安排吴波涛与他坐同桌。但没想到进入初三一班后的摸底考试，吴波涛的各项成绩都不到六十分，他又一次陷入困境和迷茫，再一次产生厌学情绪，想放弃复读考试，又开始在上课期间不认真听讲，这个时候，作为同桌的甘隆看在眼里，把吴波涛的种种言行都记在班级日记中。

这种班级日记是陈正明老师的一种创举，他在讲台下放置了一个黑色皮封日记本，学生和班干部都可以在这个班级日记本上写下全班的特殊事情，包括每个学生的不良情绪，对班级建设的想法和建议。陈正明老师每天在下课后就翻阅这些班级日记当中的最新内容，当晚或者次日上午就想办法解决每个学生提出的问题和困惑。这就提供了初三一班所有学生与老师之间快捷而便利的沟通渠道，又节省了学生的学习时间。

陈正明老师看到甘隆写的班级日记后，对吴波涛的负面情绪给予了关注，特地把甘隆和吴波涛叫到办公室里进行交流和谈心，寻找吴波涛再次厌学的原因是什么。陈正明老师要甘隆与吴波涛结成帮扶伙伴，而且让吴波涛、甘隆通过班级日记与老师进行交流，双方之间默契地沟通，这样在甘隆和陈正明老师的帮助下，吴波涛看到了同学和老师的热忱，渐渐地融化了他心中的自卑、内向的块垒，给予了他一线希望的曙光。在这个不熟悉的班级里，吴波涛有陈正明老师和甘隆及随后加入的班长陈辉同学经常与他谈心，经常给他帮助和鼓舞，使吴波涛找到久违的亲切感，就像重新融入了一个大家庭一样。

从此吴波涛与陈正明老师、甘隆和陈辉同学结成了无话不谈的挚友，这些善良而大爱的师生扭转了吴波涛的厌学心理，转变了他的学习态度，使他对学习越来越有劲了，他拿出自己全部的决心和勇气向中考这个目标发起了冲刺。

但鉴于自己上一年的中考成绩十分不理想，在陈正明老师要让吴波涛确定中考的目标时，他不敢对自己抱有太高的奢望，只敢中考后能够升入龙池中学本校的高中部，甘隆听说了吴波涛的选择后，十分着急，他对吴波涛说：

"波涛，我千辛万苦地冒死蹚水渡过举水河，到你家去把你找回来复读，是想你和我一样考取重点高中，要么黄冈中学，要么县一中，这样将来考取大学的机会才大一些，没想到你自暴自弃，只想读本校的高中部，太让我失望了！"

吴波涛说：

"甘隆，你又不是不知道，我的基础太差，哪里还敢梦想考黄冈中学呀！"

甘隆说：

"有什么不敢！只要你敢立志，我就教你方法，在中考时取得好成绩，有了好成绩不愁黄冈中学不要你！"

吴波涛说：

"甘隆，立志我倒是敢立，只是不知道用什么方法在短时间内能取得好成绩，你快告诉我。"

甘隆说：

"那好，我告诉你快速提高中考成绩的奥秘和攻略吧。我对比几次模拟中考真题试卷，经过仔细分析后，发现中考的奥秘，就是在中考试卷中，基础题目、稍难题目与拔高题目的比例是7：2：1，换句话说，100分的试卷，基础题目占到百分之七十。"

吴波涛说：

"你说得对，我回想一下还真是你说的这个比例！那又如何呢？就凭这一点也难以快速提高成绩呀！"

甘隆说：

"知道了奥秘，就可以制定攻略呀！就像我们把中考当成一个敌人，现在知己知彼，就百战不殆！"

吴波涛说：

"甘隆，你说的攻略，好像很神奇，你别卖关子了，快告诉我这个神奇的攻略吧！"

甘隆说：

"其实，这个攻略并不神秘，它只是针对性地制定的对策，因而可以取得神奇的效果。这个攻略就是，你要尽全力把基础题目都做对，尽量不出现因粗心导致的错误，这样的话你可以获得中考总分的百分之七十，这样的成绩至少可以保证你被县一中这样的县级重点中学录取。在搞定这些基础题目之后，剩下百分之二十的稍难题目，我可以再把我的重点记录本借你翻阅，这些分数你也可能在短时间内获得，这样就可以去争取黄冈中学的入场券了。"

吴波涛说：

"那按照你的意思，剩下百分之十的拔高题目，如数学、物理和化学试卷中的压轴题，就选择性地放弃？"

甘隆说：

"对，这些压轴题通常是耗时长、得分少、性价比不高的题目，就你目前的基础而言，是华而不实的追求，如果放弃就可以省出时间来钻研基础题目。"

吴波涛说：

"甘隆，你总结出来的这个攻略真是太妙了，而且是专门针对我自身的特点来制定的，非常受用，我就按你的攻略来确定未来的学习计划吧。不过，我还是以县一中为目标吧，黄冈中学我还是有点不敢奢望。"

甘隆说：

"那你就得陇望蜀吧，万一梦想实现了呢？我们可以一起上黄高，以后一起上同一所大学，岂不美哉？"

吴波涛说：

"那敢情好！我就努力试试？"

在甘隆的鼓励和鼓舞下，吴波涛学着甘隆那样，每天晚上学习到十二点，甚至学习到十二点半，一点也不觉得累。很快他的这种努力就体现在学习成绩上了，一个月过去了，两个月过去了，吴波涛在全班的成绩由垫底变成了中游。

全班同学看到吴波涛这样复读的差生也能有这样惊人的变化，都受到鼓舞，都更加积极地复习备考。程自文校长也注意到吴波涛同学的惊人转变，发掘出了陈正明老师的"班级日记"这种工作方法，将这种方法在全校的老师中进行表扬和推广。

第十三章　决战前的花絮

时序很快进入第一次模拟考试，老师们都很看重这一次考试，认为它是鼓舞全班士气的关键一战，为了进一步让学生掌握应试策略，增强考试自信心，各学科教师耐心、细心地给每一位学生进行考前学业指导。而在每天吃完中、晚饭后，老师们并不休息，就急匆匆回到办公室，等待着学生来问问题，耐心地答疑。

各任课老师还时常走到各位学生座位边上，询问是否需要帮忙。同时，老师们还利用自习课时间从如何复习、应试指导、心理疏导、策略指导四个方面对学生进行指导。初三的中考复习艰难重重，但是由于初三每位教师的坚持和超额的付出，让初三的教学有条不紊。

在陈正明老师的建议下，程自文校长和李力副校长向全校初三年级的八个班主任提出了一个要求，要他们想办法提高所带班级的平均学习成绩，这个方法就是由那些各科学习好的同学向全班同学传授、交流他们各自擅长功课的学习方法和心得。

在初三一班的学习经验交流会上，首先是英语成绩最好的乔婕走上讲台，她介绍学习英语的经验说，英语的学习是需要花慢功夫的，除了掌握单词、掌握重要词组打好坚实的基础以外，做练习是非常重要的，做练习能帮你提高做题的速度，英语卷子后面的阅读题一般会很难。在学好课本知识的同时，英语特别需要课外的一些学习，业余

126

时间要多背多记单词，平时多读英文的文章。除了课本以外，学习一下《新概念英语》和中考英语的课程都是不错的选择。

而数学和物理两门课程很好的甘隆也向全班同学倾囊相授，他的经验是做数学题一定要注意细节和步骤，这样可以做到稳中求胜，而且日常应该大量做训练题，以及日常养成认真的做题习惯，在这个过程中注意梳理各种常见题的类型，记录方法和步骤。因此，多做题可以增加数学和物理掌握的熟练程度，他专门有一个错题本，把数学、物理曾经犯过错的都记录下来，一点一点地积累，让自己不犯同样的错误。

甘隆还介绍说，平时学习时要整理出这两个科目的知识重点，考试前着重复习重点知识。甘隆在向同学们介绍经验的时候，他拿出了自己厚厚的错题本展示给同学们看，同学们惊呼甘隆的学习成绩上升得这么快，原来是他有这么多的付出和努力！他的这个经验几乎给全班同学都有启示，后来绝大部分同学都为自己准备了一个错题本，以此来效仿甘隆。

语文成绩好的班长陈辉第三个走上讲台，他的经验是要多读课外书，重视古诗默写、名著、文言、综合学习，平常要多动动笔，多写写，写作文选材要新颖，事件要真实，要有真情实感，抒情自然。成功也分享了他学习化学的经验。

这几位学习成绩好、学习方法有特色的同学在毫无保留地向全班同学传经送宝后，还真起到了很好的效果，特别是对那些偏科倾向重的同学来说，这种经验交流会让他们学到了很多方法来纠正他们的不利学科，使学习成绩向均衡化方向发展。

在这一把分享交流学习体会的柴火烧旺之后，程自文校长又加了一把"定目标，找差距"的柴草，将龙池中学初三年级中考这一炉火势烧得更旺。程自文校长要求初三年级的每个学生对自己未来的道路做一个预估，是想升入全国声名卓著的黄冈中学，还是想升入本县的一中，或者仅仅就是想进入县二中或三中，再就是直接在本校的高中部就读，再不济就是考入中专或职业高中学习，每个人定好目标后，对照这个目标找出自己成绩上的不足，在中考前的三个月内补齐这些不足，以实现自己的理想。

在程自文发起的这一场"定目标，找差距"的活动中，甘隆更进一步明确未来的职业规划，就是现阶段打好中考这一战，一定要进入黄冈中学读高中，到黄高后伺机参加全国奥林匹克数学和物理竞赛，有幸夺得名次后，进入或考入中国科技大学少年班，读理论物理专业。

在陈正明老师的鼓动下，初三一班的五十二名同学中，有十二名同学把上高中的目标定位为黄冈中学，其余同学中有一半定位为县一中，其余同学中有十几位为县二中、三中或龙池中学，还有几位想直接进入中专或职业高中学习。

按照校长程自文和副校长李力的要求，初三年级的学生们将理想高中与中考目标分数张贴在课桌上的醒目位置，以此提醒自己努力的方向。在每个同学确定了中考的目标后，很多同学发现了自己的实力与理想目标之间存在的差距和不足，因此，他们便有的放矢地进行加强性补课和知识回炉，全班学生的学习热情便更进一步地增强，以至于出现在下晚自习后陈正明老师催学生收拾书包回家，而有的学生还继续学习的场面。

吴波涛在这场"定目标，找差距"的活动中，没敢为自己定下太高的目标，他心想自己能够考入县二中就算不错了，就算祖坟上冒青烟，他在中考中超常发挥，取得相对较好的成绩，能考入县一中读高中就算到达他的极限了，所以吴波涛的想法与甘隆的想法有云泥之别。

吴波涛这样想，一是因为他原来的基础的确太差，二来他经常是饿着肚子上课的，这次他来到龙池中学复读是得益于甘隆的力促，但他家实在拿不出更多的钱粮来保证其复读。原来吴波涛兄弟六人，全家八口只靠父亲在县化肥厂打工挣得的一份工资糊口，家境极度困难，父亲的工资买完了全家一个月的粮食外就所剩无几了，只能让吴波涛从家中带些米和红薯到学校作为主食，没有多少钱给他买菜吃。

而这些干粮是吴波涛在每个星期日的下午从家中背来的，星期五下午才能回家重新取下一周的干粮，往返路程全靠步行，常常是天黑如锅底时才回到家中。每餐吃饭前，吴波涛将二两米和一个红薯洗干净，放在学校食堂中托大师傅帮他蒸熟，吃饭时就着咸菜或萝卜干吃下去，而这些咸菜或萝卜干经常因为放置的时间太长而长出了白霉，吴波涛将白霉拨开仍然吃下去。

甘隆发现吴波涛的困窘后，就对父亲和母亲说，为了不耽误学习时间，他的午餐要带到学校里吃。每天中午吃饭时，甘隆在吃饭时将自己饭盒里的菜分拨一半给吴波涛。其实甘隆每天带来的饭菜并不丰盛，只刚刚够得上甘隆一个人的营养需求，所以这样下来，甘隆和吴波涛两人的营养都严重不足。

有一天中午，甘隆正用筷子从自己的饭盒给吴波涛拨菜，这个景象被乔婕发现了，乔婕在教室门口又仔细打量了一下这两个同学的衣服，发现他们的穿着也实在太寒酸了，都是破了领口和袖口、打着补丁的旧衣。乔婕知道，这两个同学上学遇到了困难，特别是甘隆为了帮助条件比他更差的同学，不惜把自己本来就不多的饭菜分给他，这景象既让乔婕感动，又让乔婕感到心疼，她想要帮助甘隆，因为她对甘隆有着那么一份感激，也有那么一份感情，她不忍看曾经两次救助过她的甘隆因为义重如山而陷入困窘。但乔婕知道，甘隆和吴波涛两人都是心高气傲的人，她便悄悄地退出了教室，没让甘隆发现她知道了他们的窘迫。

乔婕回到家中，从父母亲过春节时给她的压岁钱中拿出了五十元钱，第二天趁人少的时候，她将这五十元钱塞进甘隆的书包里。甘隆在下午整理书包时突然发现了这五十元钱，这是五张十元一张的纸币，甘隆先是觉得好生奇怪，略加思索他分析这很可能是初三一班的同学塞进来的，他再一思索，觉得同学暗中塞钱进他的书包，肯定是知道他现在囊中羞涩，吃饭穿衣困窘异常，他觉得自己被人可怜了，因而他的脸发起烧来，他决然不接受同学们的怜悯和施舍。他先问过吴波涛知不知道这件事，吴波涛表示他也不知道事情的前因后果后，甘隆遂决定悄悄地询问每一位同学，要找出是谁塞给他这五十元钱的。

甘隆先是问了各位任课老师，包括陈正明老师、于车水老师和黄兴博老师以及秦怡华老师，这些老师都表示他们没有暗中塞钱的行为，甘隆遂又问了班长陈辉及一些班干部，也都得到否定的回答。甘隆静下来后分析这个行为的主角应该是乔婕，因为他记得昨天他和吴波涛两人吃饭的时候，乔婕在教室门口看了他们很长一段时间后又悄悄地走了，而到今天就有五十元钱进入了他的书包，所以甘隆推理这两件事之间有很大的关联性。

甘隆遂悄悄地找到乔婕，来到龙池中学校园的一个角落。甘隆拿出那五十元钱，直接问道：

"乔婕，这钱是你塞进我的书包里的吧？"

乔婕好像是什么隐私被人识破似的涨红了脸，回答说：

"没，没有，不是我，我没有五十元钱。"

甘隆说：

"不是你，你怎么知道这是五十元钱？"

乔婕只好承认说：

"哦，那是我放进去的！我只是想让你和吴波涛两人用这点钱买点营养品，你们的午餐太清淡了，清汤寡水的，满足不了这么大强度学习的需要。"

甘隆说：

"我不要，吴波涛也不要，请不要用可怜的眼光来看我们俩！"

乔婕说：

"我没有可怜你们，我只是想帮助你们俩！"

甘隆说：

"我不受嗟来之食，你拿走吧，这五十元钱施舍我受不起。"

乔婕被气哭了起来，说道：

"这不是施舍，更不是嗟来之食，这是同学的友爱，你面子观念太强了，强到你的心理如此脆弱！"

甘隆说：

"我心理脆弱？我，甘隆，心理脆弱？"

乔婕说：

"你难道不脆弱吗？脆弱到看不见我对你的情感，脆弱到不敢接受任何友爱，脆弱到不接受同学之间的友情！"

乔婕的问话将甘隆问住了，他觉得乔婕说得句句在理，而且乔婕现在还直截了当地说出了"我对你的情感"这几个字，甘隆更觉得惶恐和不安。在他的内心世界里，他更喜欢陈兰那样的女孩子，而觉得乔婕这样的干部子女难以接近和相处，甘隆陷入无话可回答的地步，过了一分多钟，两个人像陷入长达一个世纪的对峙一样，甘隆终于在嘴中挤出这样的回答，说道：

"不管是情感也好，友爱还是友情，这五十元钱我决然不能接受，你先拿走吧！"

甘隆将钱一把塞到乔婕的手中，转身就走了。乔婕的好意就这样被甘隆无情地拒绝了，她气得蹲下身来，在墙角边放声哭了出来。这一幕被班长陈辉看见了，加上他刚刚看到甘隆离去的背影，对事情的前后经过猜了个八九不离十。陈辉见乔婕一个人独自哭泣得那么伤心无助，遂走上前去要扶乔婕站起来，问道：

"乔婕，你是怎么了？为什么哭了？"

乔婕见有人发现她的失态，站起来抹了抹眼泪，对陈辉回答说：

"不为什么，你不用管！"

乔婕说罢，将陈辉扶着她的手一推，径自朝教室那边跑走了，让陈辉独自在墙角边上怔呆了半天。

乔婕晚上回到家中，想出了一个帮助甘隆和吴波涛的主意，便对她的母亲林回梅说：

"妈，我想从明天起带中午饭到学校里去吃，这样可以节约来回上下学的时间，中午可以自习一个多小时。"

林回梅说：

"婕儿，你这么上心学习，想要带午饭自然是好，我这就去为你准备，你明天就带饭到校吧。"

林回梅边准备饭菜边说：

"婕儿，你们班上不止你一个人带饭吧？"

131

乔婕说：

"妈，有好多同学带饭呢，女同学中有锦梅、王红英，男同学中有甘隆、陈辉和吴波涛这些同学，他们中午在教室里吃完饭后，洗了碗筷就立即复习起来，所以最近他们成绩上升很快！"

林回梅说：

"婕儿，带中午饭是个好主意，你们班是谁先兴起这个风头的？"

乔婕说：

"是一个叫吴波涛的复读生，还有甘隆也带饭。"

林回梅说：

"听说甘隆是你们班，不，你们年级成绩最好的那个学生，是吗？他是不是上次在龙池桥头保护你，还在麻姑仙洞里为你脚踝扭伤治病的那个学生？"

乔婕说：

"是的，妈，你真啰唆！"

林回梅说：

"不是我啰唆，我是在想，这个甘隆真是个好小伙子，家境虽然差了点，却是个有心机、仗义有为的好青年，他学业这么好，又会谋划，将来肯定会有大出息的，将来他要是能成为我的女婿，那肯定错不了！"

乔婕说：

"妈，说你啰唆，你还真啰唆！我这么小，你说什么女婿不女婿的！我不和你说了。"

乔婕一转身就走了，回到自己的房间复习功课。林回梅没在意女儿的气恼，自顾自地说：

"管他呢，我给你多带点肉菜，中午吃饭时，你可以分给同学们吃点，特别是可以分点给甘隆吃。"

乔婕第二天带着午饭上学，中午吃饭的时候，她见吴波涛和甘隆二人打开饭盒一起吃饭时，便也拿出自己的饭盒，走到二人身边，说道：

"我发现你们中午带饭吃是个节省时间的好方法，所以我也带饭来吃了，现在只有我们三人一起吃饭，我就跟你们俩一起吃吧。"

甘隆看看乔婕，未置可否，吴波涛却赶忙站了起来，说道：

"那好呀，乔婕，平时我们想请你一起吃都请不到呢。"

吴波涛走过去为乔婕拉过一个座椅，请乔婕一起坐下，三人便一起吃饭，他们边吃饭，边讨论今天陈老师讲的一道难题。原来今天陈老师拿来一套往届中考的模拟试题来进行测试，其中的最后一道压轴大题是函数和几何组合起来的混合试题，全班同学都没有做出来，甘隆和余辰虽然已经构想了完整的解题思路，但因时间紧而最终没有完成。

陈正明老师收回试卷后，粗略看了一下全班答题的情况，结果让他有点失望，特别是他看到甘隆和余辰两位数学成绩最好的学生都没有答完题，他知道了学生们这方面的知识及解题缺陷在哪里，便大概讲了一下解题思路，就到了下课时间，陈正明老师便决定另找时间详细讲解这道题目。

陈正明老师觉得现在初三一班的数学总体水平虽然已经在龙池中学的初三全年级当中很不错了，但如果要在县一中、县二中的同年级学生竞争中胜出，就必须多讲解和练习这一类有难度的题目。

因此，当乔婕与甘隆、吴波涛三个人重新坐在一起时，他们就一边吃饭一边讨论各自的解题思路，特别是乔婕的思路与甘隆是不一样的，因为乔婕是从函数路径来解析这道压轴大题的，而甘隆是从几何路径来解析此题，经过讨论，乔婕觉得甘隆的方法更为可取。三个人的注意力都放在解题讨论上，吃饭就比较慢，乔婕此时就装作不经意地把自己的排骨和肉片分拨到甘隆及吴波涛的碗里，而甘隆也没有觉得乔婕这样有伤他的自尊心，也就安然地接受了乔婕的给予。

三人今日吃饭很慢，到下午快要上课时他们才慌忙地收拾碗筷，结果好多同学知道他们三人一起吃饭又讨论难题，锦梅和一些女同学开始时取笑乔婕爱心太泛滥，而陈辉却嫉妒甘隆与吴波涛两人亲近美人之香泽，但他们都发现中午带饭吃是一个节约时间、提高成绩的好方法，所以他们也要家中备出次日的饭菜，第二天就多了好几个同学带午饭到学校里吃。

　　陈正明老师发现了甘隆、乔婕、锦梅、陈辉这些变化，觉得的确是一个有益于提高学生成绩的好方法，便当着全班的面表扬了他们这个行为，并提倡其他同学也效仿这种做法。果然，在接下来的一个星期，全班几乎有三分之二的学生带午饭到学校里来，这些学生在吃饭期间有的相互讨论课业，有的在饭后利用节约下来的时间背诵课文和公式。

　　初三年级的其他班主任发现了初三一班的这种做法，遂也在他们各自带教的班中提倡。校长程自文对这一变化十分高兴，又在校务会上对陈正明老师及初三年级其他班主任进行了表扬。为了配合学生们带午餐的行动，程自文校长还在学校食堂增置了一个小锅炉，专门用于免费为学生加热饭菜。

第十四章　少年始识愁滋味

自从陈辉见到乔婕在校园墙角哭泣，后来又见到乔婕与甘隆、吴波涛一起吃午饭，他的心中泛起酸水，嫉妒甘隆受到乔婕的青睐，他感觉到自己心目中的女神离他越来越远了，心里开始焦虑不安起来。

对于班长陈辉来说，乔婕就是那个可以用一切美好词汇形容的女孩，她善良可人，衣袂飘飘，卓尔不群，是他最喜欢的女子形象。陈辉想来想去，想写一封信向乔婕表明心迹，坦露爱她的心迹。在家中的书桌前，陈辉铺开纸，拿起笔来，将乔婕的名字写了又擦，擦了又写，来回几十遍，他不知道在信中如何向乔婕倾诉他的思念，最后还是擦去了乔婕的名字，决定不写信了，改写一首诗，这样能更好地表达他的心意。

> 龙池石桥桥依树，惊鸿照影人如玉。
> 乔家有女下瑶台，衣袂飘飘总撞入。
> 同迎朝霞桥上走，共沐暮霭齐读书。
> 相约携手登黄高，比翼齐飞成佳侣。

原来陈辉的母亲曾经当过语文教师，所以他在课余学尽了很多古体诗，而他的父亲是县瓦楞纸厂厂长，为他提供了一个比较优越的学习条件，所以陈辉在文学方面的造诣要远高于同班同学，写一首七言诗对他来说不在话下。

陈辉重新找来一张白纸，工工整整地将自作的这首诗誊写下来，又对折成一只鹤形，放在书包里。第二天放学时分，陈辉在龙池桥上等到了乔婕，他走过去将信交给了乔婕。乔婕打开信一看，原来是一首七言诗。乔婕仔细读来，看着上面是乔家有女、佳侣这些字眼，她知道这是陈辉在向她示爱。乔婕脸一红就将这封信交还给了陈辉。乔婕说：

"陈辉，你是我们的班长，现在正是考试阶段，不要再写这些乱七八糟的东西，这样会让我分心的。再说你写的这些诗我不懂，以后写诗我要好好向你学习；你的语文成绩好，文学水平高，我也要好好向你学习。只是现在是紧张的中考阶段，我没有心思读这些诗。你把这首诗拿回去吧，以后我再向你学习。"

乔婕不动声色地拒绝陈辉，陈辉落了个大没趣，心中十分懊恼地回到家里，一晚上眼睛盯着灯蛾飞舞，没有心思学习。班上的同学开玩笑说乔婕与陈辉相互喜欢，这是乔婕最害怕听到的传言，每次听了这样的起哄她就想冲上去缝住他们的嘴巴，生怕甘隆真的误会她，却又忍不住暗中观察甘隆的神色，如果能看到甘隆失落尴尬的表情，她的心里好开心。为了多与甘隆说话，乔婕有时假装手持扫把打扫卫生，徘徊在教学楼楼梯口，其实是想假装跟甘隆偶遇，这样的戏码乔婕上演过好多次了。

而接下来的上课时间，陈辉变得难以集中精神听老师讲课，只是木木地发呆，在课间休息时，他无聊地摊开草稿本和笔记本，用圆珠笔将原来演算的数学试题和公式都涂成鬼画符，最后终于不堪失望与烦躁，干脆扔下笔趴在桌子上睡觉，直到下一节课，旁边的同学发现陈辉还在睡觉才将他推醒，他这才有气无力地抬起头听老师讲课。陈辉这种颓废的状态持续了一个多星期，其间的周考他也不那么在意，周末时周考成绩出来了，陈辉竟然由班级的前五名变成了倒数第五名，一百二十分的数学他只考了七十多分，语文本是他的强项，也只得了八十来分，考试的时候，别人都在奋笔疾书，而陈辉则是没精打采、慢条斯理地答题，此时的他认为没有乔婕的认可，没有乔婕对他爱意的回馈，分数高或低，都于他无益无害了。

其间陈辉给乔婕写了好几封信，乔婕却拆都没有拆开直接退回陈辉的手中。几个任课老师都注意到作为班长的陈辉的成绩和情绪上的变化，陈正明老师把陈辉叫到办公室里谈了好几次心，陈辉的状态都没有好转，又有两次周考，陈辉仍然在班级倒数十名以外徘徊，陈正明老师开始对陈辉感到失望，在心里琢磨要换人顶替陈辉的班长职务，而且他还拟定，准备让副班长甘隆替代陈辉当班长，而让前班长梁波接任副班长。

事情的转机发生在体育考试上。原来乔婕的体育是她的弱项，当然她平时也是十分注意锻炼提高的，对那些相对静态的运动如坐位体前屈、垫上运动、仰卧起坐这些项目，她在家中学习之余都注重练习，总是让母亲林回梅帮她压腿，在每次压腿时乔婕总有快坚持不住的感觉，但即便她因大腿肌肉撕裂带来双腿抖动、剧痛难忍，她也能咬牙坚持下来。因此这些项目的考试，乔婕是能够应付下来的。

但是有一个必考项目就是八百米中长跑，是她犯难的一个项目。乔婕虽然自幼练习体操，又是舞蹈团的成员，但她的身材过于修长纤细，所以她是不耐中跑和长跑的，一提到体育课上的中跑和长跑项目，她就感到手心发汗，担心自己跑不下来。

这天体育老师刘大健在操场上用大喇叭召集全体参加体育考试的同学集合，作了一个简短的动员令，他对学生们说：

"干什么工作都要有一个好身体，同学们，这是你们中考路上的第一站，也是你们通向大学和未来的第一张通行证，你们有没有信心？"

全体男女同学齐声回答说：

"有信心。"

刘大健侧着身，用一只手罩着耳朵，又问道：

"我听不见！你们说，有信心吗？"

这一回全体学生都用足了吃奶的力气回答说：

"我——们——有——信——心！"

但是站在女生队列的乔婕在回答这句问话时，她的心里发虚，而且她觉得肚子有点饿，就抓紧时间补吃了一些母亲林回梅为她准备的花生，又喝了好多凉白开水。站在乔婕身边的锦梅看出了乔婕的神经质般的紧张，体贴地拿起乔婕的手一摸，发现乔婕的手心全是黏腻的冷汗，就问道：

"乔婕，你这么紧张，要不今天先不考了，改天再考吧？我也陪你改考吧！"

乔婕说：

"如果改天考试，到时候我一个人考，我岂不更紧张了？"

锦梅说：

"没事儿，你要改考的话，我也改，我到时候陪你一起。"

乔婕为锦梅的体贴和友情所感动，她说：

"改天考肯定要耽误其他课程的，我坚持一下，再说，我也不能为了自己的胆怯而让你改考，这太影响你了。"

锦梅说：

"你要实在不能坚持，就别考了，这体育分的权重不高，对你的中考成绩计分影响不大。"

乔婕说：

"那可不行，我父母一定要我把体育分也拿下，妈妈还特地为我准备了花生，我必须要拿下这三十分。我的花生你也吃点吧！"

锦梅见乔婕坚持要参加这八百米跑的考试，不便坚持要乔婕改考，遂说：

"那这样，在考试时我陪着你跑，如果你觉得有任何不适，我就陪你一起下来，好不好？千万别跑伤了身体。"

乔婕感激地看着锦梅，说道：

"好的，谢谢你，锦梅，有你真好！"

二人在说话的当间儿，突然听到体育老师用大喇叭喊起来，说道："现在女生考八百米跑，女生就位，女生就位！"

原来刚才在乔婕与锦梅两人谈话的过程中，全班男生的一千米跑的考试已经完成了，大部分同学的成绩都在三分五十八秒之内，甘隆、余辰、成功的成绩竟然能达到三分四十多秒，连情绪不高的班长陈辉的一千米跑成绩也合格了。他得知成绩后，就一个人坐在操场边上，想看一看女生的八百米跑，特别是想看看他所心仪的乔婕在跑步时的状态，而此时好些男同学正三三两两地往回走。

全班十五个女生都站到了起跑线上，做好了起跑姿势，体育老师刘大健的发令枪一响，全部女生都迈开大步向前跑去。刘大健老师在跑道边上一边跟跑，一边用大喇叭对女生们进行鼓励和指导，要她们在起始阶段注意保持体力，到了中间阶段时刘大健老师就提醒女生要加油。陈辉站了起来，带领那些观赛的男生一起为女生们加油，当然陈辉更多的是在心里为乔婕加油，希望她顺利跑完八百米全程，并取得理想的成绩。

却说乔婕和其他十四个女生一起跑，她在心里鼓励自己要努力奔跑，争取成绩达标，因此她鼓足了勇气迈开大步拼命地向前跑去，尽量与其他女生步调保持一致。她按照刘大健老师教导的方法，在起步时保持三步一呼吸，在加速阶段再两步一呼吸，但跑着跑着，乔婕觉得双腿开始打战，再跑一段路程后，双腿开始沉重起来，像是灌了铅水一般的感觉，她的呼吸明显感到不够用了，变成了一步一呼吸，而心脏像是要跳出胸腔一样。

跑到三百米的时候，乔婕已经明显落后于其他女同学了；快到四百米的时候，只剩下她孤零零的一个人了，前面同学们飞奔的身影让她觉得她们是在飞翔，而自己则像是一只蜗牛，上气不接下气的她开始出现幻觉，忽然她的头一沉，脑部一片空白，就倒在了地上。

刘大健老师赶紧跑了过去，只见乔婕双目紧闭，不省人事，他立即终止了这场考试。操场边观试的男同学们都围了过来，最里头就是陈辉，他蹲下身来，用手摸了摸乔婕的脉搏，似有似无，再将手指放到乔婕的鼻孔，没有试探到一丝丝气息，刘大健老师也摸了脉搏试了气息，乔婕仍是完全不省人事。陈辉想起生理课老师讲的内容，乔婕现在很可能是心跳呼吸骤停，要立即进行人工心肺复苏。

刘大健老师让围观的学生后退，空出一块地来，撸起袖子为乔婕进行胸外按压，他正按着的时候，身边围观的同学们七嘴八舌地说道：

"光做胸外按压不够，还要做人工呼吸！"

"不做人工呼吸，心肺复苏无效！"

刘大健边按压边对最前面的陈辉说：

"陈辉，你准备好，我一停手，你就给她做人工呼吸！"

陈辉向刘大健老师点点头，表示他已经准备好了，刘大健停下双手后，陈辉立即深吸一口气，俯下身去，用他的双唇紧贴乔婕的双唇，用足气力吹向乔婕的气道，只见乔婕的胸部膨胀起来，说明人工呼吸的效果很好。陈辉待乔婕的胸部回弹后，又吸足一口气，再次用双唇贴住乔婕的双唇，准备再次向乔婕吹去，就在此时，乔婕突然睁开了眼睛，用手推开陈辉，问道：

"陈，陈辉，你在做什么？"

陈辉说：

"我们都在救你啊，你刚才心跳停了，是刘老师将你救回来的，我是给你做人工呼吸。"

乔婕说：

"哦，我说为什么这么多人围着我呢，那谢谢你，谢谢你，不过我现在好了。"

当陈辉的嘴唇压上乔婕嘴唇的时候，这一幕恰好被从教室里赶过来的甘隆看见，他心里有种说不出来的滋味。这个时候，教生理卫生的老师赶了过来，她让乔婕先就地躺了一会儿，再摸了摸乔婕的脉搏正常后，分析说刚才乔婕很可能不是心跳呼吸骤停，而是深度晕厥。乔婕坐起来后呕吐了一次，呕吐物喷溅到陈辉的衣服上，陈辉不但没有生气，反而非常高兴，他认为这样，他和乔婕的关系就更加亲密了，他愿意为乔婕做出牺牲。

而生理卫生老师看见乔婕呕吐物残渣里面有花生，遂分析说，乔婕这次晕厥可能和她在长跑前刚刚吃过的花生有关，因为花生在肠道里还没有完全消化吸收，此时长跑将肠道血管开通，未消化完全的花生进入血液后引发过敏性反应，造成血压下降，因而产生了晕厥，刚才是因为呼吸和脉搏太弱，没学过医的刘大健老师和陈辉同学误以为是心跳骤停，但他们的胸外按压和人工呼吸动作还是救了乔婕，剧烈的刺激促进了乔婕的苏醒。

生理卫生老师在解释完乔婕的病情后，让学生们将乔婕扶回了教室休息，陈辉将他从家中带来的麦乳精用温水冲泡好后，送给乔婕喝了下去，这一次乔婕没有拒绝陈辉的好意，而是感激地向陈辉表示了感谢。过了不久，乔婕的父亲乔志钰开车赶了过来，将乔婕接到县医院进行了一番体检，果然如生理卫生老师解释的那样，乔婕并没有发现任何疾病，但县医院的主诊医生要求乔婕必须在家中休息、观察半个月，确证没有再发晕厥后才能上学复课。

第十五章　少年机心深似海

　　乔婕因为八百米跑晕厥，医生要求她在家休养一段时间后再上学复课。这些天来，乔婕自己在家中复习备考，因为父母要求她不要出门到户外活动，几天下来整天在小房间里自习读书，令她的心情有些郁闷，只得一个人发呆。

　　这天夜晚清冷，路灯在绵绵的春雨中发出微弱暗淡的光，斜射入乔婕的小屋里，墙上古老的石英钟"当，当……"地敲击了七下，将乔婕从发呆的沉闷中唤醒过来，已经七点了，可这雨自从下午下起来就没有停过。父亲乔志钰作为粮食局局长，下乡指导农村抢季插秧，而作为县妇联副主任的母亲林回梅也下乡去了，她是调查一起重大贩卖妇女、危害妇女权益案件的主要执行责任人，因此，乔婕独自一人被留在这寂静孤独的房子里。厨房储藏室里已经没有食物了，一股股饿意又同时袭来，她觉得无助而孤单。

　　正在这时，门外传来一阵敲门声，乔婕愣了一下，以为父亲或母亲回来了，便急忙去开门。可一打开门，站在乔婕眼前的却是锦梅，只见她一只手拿着还在滴雨的伞，一只手端着个饭盒，里面装的是还冒着热气的饭菜。锦梅对乔婕说：

　　"你妈妈还没有回来吗？"

　　锦梅不问还好，这一问使乔婕鼻子一酸，眼泪几乎要流了出来。

锦梅见状赶紧接着说：

"别伤心，别伤心！还没吃饭吧？我妈妈知道你妈妈还在乡下，还有好几天才能回来，你爸爸也下乡去了，她猜你吃饭肯定成问题，这不，就让我给你送饭来了。"

原来锦梅的母亲杜佳迪也在县妇联工作，与乔婕母亲林回梅同在一幢楼里上班，鉴于她们二人的女儿是一个班的同学，两人之间自然多了一份亲切感。林回梅在下乡之前为乔婕准备了一些食物，也给她留了一些钱让她买食物，并且还委托锦梅的母亲杜佳迪在乔婕需要的时候照顾她一下。没想到母亲因为案情复杂需要在乡下多待上几天，今天夜里为乔婕预留的食物几乎吃完了，又因为下雨，周边的小食摊摊主又不出摊，杜佳迪分析了这些情况后，估计乔婕吃饭会遇到困难，就让女儿锦梅为乔婕送来热气腾腾的饭菜。

锦梅安慰乔婕说："这是我妈妈做的，你快吃吧！"

锦梅热情地打开两个饭盒，乔婕一看是藕炖猪肋排和炒芹菜，还有冒着热气的白米饭。看着这冒着热气的饭菜，乔婕感动得连说话都有些哽咽，在锦梅的催促下，乔婕坐下来开始埋头吃起饭来，兴许是太饿，乔婕顾不上女孩子的娇柔，吃相狼吞虎咽，很快碗里的饭便被她一扫而光。吃完饭，两位女生开始说起体己话来，锦梅在临走前又告诉乔婕说：

"这两天初三年级进行了第一次模拟考试，陈老师会让数学成绩最好的甘隆把数学试卷送过来，让你自己测试一下。"

锦梅和乔婕告别后，带着饭盒打起雨伞回家了。一时间乔婕又陷入孤寂之中，但过不了多久，又传来了几声敲门声，乔婕知道这可能是甘隆来送试卷给她了，她在心里期盼着甘隆的到来，但她说不清为什么，又害怕甘隆的到来，很可能是她害怕甘隆对她还是一本正经的脸，或者来了后将数学试卷交给她后又直接就走了。她是真心希望在这个特殊的机会里，能有时间多和甘隆单独待一会儿，哪怕两人什么话也不说，乔婕心里也是高兴的。

乔婕闻声起来，打开门一看，果然是甘隆同学，只见他一手拿着伞，一手拿着文件夹。甘隆对乔婕说道：

"乔婕，现在是不是好多了？还有不舒服的感觉吗？"

乔婕说：

"甘隆，先进屋吧，别在门外站着，好像我们两人有多么生分似的。"

甘隆有些不好意思地随乔婕进了屋里，乔婕随手把屋门关上，这个景象被在门外不远处的一个人看见了，打翻了他心中的醋缸，如翻江倒海般地在他心中倒腾起来。这个人不是别人，就是初三一班的班长陈辉。

原来，陈辉也估摸出乔婕吃饭有些困难，让他的母亲准备了一些饭菜，这不，陈辉手里拿着装满饭菜的饭盒，来到乔婕家门口，正在搜肠刮肚地组织说辞如何向乔婕示好的当间，他就看见甘隆已经捷足先登了，进入了乔婕家中。

陈辉蹑步来到乔婕家门前，贴耳上去偷听甘隆与乔婕二人的对话，他听见甘隆说：

"乔婕，学校为初三年级组织了一模考试，陈老师要我把数学试卷拿给你自行测试。这不，我刚在家里吃完了晚饭，就急急忙忙地把试卷给你送过来了！"

乔婕说：

"那要谢谢你，专门为我跑一趟，耽误你时间了！"

甘隆说：

"你父母好像不在家吧？你没有吃晚饭吧？"

乔婕说：

"承你问起，我爸妈都下乡去了，还没有回来，不过，刚才锦梅已经给我送饭来了，刚刚吃完。"

甘隆说：

"既然你吃了，数学试卷我已经送到你手里了，乔婕，我就先回去复习了。"

乔婕说：

"你刚来就要走，不能多坐一会儿吗？我一个人在家里，有些害怕，不如你陪我一会儿，我自己做一模数学测试，你一边当监考，一边同时复习，岂不是更好?"

甘隆说:

"你这样说也行! 陈老师是说要我监考来着的! 那我就陪你一起考试吧!"

门外的陈辉偷听到甘隆与乔婕二人你一言来我一语往，好生热闹，心生嫉妒，他特别恨甘隆抢了他的先机，以至于让他现在在乔婕面前像个局外人似的，现在如果再敲门送一盒冷饭冷菜进去，已经吃过晚饭的乔婕不但不会吃，可能还会遭到甘隆的奚落。而且陈辉对甘隆更为气恼的是，他已听到风声，说是陈正明老师要撤销他陈辉班长的职务，而让作为副班长的甘隆接任班长一职，这真是是可忍，孰不可忍，我陈辉岂能饶过你甘隆!

陈辉想象着在屋内，甘隆正在拥吻着乔婕，就像是他陈辉曾在操场上趁乔婕晕厥过去的时候吻过她一样，他好几次想敲门，去打断二人的好事，但陈辉一想到乔婕那双凤眼，他怕惹恼曾经多次拒绝过他的求爱信和求爱诗的乔婕，他高抬的手就无力地耷拉下来。

陈辉决定今晚先忍下这口气，蹑手蹑脚地向后退去，当他退到乔婕家的门廊口的时候，他摸到了一根拖把的把柄，他本来是想一把将这碍事的把柄推开，却转念一想，立即有了一个歹毒的主意。只见陈辉将这根拖把的把柄放置起来，拦放在门廊口的两柱前，形成一个绊棍机关。在做好这个机关后，陈辉咬着牙冷笑一声，小声说了一句: "哼! 让你跟我抢! 让你跟我争! 我要让你好看!"就悄悄地退走了。

却说甘隆与乔婕两人在室内坐着，一个人自己复习课业，一个人在做数学自测试题，时间过得很快，一场数学考试的九十分钟在乔婕的笔下不知不觉地溜走了。乔婕将试卷折好后，交给了甘隆，请他带回交给陈老师批改。甘隆接过试卷后，她又拿出一本数学练习题册，指着一道难题要甘隆讲解一次，甘隆这才重新坐回椅子上，但这道题对甘隆来说也有些难，他思考了一会儿就明白了解题的方法，为乔婕讲解起来。

乔婕仍然觉得有些难以理解的地方，遂站了起来，走到甘隆的近前，弓身指出她不明白的地方，此时乔婕的脸部与长发贴近甘隆的耳鬓，两人发生耳鬓厮磨，一下子引发甘隆身体燥热，头向后仰靠近乔婕的脸部去闻她身上的少女体香。此时乔婕心旌摇曳起来，两手一把托住甘隆的头吻上了，在这种刺激下，甘隆起身与乔婕拥吻起来。过了一段时间，乔婕家的石英钟敲响了十下，在她不知不觉中时间过得很快，已经晚上十点钟了。两人慌忙从拥吻中分开，甘隆也收拾自己的书本，起身要走。乔婕站起身来要送甘隆，说道：

"甘隆，谢谢你陪我学习一晚上，我送送你吧！"

甘隆说：

"不用送，乔婕，你身体还虚，门外还很凉，我自己走就是了。"

乔婕说：

"那这样吧，我送一本新书吧，算是作为你为我答疑解惑的感谢。"

甘隆接过一看，这是一本精致的绣像本《红楼梦》，里面有一个精致的书签，这是乔婕亲手绣的，本来早就想送给甘隆，又怕被他不识好歹地拒绝，一直延宕到今天没有送出，她趁着今天这个机会，甘隆是不好拂面拒绝的，就随手把他的一支笔送给乔婕当礼物。

在甘隆眼里，乔婕就是一个依仗父母娇惯傲慢的小女孩，尽管她的学习成绩算不错，那也是因为家庭的原因，不是出自她先天禀赋有多么杰出，今天乔婕对他的示好，他是难以拒绝的。甘隆对乔婕的赠予表示了感谢，便起身要走。

乔婕将甘隆送到门口，告别后回到屋里，而甘隆背着书包，手里拿着伞，向门外走去。此时天黑得伸手不见五指，还下着小雨，他看看天，把伞撑起，来到门廊口抬腿就要大步向外走去，没想到脚下一根绊棍挡住了甘隆抬起的右脚。甘隆本来边走还边想刚做的数学题，冷不丁被这根拖把把柄一绊，他的身体向前一扑，两手上的伞和书都丢出一丈多远，而他的身体猛地跌扑到地上，好巧不巧的是，甘隆跌落的正前方有一块突起的石砖，正撞在甘隆的左前额上。这里是上次甘隆和余辰打篮球时头颅受到撞击伤的部位，旧伤加上新创，这一下将甘隆伤得不轻，扑倒在地上后他陷入了昏迷长达二十多分钟。

直到小雨将甘隆的衣服淋得透湿，在冰凉的雨水刺激下，甘隆才慢慢苏醒过来，他站起来，摸了摸被撞起包的左前额，找到失手甩出去的雨伞和乔婕送给他的《红楼梦》及自己的课本，再抬头看看乔婕家中的灯火已经熄灭，想来乔婕已经睡下，甘隆决定不打扰乔婕了，自己一瘸一拐地艰难走回了家。但甘隆在黑暗中没有注意到，那枚夹在《红楼梦》书中的精致手绣书签被遗失在雨水泥泞之中，按照乔婕的心意，是要甘隆在翻阅《红楼梦》时自己发现这枚书签，让他明白自己的心意，这枚书签上乔婕绣有英文love的字样，毕竟少女的娇羞，这样的表白要含蓄许多。

第二天早上，雨过天晴，乔婕出门散步时发现了这枚已经被污损的书签，她感到自己的一片心意好像被甘隆丢弃一样，她弯腰捡了起来，小心地擦拭干净，收藏了起来。乔婕的伤心，甘隆自然是不知道的，而他来到学校后，他额头的青肿颜色让同学们和老师发现了，不解地问他这是怎么了。甘隆说是被一个东西绊倒摔成这样的，众人只当是寻常的跌绊，也就没有当一回事。

又过了一个星期左右，乔婕到县医院复诊后，主诊医生同意她上学复课了。乔婕上学后，发现了甘隆头额部仍然没有消失的青肿，她从同学口中得知，甘隆是那次夜访她家后受的伤，使她对甘隆深怀歉疚，心想甘隆是因为她而受伤的，并且觉得奇怪，是有什么人横置了那根拖把柄将甘隆绊倒呢？她百思不得其解。

另一方面来说，乔婕感激陈辉曾经救过她，对陈辉的态度发生了极大的转变，两个人在一起学习，一起讨论难题，陈辉的学习激情又回来了。但那天晚上陈辉看到甘隆进入乔婕的家中，长时间和乔婕待在一起，他将甘隆看作情敌，他发誓不仅语文成绩要超过甘隆，而且数学、物理成绩也要超过甘隆，这样的话，让他心爱的乔婕不再对甘隆怀有迷恋。

那天乔婕晕厥苏醒后被扶到教室去休息之后，刘大健老师又为其他十四个女生重新进行了八百米测试，而乔婕这一次体育考试算没有通过，但好在后面还有两个多月的时间，陈辉为了帮助乔婕补考八百米跑的测试，他每天早上起来陪着乔婕进行针对性的练习，甚至在星期天放假的时候，也陪着乔婕跑步。

经过一个多月的练习，乔婕终于能够自己跑下八百米全程了，刘大健老师重新为乔婕和其他几个没通过体育初试的同学举行了补考，乔婕的体育考试终于合格了。班主任陈正明老师看到陈辉的精神状态回燃，而且比以前更加积极主动地帮助同学，遂打消了他打算撤换班长的主意。

此时时序进入三月中旬，离中考只有一百来天的时间了，程自文校长为了鼓舞初三年级的士气，在全校举行了百日誓师大会，在本已竞争呈现白热化的气氛当中，校长程自文又想出了火上浇油的一招，他要进一步促进学生们的学习热情，他想到的办法就是同级竞争。所谓的同级竞争就是每次周考和月考、模考时重点班级与重点班级、平行班级与平行班级之间进行挑战和应战，比赛哪个班的平均成绩和增高成绩这两个指标。按照这个同级竞争方案，初三一班与初三五班这两个重点班相互挑战和应战；而初三二班、初三三班和初三四班这三个平行班之间也相互挑战和应战，在每次考试前一方向对方发出挑战书，而对方则回应以应战书。

第十六章　少女的青春懵懂

乔婕在八百米跑途中晕厥的事情，在她的家庭引起很大的影响，她姑姑乔臻专程从香港回到麻城，执意要把乔婕带走，带到香港检查身体，同时还要把她带到香港去上学。乔臻是乔婕父亲乔志钰的亲妹妹，从县一中考进中山大学读书毕业后，在香港找到工作，以做转口贸易生意为主。这次乔臻先坐飞机到了北京，又转机到了武汉，到了武汉后又租了一辆加长的林肯轿车回到麻城，在整个县城城关镇上引起不小的轰动。

这天乔婕从龙池中学放学回家，见到了姑姑乔臻，父亲和母亲烧了一大桌子家乡风味菜肴招待远道而来的姑姑。席间，乔臻最关心的事情就是乔婕的身体，她反复向乔志钰抱怨说他没有照顾好她的侄女乔婕，又反复向乔婕问询她当时晕厥的发病情况，还向乔志钰和林回梅两人问询了县医院主诊医生的诊断和后续治疗方案。听完了哥哥和嫂子的介绍后，乔臻说道：

"大哥，嫂子，这次我是专程从香港取道北京和武汉回到麻城的，就是想要把乔婕带到香港去，让香港的医生好好为婕儿查一下，看她身体究竟有没有什么问题。另外，我还要让婕儿转学到香港去，那里上学教学条件好，将来的前途要比这个小县城好得多。"

乔志钰说：

"婕儿她姑姑，你说要把婕儿转学到香港，我不同意！我和你嫂子都舍不得她离开我们，不过，你说要带她到香港医院做体检，这个我同意，不过现在婕儿马上就要中考了，我建议等她中考之后再说。"

可乔婕的母亲接过话来，说道：

"老乔，你怎么这么糊涂，麻城这么个小县城，飞得出什么金凤凰？婕儿留在麻城，眼界开不了，学也学不好，再说她刚刚发生那么严重的身体状况，你不让她到大地方的大医院去检查检查，万一再有个好歹，出了什么问题，你说如何是好！这个事听我的，就按她姑姑的意见办，一是要让婕儿尽快到香港检查身体；二是要让婕儿转学到香港。"

乔志钰被林回梅一抢白，在他妹妹面前失了面子，又不敢反驳林回梅，只好说道：

"这，这，这……"

乔婕在一旁听见家长们的谈话，就站起身来，说道：

"妈妈、姑姑，我不想转学到香港！我也不去香港体检，现在马上就要中考了，我哪儿也不想去！"

林回梅说：

"瞎说，这事不能由你！你不懂事，我们也不能惯着你，这事定了，你必须跟姑姑走，到香港先体检，后转学！明天我和你爸一起到龙池中学去，和你们班主任陈老师及校长程自文说明此事。"

乔志钰说：

"婕儿她妈，这事要不等婕儿中考完了再说？"

林回梅说：

"不行，婕儿的身体和前途重要，即使耽误一年的学业，也要尽早办理转学。"

就这样在林回梅的强硬推动下，乔志钰和乔臻兄妹二人启动了为乔婕办理转学的事宜，但这件事受到了乔婕的极度抗拒，她舍不得离开初三一班的同学，舍不得班主任、数学老师陈正明和英语老师秦怡华，舍不得锦梅同学，但她最舍不得的是甘隆同学，这个曾经两次救援过自己，又为自己遭受重创的，被自己视为保护神的同班同学。

一个多星期以来，乔志钰和乔臻到县教育局学籍科、龙池中学找朋友和熟人，为乔婕办理各种手续，而同时乔婕仍然在龙池中学继续上课。看到父亲和姑姑每天拿着盖着红章的文件要她签这个字那个字，乔婕心中承受着巨大的压力，她实在不想离开龙池中学，不想离开甘隆和锦梅这些同学。

乔婕想找人倾诉心中的苦闷，在这天下午放学后，她找到甘隆，先是问甘隆道：

"你这额头的大包还没有消肿，你不觉得疼吗？"

甘隆说：

"基本上不疼了，只是这个大包还是青紫色的，有点难看罢了！怎么，听锦梅说起过，你要离开我们，到香港去上学吗？"

乔婕说：

"是我姑姑多事乱干，不知道她为什么非要把我转学到香港，可我不想去！"

甘隆说：

"为什么不想去，香港的教学条件多好呀，将来上大学的机会多，还有出国留学的机会！"

乔婕说：

"我为什么不想去，你难道不知道吗？还不是为了你！"

甘隆说：

"为了我？为了我，你不去香港？这不是白瞎了吗？我有什么好，你要因为我不去香港上学？再说，你姑姑要你到香港是为了给你检查身体呀！"

乔婕说：

"甘隆，你装什么傻，你难道真不明白我对你的心意吗？"

甘隆说：

"知道呀，那又如何？"

乔婕拿出那枚污损的书签，说道：

"难怪，我明白了，这枚书签是你故意丢弃到泥泞之中的。"

甘隆说：

"这不就是夹在那本书里的你手绣的书签吗？我说为什么我到处找而找不到呢！"

乔婕说：

"既然你知道我送你这么重的心意，为什么还装着这件事与你事不关己的样子！"

甘隆说：

"这不是我事不关己，你我终不是一路人，你是干部子弟，又有境外关系，岂是我等贫寒之家可以攀附的！你我之间是有一堵看不见的高墙的。"

乔婕说：

"什么高墙矮墙的，反正我不想离开你，不想离开龙池中学，更不想到香港去上学。"

甘隆说：

"这个随你呀，反正与我无干，我还有事呢，我得走了！"

乔婕见甘隆如此冷漠无情，气得流下眼泪。却说经过多日的奔波，乔志钰和乔臻已经取得县教育局学籍科、龙池中学及派出所的同意，并开具了同意证明书，还有香港接收学校需要生源地的普通体检证明这一项还没有完成。

姑姑乔臻带着乔婕来到县医院内科体检，为她量了身高、体重、体温、血压这些指标后，又为她的头颅、四肢诸多方面做了体检，没有发现任何问题。但体检医生在为她检查乳腺时，发现乳腺有些发育过快，而且皮肤不似未婚少女那般光滑。这时体检医生多了个心眼，不动声色地问乔婕道：

"你的初潮年龄是多大？"

乔婕说：

"九岁时来的初潮。"

体检医生问道：

"哦，算起来你已经来月经六年了，那现在月经都是规律地月月都来吗？"

乔婕回答说：

"以前是的，现在有两个多月没来了。"

听到这里，体检医生悄悄拉过乔臻，低声对她说道：

"你这做家长的，对孩子的身体状况太马虎了，你刚才听到没有，这个女孩子说已经有两个多月没有来月经了，我觉得应该给她查个血HCG。"

乔臻生活在香港，见多识广，对体检医生说的话很以为然，就同意了体检医生的建议，拿着她开具的化验单，到县医院化验室抽血化验。乔臻第二天就亲自到县医院去拿HCG的检验结果，一看报告单上面是阳性，她知道她的这个十五岁的侄女已经怀孕了。

乔臻拿到报告后并没有声张，而是等到晚上乔志钰和林回梅两人回到家中后，才关上房门，拿出报告对哥哥和嫂子说道：

"哥哥、嫂子，你们就乔婕这么一个女孩子，要对她看紧一点呀，不要老是为了工作而不着家！"

林回梅说：

"她小姑，你这么说，像是指责我们对婕儿不负责任，你是有所指吗？"

乔臻说：

"你们自己看看吧，这是乔婕的HCG验血报告，是阳性，就是说你们的婕儿怀孕了！"

林回梅惊愕得几乎要跳起来，说道：

"你说婕儿怀孕了？你瞎说，不可能，不可能，她才十五岁，还是初中生呀！"

乔臻说：

"你自己看呀，这上面是乔婕的名字，是阳性，这不妥妥地说明怀孕了！"

林回梅从乔志钰手中抓过报告单，反复验证无误后，一屁股颓坐回椅子上，过了一会儿，林回梅一掌将化验单推向乔志钰，说道：

"就是你，天天下乡、下乡，家里的事从来就不管，婕儿的事一点也不关心，好了吧？现在落得她怀上孕了，成了坏孩子，这要说出去，你我的老脸往哪里搁呀！"

说完林回梅嘤嘤地哭了起来，乔志钰急得用手直拍脑门，嘴里说道："丢人呀，太丢人了，这可如何是好，这可如何是好呀？"

乔臻说：

"哥，嫂子，现在急也没有用，你们不如把乔婕叫进来，好好问问她是怎么回事，是谁害了她的！"

林回梅说：

"对，对，老乔，你去把婕儿叫进来，我们好好盘问盘问。"

乔志钰起身到了乔婕学习的书房，让她先放下手中的功课，来到隔壁的房间。乔婕进入房间后，看到母亲、姑姑和父亲都一脸严肃，就问林回梅道：

"妈，我这还有好多作业没有做呢，你们有什么事吗？"

林回梅说：

"作业你先放一边，我有重要的事情问你。你自己说说，你犯了什么错？"

乔婕说：

"我能做什么错事？我天天忙着读书复习，准备中考的事！"

林回梅大声吼叫说：

"哼，你还犟嘴，你看看这个，你都怀孕了，还天天忙着读书复习，你复习到怀孕了，你知不知道羞耻！"

乔志钰说：

"婕儿她妈，你好好说话，你这样要把婕儿吓哭了！"

乔婕还真的眼泪流了出来。林回梅说：

"哭，还有脸哭，我倒是真要哭了，你说，你这个样子，我如何在妇联开展工作？我如何好意思教育别人？你跟我说，是谁害了你的！我要把这人脑袋揪下来！"

乔婕不说话，她不知道如何回答母亲的话，这时乔臻说：

"婕儿，你想想，这是什么时候发生的事？"

乔婕仍然不说话，乔志钰也开导她说：

"婕儿，你说说这是谁做的好事，我们不怪罪你，只怪害你的人，我们要保护你，要严惩那个害你的人，你不用害怕。"

面对着三个人的诱哄逼供，乔婕原想采取的应对策略就是死不开口，不回答三人的问话，她这样的态度激怒了林回梅。林回梅在气急之下，站起身来，拿出一根戒尺，抓住乔婕的手，猛地抽打了乔婕一下，把乔婕打得大声哭了出来，但她还是咬紧牙关不开口。三个人盘问了乔婕一个多小时，愣是未从她口中问出个所以然来，后来林回梅心生一计，对乔婕说道：

"你不说是吧？我就再也不问你了，明天我到你们班上找同学来问，看谁和你走得近便，看谁和你关系好，我总能问出子丑寅卯的！等我找出这个害你的坏家伙时，我就要学校开除他！"

乔婕一听母亲找到了她的软肋，知道今天可是躲不过去了，就盘算着如何回答母亲的问话，此时她的脑海里先是出现了甘隆的形象，那个雨夜里，她的确在甘隆的督考下做完了一模数学试卷，两个人说了一会儿话后，就拥吻在一起了，这是她主动撩拨甘隆的，这是她渴望得到甘隆的初吻和拥抱的，之后他们两个人就倒在她的床上了。

照说，这次她不小心怀孕想来是甘隆造成的，她准备说出甘隆的名字，但转念一想，母亲说要逼龙池中学开除害她的人，如果把甘隆供出去，那甘隆不就全完了吗？不但不能参加中考，将来更与大学无缘，更无须说甘隆想做理论物理学家的远大志向呀！

乔婕在心里快速地盘算着，她下定决心，绝不能害了甘隆，但此时母亲林回梅又在催问她害她的人是谁，乔婕脑海里出现了陈辉的形象，但她明白这个时候可不能随便地攀诬任何人，这样对陈辉或许有些不公平。林回梅手里拿着戒尺，厉声问道：

"乔婕，你以为你不说是谁害了你，我就不知道是吗？我早就知道，这段时间你们那个班长陈辉和你走得很近，几乎天天和你一起上下学。你说，是不是陈辉害你的?"

乔婕仍然不回答林回梅的话，林回梅拿起戒尺又打了乔婕一下，继续厉声问道：

"你说，是不是陈辉? 我听说他还给你做过人工呼吸这样的流氓动作!"

乔婕在情急之下，脱口而出，说道：

"是，是，是陈辉。"

母亲林回梅、父亲乔志钰和姑姑乔臻三人异口同声地喊叫道：

"陈辉，就是你们的班长陈辉吗?"

陈辉的名字刚一出口，乔婕就后悔了，她并不想以此害陈辉，所以面对着三个大人的发问，她马上改口说：

"不，不，不是陈辉!"

林回梅说：

"不是陈辉，那是谁，是谁害了你的?"

乔婕又不回答他们的问话，林回梅说：

"你不说，那我就明白了，害你的人就是班长陈辉! 我明天就去找校长讨要公道!"

这时乔臻站起来说：

"嫂子，你先别急! 现在天色已经不早了，明天乔婕还得去上早课，让她先回自己的房间睡觉吧，我们三个人坐下来再论道论道。"

得到林回梅和乔志钰的首肯后，乔臻将翘着嘴的乔婕送回到她自己的房间，安慰她不用害怕，姑姑自会为她遮风挡雨，并安顿好乔婕入睡。乔臻又回到隔壁的房间，关好门坐定后对林回梅说道：

"嫂子，你刚才说要到学校里找校长处罚陈辉，我觉得这样不好。"

林回梅说：

"为什么? 难道我们就这样轻易放过这个小流氓吗?"

乔志钰说：

"我肯定不会放过他的! 不过，林回梅，你作为乔婕的母亲，我作为她的父亲，一定要为乔婕的名声着想呀! 你想想，这件事现在只有我们四个人知道，都是婕儿的亲人，自然会爱护她的，你如果鲁莽地到学校里找校长讨要公道，婕儿怀孕的事不就全校都知道了吗？再经学生一传播，那全麻城县的人都知道这件不光彩的事，你说，你我的脸面将来往哪里放？"

林回梅说：

"那我们就这样放手不管了吗？"

乔臻说：

"按我的想法，先悄悄地找个医生把婕儿腹中的胎儿打掉，现在胎龄早，打掉是没有问题的。至于惩罚作恶的陈辉这件事，先放一下再说。"

林回梅见乔臻说得有道理，遂接受了这个建议，第二天林回梅让乔婕以感冒发热的名义向陈正明老师告了两天假，再让乔志钰开上车，将自己和乔婕送到邻县红安县城，找到红安县医院妇产科，为乔婕做了刮胎手术。

在处理完乔婕腹中胎儿后，林回梅又和乔志钰一起，找到龙池中学的校长程自文，告状说陈辉作为班长，不带头复习功课，反而早恋，而且纠缠乔婕，让乔婕学习倒退，要求校长程自文处理陈辉。校长程自文遂找来班主任陈正明问明情况，陈正明回想一下，觉得林回梅和乔志钰说的是事实，因为前一段时间，班长陈辉的确因为单相思而无心学习，散漫浪荡，最近他还经常与乔婕在一起，这些是同学们经常到他面前告过状的。

校长程自文查明林回梅和乔志钰二人所言为实，决定要陈正明褫夺陈辉班长的职务，但林回梅觉得这样的惩罚太轻，不足以去除她的心头之恨，吵闹着非要程自文开除陈辉不可。程自文反驳说，早恋和散漫虽不足取，却罪不至开除！

但林回梅仍然反复要求校长程自文开除陈辉。这天林回梅再次来到校长办公室，她将门关好后，办公室内只剩下程自文和她自己两个人。林回梅对程自文说：

"校长，你必须开除陈辉！他不配做贵校的学生！"

程自文说：

"林副主任，你自己是国家干部，又在县妇联工作，肯定知道罪罚相当的原则，你说，我作为一个校长怎么能够以早恋、散漫的名义开除一个学生呢？"

林回梅拿出乔婕怀孕和打胎的记录给程自文看了，在这种情况下，程自文只好说：

"早恋致人怀孕，以情形论不至于算流氓罪，但是是可以以此为理由开除他的，但是林主任，如果我要开除陈辉，他所犯下的错误可就一定会公开，到时候，你女儿乔婕的清白名声可就难以保住了。你说，你这样做值当吗？"

林回梅说：

"那不行，绝不能坏了我女儿的名声！但你一定要重重地处分陈辉！"

程自文说：

"林主任，你这样是强人所难呀！我没有办法做到这一点！要不这样，你我双方妥协一下，各退一步，对陈辉以严重违纪的名义进行记过处分，这是我作为校长所能做到的极限了。"

林回梅说：

"好吧，那只有这样了，但是，这个处分一定要留存在他的档案之中，这样方解我心头之恨！"

程自文说：

"好吧好吧，只要你不再到我这里来闹，我满足你的要求！"

陈辉的家长、瓦楞纸箱厂厂长听说粮食局局长与妇联副主任两人坚决要求学校开除陈辉，并且给他儿子进行记过处分，在儿子陈辉的档案中留下了不利的一笔记录，气愤之下，自行找到县一中的校长，将陈辉转学到了县一中学习。

在陈辉转学走了后，甘隆从副班长的位置被提升为班长。而乔家一家人再次就乔婕转学到香港一事展开了讨论。这天晚上，乔志钰对林回梅说：

"婕儿她妈，婕儿出了这个丢人现眼的事，都是因为我们两个人太顾自己的工作了，经常让她一个人在家中，没有一个人陪伴，这才让坏人钻了空子。这件事我要自我检讨，你也要反思一下，是我们两人都没把心思放在婕儿身上。"

林回梅说：

"老乔，你说得对，以后我再也不想争当妇联正主任了，这样我就可以不用下乡了，有时间多陪陪婕儿，好照顾她的生活起居。"

乔志钰说：

"我们从这件事反思来看，再也不能让婕儿离开我们的视线了，所以现在看来让婕儿转学到香港未必是好事，到了香港，即使有她姑姑照顾，总不如我们夫妻二人照顾她一个人更到位。婕儿她妈，你说我的看法对不对？"

林回梅说：

"老乔，你的意思是，乔婕就不要转学到香港去了？你说得对，这几天我也在琢磨这事，我现在想通了，让乔婕这么小就离开我们是太草率了！我没想到，我们去一趟乡下，就让婕儿犯下这么大的错误，竟然还怀上孕了！好吧，我同意你去撤回让婕儿转学的申请。"

林回梅继续说：

"那乔婕的身体体检还是应该到香港去做吧？"

乔志钰说：

"体检的事我看也可以暂缓一下，因为婕儿的晕厥就发作过那一次，以后再也没发作过了，上次发作很可能是当时情况特殊，如果非要体检，那也等她中考完了之后，我们再陪着她到香港去她姑姑那儿体检。"

第十七章　黄老师鞠躬尽瘁

　　进行到中考前的第三次模拟考试后，初三一班的物理成绩除少数学生外，大部分学生的成绩不太理想，黄兴博老师要在物理课晚自习上对全班将典型的错误进行一次全面的解析。他事先将全班五十几个学生的试卷上的错误进行归类，再分析错误发生的原因，为这次错题解析做好了充分的课前准备。这天他吃完晚饭，稍事休息后，一到七点就踏进了初三一班的教室。

　　当他讲解到第三个错误大类时，黄兴博感觉到腹部有些疼痛，他觉得他能挺住，遂没有作任何声张，喝了一口带来的温开水后，他继续讲解，其间有两个学生站起来问问题，黄兴博老师耐心地解答，但他的腹痛慢慢地加重了，他咬牙坚持着继续往下讲课。

　　黄兴博心里的想法是，物理自习课每周只有一次，如果这一次因为他的生病而放弃今天的机会，那只有等到下周的物理自习课了，这肯定会影响到下次模拟考试的成绩，他觉得他咬咬牙能坚持住，把课讲完再回家休息、吃药，这种安排是对他的学生负起最大的责任。

　　物理成绩很好的甘隆本来在考试时出错很少，成绩达到九十五分，所以他在这堂物理自习课上很轻松，他的注意力就放到黄兴博老师身上，开始时他看见黄老师时不时用教鞭顶住腹部，并且皱起眉头，甘隆知道黄老师很可能是肝病发作了。过了一会儿，甘隆发觉黄老师的眉头皱缠成结了，而且他的额头冒出豆大汗珠，在灯光下发出晶莹的光泽。甘隆觉得黄老师的病情已经不容许他继续工作下去了，遂站了起来，对黄兴博老师说：

"黄老师，我见您满头大汗，眉头皱得这么紧，现在是肝病又发作了吧？我看您需要早点休息了！"

黄兴博说：

"谢谢甘隆同学的关心，我能坚持下去！"

甘隆说：

"黄老师，您不能再讲下去了，这次考试我只错了一个小题，刚才您已经讲解清楚了，我也完全懂了，我觉得其余的十几道题目，我可以代您为同学们讲解，您看行不行？"

黄兴博老师说：

"谢谢甘隆的提议和贴心。不过，我现在觉得好一点了，可以坚持为同学们讲完，如果一会儿我实在坚持不了，你再代我讲解吧！"

甘隆见黄兴博老师要坚持下去，他不便再固求代讲了，遂坐了下来。黄兴博继续往下讲着课，他突然觉得嘴里有一股血腥味，他拼命地向下咽口水，想将这股血腥压下去，但他的这个努力非但没有效果，反而感觉到一股热流从胃底向口腔喷涌而出，他向讲台前喷射性地呕吐出一大口血，全班学生惊叫起来，这是他们从来都没有见过、也没有听说过的景象。

黄兴博弯腰伸手去拿水杯，他的头一沉就向前栽倒在地，失去了知觉。甘隆第一个冲上前来，用手拍打黄兴博老师，黄兴博老师醒了过来，他见全班同学都围了过来，遂有气无力地问道：

"甘隆，我这是怎么了？你们为什么都围着我？你们快归位，我要继续讲课。"

甘隆扶着黄兴博的双肩说：

"黄老师，刚才你吐血了，后又晕倒在地，你不能继续讲课了，你现在需要尽快到医院看病去！"

甘隆又回头对余辰和成功、刘扬三人说：

"余辰，你去通知班主任陈老师；成功，你去通知程校长；刘扬，你去找守大门的工友借来平板车，我们要将黄老师送到县医院急诊科去就诊。"

余辰、成功和刘扬三位男同学听从班长甘隆的指令，立即行动起来。刘扬最先回来了，他已从工友那里借来平板车，就放在教室门外。甘隆和刘扬及另外两个身强力壮的男同学将黄兴博老师扶起，搀扶着他一步一步慢慢地走向教室门外的板车，甘隆和刘扬两人又将黄老师扶上平板车躺下，此时初三一班的其他同学都围拢过来，其他班级的好多学生也走出教室来看热闹。甘隆觉得这么闹哄哄的状况不是个事，他便对梁波说道：

"梁波，黄老师的病情紧急，不能久等，我们四人要送黄老师到县医院急诊科去就诊，你曾当过班长，你要管理起其他的同学，让他们继续在教室里自习，哦，对了，你先把教室里的血迹揩拭干净吧。"

梁波答应了甘隆的安排，催促其余的同学们回归教室，而在同时甘隆自己拉起平板车快速向校外走去，他还让刘扬等三个同学跟在黄老师的身边照顾他，谨防他再次出现意外状况。甘隆将平板车刚刚拉到龙池中学的校门口时，校长程自文和班主任陈正明老师分别从家中赶了过来，师生六人一起拉着黄兴博老师向县医院的方向赶过去。

到了县医院急诊科后，接诊的是一位中年男医生。因为甘隆见证过黄老师发病的全过程，就向急诊医生讲述了前前后后的经过以及黄老师的既往病史。医生问甘隆道：

"病人今晚吃的是什么食物？"

甘隆回答说：

"黄老师今晚吃的是面条，他嫌炒菜做饭耗时太长，为了不耽误晚自习讲课，他就随便煮了一些又粗又宽的面条吃了，就来给我们讲课，黄老师在吃面条时，我有事去找他，看见黄老师吃饭又快又急，几乎是囫囵吞枣一样。大夫，黄老师发病和他吃饭太快有关系吗？"

急诊医生说：

"这个我一会儿体检后再作判断，我现在需要马上给他做体检了！"

这个时候，黄兴博老师仍然还在吐血，急诊医生为黄老师做完快速体检后，他做出了初步的诊断，对程自文校长等师生六人说道：

"这个病人既往有肝硬化病史，现在反复多次大量呕吐鲜血，初步判断是门静脉高压，导致食管静脉曲张，加上他今天吃的宽面条，又吃得很快，面条上的粗纤维磨破了曲张的食管静脉，导致大量出血，所以有此危重病症！"

甘隆听了急诊大夫的几句讲解，马上就明白了黄老师的发病原因和诱因了，他对这个急诊大夫感到十分佩服，心想如果将来当不了理论物理学家，做一个急诊大夫也是非常有意义的事！这时陈正明老师问道：

"大夫，病人现在还在呕血，你有什么方法止住他的出血吗？"

急诊大夫说：

"我们有一套方法来治疗这种食道静脉出血，首先是要禁食，在此基础上对病人的食管灌饲配有肾上腺素的冰盐水，这个方法可以促进血管的收缩而起到止血效果；如果效果不佳，还可以加用三腔二囊管对食道进行压迫止血。这些治疗方案，我们会尽快地按计划实施。"

甘隆问道：

"大夫，还需要我们做什么吗？"

急诊大夫说：

"刚才的化验结果已经出来了，病人呕血太多，现在他的血色素只有五克多点，只有正常人的三分之一的量，幸亏你们送医及时，否则后果不堪设想！而且他现在还在失血，十分危险，需要尽快输血，但是我刚才和血库联系过，现在没有和这个病人同型库存血了，如果到外院去调血，时间太长，很可能是远水不解近渴，不知道你们送医的人当中有没有愿意献血的？"

甘隆和刘扬及另外两个同学马上挽起袖子说：

"我愿意，我愿意！"

程自文校长和陈正明老师说：

"如果血型合要求的话，我们愿意！"

急诊医生问道：

"病人是O型血，你们知道自己的血型吗？"

程自文校长说他是A型血，而陈正明老师是B型血，刘扬和另外两个同学也说他们不知道自己的血型。甘隆说：

"大前年我头额部外伤，当时查过血型，我知道是O型血，大夫，就抽我的血吧。"

急诊医生说：

"不行呀，我看你还是学生，未到十八岁，不能献血。"

甘隆说：

"大夫，我已经十六岁了，快十八了，再说，你看我的身高体重已经和成年人一样了，你再看我的肱二头肌，比成年人还发达呢，抽我的吧！"

甘隆的年龄实际上只有十五岁，他按虚岁计数法报自己的年龄，就是想为黄老师献血。急诊医生说：

"不行，要不请程校长到学校去组织其他老师来献血吧，这样才合乎要求！"

甘隆急了，对急诊医生说道：

"大夫，黄老师病情危重，如果校长回到学校去组织老师献血，现在可是晚上呀，年轻老师都已经回家了，这样做肯定会耽误很长时间，黄老师的病情不允许拖延下去的呀！"

急诊医生说：

"你说得也对，确实不能再等了，这样吧，我们分头行动，你先献上一个单位的同型血应急，看你的体格献一个单位血液应该是没有问题的；而程校长和陈老师也同时到学校组织年轻的老师来献血，以备后续的治疗！"

程自文校长说：

"看来只有这样才是妥当的方法！"

在急诊医生的安排下，一个护士带着甘隆来到输血科进行了验血和交叉配血试验，两项试验合格后，输血科的护士从甘隆的手臂上扎入粗针头，红色的血液流入血液保存袋中，很快就被送到急诊科，由急诊科护士输入黄兴博的体内，他的脸色由惨白增加了一些血色，气力有所恢复。在急诊科值班医生应用了含肾上腺素的冰盐水灌饲、三腔二囊管压迫食管静脉止血等方法后，黄兴博的食道静脉出血总算止住了！

第二天，龙池中学的三位O型血的年轻男老师分别献出了一个单位的血液，使黄兴博老师的血色素恢复到八克多，基本脱离了危险，而后，他被转入内科做进一步检查和治疗。在内科住了三天后，黄兴博老师担心初三毕业班的课程复习和即将到来的中考，他不顾内科医科的强烈挽留，坚决要求出院，带着药物回到了课堂上。

第十八章　毕业会考和签约

　　医生建议黄兴博老师继续住院做进一步检查，以确定有没有严重的隐患疾病，但黄兴博考虑要将初三年级学生中考完送走后再住院检查。他从医院回来后，仍然不听劝告，继续忘我地工作，他和陈正明老师一起盯紧了初三一班的复习备考，一切都按部就班地进行。

　　在完成了第三次模拟考试后，同学们就感觉到噬血巨兽的脚步声一步步逼近了，在紧张的氛围下，平时爱打爱闹、爱说爱笑、爱跑爱跳的学生们都像换了心性一样，变得沉静稳重了许多，连走路的脚步都快得带有风声，他们都知道，人生的第一场决定未来命运的大考即将来临，三年寒窗苦读，三天考试就决定一生的沉浮起降！

　　时间很快来到中考前的最后两周，全县初中进行毕业班会考。毕业会考是一次非常重要的考试，决定着每一个学生能不能顺利拿到他或她的初中毕业证，因此，即使那些学习成绩不好的学生，或者不准备上高中的学生，都对这次考试十分重视。反倒是那些学习好的学生对这次考试不那么上心了，因为考题不会太复杂，他们可以很轻松拿到高分。而且这次考试的成绩是不影响中考成绩的。

　　在很多学习成绩一般的学生心目中，通过或通不过毕业会考就是为他们九年义务制教育打上一个合格或不合格的烙印，拿到初中毕业证书还是结业证书或肄业证书，决定他们在走向社会后有没有资格去工厂当工人或者去兵营当兵，其重要性反而比学习成绩好的学生大很多。就连已经被开除学籍的周林都想回到学校来参加这一次会考。

那位曾经自主移动座位接近乔婕的陈进鹏是全班对于这次会考最为重视的人！前三次模拟考试他都几乎接近于全班的垫底，尽管他知道会考的难度会很低，仍然担心这次会考会有不及格的科目，会影响到他毕业证书的获得！他是没有升入高中继续学习在将来再考大学的打算的，只合计毕业后在家待上两年，到十八岁就去参军，这样就能混出一条出路。

周林被开除后，一直在社会上晃荡，也学会了社会上很多习气，他拿着几条烟去找龙池中学的副校长李力，要他通融一下，帮助自己参加初中毕业会考。李力尽管嗜好抽烟喝酒，平常也经常接受学生家长送来的特产和礼物，烟酒自是不在话下，但他知道周林的这几条烟可不是那么好拿的，抽着会烫嘴，点着会烫手！

李力开始时坚决不肯帮周林的这个忙，但他架不住周林对他进行全方位的围堵，上下班途中、家门口都会碰到周林，以其嬉皮笑脸又略带威胁的言语固请李力援手帮忙。

李力被周林纠缠不过，只好为他办理了会考准考证，好在周林的想法只是通过参加会考搞一个初中毕业证，最不济搞一个肄业证，以后参加招工总算有个文凭，他的这种诉求对龙池中学来说，并不是太高的奢望，抱着息事宁人的想法，李力勉为其难地为他开了这个本不应该开的口子。

陈正明老师对周林这个被塞进来的小痞子只好采取睁一只眼闭一只眼的态度，反正他的诉求只是参加个会考，不会对全班产生太大的影响。

周林一直与陈进鹏有来往，两人算得上是酒肉朋友，但他早把初中一年级学的那点文化课丢到爪哇国去了，他指望陈进鹏能帮他渡过会考难关，要求陈进鹏在会考时让他抄写答案，但陈进鹏自己是泥巴菩萨过河，自身难保。

这天在放学回家路上，陈进鹏被在龙池桥上迎候的周林叫住了。

周林说：

"陈进鹏，这次会考你必须帮我过关，我们一起吃饭喝酒了这么多次，你不帮我就是不讲义气！"

陈进鹏说：

"林哥，你饶了我吧，我自己都不知道能不能过关，我要是帮你，就是两个人一起抱摔跳崖，同归于尽！"

周林说：

"你总不能看着我有难处不管吧？"

陈进鹏说：

"林哥，我给你出个主意，保证管用！"

周林说：

"什么主意？"

陈进鹏说：

"甘隆是我们班学习成绩最好的学生，你去找他帮忙，反正会考对他来说，就是玩儿的事，不需要太多的精力！"

周林说：

"你说的倒是个好主意，不过，甘隆肯听我的话吗？"

陈进鹏说：

"不听你的话，你不是剪子街老大吗？你不是有拳头吗？"

周林说：

"好主意，我去找甘隆！"

周林没想到他去找甘隆说这事时，碰了一鼻子灰，甘隆根本就不同意在考场上作弊。周林则拿定主意，在会考时要霸王硬上弓，将甘隆答好的试卷抢过来抄，反正他在龙池中学恶名远扬，监考老师肯定不敢阻拦他！

周林要铤而走险，人挡杀人，佛挡杀佛。他明白黑道有黑道的玩法，自不须守常规常理。

会考第一天上午就是数学考试，周林与初三一班的同学们一起参考，与甘隆、成功和余辰等人在同一个考场，而监考老师则是初二年级的任课老师。数学会考试卷分发下来后，同学们当即埋头答题，写字笔在试卷纸上龙走蛇行，发出可听得见的嘶嘶之声。甘隆看了一下试题，都非常简单，但事涉毕业证的获取，所以他仍然没有掉以轻心，很快就进入了答题状态。

陈进鹏开始两三题答得还算顺利，到了后面他觉得越来越难，他开始挠起头来。坐在身边不远的周林开始向陈进鹏求助，小声地喊叫让陈进鹏把答好的卷子递给他抄。陈进鹏举起大半还是空白的卷子，用手指点了点，又摇摇头表示爱莫能助，又指向了坐在前边的甘隆，要他直接找甘隆求助。

此时的甘隆已经答到最后两题了，再有不到二十分钟就可以提前交卷。周林趁监考老师面向前方的时候，迅速站起身来，来到甘隆身边小声地要求把卷子给他抄，甘隆也不愿意得罪周林这样下三滥的恶人，但又不愿意违反考场纪律，遂把他前排的余辰的座椅猛地一踢，座椅在地上滑动发出刺耳的响声。监考老师猛地回头发现周林站在甘隆身边，这很明显就是想要抄袭，他大喝一声："周林，你站起来干什么，不准抄袭，赶紧坐下来。"

周林没有办法只好坐了下来，他的第一次作弊尝试归于失败。甘隆继续答题，周林一直小声地喊叫甘隆的名字，甘隆均装作未听见而不予理睬。周林眼看考试时间一分分地流走，他的试卷上除了他的名字之外，竟然一个字也未答上！他十分着急，眼见监考老师又转身向前时，他又立即站起来去抓抢甘隆的试卷，但周林没有眼力见儿，将甘隆未曾答完的那一张卷也想抓抢过去，甘隆急忙护住他的试卷，结果这最后的一张试卷被周林抓破了。

甘隆并未大声声张，只是再度转过身将他的全部试卷护住，不让周林抢走，他又向监考老师要胶水，将被抓破的试卷粘贴完整，用笔迅速将最后的两题答完，又迅速浏览检查一遍没有错误和遗漏，立即收拾好文具，将试卷交给了监考老师，此时考试只进行了一个小时，相当于甘隆提前了一个小时交卷。

周林见他的抄袭计划落空，气得用拳头擂打课桌，并指着甘隆的后背小声咒骂，发誓将来一定要让甘隆吃苦头。周林气归气，他过了一会儿又想求助于陈进鹏，但此时的陈进鹏仍然在用笔捉虫，自顾不暇，只是把自己已经答完的试卷偷偷竖起来，让周林偷窥，周林这才将前面的十道选择题打上对钩。很快考试时间就要结束了，大部分同学都站起来交卷，因为此次考试难度并不大，所以很多人都能提前完成答题，而此时的陈进鹏仍然在捉虫，抓耳挠腮。周林眼看自己再也无望完成答卷，就气呼呼地站起来交卷了。

周林分析自己的答题情况，数学这门主课的成绩绝对超不过十分，远远未到及格水平，再考下去也就没有什么意义了，他就干脆弃考剩下的几门课程。周林这番想通过毕业会考取得毕业证书的尝试归于失败，他把主要原因归咎于甘隆的不合作，发誓一定要痛打甘隆，让他尝尝得罪自己的厉害！

毕业会考完成不久，各科分数很快就出来了，除了周林之外，全年级有十二个学生因为主科数学、语文或英语没有及格，未能取得毕业证书，但是仍可获得肄业证；其余的学生全部获得初中毕业证书。

毕业会考完成不久，黄冈中学要来与各学校进行签约了。原来，自一九七九年开始，黄冈中学开始从黄冈地区十个属县选拔优秀的初中毕业生进入其高中部学习，以保证其高中部得到优秀生源，这也为黄冈中学继续他们从一九七九年以来的高考升学率神话打好基础。

渐渐地各属县的第一中学开始对黄冈中学这一做法有了反感，他们认为这是黄冈中学对各属县优秀生源进行掐尖，是处于独占性竞争优势地位。各县属高中为了保证本校的高考升学率，与黄冈中学展开了优秀生源竞争，对中考的优秀考生许以各种优惠条件，从而截流了黄冈中学属意的生源。为了巩固自己的招生优势，黄高在中考前开始派出精干的师资队伍奔赴各属县，对优秀生源进行中考前签约活动。

对于龙池中学来说，他们主要的竞争对手是县一中和县二中，而黄冈中学则是很有亲和性的高层次中学，能够考入黄冈中学的学生越多，对于提高龙池中学的声誉越有好处。因此，当黄冈中学派来签约的李继永老师拿着介绍信找到校长办公室时，程自文校长表现出极大的热情，迅速找来初三一班、初三五班这两个尖子班的班主任，要他们介绍学生参与签约活动。

而与黄冈中学针锋相对的是县一中也展开的对县属中学学生的签约活动，与黄冈中学进行面对面的直接竞争。当乔婕从学校拿回两张签约单要家长签字认可时，她向家长表明，她想要与黄冈中学签约，因为黄冈中学的教学效果远远高于一中，将来考取名牌大学的可能性更大，而实则是她听到余辰与成功的谈话，知道甘隆决定与黄冈中学签约，她想要追随甘隆的脚步。

乔婕的父亲乔志钰和母亲林回梅考虑到去年乔婕曾有过意外怀孕的经历，不愿意让她再到远在两百来里外的黄州上学，生怕她没有家长的照管再度出事，就不允许她与黄冈中学签约，要她与县一中签约。乔婕对父亲和母亲的这个决定不满，反复要求签黄高，她说：

"爸、妈，我想到黄冈中学上学，是想去好好学习，将来考取更好的大学，你们为什么非要把女儿困在身边？"

林回梅说：

"不是我们要困住你，去年的事你难道忘了，本来要让你转学到香港，你不自重，我们不得已撤回让你转学的念头，香港都不让你去了，黄州就更不会让你去的。"

乔婕气得哭了起来，说道：

"妈，我怎么不自重了？我想到黄冈中学读高中，那也是为了提高学业，不是去玩！去年的事你为什么要老耳提面命？我已经知道错了，就不会再犯，你为什么老是揪着这一点不放？"

林回梅发起怒来，大声对乔婕说道：

"我说不让你签，就绝不让你签。你就死了这条心，黄冈中学我是绝对不让你去的！"

乔婕气得将两张签约单啪啪地一起撕掉，说道：

"好吧，你不让我签黄高，我就干脆连县一中也不签了，高中我不上了还不行吗？我们家事事都要听你的，现在这样你就遂心了吧？"

林回梅气得朝乔婕的脸上抽了一耳光，呵斥说：

"你好大的胆子，敢撕签约单！你不读书，是想反了不成？"

乔志钰见母女之间的矛盾闹得太僵，这样下去不是个事，赶紧装起笑脸来当和事佬，他对林回梅说：

"老林，婕儿想上黄高，说明她的志向远大，是想将来能考个好大学。你说的去年的事已经过去了，婕儿不会重蹈覆辙再犯那样的错误，而且她已经成熟许多了。你要向前看，不能把她限在我们身边，一辈子不放手，那样的话，她将来就是个不离窝的小家雀，不会有出息的。"

林回梅嗔怒地对乔志钰说：

"你总是当和事佬，护着她，由着她的性子！"

乔志钰说：

"不是我护着，现在黄高和一中的两张签约单都撕了，明天让婕儿再向老师讨要回来再说，我看今天就到这里，我们再好好想想签哪一家，说不定会有更好的主意。让婕儿先睡觉，中考在即，别耽误了她休息。"

林回梅觉得乔志钰说得在理，就起身回到自己的房间去了，而乔婕则继续复习了一下功课，把当日的作业做完就睡觉了。

第二天，乔婕去上学后，又向陈正明老师要了黄冈中学和县一中的签约单。但是，当她从教研办公室出来，正好遇上甘隆来找陈正明老师。乔婕正好当面问甘隆如何打算，她说：

"班长，你这是去交签约表吗？"

甘隆说：

"不是，我是去退还签约表。"

乔婕说：

"退还？你的意思是不填签约表了吗？"

甘隆说：

"我想清楚了，不准备签任何一所学校，既不签黄冈中学，也不签县一中。我就凭我实力考，考成什么样就什么样。"

乔婕说：

"你和余辰他们不是说要签约黄冈中学吗？为何突然变卦了？你不

想上黄冈中学吗?"

甘隆说:

"黄冈中学我当然想上呀! 不过,这签约是没什么意义的,你签了约不能保障你一定就能上黄冈中学或县一中;你不签约,你考得好的话,好学校仍然会争着要你。所以这签约不签约只是一个意向性的操作,而这种不确定的预设性,对我们的考生心理有很大的影响,可能会导致我们接下来的复习和考试都陷入松懈状态,所以我决定不和任何一所学校签约了,只凭自己的实力来考。"

乔婕听了甘隆的说法若有所思,说道:

"本来我听说你要签约黄冈中学,我也准备签它,我父母不同意我的想法,你既然不签了,那我也不准备签了。"

甘隆说:

"每个人的自身状态和实力不一样,你的家庭条件好,有实力供养你到外地上学,不像我家经济条件差,你可别跟着我起哄,到时候后悔了说是学我的榜样!"

乔婕一听,心中起了羞愤,白了甘隆一眼,说道:

"谁要学你! 你要靠实力考黄高,我为什么就不能凭实力考黄高?"

说罢,乔婕转身就走,她是气愤甘隆对她的示好视而不见,反而好像要避开她这个嫌疑而拼命撇开与自己的干系,等她刚走到操场,眼泪夺眶而出,既为父母昨日对她的横加干涉阻挠自己的自由选择而气愤,又为甘隆对自己一片追随的苦心的漠视而神伤。但现在是在学校的操场上,人来人往,她想忍住不哭出来,可不争气的眼泪还是像线一样流了下来。

乔婕拼命抹干眼泪,快到初三一班教室门口的时候,她听到有个熟悉的声音在叫她,扭头一看,是转学到县一中去的前班长陈辉。原来陈辉被迫转学到了县一中的初中部后,他仍然十分想念乔婕,希望再续前缘,他的最大愿望是,中考后乔婕能从龙池中学考入县一中高中部,而自己也顺利升入本校的高中,这样他就能与乔婕再度成为同校同学,那将是峰回路转、失而复得的美事!

但就在这几天，陈辉听县一中的同学说，黄冈中学的老师带着签约单到龙池中学去找了十几个同学约谈，准备与他们进行签约，而这十几个同学中就有乔婕。他此次来到龙池中学的目的，是要劝阻乔婕与黄冈中学签约，要她直接考入县一中成为自己的同学，如果此计不成，他就直接找黄冈中学的老师，也像乔婕一样与黄高签约，这样自己就能追随乔婕的脚步，总而言之，就是乔婕到哪里上高中，他陈辉就准备到哪里上高中。

乔婕看见是陈辉，心中好奇他为何来到龙池中学，问道：

"陈辉，你不上课跑来我们学校干什么？"

陈辉胆大，敢直接说出他的心思，说道：

"我是为你而来！"

乔婕说：

"为我而来？为我什么而来？"

陈辉说：

"我是想问你，是不是要与黄冈中学签约？还是要与县一中签约？"

乔婕说：

"我没有想好呢！再说，我与哪所学校签约与你有什么关系？"

陈辉说：

"怎么没有关系？我想与你再成为同学，你与哪所学校签约，我就到哪所中学读高中！"

乔婕心中本来就不痛快，见陈辉这么说，不顾他的感受，回答说：

"我都不知道签哪个学校，你别烦我就行。"

说完乔婕转身就走进教室，陈辉本想急步将乔婕拦住，却没有想到她的脚步快得一下子没入到教室之内。他有心想进去再找乔婕说几句，问问她的确切想法，可一想到这间熟悉的教室，是他曾经败走麦城的地方，这里有他痛苦的记忆，而且教室里全是认识他的同学，一旦他进去了，没有半个小时是出不来的，而且旧同学们七嘴八舌，到时候会传出他与乔婕之间的闲话或谣言，对自己不好，对身处其中的乔婕更加不好，所以陈辉只好止步不前了。这时候，梁波从他身后走了过来，问道：

"陈辉，老班长，你今天怎么有闲心到我们学校来了？是来找乔婕的吗？"

陈辉好像被梁波看穿了他的心底隐秘一样，脸红到了耳根，回答说：

"没事，没事，我只是来看看陈老师，看看陈老师。再见。"

说罢，他头也不回地朝学校大门走去，梁波摇摇头回到教室，对班上的同学们说：

"同学们，你们猜猜，我刚才在操场上见到谁了？"

陈进鹏说：

"你说呀，卖什么关子？你见到谁了？"

梁波说：

"我看见老班长来到我们学校了。"

初三一班的同学们像炸了锅似的议论起来，有的说陈辉来是找陈老师要学籍单，有的说陈辉这次肯定是来找乔婕。听到这些议论，乔婕只得低头充耳不闻，不管同学们如何取笑，她就是不回应。

再说陈辉来到校门口，一想到自己跑这一趟的任务还没有完成，没有问明乔婕的签约意向，他便又止步于门前，想了想后，他认为保险起见最好能找到黄冈中学的签约老师，与他达成协议，将来乔婕和他都进入黄冈中学就能满足他的心愿，而乔婕要是没去成黄冈中学，他再毁约回到县一中，也能遂己之愿。想到有可能与黄冈中学毁约，会影响世人对自己的评价，但他想，为了追随乔婕的脚步，即使世人对他如何低看或轻视，他也愿意付出这样的代价。为了与乔婕琴瑟和鸣，即使与全世界为敌，他也不惧；即使失去整个世界，他也愿意。

想到这里，陈辉从操场的另一边绕路来到教研办公室，找到老师陈正明，让他帮自己找来黄冈中学的签约老师，从容淡定地填写了签约意愿，并工工整整地签了自己的大名。

第十九章　登陆黄冈中学

　　会考完成后，那些无意参加中考的学生在确认他们可以拿到想要的初中毕业证书后就离开了学校，好在这些学生并不多，对中考备考的氛围影响不大。很快就来到了这一年的盛夏，白天太阳如烤炉般地灼晒，而夜晚也酷热难耐，给人一种火烧火燎的感觉，动辄汗流浃背，而比天气更热的是初三年级考前备考的气氛。

　　临近中考前的这十几个夜晚，各毕业班的班主任和任课老师更加上心了，他们在空余时间来到学校的次数更多了，每天陪伴学生自习的时间更长，而学生们则在这种紧张的氛围中有一种压迫感，相互之间的说笑打闹很少了，自习时在教室里绝少说话声，只听见翻书、写字声和默读声。

　　临近中考的最后一节课过半时，数学陈正明老师和物理黄兴博老师、语文于车水老师、英语秦怡华老师一起来到了初三一班，他们这是要为初三一班开一个简短的班务会，算是对即将奔赴的中考战士们做一个战前动员。陈老师用黑板刷敲了敲黑板后，对同学们说：

　　"同学们，明天大战在即！你们历时一年的战前准备已经到了见分晓的时候了，可谓刺刀见红。明日起的三天中考成绩将是决定你们未来命运的关键之战，你们自然是非常重视的，也必然是非常紧张的。

　　"但是，从现在开始，我却要请所有的同学都放松下来，将自己的心情舒缓下来，特别是今天下午和晚上，可以休息一下，好做一个彻底的放松，这样，你们明天才能轻装上阵，表现出最好的自己，所有学过的知识轻松记起，浮现于脑，在这种状态下的你们见沟越沟，见壑越壑，勇往直前，直登绝顶。

"对于你们来说，中考并不意味着结束，而是意味着人生的新起点。无论命运将你们抛向哪一条道路，我们作为老师都希望你们坚持心中的理想，做一个善良正直的人，做一个对未来永远充满热忱和期待的人。令为师非常感动的是，你们在这初三的一年备考之中，表现出了一往无前的勇气和毅力，为师希望你们将这种勇气和毅力永远延续下去，带上你们最初的勇气和坚定出发，去面对中考后的人生或命运。"

陈老师的话音落下，同学们笑声喧起，他们兴奋地在黄兴博老师、于车水老师和秦怡华老师的祝福、叮咛声中互动，而甘隆陷入了一种莫名的伤感之中，他眼前浮现出雨雾中黄冈中学校园的影子。他知道，人生中这个盛大而铭记深远的夏天就落下帷幕了，未来新的人生即将开启，那时将在另一个舞台上上演新的一幕，而他自己则胸有成竹，丝毫也不畏惧重新开启一个全新的世界。

在四位老师宣布完考场纪律，对考试注意事项再次叮嘱完备后，全班同学们开始收拾自己的书本和书包，搬动桌椅布置考场，以全新的姿态迎接明天的战斗。

第二天的考试开场前，学生们陆续来到校门前聚集，拿出准考证进入校门后，鱼贯进入考场。第一场考试是考数学，考卷发下来，这一刹那空气仿佛凝固了，时间仿佛静止了，学生们完全沉浸在紧张、害怕的环境中，监考老师是初一年级的任课老师，他们神情严肃，一丝不苟，公正严明地维持着考场秩序。

甘隆铺开数学试卷，从头到尾将全卷浏览了一遍，他考前略有点紧张的心情放松了下来，因为他觉得试卷的难度完全在自己的掌控范围内，他抬头看了一下周围，发现有些同学愁眉不展，只有少数同学面带微笑，当然这当中自然包括平素学习好的乔婕、余辰、成功。监考老师用目光向甘隆示意，要他不要浪费时间，尽快展开答题，甘隆点头表示会意后，就从容地从最后一道压轴题做起。这道题是一道复杂几何题，对甘隆来说略有难度，他花了十五分钟将这道题进行开题、推理和演算后，在答卷上工整地写下答案，这时他会心地笑了起来。

剩下的题目对甘隆来说完全不在话下，他就从头开始进行顺利解答，离考试终场还有半个小时的时候，甘隆已经将全卷答完，他又反复检查了两遍，提前十五分钟交卷了。过了几分钟，余辰和成功也提前几分钟交了试卷。

甘隆在考场门外等到余辰和成功两位同学出来后，三人一起对了一下答案，都觉得把握很大，三人遂将右手搭在一起，重又喊出了在与黄高球队对阵时的口号：

"岂曰无衣？与子同袍。必取黄高，必取黄高！"

三人的这一番高声叫喊，惊动了在他们身边经过的同学们，他们不知其意，莫名其妙地看着他们。三人又约定考好今天下午的语文及明天的物理和化学考试，一起回家吃饭去。

接下来的考试有条不紊地进行下来，偶尔有少数学生作弊，也被监考老师及时制止。三天的考试有惊无险地完成。

考试完成，学生们焦急地等待考试成绩，无心到外面去游玩。在一天夜里，家中只有昏黄的灯光，甘隆的哥哥甘宏从城里回到家中，给他带来了一个消息，说是甘隆的中考成绩总分为全县所有一万多名中考考生中第一名，是麻城县的中考状元，而且数学和物理两门单科成绩也是全县第一，其中总分为一百二十五分的数学，甘隆竟然取得了一百二十三分。原来，甘隆的哥哥甘宏是刚刚下乡回城的知青，与其同驻知青点的一个朋友刚被分配到县教育局，看到了刚出炉的中考成绩，立即就将上述消息告诉了甘宏。

甘隆得到这个消息，喜出望外，他知道自己这次考得很好，但没有想到能够一举成为全县的状元，这是超乎他想象的事了。更令他高兴的是，以这样的成绩被黄冈中学录取基本上就是很肯定的事了，虽然当初签约时他因为意气用事而没有签约黄高，现在想来这也不会有什么影响的。

到了第二天甘隆来到学校向陈正明老师求证消息的可靠性，得到了陈老师肯定的答复。第三天，其他同学的成绩就基本上全都知道了，余辰和成功两人也都考得非常理想。黄冈中学要在全县挑选十个中考成绩好的学生，余辰和成功两人都曾经与黄冈中学签了约，现在成绩都不错，被黄冈中学录取也不在话下。

又过了一个星期的时间，全县各中学的中考成绩统计出来了，龙池中学初中部的平均成绩竟然和县一中的初中部十分接近。如果单纯以班级为单位进行统计，陈正明担任班主任的初三一班的成绩则远远超出县一中初中部的最好班级，摘得全县中考最好班级的桂冠。

女生考试成绩也不错，其中锦梅和乔婕是全县中考女生中成绩最好的两位，也被黄冈中学录取，而初三五班的班长张峻也被黄冈中学录取，加上甘隆、余辰和成功三位一起，龙池中学有六位同学被黄冈中学录取。而陈辉是县一中初中部最佳成绩获得者，他的老师劝说他留在县一中就读高中，但他听说乔婕已经被黄冈中学录取，所以他也坚决要到黄冈中学读高中。

黄冈中学此时在湖北省来说是一所神圣的教育殿堂，特别是对于麻城的学子来说，黄高更是不得了的地方，考上黄冈中学犹如鲤鱼跳过了龙门，让人非常羡慕，完全高不可攀，是可望而不可即的。现在，一所三流学校的初中部有六名同学被黄冈中学录取，使龙池中学的声名大噪，这个消息像传奇一样在麻城县各区镇流传，初三一班班主任陈正明老师，及任课老师黄兴博、于车水和秦怡华的名字在麻城县内不胫而走，人们绘声绘色地描述陈正明是如何将那些不爱学习、流里流气的孩子矫正成为爱学习的尖子生。

麻城很多家长都开始看好龙池中学，想要把子弟送到这所中学来读初中。初三年级的很多同学被县一中高中部录取，这当中包括梁波、朱燕他们，也有很多同学留在龙池中学高中部学习。

对于龙池中学来说，今年中考成绩犹如打了翻身仗，程自文校长在见到县一中校长的时候，底气比以前足多了，腰杆也直了许多，他

179

为此受到县教育局的表扬，而他自己则对取得这场胜利的功臣陈正明老师也给予了诸多的表扬和奖励，他还授意学校的团支部书记将这六位考入黄冈中学的学生全都接收为正式团员。

新的学年即将开始，在离开麻城到黄冈中学报到的前两天，甘隆、余辰、成功、乔婕和锦梅这五个被黄高录取的同学一起到几位老师家中辞行，并向几位老师表示感谢。五个人最后来到陈正明的家中，师生坐定后，陈正明对五个学生说道：

"海阔凭鱼跃，天高任鸟飞。你们五位同学现在到了黄冈中学读高中，平台不一样了，眼界也会扩大，将来肯定能考取大学，必然会有一番事业，但为师有一句忠言，就是将来不管你们的事业有多么辉煌，你们一定要做一个正直诚实的人，这个才是一个人的事业基础。在这个基础上，才能成就伟大的事业。"

五位同学说：

"陈老师，我们一定按您说的做！"

陈老师看着甘隆，继续说：

"甘隆，为师要专门叮嘱你一下，我知道你崇拜牛顿，崇拜爱因斯坦和普朗克，想投身于理论物理学，你既然有如此高的志向，那你就要持之以恒、目标坚定地走下去。你要想达成理想，就得无论遇到什么样的艰难险阻也要坚持下去。

"和智力与聪明相比，坚毅是一个最可靠的品质。只有坚毅者才能渡过难关，向着自己既定的最高目标努力。一个伟大的成功者，必定是坚持激情的战士，即使经历失败，也能够不懈努力地坚持下去。"

甘隆听了陈正明老师对他的专门叮嘱，若有所思地回答说：

"陈老师，谢谢您的教诲，我必定会遵从的！"

第二十章　热脸贴了冷屁股

八月底，甘隆等六人持黄冈中学的接收函来黄州报到，开启全新的高中生活。

甘隆是哥哥将他送上长途汽车，带着一个装着衣服的大木箱子来到黄冈中学的。等他到达黄冈中学的时候已经到中午时分了，甘隆打开木箱子一看，只有空碗，没有筷子，也没有饭勺。他心想总不能吃手抓饭吧，只好出了黄冈中学的大门，想要去买双筷子吃饭。

他上上下下找了好几公里才找到一家日杂商店，在里面挑来挑去，挑中一个白瓷小汤勺，就买了回来，临时当成吃饭的工具。从麻城一同来的几个同学都是由家长送到学校来的，家中还为他们带来好多肉菜，与家人在一起其乐融融。形单影只的甘隆感到难为情，不想待在宿舍里难堪，就出去转悠，直到估计那些同学家长走了后才回去。甘隆心中有一种非常难受的感觉，觉得家人对他不是那么看重，让他一个人搬着个木箱子就出来闯荡世界。他躲开其他几个同学，自己拿着空碗来到食堂打了饭菜，用刚买的汤匙独自找了个空地方吃起饭来。

家境困窘使甘隆尽量回避与同学们比较吃喝穿用，有时候同学们常去校园周边小店买零食，他就尽量避开，直接回到教室学习。在放假或星期天时有些学生会去小餐馆打牙祭，他尽量只在学校食堂吃那些少油寡盐的饭菜，同学们吃零食的时候，他尽量不抬头，用集中精力做作业来抵御食物香味的诱惑，即使手中有钱，他也不乱花钱，不忍心浪费父母劬劳辛苦赚来的钱。

虽然甘隆他们一众六人对黄冈中学有着十分的期待，但是来到黄高之后，他们感觉到完全不适应这里的生活。住宿条件简陋，木架子床上没有完整的木板，有的学生只带有凉席，天冷时睡觉感到冰凉，老师只好动员本地学生从家里带来报纸，给这些住校学生铺垫在凉席上防寒；而用作盖的被子，好多学生从家里带来的是棉絮，需要自己缝被子，有些家庭困难的学生则是将棉絮放在中间，然后再用上下两张被单将棉絮包上，需要用大针缝上，很多男生都是自己完成这些针线活。

甘隆和余辰、成功、张峻、陈辉他们入住男生宿舍，发现晚上起来上厕所时，人的身上在冒绿光，有的蚊帐上也冒绿光，刚开始时男生们吓得够呛，以为这是鬼火，后来有的人想起刚上过的化学课中有关磷的内容，明白了其中的道理后，大家才不再害怕，才得以安心地睡觉。

原来男生宿舍以前是一个坟场，学校在盖宿舍时把坟堆推了，铺上水泥，后来房屋及地面老化出现裂隙后，地底下的磷质气体就从裂隙中飘逸出来，吸附到人体和物体上，呈现出绿色的荧光，仿佛鬼火一样。

甘隆和余辰、成功、张峻、陈辉他们几个来自同一个县的学生的床位靠得很近，在消除了对鬼火的恐惧之后，就开始互相捉弄。甘隆刚好从黄冈中学图书馆办好了借书证，他有心借来《聊斋志异》，到了晚上轻悄悄地来到刚入睡的陈辉的床前，用两只脚在地上蹭一蹭，地上的鬼火就增大了一些，这个时候他开始和成功及余辰读《聊斋志异》的鬼怪故事，把周边床位的同学吓得不敢大口出气。好在这样的捉弄在搞了几次之后，学生们都识破了这些伎俩，不再害怕，甘隆、余辰和成功三个人不再玩这些游戏了。

最主要的难受感觉是他们远离家乡，来到人生地不熟的环境当中，很难适应。加上黄高校园比龙池中学大得多，一个年级的学生人数更多，这里一个年级都有八个班。而且黄冈中学本校学生成绩要远远好于外县来的同学，甘隆他们这一批人虽然是麻城县中考成绩的佼佼者，来到这儿却不显山不露水了。这个感觉让他们感到挫败，成绩好的优越感就完全丧失，给他们心理带来了极大的压抑和打击。

高一年级很快就进行了分班考试，甘隆的数学和物理成绩考得不错，余辰和成功这两人考得也不错，他们都被分配到了一班。乔婕、张峻和锦梅三人分到了二班。一班和二班是黄冈中学的两个快班，被称为"尖子班"。

这两个班是学校取黄州当地的优秀学生和外县来的优秀学生合并而成，每个班五十人左右，出乎甘隆意料的是，上次县际篮球比赛与其交过手的黄鹏和郭亮两人都被分配进入高一一班，而且黄鹏还被班主任李绍才指定为班长。

甘隆、成功和余辰三人与黄鹏、郭亮二人算是不打不相识，现在又被分配到同一个班上，又都喜欢打篮球，自然就多了一份亲切感。

此时的甘隆、成功、余辰、乔婕、锦梅及张峻，加上陈辉，都是在十五岁的年龄。乔婕第一次离开家庭，来到两百里外的黄州生活，离开了父母的监管，就等于放飞了自我，不用躲在被窝里，就可以大大方方地看小说，又与自己喜欢的人在一起上高中，她的心情实在太好了。

乔婕翻看黄州地图，她惊奇地发现黄冈中学竟然离长江不远，只有两里多路。此前她只见过麻城县的举水河，从来没有见过长江大海，现在长江竟然近在咫尺，这个发现令她兴奋不已。

乔婕本想单独约甘隆陪她一起到长江边上看看，体会一下长江的浩荡奔流的气概，但她转念想来，怕同学们笑话她早恋，遂向来自麻城的九个同学建议到江边去。她的这个建议得到九人的热烈回应，遂在来到黄州后的第一个星期天到江边游玩。

十个人站在黄州江堤上，看着江水滚滚而来又浩荡而去，乔婕对甘隆说：

"甘隆，你知道哪是上游，哪是下游吗？"

甘隆说：

"我们现在站在长江的北岸，右手就是长江的上游，武汉在黄州上游两百来里的地方。"

乔婕说：

"想着我们十位来自麻城的同学要在黄冈中学学习三年，三年后会考上不同的大学，走向不同的地方。你希望考到哪里去？"

甘隆说：

"我没有确定的目标城市，我反正是想学习理论物理，将来哪所学校的理论物理好，我就考到哪一所学校。"

乔婕说：

"听说武汉大学的理论物理学搞得很好，而且这所学校的分子生物学也不错，我们约好一起考武汉大学吧？"

甘隆说：

"武汉大学只能算个待选吧，理论物理应该是美国的普林斯顿大学、英国的剑桥大学、纽约州立大学石溪分校，我的目标是那里！"

乔婕说：

"普林斯顿大学！普林斯顿大学是理论物理学的圣地，爱因斯坦的广义相对论就是在那里完成的！太好了，那里分子生物学也非常好，那我们约好考到普林斯顿大学去吧？"

甘隆说：

"目标远大，心向往之，我们先得考取国内大学才行呀！"

乔婕的内心是想将来和甘隆比翼双飞，见甘隆几次不愿意接她的话茬，不表明愿意考同一所大学，觉得被甘隆忽视了，心中有些气恼，眼泪又在眼眶里打转了。她心里琢磨，要说这个甘隆傻吧，他学习又这么好，人又这么聪明；要说他聪明吧，他怎么就这么不谙人心呢？这么不懂得我的心思呢？我可是想和他在未来的道路上一起双宿双飞、携手前进，他甘隆难道真是不懂我的心思吗？还是他懂了，却故意装傻视而不见？

乔婕有些尴尬，这时她见陈辉和锦梅、张峻三人已经从堤梯下行到水边，乔婕向下大声喊道：

"锦梅，锦梅，等等我，我也要到水边去。"

乔婕喊完了，就甩开令她气恼的甘隆，急步沿堤梯的石级向下而去。陈辉本来见乔婕与甘隆站在护堤河墙边上说悄悄话，心中不快，现在见乔婕独自一人下来，就反身过来迎接乔婕，他怕乔婕走下坡可能会崴脚，急忙喊道：

"乔婕，慢点，慢点，我们等你，别崴了脚。"

陈辉迎上乔婕，伸出一只手牵住乔婕，小心翼翼地引导她向下行去，四个人一起在水边戏水，又一起在水边漫步。直到两个多小时过去了，太阳从西边投照在江面上，发出潋滟的波光，天色渐暗，他们这一行人才回到学校。

在接下来的日子是正常的上课时间，乔婕慢慢地开始想家了，随着时间的延长思乡的感觉越来越重，有时候家在附近的同学家长会来看望，带来有家的味道的食物，让乔婕更加想家，上课的时候出神地看着窗外，期待着母亲林回梅驾着祥云从天而降，送来麻城的肉糕、鱼面和花生。

在这种情绪干扰下，乔婕没有办法集中精力听讲，很多作业也不能顺利完成。好在时间很快就要来到国庆节，学校放假三天，乔婕急不可耐地想回家去，她想约甘隆一起回家去。在放假的前两天下课的时候，乔婕从二班来到一班的门口，想叫甘隆出来，但她怕一班的同学们看见会笑话她，便折返回去叫上张峻和锦梅，再次来到一班的门口，让张峻小声地叫出甘隆。此时，一班的郭亮看出了乔婕两次出现在一班门口的端倪，便说：

"哈哈，有人对甘隆有想法了！有人对甘隆有想法了！"

甘隆听到张峻在叫他，站起身来，经过郭亮的时候，用手捶了他的肩膀一下，说道：

"还不快闭上你的一张媒婆嘴！"

郭亮停止了鼓噪，甘隆走到教室门口。张峻说道：

"甘隆，后天就是国庆节了，要放三天假，我们三人想一起回家去，有人邀请你一起回家。"

张峻说完，用眼睛睨了乔婕一下，乔婕说：

"什么有人想，不就是你想要甘隆陪你一起回家吗？"

张峻受了乔婕的抢白，说道：

"好，好，好，是我想要甘隆陪我回家。怎么样，甘隆，你和我一起回家吗？你要回的话，我们这就到长途客运站去买车票。"

甘隆说：

"回倒是想回，只是我想在这几天多看看物理课外书。"

其实甘隆是没有钱买车票，家中给他的伙食费加上学校每个月八块钱的补助，只够他吃饭，他如果回家一趟，来回要花上五块多钱，这对他来说十分心疼，因此甘隆决定就在学校里看看他心仪的物理课外书，不回家以便省钱做伙食费。

张峻说：

"你要不回，那我们几个就买票回去了哟，到时候只有你一个人在宿舍里孤苦伶仃。"

甘隆说：

"你们回吧，我有物理书就不觉得孤苦伶仃了。"

从黄州城回麻城的班车一天只有两班，其中早班是五点半出发。乔婕与锦梅、张峻、陈辉等八个同学相约买了车票，而余辰则准备到在黄州工作的叔叔家中过节。黄州长途汽车站离黄冈中学有七八里地，走路要花上一个来小时。八个人相约早上四点钟起床，心细的陈辉头一天跟学校的门卫打好招呼，请他在四点十分打开学校的大门。

晚上十一点左右，八个人都赶紧从自习教室里回到各自的寝室，匆匆洗漱后就尽快躺下睡觉，而张峻在睡觉之前也定好了第二天凌晨四点钟的闹钟。睡下刚过两个小时，闹钟铃声大作，将全男生宿舍的三十来个学生都惊醒起来。原来，张峻可能是回家心切，或可能是太过紧张，将本应定在四点的闹钟定在了两点。

原来，男生宿舍是旧教室改造而成的，一个宿舍里放了十五张上下铺高低床，能睡三十个学生。这一年黄冈中学从全地区招来九十名男生，被分配到三个旧教室宿舍中，而十个女生则与其他年级的女生一起合住在另一个宿舍里。

为了不再吵醒同宿舍的其他同学，陈辉和张峻决定硬着头皮起床洗漱，陈辉又去女生宿舍小声叫醒乔婕和锦梅。八个人聚齐后来到学校大门口，此时还是不到两点半的时辰，陈辉壮着胆子去叫醒门卫师傅方老伯提前开门。

在漆黑的夜里，六个男生和两个女生深一脚浅一脚地往黄州长途汽车站走去。乔婕想着要在回家后继续温习功课，就把所有的课本带上，还带上了一本英文小说《汤姆叔叔的小屋》。八个人走在路上，陈辉发现乔婕走得很吃力，落在后面。陈辉转过身走回去帮乔婕，这才发现乔婕拿的书包太重，他说道：

"乔婕，你怎么带这么多书，三天时间你根本就看不了！"

乔婕说：

"我想抓紧时间学习，到黄高后，我发现有点吃力，抓住一分钟就是一分钟。"

陈辉说：

"抓紧时间学习是对的，但三天时间来来回回都在路上，你顶多带上一本书就够了！"

乔婕说：

"你说得倒也对，那我现在把书送回宿舍吧？"

陈辉说：

"你现在折回去放下多余的书，时间可能来不及了，再说学校大门又锁上了，不好意思再叫守门师傅开门了。"

乔婕说：

"那怎么办？你不是白说的吗？我只好背上这个重包袱了。"

陈辉说：

"你把你的包给我背上吧，反正我有力气。"

陈辉说罢，就主动从乔婕的肩上接过书包，挂在自己肩上，迈开步向前走去。乔婕看着陈辉的背影，心中一阵感动，想着前次到江边时，她想与甘隆相约报考同一所大学，甘隆连话茬都不接，陈辉主动跑上前来牵着她的手下江堤石梯，又想起在读初三时，她因口误害得陈辉被逼转学的事情，乔婕心中一阵愧疚，心想这个陈辉倒是个大度的男人，也不失为一个可以依靠的男子汉。虽然甘隆曾两次在她危难之际救过她，但无奈她捉摸不定甘隆的心思，她是明月相照，甘隆却视若无睹，只以浼渠相对，这不能不让乔婕感到伤心失望，好在此时有一个新的身影在心中升起。

这时候陈辉已经向前走了七八步了，发现乔婕仍在原地站着，就问道：

"乔婕，是不是走不动了？我牵着你走吧？"

乔婕这才从思绪中醒了过来，赶忙回答说：

"走得动，走得动。"

乔婕赶忙朝前紧走几步，来到陈辉的身边。两人又加快步伐，加入到前面六个人的队伍当中，一边说笑，一边朝长途汽车站走去。经过陋巷的时候，黑乎乎的巷道显得可怕狰狞，他们八个人为了壮胆，就聚到一起行走，还大声说话以壮声威，有的人还唱起歌来驱赶心中的恐惧感。乔婕胆小，她紧紧地拉住陈辉的衣袖，而陈辉此时觉得他能够为乔婕提供安全感，感到非常自豪，遂顺势抓住乔婕的手，两人就这么牵着手在夜色中前行。

锦梅虽然胆子比乔婕要大一些，但在这种夜沉时分，她也感到害怕，遂紧跟着张峻一起走。到达黄州长途汽车站的时候，还没有到四点钟，夜幕仍然非常沉暗，而汽车站大门紧闭，只在大门口亮着一只白炽灯，四周安静得让人害怕。八个人在夜风中等候了一个多小时，终于等到了汽车站打开大门，这个时候才陆陆续续有乘客来到车站内等候上车，乔婕和锦梅两人开始放下心来。

到了上车时间，八个同学检票上了车，十一点钟左右终于回到了麻城，乔婕的父亲乔志钰和母亲林回梅都来到车站接她。其他的同学则自己回家去了。第三天下午，八个同学又一起坐长途汽车回到黄州。临行前，乔婕的母亲用空罐头瓶装了满满两瓶的肉菜，给她带上。在家里待两天半再返回学校，乔婕和同学们的"思乡病"竟然不翼而飞，完全静下心来投入学习了。

乔婕在节后回来的第一天下课后，叫甘隆来到学校大门的展览橱窗后面等她一会儿。乔婕迅速回到女生宿舍，将母亲林回梅给她带来的两罐头瓶肉菜拿出一瓶，用一个塑料袋将它包裹好，不让外人看见。乔婕快步回到展览橱窗后面，将这瓶肉菜递给甘隆。甘隆不知道是什么东西，就问道：

"这是什么东西？"

乔婕说：

"我给你带了一点菜来，给你吃吧。"

甘隆说：

"我不要，你拿回去自己吃吧。"

乔婕说：

"我有两瓶，自己留有一瓶呢。"

甘隆说：

"你自己留着吧，我可以到食堂买菜吃，我的伙食费够用。"

乔婕说：

"让你拿着就拿着呀，你还讲什么客气！"

甘隆说：

"不是客气，我是不习惯接受别人的东西！"

乔婕说：

"你把我当成'别人'？"

甘隆说：

"是呀，无功不受禄，我不习惯接受别人无偿赠送的东西！"

乔婕气得哭了起来，说道：

"你爱要不要，你不要我也不吃，把它放臭了就丢了。"

乔婕说罢，拿着菜瓶转头就走，眼中噙满泪花。她回到女生宿舍门口时，远远地看见陈辉也提了一个小袋子，到门口等她。陈辉大声问道：

"乔婕，你刚才到哪儿去了？我在这里等你好久。"

乔婕赶紧抹去脸上的泪痕，走近陈辉，说道：

"陈辉，你找我有事吗？我刚才出去有点事情。"

陈辉见乔婕面色有点激动，知道她情绪不稳，就没有深问，只是说：

"乔婕，我从家中带来的腌鱼有点多，吃不完，我想分享给你。"

陈辉说罢，从小袋子里拿出一个罐头瓶，里面果然装的是腌鱼，递给乔婕说：

"这一瓶送给你尝尝吧，我还有好多！"

乔婕说：

"那正好我从家中带来了肉菜，你也尝尝我妈妈的手艺。"

两个人遂交换了手中的菜肴。陈辉趁势说：

"黄州电影院里有新电影，我买了票，我们一起去看吧？"

乔婕说：

"我想抓紧时间预习功课，我感到不预习上课有些吃力，跟不上本地这些学生的进度。你找其他同学去看吧。"

陈辉有些失望，两人道了别各自回到寝室中休息去了。

第二十一章　赤脚大仙

　　外县学生的宿舍是由旧教室改造而成的，这里是原来学生上课的地方，新的五层敞亮教学楼投入使用后，学校就因陋就简地利用这些旧教室安顿从外县招来的学生。女生宿舍也是一个大而旧的教室改造而成，但是靠近操场后的一块小空场边儿。

　　到了十月下旬的一个星期天上午，天气渐凉。乔婕嫌被褥有些潮湿，就将被子抱到这块小空场地上，在晒衣绳上晾晒起来后，就带着书包到教室里上自习去了。到了太阳偏西的时候，乔婕准备到食堂吃晚饭，就先收回晒在小场子上的被褥。这个时候乔婕猛然想起，母亲林回梅刚刚寄来作为伙食费的二十元人民币就夹在被褥夹层里，她赶紧搜寻被褥，却是宝钱无觅。乔婕遂扩大搜寻范围，将自己的衣兜、书包、书本、被子、被褥、床底全都搜寻个遍，却仍然是一无所获。

　　乔婕心想钱可能是掉在晾晒被子的路上或小场子里，遂折返沿路找寻，又把小场子全场都搜了个遍，仍然是空手而归。这二十元是乔婕一个月的生活费，丢失了可没钱买餐票，虽然黄冈中学每个月补助八元钱，这是远远不够她一个月的伙食费的。

　　钱丢了，乔婕只好减少支出，她不想再向父母要钱，怕这样引起父母为她担心，每天吃饭就不敢打菜，只敢要白米饭躲着一个人吃。但这样的空口白饭确实难以下咽，乔婕思来想去，正想给母亲打电话让她再度寄钱过来，却听有个同学说，学校大门处的小黑板上有一则失物招领启事。

乔婕抱着试试看的心态来到学校大门，只见小黑板上真的写有"拾到现金若干，请遗失者来门房认领"。乔婕找到守门的方老伯，这位方老伯认识她。原来国庆节的那天凌晨，就是乔婕他们几位将他从熟睡中叫醒，这才对乔婕有了深刻的印象。守门的方老伯问道：

"你丢失的钱是多少，币值是如何组成的？"

乔婕说：

"老伯，我一共丢了二十元钱，是两张十元的人民币。"

方老伯又问道：

"那你丢钱的地点是哪里？"

乔婕说：

"我是在操场后面的小场地上晒被褥时丢的，想来应该是在小场地上或者在通往女生宿舍的路上丢的吧。"

方老伯说：

"你的钱上有什么记号吗？"

乔婕说：

"我倒没有什么记号，只是别人折钱都是两折，我都是三折。"

方老伯拿出丢失的钱币一看，果然是三折痕，他判断这二十元钱应该就是乔婕丢失的，遂将钱全数返还给了乔婕。乔婕接过钱后，又问道：

"方老伯，这钱是谁捡到的，我好去感谢一下人家。"

方老伯说：

"那还有谁呀，就是你们一起的那个甘隆呀，上次他冒雨来敲门，要进校园参观，我没让他进来，他们三个人就自己翻校墙进来了，我先以为他是个调皮捣蛋的坏学生呢，没想到他是个拾金不昧的好学生。我要到一班班主任那里去表扬他。"

方老伯为人和善，学生称之为"方老头"，他几乎是全校最忙的人，早上他最早起来打开学校大门，打扫学校大门前大门后的卫生；上课时间敲钟，兼带分发信件和报刊，傍晚到邮局背回大邮包，而到了晚上守门锁门。师生们有时捡到失物后就顺手交到他这里，待失主来领取，而他为了防止冒领或误领，很注意让失主申述失物的特征，事后也注意将拾金不昧的师生姓名报到校长或老师那里，以便让学校表扬。

乔婕很是感动，就去找到甘隆表示感谢，她对甘隆说：

"甘隆，你捡到的钱是我的，谢谢你呀。怎么刚好是你捡到的呢？"

甘隆说：

"两天前，也就是星期天下午吧，我自习累了，就与三班同学踢足球，我累了就坐在小场子边沿上休息，远远地看到地上有一小卷东西，捡起一看是二十元钱。我问遍了三班的同学，他们都说没有丢钱，我想丢钱的人肯定很着急，说不定要饿肚子上课呢，我就直接将钱送到门房里去了，没想到是你丢的呀！"

乔婕说：

"可不！看门的方老伯说要到你们班主任那里去表扬你呢，对了，我也得谢谢你，你说得对，我已经吃了两天白口米饭了，你真是解了我的燃眉之急。"

甘隆说：

"谢倒不用谢呀，你还记得陈正明老师经常跟我们说过的话吗？他老是说，要我们做一个正直诚实的人，我这样做不过就是遵循陈老师的教导罢了。"

乔婕说：

"我也要到李老师那儿去表扬你。"

甘隆说：

"你可别去凑这个热闹哦。我这人害羞，如果李老师当着全班的面表扬我，我可要脸红的。"

乔婕说：

"那我也得感谢你一下吧！"

甘隆说：

"你就坦然处之，这种感觉不是很好吗？这就是对我最好的感谢。"

乔婕说：

"恭敬不如从命，那我就听你的话吧。"

时间很快就到了十一月中旬，这是黄冈中学召开运动会的季节，这次运动会一共举行两天，是在星期五和星期六两天进行的。学校要求高一年级的每个学生都尽量报一个项目，甘隆报了一千五百米中长跑。

比赛时甘隆没有穿袜子，就直接穿着一双旧球鞋，这双旧球鞋还是上次他参加县际篮球比赛的时候穿的，现在已经很破旧了，鞋带都已经断掉了。因为家境困难，家里为他买的鞋总是要大一号，这样鞋可以穿很长时间而不用买新鞋。

甘隆和七位选手一起站在了起跑线上，当体育老师的发令枪一响，八位选手如离弦之箭一样向前跑去。甘隆因为鞋子不合脚，跑在其他七位同学的后面，可是跑着跑着，甘隆的两只旧球鞋因为没有鞋带的束缚，先是跑掉了一只，后来又跑掉了一只，他干脆赤着两只脚，拼命地往前跑去，逐渐超越到最前面去了。

本来作为裁判的体育徐老师对这场比赛没有抱什么指望，这时看见一个赤着双脚的学生跑在最前面，他一下兴奋起来，用大喇叭喊了起来：

"赤脚，加油！赤脚，加油！"

徐老师的这一奇特喊声惊动了比赛场上的所有人，都停下来看这一场一千五百米竞赛，人们一起大声地喊叫，为甘隆加油：

"赤脚，加油！赤脚，加油！"

"赤脚大仙，加油！赤脚大仙，加油！"

甘隆在最前面跑着，直到最后冲刺，一举夺得这场比赛的第一名。甘隆一下子成为黄冈中学的名人，认识他的或不认识他的，都会叫甘隆赤脚大仙，特别是同班的调皮捣蛋的郭亮，就不再叫甘隆的名字，直接称呼他为"大仙"。

徐老师是新成立的校足球队教练，他关注上了甘隆，后来他又听高一三班的同学说，甘隆虽然不太会踢足球，却有一股冲劲和闯劲，如果教之以踢球技巧就能成为很好的足球队员；再后来徐老师又听说甘隆上次星期日在球场踢球时，捡到二十元人民币，他拾金不昧地交还失主。徐老师遂找来甘隆，要吸纳他成为校足球队员，甘隆却说：

"我可没有正规踢过足球，没什么球技，只怕会影响校队的成绩！"

徐老师说：

"你赤脚就能跑一千五百米，还能得第一名，说明你就是踢足球的材料！你没怎么正规踢过足球，没有球技，这个不碍事的，我可以强化教你球技，你会进步很快的！"

甘隆说：

"承蒙徐老师您看得起，那我一定好好学习和训练，一定为足球队争光！"

徐老师说：

"我就喜欢你这样的个性！敢冲敢闯，能成事！"

这天是星期六，学生们白天学习了一天，晚上自习完成后，十点来钟回到宿舍，大部分仍不困倦，因为明天是星期天，学校管制得没有那么严格，不像平常日子里到了十点半就熄灯，催促学生睡觉。

男生寝室里有三十位住宿生，除了几位在黄州城里有亲戚的同学外出访亲外，其他二十多位洗漱完，就开起了卧谈会。这些学生是从不同的属县招到黄冈中学的，他们上了两个来月的课后，对各自的任课老师的禀性开始了解，他们开始交流各自老师的教学高招。二班的张峻说：

"我们的数学冼老师最有特色，今天他一堂课就只讲了一道数学题，但他在这道题的基础上延伸，演变成为五六道题，而且在这个延伸的过程中不断启发我们思考，从简单到复杂，延伸得自然而深刻，给了我们很深刻的思考。"

余辰说：

"一堂课只讲一道题，会不会很枯燥无趣呀？"

张峻说：

"你想错了，冼老师这样讲课，内容深刻，这样的讲课很有意思，我们全班好像听入了迷，都喜欢听下去，还引发我们去思考。"

陈辉说：

"是呀，数学是黄冈中学的优势学科，每一位数学老师都有很独特的教学方法，独步高楼，我们在这样的环境中学习，真是幸运。"

甘隆说：

"教我们数学的李老师有一个独特的观点，他认为数学是一种精神，是一种深刻的思想和方法，他们作为数学教师教会我们做一道道数学题，教会我们学到很多数学方法，这都不是根本性的问题，其根本性就是要让我们学生掌握一种理性精神，并将这种理性精神融会贯通到生活工作当中去。

"多年以后，我们绝大多数人不会以数学为职业，不再学习数学课程，不再阅读数学教材，所学的具体数学知识可能生疏甚至忘记，那么数学是不是对大多数人没用呢？绝对不是这样，因为这种理性的精神、思想和方法却不会遗忘，将会伴随我们一生，在理性的光辉照耀下前进，而不被愚弄。特别是对我来说，我将来准备从事理论物理学，数学的理性精神更是重要。"

成功说：

"李老师的这种思想真是我们闻所未闻的呀！想来也是，数学的精神实质就是对理性的极限追求。对于学习数学来说，这种认识真是高屋建瓴。看来，黄高就是黄高，真不是浪得虚名！也不枉费我们这么背井离乡、辛辛苦苦地来学习了！"

陈辉说：

"同学们，你们有没有注意到，我们的老师都非常敬业呀！"

袁鑫说：

"我发觉他们的备课方法也很独特，虽然每个数学老师的教学方法各有绝招，教育理念也不尽相同，和其他学校的老师独立备课不同，这里是集中备课，而且老教师像带徒弟一样教新老师，听说教四班的陆老师就是李老师和冼老师的徒弟，深得二位老师的真传。"

陈辉说：

"说到我们四班的陆老师，听说他刚刚结婚，只在婚礼那一天请过一天假，根本就没耽误教学进程，真是以校为家。那天自习完了，我们全班还到他家去闹洞房，讨要了喜糖吃！"

甘隆说：

"是的，我注意到了，他们几乎是以校为家！"

男生宿舍的卧谈会一直在持续地进行着，他们谈论的全是这两个多月来在黄冈中学的所见所闻，夜渐渐深了，他们忽然听到有人打起鼾来。循声望去，原来是成功不知不觉地睡着了，甘隆起身去推了推成功，成功竟然翻了个身，又沉睡起来，鼾声竟然越打越大，有如雷声轰鸣，众人大笑起来，这大笑声也未能将成功吵醒。

甘隆忽然心生一计，他要捉弄一下成功，将陈辉、张峻和余辰召到床边，对他们耳语了几句，四人会心地一笑，全都起身来到成功的床边。四人各自抓起成功的被褥一角，在甘隆的指挥下将成功抬了起来，四人一起走向男生宿舍门外的廊道，将成功搁在廊道上，这个时候成功仍然没有醒来，全宿舍的二十几个男生都随着走出来，将地上的成功围成一个圈，笑嘻嘻地看着成功沉睡而鼾声如雷的样子。这个时候，巡夜的老师远远地见到男生宿舍门口聚集了黑压压的一群人，用手电照了过来，厉声问道：

"是谁这么晚还不睡觉！这不影响明天的复习吗？"

众人听到声音，立即散去，回到各自的床位上假寐起来，以应付巡夜老师的查岗，好几个人抑制不住喜乐而抿嘴窃笑。而成功此时还在酣睡，甘隆急忙用手重重地拍打成功的脸，这才将他打醒，两人拖着成功的被褥慌忙逃了回去，赶在巡夜老师进门之前躺下。

第二十二章　东坡赤壁现场教学

　　高一年级的两个尖子班——一班和二班的语文课是由汪增惠老师讲授的。此时课程讲到了苏东坡的《前赤壁赋》，这篇文章是苏轼因为受乌台诗案牵连而遭贬来到黄州后写的，而黄冈中学恰坐落于黄州，这是师生们讲授和学习《前赤壁赋》这篇千古名文得天独厚的条件，因此，为了让学生们更深地领会课文内容，让他们对作者的情感和思想感同身受，汪老师决定将课堂搬到东坡赤壁，进行现场授课，而且是对一班和二班进行合班讲授。

　　汪增惠老师是语文教研组组长，他是一位有目标有追求的语文老师，古、现代汉语语法和文法功底深厚，而他的课堂以"活泼"著称，讲课的手法新颖，总是启发同学们开动思维参与互动，提出问题让学生们进行争辩论理，课堂上经常是一片欢声笑语。在此基础上他还注重语言精练紧凑，将知识落到实处，围绕着课堂知识多做练习，加深印象。这次他别开生面地将课堂移到东坡赤壁，就是他教学风格的一个很好写照。

　　东坡赤壁位于古黄州城的汉川门外，它是一块巨大陡峭如壁的红色山岩，位于龙王山南麓脚下，临江而立。在苏轼被贬黄州的年代，赤壁岩立于长江的东岸，直插入江水之中，波涛日夜洗濯涤荡，激发浪花飞溅，当年苏轼泛舟于赤壁之下，酹江邀月，引发情思，立舟作赋，成就千古哲思美文。经过将近一千年的岁月流转，长江向西改道，现在的赤壁岩则移位于江堤之外了。

汪老师带领两个班一百多个学生跟着课本旅行，来到"二赋堂"前，同学们齐整地站立，亲身感受当年苏轼的情怀，大家齐声背诵《赤壁赋》。此后，大家又背诵了《念奴娇·赤壁怀古》。背诵完苏东坡的二赋一词之后，汪老师带领同学们进入二赋堂内，按序祭拜了苏轼的塑像，接着又游览留仙阁、酹江亭、栖霞楼这些景点。

甘隆和一班班长黄鹏随汪老师一起来到了酹江亭，正好有二班的几个女同学已经在亭上观看江景了。他们一起看着浩荡的江流，汪老师向身边的学生们提出了问题，他说：

"同学们，人们说东坡赤壁是文赤壁，你们刚才在二赋堂前背诵了《念奴娇·赤壁怀古》，说明苏轼当年就是在此凭吊三国赤壁之战，你们说，文赤壁就是武赤壁吗？"

甘隆说：

"应该不是吧，如果这里是武赤壁的话，这里发生大规模的水师之战，曹军几十万大军在此折戟沉沙，肯定会挖掘出刀枪箭矢的遗存的，可是本地博物馆并没有发现这些呀！"

汪老师听了点点头，表示赞许这个观点。一班班长黄鹏说：

"我认为文赤壁就是武赤壁。"

甘隆说：

"你有什么样的证据支持你的观点？"

黄鹏说：

"证据就在我们身边！"

汪老师和甘隆都有些不解，疑惑地看着黄鹏，问道：

"证据在我们身边？"

黄鹏说：

"你甘隆就是甘宁甘兴霸呀！"

汪老师和甘隆及二班的女同学听了都哈哈大笑起来，他们知道黄鹏这不过是开个玩笑罢了。这时候二班的李慧说：

"可不，甘兴霸在此，小乔也在我们身边呀。"

说罢，李慧将乔婕推到众人的中心来，乔婕羞红了脸。此时，锦梅说：

"小乔来了，周瑜呢？周瑜没来，剧情就不完整了，这里就算不上是武赤壁！"

李慧说：

"周瑜是谁呢？对了，周瑜应该算是四班的陈辉吧？他总是到我们班上探头探脑地向小乔献殷勤，他是周瑜，必定无疑了！"

锦梅说：

"李慧，你眼拙了吧？这个周瑜应该是甘隆呀，小乔暗恋的人是甘隆！"

乔婕的心事被锦梅当众揭穿，满脸羞红，对锦梅说：

"看你乱说，我不理你。"

乔婕说罢，转身就向爵江亭下走去。汪老师听了同学们的这一番调侃，笑了起来，锦梅和李慧也追随乔婕而去。

却说几个男生喜欢汪增惠谈古论今，特别是他讲到苏东坡困居在黄州的三年多时间里的奇闻逸事，随着他慢慢走向江边。汪增惠见甘隆紧紧跟随自己，听到甘隆的口音中有麻城腔调，就随口问了一句道：

"甘隆，你是麻城人吧？你知道苏东坡到过麻城几次吗？"

甘隆说：

"汪老师，我知道苏东坡被贬谪时，他是从光山县经过麻城后才到达黄州的，听说他在麻城待过五天五夜的时间，还在麻城写过很多诗呢，想来他就是这次到过麻城吧？"

汪增惠说：

"苏东坡与麻城渊源很深呀，据我考证，他至少三次到过麻城，当然这都是他谪居黄州三年期间的事了。"

甘隆说：

"苏东坡为什么这么喜欢麻城呢？"

汪增惠说：

"麻城有他的好朋友呀，人生苦闷，唯有友情可以滋润。在麻城岐亭有一个好汉叫陈季常，他是苏东坡前上司陈公弼的儿子，豪侠狂放，傲世好酒，怀才不遇，辞官弃印，遁迹山林，与苏东坡正直的性格十分相投。苏轼三次前往岐亭见季常，而季常七次下黄州会东坡。"

甘隆说：

"哦，原来苏东坡不仅是个文人，却也有着豪侠仗义的性格。"

汪增惠说：

"但凡忧国忧民之士，必然都有豪侠仗义的内在特质。我们学习《赤壁赋》，就是要学习这些最深的精神内涵呀。"

黄鹏、甘隆及几个男同学听到这里，都回答说：

"还是汪老师高深，讲课讲到课本上没有的东西，却又有着必然的联系，我们明白了。"

汪老师继续问道：

"你们知道河东狮吼这个典故吧？"

余辰说：

"知道呀，不就是说悍妒妻子对丈夫大吵大闹的故事吗？"

汪老师说：

"河东狮吼的典故可是与你们麻城有关哟。"

甘隆说：

"怎么这事也与麻城有关？"

汪老师说：

"苏东坡到麻城岐亭拜访时，陈季常的夫人柳月娥照顾不周，苏东坡就写诗调侃陈季常，诗曰：'龙丘居士亦可怜，谈空说有夜不眠。忽闻河东狮子吼，拄杖落手心茫然。'你说这事和你们麻城有没有关系？"

黄鹏说：

"哦，原来河东狮子吼是你们麻城人的典故，原来你们麻城人是怕老婆的鼻祖，也难怪周瑜这么怕小乔哟！"

同学们哈哈大笑起来，汪老师也跟着笑起来了。甘隆被同学们笑得脸红起来，捶了黄鹏一拳头，但是他心头还是有些甜蜜，因为同学们将他和乔婕两个人联系到一起，这在某种意义上说，就是对他们的一种认可。

师生几个沿着石阶向下走去，来到江水边。甘隆看着一百米外，有三个十来岁的小男孩在江边戏水，捡岸边的扁石打水漂，相互比赛谁的水漂打得远。其中一个男孩捡到一块又轻又薄的石片，他打过了六连跳的水花，另两个小男孩不服气，遂找来石片再投，却最多只有四连跳，因此这三个男孩开始嘟囔起来，最终发展成为互相推搡。一个长得稍壮的男孩一失手，将一个略弱的男孩推下江水中，两个在岸上的男孩试图将落水男孩拉上岸来，但他们的手够不着，水中的男孩越滑越远，三人开始大叫起来。

甘隆见状，喊了一声"不好"，就向出事地点跑去，想也没想地将两只鞋踢了出去，没脱身上的衣裤，直接走入江水中，去拉落水的男孩。但是落水男孩滑落足有五米远，而且越陷越深，甘隆只好向深水走去。岸上的两个男孩急得大喊大叫，惊动了汪老师和黄鹏一群人，他们赶紧朝这边赶了过来。

黄鹏最先赶到，他也踢掉了双鞋，脱下长裤，走下江水中去，他拉住了甘隆的手，甘隆有了黄鹏的依托，就大胆地向深水区走去，落水男孩已经快没顶了，四肢开始胡乱扑腾，好在甘隆伸出手一把将他拉住，总算没有下沉。但是，他们三人虽然立住了，要往回走却也不是很容易，近岸江底很有些滑，三人很难上岸。

汪老师见状，也立即脱下双鞋和长裤，下水来拉住黄鹏的手，余辰和郭亮、成功等岸上的男同学们也形成人链，手牵手地将水中的四个人一一拉了上来。此时天色将晚，江水吹得还是很有些冷，甘隆只好将上衣和裤子脱了，将水挤干准备重新穿上，黄鹏对他说：

"甘隆，你穿我的上衣吧，你衣服和裤子全湿透了，这样容易生病的。"

甘隆说：

"你也下水了，也容易生病呀。"

黄鹏说：

"我的裤子是干的，穿湿上衣就不那么冷了。你不能上衣和裤子都湿着。"

甘隆说：

"那好吧，我们一人穿一件干衣，谢谢你。"

过了不久，三个男孩的家长赶了过来，对着汪老师和男同学们千恩万谢，汪老师这才带着学生们回到学校去。

汪增惠老师的语文教学的特色不仅限于课文的解读，他提高学生作文水平道行也非常深厚。一班的女生群体的写作水平普遍高于男生，特别是本地生童尉和葛君两位女同学在这方面是凤毛麟角，童尉曾在初中阶段参加过全黄州作文竞赛，有两次折桂的经历。到了高一年级，童尉发觉作文写作的画风变了，原来她初中阶段参加的作文竞赛是以记叙文为主，这是她的拿手好戏，但到了高中阶段的作文训练则是以论说文为主，她一时适应不了。作文总是被老师给满分的状态不再持续了，初中阶段时老师总是将她的作文拿到班上宣读，当作样板给同学们学习，到了高一上学期，老师再也没有宣读她的作文了，这种情况让童尉心中颇感不快，可是几经努力也未能突破。

汪增惠老师发现了童尉的困扰，经过分析，他还发现论说文是一班和二班全体学生的弱项，他决定花一个课时来专门解决这个问题。他的拿手好戏就是对论说文进行结构分析，将论说文分为阐释体、评论体、引申体三类体式，再以鲁迅的《拿来主义》作为论说文的范例，讲述了论说文的框架和结构。

汪老师说，任何一篇论说文都先要有立论，然后再有理论依据，最后增加事实来补充，来证明作者的这些依据是对的，最终证明立论是对的，而这当中则以翔实的材料来摆事实、讲道理，证明作者的立论观点这一点最为重要。一班同学们在弄懂了这个框架以后，整个班上的论说文的水平大大提高。

汪增惠老师还针对全班学生的作文特点，发现"讲道理"是他们写论说文中最薄弱的环节，他针对性地对全班同学进行训练，让学生们分析事物之间的关系，让学生们从"现象和本质""局部和整体""偶然和必然""原因（条件）和结果""历史和现实"等方面对论说对象进行分析。

经过汪老师的这一番针对性教导，全班同学的作文水平突飞猛进，特别是童尉再次在全校作文比赛中折桂。与童尉一样，一班的另一位女同学葛君的作文也受到汪增惠老师启发，在高中作文比赛中取得亚军。

葛君特别学会了引用名人名言来加强她作文的论说力，但是她将这一技巧发展到过犹不及的地步。在写作文的时候，她有时苦于知道的名人名言难以充分证明她的观点，便别出心裁地自创名人语录，好几次作文时她自创了马克思、恩格斯或列宁的语录，而且这些语录的口气还真与这些伟人的说话十分吻合，开始时汪老师还信以为真，以为葛君是查阅了书籍和文献。

直到这样四五次以后，汪老师终于开始怀疑葛君是在恶作剧，他将葛君叫到办公室，小心翼翼地指着葛君作文中的一段恩格斯的引言，问道：

"葛君，可能是我才疏学浅，你能不能告诉老师，你的这一段引言是从哪一本书、哪一页上学来的？"

谁知葛君大笑了起来，说道：

"汪老师，这是我自创的。"

汪老师说：

"那以前你作文上的引言也是自创的吗？"

葛君仍然笑着说：

"全是我自创的，汪老师，怎么样？我有创意吧？是不是还真像那么一回事？"

汪增惠被葛君的胡闹气歪了鼻子，但是他并没有发作，而是收起笑容，直起腰来，严肃地对葛君说：

"现在我们不说捏造革命领袖的语录是不是被允许，'文化大革命'刚刚过去不久，这种行为很容易招致批评和严惩，就写作文章来说，论说文的生命就是真实性，你这自创名人语录的做法是纯属胡闹，很容易被人揭穿的，这样的话，不但论说的观点站不住脚，读者还会怀疑作者的人品及道德水准！"

葛君有些被汪增惠的严肃态度吓着了，但她仍然有些天真地问道：

"汪老师，真会这么严重吗？"

汪增惠继续严肃地说：

"如果高考作文上你继续这样胡闹，评卷老师很可能直接判你的作文为零分！"

葛君完全被震慑住了，她不敢再笑了，恭恭敬敬地回答汪老师说：

"我明白了，汪老师，我再也不敢这么做了。"

但是如果葛君受到汪增惠老师的一次批评，就收敛起她的锋芒和疯狂举动的话，那这肯定不是高一一班的葛君的作为了！她的疯狂和调皮也远远不是汪老师所能一笑置之的！这天是语文课的晚自习，汪增惠照例是不辞辛苦，吃完晚饭后就立即来到一班和二班两个教室里巡视，顺便为两个班的学生答疑解惑。

其他同学都在紧张地复习白天所学功课，要么在写作文，要么在答题，葛君见汪老师踅摸到二班教室的时候，她就不管不顾地从书包里拿出幽默连环画，津津有味地看了起来，边看边自己哈哈笑了起来，旁边的同学知道葛君性格不羁，见怪不怪，也不跟着她起哄。兴许是葛君太过投入，忘记了这是在晚自习的教室里，她没有注意到汪老师又从二班教室踅摸到一班来了。

全班同学发现了危险即将来临，都抬起头凝神静气地看着汪老师走向葛君，只有葛君一个人陶醉在她自我设定的意象中而不自知。当汪老师快步来到葛君的身边，她这才突然意识到危险已经降临，急忙想收起幽默连环画，可是已经来不及了，这个时候她反而镇定起来，将书送到汪老师的面前，说道：

"汪老师，这本书很幽默，能够松解您绷紧的神经，您看看吧！"

听了葛君的话，全班同学哄堂大笑起来，搞得汪老师哭笑不得，板起脸瞪了葛君一眼，将她的书收走了。

葛君的性格大胆而豪放，她作为最能起哄、最能带节奏的学生，带得一班的本地生和外县生的性格都变得比其他班级大胆得多，使学生们不仅只会学习，而是学习和娱乐双双兼顾。在连环画事件刚过去不久，葛君兴奋地告诉大家说，星期六在黄州电影院放映《基督山伯爵》，在她的鼓噪下，班上有十几个同学都去买了夜场票看这一场心仪已久的电影，好在这一天是星期六，晚上不上自习，看电影并不影响学习，但星期六放映的只是上集。

看了上集的同学被电影情节所打动，欲罢不能，非常想看星期天晚上放的下集，但星期天晚上要上自习课，大多数同学是不敢旷课去看电影的。但在葛君的带动下，还是有五个学生没来上晚自习，这当中包括童尉、郭亮、黄鹏、张平这些本地生，都去看了电影的下集。第二天班主任李绍才老师问这五个学生为什么没来自习，葛君率先说是因为生病了，其他四个学生没有想出其他理由，就学着葛君的说法，也回答李老师说生病了。

李绍才老师愣神了一下，他知道这五个学生肯定是说假话。李绍才平常是一个非常严格的老师，五个学生同时生病了，即使是傻子也能看出其中的漏洞，但是他没有戳穿这五个学生，只是笑了一下，说道：

"哦，下回你们可别约着一起生病，又一起病愈吧！好啦，开始上课吧。"

上面这几件事给汪老师和李老师以非常深刻的印象，两个人在交流高一一班的教学和班风工作时，不由得谈起了上述事情，他们在谈起童尉、葛君这些女生时说道，这一届的女生当中是他们所教班级当中最为独特的。

甘隆、余辰和成功这些外地生目睹了这些事件的发生过程，他们发现竟然还有这样的学生，可以这么和老师说话，在大家都以高考为最高目标，老师那么严厉督促学生学习的时候，黄冈中学的老师仍然非常富有人性，能够体谅学生们的辛苦，在面对学生的不成熟行为和冲动的时候，能对学生给予充分的理解和宽容。

看来黄冈中学的师生之间的氛围和其他学校是有很大不同的，这样耳濡目染下来，外地生的性格也被本地生的开朗和敢想敢说敢做潜移默化地改变了。其实，两位老师的宽容和大度，远远比教学生必须这样必须那样板起脸的教条来说，更让学生记忆深刻，也更能打动学生的心。

过了两天，又是星期天，也是月圆的日子，这天是甘隆的生日，但几乎没有什么人知道甘隆的生日，所以甘隆没有接到任何的祝福。同宿舍的徐勇是团风县人，他的父亲专程从团风县来到黄冈中学的宿舍，原来这一天也是徐勇的生日，他父亲是专程为了庆贺他的生日而来的，在附近的一家餐馆订了一桌酒席，邀请了与徐勇关系好的六七个学生参加这场生日宴。

甘隆本来与徐勇的关系不错，徐勇有时有数学和物理上的疑难问题，总是来向甘隆讨教，甘隆也不遗余力地讲解给他听，所以徐勇这次就邀请甘隆参加他的生日宴，甘隆因为自己的生日没有人重视，没有人祝福，本不想参加徐勇的生日宴，但他架不住徐勇的反复邀请，只好硬着头皮参加了。

徐勇的父亲是团风县的一个局级干部，在席间他首先致辞，说他放下手头的工作，昨天从团风县赶了过来，就是专门为徐勇过生日的，他代徐勇的母亲一起向徐勇表达了生日祝福。在徐父说完后，受邀参加生日宴的同学都纷纷举杯祝徐勇生日快乐，气氛热烈而温馨！

在这场生日宴席上，徐勇的父亲点了七八道肉菜，有红烧蹄髈、藕炖排骨什么的。算上徐父这次参加宴席的人总共有八位，平均每一人有一肉菜，这对于很少吃肉菜的甘隆来说，简直是神仙吃的美馔。

甘隆和其他外县来的同学一样，每天在黄冈中学的大食堂里吃饭。一天的伙食费只有三毛至五毛钱，一个素菜五分，如果素菜里带有一点点肉就是一毛或一毛二分，一个月的生活费是学校发的八元钱补助，虽然能够吃饱，但是对于十六七岁正在长身体的少年郎来说，营养又的确不太够。食堂的饭菜样式几乎不变，每天吃得最多的菜是包菜，早餐吃包菜，中餐吃包菜，晚餐吃包菜，尤其是中午更是清汤寡水，营养谈不上，还不耐饥顶饿。炒包菜、腌包菜，直吃得见了包菜就想吐，直到他成年后的很长时间，甘隆是再也见不得餐桌上的包菜，一见到它就反胃吐酸水。甘隆不像其他同学那样，有家长多给的钱可以到校外餐馆去打牙祭，只能每餐在学校食堂吃饭。

甘隆现在吃着徐勇生日宴上的菜肴，他觉得可真是香，羡慕徐勇的父亲亲自给过生日。想着今天同样是自己的生日，却没有一个人向他祝福，心里感到十分伤心。照说学生是不让喝酒的，可为了让儿子高兴，徐勇父亲还破例从家里带来了白酒，给每个参加宴会的同学都倒了一杯白酒，甘隆心中苦涩，将这杯酒一口喝下，一种火辣辣的感觉顿时从嘴唇一直沿着食管下到他的胃里面，让他心痛，将他的眼泪都快要逼出来。

这个时候，甘隆听着余辰和成功他们讨好徐勇说生日快乐，他心里对余辰和成功两人有些厌恶，心想你们俩还是我的好朋友，连我的生日都不知道，更没有一声祝福，却对这个来自不同县的徐勇这么巴结地表示祝福！唉，再好的朋友也敌不过一桌酒席啊。

甘隆心想家长地位不一样，对待子女的生日完全不一样，有的是完全忽视，有的是心头重宝！他在和其他同学一样向徐勇祝福后，开始喝起闷酒来，这是高度白酒，他又自顾自地喝了好几杯。

从生日宴回来，甘隆没有和其他同学同路，而是选择独自一人行走，他对徐勇说，他想在月光下自己走走。

在惨白的月光下，甘隆从考棚街的酒家出来后，踽踽独行，低头看着自己的影子，感到十分孤单，他的生日没有接到家中的只言片语，又想到前两天在醉江亭中同学们给他和乔婕开的玩笑，他想，玩笑毕竟是玩笑，当不得真的；她乔婕不是小乔，我甘隆既不是甘宁甘兴霸，也不是周瑜，两人之间是不会有什么真情交集的。

甘隆又反过来想，这也怨不得乔婕，想当初是自己因为出身寒门，对人家官家出身的子弟总是避而远之，自己太过清高了，人家乔婕对自己的生日忽视也罢，不知道也罢，这都怨不得她的！

甘隆这样想着，沿着考棚街向南行，来到会同路折向西，来到黄冈中学的校门时，他不想回到那个清冷而没有人问候和祝福的宿舍里去，想来徐勇回到了男生宿舍，正在与同学们分享他的生日蛋糕，自己何必去自讨没趣呢？

甘隆遂继续向西行走，来到江堤，坐在石阶上，听江水拍岸的涛声，看远处点点星火，他觉得这个世界好像与他相隔有太遥远的距离，这个世界就像这江风一样清冷、无趣！他想，我这月圆之日的生日有什么意义？没有父母亲人的祝福，没有身边人的问候，还不如在月食之日过生日呢，难道这圆圆的月亮是在嘲笑我的孤寂和无助吗？

甘隆抬头看看明净如玉的月璧，看看天上的银河延伸向永恒的无垠。月圆之夜意难圆！他知道他和那些有家世的干部子弟不一样，他这一生只能凭借自己的奋斗，通过自己好好学习才能立足于世，才能在世界上赢得一席之地！像他们这样的寒门子女只有靠自己，才能为自己争得一片天地。甘隆深刻地意识到这一辈子无所依靠，必须靠自己，必须通过自己不懈努力地学习，才能成为在这个社会上立得住足的人物。他要好好做一个理论物理学家，做一个世人尊敬的科学家。

想到这里，他再沿着江堤石阶向下行去，来到江水边上，只见月光倒映在水中，他撩起水来将月影捣碎，过了一会儿月影重新聚合起来，甘隆难以排解心中的孤寂和苦闷，想到江水中游泳。这个想法令甘隆大吃一惊，他想，难道我这是想要自杀吗？不，我绝不会自杀的，遇到这么一点事就自杀岂不是懦夫？万一要是被人看见，误以为我是要自杀呢？不，这么个夜晚，江边是没有人的，即使有人误以为我是要自杀，那就让他以为好了，在这清冷的世界上，我又何必顾念别人的想法呢？做想做的事情，就像我想以理论物理为崇高的追求，班上有的同学说理论物理不当吃，不当喝，那是追求虚无缥缈的东西，是傻子！是傻子又如何，我就是想从事理论物理学，哪管别人笑话不笑话，想做就去做，绝不为世俗的观念所动！

在这无人的夜里，要到这大江之中去游泳无异于疯子的行为，是疯癫之举，是可怕的行为，甘隆转念一想，到大江大河中游泳又有什么可怕，即使在这样无人的月夜，不就是下水游个泳吗？这又有什么可害怕的，想来人生之路，哪一条不比在长江中游泳更为艰险，更为可怕？

想到这里，甘隆站了起来，将全身的衣服脱了个精光，慢慢地沿着斜坡下水，他走得稍慢以适应冰凉的水温，也以适应逐渐加深的江水，到水更深的地方，他开始游划起来。

甘隆在江水中慢慢地游着，心情慢慢有所好转，他一直朝江中心游去，游了两百多米，这里江水已经很深了，他边游边抚弄着水面上的月色。甘隆并没有正规学过游泳，他是在中考之后，与余辰、成功两人一起到麻城浮桥河水库中游玩时，慢慢悟出了侧泳姿势。他在江水中游了一会儿，慢慢觉得有些累了，心情也没有那么抑郁，遂掉转方向向岸边游了回来。

回到岸上之后，甘隆用外夹衣将湿漉漉的身体揩干，穿上衣服，又在江边坐了一会儿，这时江面上吹来一阵冷风，甘隆打了个寒噤，他看看天估摸着时间已经到了午夜，是该回去睡觉去了。

甘隆回到学校大门，略带醉意地叫醒已经入睡的守门人方老伯，方老伯埋怨了甘隆几句后，放他进了大门，因为今天是星期天，总有些学生回校比较晚，方老伯没太计较甘隆的这次晚归。

甘隆进了学校大门后，沿着共青大道走了两百来米，就向右折拐，走向学生宿舍区，正抬步走上台阶时，甘隆听到一个不太大的声音在喊他：

"甘隆，甘隆，你回来了吗？"

甘隆回过头一看，只见树影之下有个人站着，看身材好像是乔婕。甘隆赶紧从台阶上下来，来到柳树下，说道：

"乔婕，你怎么在这里？你为何还不睡觉？"

乔婕说：

"我在这里等你，我找你找了一整天了，都没有找到你，只好在这里等你！"

甘隆说：

"你等我做什么，有事明天再说不一样吗？"

乔婕说：

"我在这里是给你送生日礼物的，是要向你送生日祝福的，等到明天就一切都晚了！"

甘隆听了乔婕的话，心中一阵感动。在树影下他看不清乔婕的面容，但他能看到乔婕因为夜色清冷而有点瑟缩的样子，知道她的衣服不够，立即说道：

"谢谢你，你好冷吧？我把衣服给你披上！"

甘隆立即脱下他的外夹衣，披在乔婕的身上。乔婕说：

"我不冷，你把衣服脱了不也冷吗？"

说罢，乔婕要将衣服扯下来给甘隆穿上，甘隆立即靠近乔婕说：

"不用，我不冷，我们俩人靠近一点就不冷了。"

听了甘隆的话，乔婕顺势依偎在甘隆的身上，两人的心走到了一起，顿时没有冷的感觉。乔婕说：

"你的衣服怎么有点湿？你的头发怎么全是湿的！"

甘隆说：

"刚才我在长江游了一下泳，用衣服擦干身体上的水，头发自然是湿的。"

乔婕一下子站住了，看着甘隆说：

"甘隆，我知道你今天心情不愉快，所以才这么晚到江中游泳的！你要答应我，今后你再有什么心事，一定要告诉我，我来和你分担，好吗？"

甘隆说：

"好的！"

乔婕说：

"我们不要在这里说话了，小心巡夜老师查岗发现了我们，我们到小场子那边去坐一会儿吧。"

甘隆回答了一声"嗯"，就与乔婕两人相依偎着向西行去，此时两人一起行走在月光下，甘隆的心是暖和的，他也感觉到乔婕向他投来炽热的目光，此时甘隆心中的防线已经垮塌，他彻底缴械投降了，他心中因为家世贫寒而产生的那一份自惭形秽已经让位于他对乔婕的爱怜，他此时不再想到遥远故乡中那个有点冷寒的家，他张开双臂迎接乔婕的炽热情感。

两人来到小场子的背阴处，这里说话不容易被巡夜老师发现。乔婕和甘隆一起坐了下来，她靠在他的身上。乔婕问道：

"你这一整天都到哪里去了？我上午去为你买生日礼物，中午时分我就来到男生宿舍找你，结果他们说你去参加徐勇的生日宴去了。我就一直在男生宿舍附近等你，想早点把生日礼物送给你。"

甘隆说：

"我家人都记不住我的生日，你是怎么知道我的生日的呢？"

乔婕说：

"中考之前，是陈老师让我收齐全班的准考证，上面都要填写生日的，我当时就记住了，而且你的生日很好记，就是月圆之日。"

甘隆说：

"也难得你这么有心，我真的很感动，说实话我也爱你，只是老觉得你我之间总有一层隔阂，所以不敢向你表白。"

乔婕说：

"什么隔阂呀？"

甘隆说：

"你父亲是国家干部，是县粮食局局长，是坐大办室的人！我父亲是乡村游医，几乎算是无证医生了，连自己的诊所都被取缔了！"

乔婕说：

"你还计较这个呀，我想都没有想到！"

甘隆说：

"你是含着银饭勺出生的，当然想不到呀！我，一个无证游医的儿子，在你面前是不敢抬头仰视的！"

乔婕说：

"你不敢抬头仰视？我那么多次找你说话，你都显得那么冷淡！"

甘隆说：

"那不是冷淡！我是孤傲，孤傲是我脆弱内心的铠甲，我怕你们干部家庭的子女嘲笑我，就以外表的孤傲来保护自己！"

想到自己的孤傲，甘隆心想，自己原本不是清高孤傲之人，在刚进入龙池中学的时候他与余辰、成功还结义为三兄弟，发誓要有难同当！结果，父亲甘成元的诊所被余辰的父亲余协威带人查封了，虽然查封事件与余辰本人没有什么关系，但这事给自己的影响太大，从此他与余辰、成功两人保持表面上的和气，但在内心里与他们分隔得很开，把他们当成另一个阶层的人了。

乔婕说：

"原来你是这么敏感的人呀，我真没有想到！"

甘隆说：

"可能你真不知道，在龙池中学读初中时，我每天要提着饭盒去为父亲送午饭，我就怕你看见我手中的饭盒，会问起我父亲的工作单位，我怕你瞧不起我，每次都在你的后面行走，不敢超越你，以逃避你的注意！"

乔婕说：

"原来是这样，看来是我没有读懂你。不过，现在你我之间话说开了，你以后就不要再穿上这身冰冷的铠甲吧？"

甘隆说：

"当然呀，你今夜的至情至真，一下子融化我内心的坚冰，我爱你还来不及呢！噢，对了，看看你送给我的是什么礼物？"

的确，乔婕曾经多次向甘隆示好，都被甘隆一一回避拒绝了。乔婕对于甘隆有一种致命的吸引力，开始时他不明白乔婕的吸引力来自什么地方，后来他才想明白是乔婕那种出身于优裕家庭的"贵气"和与生俱来的雅致吸引了他。

可是即使这样，甘隆在心中对于两个家庭之间的巨大落差怀有深深的疑惧。乔婕父母是国家干部，她穿着洋气，连发型都是时新而紧跟着大城市的潮流，生下来就有了有别于甘隆这些平民家庭孩子所不具有的高贵血统。甘隆虽然爱慕乔婕所有的特质，却害怕乔婕这样的女孩子自会有她的公主脾气和做派，还怕他给不了乔婕想要的生活，怕他无法平衡两个人之间习性和性格的差异，因而在乔婕的进攻面前，甘隆只能是退缩，甚至是败退。

今天晚上，乔婕在深夜月下的等候，及时到位的生日祝福，使甘隆服服帖帖地向乔婕缴械投降了，接住了乔婕伸向他的橄榄枝！此时，甘隆在心里自度，如果乔婕此次愿意与他携手走到一起，他愿意一辈子对乔婕好，而且，他下决心为了配得上乔婕对他的爱，他一定要努力学习，做一个有大建树而受人尊敬的人。

乔婕说：

"这是一双新球鞋和两双袜子。上次运动会你跑一千五百米，赤脚跑了个全校第一名，却落了个赤脚大仙的美名，听说你又被徐老师招进了校足球队，你那双旧鞋不能再穿了；我见你的袜子上还破了两个大洞，所以就一起买了它们，送给你做生日礼物。好了，虽然现在已经过了十二点了，但现在明月正圆，清晖作证，我现在郑重地给你说一声生日快乐！"

乔婕如此的体贴，让甘隆再一次感动，他的眼眶湿润起来，有些哽咽地说：

"谢谢你，乔婕，你太体贴了，我爱你！我爱你！"

乔婕说：

"我更爱你！"

两人紧紧地拥抱在一起，月光下乔婕依偎在甘隆的臂弯，她动情地看着甘隆，说道：

"隆，这么美好的月光下，你不觉得秀色可餐吗？"

甘隆这才有胆向乔婕的脸颊部亲了过去，乔婕则顺势回吻了甘隆的下颌角。过了一会儿，甘隆又问道：

"乔婕，你是怎么知道我的鞋码的呢？"

乔婕说：

"你傻呀，运动会上，你的鞋跑掉了，是我捡起来送还给你的，我仔细看了一下，你是穿四十二码的鞋，所以就记在心中了。你现在才十七岁，鞋就穿这么大，到你成年了，你不得穿五十码的鞋呀!"

甘隆说:

"脚大桩子稳，手大掌乾坤。你看，我不但脚大，手也很大! 不过，我真感念你的心细，记得我的这些细节! 我是永远也忘不了我这十六岁的生日的月夜的! 我爱你，婕!"

乔婕说:

"我更爱你! 不过，现在夜色已经很深了，明天是星期一，一早就要起来早跑和早自习，我们早点回去睡觉吧! 今晚，你不许浮想联翩了，好好睡觉!"

甘隆一拱手，说道:

"小乔有令，周瑜遵命!"

第二十三章　请命留师

　　黄冈中学的学习生活是清苦而紧张的，但没有甘隆想象的那么紧张。本地的走读生是晚上九点放学，而外县来的住读生则是九点半下晚自习，有半个小时的洗漱时间。为了保障学生的睡眠时间，住校学生宿舍统一在十点钟关灯。为了防止学生打着手电在被子里继续看书，每天晚上熄灯后，都有巡夜老师对所有的宿舍进行巡查，查看哪个宿舍还有灯光。如果宿舍里这时还有人打着手电筒或者点着蜡烛挑灯夜战的话，巡夜老师发现了就会立即加以制止，还会将手电筒收走。

　　黄冈中学的理念是，不鼓励学生进行头悬梁、锥刺股式的苦学，不让学生打消耗战，晚上十点后的学习效率低下，不如让他们有一个充足的睡眠，恢复好精力后再打漂亮的歼灭战！不靠压榨学生的休息时间去争夺分数。黄冈中学的学生假期几乎是黄冈地区所有高中里面最多的，高一暑假放两个月，高二暑假一个月，周六晚上不上晚自习，周日上午休息，早自习和晚自习都是很正常的时间，基本上不延长，这样人性化的管理方式让学生可以做到劳逸结合，有张有弛。

　　星期一到星期六每天早上六点吹响起床号，冬季学生们起床时天还没有亮，立即用凉水洗脸。即使在寒冷的冬天，冰冷的凉水刺透稚嫩的脸庞时，这些来自外县住宿舍的学生也无所犹豫迟疑，赶着洗完脸，因为十五分钟后就要跑到操场上去，在那里所有的学生按班级集合，形成双队队列进行跑步，沿着大操场圆形跑道跑起来。此时的跑道还是煤渣铺平的，学生们在上面跑动时还发出嘎嘣响声，很有律动的感觉，在跑完三圈后，淋漓的汗水浸透单薄的衣裳，至此时校园外才有了鸡鸣犬吠。

接下来全校各班级形成方阵，在响彻校园的乐曲声中做体操，舒展身体，恢复跑步后的疲劳。做完操之后校长张良洪就会发表简短而气势磅礴的讲话。张校长是政治教师出身，传言他曾参加八一届高考政治卷全国命题，这一点令学生们对他十分敬重，加上他一脸胡子，面色偏黑，有一种很严肃的表情，学生们称他为"张飞校长"。他发表讲话就像给出征将士的号令一样，给学生们鼓舞士气。这种跑操活动，让还在成长期的高中生锻炼了身体，还缓解了他们的学业压力，对提高成绩也大有益处，这种方法后来被很多学校借鉴使用。

之后就是一个小时的早自习时间，学生们拿出书本琅琅而读。住校学生们吃的饭食中本来就油水不多，早晨跑步和做体操消耗掉学生们的大部分体力，加上又不惜气力的晨读使他们很快就感到饥肠辘辘了，一听到早自习下课铃声响起，学生们就拿起放在教室窗台上的饭盆碗筷，冲出教室跑向食堂打好早饭。那些动作迟了些的学生就得排队，他们趁着等候的工夫，也拿出英语单词小本背记起来，多记几个单词，说不定考试时能多拿几分呢！

上午四节课，下午三节课。晚上就是晚自习时间，从七点一直持续到九点。这个时间点本应该是教师们的休息时间，可他们既怕自己在课堂上讲得不透，又怕学生们理解得不深，总是在自习时间见缝插针地来辅导学生。一班的物理老师余老师，当时是三十多岁的年龄，课程教得顶呱呱，精力充沛，在晚自习时他来课堂最多，一见到其他老师离开教室，他就赶紧溜进来转转，帮学生们答疑解惑，有时候还对全班讲上一二十分钟，待在教室不走，其他想进来辅导学生的老师见了余老师的这个劲头就不好意思再进来。

多少年以后，甘隆回想到这个景象时，总是不胜感慨，觉得那时的教师真是纯粹的教书育人，绝少沾有铜臭的气味。巅峰时代的黄高

217

老师，总是在不遗余力地想办法提高学生的成绩，都在想办法抢学生的时间，巴不得多占一点时间给学生们多教一点，多灌一点，不多拿一分钱的报酬，完全是无私奉献。这些都让甘隆看在眼里，心里知道，这是一个多么好的群体，多么好的老师，多么好的师风！那真是一个黄金年代，教师纯粹，学生纯真！

这一天晚自习，一班的全班同学都在低头看书或者在做练习。这个时候班长黄鹏站了起来，他面对全班说道：

"同学们，我听说一个消息，我们的语文老师汪增惠老师，很可能不能教我们语文课了，张校长要指定他担任学校的教导主任，很快就要走马上任了。"

这个消息令一班的学生们炸了锅，纷纷议论起来。郭亮说：

"那怎么行啊？汪老师是我们最喜欢的语文老师，他的课堂这么活跃，我们学得这么带劲儿，他这一下子不教我们了，那以后我们的语文课不是很沉闷吗？"

甘隆说：

"我们能不能要求学校不调走汪老师呢？"

黄鹏说：

"这可能不行吧，这是学校领导的安排，这是服从于整个黄冈中学教学大局的事情。"

余辰说：

"我觉得甘隆的想法没准可行！黄班长，汪老师带我们一班和二班的语文课，你何不趁现在没有老师在堂的机会，去和二班的班长商量一下，看有没有机会转圜一下？"

黄鹏说：

"余辰的建议很好，这样，你们先安心自习。我去找一下隔壁二班班长凌强，看他如何说？"

一班的同学们遂重新安静下来，黄鹏走出教室，来到二班教室门口，他向里探望了一下，还好二班此时也没有老师在堂，他便小声地喊了一下凌强的名字，凌强闻声就走了出来。黄鹏示意凌强一起来到教学楼楼梯的一个僻角，这里走动的人少，又不至于说话声打扰教室内的学生复习。黄鹏问凌强道：

"凌强，你听说了吗？汪老师可能要去当教导主任了？"

凌强说：

"我听说了，我寻思要为这事找你呢，没想到你先找我了。"

黄鹏说：

"你知道，我们一班和你们二班都特别喜欢汪老师讲授的语文课，如要他去当教导主任，就不能再教我们了，我们上语文课的积极性就肯定会大受挫折。我们俩去找张校长说一下吧，让他另行委派他人担任教导主任。"

凌强说：

"单以我们俩的名义，想要校长改变他的主意，可能绝难成事！我看还是算了吧，校长哪里会听我们的意见呢？"

这个时候，甘隆从教室里走了出来，他听见凌强的话，便快步走了过来，对二人说道：

"黄班长，凌班长，我想了一下，校长肯定不会随便更改他的主意的，你们俩是班长，为什么不在两个班上搞一个意向书，让两个班的同学都签名表达意见，没准张校长会满足我们的要求呢！"

黄鹏说：

"这是个好主意，有了两个班同学的签名背书支持，张校长肯定会慎重考虑的，不然的话，没等我们俩开口，他一句话就把我们撅了回来！"

甘隆说：

"两位班长同志，要办就尽早，不然的话，张校长的任命书一下，就覆水难收了。"

凌强说：

"甘隆说得对，我这就快速起草一份请愿书。"

甘隆说：

"不，这不能叫请愿书，这个名称显得有些突兀，我建议叫表意书吧，这样与校方的意愿不那么冲突。"

黄鹏说：

"对，甘隆的这个说法好，不要显得与校方立场对立或者不一致，减少校长对我们这个动作的反感。凌强，那我们俩就一起尽快把表意书起草出来，我们两个班的全体同学传签一下，明天我们俩一起递交给张校长吧。"

凌强随黄鹏一起来到座位上，两位斟酌了一下遣词用句，很快将表意书写了出来。黄鹏先向一班的同学们说明了一下这份表意书要挽留汪老师的目的，及大家签署的意义，就将这份表意书从第一排开始，让同学们传签。

一班传签完毕后，凌强将这份表意书带到二班。他站在讲台上向二班学生作了说明，也从二班的第一排开始传签。两个班共有一百一十名学生，有两位同学因病请假未来上自习，另有三个胆子小的女生不敢签字，所以在这份表意书上有一百零五位同学签名。

第二天上完早自习，张校长来到他的校长办公室，刚坐下，这时候高一年级的黄鹏和凌强两位班长就来敲门，两人进门后向张校长说明来意，并将有两个班绝大部分学生签名的表意书呈交给他。张良洪校长略带吃惊地看着二人呈送上来的表意书，他对学生们这么快就知道汪增惠要转任教导主任的消息感到吃惊，因为这个决定仅是他与副校长私下商量过几回，不知他们如何得知这么秘密的消息。另外，张良洪校长对两位班长的行动力更感到吃惊，没想到上一个晚自习的工夫，他们竟然就撰写出这么个表意书，还让一百多位学生签上了名字，他不得不对两位班长的领导力表示佩服。

张良洪校长面对两位班长，表现出大度和诚恳，他直接说：

"任命汪增惠老师为教导主任，是学校的决定，这是服从于提升学校教育质量的大局的！汪老师是有能力管理好教导处这个中枢部门的，我不能答应你们的要求。"

黄鹏说：

"可是，张校长，一百多位同学的心情是真挚的呀，他们是真心挽留汪老师任教我们的语文课。"

张良洪说：

"汪老师担任教导主任后，我会另派好的语文老师接手他的工作。"

凌强说：

"校长，我们已经与汪老师建立了深厚的感情，如果您活生生地将他从我们的课堂上扯走，我们一百多位学生是会伤心欲绝的，这将会伤害我们学习语文这门主课的积极性的。"

张良洪笑了起来，说道：

"看你们真会夸大其词！不至于吧？汪老师只是升任教导主任，不是离开我们学校，你们至于那么激动吗？这样吧，其情可悯，你们对于汪老师的这一份感情也打动了我，我在校务会上再讨论讨论，我再征求一下汪老师本人的意见，这样总算可以吧？"

黄鹏和凌强心想张校长没将话说绝，事情还有转圜的余地，遂起身向张校长道了别。

上午的第一节课就是语文课，汪增惠一进教室，学生们立即七嘴八舌地问道：

"汪老师，听说你要当教导主任了，是不是就不教我们的语文了？"

"汪老师，别抛弃我们呀，我们不想做语文孤儿！"

离上课还有七八分钟，二班的同学们也来到一班，向汪增惠表达同样的愿望，汪增惠十分感动，他喝了一口水，大声对一班和二班的学生们说：

"谢谢同学们的挽留，我也舍不得离开你们一班和二班，将近两个月与你们的相处，使我喜欢上你们，我更离不开课堂。从本性上说，我不喜欢干行政工作，喜欢在一线进行教学，每天能见到你们青春律动的身影，我就感到自己还是个年轻人！"

同学们说：

"既然这样，那汪老师更不应该离开我们呀！"

汪增惠说：

"同学们，张校长是向我征询过意见，我还没有作肯定的答复，下次校方再征询我的意见时，我会表达我的意愿的！"

这时上课铃已经敲响，两个班的学生迅速归位，汪增惠老师遂开始讲起课来。汪增惠老师上完一班的两节语文课后，就被张良洪校长叫到了校长办公室，再次征询他对转任教导主任的意见。汪增惠说：

"校长，如果按照我个人的意愿，我更想在一线教学。"

张良洪说：

"老汪，你在教导主任的位置上发挥的作用更大，现在你年富力强，教学能力高，在教师队伍中的威望高，现在的教导主任因为到退休年龄，所以这个职务非你莫属。"

汪增惠说：

"校长，刚才一班和二班的孩子们都说了，他们不想当语文孤儿，我也不想离开他们。"

张良洪说：

"老汪，我知道一班和二班的学生对你的感情，他们挽留你是真挚情感的表达，这不，你可能还没有看到吧，这是黄鹏和凌强刚刚送到的请愿书，他们倒挺聪明，改作表意书，这实际上不就是请愿书吗？这总不会是你汪增惠暗中唆使他们这么做的吧？难道这就是你汪增惠的万民伞吗？"

汪增惠说：

"校长，您可能是误会我了，我不知道表意书这件事，他们也没有向我提起，我也绝不会鼓动学生们这么做。"

汪增惠看到这份表意书，既高兴又惊疑。他高兴的是这份表意书表达了学生们对他强烈的感情和挽留，惊疑的是他担心张良洪校长会因此误会他，说他拥学生以自重，特别是张良洪最后那句话中的"万民伞"一词，就暗含校长有这样的怀疑，这一句话中也暗含威严的杀机，为这件事惹恼一校之长可真不值得，但汪增惠的确不想因此而脱离学生，脱离与学生们面对面接触的机会。想到这里，汪增惠的额头不知不觉地渗出汗来，张良洪看出他的紧张，也看出了他内心的实诚，他这样的实诚而且老实的人经不住几句话的威压。

张良洪笑了起来，说道：

"好了，好了，我相信你，不是你唆使学生们上请愿书的。这么说，你是同意当教导主任的吧?"

汪增惠此时明白了张良洪的套路，但他并不想就此被校长套牢，想了一下，说道：

"校长，既然您非得将此重任放到在下的肩上，我自当勉力为之，以不辜负校长的期望，但我有一个请求。"

张良洪说：

"什么请求，你说，只要你接任教导主任，我就满足你的要求。"

汪增惠说：

"我在担任教导主任的同时，不脱离一线的教学，我仍然担任一班和二班的语文任课老师。"

张良洪本以为汪增惠提的要求与个人家庭有关，没有到他仍然执着教学，这令他十分感动。他想了一下，问道：

"你既要掌管教导处，又要当两个班的任课老师，这两个职位任务都非常繁重，你的身体吃得消吗？再说，你备课和开会冲突起来，你将如何处理?"

汪增惠说：

"校长，备课我自己会在晚上时间备课，我会调配好教学与行政两方面的工作的，这样既不辜负校长您的信任，也不背弃两个班同学们的期望。"

张良洪说：

"行，既然你能这么想，我就同意你的要求，只是你得注意身体。"

当汪增惠仍然教他们语文的消息传到了一班和二班，两个教室响起了如浪涛般的欢呼声。

时间过得很快，高一年级进入了第一学期的期中考试。这次期中考试极为重要，决定了全年级学生将来去向的一个重要风向标。数学成绩出来后，一班班主任李绍才向全班宣布，学校要在高一年级成立数学学习小组，共有八人参加，其中有一班的黄鹏、郭亮、袁鑫、甘隆、余辰，二班的凌强、付成和李慧。

这八位同学是全年级数学成绩最好的，其中黄鹏、袁鑫和甘隆三人的数学成绩均为满分，名次并列为第一名，所以学校将三人列为一级种子选手，被称为"三剑客"，又被称为"三叉戟"，而体育、学习最为全面发展的黄鹏被称为"主叉戟"；另外五人则列为二级种子选手，被称为"登科五子"；又因为这个小组刚好是七男一女共八人，又被高一年级的学生们戏称为"过海八仙"，而甘隆再一次被称为"赤脚大仙"。

学校组织数学学习小组的目的是对学员额外进行辅导，强化入组学员的数学学习，以培养参加数学奥林匹克竞赛的种子选手。

黄冈中学是今年第一次尝试成立数学学习小组，如果效果好的话，将来也会在化学和物理方面开展学习小组。甘隆的志向是想搞理论物理学，本来是想参加物理学习小组，但是现在物理学习小组没有成立，他因为数学成绩同样优秀，也被招了进去，他自己也愿意参加这个小组。

和汪增惠老师一样，一班班主任李绍才也是年富力强的中年教师，他主授高中数学课。李绍才和汪增惠老师两个人一起曾经创造过一个黄冈中学的纪录，就是在八一届学生的一班中同时取得了湖北省的语文成绩第一名和数学成绩第一名，这样成绩的取得使两人声名鹊起，二人从此成为黄冈中学的黄金搭档，总是一起带教尖子一班和尖子二班。

这天下午，是学生们的体育运动时间。黄冈中学规定，下午五点到六点的最后一节课是雷打不动的课外体育活动时间，任何老师不得以任何借口拖堂耽误或占用。有时候，老师下课了，好多不喜欢运动的学生就爱待在教室里继续看书或者闲聊，体育教研组长兼校足球队教练徐成昆老师总是拿着大扫把，从教学楼的最高层六楼一个教室一个教室、一层楼一层楼地将滞留于教室的学生往下赶去操场，要他们运动起来。徐成昆拿着大扫把赶人的样子成为黄冈中学的一个风景，学生们常常看见他一边挥舞着大扫把赶人，一边口中不停地念道："快，快，快；下去下去。"

学生被徐老师赶得如鼠窜，边出教室，边说："扫帚大仙来了，扫帚大仙来了。"虽然学生们给徐老师取了个"扫帚大仙"的绰号，他们并无恶意和不敬，因为他们知道这是老师的一片苦心，怕学生学习太过刻苦，运动少，高度紧张，会引起身心疾病。

高一年级的数学学习小组因为当天是在一起开小灶补课，到了运动时间他们就一起来到操场运动。甘隆此时已经穿上了乔婕送给他的新袜子和新球鞋。李慧注意到甘隆穿着的变化，就有心跟他开起玩笑来，说道：

"哟，甘隆，穿上新鞋新袜了呢！"

甘隆不愿意理会李慧，只简短地回答了一声：

"是呀。"

李慧对着凌强说：

"凌班长，你要发挥你的魅力呀！我们班的女生不向我们班男人献爱心，却献到一班去了。"

凌强不明所以，疑惑地看着李慧。李慧似笑非笑地用嘴努了一下甘隆，说道：

"你没看到吗？新鞋、新袜。"

凌强仍然不明白李慧的意思，还是疑惑地看了看甘隆，又回头看着李慧，摇摇头表示我不懂你的话意。李慧大笑起来，说道：

"凌班长，我们班要与一班联姻了，你这个当班长的还不知道，太失职了吧？你的王昭君就要和亲到一班去了，你这当皇帝的都不知道，你还真是昏庸的汉成帝呀！"

说罢，李慧止住了笑声，附耳对凌强说：

"甘隆穿的新鞋和新袜子是我们班大美女乔婕送给他的。"

凌强不相信李慧说的话，或者不愿意相信李慧的话，因为乔婕是凌强心仪的对象，所以他疑惑地问道：

"你瞎说的吧？你怎么知道的？"

李慧小声说：

"上上个星期天上午，我和我妈一起到商场买衣服，走到卖鞋柜台的时候，我正看见乔婕买这双大码男式回力球鞋，我当时还疑惑呢，她乔婕一个小女生，为什么要买个大男人的鞋？所以我当时就记住了这双鞋，今天甘隆穿在脚上，这不说明问题了吗？"

凌强听了李慧的说法，点点头表示同意，他有些嫌恶地看了甘隆一眼，而此时的甘隆看见二人在鬼祟地说悄悄话，知道他们在背后编派他的故事，也看向他们，二人带有敌意的目光相遇到一起，都有些尴尬！好在此时，黄鹏喊了起来，说：

"甘隆，甘隆，快来踢球呀，就等你了！"

甘隆这才飞奔到球场上去，参加到踢球的群体当中。甘隆离开后，李慧继续对凌强说：

"你要把你的美人看紧一点呀，别让其他班上的人抢走了，你看一班的甘隆、四班的陈辉可都是你的情敌。"

凌强本来只是暗恋乔婕，现在被李慧看穿了他的心思，有点脸红，好在他是当班长的，很快就镇定下来，说道：

"李慧，你可别瞎说，我可没有暗恋乔婕。"

李慧又笑了起来，说道：

"哟，哟，哟，你否认呢！你当我看不出来吗？你上课时总是不由自主地看向乔婕的方向，你以为你神不知鬼不觉，其实我们全班九个女生都知道你的心思！"

凌强这才软了下来，说道：

"好，好，好，求你了，可别瞎说，万一冼老师知道了，可要批评我。"

自此之后，在黄冈中学的高一年级就流传着一个赤脚大仙和王昭君的故事，这个故事说，王昭君变成了七仙女，她下凡看见了赤脚大仙变成的董郎，没有鞋穿，每天打着赤脚上山砍柴。七仙女心疼不已就给赤脚董郎绣了一双新鞋和新袜子。

这个传说慢慢地就传到了甘隆的耳朵里，开始他还真以为是神话故事，后来他琢磨出里面的味道，那个赤脚大仙就是指的自己，而王昭君则暗指乔婕。这个传说让甘隆心里受到伤害，他想象着全年级的同学背着他哂笑，或者狂笑，让他感到自己因为穷困而受人施舍，就像吃了嗟来之食那样下作。

关键是甘隆不知道是谁将这个消息传出去的，因为乔婕送他新鞋和袜子的时候是在深夜，肯定没人看见他们当时的行为，那么甘隆思来想去，推测消息可能是乔婕自己泄露出去的，或者是她向同学们炫耀，或者说乔婕在向锦梅或者其他闺蜜聊天时不走心地说漏了嘴传出去的，要不然外人怎么会知道他的新鞋是乔婕送的呢？

高一年级同学们在课余传播这个传说，引来同学们经常有意或无意地、善意或者恶意地将甘隆作为开玩笑的对象，使他更进一步地为他的家世感到自卑，在心中暗暗迁怒于乔婕，两人在月圆之夜建立起来的亲密无间的感觉产生了隔阂，至少甘隆是这么感觉的。

学校又发了补助金，甘隆拿到这八块补助之后，就干脆花了两块多为自己去买了一双鞋。他将乔婕送给他的鞋洗得干干净净的，准备将这双鞋送还给乔婕。甘隆还专门跑到百货商场去看了，这双回力球鞋是三块二一双，袜子是三毛钱一双，一双鞋和两双袜子一共值三块八毛钱。他将三块八毛钱准备好了，放在衣兜里。甘隆找到乔婕，来到无人处，将洗干净的回力球鞋交到乔婕的手上。

乔婕感到不解，问甘隆说：

"你为什么要把这双鞋送回来，你已经穿了。"

甘隆说：

"那我把这鞋留着，我把买鞋和袜子的钱还给你。"

乔婕说：

"你这是为什么？我一片好心你就当成驴肝肺？为什么要拒绝我的好意呀？"

甘隆说：

"那为什么全年级都在传播说，我接受了你的鞋？"

乔婕这才明白甘隆生气的原因，她说：

"那又不是我说的！我还想知道同学怎么知道这事的。"

甘隆说：

"那这事就太奇怪了！莫名其妙！"

乔婕说：

"可真是莫名其妙！"

说罢乔婕打落递过来的那三块八毛钱，一扭身哭着回到女生宿舍去了。躺在床上，乔婕思来想去，那天晚上送甘隆这双鞋的时候，周边确实没有人看见，而且自己也没跟任何人讲过这件事，就连最好的朋友锦梅也没说过一个词，这当中有女孩子的羞涩，所以她不可能让外人知道的呀！

乔婕一晚上在床上辗转反侧，后来她突然想起，那天她到商场鞋袜柜台买这双鞋的时候，看到过李慧的身影，难道是李慧说出来的吗？很可能！这个李慧素与她不对付，人刁钻不说，嘴还很碎，爱搬弄是非，关键是她喜欢凌强，而凌强却不喜欢她，她对凌强暗恋自己怀恨在心！李慧这张媒婆嘴可真是讨厌，我明天要去质问她。

李慧的个子比乔婕矮一些，坐在乔婕的前面。上晚自习的时候，坐堂老师见秩序良好，就出去了。到了将近晚上九点时，有的学生逐渐起身回家，乔婕见此时人少，就站起来推了一下李慧的后背，李慧转过身来，挑衅地问道：

"干吗？"

乔婕说：

"我想提醒你一下，以后嘴别那么欠！别在背后说我的坏话！"

李慧说：

"我没说你什么坏话，再说，像你这种上赶着的仙女，有赤脚大仙的保护，谁敢说你的坏话呀！"

从李慧的话中，乔婕确信她的推定是对的，就是李慧说她的坏话。乔婕十分恼火李慧的这种挑衅，但她还是压住了火气，说道：

"我这是警告你，嘴别这么欠！嘴欠的人是要挨抽的！"

李慧笃定乔婕是外县来的乡巴佬，不敢对她怎么样，就回嘴说：

"哼！乡巴佬，你敢！"

乔婕说：

"你再说一遍！"

李慧比乔婕矮一些，没有注意乔婕的眼中已经怒火爆燃，仍然桀骜不驯地重复了一句：

"乡巴佬，你敢！你以为你真是小乔呀！"

气愤的乔婕一扬手，一个巴掌重重地抽在李慧的脸上，落下血红的五指山印。李慧被乔婕打蒙了，迟疑了一会儿就反身与乔婕扭打起来。坐在后排的凌强过来劝架，但他讨厌李慧的嘴碎，劝架时有点拉偏，加上乔婕的个子本身就比李慧要高一些，使乔婕明显地占了上风，在混乱之中，乔婕把李慧的头部压制在课桌上。乔婕用手抵住李慧的头部，气愤地问道：

"你还敢嘴碎不？"

李慧说：

"不敢了，不敢了。"

乔婕继续问：

"谁是乡巴佬！"

李慧说：

"我是，我是乡巴佬！"

二班的同学都过来围观，凌强怕事情闹大，惹得老师和学校知道这事就不好了，就将二人拉开，制止了事态的恶化。这个时候已经九点多了，同学们遂各自回家，乔婕也收拾好书包回到自己的宿舍去了。

李慧被乔婕殴打的消息被包打听的成功传到了甘隆的耳朵里，他知道是自己错怪了乔婕，所以又把上次洗过的鞋穿在脚上，去找乔婕道歉。

第二十四章　奥数竞赛

数学学习小组的八名学生是黄冈中学拟定参加数学奥林匹克竞赛的种子选手，学校为他们派出了八位数学老师，对他们进行特别的辅导。辅导形式有两种，一种是每一名数学老师对口指导一名学生，对其进行全方位的数学辅导；另一种是，这八位数学老师各有所长，他们以擅长领域对八名学员集体授课。

到了十月下旬的时候，数学学习小组的八名同学参加全国高中数学联赛。这种联赛是奥林匹克数学竞赛的一个预选机制，全国的高中生都可以参加。这番考试下来，黄冈中学的八名参赛选手中，有四名进入了湖北省的前十名，他们有机会进入下一轮的训练和竞赛。其中三名幸运的选手是高一年级的黄鹏、甘隆和袁鑫，另外还有一名是高二年级的选手周吉。

湖北省教委特殊赛事科发下文件，抽调全省十名联赛成绩优秀者组成省数奥赛集训队。除了黄冈中学的四名选手外，还有六名分别来自省会武汉优质中学的选手。

因为集训队学员的主体来自黄冈中学，因此教委就将省数奥赛集训队的基地定在黄州，选派全省最负盛名的数学名师来到营地对学员进行高强度强化训练。集训队队员入住一家酒店内封闭性脱产学习，只在星期天放假一天，其余时间全部用于数学学习，其他课程一律放下。

为期两周的集训是紧张而清苦的，上午是来自黄冈中学、华师一附中和武钢三中的名师进行数学新内容授课，及思维开拓性训练，下午是营员们相互讨论或做练习，每天晚上必考一场，当天判定成绩，并将十个队员进行名次排定。

对于甘隆来说，他不想因为参加集训而影响其他课程的学习，特别对于物理和化学两门理科课程他更为看重，因此，甘隆自己带来的物理和化学课本，每天晚上考试完后回到房间，他便自学物理和化学，以便与一班同学们的进度同步。

到了进入集训的第一个星期天，甘隆已经有七八天没有见到乔婕了，他想起来上次他错怪乔婕后，去向乔婕道歉时她还翘着嘴唇，眼眶发红，说明她并未原谅自己。甘隆想要补救自己的过失，就从酒店出来回到黄冈中学，找到乔婕。此时的乔婕正在二班教室里复习功课，她早已忘记了往日的不快，因为她有一周多的时间没有见到甘隆，对甘隆十分想念，见到甘隆来找她，喜出望外地放下手中的书和笔，立即走出教室，说道：

"甘隆，冬令营今天也放假吗？"

甘隆说：

"是的，我专门从酒店回来找你，看看你。"

乔婕说：

"你想我了吗？"

甘隆说：

"想是有点想，是觉得你学习也很累，要不，我们一起出去玩一下吧？"

乔婕说：

"出去玩？好呀，好呀，七八天没见到你，我正觉得烦闷呢，出去散散心也好。你说，到哪里去玩？"

甘隆说：

"你知道黄州有个青云塔？就在我们集训酒店附近，我每天从窗子里看到这座塔，很是奇怪，塔顶上面竟然长了一棵树！我很想去看看呢。”

乔婕说：

“青云塔我是听说了，就是不知道在哪里，既然你知道位置，那我们一起去游玩吧。”

两人结伴来到黄州古城南郊，就见到一座宝塔逐渐映入眼帘，这座宝塔建在安国寺南之钵盂峰上，濒临大江，与鄂州西山遥相对峙。乔婕惊奇地发现，这座宝塔上还真有如甘隆所说的树耸立于塔上。乔婕高兴地说：

“快看，甘隆，那塔上还真有一棵树呢！还真不小！这是什么树呀？”

甘隆说：

“是呀，我听黄鹏说过，这是一株朴树，主干直径超过三十厘米，树高三米以上。”

乔婕说：

“关键是它生于塔顶，离地数十米，无土无泥，根伸塔石间，这不是太神奇了吗？”

甘隆说：

“黄鹏说得更为神奇的是，这树大旱不枯，且年复一年，每年都长大一些。”

乔婕说：

“真是不可思议！”

两人前行来到塔下，只见此塔以长方体青灰色块石砌筑而成，石块大者重三百公斤以上。在塔的正门，即乾门的门楣上有楷书“全楚文峰”石匾。

乔婕对甘隆说：

“看来青云塔既云为全楚文峰，这是吉祥之意，你不是马上就要参加全国奥数竞赛吗？我们登上此塔，以预祝你此战夺魁！”

甘隆说：

“好，我们一起祈祷‘文运天开’，借助佛道神力，保佑我们取得好成绩。"

甘隆问道：

"你累不累呀?"

乔婕说：

"从学校一路走到此，还真有些累。不过，为了给你带来吉兆，再累我也要登上去。"

甘隆听了乔婕的话，心头一热，遂牵着乔婕的手进入塔内，见塔内壁上有"青云直上"四个大字。乔婕见了，顿住脚后用手抚摸这四个字，说：

"我抚摸了这四个字，就意味着你甘隆乘风直上青云，马到成功。"

甘隆说：

"不是我甘隆，是你和我，我们俩此次到黄冈中学求学都能平步青云，马到成功!"

乔婕笑了起来：

"好，就取此寓意!"

说罢二人携手沿内梯向上攀登而去。此塔七层四面八方，高四十余米，有一百三十八级石阶，两人登到塔顶时已经气喘吁吁了，站定歇息喘定后，二人从顶层的垛窗口向外看去，果然就找到了那棵神奇的朴树，只见它虬枝卧干，枝繁叶茂，形如巨伞。两人见了，更加感到惊奇。甘隆对乔婕说：

"我要到窗外去，摸一摸这棵仙树!"

乔婕说：

"太危险了，你不准去!"

甘隆说：

"没事，小心一点就不会有事的，你看我的!"

说罢，甘隆从垛窗口钻了出去，站在檐基上，一手扶住塔身，一手扶住树，他大声对乔婕说：

"这边风景独好!"

乔婕说：

"太危险了，甘隆，你小心掉下去，快进来吧！"

甘隆说：

"乔婕，其实并没有那么危险，胆大心细就不会出危险的。你也站出来看看吧，这里看到的景色更加广阔！王安石的那首《登飞来峰》诗怎么说？不畏浮云遮望眼，只缘身在最高层。乔婕，我们要想取得成功，就要敢勇攀高峰，登峰造极！"

乔婕说：

"我不，我有些怕。"

甘隆说：

"你来试试吧，站在塔外，就没有障碍物挡住视线了，现在我可以纵情俯瞰奔腾浩荡的长江，可远望名胜东坡赤壁，还可远眺江南吴都古鄂州，将数十里风光尽收眼底，令人心旷神怡。你到了这里，不看看这些风景，岂不可惜了吗？"

乔婕仍然不肯出塔，甘隆钻进塔里，对乔婕说：

"乔婕，你出去看看，真的不一样！这样，我在里面保护着你，你试一下。"

乔婕见甘隆这么说，便让甘隆护住她的腰带，她从垛窗口探出脚，立在檐基上，试了试檐砖并没有松动的迹象，便放心地站了起来，甘隆略微松开他的手，乔婕便将一手扶在塔身上，另一只手扶在树上，才放心向西看去，果然便将浩荡的长江收入眼底，而在北方那块巨大的赤壁红岩在她的眼中显得有些远了。

两人从青云塔下来后，又到安国寺内游玩一番，临近天黑时二人携手回到学校，而后甘隆又回到集训基地酒店。今天这一番游玩使乔婕感到十分高兴，她感觉到与甘隆之间的距离更进一步缩小了，两人的心意更加相通了，她憧憬着高考后两个人能够上同一所大学学习，那样两人就会过起耳鬓厮磨、琴瑟和鸣的生活。

在省集训结束前，进行了一次严格的挑选考试，挑选出六名成绩最好的队员，这当中包括黄鹏、甘隆和袁鑫三人。三人刚从省奥数赛集训回归到正常学习不久，又接到通知说要他们参加全国的奥数冬令营，全国有一百多位数学成绩优异的高中生参加。

这次湖北省选送上次六位参加集训队的队员参加这次奥数冬令营，接到通知后，一班班主任李绍才要他手下的这三位爱将做好准备，于三日后就出发到北京参营，在那里将会有北京大学最为著名的奥赛金牌教练为他们授课，并进行超高强度的训练，而且将会从一百多名营员中挑选出二十名营员，作为国家队的种子选手。

黄鹏、甘隆和袁鑫三人听到这个消息，都十分兴奋。甘隆在下自习后去找乔婕，想要告诉她这个好消息，却没想到乔婕也正焦急地找他。原来乔婕在今天上午接到母亲林回梅的电话，说家婆病重，可能时日不多了，要她做好思想准备，万一家婆病重不治身故，她就要尽快回家参加家婆的后事，而且母亲林回梅还告诉她，现在因为一家人都在照顾病重的家婆，到时候就没有人开车来接她回家了，要乔婕自己买票坐长途公共汽车回家。

家婆是麻城的方言，是指母亲的母亲，也就是姥姥或者是外婆的意思。乔婕与家婆的感情深厚，她年幼的时候，因为父亲乔志钰和母亲林回梅工作繁忙，她一直被寄养在家婆身边，家婆对她在生活上关怀备至，她想早点回家，能够亲手照料一下家婆，至少要见上家婆的最后一面。

乔婕对甘隆说：

"我听到消息了，知道你要参加全国奥数冬令营。对你表示祝贺啊，你又向前进了一步。说明我们上次青云塔没白登。"

甘隆说：

"谢谢，我怎么看你好像有忧郁之色，是不是有什么不高兴的事儿发生啊？"

乔婕带着哭腔说：

"是啊，下午刚刚接到我母亲的电话，她说我家婆现在病重，人已经昏迷不醒了。"

甘隆说：

"怎么这么严重啊？那你要不要回去看看呢？"

乔婕说：

"回，我肯定是要回去的，只是我母亲说现在再等等看一看，说不定我家婆病情能够好转的。可我没心思等了，我想现在马上就回去，现在就买票回去。"

甘隆记起他独自一个人第一次坐长途汽车来黄州的时候，看见有小偷偷盗前面人的钱包，他出面制止时就被小偷的同伙拿着刀威胁他，现在社会这么复杂，长途汽车上这么混乱，让甘隆心有余悸，他觉得让乔婕这样的弱女子独自一个人回到麻城去，肯定十分危险。所以他担心地说：

"你现在要回去也是应该的。要不，我也陪着你一起回去吧？我担心你一个女孩子坐长途公共汽车还是有些不安全的，车上总有车匪路霸，还有小偷地痞。"

乔婕说：

"是啊，我也很担心，我爸爸说这会儿他不能来接我了，他们要全力照顾家婆。"

甘隆说：

"那我陪你一起回去吧？"

乔婕说：

"你不是后天就要到北京去参加全国奥数冬令营吗？你送我回麻城，肯定会有影响的。"

甘隆说：

"这个冬令营，我看不参加也罢！我去向李老师提出申请吧，或者我不参加，或者我延迟两天再去。"

乔婕说：

"不行，参加冬令营是你人生中的大事，事关你一生的前途，你不能不参加这个冬令营。"

甘隆说：

"嗯，我先把你送回去，我晚两天再去报到，不也可以吗？"

乔婕说：

"我家婆病情这么重，病情如何进展还不知道。你陪我回去一天两天，不但耽误你的事儿，在我那边也不抵什么事，所以我想你别去了。"

就在甘隆和乔婕两个人正在为难之际，陈辉走了过来，他直奔着乔婕的方向而来。站定后，陈辉对乔婕说：

"乔婕，我怎么听说你家婆病重啊？还是病危？"

乔婕回答说：

"是的，是的，嗯？你是怎么知道这消息的啊？"

陈辉说：

"你向你们冼老师请假，我们四班的同学听见了。现在你是不是要考虑回家，回去守护你家婆？"

乔婕说：

"是啊，我正在考虑买车票，想要尽快回去呢。"

陈辉说：

"你们家出了这么大的事，你父母肯定不能来接你吧？看来只有你一个人回去，你一个人坐长途公共汽车，在路上这么不安全，有车匪路霸，我好担心你的安全呢。"

乔婕说：

"是啊，我正在为这事为难呢。"

陈辉说：

"那我陪你一起回去吧？以前我总是到你们家去玩儿，和你一起做过作业，你家婆也很喜欢我的，总是做小吃给我们吃。我也敬重她老人家，要不我陪你一起回去？"

甘隆说：

"乔婕有我陪着回去呢，不用你陈辉了。再说，你跟我们不是一个班的人。"

陈辉说：

"你和乔婕也不是一个班的，你要知道你是一班的，她是二班的，我虽然是四班的，但我们都是一样的。"

甘隆气得用眼睛瞪着陈辉，说道：

"你怎么就和我一样呢？我们一班和二班都是尖子班，你们四班是后进班的。"

乔婕说：

"好了，好了，你们俩别争了。这跟尖子班和平行班也没什么关系啊，你甘隆和陈辉都是我的同学，我们都是从麻城来的，也都是好朋友。"

甘隆说：

"我说不用他陈辉陪你，就不用。我明天就去买票，和你一起回麻城。"

乔婕说：

"甘隆，这回你要听我的，你不能陪我回麻城了。我觉得这次就让陈辉陪我回去吧，因为你的事情还是太重要了，全国奥数冬令营这可不是闹着玩的事，绝对不能耽误的。"

甘隆说：

"不行，我这就直接跟李老师说，不参加奥数冬令营了。"

甘隆说罢就扭头走了，乔婕连连喊他都没有得到回应，她只想着要尽快去长途汽车站去买车票。甘隆直接来到办公室找到李绍才老师，他也未组织语言，直接对李老师说：

"李老师，我决定不去参加全国奥数冬令营了，所以后天我就不去北京了。"

李绍才觉得此事事发突然，问道：

"为什么？你为什么突然有这种想法？"

甘隆支支吾吾了半天，没有说出个所以然来，他总不能直接说要陪二班的乔婕回去吧，那样的话，他与乔婕两个人之间的情感不就暴露了吗？这对自己不好，更对乔婕不好！情急之下，甘隆说：

"不为什么，我只是突然不想去了。"

李老师说：

"甘隆，你要知道，这个冬令营可不仅关系到你一个人，而且关系到整个黄冈中学的荣誉，也关系到湖北省教育的荣誉，你怎么能随随便便地放弃这个大好的机会呢？

"你这变化倒挺快的呢！学校已经为你买了火车票，将你的名字已经报到冬令营基地去了，你突然不去，基地又不允许临时换将，不是浪费一个名额吗？

"你没有原因就做出这么大的变化，是极端的不负责任！是对学校的不负责任，对老师的劳动不尊重，更是对你自己的不负责任，你要是不想去，为什么不早说？学校、老师将精力和资源花在你的身上，你轻巧一句不想去了，就让我们的努力全都付诸东流，你说说你应该吗？"

甘隆被李绍才的严厉指责说得哑口无言，只得嗫嚅着说：

"不，不，不应该！"

李绍才说：

"你知道不应该就好，你快回去准备一下衣装，准备后天和陈老师及黄鹏、袁鑫他们一起坐火车到北京去。"

甘隆被李老师这一番霹雳雷火闪电般的批评所击倒，只好应承着走出了办公室。甘隆心有不甘地回到教室，过了一个多小时，乔婕在教室门口喊他，他急忙来到教室外，只见乔婕手里拿着两张长途汽车票，说道：

"甘隆，我已经买好了车票，陈辉陪我一起回麻城，他家里正好有些事，这次回去是顺便陪我的。"

甘隆不相信乔婕的说法，说道：

"陈辉家有事？顺便陪你？他是别有用心吧？"

乔婕说：

"看你小心眼子，哪里有什么别有用心呀！关键是你要到北京去，时间不合适，我让陈辉陪着我回家，也是无奈之举呀。"

甘隆说：

"诚然，你说得在理，只是我想不通！陈辉明明是乘人之危，抓住一切机会来接近你，想要讨你的欢心！"

乔婕说：

"甘隆，乖，别胡思乱想，车票是明天一大早的，五点半发车，我还得起早，还得赶紧去收拾行李，还要带上书，回麻城去有空时也得自习和复习。"

甘隆说：

"五点半就发车，那明天一早我去送你吧，这样不影响我参加冬令营的，这总该可以的吧？"

乔婕说：

"可以，可以，乖，你听话，你也早点休息，早点睡觉，不然的话明天起不来床的。"

这次乘坐长途汽车，乔婕吸取了上次国庆节回家的教训，把闹钟的时间定在了四点半，她洗漱完备后，就拿着行李出门了，此时陈辉和甘隆两人已经在女生宿舍门口等她了。乔婕见两个人分开站着，互相不讲什么话，就走上前来，说道：

"甘隆，陈辉，早上好，我们快点走吧，要不然会误车的。"

陈辉说：

"我们走快点，肯定不会误车的。"

说罢就要伸手去接乔婕手里的行李包，却被甘隆先抢到手了。乔婕心里着急，也没有管二人闹不闹意气，急步向前走去，甘隆和陈辉二人见了便不再争抢行李，紧跟着乔婕的步伐朝车站的方向走去。

三人很快就来到了长途汽车站，甘隆将二人送入站内，看着乔婕上车后在座位上坐稳，就对她说：

"等你家婆那边稳妥后再回校吧，你不要担心课程，到时候我给你补课。"

乔婕感激地点点头，她想甘隆的一颗心总算被她焐热了，知道关心人照顾人了，她感到幸福来得有点突然。乔婕回答说：

"我知道了，你快回去吧，别耽误了早自习，小心李老师又要批评你了！"

甘隆说：

"不会的，不会的，你有事就打电话给我吧，我到了北京会给你写信的。"

陈辉见二人有来有往地亲昵着，乔婕把自己晾在一边，像个透明人似的，心中感到难受。好在乔婕看见陈辉的头扭向窗外，她知道自己做得有点过了，遂对陈辉说：

"陈辉，你有点冷吧？我带了点零食，是炸花生米，你吃一点。"

陈辉这才回过头来，心里好受多了。汽车的门关上了，司机按响了两次喇叭后就启动发动机，车缓缓开动了，甘隆仍然站在原地招手，直到汽车驶出了车站，才沿原路回到了学校，好在此时班级刚刚集合，他迅速归位，参加到跑步中。

汽车快速地在公路上疾驰。乔婕和陈辉两人先是说了一会儿话，聊及两个班的任课老师的特点和趣事，过了半个小时，陈辉在车身的摇摇晃晃之中慢慢地合上了双眼，今天实际上他三点多钟就醒了，他不敢再睡，他这是怕再睡万一睡过了头，就会耽误乔婕的事情，他决计不能辜负乔婕给他的这个机会，这个让他亲近她的机会。到此时陈辉实在太困了，尽管他想对乔婕更殷勤一些，可还是不争气地沉睡起来。

乔婕虽然也有点困，但她无论如何也睡不着，家婆的面容和身影总在她的眼前浮现，不断地回想起家婆对她各种各样的好，可不知不觉地，镜头却转向了三个年轻人的头像，又私下不断地将三个人进行比较起来。甘隆的灵动，陈辉的平实，凌强的大方，这些都是她欢喜的品质，但她不得不说，在这三个人当中，她还是情不自禁地喜欢，不，是爱甘隆，而对陈辉和凌强两人来说，虽然他们也都非常优秀，她对他们俩只是好感。

乔婕从内心来说，她是更希望甘隆能陪她走这一趟，但现实却不允许她这样做，只好麻烦陈辉了，难道这就是人们所说的备胎吗？我怎么这么恶心？利用陈辉对自己的真挚情感，不但未付出真心和真情，还在自己不称手的时候利用他，不知不觉地把他当成备胎！

乔婕想到这里，开始有些脸红，她怕陈辉看出她的心虚和破绽，偷偷地斜觑了陈辉一眼，还好，陈辉还在沉睡，而且他的面容是那么无邪和坦荡！没有发觉她的小心思，她自我宽慰说，看来自己可能是

241

想多了，太过多虑了！

乔婕回到麻城之后，还没放下手中的行李就直奔县医院，到了重症病房去见家婆。家婆到现在已经昏迷了半个多月了，仍然神志不清，也没有自主呼吸。医生给家婆用上了呼吸机，靠呼吸机来满足她的氧气需求，维持生命体征。乔婕一进到病房内，不顾护士的劝阻，就扑到家婆的身上哭了起来，足足有半个多小时。

管床的医生走过来说探视的时间已经到了，母亲林回梅说她一个人陪护家婆，要乔婕先回家，等休息好之后再来替换她。

甘隆随带队的老师及黄鹏和袁鑫等一起坐火车来到了北京，入住北京大学的校内酒店。甘隆到达酒店之后，立即展开纸笔就给乔婕写了一封信，来表达他对乔婕的担心和思念。甘隆在信中说，要不是李老师曾经严厉批评过他，他现在恨不得立即买一张票，从北京回到麻城来看望乔婕，和她一起渡过难关。

乔婕收到了甘隆的来信，心中十分感动，觉得她和甘隆走到现在这一步十分不容易，从初中开始她一直在暗暗地靠近甘隆，而甘隆因为自卑家世而有心理障碍，总是拒绝她的示好和靠近，现在甘隆终于放下心中的芥蒂，能够接受她，两人之间能敞开心扉表达爱意。乔婕觉得他们两个人之间再也没有任何障碍了，可以互相坦诚相见，而且在将来也可以连理并枝、比翼齐飞。

乔婕有点幸福地回忆起，那时还在初中一年级，她在龙池桥头受到流氓的欺负，是甘隆挺身而出保护了她，正是甘隆的这一个勇敢的行为拨动了她爱的琴弦，对甘隆萌生了爱意，可是直到现在两个人之间才坦诚相见，堕入爱河，这一过程已经过去了整整三年多的时间。当然在这三年多的时间中，幸好两个人是在一起上学，每天都能相见，不然的话，上天能不能成就这份感情，还真是难说。

家婆的病情并没有好转，过了十多天的时间，她终于在医院里离开了人世。父亲乔志钰和母亲林回梅为家婆举行了一个隆重的葬礼。在出殡的那天，乔婕戴孝扶灵，含泪将家婆送上了山。在办理完家婆的后事后，乔婕又到龙池中学去看望陈正明老师，听到消息说陈老师即将调到黄州市教师进修学院，又听说黄兴博老师因为肝硬化而到县医院住院，乔婕带着鲜花来到县医院看望黄老师。诸事完成后，乔婕向父母亲告别，回到了黄冈中学继续她的学习。

而在这一段时间内，甘隆给乔婕写了三封信，而乔婕也给甘隆写了两封信，互相表达着对对方的思念和眷恋。

在奥数冬令营期间，甘隆、袁鑫和黄鹏他们的学习是十分紧张的，因为这是来自北京大学的金牌教练对他们进行全方位培训，每天早中晚不间断地进行高强度、封闭性强化训练。全国奥数冬令营有一百多名来自全国各地的数学优等生参加，这是经过层层关卡筛选后推荐上来的精英。这期冬令营也是为期两周，结业前经过两天的考试，评选出前面的二十名学生。来自黄冈中学的甘隆、黄鹏和袁鑫三人都在这二十人名单之内。

在结束营务活动离开北京之前，金牌总教练为这二十人每人发了一张意向表，要他们带回到各自的学校，向校方及家长征询意见。原来，奥数选拔到此时已经进入一个关键的阶段，它为这些学生提供了通过高考进入高校学习之外的另一条通道，这就是让选手不再学习物理、化学等课程，而是只学习数学，一心一意地参加国际奥数竞赛，如果能够在国际奥赛中取得金、银或铜牌这样优异的成绩，就可以免试进入国内最负盛名的大学学习。但有一个风险，就是万一选手没有得到任何奖牌，就没有免试入学的机会，必须参加高考，但这些考生此前放弃了其他主课的学习，参加高考非常不利。

拿到这张签字表之后，甘隆、黄鹏和袁鑫三人还没来得及休息一天，也没有重新上课，第二天又参加高一年级的期末考试。很不幸，这三位成绩最为优秀、参加全国奥数竞赛的学生在年级中的排名大幅下降，可以说是有点惨不忍睹。

每次考试后，学校都会在大门道两侧的玻璃橱窗内张贴公告，按总分将考生在全年级进行排名。这天排名张贴出来后，学生们聚集在橱窗前议论纷纷，原来，在刚入学分班考试、上学期期中考试、上学期期末考试中都名列前五的甘隆、黄鹏和袁鑫三人，在此次高一年级下学期期末考试中全都跌出了全年级的前十五名，而二班的凌强则排在全年级总分的第一名。

从麻城龙池中学来的余辰、成功和乔婕三人排在全年级总分的第三十名至四十名之间，算得上是中上游的成绩；同样与麻城龙池中学有渊源的锦梅和陈辉两人的成绩排在全年级总分的四十名至六十名，算得上是中游水平。

李绍才老师当然明白甘隆、黄鹏和袁鑫排名急剧下降的原因，因为这半年以来，这三位成绩优异的学生的主要精力全部放到了数学上，学校的数学兴趣小组、省奥数集训队和国家奥数冬令营三大强化训练，几乎都是封闭性的单一数学学习，三人物理、化学、英语、语文这些主科课程都是在空余时间靠自学，而地理、历史、政治和生物这些课则几乎没有时间学习，他们三人现在能考出这样的成绩已经非常不容易了！

期末考试既毕，现在又马上得认真考虑他们从国家奥数冬令营带回来的意向表，因为按规定要求在一周之内必须交表。李绍才老师作为三人的班主任，分别找甘隆、黄鹏和袁鑫进行了深入的谈话，帮助他们分析各自的未来职业打算、每个人的性格和智商特点，并告诉他们必须要与各自的家长进行沟通。

甘隆心中十分犹豫，考虑来考虑去他决定不参加国家奥赛预备队，因为预备队中有二十人名单，还必须通过一次严格而残酷的选拔赛以决出六人名单，这六人才能进入正式的奥赛国家队。这就是说，预备队当中肯定会有十四人是进入不了国家队的，此时再回头去走参加高考路径，而放弃物理、化学等其他学科的学习，而专心于数学一门课程的做法就是浪费时间，这样做对于高考成绩必然有非常大的影响。虽然自己数学成绩考得非常好，但是强中更有强中手，参赛队员中谁也不敢保证自己就一定能成功，走推选之路而不走高考之路，也是有很大的风险的，说不定两头都塌，奥赛不成而高考又不成，对自己未来十分不利。这是甘隆的第一着眼点。

甘隆考虑的第二个着眼点是，参加奥数国际比赛与他自己的未来职业规划并不完全一致，他是想从事理论物理学，数学只是他将来工作的一个工具而已，参加奥数比赛是更有利于以数学为职业计划的学生的。

甘隆初步打定主意，又去找乔婕商量。乔婕完全同意他的意见，而且两个人商定要一起参加高考，一起考进同一所大学学习，乔婕是准备学习分子生物学，而甘隆是准备学习理论物理学，所以他们商定要考入一个综合条件非常好的大学去上学。

在甘隆拒绝签署进入国家奥数竞赛预备队之后，一班班长黄鹏也基于类似的考虑拒签了意向书。而年龄最小的袁鑫则在签字后，进入了国家奥数竞赛预备队，继续走免试推选之路，他想他的年龄要比甘隆和黄鹏小上一岁，万一奥数竞赛不利，没有得到任何奖牌，再复读一年，也没什么大不了的。

第二十五章　帮陈老师搬家

甘隆从北京大学集训刚刚回到黄冈中学不久，余辰就过来找他，说是龙池中学的陈正明老师已经被调到地区教师进修学院，新学校已经给他分了一套房子，他要把家具从麻城搬到黄州来。后天就是正式搬家的日子，想让甘隆组织一下七位来自龙池中学到黄冈中学读高中的同学，一起去帮助陈正明老师搬家。

甘隆问道：

"余辰，你的消息这么灵通，不但知道陈老师调到黄州城来了，还知道他是后天搬家呢？"

余辰说：

"这些消息全是我听我爸爸讲的。我爸爸帮陈老师找了一辆汽车，把全部家具从麻城运过来，后天早上搬家启运，大概是后天中午就到了，我觉得我们几个同学都应该帮忙。"

原来，陈正明老师在送走了甘隆他们这一届学生之后，因为成绩突出被评为特级数学老师，这是龙池中学唯一的特级教师，后来他又被聘为龙池中学的副校长。他"文革"前是地区教师进修学院的待聘副教授，因为他在"文革"之中多次向当局建议不要荒废学生的学业而被打成右派，此后他被下放到农村，又被剥夺了上讲台的权利。

龙池中学初建时，师资力量奇缺，加上他的爱人刘琴当时在龙池

246

中学担任语文老师，龙池中学的校长程自文以照顾夫妻关系的名义，将陈正明调到龙池中学担任数学老师，没想到他上任三年，就帮助校长程自文为龙池中学打赢一场教学质量的翻身仗，一下子有六个学生被黄冈中学录取。

陈正明老师在极其不利的条件下取得这么优异的成绩，引起了地区教师进修学院的关注，遂以"拨乱反正、右派脱帽"的名义发函将他调回来任教，他的爱人刘琴也一同被调到了黄州。这个时候，龙池中学的程自文校长到了退休时间，而李力副校长升任正校长，他极力挽留陈正明老师，说他自己很可能调往县一中当副校长，陈老师就可以接任空出来的龙池中学校长职务，但陈正明老师不为所动，坚持要到地区教师进修学院来当一个普通的教授，好继续从事他的数学研究工作。

甘隆在了解上述原委后，对余辰说：

"报答师恩，正在此时。我们当然要去帮忙，而且我们七个人都应该去帮忙，陈老师教过我们这七个人，有锦梅、乔婕、张峻和陈辉再加上我们三个，一共七个人都必须去帮助陈老师搬家。"

余辰说：

"那好，我去给陈老师和师母讲一下，让他们不要着急短缺人手，我们会过去帮忙的。"

甘隆说：

"对，先告诉老师和师母，请他们不要再到处找人手帮忙了。我再通知其他人，后天是星期天，我们七个人集合起来，一起去陈老师家等着搬家。"

到了陈正明老师搬家的日子，他把在麻城的家具全都搬过来。陈老师一直在学校工作，收入并不高，所以十分珍惜用过的旧家具，但所有物件当中最多最重要的是书，有些对于教学有助益的资料陈正明一本也舍不得丢掉。

甘隆和余辰一行七人在星期天中午时分来到陈老师家，过了不久，运输家具的汽车就来到了楼下，七个人迅速行动一起搬起来，五个男生干力气活，一起抬重家具，乔婕和锦梅两个女生则帮着搬厨房用的锅碗瓢盆。加上陈正明老师和师母刘琴，他们一共九个人整整折腾了一下午，才将房间整理停当。

在天快要黑的时候，甘隆他们要与老师和师母道别，但是刘琴死活要他们留下来吃一餐面，吃一餐她亲手擀的面条，这样总算是对七个人的辛苦做一个感谢。很快，师母的手擀面煮好了，九个人围坐在新房子的大桌子边上，开始师徒之间的谈话。陈正明说道：

"今天搬家，有你们七个人来帮忙，真是方便不少。我刚回到黄州这里，原来的旧同事都已经不在了，现在的新同事都还很陌生，所以我在这里认识不了太多的人，幸亏有你帮忙。"

甘隆说：

"陈老师，这是我们应该做的，是您把我们教导好了，我们才能够到黄冈中学学习，是您的善行为自己铺的善路。"

陈正明说：

"是啊，当初龙池中学条件那么差，你们能到黄冈中学来读高中，真是不容易。想起来当初我刚到龙池中学的时候，看见甘隆、成功和余辰你们三个人在一起打闹和旷课，我真以为你们是小混混、小流氓，好在你们本质是好的，我一番教导之后，你们很快就改过自新，成为良才。看到你们的成长，我心里真是宽慰不少，真没有枉费我的心血！"

余辰不好意思起来，说道：

"陈老师，你当时还真把我们当成小混混、小流氓呀？我真为我们三人当时的荒唐行为而害臊。"

陈正明说：

"你们记得我刚接手你们班，你们还是初一年级的时候，那次上数学课，我正在写板书，甘隆受了成功的撺掇，用一个纸飞机射中我的后脑勺，当时我就想骂你们是小流氓、小地痞、小混混，只是我拼命忍住了，用眼睛逼视了甘隆五分钟之久。"

甘隆说：

"陈老师，您快别再提这件事了，我现在羞得慌！"

成功说：

"当时我们胡闹得厉害，现在想起来还真不好意思。"

陈正明说：

"那倒也没有，只是说当时觉得你们很调皮、很顽劣，但还是可造之才，不是朽木不可雕也。"

甘隆说：

"那时我们真是少不更事，幸亏有老师点化。"

成功说：

"还是陈老师有造化神功啊，能将我们这些调皮捣蛋的学生矫正成为正直向上的学生。"

乔婕说：

"是啊，陈老师教会了我们做人的道理，教会我们孝敬父母、尊敬师长。"

锦梅说：

"今天师母虽然招待我们吃的是手擀面，但是我们现在师徒之间其乐融融的，这面真筋道，臊子真香，真好像是一场鹿鸣宴呢。"

成功说：

"鹿鸣宴？什么叫鹿鸣宴？"

锦梅说：

"哈哈，你老外了吧！所以你不爱读书，不爱读诗，就显得是个大老粗，鹿鸣宴是指皇帝或者权威部门的师长招待学子的宴会，这是源自《诗经·小雅·鹿鸣》这首诗中的'呦呦鹿鸣'这一句，这首诗原来是描写周文王招待他的贤臣和才子们的一场宴会，所以后世又称之为鹿鸣宴。"

师母刘琴是语文老师，她说：

"这个典故是有这个含义，看来你们真是成长了，来到黄冈中学之后，知识增长不少。"

陈老师说：

"你们在这里谈到《诗经》，那想必你们已经学到了周公姬旦写的

《常棣》这首诗吧?"

甘隆说:

"陈老师,这首诗我们也是刚学不久,我还能背诵全部诗章呢。它的第一章就是,常棣之华,鄂不韡韡。凡今之人,莫如兄弟。"

陈老师问道:

"那你们知道常棣是种什么花吗?"

甘隆说:

"我们语文老师讲过常棣就是棠棣,但具体是什么花,学术界可是有争论的,好像不是郁李花就是棠梨花,反正就是一种不起眼、不吸引人的小花。"

陈正明又问道:

"其实你们的语文老师可能讲过,我就引申问一句,你们知道为什么周公姬旦要用常棣这种小花来比喻兄弟这种人吗?"

成功说:

"这种花一朵两朵独处时,它貌不惊人,可如果它是一<u>丛</u>丛一树树的集中开放时,就美得让人惊艳,所以,这种小花美在它的众多稠密,美在它的集体感,周公姬旦是以此花隐喻兄弟之间要合众力,团结一心吧。"

陈正明说:

"其实道理大家都懂,我现在要强调的是,你们七人虽不同姓,也不同父同母,可你们都是来自麻城龙池中学,这段情感经历在你们身上有特殊的印记,我希望你们七人要以兄弟姐妹相待,正如这首《常棣》诗中所说的一样:凡今之人,莫如兄弟。还有一句是什么?"

七个学生一起回答说:

"兄弟阋于墙,外御其侮。"

陈老师笑了起来,说道:

"你们都知道为师的意思了。只是我记忆力越来越差了,过不了多久,和你们比起来,为师就会有所不及了。"

甘隆说:

"老师，您太过谦了，您是专注于数学，锦梅则是偏好语文，偏爱文言文。听说这次您被调回来之后，跳过了副教授这一关，直接晋升了正教授，是不是？"

陈正明说：

"是的，是的，这是单位领导爱才心切才这样做的。"

甘隆举起茶杯说：

"同学们，今天我们以茶代酒，祝贺老师成功晋升正教授。"

七位同学和陈正明夫妇一起举起茶杯，碰杯对陈正明表示祝贺。

接下来甘隆问陈正明老师他调到教师进修学院后的工作，他问道：

"陈老师，您调到教师进修学院，就不会像在龙池中学那样直接教授学生了吧？"

陈正明说：

"我现在的工作重心有所调整，原来是在一线教学生，现在主要是对各地学校的老师进行培训，提高老师的教学技巧。"

甘隆说：

"陈老师，您有多年的教学经验积累，现在调到大学里来了，有时间可以把您的这些教学经验总结成书出版，就能让更多的老师受益，让更多的学生受惠！"

陈正明说：

"甘隆你想得还真有远见！事实上，学院的领导已经分配任务给我了，要求我编写一本《高中数学复习纲要》，我正在进行规划呢！哦，对了，听说你刚刚参加全国奥数比赛的强化训练，你在这方面肯定有很多心得体会，你要不要参加到我这本书的编写过程当中来呀？"

甘隆说：

"陈老师，我还曾经真的想过，要自己编写一套帮助中学生复习数学的书呢，前一阵参加强化训练就放了下来，现在正好您有这个邀请，我自然是愿意参编这本书的呀。"

成功说：

"甘隆，你参加编书，不会影响你的复习吗？"

甘隆说：

"这个问题我想过，不但不影响我的复习，还有助于巩固和加强我的数学知识，这是正向作用。"

陈正明说：

"是的，选甘隆作为编写组的成员，第一个考虑是甘隆的数学成绩非常好；第二个考虑是甘隆作为学生参编本书有一个很大的好处，他知道高中学生缺什么知识点，需要什么，想要什么，这些对于本书的编写极为重要。"

甘隆说：

"谢谢老师的邀请和看重，我会把我这一年多参加奥数训练的心得体会融入书中的，不负老师的厚望。"

陈正明说：

"其实，我们师生可以在本书的编写过程中做个分工，我提供高中数学各单元的导读部分，而甘隆你则提供数学练习的解析和答案部分。"

甘隆说：

"好的，我听从老师的意见，这对于我来说是驾轻就熟的事情，谢谢老师指点。"

成功说：

"这本书甘隆参编，那就是真正的黄高密卷了，这将又是另外一本受人追捧的黄高密卷。"

听了成功的话，师生们一起笑了起来。师生谈妥后，眼看时间已经晚上九点钟了，甘隆他们七人起身一起向老师和师母道别，又一起回到黄冈中学。

第二十六章　元旦文艺会演

　　黄冈中学对学生的管理模式并非那种让学生除了学习还是学习的单一模式，而是让学生参与到体育、文艺多种生动活泼的课外活动当中，从而让学生始终保持旺盛的活力。元旦节很快就要来临了，为了活跃气氛，张良洪校长组织全校举办一场文艺演出晚会，要求每个班出一个节目。

　　高一年级一班的童尉歌声优美，每天晚自习前十五分钟教全班学习唱歌，受到全班同学的推崇，因此都推举她来一个独唱，以歌声来惊艳全校的少男和少女们；而同样作为尖子班的二班虽然没有童尉这样的女高音，但他们却也有得天独厚的条件，这就是有两位舞蹈高手，其中女生舞蹈高手是二班英语课代表乔婕，而男生舞蹈高手则是二班班长凌强，所以二班出的节目是男女双人舞。

　　当一班将童尉演唱的《我和我的祖国》这个节目报上去后，张良洪校长在审查节目单时，突然想起一件事，就是落水顽童的家长后来给学校写了表扬信，并且送了锦旗，表扬一班的师生救援落水儿童。张良洪校长要求一班将歌唱节目改为表扬这件好人好事。他要求汪增惠老师和李绍才老师与几个同学一起把这个节目好好琢磨一下。

　　在接到这个任务之后，汪老师布置作文成绩比较好的黄鹏和童尉两个同学写出了节目初稿。结果黄鹏和童尉拿出第一稿送给汪老师看时，汪老师说你们初稿搞得太正规，太过严肃，不太像一个文艺节目演出的表现形式，不过你们的语言很有些像三句半，你们干脆把这个节目形式搞成三句半。

黄鹏回去又组织上次参加救援的几个同学在一起集思广益，花了一个晚上的时间，果然拿出了三句半的节目稿件。这个稿件呈送上去，张良洪看了哈哈大笑起来，认为三句半的形式生动活泼，非常好，批准一班将这个节目演练后正式表演。为了奖赏一班，张良洪校长破例批准一班重新加上童尉的歌唱表演，这次一班以两个文艺节目参加评选。

元旦文艺演出是以一曲钢琴独奏拉开序幕的。当全场安静下来的时候，舞台灯光照耀下的红色大幕尚未开启，清脆的钢琴声从大幕内飞向观众席，这是悠扬的《月光曲》，婉转的旋律让观众席更进一步地安静下来，只听得见钢琴声在空气中传播，抚慰每一双在场的耳膜，而静谧的月光倾泻的画面让师生们如醉如痴。此时，大幕徐徐拉开，师生们抬眼向舞台上望去，只见弹奏钢琴的是音乐老师，也就是校长张良洪的夫人沈老师。一曲弹完，沈老师站起身来谢幕，全体师生报以热烈的掌声。

第二个节目就是高一一班表演的《江边救人》，黄鹏、甘隆、郭亮和余辰这四个参与了江边救援的学生走上台来，由黄鹏开场，甘隆、郭亮接句，余辰说最后半句，一场表演下来，逗得整个礼堂的师生们笑得前仰后合，而且也让全校师生知道了高一一班在汪增惠老师带领下救援落水儿童的经过。

四人表演完毕，甘隆和余辰一起回到自己的座位上。接下来童尉表演高音《我和我的祖国》，一曲高歌唱下来赢得了满堂彩。接下来报幕员报出来的节目是双人舞《沂蒙颂》，由高一二班乔婕和凌强出演。

甘隆坐在观众席上，有些不开心地向后仰坐着，坐在甘隆左右的成功和余辰两人看见甘隆的这个神态，会心地一笑，他们知道，这个节目是甘隆所不乐见的。甘隆后仰着头部，心里抱怨乔婕最终还是坚持与凌强一起出演这档节目，他事先反复要求乔婕拒绝二班的这种安排，但乔婕并没有肯定地答应他的要求。

甘隆知道凌强也在追求乔婕，如果让他们通过这次双人舞蹈的排练和演出增加肢体肌肤接触的机会，凌强肯定会有更大的胜算。为此，甘隆与乔婕之间冷战了好几天，因为甘隆知道乔婕最终还是去参加排练了，而且每次排练回来都是很开心的样子。

其实，乔婕并非因为与凌强增加了更多的接触机会而高兴，她是因为自从来到黄冈中学上学后，快有一年时间没有机会跳过舞，这次二班的同学们推选了她出演，她一时竟然有了技痒难耐的感觉，手脚不由得轻轻舞动起来。当甘隆好几次要她拒绝出演，她都没有肯定地答应他，只是虚与委蛇地应付。

甘隆对凌强的忌惮不仅仅限于这次双人舞。凌强是本地学生，家庭条件优渥，不但学习成绩好，而且发展十分全面，既会踢足球，又会舞蹈，据二班同学传言说，凌强父母在他小时候曾经聘请过专职舞蹈演员教导过他，而且凌强还是黄州青少年官舞蹈队的成员。

这些传闻让甘隆感觉到凌强是含着金汤匙出生的人，和他完全不同，如果他甘隆没有在中考成为全县状元，他是不可能与凌强一起坐在黄冈中学的教室里上课的！甘隆对凌强产生一定程度的敌意，加上平时凌强总是讨好乔婕，对乔婕暗送秋波，这种种举动时时在拨弄甘隆敏感的神经。

当双人舞伴奏乐曲声停了下来，乔婕和凌强的舞蹈也以优美的动作终止了，赢得了全体师生的热烈掌声。甘隆不想再看下去了，正在师生们鼓掌的时候，他就站起身从礼堂里走了出来，想一个人到外面去呼吸一下新鲜空气。

正在舞台上谢幕的乔婕看见了甘隆离场的举动，就赶紧到化妆室卸了妆，换上常服后走出礼堂来找甘隆。乔婕在礼堂大门外看到生闷气的甘隆，问道：

"甘隆，你怎么不看演出了呢？"

甘隆说：

"看什么？看你得意忘形地表演吗？"

乔婕说：

"你怎么这样说话？"

甘隆说：

"你是不是很享受你和他两人手牵手肌肤相亲的感觉？你是不是很享受凌强把你托举起来，你身上的那种电流传遍全身的感觉？"

乔婕说：

"你别这样胡说了！我们俩演出那也是班上的要求，是冼老师专门分配给我的演出任务。"

甘隆说：

"你别骗我了。你们班的李慧就告诉过我，你们班在讨论节目的时候，本来还有替代的项目，就是李慧她自己拉小提琴。李慧会拉小提琴，是国手培养过的。李慧本来要在这次元旦晚会上表演《梁祝》，她曾以此曲在全国中学生小提琴竞赛中得过奖的，不比你们这个双人舞要好得多吗？"

乔婕说：

"《梁祝》和《沂蒙颂》都是二班待选节目，选《沂蒙颂》是冼老师最终拍的板呀。"

甘隆说：

"你还在狡辩！明明是你想表现自己，是你自己想找机会多与凌强接触，才积极地揽下这台双人舞的。"

乔婕说：

"这场晚会之后学校要对各班节目进行评比的，这个双人舞节目最后是冼老师指定的，他要求我们为二班争光，不是我们自己非要上这个节目的。李慧的小提琴根本就上不了台面，也拿不了奖项的，再说别的班级也有报小提琴节目的，难道整个晚会就是拉小提琴吗？"

甘隆说：

"反正你总有理由，你嫌贫爱富，你就是爱慕凌强的家世好，我的家世远不如他。"

乔婕说：

"你要这样说，那我看你们班童尉在演唱《我和我的祖国》时，你拍巴掌把手都拍红了。那你不是对童尉也有意思吗?"

成功和余辰两个人开始以为甘隆是上厕所去了，但见他长时间没回到礼堂，就知道他可能是闹意气而离开了。这个时候两个人就一起出来找甘隆，在礼堂门口见到眼睛红红的乔婕正有要哭的意味，就赶紧上来劝慰。余辰说:

"甘隆，你这是怎么了? 又在欺负乔婕啊?"

而此时凌强也从大礼堂出来，经过他们四个人的身边时，和乔婕打了一声招呼说:

"乔婕，你今天表演太优秀了，以后我们再好好合作啊。"

凌强说罢，冲着乔婕竖起了大拇指，眼睛却带着挑衅地看向甘隆。乔婕应付地回答凌强道:

"嗯，好，好的。"

甘隆听到二人的对话后更加生气，说道:

"你看吧，你们还要好好合作呢，是不是你们要携手一生呢?"

成功这个时候说:

"甘隆，我看凌强也只是客气地打个招呼，你没必要这么计较，走吧，走吧，你们俩别在这儿置气了，我们一起踢球去。"

余辰也说:

"乔婕，你跳舞跳累了，也该休息休息，你快点去洗个澡，休息休息吧。"

成功也说:

"乔婕，你快点去洗个澡，休息休息吧。甘隆，我们几个好久没踢足球了，我们一起再去踢一场球，好不好? 今天让你多进几个球，让你高兴高兴。"

说罢，余辰和成功拉着甘隆就跑向了球场，把乔婕晾在那里，一个人在风中凌乱。此时的她开始明白，她和甘隆两个人之间并没有想象的那么默契，甘隆的确是太敏感了，而他这种敏感是一种心理的脆弱，是他对家世自卑的后遗症，让他不能从容大度地对待他将面对的人和事，唉，要是灵动的甘隆也能像凌强那样大度优雅，该有多好！

说实话，面对着凌强对她的追求，乔婕的心里是坦然的，她对他来说只有佩服，但没有喜欢和爱。但就算这样，她总不能不和凌强来往、交流或者打交道吧？甘隆的敏感使他变得有些多疑，这将成为她们二人之间情感交流的最大障碍。

乔婕虽然只爱甘隆一个人，但是她在心里还是挺享受三个男孩子同时追求的感觉，这种众星捧月的感觉让她感到非常受用。她在心里承认，刚才甘隆的言语中"过电"描述得十分准确传神，的确，在凌强将她托举起来的时候，她的身体的确有那么一股电流从腹部传递到她的心里，一阵酥麻的感觉穿过全身。但是这种过电的感觉也仅仅发生在一刹那间，当她和凌强两个人身体脱离接触时，这种过电的感觉就立即在乔婕的身心中消失了。

或许凌强和陈辉一样，是第二个备胎？当这种想法再一次出现的时候，乔婕更为自己感到吃惊，但此时她只有那么一点羞耻的感觉，没有那种油然而生的罪耻感。有两个备胎的想法，让乔婕更感到受用。

想到这里，乔婕再一次地将甘隆、陈辉和凌强三个男孩子进行全方位的比较。甘隆和两个备胎之间的差别现在已经明显地显现出来，这就是甘隆身上有一种原始的冲动，这种原始冲动力能够让他不顾一切地追求成功。甘隆必须自己靠自己取得成功，为自己铺就前程，这种现实的困境使他有一种强烈的进取精神。相反，陈辉和凌强都是出身优越家庭的孩子，他们没有或者说很少有这种原始的冲动力，缺少强烈奋斗的欲望，为了成功而拼搏的精神都远远低于甘隆，他们缺少的就是现实的急迫感。

这场元旦演出结束后，张良洪校长走上台来，邀请学生们上台来狂欢，在《青春圆舞曲》的音乐声中一起跳舞，锦梅没有参加跳舞，从礼堂出来去找乔婕。乔婕正在发呆的时候，同为二班学生的锦梅出了礼堂，看见了乔婕，就把乔婕拉到旁边，问道：

"乔婕，你怎么在这儿发呆呀？"

乔婕说：

"没事呀，我在这里等你呢，我们俩一起去食堂吃饭吧。"

锦梅说：

"你以为我看不出来呀，是不是刚才和甘隆置气了？我见他看了你们的节目之后，就提前从座位上走开了。"

乔婕说：

"别看你戴了副眼镜，还是看得清楚！什么都瞒不过你！"

锦梅说：

"你这一脸的官司，还要我仔细看呀？你就自己告诉我吧，你是不是在为甘隆伤心？你说你这是何必呢？甘隆敢对你不好，不是还有凌强和陈辉两个备胎吗？"

乔婕出手打了一下锦梅，说道：

"瞧你没个正形儿！全都瞎说，原来那些谣言都是从你的嘴里传出去的！"

锦梅说：

"我可没有传你什么谣言呀！有关你的谣言都是李慧传出来的，李慧喜欢凌强，谁叫你把凌强的目光都吸引过来，李慧可不就恨你吗？"

乔婕说：

"我知道这一点啊！可是凌强要偷瞟我，我总不能把凌强的目光挡回去吧？唉，我看他的成绩也下降了许多，他还是当班长的人呢，一点也不注意影响。"

锦梅说：

"你就身处万众瞩目之中，自得其乐吧。"

乔婕说：

"我们这是纯真的友谊，没有掺杂私人感情。"

锦梅说：

"哟，哟，哟，你说得还像是真的一样呢。"

乔婕说：

"人在这个社会上走，哪儿不需要朋友帮忙啊，我至少把陈辉和凌强都是当作哥们儿。我们男女生之间不能有友谊吗？我们女生和男生就不能成为哥们儿吗？特别是我们女孩子要在这个世界上行走，没有几个朋友那怎么行啊？你说上次回家甘隆也送不了我回麻城，是陈辉主动送我回麻城的，这一回和凌强的关系加强是因为在舞蹈上有合作，这和我与甘隆的情感是不一样的。人们总不能将男生和女生正常的交往都当成早恋吧?"

锦梅说：

"还是你想得通，不过我想你说得也非常对。走吧，走吧，食堂开饭已经半天了，再不去可就没饭吃了。"

两人遂边说边走，直接到食堂打饭去了。

第二十七章　乔婕被驱离黄冈中学

元旦文艺演出后不久，校长办公会上讨论了节目评奖的问题，演出组委会提出了评奖预案。冼老师参加完校长办公会议后，喜笑颜开地回到二班向全班学生宣布，我们班双人舞节目获得了特等奖，而一班的三句半节目是文艺演出一等奖，这是二班再一次突破了一班的压制。冼老师鼓励同学们好好学习，争取在考分上突破一班的压制，夺取总分和单门成绩年级最佳。

二班的学生们被冼老师的兴奋之情感染，纷纷伸出大拇指向凌强和乔婕表示祝贺，赞赏他们为二班争了光。但是，在欢乐的二班学生中有一个例外，这就是坐在乔婕前一排的李慧，她表现得十分不高兴，因为她认为是双人舞节目抢了她演出小提琴独奏的风头。

当天晚上李慧的姑姑李琼来家找她父亲说事，就在她家一起吃晚饭。一家人坐在饭桌上吃饭的时候，姑姑李琼问李慧道：

"慧儿，你现在是不是学习太紧张了，好久没有听到你练习小提琴了？"

李慧说：

"练那个小提琴有什么用啊？不当吃不当喝的，也提高不了高考分数，最关键的是我们学校文艺演出也不让我演。"

李琼说：

"你的小提琴独奏表演不是挺好的吗？怎么文艺演出不让你演出啊？我到时间问你们校长，跟他说道说道。"

李琼之所以能轻易地和校长说上话，这么轻易地跟他沟通，是因为她是教育局政教科的副科长，经常和各个学校的领导有所联系。接下来李琼又问询了李慧关于这次文艺演出的状况和最后的评选结果。李琼听说双人舞《沂蒙颂》不但抢去了侄女的演出机会，而且获得演出特等奖，两个跳舞的男女同学还是早恋关系，她更是气不打一处来，说道：

"我真要去质问一下张校长，这个奖是如何评选出来的？把早恋的学生安排到一起跳舞，这不是鼓励早恋吗？"

听到姑姑要为她出头的主张，李慧突然想起前不久她与乔婕两人发生龃龉时，乔婕在气愤之下将她的头部抵捂在桌子上这件事，委屈的感觉一下子涌上心头，就突然嘤嘤地哭了出来。李琼不解地问道：

"慧儿，我为你出头，你为什么还哭了起来，难道有什么不对吗？"

李慧说：

"不是，是姑姑你要为我出头，我才敢说，我前一阵还被乔婕欺负了。"

李琼说：

"乔婕是谁？乔婕怎么欺负你了？"

李慧说：

"乔婕就是那个跳《沂蒙颂》的女同学，她打过我。"

李琼说：

"慧儿，前一段时间我怎么没有听你说过这事？你和同学之间有点矛盾是难免的，你可别夸张呀。"

李慧说：

"她把我的头部抵捂在桌子上，这不算打吗？"

李慧的父亲李雄说：

"那也没有用手打人呀，慧儿，这事不是过去好久了吗？你就别翻旧账了吧。"

李琼说：

"不行，哥，我不能让慧儿在学校受人欺负，更不能让一个外县人欺负，我一定要找张校长说道说道。"

李雄劝阻李琼说：

"她姑姑，这件事你就别管了，不过就是一次文艺演出的评奖，对学习也没什么影响，慧儿她们还是要以高考为重，你就别让她再分心了。"

李琼说：

"哥，我这也就顺便问一下啊，不会影响慧儿的学习，不然的话，慧儿在学校里也不能这么受人欺负啊。她有姑姑在，还这么受欺负，那我不白在这个位置上待着吗？"

李雄说：

"好，好，好，你说，你说，你说，我看你能说成什么样。你别让孩子在学校太过娇惯了，这样对她不好。"

李琼说：

"我知道，我知道，我让张校长对慧儿多照顾，让他们老师对慧儿多照顾，这样对她成绩不是更好吗？"

李雄说：

"行吧，那你做事别太过了啊，你别难为那些孩子，听说他们都是从外县来的，都不容易，他们也都是好孩子。"

李琼说：

"哥，这件事你就别管了。来，李慧，我们俩到房间单独说说。"

李琼随李慧一起来到她的读书房内，将房门关上，目的是不让李雄听见她们姑侄之间的策划。其实乔婕与李慧闹矛盾这事本来已经过去，李慧都将此事忘掉了，刚才说到评奖这事才想起来；而且这件事实际上算不上太大的事情，乔婕只是把李慧的头抵揭在桌子上，说实话也算不上打人，只是她现在觉得委屈，觉得正好趁这个机会将两件事凑在一起，就能够把乔婕好好地整治一下，所以李慧就这么夸大其词地激怒李琼。

姑侄在读书房内坐定，李琼要李慧写一封举报信，在信中检举乔婕三件事情，一是早恋；二是欺负打骂同学；三是双人舞《沂蒙颂》，虽然是革命舞剧的片段，但二人在演出时着装太暴露，男女演员有太多的肢体肌肤接触，比如说托举什么的，有严重的不良影响。李慧按照姑姑的口述将这封检举信写完，姑侄二人还逐字逐句地检查和斟酌用词，最后李琼又让李慧重新誊写一遍。

李琼第二天带着李慧写的检举信，以检查工作的名义来到黄冈中学，在检查工作完毕后，将这封检举信交到张良洪校长的手上。张良洪接到这封检举信大惊失色，好在他很快就镇静下来，对李琼说，检举信中所说的这三件事他要好好调查一下，到时候会具体答复。

校长张良洪叫来二班班主任冼老师，他和冼老师对着检举信研究一番后，决定叫来当事人进行调查。最先被叫到办公室来调查的是二班班长凌强，面对着校长和班主任老师的质问，凌强镇静地对三个问题给出了回答。冼老师问凌强说：

"这封检举信说你与乔婕之间有早恋，有这回事吗？"

凌强说：

"关于传言我与乔婕之间的早恋，纯属猜想，是因为在排练《沂蒙颂》双人舞时，两人之间过从甚密，引发同班同学的误解。"

张良洪校长说：

"关于乔婕打李慧一事，你知道细节吗？"

凌强说：

"这件事发生的时候，我正在现场，知道这件事发生的全部经过，我现在可以完整将过程还原出来，是李慧屡次挑衅乔婕在先，乔婕是在气愤之下制止了李慧的挑衅，并不存在殴打和欺负，而且这件事情已经过去了很久，现在重提这件事，是小题大做。"

张校长继续问道：

"那你怎么解释跳双人舞时肌肤接触过多的问题？"

凌强说：

"关于双人舞表演时肌肤接触过多的问题，这是按照舞蹈老师要求做的，并无过分之处，而且校方可以调查一下观看过的同学们，有没有这种不良感受。"

乔婕在教师办公楼外焦急地等待凌强，凌强出来后将他与校长及冼老师之间的对话复述了一遍，乔婕这才大舒了一口气。乔婕激动地对凌强的证言表示了感谢，因为如果没有凌强帮她说话，证实乔婕真是打了李慧的话，就凭这一条乔婕必然会被学校开除。

在最后处理这封检举信的时候，张良洪校长就跟冼老师商量，为了平息这件事情，他建议把《沂蒙颂》双人舞的特等奖项撤除，不授予任何奖项，鉴于甘隆涉嫌早恋而受到牵连，一班的原拟授一等奖的《江边救人》也不予评奖，这算是对二班特等奖被撤销的一个补偿，而童尉演唱的《我和我的祖国》，因为受到学生好评而递补为特等奖，高二年级的一个节目也递补评为一等奖。这件事的当事人也做了相应的处理，撤除了二班班长凌强的班长职务，改由张峻任班长；一班也撤销了甘隆副班长的职务。

在对检举信中的评奖问题做了满足检举方的处理后，接下来就要处理早恋和欺负同学的问题。因为欺负同学的问题已经时过境迁，而且双方都确认问题不是那么严重，所以这件事也就不了了之。

最后剩下的就是早恋的问题，这个事儿比较严重。校方对李慧及一班和二班其他学生进行了全面的调查，最后按照李慧提供的线索，形成了一个较为清晰的轮廓，就是早恋涉及三个男同学和一个女同学，三个男同学是甘隆、凌强以及陈辉，而一个女同学就是乔婕，这就是一对三的多角恋爱。李慧的指认在高一年级的学生们当中被传得沸沸扬扬，而且锦梅同学也提供了侧证。

相对来说，早恋是学校认为最为严重的事情，认为这件事必须与乔婕家长进行沟通。学校通知了乔婕的家长，所以乔志钰和林回梅两人就从麻城赶到了学校。当林回梅和乔志钰来到学校见到了乔婕，又听到老师跟他们介绍情况的时候，林回梅为女儿的早恋感到害臊，因为在她印象当中，这是乔婕第二次犯这样的错误，那一年还在初中的时候，乔婕就是因为和陈辉接触过多而导致怀孕。而根据学校的谈话，林回梅认为，这一次乔婕故态复萌比上次初犯更为严重，是乔婕与三个男生之间的多角早恋，所以事态更为严峻可怕。

夫妻二人带着乔婕回到住地后，就开始了对乔婕严格审查。面对母亲气势汹汹的诘问，乔婕气得哭了起来，她说：

"当初家婆病危，我一个人回家去看家婆的时候，你们也没有时间来接我，我总不能一个人冒险坐长途公共汽车吧？长途公共汽车那么危险，你们难道敢让我单独一个人去冒险吗？妈，你就不怕我在长途汽车上遭遇风险吗？所以我只好让陈辉陪我一起回家，这是同学间纯洁的友谊，而这就是他们所说的我与陈辉的早恋。"

乔志钰说：

"婕儿她妈，婕儿说得有道理，她是为了安全才让陈辉做伴的，怪不得她呀，怪只怪当时她家婆病重，我们都抽不出空来接她，这件事不能怪婕儿，是外人错怪了她。"

母亲林回梅说：

"那你和凌强是什么关系？"

乔婕说：

"凌强是我们二班的班长，是因为学校组织元旦文艺会演，我和他一起跳舞是正常的交往，但有个叫李慧的同学心生嫉妒，所以才造谣中伤。"

乔志钰说：

"婕儿她妈，我说吧，婕儿和凌强之间是正常交往。"

林回梅说："你和甘隆之间又是什么关系？"

乔婕说：

"甘隆同学是因为没鞋穿，我好心给他买了一双鞋，这是同学之间的友爱。这也被李慧拿来造谣。"

尽管乔婕一一化解了母亲林回梅的诘问，但林回梅的意志十分坚决，要将乔婕带回麻城县一中上学，而父亲乔志钰说没有转换学校的必要，他仍然想让乔婕留在黄冈中学继续上学，所以在父母意见不统一的情况下，学校同意家长暂时先将乔婕带回去上学，但是学校仍然保留乔婕的学籍。

陈辉知道乔婕转学回到县一中上课的消息后，情绪波动起来，他坚决要求家长把他转回麻城县一中上课，在他当瓦楞纸箱厂厂长的父亲帮助下，陈辉很快就办好了转学手续，回到麻城继续上学。

林回梅急着要回麻城，乔婕几乎是被父母挟制着坐父亲开的小车离开黄州的，离开之前，她没有机会与甘隆道别。甘隆是在第二天才知道乔婕要转回麻城县一中上学，在冲动之下，他去找李绍才老师要求也想将学籍转回麻城，李绍才不置可否，只是示意班长黄鹏以朋友的身份来劝阻甘隆的冲动性选择。

听到甘隆也想转学回麻城的消息，黄鹏十分着急，他找到甘隆说：

"甘隆，我劝你要慎重啊，你千万别随便转学。你想转回去，你确定你就能回麻城县一中吗？你别到最后只能到龙池中学的高中部学习。"

甘隆说：

"班长，你的提醒可能是对的，当年我中考状元没有选择县一中上学，县一中校长十分恨我。"

黄鹏说：

"我和你两个人之间学习上是竞争关系，但是我心里当你是好朋友，我们俩是不打不相识，不打不成交，你们上次县际篮球比赛战胜了我们，我本来对你也是怀有成见的；但是上次你在江边奋不顾身地跳下江去救落水顽童，我被你感动了，觉得你是仗义的男子汉，我愿意和你交往，并与你为友。

"况且你留下来和我竞争，也能激发我的学习斗志，所以我希望你留下来别转学，反正学校对你是没有什么太大意见的，因为你上次救了人，校长对你印象特别好，汪老师和陈老师都对你印象好，你留下来和我竞争，希望你能一次次战败我，而我则一次次反败为胜，又把你打败，我们两个互相竞争，这样都能取得更好的成绩。"

甘隆说：

"黄鹏，实际上，我在内心里也把你当成知心朋友了。原来我总是不太相信人，上次你跟着我下水救落水儿童，也让我十分感动，你现在这么诚挚地挽留，你的说法我好好想一想吧，我再写信和乔婕谈一谈。"

黄鹏说：

"虽然前次考试我们都没有考好，都跌出了前十五名，让二班的凌强和张峻占了便宜而得了头名和第二名，但是我心想，我们两个人只要回归到正常的学习状态，很快就会重新登上巅峰，第一名和第二名肯定属于你和我，我希望你留下来，我们两个互相竞争，为一班的荣誉而战。"

在黄鹏的劝说下，甘隆暂时中止了向李绍才申请转学的事，而是转而给乔婕写了一封信，表达他的思念之情，说他也想转到县一中和她一起上学。

乔婕收到甘隆的来信十分高兴，很快就给甘隆回了信，信中的内容是劝阻甘隆，反复劝他，不让他回去。乔婕分析他没有家世，他如果回去只能回到龙池中学，说事情是因她而起，她不忍心连带着甘隆因此让学业受到影响，而且乔婕还说，让甘隆少安毋躁，她的学籍仍然挂在黄冈中学，说不定她通过好好表现，能劝说母亲林回梅同意她重返黄高，到那时他们一样能重逢，重续前情。

乔婕回到县一中的时候，过了半个月就赶上了期中考试，她一举夺得了县一中全年级总分第二名。这个成绩让她及家长都感到十分高兴。这天晚上乔婕回到家里，找到父亲乔志钰和母亲林回梅，对他们说道：

"爸，妈，我这次期中考试已经得了第二名，说明这里的学习竞争远不如黄冈中学，我现在想要回到黄高继续上学。"

林回梅说：

"你这次一回来就考了第二名，一中校长还向我来道喜呢，说明你很适合在一中学习，而且你一到黄冈中学脱离我的视线，就容易出问题，我得把你看紧一点，你就别想再回黄冈中学了，就在这里上学吧。"

乔婕非常不高兴地说：

"这里的教学条件和氛围远不如黄高，不利于我继续提高成绩，我还是想回黄高去。"

林回梅说：

"你死了这个心吧，我知道你一脱离我的视线，你就跟我生事啊，早恋、打架这些事都出来了，再让你回黄高，还不如那年让你随姑姑一起到香港上学呢。"

268

乔婕说：

"我一定要回到黄冈中学去上学，那里更适合我的学习习惯。"

林回梅说：

"你回什么回啊？你在黄冈中学就是个上中游，你在这儿就是头几名，甚至是头名，宁做鸡头不做凤尾，这个道理你不懂吗？"

乔婕说：

"那边的学习环境比这儿更好，学习氛围更好，我将来肯定能考取名牌大学，在县一中就保证不了。"

林回梅说：

"你当我不知道啊？你是心心念念在想着接近甘隆和凌强，你对陈辉没什么感觉，才想着要回黄冈中学的。我就把话说到这里，我是坚决不允许你再回黄高的。"

林回梅又转头耳提面命地对乔志钰说：

"老乔，你听好了，你不许暗中帮婕儿，你要这样做的话，我和你没完，和你离婚。"

乔志钰说：

"婕儿她妈，你这是何苦呢？不至于吧？"

乔婕说：

"你不让我回去，我就自己回学校去。我明天自己买长途汽车票，坐车回黄高。"

林回梅说：

"你别做那个梦了，我早已经跟你们的老师联系过了，把你黄冈中学的学籍取消了，而且把你的学籍已经转到县一中来了。"

原来这是林回梅和乔志钰玩的拖刀计，他们先把乔婕哄着回了县一中上学之后，再阻止她返回黄冈中学，这样就达到他们要乔婕转校的目的，让乔婕没有反抗的余地。

虽然陈辉的成绩在黄冈中学处于中游，但是他回到麻城县一中参加这次期中考试，他的成绩考得也不错，是处于一中的全年级第五名。这个消息也让陈辉感到十分高兴。

第二十八章　黄冈中学科学之夜

　　随着乔婕转学离开了黄冈中学之后，高一一班和高一二班的学习状态就逐渐恢复平静。袁鑫签约后进入了国家奥数竞赛预备队，除了数学强化训练外，不再学习其他课程。甘隆和黄鹏两人的成绩稳步上升，两人重新回到年级排名头五名。

　　学校为了活跃气氛，提高学生的积极性，扩大眼界，延长思维触角，要搞一个科学之夜，以学生为参与主体，举办数学、物理和化学三科最前沿的进展讲座。校长授权教导主任汪增惠将高中三个年级的各教研组长召集到一起，组成年级组长组织会议，形成科学之夜的参议团。

　　科学之夜的参议团向高中全年级发放问询表，向学生征求最感兴趣的前沿科技问题，并征索三位主导学生。在高中各年级学生的推荐下，科学之夜的参议团商议，科学之夜的形式要生动活泼，以"学生主导，学生参与"为形式。而所谓的"学生主导，学生参与"，就是选择学生中那些对专门学科有独到钻研的学生，向全体讲述或演示他们的心得体会，而所有的同学则可随时发问，或向主导学生发出挑战，进行辩论或解析。

　　科学之夜的参议团经过商议，决定让甘隆承担物理主导，而黄鹏承担化学主导，袁鑫承担数学主导，之所以这么安排，是因为黄鹏是想以化学为理想职业，而袁鑫的梦想则是想当数学家，甘隆的理想是想从事理论物理研究，三个人都在各自感兴趣的领域深入涉猎，他们钻研的深度就连有些任课老师都会自叹不如。

科学之夜的参议团还确定，科学之夜将来要列为黄冈中学的一个常态化的系列项目，高一、高二、高三三个年级轮流坐庄，将来对每个年级的科学之夜项目由学生受众进行打分评比。

第一次科学之夜是筛选出高一年级的黄鹏、袁鑫和甘隆作为三个主导员，以后的科学之夜项目中，本学级的任何学生都可以报名成为主导员，但必须是那些对某一学科问题有比较深的涉猎者。为了引入竞争，参议团还打算让外校或外省市有名气的中学学生请来担当主导员，以提升整个科学之夜的含金量。

初步打算是每个月的最后一个星期六的晚上进行，这样让学生们既有充裕的时间准备，又不影响学生课堂的学习。

首次科学之夜是安排在这个周六的晚上，因为星期天就是休息日，周六晚上的活动到再晚也不至于影响到次日的学习。按照年级学科组长的联席会议的安排，这次科学之夜的主题是：科学，畅想最前沿。主讲顺序是黄鹏主导《化学之美》、袁鑫主导《数学哲思》，而甘隆则主导《量子之争》。

科学之夜的主会场安排在礼堂之中，在灯火通明的大礼堂讲台上方，悬张着巨大的横幅"科学，畅想最前沿"这七个大字。周六吃完晚饭后，参加此次活动的高中学生鱼贯而入，活动晚七点就开始了。

二班的李慧是这次活动的主持人，她首先请张良洪校长作了简短的主旨发言，他说：

"黄冈中学自从一九七九年开创了高升学率的神话，外间流传我们教学的模式就是'学生苦读、老师苦教、家长苦帮'，还有人认为黄冈中学是填鸭子教育，这是外界对黄冈中学的最大误解。有些不良机构还假冒'黄高'的旗号推出许多以'偏、难、怪'著称的试卷、辅导书，造成很不好的影响。

"同学们，黄冈中学身处一个偏僻的中小城市，没有省会城市那样的教育资源，没有师范大学的师资优势，也没有省会城市的财政优势作为依托，更没有财力和人力资源支撑来提高成绩，所以我们不能以'附中模式'来办学。但我们就必须采取地狱式、军事式管理的'县中模式'来办学吗？现在有些地方中学管理严格程度远过于我们，成绩却不突出，也没有受到关注。我们是采取特有的'黄高模式'办学，是既严格又灵活的办学方式，是充分发挥教师和学生两个方面主观能动性的教学方式，是爱护学生天性的方式，我们今天的科学之夜活动，就是这种方式的一个具体尝试。

"作为校长，我不提倡通过大量的课外培训、大量的题海战术、大量的机械性训练来培养所谓的尖子生，我认为这样的尖子生，就算是全省状元、全国状元，最终也成不了真正的人才，或许还要走向反面，成为蠢材。多刷几道题，多背记几个固定题型，确实可能掌握得更熟练一点，在考试时老马识途般地做题，自然是驾轻就熟，但这样做是培养不出有思想、有创造力的学生的，只会造就一大批死读书的学生，如果我们在座的同学都被训练成了死脑筋，哪有什么灵活的创造力呢？

"其实，我们黄冈中学是要采取启发性教学，让学生主动学习，善于学习。我们开创科学之夜的活动，就是发挥学生学习的主观能动性的一个积极尝试，就是要打破外界对我们黄冈中学的刻板印象，把黄冈中学打造成为一个素质教育的高地。

"我们设计的这个科学之夜活动具有几个特点，一是讲求'自主性'，一是讲求'互动性'。自主性就是你们学生自己主持、自己演讲，自己确定内容。互动性是指任何一个学生在任何时间都可以打断主讲人，向他提出问题，或者是质询主讲人，只要是不是无理取闹的问题、合理的问题，我们都是欢迎的。这样设计的目的就是充分培养你们的想象力，发挥你们思想自由奔放的天性，扩大你们的创造性。

"下面，我就将讲台和互动的指挥棒交到你们学生的手里，希望今天的活动取得一个开门红的效果。"

在场的同学们报之以热烈而持久的掌声，接着主持人李慧请第一个主导人黄鹏走上讲台，开始了他的演讲。黄鹏登上讲台后，嘱咐将全场的照明灯熄灭。黄鹏拿出一支试管，在里面放了一些磷，他将试管轻轻晃动后，发出了耀眼的光芒，随着他手臂的摇动，光芒变成了四溅的火花。同学们纷纷说，这是天女散花。

当试管的火花熄灭后，灯光重新照亮全场。黄鹏对参与的学生们说，磷以其易燃性璀璨夜空，形成美丽的天女散花，这是化学美化生活的一个案例。之所以我们以天女散花实验开场，就是因为前一段时间我们学校男生宿舍地面晚上经常有鬼火，现在，当然学生们换了宿舍后这个现象消失了，但是我们做这个实验来进一步地解释这个现象，可以解释为地下骨殖含有磷化物形成气体逸出形成的，相信这个实验可以解开大家心中之惑。

黄鹏继续说，我再为同学们演示一个化学美的实例。只见助手迅速在台上摆好紫甘蓝、酒精、烧杯和玻璃棒，黄鹏将紫甘蓝撕成片状放入烧杯中，滴入酒精后通过玻璃棒将叶片捣碎，很快紫甘蓝指示剂提取成功。

黄鹏叫上五个同学，分别用滴管吸取少量指示剂，分别滴入装有柠檬汁、洗洁精、白醋、盐酸、氢氧化钠的五个试管中，在全体同学的关注之下，五个试管出现红、粉、淡紫、紫、黄色。黄鹏高声地对礼堂的同学们说：

"试剂瓶瞬时穿上了五彩衣，化学之美是不是让大家更喜欢化学这门课程？"

同学们纷纷说：

"化学是很神奇，但这是观赏之美，这有什么实用呢？"

黄鹏说：

"同学们，其实，化学之美无处不在，化学之奇无所不能，化学将来在我们的生活中将扮演越来越重要的角色。那我接下来讲讲化学的实用之美。"

黄鹏兴致高涨地和同学们交流了半个多小时，同学们不时发问，他不时地解答，现场气氛十分融洽。很快黄鹏的主导时间到了，他就将主导棒交给了第二位科学主导员袁鑫。

袁鑫主导的题目是《数学哲思》，但袁鑫知道，他对于数学的钻研已经非常深入，甚至超过有些中学的数学老师，他对于今天的科学之夜的主导必须是深入浅出，起到激发同学们思维的目的就足够了，因此他讲了数学在拓扑学方面的进展，包括低维拓扑、三维拓扑、四维拓扑和庞加莱猜想。

当袁鑫讲到这里时，台下有的同学举手提问，说道：

"袁鑫，你讲得太深奥，你将来肯定是以纯数学为职业，我们只是以数学为工作工具，你讲的我们还不太容易理解，你就直接讲一下低维拓扑研究的意义，或者它有什么应用这些常识性的东西吧。"

袁鑫听了这个要求，立即调整他主导的方向，对台下的同学们说：

"这个同学的意见非常好，那我就解释一下，拓扑学的意义及应用。其实，拓扑学就是起源于实用的地志学！拓扑学的一些内容早在十八世纪刚刚兴起的时候，就是以地志学的面目出现的。拓扑学英文名是Topology，最早就是指研究地形、地貌相类似的有关学科，到了十九世纪后，数学家将地志学的问题进行抽象化演绎后，就形成了一个新的几何学范畴。"

一班学生成功站起来提问说：

"那拓扑学是非常枯燥烦闷的吗？袁鑫，我看你的年龄和我们差不多，前额的头发见少呀，将来不会成为地中海或顶上光吧？"

在座的同学们都笑了起来，袁鑫对成功的善意玩笑也不以为意，反而更加打开了话匣子。他说道：

"实际上拓扑学是非常有趣的学科，比如说拓扑学发展史上哥尼斯堡七桥问题、多面体欧拉定理、四色问题的解题过程是饶有趣味的。"

二班的张峻站起来说：

"袁鑫，你就举例给我们详述一个问题的解答过程吧，看是不是真如你所说的有趣？"

袁鑫说：

"好，现在我简单地提一下'哥尼斯堡七桥'问题。我刚才提到过，拓扑学就起源于十八世纪的地志学，当时有个公国叫作东普鲁士，哥尼斯堡是它的首都。

"普莱格尔河横贯哥尼斯堡市,当时在这条河上建有七座桥,将河中间的两个岛和河岸连接起来。人们生活和工作都要经过这七座桥。过这些桥时都要收过桥费的,而且是每过一次桥收取相同的费用。

"哥尼斯堡市邮役局有一个信差每天必须经过这七座桥到各处派送和收取邮件。邮差每天回来向邮役局长报销九次过桥费,邮役局长怀疑邮差冒报贪污过桥费,他认为这位信差可以每座桥都只走一遍,一次走完七座桥不重复不遗漏最后回到起点邮局,就能给全城人送达信件,所以只能报销七次过桥费,因此他便以贪污的罪名痛打邮差。挨打后的邮差不服,他反驳邮役局长说,报销九次过桥费是最少的,否则就难以将信件送达全城。

"邮役局长不相信邮差的说法,自己实地踏勘也证实不了邮差在说假话,因为他自己也不能不重复、不遗漏地一次走完七座桥,最后回到邮局,但邮役局长仍然坚持己见,而邮差只是不服气局长的说法。

"这件事在哥尼斯堡形成公案,很多市民都以为这个问题非常简单、实用而又很有趣,因此这个问题吸引了很多人来到七座桥上试走,但在尝试各种各样的走法后,没有一个人能做出准确的正解。很多人到此时才认识到,简明问题不简单,看来要得到一个明确、理想的答案还真不容易。

"后来,当时只有二十九岁的大数学家欧拉来到哥尼斯堡做客,邮役局长就带着这个问题找到欧拉来求解。刚开始时,欧拉也认为这道题无解,因为按照常规的数学知识计算后,很容易知道这七座桥有5040种走法,除非穷尽这5040种走法,否则谁也无法下定论,证实邮役局长对邮差的指控,而这种方法则是一种令人绝望的巨大工作量,几乎是不可能完成的任务。

"终于在无数次失败后,欧拉经过一番思考,别开天地地创用一种独特的方法给出了解答。欧拉首先把这个问题简化,他把两座小岛和河的两岸分别看作四个点,而把七座桥看作这四个点之间的连线。那么这个问题就简化成,能不能用一笔就把这个图形画出来。

"经过进一步分析，欧拉得出结论，信差是不可能只交七次过桥费，每座桥都只走一遍，最后回到邮役局这个出发原点。但欧拉经过计算认为，邮差走的路线并不是最为理想的路线，他多走了一座桥，多花了一次过桥费；而如果按照欧拉给出的路线顺序方案，只需要交八次过桥费就能既将信件送达全城，又能回到邮役局原点。

"经过欧拉的解释后，邮役局长认识到他错怪了邮差，而邮差也根据欧拉给出的最理想方案调整送取邮件的路线。此后经过一年的提升性研究，年轻的欧拉提交了一篇关于哥尼斯堡七桥论文，开创了一门崭新的数学分支，即拓扑学。欧拉解决哥尼斯堡过桥费公案的过程就是拓扑学的真正缘起。"

讲到这里，台下的同学们发出赞叹声，感慨数学家欧拉的睿智，纷纷说：

"原来数学是这样解决实际问题的，原来拓扑学真是有实用价值。"

袁鑫接着往下讲道：

"生活和工作中并不只有信差，并不只有七座桥的问题需要我们解答，这不就有了多面体欧拉定理、四色问题，还有庞加莱猜想。当然，因为时间关系，我们不一一就这些问题展开讨论和详述，如果有哪位同学感兴趣，可以和我台下进行商讨。

"拓扑学的应用并不仅仅局限于数学当中，它还与生物学的研究有非常深的牵涉，比如说DNA是非常长的遗传信息分子，它在细胞核时缠结成为一团，打成很多结。分子生物学家和遗传生物学家为了研究各个基因是如何发挥作用的，就需要用拓扑学手段去研究这个结是如何形成，并以何种方法顺利地解构。

"我们在生物学中学到很多发挥重要作用的蛋白质分子的氨基酸组成，但并没有告诉我们这些分子在空间里到底是什么样的结构，而这些大分子在空间中就很可能缔合成结，形成复杂的拓扑。因此物理学家、化学家和生物学家都可能需要拓扑学知识，运用拓扑学手段去解决问题。"

接下来袁鑫继续兴致勃勃地讲述下去，直到主持人提醒时间到了

276

后，他才将讲台转让给接下来的主导员甘隆。甘隆站上讲台，对着台下的老师和同学们施礼后，对他们说道：

"我今天将讲述理论物理学上的一段公案，这就是理论物理学泰斗爱因斯坦与玻尔的量子之争，这次争论三次证明了爱因斯坦的错误。"

刚讲到这里，余辰就在台下问道：

"甘隆，你不是最崇拜爱因斯坦的吗？为何还要揭他的短呀？"

甘隆说：

"是呀，爱因斯坦是我的偶像，但正如先哲亚里士多德所说的，'吾爱吾师，吾更爱真理'，我们这里谈论的是科学问题，谈论爱因斯坦的错误并不妨碍其伟大，并不降低他在我心目中的崇高地位。下面我就详述一下这桩公案的来龙去脉，以飨在座各位老师和同学。"

甘隆接着说：

"我们知道，所谓量子就是一个物理量不可分割的最小单位。我们初中和高中所学的牛顿物理学的传统定律并不适用于亚原子世界，因此需要一种新的物理思想。通过普朗克、玻尔、德布罗意、玻恩、海森堡、薛定谔、狄拉克、爱因斯坦等许多物理大师的开创性工作，开发出了一个全新的物理学分支，这就是量子物理学，当然到今天来说，量子力学并不是很新的学科了，从量子力学的建立到现在已经历时八十年了。

"量子物理学的最基本法则是，许多宏观世界所对应的物理量如：坐标、动量、能量、角动量、自旋这些指标，量子往往不能取连续变化的值，甚至取值不确定。

"量子力学诞生后，爱因斯坦等物理学家提出了质疑。一九三五年，爱因斯坦、波多尔斯基和罗森提出一个名为'EPR'（三人姓名的首字母）的思想实验：制备 A、B 两个粒子的'圆'态，使它们在这一状态中的某个性质相加等于零，而单个粒子的这个性质不确定；再将它们在空间上分开得很远（如几光年）；随后测量粒子 A 的这个性质。当测得 A 是'上'，那么测量者立刻就知道 B 的性质是'下'。

"在爱因斯坦看来，EPR 思想实验是不可能实现的，一个粒子的性质发生变化，另一个与它处于纠缠态的粒子怎么可能瞬间'感应'到它的状态，从而发生变化？他把量子纠缠态称为'幽灵般的超距作用'。为了破解这个物理学界的'公案'，英国物理学家贝尔提出了贝尔不等式和贝尔定理，使EPR佯谬成为一个可以用实验检验的问题。

"就在1982年，阿斯佩利用已成熟的技术条件做了EPR实验。结果发现，处于量子纠缠态的两个粒子居然真的具有超时空关联，就是说两个粒子即使在分离时也表现得像一个单元的纠缠量子态，这就被称为'量子纠缠'！它们无论相隔多远，一个粒子的量子态确定时，另一个粒子的量子态也瞬间确定。阿斯佩的这项开创性工作，不仅驳倒了爱因斯坦，也启动了第二次量子科技革命。这项伟大的实验肯定会在不久的将来获得诺贝尔物理学奖。

"还可预见的是，在未来的几十年内，量子物理学因为量子纠缠而发生极大的发展，世界会因此而产生革命的改变，这种改变必将影响到我们生活的方方面面！"

余辰在台下发问道：

"甘隆，你口口声声说要从事理论物理学，是不是就是要从事量子物理学，专门研究量子纠缠呀？"

甘隆回答说：

"是的，量子力学，这就是我的职业梦想！我将为之奋斗！"

台下的师生听到甘隆的回答，爆发出热烈的掌声。三位科学之夜的主导员继而与观众们进行了长时间的互动，到了十点钟结束时间，仍然有很多同学围绕在三位讲者身边继续有问有答地探讨问题。

校长张良洪在科学之夜开始后，悄悄找了个隐蔽的座位坐了下来，他没有惊动任何师生，全程观摩了这次科学之夜的活动。本来张良洪校长是怀着一颗忐忑之心进入礼堂的，他担心这个"学生主导、学生参与"的活动要么流于形式，要么陋于疏浅，直到这次活动结束他才放下心来，转而非常高兴，因为他提议举办这样活动的初衷就是想要全面提升学生的科学素养，培养科学精神，兼重素质教育与应试教育，看来这个初衷在这次科学之夜上完美达成了，他决心按计划将这个活动举办下去。

第二十九章　偕游杜鹃花海

随着上周六夜晚的黄高科学之夜的成功举办，甘隆在黄冈中学的高中部再度成为学生谈论话题的中心，学生之间再度传扬起乔婕与甘隆、凌强和陈辉的多角恋故事，这一度让甘隆陷入烦恼，勾起了他对乔婕的思念，这种心情竟然随着时日的延长而逐渐加重，他不知道乔婕现在回到新的学校环境中，是不是适应？乔婕有没有想念自己？联想到他刚刚在科学之夜上讲到的量子纠缠，他认为他已经不可分割地与乔婕纠缠到一起了，他拿起笔来就写下一首诗《量子纠缠》：

> 我的心绪已经与你纠缠，
> 你是量子之心的另一半。
> 你上，我的心随你而上，
> 你下，我的心随你而下。
> 一切不需要更多的语言，
> 你就在我遥远的那一端。

写下这首诗后，甘隆就干脆铺开纸笺，向乔婕写起信来。甘隆在信中表达了对乔婕的思念，问候她最近的学习状况，又说了最近他自己成绩回升的状态和科学之夜的盛况，最后把这首《量子纠缠》的诗附了上去。

乔婕接到甘隆的来信，十分感动，她当即回信写道，我不想与你做量子纠缠，量子纠缠是远距离纠缠，太过清冷，太过遥远，而我要的是与你耳鬓厮磨，贴面缠绵！马上就是"五一"节了，学校会放假的，你能回麻城吗？如果你不能回麻城，我就自己到黄州去见你！

甘隆立即回信说，你一个女生，自己单身坐车到黄州来很不安全，我就是再忙也要回麻城去见你的！乔婕接到回信后，很快就回信说，你说你"五一"节要回麻城，令我十分兴奋，甚至高兴得晚上睡不着觉，一直憧憬着与你重逢的日子，我想好了，"五一"节是杜鹃花开遍龟峰山的日子，你回来后，我们俩就一起去看杜鹃花海，这样既避开了我母亲的监视，我们又能整天待在一起。甘隆又很快回信说，你的建议非常好，我期待着杜鹃花映红你面庞的日子，看霓霞在你脸上流变，看美人意态婵娟！

可是在"五一"节前的两天，正在乔婕期待着甘隆回归的时候，与乔婕同一个班的陈辉来找她，邀请她一起去看杜鹃花。这一下子让乔婕为难起来，她飞快地思索对策，在开始时想干脆让陈辉加入她与甘隆的队伍，三个人一起去龟峰山游玩，但转过念头，她却又不想让陈辉坏了她和甘隆二人相携而游的雅兴，思来想去，她回答陈辉说，她想趁"五一"节放假期间，温习功课，好补齐在数学与物理两门课程的短板。陈辉听了乔婕的回答，只好怏怏而去。这时候乔婕忽然想起了什么事，就喊住了陈辉，问道：

"陈辉，'五一'节期间我在家复习功课，你准备做什么？"

陈辉说：

"我原本想邀你一起去看杜鹃花海，你现在不去了，我就没有什么精神干任何事了，可能是在家复习吧。"

乔婕说：

"陈辉，你真想去龟峰山看杜鹃花海，那也要等到高考完了再去吧，那时候我再陪你去，行吗？"

陈辉说：

"好吧，我今年就不去了，只是这个'五一'节肯定过得没趣了。"

乔婕说：

"学习才是最大乐趣呀，我们一言为定吧！"

说罢乔婕举起手掌与陈辉击掌为誓。

很快四月三十日到了，甘隆坐车回到麻城，乔婕早早地来到长途汽车站，她这是要早点见到甘隆。甘隆从长途汽车上下来，乔婕就迎了上去，还没有来得及拿好行李，两人顾不得旁边还有旅客，就热烈地拥抱了起来，直到其他旅客快要走尽，司机催促甘隆拿行李时，两人才分开。

甘隆背起行李后，二人出了汽车站来到大街上的小吃店，一人要了一碗馄饨，边吃边商量起来。两个人商定了明天出发的时间，并当即在长途汽车站买了两张到龟峰山的车票，这时天色已晚，两人才依依不舍地分手，各自回到自己家中。

"五一"节这天天还没有亮，两人带着面包和水，坐上汽车向龟峰山进发。龟峰山在县城以东五十来里地，由龟头、龟腰、龟尾等九座山峰组成，因其地形山势酷似一只昂首吞日的神龟而得名"龟山"，是大别山中的名山。杜鹃花海是位于龟峰山的龟头峰下。二人坐车经过龟峰山抗战遗迹石刻、能仁禅寺、望龟亭、观音殿、龟山迎客松、杜鹃花溪后，汽车就在龟头峰山脚下停靠，两人下了车就携手直奔杜鹃海洋。

"五一"国际劳动节正是杜鹃花的盛花期，龟峰山上的十万亩连片杜鹃花海，此时正如约竞相绽放，层层叠叠，震撼人心，吸引来如潮的游人观赏，令人赞不绝口。二人先来到了杜鹃盆景苑，这里栽种着全世界五百多个品种的杜鹃花，红的、白的、粉的、黄的、紫的，争奇斗艳，蔚为大观，乔婕和甘隆相携进入杜鹃盆景苑，他们没想到世界上有这么多种不同色泽的杜鹃花，令他们眼界大开，流连忘返。

一番游览下来，乔婕觉得有些累了，而且登行山路让她的小腿开始有些胀疼，两人出了杜鹃盆景苑，找了个游人稍少的地方，坐在石阶上。甘隆先是为乔婕按摩了一下她的双腿，又喝了一些水，吃了一些干粮，两人便抵背而坐。

乔婕此时感觉到有些幸福，她靠在甘隆的背上，憧憬地说：

"我们俩要是能永远这么下去多好，没有人能将我们打散开来。"

甘隆说：

"可是，我们现在却是一对互相纠缠的量子，只能分隔两地。"

乔婕说：

"就是我妈妈，她好狠心，设计让我离开黄冈中学，设计让我离开了你！真可气！"

甘隆说：

"以前黄冈中学的同学把我比作赤脚大仙和董永，把你比作小乔和七仙女，如果这种比喻成立的话，那你妈妈就是王母娘娘，是她活生生地把我们拆开了！"

乔婕说：

"我离开了黄冈中学，你可不要把我忘记！"

甘隆说：

"哪儿能呀？我这不是因为想念你就回来了吗？'五一'节就只放这么三天假，我就屁颠屁颠地回来见你，又屁颠屁颠地回去，还不全是为了你呀！"

乔婕说：

"算你有良心，没辜负我那天晚上在月夜里等到深夜，快把我冻死了，就为了给你送生日礼物，赶在你生日当天对你送上祝福！"

甘隆说：

"是啊，那天晚上你真的把我感动了，我以前总是疑心你是干部家庭的子女，怕你有公主病，不愿意接近你，那次以后，我就对你敞开心扉了，对你的爱也无所顾忌了！我要再次说一声谢谢你，我爱你，婕！"

乔婕说：

"我更爱你，隆！只是我不想我们之间再有距离了，我不想要你说的量子纠缠，我只想要我们现在这样耳鬓厮磨，让我的长发梢撩拨你的脸庞，这是多么惬意的事呀，我们现在又是多么幸福！"

甘隆说：

"这个好说，我们只要再熬过这一年多的时间，到时候高考，我们一起填报志愿，那时就报同一所大学读学士、硕士和博士，将来到同一所美国大学去进修学习，以后在同一个城市上班，这个不就是可期的未来吗？"

乔婕说：

"好！那我们约定好，高考同时填报志愿，考同一所大学。只是你的学习那么好，在黄冈中学总是前几名，看来我还得好好努力学习，把成绩提高，以配得起和你上同一所大学！"

甘隆说：

"那好，那我们起誓，一起朝着这个目标努力！"

乔婕说：

"发誓证言！好，你的提议太好了，正合我意！我听说在前面的十万亩古杜鹃树里有一株杜鹃树王，有五百年的树龄，那里是见证爱情誓言最好的地方，以期长久，见证永远！"

甘隆说：

"我也听说，这棵树王是全世界最古老的杜鹃树！我们就去找这棵杜鹃树王！我们在树王下一起发誓，誓言终生！"

二人从石阶上站了起来，拍尽身上的土灰，携手向山峰方向走去。二人一边沿着山路木板栈道前行，一边看见千姿百态的古杜鹃树群，虬龙老枝上绽放娇艳的花朵，将人行步道映得如同在绯红云彩中飘逸，乔婕穿的是素色长裙，洁白的裙裾被山风吹起，显得轻灵而动人，甘隆看着前面轻步跳跃的乔婕，感到她真有如杜鹃仙子一般，他任由乔婕左看看，右瞧瞧，不忍打扰她欢快的笑声。

二人继续前行，来到十万亩杜鹃花海的步道三环线的阳面坡上，一棵树龄达五百岁的杜鹃树王就映入他们的眼帘，这里正是龟峰顶的脚下，人们说正是神龟护佑，让这棵树王在长达五百多年的历史时空里，免遭山风野火、水旱虫病的荼毒侵害。甘隆和乔婕二人沿着山道来到跟前，此时，正有好几十个游客正在争相依树王合照留念。

两人并没有急着拍照，而是仔细地观赏看看这棵杜鹃树王有什么神奇之处，只见在同一个树蔸上同根生长着五十六枝次生枝干，且枝枝枝繁叶茂，艳丽夺目，十分壮观。两人一起数了这棵树王的分枝，果然是五十六枝。甘隆说：

"怎么这么巧，杜鹃树王次生枝干达五十六枝，正好象征中华五十六个民族大团结一样。"

乔婕说：

"要说是大团结也可以，但更可能预示我们俩的爱情会大完满的，我们先对着这棵树王合影，再将同心锁系上，好不好？"

甘隆说：

"敢不从命！"

两个人遂将相机递给周遭的游客，请他为两人照几张合影，乔婕特意选取了一个角度，这样不遮挡五十六个分枝中的任何一枝，好暗合两人的情感将来无所阻碍。两人感谢了帮助照相的游客后，收起照相机，在周边摊贩手里买来两把同心锁，将两把同心锁交扣后再锁系到树王围栏的铁链上，之后两人向树王合揖，祈祷树王保佑两人的爱情之树犹如常青树一样永不凋枯。

做完这一个庄重而诚心的爱情仪式后，甘隆提议两人一起攀登龟峰顶，乔婕欣然同意，因为她已经与最心爱的人誓言今生，要携手终老，这是她最想要的承诺。想来她与甘隆的爱情之路已经是第五个年头了，甘隆终于敞开了心扉接受她，不再抗拒她的爱慕，这个时间可谓不短了！但乔婕想她这样的执着和坚守是值得的，未来也是可期的，虽然师长和父母尚未能知晓和接受她的这种选择，她想，只要高考考出好成绩，她必定能与甘隆比翼齐飞，上同一所大学，做同样的追求，将来组成家庭结婚生子。她对未来是怀有多么大的憧憬和期待，为了这个梦想，她愿意和甘隆一起做任何事情。虽然这座龟峰山顶路险径狭，陡峭难攀，她也要勇敢地尝试攀登上去，和心爱的人一起遥指阡陌纵横，遥岑吹烟云浪。

两个人沿着狭窄的山路向上爬去，没想到随行的游客还真不少，人们都想登上最高峰饱览大好河山，畅抒胸襟，因此山路上显得很是拥挤，在山路最狭窄的地方不得不等上半天，等其他人通过后才依次向上行去。

乔婕毕竟是女孩子，甘隆十分有耐心地保护着她的行进，生怕她扭伤了脚或者掉下悬崖，他有时在乔婕的前面拉她，有时在乔婕在背后推她，即使这样乔婕也感到爬山真的很累，一会儿累得气喘吁吁，满身大汗，爬一会儿山就要甘隆等她一会儿，坐在石头上歇一会儿，双腿累得打战。

乔婕歇了一会儿，又打起精神向前行来到龟臀部位。二人总共经过两个多钟头的努力，终于到达了龟峰山顶，看到了昂首挺立的龟峰石。乔婕站定向龟头方向看去，只见攀登龟头顶的石径只能容下单人通行，向上的人和向下的人都得交错侧身才能通过，乔婕此时正羡慕那个已经登到龟头顶上的女士，心里夸赞这位女士真是勇敢无畏，她心里却有些害怕，因为她有轻微的恐高症，遂不自觉地握紧甘隆的手。这个时候，她的眼神一下子定住了，原来在离龟峰顶最高处不远的地方有一个她熟悉的人，那就是前天要约她来看杜鹃花的陈辉。

陈辉出现在龟峰顶，这是完全出乎乔婕意料的，她记得陈辉信誓旦旦地答应她，"五一"节只在家中复习功课，不来看杜鹃花，不来登龟峰顶，可他怎么就来了呢？如果她乔婕再要继续向上登顶，势必与走回头路的陈辉狭路相逢！这将如何是好，对自己来说，对陈辉来说，这将是一次极为尴尬的邂逅，而这种邂逅将会撕开她与陈辉两人之间存在的那么一种特殊情调或关系，这种撕裂必将是血淋淋的，两个人都将不敢直面这种撕裂！

乔婕的第一念头就是想要逃离，逃离这种极为尴尬的局面，可要命的是甘隆现在正催她前行，继续向上攀登，她总不能直接向甘隆说明情况吧？总不能说她是哄骗了陈辉而摆脱了他的固邀吧？总不能让甘隆认为她乔婕仍在与陈辉藕断丝连吧？总不能因此让甘隆认为自己水性杨花，像黄冈中学的同学们误传的那样，她乔婕一个人同时与三个男同学谈恋爱吧？如果在此地与陈辉狭路相逢，岂不坐实了黄冈中学的传言吗？对于甘隆来说，他可能认为自己不洁不忠；对于陈辉来说，他可能认为自己不实不诚。如果自己因为一次出游而给人留下不洁不忠、不实不诚的印象，那将是多么不值得！对自己来说，也可能是万劫不复的倾覆！

乔婕的脑筋飞快地思考，想要找出一个很好的借口，让甘隆相信自己难以继续向上登顶，想到这里，看着眼前的一个顽石陡坎，乔婕计上心来，她立即虚踏顽石陡坎，向上一踩右脚掉了下来，她那牵着甘隆的手一下子脱开，同时惊悚地"啊"了一声，跌倒在地。

甘隆注意到乔婕的失足，立即上前要扶起乔婕，可乔婕说右踝扭伤了，很疼，不能再登山了。到此时甘隆向上看了看龟头，又看了看身边的人群，他知道再不能执拗地登顶了。甘隆和乔婕歇了一会儿，乔婕说右踝好多了，就让甘隆搀扶着她向山下方向行走。

此时正在龟头小径上的陈辉已经到达最高峰处，他向下四望，豪情万丈，只是可惜这次他不是和乔婕一起来的。原来，前天在乔婕的劝说下，陈辉打消了来看杜鹃花海、登顶龟峰的打算，就想在家中复习功课，哪里知道昨天从武汉回到麻城的表哥一定要陈辉陪他来登山，陈辉的父亲也怕儿子读书读傻了，要陈辉尽地主之谊，陪表哥出来玩这一趟，所以有了陈辉的这次出行！

陈辉向下环顾，当他看到龟臀时，眼睛停止了，他不相信自己的眼睛，因为在那里远远地看见一个身材婀娜、穿着素色长裙的女孩怎么好像是乔婕？那是乔婕吗？还是我看错了？是长得相像的两个人吗？

陈辉这样想着，就立即想动身向下返回，等他往下走了十几个台阶后，再定神看看龟臀处，穿素色长裙的女孩子已经不见，到此时陈辉开始认为是自己看花了眼，是自己太想念乔婕了以至于将别的女孩子当成她了。陈辉摇摇头，自嘲太过多情，以至于神情恍惚。

当甘隆和乔婕二人走到相对平坦的地方，甘隆就背起乔婕向山下行去，来到长途汽车站，买了车票，坐车回到麻城县城去了。陈辉没有打招呼就自己向山下行去，后来他的表哥赶了过来，两人继续到古杜鹃林去游玩了一番，后来陈辉坐着表哥驾的小车一起回到麻城。

第二天甘隆和乔婕一起又到烈士陵园参观了一番，由于"五一"节放假只有三天，甘隆在五月三日下午坐长途汽车回黄州去了。

第三十章　甘隆膝关节受伤

五月四日是青年节，是"五一"节节后开学的日子。乔婕的右脚踝扭伤好多了，但是她仍然一瘸一拐地去上学，陈辉看见了，关切地问：

"乔婕，你的脚怎么了?"

乔婕说：

"我前天走路走急了，脚崴了一下。这是习惯性的脚踝扭伤。你记得我们在龙池中学读初一那一年，在春游时我不是在麻姑仙洞里面就受过一次踝扭伤吗，这就是那次留下的后遗症，现在只要一不注意就容易扭伤踝关节的。"

陈辉说：

"哦，是的，是的，我记起了这件事，原来新伤和旧伤有这么一个联系。"

陈辉走上前来，把乔婕的书包抢了过来，背在身上，护送乔婕上学。在接下来的一周时间里，陈辉每天接送乔婕上下学。乔婕内心有些愧疚，每次都拒绝陈辉前来接送她，所以乔婕对陈辉说：

"陈辉，你不用送我了，我脚踝伤得并没有那么严重，我自己能走的。"

陈辉说：

"你每天背着个大书包，再一瘸一拐的，这怎么走啊?"

乔婕说：

"我只是不忍心这么麻烦你。"

这时陈辉最终还是鼓足勇气，问乔婕说：

"哎，你是不是还有一个双胞胎的姊妹啊？或者你有没有一个表妹，和你长得一样？"

乔婕说：

"没有啊，我家就只有我一个人呀！"

陈辉说：

"那怎么在'五一'节那天，有人在龟峰顶上看到一个人，长得跟你一模一样？"

乔婕说：

"唉，长得像的人多了，龟峰顶上看人也不一定看得那么清楚。这么说，'五一'节那天你还是去看杜鹃花了，而且还登顶龟峰了？"

陈辉连忙否认，说道：

"没有，没有，没有，是我表哥到了龟峰顶，他说看到有个人长得像你。"

乔婕说：

"你表哥又不认识我，他如何看得到呢？"

陈辉脸红了，好像他的内心秘密被人识破，他的谎言被乔婕揭穿，连忙说：

"我表哥'五一'节到了龟峰顶后，来到我家做客，看到我书桌上放的你的照片，他才这么说的。"

乔婕似有所悟地说：

"哦，是这样呀！"

乔婕继续装傻，表现出一副无辜的样子，却心知肚明，心想你陈辉还扮护花使者呢，想要追求我，却对我不听话、不老实、不忠诚，我不让你去看杜鹃花海，不登龟峰山顶，你却偏要去，我以后还怎么信任你？

而陈辉本来就对自己在龟峰山上看到的身影感到不那么确切，这次他只是想自作聪明地旁敲侧击，证实一下自己心中的疑惑，到现在看到乔婕那一副无辜的样子，让他相信自己确实是看花眼了，山上看到的那个人不是乔婕本人，他心中的疑心病由此而消除。

爱情有时就是两个人心智的较量，这种较量遵循这么一个法则，谁爱得多一点就是谁输，反之，谁更淡定就是谁更主动。

甘隆回到黄州后，迅速投入紧张的学习状态之中，在学习之余，他总是想起与乔婕一起观赏杜鹃花海、誓言共度今生的情景，还担心乔婕受伤的脚踝，总写信去问候，而每次乔婕接到来信是喜不自禁，总是与甘隆书信往来不辍。

高二一班的黄鹏和甘隆仍然继续保持着在全年级头三名的势头，两人形成良性竞争的关系，不是你在我的前面，就是我在你的前面，高二一班的同学们说他们俩是龙虎之争！

而袁鑫这一年未能进入六人的奥数竞赛国家队，止步于二十人的预备队，但他仍然对自己怀有信心，觉得自己的数学竞赛能出成果，感觉走保送大学这条路是没有问题的，还是不朝高考方向走，放弃高考的其他学科，除了准备数学竞赛外，只学习少许英语课程。

黄冈中学在这种有序的紧张学习氛围之中，迎来了这一年度的校际足球赛。作为素质教育的一个优良传统，黄冈中学每年都会组织校际足球比赛，以培养学生们的团队精神和协作精神。作为紧张学习生活的一个调剂手段，黄高学生最主要的娱乐活动就是踢足球。有的班级自己形成A/B两队，基本上每个星期都会踢一场球，有的班级将这个习惯从高一一直持续到高三。

足球赛首先是在初中部、高中部共六个年级内部的不同班级之间进行比赛，每个年级八个班争夺冠、亚军；之后是在高中部三个年级、初中部三个年级的冠军队进行循环赛，定出高中部和初中部的分部冠军。

高二一班的学生都有着很强的集体荣誉感，男生们都积极参与到这一场赛事当中，训练起来不遗余力。高二一班的郭亮和甘隆本身是校足球队队员，所以他们俩理所当然地成为高二一班足球队的主力队员。郭亮身材高大，胸肌发达，任守门员，甘隆则任前锋。

二班班长凌强来到一班找到班长黄鹏，向他发出挑战，说足球赛二班一定要压制一班。黄鹏当然不服他！立即找来甘隆商量对策。甘隆认为，二班也有两位校足球队队员，实力不俗，这就是凌强敢来发出挑战的信心所在，一班想要赢过二班绝不是那么容易的事，所以黄鹏又找来郭亮、成功和余辰这几个一班足球队的主力一起商量。最终商议出来的结果就是，一班要先提高自身攻防技巧，方法就是让全班男同学都参与到赛事当中，将全班男同学分为三个足球队，三个足球队内部进行比赛，这样可以在比赛中锻炼队伍，以达到提高一班足球队的总体实力。

很快就到了高二年级的循环赛。高二一班呈碾压式地打败了高二五班、高二六班和高二七班。高二二班同样呈摧枯拉朽之势地打败了高二三班、高二四班和高二八班。终于高二年级的两强在赛场相遇了。

为了争夺这场两强赛的胜利，高二一班班长黄鹏和高二二班班长凌强各自派出了本队的最强阵容。比赛正式开始前，两个班的女生全都来到球场边助威，这当中就包括二班的李慧和锦梅，两人相邀一起来到球场，小声地议论他们心仪的己方球员，当然她们俩心仪的对象可不一致。

李慧是支持凌强的，自从乔婕从黄冈中学转学走后，凌强的心没有以前那么野了，他更多地专注于学习，要和一班的那几个高手竞争年级头名，而李慧自然是捡了乔婕留下空当的便宜，有机会就讨好和接近凌强，这不，今天她就是专门为凌强来助威的！

而锦梅是支持本班张峻的。两人都是从龙池中学考到黄冈中学来的，而且被分在同一个班里，自然是有亲近感。本来锦梅在心中是喜欢甘隆的，但是，因为甘隆与乔婕两人之间情感越来越稳固，锦梅只好退而求其次，与张峻走得更近，以至于二人都暗生情愫，后来两人之间频频互送秋波，被李慧看了出来，两个小女生之间便在私底下交流少女的心思，成为密友。乔婕被李慧检举同时与三位同学多角恋，在校方向一班和二班的学生调查时，就是锦梅为李慧的检举提供了人证和物证，锦梅的这个举动很难说是李慧暗中求她所为，还是她出于想打击和驱逐乔婕的心理而主动所为。

在现场观众和啦啦队队员们的关注下，双方队员摩拳擦掌，跃跃欲试，进行着上场前都要做的热身运动。过了几分钟，裁判员吹响开场哨，一班队员争得发球权，激烈的冲撞性比赛就此拉开了大幕，双方队员都像打了鸡血一样，个个热血沸腾发起了凌厉的对攻，但是相比较而言，一班的实力略胜二班一筹。成功发球后，余辰接到了球，大力一脚，球便嗖的一下传到前锋甘隆的脚下。甘隆带球过人，想要突破禁区破门！二班的队员全数回防，前锋张峻也回到己方的球门前，将甘隆的球断下来，迅速用脚向一班球门踢去，一班队员也全数回防，阻击二班队员的进攻。

看来两个球队都是采取"全攻全守"的对攻策略，双方不停地传球、断球，攻防瞬时转换，双方的体力都有很大的消耗，都没有取得实质性的破门得分，直到中场比分仍然保持在0∶0。

下半场比赛开始了，是由二班队员先发球，双方仍然采用全攻全守的策略，除了双方守门员外，队员们像候鸟迁徙般一会儿在这半场，一会儿就呼啦地拥到另一个半场。双方有的队员开始出现体力不支，有的人全身汗水湿透，脸颊汗水向下流淌着，双手扶着膝盖弯着腰喘气。

这时候，甘隆摸准了对手的跑位空当，瞅准时机穿插跑动，而对方球门前除守门员外鲜少人守卫，这样一班射门的次数多了起来，二班的张峻只好被动回防，大声调动己方队员回到门前。

这时，余辰从二班队员抢球得手，他一个长传将球转给在对方底线的甘隆，甘隆得球后立即从侧方向半场球门运球，情急之下，张峻挺身上前要来断甘隆的球，却被甘隆从底线这一侧闪了过去，眼看就要起脚射门，张峻着急地一个向前纵扑，将甘隆推向球门方向。此时的甘隆正用左脚金鸡独立，右脚飞起踢球的当间，被张峻这一扑推了个趔趄，向前蹿了两步，右腿的膝盖撞到了门柱上，疼得他顿时倒在地上。他试着动一下右腿，一阵钻心的疼痛袭来，甘隆知道，自己的膝盖骨肯定是骨折了，他只好躺在地上不动，裁判员立即吹哨暂停了比赛。

过了一会儿，甘隆坐了起来，这时候，二班的女同学锦梅和几个未上场的男同学一起将甘隆抬到场边，本来李绍才老师要同学们现在就送甘隆到黄冈县医院看病，但甘隆坚持等这场比赛完了之后再去。锦梅作为唯一在场的麻城老乡和龙池中学的女同学，这个时候承担起照顾甘隆的任务，她为甘隆拿来凉白开水，还将自己用的汗巾给甘隆擦汗，当然这些事都是锦梅心甘情愿乐而为之，或许她在心里暗暗感谢这一场意外给甘隆带来的伤害，使她有机会接近甘隆。

裁判员给二班队员张峻亮了一张黄牌，而一班则另外换了一个队员上场，由于甘隆这个主力队员的离场，一班的实力大为减弱。比赛继续进行，一班的余辰获得了角球机会，他站在角球弧内，摆定足球于弧线上，对准球门来了一个飞踢，足球划出一条漂亮的弧线，打到了对方球员的身上，弹了出来，站在球门附近的成功见状，立即上前补了一脚，将足球踢进了对方的球门！至此双方的比分改写成1：0。

二班队员被这一个进球激发起来，频频向一班的球门发起进攻，好在一班守门员郭亮技艺娴熟，加上他手长脚长，左遮右挡地将二班的进攻阻挡在门外。很快，裁判吹响了终场哨音，一班最终以1：0的比分锁定了胜局。

锦梅和一班的几个男同学找来一辆平板车，将甘隆送往县医院急诊科就诊，值班的急诊大夫为甘隆的膝关节照了X光片，结果发现他的右侧膝关节的髌骨发生了骨裂，好在这是不完全性骨折，骨裂缝并不深，而且骨块没有发生移位，因此也称为无移位骨折，可以选择非手术治疗。听到医生讲到这里，甘隆悬着的心总算放了下来，锦梅也为甘隆感到高兴。

骨科医生为甘隆在右腿打了固定石膏托，这是要防止甘隆的右腿不自觉地发生膝关节屈伸运动。医生告诉甘隆说这样可以保持骨裂断端稳定，将患肢固定有利于骨折的愈合，这样可使甘隆不用长期卧床，在家休息一周后，拄拐杖代替右腿就可以行走，这样不至于影响上课学习太多！甘隆十分高兴，接受了骨科医生的治疗建议。

甘隆打算就在男生宿舍休息一周，这样比坐车回麻城到家休养省不少事，况且这样可以不让父亲知道他腿部受伤的消息，以免惹得家人担心。

几个男生和锦梅一起将甘隆从县医院接回了男生宿舍。在甘隆卧床休息的头三天，是余辰、成功、张峻和锦梅这四个从麻城龙池中学来的老同学轮流照顾他，主要是从食堂里为甘隆打好饭，再送到男生宿舍里。在这个过程中，锦梅最为热心和积极，她总是抢着为甘隆打饭，几天下来这几名男生慢慢看出了端倪，就由着锦梅主动打饭，到后来几天锦梅几乎包揽了为甘隆打饭菜一类的所有活计。

在锦梅看来，乔婕转回麻城以后，甘隆现在正处于情感的空档期，加上他行动不便，身心痛苦，这个时候如果及时地补位，给他以甘霖雨露般的情感滋润，是会很容易走进甘隆的心里的。她是这样想的，也是这样做的。

而甘隆则没有想到那么多，开始时他认为锦梅是个实诚的姑娘，出于同学和同乡的情谊为他做出了这一切，所以甘隆的心里对锦梅是感激的，不，是感恩的！后来，他躺在男生宿舍的床上，锦梅为他买来饭菜，又为他洗净碗筷，看着她忙碌的背影，他不知不觉地开始将锦梅与乔婕比较起来。是的，锦梅没有乔婕那样婀娜多姿，但是却也温婉可人。

这时锦梅准备了饭菜，搁在床前，她自己也拉过一把椅子坐在近旁，两个人一起吃起饭来，这种场面让锦梅在心中十分得意，可能乔婕从来没有这样和甘隆一起共过餐吧！而现在我锦梅天天如此！看来，将乔婕从甘隆的心里赶走的时间不会太长了。有这种心思的锦梅在与甘隆谈话时，尽量小心翼翼避免谈起乔婕或者与乔婕有关的任何事情，她也嘱咐余辰、成功和张峻他们不要将甘隆受伤的消息传递给乔婕，怕这样会招来乔婕从麻城跑来探望，那样的话反而加深了乔婕与甘隆之间的感情。

甘隆在受伤后给乔婕写了好几封信，但他从没有在信中提到膝盖受伤的事，他这样为之的原因自然是怕乔婕为他担心，他不想给乔婕增加思想负担。

张峻慢慢发现锦梅的端倪后，心里开始不平衡起来，本来锦梅是倾向于自己的，两个人之间互有好感已经很长时间了，没想到她现在却与甘隆打得火热，他恨起锦梅，也恨起甘隆来。

开始时张峻对自己推倒了甘隆，使他腿部受伤感到有些歉疚，到现在反而感到得意起来。后来他又一想却后悔起来，因为他觉得就是因为他这一推导致甘隆受伤，为锦梅和甘隆两个人之间拉近距离制造了机会。

第三十一章　乔婕再访黄冈中学

这个星期五的下午，乔婕在学校里莫名其妙地接到一通电话，是个男人的声音，乔婕问他是谁，他并没有理会乔婕的问话，而是直接告诉乔婕说，甘隆的腿部受伤了，是右腿膝盖骨受了伤，现在只能平躺，不能行动。乔婕想要再往下问，那人将电话挂掉了。因为电话里声音太过嘈杂，她分辨不出打电话的人是个什么样的人物。

接到电话后，乔婕心绪不宁，整个下午上课期间她根本就无心听讲，昨天她还接到甘隆的来信，甘隆在信中根本就没有提到他受伤的事，他为什么不告诉自己呢？甘隆这是与自己有外心了吗？不，甘隆可能是怕自己为他担心才不告诉我的！但是，这个打电话的人与此事不相干，为什么要匿名给自己打电话呢？他是想要自己知道甘隆受伤的事，对他有什么好处呢？整个星期五的下午，乔婕一直处于这些问题的漩流之中，到了快下课的时候，她确定下来，她必须到黄州去看望甘隆，看看甘隆具体的伤情，看看甘隆现在究竟怎么样了！

乔婕打算星期天去看望甘隆，星期一到学校办理一下学籍卡的事，再返回麻城，这样星期一就必须请假，她立即向班主任请了一天假，说是家中有重要事情，星期一不能来上学了。

乔婕听到甘隆受伤的消息，她不顾一切地想要到黄州去看甘隆。星期五回到家后，一家三口在饭桌上吃饭，她对母亲林回梅说：

"妈妈，学校告诉我，说我的学籍卡仍然在黄冈中学，并未完全转到县一中，我要到黄州去两天，去把学籍办落实了，不然的话，明年高考报名时会受到影响的。"

林回梅说：

"这事你别去了，我让你爸跑一趟，让他替你办好了，你跑来跑去的，学业会受到影响的。"

乔婕说：

"妈，我现在长大了，这些事让我自己去办吧。再说，我还有些其他事情要办，总不能都让爸爸跑吧？"

林回梅说：

"还有什么事？你是不是又想去找甘隆玩？"

乔婕说：

"不是呀！听说，现在黄州新华书店出了一套《高中数理化复习试题提高纲要》的书，一共有三本，这对于备战高考非常重要，我准备到了黄州去买一套。你要给我一点钱，这套书要三十元一套呢。"

林回梅说：

"这套书难道麻城新华书店没有卖的吗？"

乔婕说：

"我去了县新华书店看过两次，都没有卖的。这套书并不是新华书店系统发行的，听说它是黄冈中学的老师编辑出版的，都说这是黄冈中学密卷，由黄州新华书店对外出售。都说这本书是最新出来的，我在黄高读高一时还没有出版，同学们都评价说它既有深度又有难度，更重要的是有启发性，适合于学习成绩好的高层次学生，不像其他学校出的书，太简单太基础了，只适合学习成绩差的低层次学生。"

林回梅说：

"哦，去买黄高密卷呀，你这么上进，那我就不反对你去黄州了。既然是这样，那你就去吧！不过，我不能让你一个人出行，你女孩子家家的，出门在外总不能让人放心！"

乔婕说：

"我还是让陈辉同学陪我去黄州吧。"

林回梅说：

"那行，陈辉这孩子能让我放心，他是个实诚的孩子。不过，你这样跑来跑去的，总会耽误学习的呀！"

乔婕说：

"这样，我星期天去，当天就去黄州新华书店买密卷，星期一学校上课，我去把学籍转回来，当天下午就回来。这样耽误不了太多的学业，星期一的课程我自学也能补回来的。"

林回梅说：

"好吧，你只记得要快去快回。"

乔婕邀请陈辉去黄州买黄高密卷，他十分高兴，觉得这是接近乔婕的好机会，既当了护花使者，又能买到黄高密卷，对提高高考成绩大有裨益，而且一去一回路上总共有两天时间，两个人坐在车上能说好几个小时的情话，有什么心思表白不了？有什么心结解不开呢？因此，陈辉十分爽快地在答应了乔婕的邀请，并主动跑到长途汽车站买了两张到黄州的车票。

两人到达黄州已经是下午一点多钟了，两人还没有来得及安排住宿的酒店，就直奔黄州新华书店，在各书柜转了一圈后，果然发现了那套《高中数理化复习试题提高纲要》，就迅速买了两套，让售书员为他们包好后，就在汽车站附近订了酒店，乔婕坚持两人各住一间房间，这才一起到周边的饭店吃了午饭。

吃完午饭后，两人各自进入房间休息。过了不久，乔婕附耳到墙壁上，听到陈辉已经在午睡，打起轻微的鼾声，她便重新穿好衣服，蹑手蹑脚地走出房门，用钥匙插入锁孔轻轻地锁了房门，她这样做是怕房门撞击门框发出响声惊醒陈辉。之后，乔婕便踮起脚，轻轻地走出酒店，直奔黄冈中学而去。

到了黄冈中学的大门，守门的方老伯还认识乔婕，因为上次她丢失二十元人民币，甘隆拾金不昧地送到他这里，这件事让他对乔婕和甘隆两个学生印象十分深刻。此时，方老伯还不知道乔婕已经转学离开黄冈中学，只是纳闷为什么这么久没有见到她，对她说了一句：

"乔姑娘，好久没有见到你了，是不是你学习太过认真了，天天待在宿舍里不出来了？"

乔婕说：

"是呀，方老伯。"

乔婕和方老伯寒暄过后，走过共青大道，向右一拐就到了男生宿舍。今天是星期天，本地生是不上学的，只有外县住校生还在学校，大部分住校生还在睡午觉，所以乔婕并没有遇到很多人。

乔婕径自登上台阶来到学生宿舍。男生宿舍是个旧教室改造的，因为总是有人进进出出，白天的大门总是开着的，乔婕站在门边朝门里看去，只见好多男生的床位是空的，想来这些男生多是到教室自习去了，她看见甘隆在床上睡着了，而锦梅正拿着蒲扇为甘隆扇风。

锦梅出现在甘隆的床边，这绝对是出乎乔婕想象的景象，令她十分惊愕，她的脑筋急速地运转，这锦梅是乘虚而入，还是临时来帮助甘隆？锦梅这样与甘隆亲密接触有多长时间了？乔婕正打算直接进去，又怕三人在这种场面下相见十分尴尬，正在犹豫之际，这时余辰从后面来到男生宿舍门前，大声地对乔婕说：

"哎，乔婕，你怎么来了？你为什么站到这里不进去呀？"

余辰的声音之大，足以惊醒甘隆，他迅速从床上坐了起来，朝门口看了过来，看到真是乔婕来了，不是余辰在骗他闹着玩，就大声地说：

"乔婕，乔婕，你来了，你进来呀！"

与此同时，锦梅有些脸红，她很快地将手中的蒲扇放下，站了起来，看着乔婕，说道：

"哦，乔美女来了，稀客，稀客呀！"

乔婕和余辰一起走到甘隆床前，甘隆指了指他那还打着石膏托的右腿，说道：

"不好意思，我站不起来。"

乔婕说：

"没事，没事，你就坐着，没必要非得站起来。"

甘隆指着刚才锦梅坐过的位置，说道：

"乔婕，你快坐，快坐。"

乔婕坐下后，甘隆继续问道：

"乔婕，你怎么来黄州了？你也不跟我说一声，我好去接你呀。"

乔婕说：

"你去接我？你怎么样去接我？你躺在这里多舒服快活呀，有人肉电扇为你降温，多么惬意呀。"

甘隆说：

"乔婕，你误会了，锦梅是为我来送午饭，吃完饭后又帮我洗了碗筷，我一天到晚躺在床上，就容易犯困，不知不觉地睡着了，锦梅是看到隔壁床上有把蒲扇，就扇了一会儿风的。"

乔婕说：

"我误解？我有什么资格误解？我要不到黄州来买密卷，你们双宿双飞、婵娟亲好都成了，我还蒙在鼓里呢！"

锦梅说：

"乔婕，你没必要把话说得这么难听，我是看甘隆腿受了伤，医生要求卧床休息，他行动不便，就来帮帮忙的。再说，甘隆受伤后的这么长时间里，你不闻不问，你有什么资格来指责他，又反身过来指责我？"

乔婕说：

"你只是来帮帮忙？帮到孤男寡女地共处一室贴身打扇？我再不来，你指不定红袖添香了吧？"

甘隆和余辰这时来阻止乔婕说下去，生怕她嘴里再说不怎么好听的，都伸手要拦住乔婕，示意她别再往下说了。可此时锦梅却说：

"乔婕，你胡说什么？什么孤男寡女地共处一室？这男生宿舍是三十人的大宿舍，大门是敞开着的，我为什么不能来？这是同学之情、同乡之谊！再说，你又有什么权利来质疑我的行为？"

乔婕被气得脸红了起来，眼泪快要流出来了，此时，张峻刚踢完球，穿着短裤和背心汗流浃背地盘着球，从大门进入了男生宿舍，他看见乔婕，便打招呼说：

"乔婕，你来了？怎么今天来了？是专门来看甘隆的吧？"

乔婕说：

"谁来看他呀！他哪里值得我来看？我是来买黄高密卷的！张峻，你别成天顾着踢足球，你把你的人管紧一点，别让其他人拐带跑了，你却还不知道！"

张峻说：

"我的人？我的什么人？乔婕，你快别提了，别人早就另攀高枝了。"

锦梅被乔婕的话气得脸通红，而张峻的话则更让她感到难以接受，对着二人说道：

"你们两人一唱一和地胡说八道什么呀！不可理喻！我不和你们说了！"

锦梅说罢，就转身抹着眼泪跑了出去，甘隆急得要出去追她，可他的腿伤不容他这么做，只好大声喊道：

"锦梅，锦梅。"

甘隆见锦梅跑远了，只好回过身对着乔婕说：

"乔婕，你说话也不注意点，人家毕竟是好心来帮助我的，你把她气跑了，她心里会怎么想呀？"

乔婕说：

"哟，哟，哟，心疼了不是？心疼了不是？你怕她心里不好想，赶紧起身去追着安慰呀！"

余辰说：

"你们两口子在这里打情骂俏，我就不奉陪了，我先走了，把时空留给你们二人世界吧。"

余辰拿起书包朝门外走去，走到门口想起了什么就又停了下来，对乔婕说：

"乔婕，今天晚上我请你吃饭啊。甘隆，怎么样？我请未来的嫂子吃一顿饭，你批准吗？"

甘隆说：

"批准，批准，你是我的铁杆兄弟，你请乔婕吃饭，我放心得很，哪会不批准呀。"

乔婕说：

"谢谢余辰，不过你别费心了，我明天到学校办完学籍卡后就要回麻城去了，今天下午和晚上我还是多陪一下甘隆吧。"

余辰说：

"刚才某人说什么来着？谁来看他呀！他哪里值得我来看？我是来买黄高密卷的！"

余辰捏着鼻子，学着乔婕的腔调来揶揄乔婕，把乔婕逗乐了，拿起床上的蒲扇朝余辰丢了过去，余辰赶紧拿着书包朝门外跑走了，过了一会儿，他又从窗口伸进头来，说道：

"乔婕，你这次时间短，我就不打扰你们二人甜蜜了呀，下次再请你和甘隆一起赴宴！"

几个人走后，只剩下甘隆和乔婕两人四目相对，甘隆对乔婕诚恳地说：

"乔婕，谢谢你，你专程跑一趟来看我，真令我感动。"

乔婕说：

"谁来专程看你呀！你以为你多吸引人呢？我只不过来买书，顺便来看你一下罢了。"

甘隆说：

"婕，别闹意气了，我知道你是专门为看我而来的，因为这套黄高密卷书对你来说根本就不必要，买书是你对付你妈妈的借口。"

乔婕说：

"你知道我的苦心就好，你这个没有良心的，我这么巴心巴肝地对你好，你却背着我勾搭上了锦梅，锦梅也真不是个东西，我把她当成好姐妹、好闺蜜，她却趁我不在的工夫，乘虚而入。看来以后我得把你看紧一点，不然的话，你被别人抢走了，我都还蒙在鼓里！"

甘隆说：

"乔婕，你真是多心了，你没必要这么小心眼地看人！"

乔婕说：

"算了，算了，不跟你说这些了，反正今天我要陪着你，和你一起吃晚饭，再为你洗碗筷，她锦梅为你做过的事，我全要为你做全了。"

甘隆说：

"好，好，好，这个随你呀。乔婕，我想起一个事来，我写信时没跟你说过我右腿受伤的事，你是怎么知道的呀？"

乔婕说：

"怎么知道的？我有心灵感应呀，你的右腿受伤，我的右踝也受过伤，你说这是不是上天提示我们就是天生的一对？我的右踝受伤本来好了的，前些天突然疼了起来，我就想是不是你也右腿受伤了。"

甘隆说：

"婕，你说得太神奇了，不过，那只是你的猜想，你可以在信中问我呀，那你怎么就这么肯定我受了伤，还大老远地坐长途车来看我？"

乔婕说：

"我也不知道，只是前天我突然接到一个匿名电话，电话中说你踢球，右膝盖骨受了伤，躺在床上不能动弹。我问他是谁，这个人就把电话挂了，所以我就急急忙忙地坐车过来看你来了。"

甘隆说：

"奇怪呀，还有人给你打匿名电话！这个人会是谁呢？"

乔婕说：

"不知道，因为通话时间太短，电话里有很多嘈杂声音，我只勉强地听到说你受伤，分辨不出来他的声音。"

甘隆说：

"算了，算了，我们不去管这个人是谁了，反正对你我是没有恶意就行，我们俩现在只想我们两人的事，岂不更好？"

乔婕说：

"是的，是的。"

说罢乔婕斜偎在甘隆的怀里。整个下午两人互诉衷肠，只是男生宿舍太大，总有人来人往进来出去，他们只能四手相握，或泪眼相对，或笑意绵绵，像两个小神经病一样，情意缠绵。

到了晚餐的时候，乔婕拿起甘隆的饭盒，到食堂去打了两份饭，和甘隆一起在床边吃了起来，你喂我一口，我喂你一口，总算是把饭吃完了。乔婕去把碗筷洗干净后，又扶甘隆到水房洗漱了一番。两人重新坐定，甘隆说道：

"婕，我想起一个问题，你坐长途汽车来回两趟，路上不太安全，你不怕吗？有人陪你坐车吗？"

乔婕说：

"隆，这个你不用担心。陈辉正好也要来黄州买黄高密卷，所以我们俩一起坐车来的，路上的安全肯定有保障的。"

甘隆说：

"都怪我不小心，伤了腿，害得你来来回回地跑，你出来这么久，和陈辉说过吧？"

乔婕说：

"我听到陈辉在隔壁房间里打鼾声，判断他肯定睡着了才出来的。"

甘隆说：

"这么说，你来黄冈中学陈辉不知道吧？他会不会找你呢？再说，你出来这么久，都没跟他说明一下，陈辉不会怪罪你吧？"

乔婕说：

"隆，你想那么多干吗？我和他只是同路，他又不是我的监护人，我没有必要事事和他打报告呀。"

甘隆说：

"倒也是，我真没有必要想那么多了。"

两个人继续缠绵在一起，时间飞快地过去了，到了晚上八点多钟的时候，男生宿舍的人大部分都回来了，很多人要洗洗漱漱，有的人要脱光膀子，乔婕再待在男生宿舍就不太方便，两人只好依依惜别，乔婕飞快地在甘隆的脸上吻了一下，道别后走出了男生宿舍，甘隆挥手向她道别。

乔婕走出了黄冈中学的大门，加快脚步回到了住宿的酒店，这时她见陈辉在酒店门口迎候她。陈辉焦急地问乔婕说：

"乔婕，你这一下午都到哪里去了？我怕你走失了，又不敢离开酒店去找你。"

乔婕说：

"唉，中午时我睡不着，我就想出去走走，本来我想约你一起去的，结果我听到你鼾声如雷，知道你睡得正香，我就不忍心打扰你，我先是到附近的商场转了一下，又到黄冈中学去看了一下。反正黄州是旧地重游，又不是陌生的地方，所以我也没有什么可怕的。我们二班的几个同学一起聊了一会儿，不知不觉天黑了，所以这才回来。让你担心了。"

陈辉说：

"本来，我也想去黄冈中学转一下，后来怕你回来找不到我，就没有出去，我一直在此等候着你。"

乔婕说：

"反正我明天还要到黄冈中学去办转学籍卡的手续，你我明天一起去，就是一样的了。"

陈辉说：

"你说得对，明天我和你一起去，办完了就坐车回麻城。"

当晚一夜无事，次日乔婕和陈辉一起到学校办了手续，又一起到男生宿舍去向甘隆打招呼，可此时甘隆已经挂着拐杖上课去了，乔婕略有些遗憾地和陈辉一起坐长途汽车回家了。

第三十二章　相隔两地嫌隙生

乔婕回到麻城后，第二天就继续上学，但是她心里还是担心甘隆的伤情，她担心的是甘隆因为腿脚不方便，买饭和上下课后从教室到宿舍的这段路都不灵便。

乔婕在深度担忧之下，反复给甘隆写信，主要都是问候甘隆的伤情恢复得如何，能不能甩掉拐杖自己走路，现在还需要别人帮着买饭吗？能不能自己到食堂打饭？

果然，乔婕的担心还真不是杞人忧天。在接下来的日子里，锦梅还真是以帮着买饭、洗碗和背书包这些理由来见缝插针地接近甘隆，她几乎为甘隆打来每一餐饭，包括早、中和晚饭一餐都不落；在甘隆每次拄着拐杖去上下课的时候，她都背着甘隆的大书包陪伴在其前后左右。

因为有了上一次锦梅和乔婕两个人在宿舍里狭路相逢的教训，甘隆怕再惹乔婕的反感，就对锦梅怀有一些规避的心理，但是规避归规避，时间长了甘隆渐渐地放松对锦梅的戒备，乐见锦梅为他提供的各种帮助，惹得一班和二班的同学都和甘隆开起各种各样的玩笑，说甘隆是"正宫小乔远天涯，二妃锦梅随身挂"。

这天下午，乔婕又接到一个匿名电话，说是锦梅仍然在追求甘隆，让她不要太大意了。乔婕听了心中着急，立即写信责问甘隆为什么还跟锦梅纠缠不清。甘隆回信说，我没有和锦梅纠缠不清，两人只是正常的同学和同乡关系，锦梅只是有的时候帮我背背书包，再买一点饭，那也是因为我拄拐杖不便行走，我们之间没别的事，你不用疑神疑鬼的。

乔婕接到甘隆的回信，不相信甘隆的话，她想再一次到黄州去，当面给锦梅一个警告，但是这次她再向母亲申请要去黄州的时候，母亲斩钉截铁地拒绝了，要她好好学习，不要再来来回回地到处跑了。

乔婕被母亲拒绝后，气得和衣躺在床上，不吃不喝，只是泪水涟涟地哭泣。有时候哭停了乔婕将甘隆和陈辉两个人比较起来。甘隆倒是她的最爱，可是太过遥远，有种令人遥不可及的无力感；而陈辉虽然平庸老实，可他就在身边，伸手可触，这也是常人所有的幸福！陈辉和甘隆比较起来，算不上俊朗，但是他是那种额头光滑、目光干净的男生，有时候他那种温柔的神态，就像一杯红茶那样醇厚绵软，有一种特殊的味道能吸引住乔婕。乔婕对他的感觉虽然谈不上爱，但也谈不上不喜欢，除了甘隆之外，陈辉没准也是一种选择吧。

乔婕又躺在床上哭了起来，她突然想起来为什么这个匿名的人要两次给她打电话，警告她锦梅在接近甘隆。难道这是非要让我产生痛苦吗？是想让我不安心吗？他打这个电话的目的是什么？为什么要一而再、再而三地给自己打电话？这个人是谁？

乔婕坐起来在床上想着这个问题，突然一个人的面孔在她脑海里浮现，难道说这个打匿名电话的人就是张峻吗？对，肯定是张峻，很可能是他因为追求锦梅，而锦梅却要去追求甘隆，所以张峻怀恨在心，他想让我去把锦梅从甘隆身边打走，这样他又能够得到锦梅。如果说这个道理能说得通了，那这个人就肯定是张峻了。

匿名电话是打到县一中来的，让人来叫乔婕接的，电话质量不好，其实是听得不那么清楚，但是现在仔细想来，电话里的声音和她在甘隆宿舍里听到张峻的声音还真像。再说到张峻的本性，他曾经当过三年龙池中学五班班长，他有这个心计和手腕。

乔婕想到，既然如此，张峻应该和自己是同一条战线的战友了，都不希望锦梅和甘隆两个人走得太近，或者说都不希望他们两个成为一对。自己和张峻如果联起手来对付锦梅，那不是很有利吗？乔婕继续往下想，如何通过张峻来对付锦梅呢？想让张峻说锦梅的坏话？张峻可是爱锦梅的呀！他断不会做出这种事的。

不管怎样，要让张峻行动起来，两人联手拆散锦梅和甘隆之间的联系。想到这里，乔婕爬了起来，拿起笔给张峻写了一封信。信中是这么写的：

> 张峻同学你好，谢谢你及时提供信息。我知道你是打电话的那个人。其实以后我两人应该坦诚相见，心意相通的，因为我们都有共同的目标。你我都不乐见锦梅向甘隆靠近，所以我们应该是同一战壕的战友。
>
> 只是我远在麻城，我跟你们相距太远，我手再长也干预不到他们两人之间的关系，而你近在咫尺，你总不能忍心看着你心爱的人向其他的男人靠近吧？你应该鼓足勇气，站出来直接阻止锦梅。你为了自己的幸福，不应该老是站在后面打匿名电话，你应该更勇敢地站出来直接行动。

乔婕兴冲冲地将信写好，找出一个信封写上地址和收件人的姓名，将信装进信封封口后，来到邮局，在她即将要将信投出的那一瞬间，她犹豫了起来，心里忐忑不安，生怕张峻不领她的情，反而会笑话她，或者给她找出别的麻烦，就把信收了起来。可她心中却又有不甘，不愿意放弃主动说服张峻的机会，就这样乔婕将信放到邮筒口又收回来，反反复复地进行了七八次，始终下不了决心。

乔婕觉得上次在甘隆宿舍里与锦梅吵架已经让她有失淑女的风范了，现在再这么唐突地给张峻写上这么一封信，到时候张峻只需轻飘飘地说一句"我没有打匿名电话"，就可以把一切嫌疑撇得干干净净的，到那时自己将真是无地自容了，可不能做这样的傻事，如果张峻再将此事传扬出去，那不就是全黄冈中学、县一中甚至龙池中学的大笑话吗？要知道，当年龙池中学的毕业生可是分布到这三个中学里面到处都有的！这些人的嘴可是真碎，传出话来让人听了都脸红，记得当年她在龙池中学跑八百米时晕厥了过去，陈辉因为抢救她而对她进行人工呼吸，那时学校里就风言风语地乱传谣。

乔婕最终还是没有将信投出去，快快地回到家中，躲进房里将房门关紧，她又怕母亲会有意或无意地搜出这封信，会给她惹来更大的麻烦，惹来更多的口舌，她便将这封信拆开，将其撕成粉碎，丢进垃圾桶的最里层，再拿废纸妥妥地盖好，这才安心了一点点。

这时已到深夜，这一天就这么在千般无奈和万般不安中度过了，终于伏倒在桌子上睡着了，第二天到了上学的时间，母亲进入房间里喊醒她的时候，她才发现自己一整夜未曾脱衣上床睡觉。母亲林回梅也惊奇地问她为什么不上床睡觉时，乔婕回答说，昨晚她学习得太晚了，想伏案小睡一会儿再起来继续做作业，没想到一睡就睡到大天亮了。

母亲林回梅有些不相信女儿会这般刻苦，反而怀疑她贪玩或者心思野不安心学习，玩过了头才这样睡觉的，但林回梅始终没有抓到乔婕什么把柄，只好相信乔婕的说法，让她赶紧洗漱，吃完早餐后就去上学。

乔婕在这种低落的情绪下，与甘隆信来信往地交流持续了好几个月，这样就到了高中第二学年的下学期了，她的学习成绩就大受影响，从县一中的年级的第一、二名下降到了全年级的第二十几名了，被全班同学嘲笑。

甘隆也因为受乔婕情绪的影响，他从黄冈中学全年级头五名以内降到全年级的第十名左右，而这个阶段黄鹏则始终高居榜首，总是全年级第一名，二班凌强也跃升至全年级的第三、四名。袁鑫再一次参加了国家集训队，最后他终于进入了奥数国家六人队，能够代表国家参加全世界奥林匹克数学竞赛。

过了一个半月左右，甘隆的右膝关节基本上康复了，他先是丢掉了拐杖，后来慢慢地小跑步，再后来恢复了正常跑步，最后又在下午

308

下课后参加校足球队的比赛，恢复得一如往常，满血复活。

而陈辉因为能够沉下心来心无旁骛地学习，所以他的成绩反而稳步上升，已经进入了县一中全年级的前十名，这说明陈辉尽管不是那种特别拔尖的男孩，但他有独特的本领和气质，让他从容地应对各种困难和挑战，从而不出现学习成绩的大起大落，以平稳的速率慢慢前进上升。

乔婕的排名大幅下降的消息经由一中的班主任传到乔婕母亲林回梅的耳朵里了。到了这天晚上一家人坐在一起吃饭时，林回梅和乔志钰开始了针对乔婕的围剿。首先是林回梅向乔婕发起了攻击，她对乔婕说：

"婕儿，这次期终考试，你的排名下降这么厉害，你是怎么搞的？我见你整天对学习心不在焉的，是不是把精力又没有放到学习上了？"

乔婕说：

"我天天都认真听讲，天天好好学习，成绩排名下降那也只能是爱莫能助了。"

乔志钰说：

"怎么我单位的同事说，好几次总是看你到邮局寄信，你这是还与甘隆藕断丝连吧？"

乔婕说：

"我没有，我都好长时间没有联系过他了。"

林回梅说：

"我现在明白了，你上次去黄州，根本不是去办学籍卡，也不是去买什么黄高密卷，你是偷偷去见甘隆，或者去见那个凌强。你怎么这么不让人省心呀？婕儿，你现在不能谈恋爱，这是你人生中最为关键的高中阶段，下学期就是高三了，这是你人生中最为关键的一年，你不能再胡闹了，要赶快醒过来，把学习搞好，把排名提高起来。"

乔婕本来是要回嘴撑林回梅，没想到乔志钰先插话进来。他说道：

"婕儿，你现在还是高中生，现在谈的所谓感情，只不过是像晨雾一样虚幻，人生的太阳一照，它就会变得无影无踪了，你不要让大好的学业和前途被这种虚幻的情感耽误了，你考不上名牌大学，将来就没有好的工作，没有人上人的地位，你的一生会为此后悔的。

"你想想，不管是远在黄州的甘隆或凌强，还是近在身边的陈辉，他们都还只是高中生，他们给不了你想要的未来，而且你也赔不起，因为身为高中生的你们，最为宝贵的基础不是金钱，而是时间和精力。

"你是个敏感而上进的孩子，本来你的学习成绩是非常不错的，能够进入黄冈中学读高中，就算回到县一中读书，你的成绩也非常好，排名总在前几名之内，没想到这几个月来你下滑得这么厉害。下学期你就是高三年级了，如果你是一个有责任感的人，你就应该振作精神，在高三这一年，把你的时间和精力全都回归到学习上来，其他的一切都等到进了大学再说。你说好不好？"

乔婕想要分辩，但父亲的话语重心长，对她的早恋并没有加以过多的指责，只是要她在未来的高三年级注意纠偏就行，想想父母都是为了自己好，说的话都对，因此她到嘴边的话都咽了回去，只对乔志钰和林回梅两人回答说：

"爸，妈，你们说的我都明白，我也会照着做的。"

乔婕经过父亲乔志钰和母亲林回梅的一番训诫之后，她认为父母说得也对，自己的焦虑情绪慢慢地放缓下来，把主要的精力投入学习当中，但是她仍然与甘隆保持通信联系，有的时候还跑到邮局去，与甘隆两个人互通电话。

乔婕对于她与甘隆的关系总觉得有一种疏离的感觉，是距离将她与心爱的人分隔开来，甘隆就像是她手中的一握色泽金黄的沙粒，她拼命地想要握紧，沙粒却从指缝里漏走，这种意象让她有一种无力的感觉，更有一种无奈的感觉。乔婕有时想，我还记得当初是你甘隆开口说，要一辈子都会好好爱我，为什么最后都变成有人横在你和我之间呢？为什么你我之间有了缝隙，让锦梅能插上一杠子呢？难道真是人们所说的那样，高中爱情往往总是无疾而终吗？乔婕多想时光倒流回到高一阶段，回到两个人在月下敞开心扉的时光，真想把甘隆说过的誓言和情话都还给我，请他把我的快乐还回来，让我有力量在这高考的压力下前行。

甘隆和乔婕两个人在电话里竭力避开各自心中的那根刺，对于乔婕来说，上赶着追求甘隆的锦梅就是刺入她心中的刺；对于甘隆来说，近水楼台先得月的陈辉也是刺入他心中的刺。

有过经历的人都说，高中生谈恋爱终归是逃不过三天一小吵五天一大吵的宿命，不要轻易尝试。乔婕和甘隆之间的交流已经从恋爱甜蜜期的暖色调转为冷色调。两个人曾在电话里，在互相通信中为各自心中的暗刺诘问对方，不休地争吵，但来来回回地争吵都是无济于事的，毕竟两人的感情弥补不了时空的巨大悬隔，两人只好不再为这些事而神伤，只好反复地约定，一定要考取同一所大学，在那里没有人再能插在他们中间，也没有父母和师长的耳提面命式的阻挡。

乔婕和甘隆两个人以息战言和的方式重归于好后，甘隆的成绩也稳步回升，他的好几次模拟考试总成绩又回升到了黄冈中学全年级的前五名。

陈辉在这一段时间的成绩稳步上升，受到了县一中一班的班主任程老师的表扬，而乔婕因为成绩呈断崖式的陡降而受到了程老师的批评。在这次考试成绩公布出来时，看到乔婕成绩下滑得厉害，陈辉主动找到乔婕说：

"乔婕，这段时间你怎么老是心不在焉呢？好像很长时间没有真正学习啊。"

乔婕说：

"是的，最近我一直沉不下心来，好像整个人都在飘浮着，没想到你的成绩现在上升这么快呀？而且你的数学比以前好多了。"

陈辉说：

"哎呀，也没别的，诀窍就是上次你和我一起到黄州去买的那本密卷，我把它做完了，后来我叔叔又从武汉给我带了两本高考试题集回来，要不我把这些书都给你看一看。"

乔婕心里想到，你陈辉有那么多好书，还不给我说，看来你也不真心！说：

"我一直没有精力来做这些题目，看来我是该回心转意了。你也把你叔叔买的那两本试卷集给我做一做吧。"

陈辉说：

"其实，这两本试卷集我已经为你准备好了，是全新的，我对我叔叔说，他给我买的书弄丢了，他就为我买了两本新的，我现在就从书桌里给你拿过来。"

陈辉很快将两本书拿过来，双手交到乔婕的手上，乔婕翻开来看，一本是《数学三十套全真试卷》，另一本是《王后雄教材完全解读高中必修》，两本书的确是全新的，陈辉在上面并没有留下一个字。乔婕心里十分感动，陈辉为了追求自己还真是动了那么多的小心思，只是嘴舌有些笨拙，有那么一点不解风情，少了那么一点让少女动心的特质。与甘隆、凌强比起来，陈辉算是普通的，从长相到性情都是普通男孩子的那一种，只是他的性格中透着平实这一点让乔婕觉得可以信任，以至于凡是遇到有难处或风险的时候，在甘隆或凌强都不济手的时候，就会想到他，那次到黄州去见甘隆，就是找到陈辉来保驾护航的。

陈辉对于乔婕把他当成备胎这点实际上是心知肚明的，他不至于迟钝到不懂得乔婕真正的心思，但他一如既往地近距离陪伴着她，给予她关心和照顾；他对甘隆和凌强是怀有嫉妒，但他知道，在乔婕心里，他是争不过他们二位的，但他不想知难而退，他是要知难而坚持，以自己的长情赢过两位情敌，最终抱得美人归。因此，乔婕有一次被班主任程老师留下来谈心，陈辉就在教室里等候乔婕，要护送她回家。乔婕以为时间太晚了，陈辉可能早就回家了，没承想，她回到教室时，陈辉一个人还在孤零零地等她。此时的乔婕有点为陈辉心酸，问他道：

"陈辉，你何苦要这么等待呢？"

陈辉说：

"我是想保护你，不想让你寂寞。"

如果在平时，乔婕可能不会感动，可在此时，同班同学已经都回家了，程老师刚才又长时间批评她的学习成绩下滑，刚刚受到过多指责的她，此时得到陈辉这种关爱，让她差点落下泪来，情感的天平开始向陈辉倾斜了那么一点点。她心中感慨甘隆要是有陈辉一半体贴，她就不至于每天情绪这么低沉，不至于学习受到这么大的影响，以至于名次降到县一中的二十多名！

　　乔婕在父母训诫之后，她觉得需要有一场胜利、一场考试、一个好的排名来证实她的实力来宽慰父母，或者堵住母亲每天絮叨的嘴，她干脆就静下心学习，白天不再去想她和甘隆之间的事，只是晚上才隔三岔五地写信。乔婕按照陈辉的提醒，把搁置在角落里的那本黄高密卷找了出来，掸干净上面厚厚的灰尘，将里面的五十多套试卷都一一做了，还根据后面的正确答案，将答卷的错误进行订正。

第三十三章　短暂的春节假期

高三那年过春节的时候，甘隆、余辰、成功、张峻和锦梅五个人回到麻城度过高中阶段最后一个假期，在余辰的撮合下，五个人是一起坐长途汽车返乡的。回到家里已经是大年二十八了，当天晚上甘隆就来到乔婕家的楼下找她，他向乔婕表达了思念之情，还带来了黄冈中学这一年来的数学、物理和化学的试卷集，这是甘隆有心为乔婕收集起来的，趁春节见面的时候交给乔婕。甘隆说：

"我本来有心将这些试卷寄给你，让你早点做着试试，只是这些资料太分散，而且寄递过程中有可能将它们折损，不如我带回来当面交到你的手上，这样才更有意义。"

乔婕说：

"这样才更好呢，从时间上来说，正好放了寒假，我才有时间集中系统地做这些卷子，而且有不懂的地方正好可以当面问你。"

甘隆说：

"我还把这个卷子的答案都给你准备好了，如果我在你身边就可以对你辅导，如果不在身边，你可以自己对着答案进行查对和纠错。

"你在做每一套试卷之前，把我的答案用白纸覆上，等你做完了，你再把白纸揭开，我的答案基本上就是标准答案了，所以你可以对着它进行复习，这样可以大幅提高你的学习成绩。"

乔婕说：

"你的这个主意好，我照着你说的做！别的同学都要把旧卷留下来，为后面的复习做准备，你怎么不为自己留着？"

甘隆说：

"为了你我也甘愿付出，况且这些卷子对我来说都已经完全做对了，就没有必要留着吧。虽然这是旧试卷，但这上面都是有我的标准答案的。你记得吗，上次陈正明老师让我参与编《高中数学复习纲要》，我是分担了其中的很多章节的，所以我的答案也是很标准的。"

乔婕说：

"谢谢你，隆，你想得真周到。我真的好爱你。"

甘隆说：

"婕，这不是我想得周到，是我们俩想到一块去了！"

乔婕说：

"是的，我们想到一块了，有你真好！"

甘隆说：

"从生日那天晚上，你把新鞋交到我手上的时候，我就感觉到，有你真好！"

乔婕说：

"那我们约定，永远有你真好！"

甘隆紧紧地握住乔婕的手，说道：

"永远有你真好！"

黄冈中学半年来的数、理、化三科的试卷加起来，足有七八斤重，乔婕拿在手里有一种沉甸甸的感觉，她真是被感动了，她知道甘隆真的用心了，且不说这么多卷子的重量，单是他将这些卷子一科一科地收集起来，就很不容易，真不知道甘隆是如何做到的，这虽然不像陈辉买的书那么整齐，却是更费时间和心血来整理。乔婕觉得她被甘隆的炽烈真诚要融化了，先前她对甘隆多情、变心、不忠或轻薄的种种猜疑，以及由此带来的不确定感，一下子就被甘隆此时脸上春风般的笑容一吹而散了。

两个人在乔婕家门外面说着悄悄话，满是叮嘱和叮咛，说了两个多小时，后来是乔婕的母亲林回梅催促乔婕回家吃饭，临分手时甘隆对乔婕说道：

"初二那天，我们五个人要一起去给黄兴博老师拜年，我想你也会一起去吧？"

乔婕说：

"为什么是黄老师呀？其他老师呢？"

甘隆说：

"其实我们是要给所有老师拜年的，于车水老师、秦怡华老师，还有教化学的刘老师，这些老师我们可以独自去的，你知道陈正明老师已经调到地区教师进修学院去了，他现在不在麻城，等我回到黄州上课再给他拜年也不迟。

只是黄兴博老师因为生了重病，我们几个同学应该一起去。你还记得吗？我们初三毕业那年，黄兴博老师口吐鲜血，他不顾身体不适，还拼了老命也要保我们毕业班的课业，他也是为了我们而导致疾病加重的，他对我们班上的那份恩情，我们至今忘不了，我们在心中总是对他怀有感激和歉疚之情，所以今年拜年的重点肯定是黄兴博老师，这两年他的身体差多了，我们必须得去看他呢。"

乔婕说：

"隆，你说得对，我也十分感念黄老师的。只是，锦梅要去吗？她要去的话，我就不去，我找机会单独去给黄老师拜年。"

甘隆说：

"别呀，婕！我们是五个人一起商量要去的，锦梅自然是要去，但她不是我邀请的，你别多心。我想要你去，是多个机会我们俩能在一起，你不必总把锦梅扯在我们俩人中间。"

乔婕说：

"不是我要把她扯进来，我知道她追你追得十分紧，一想到那次她在你的床边为你打扇的事，我就懒得见她。"

甘隆说：

"人家不是想多和你腻歪在一起吗？你不给这个机会呀？再说，我们给黄老师拜年的时间不会太长，我们一共七个人呢，你到时候不跟她坐在一起，不就没有这个烦心吗？"

乔婕说：

"好吧，好吧，见你这么有诚意，我就舍命陪君子了。"

两人这才依依不舍地分手了，并约好了初二见面的时间和地点。

大年初二，甘隆邀请返乡的几个同学一起去给黄兴博老师拜年，他还把乔婕和陈辉一起叫上了。邀请陈辉一起去黄老师家是余辰和成功两人极力主张的，他们二人的理由是陈辉曾经也是黄老师的学生，虽然他后来转学到县一中初中部去了，但毕竟与黄老师有过师生之情，而且当年陈辉也和他们六人一样，考到黄冈中学读高中，虽然后来他又自己要求转学回到县一中高中部学习，但毕竟与他们六人也有同学之谊，况且陈辉在初中还当过他们的班长长达一年多的时间呢！

这样，七个人一起来到黄兴博老师的家中，他们向黄老师和师母拜年祝福的声音不绝于耳，师母王绍芳为他们端上了茶水和糖果，并搬来椅子安顿七个人一起坐下。

黄兴博的家并不大，是学校因为他教学成绩突出，刚刚分给他一套七十多平方米的两室一厅的房子。黄老师是坐在独座沙发上，本来王绍芳是安排锦梅与乔婕两个女生坐在长沙发上的，这是黄家除了独座沙发外最舒服的座位，锦梅见是与乔婕两人相邻，便起身把余辰拉到长沙发上坐下，而她自己则坐到余辰原先坐的木椅子上。

锦梅的这一个动作让黄兴博老师和师母王绍芳看在眼里，心里便明白了锦梅和乔婕之间肯定是有一些过节的，他们知道，本来在龙池中学读初中的时候，这两个女生曾经是最好的小姐妹，现在却变得这般生分了，但是黄兴博老师和师母王绍芳不动声色。王绍芳为了怕大家冷场，便张罗着大家吃水果，主动把茶几上的青橘剥开，散发到甘隆他们手上。王绍芳问道：

"到了六月份，你们就要高考了，只有几个月的时间，你们想报哪些学校？甘隆，你的学习最好，是不是要报清华、北大呀？"

甘隆说：

"师母，反正我是想从事理论物理学，将来搞黑洞研究，或者搞量子力学研究，清华、北大的物理系是我的理想之选，只不过怕考试临场发挥不好，成绩不理想，就难以如愿了。"

余辰说：

"呸，呸，呸，快闭上你的乌鸦嘴，你现在还没考，就说怕临场发挥不好，你不怕一语成谶吗？"

甘隆说：

"世上没有常胜将军，我说是怕有这个可能性，如果实在上不了清华、北大，到时候复旦大学的物理系也是我的中意之选。"

黄兴博说：

"乔婕，你从黄冈中学转学回到一中，你的理想学校是哪所大学呢？"

乔婕说：

"反正甘隆报哪所学校，我就报哪所学校。"

锦梅听了，嘴一撇，用小到自己才能听得到的声音说道：

"哼，在县中还排到二十多名，清华、北大是你敢想的吗？有点不害臊吧？"

乔婕没有听到锦梅说什么，但她读唇明白了锦梅的不屑，挑衅地向锦梅努了一下嘴，意思是，我就要，气死你！黄兴博说：

"乔婕，你有这样的打算是很好，不过，你还要加强学习，不然的话，理想难以实现。"

黄兴博这样说，是因为乔婕的母亲曾找到他，忧心忡忡地说乔婕的成绩下滑得很厉害，要黄兴博在适当的机会督促一下乔婕，他见今天的机会正合适，就有了上述的叮咛。

黄兴博又对甘隆说：

"甘隆，你的打算当然是非常好，但是如果止步于国内这几个大学可能不够，你可能还要到国外的前沿机构深造，这样才能做出有意义的成绩。"

甘隆说：

"黄老师提醒得非常对，我知道普林斯顿大学是理论物理学的前沿机构，我肯定要到那儿去学习的。"

黄兴博说：

"甘隆既然确定了远大而高尚的目标，那就要坚定目标、专注执着、默默奉献、埋头苦干！只有认准方向，朝着目标傻干、傻付出、傻投入。而这样死磕式的付出，定能取得相应的回报，做出成绩。"

甘隆说：

"谨遵恩师的教诲。"

师母王绍芳说：

"老黄，这大过年的，怎么又教训起学生了呢？"

甘隆说：

"师母，老师这是关心我的学业。"

甘隆这时候看见黄老师用手杵着右侧腹部，知道他这是肝病引起的腹部疼痛，就关切地对黄兴博说：

"黄老师，您平时教学也别太累了，这样对肝病的恢复才有好处。我们都知道你总是放心不下教学，可身体重要呀。师母，您还是要督促黄老师经常到医院去复查。"

黄兴博说：

"看你说的，我的身体我知道，不碍事的，总往医院跑，别人还以为我是个重病人呢，我还会干几年，把这几届学生教好了，我才放心退休，那时我就好好保养身体。"

黄老师又问了其他几个学生的学习成绩和他们在这些年的表现。这时候，师母王绍芳见茶水已经泡好，便给每个学生倒上一杯茶。成功看见师母在忙，便主动地将茶水分端到每个同学的手上，他先给甘隆和陈辉端上茶后，再端给乔婕，最后便给坐在长沙发上的余辰和锦梅端了过来，成功是越过乔婕的头顶递给锦梅的，锦梅站起身来，从成功的手上接过茶杯，这茶水是刚刚烧开泡好的，很是烫手，锦梅从成功的手上接过来时烫得一哆嗦，茶杯从手上滑了下来，跌落到乔婕的头上，几乎滚烫的茶水从乔婕的头上泼下，将乔婕烫得站起来，同时大叫了起来。她大喊道：

"锦梅，你是故意的！"

这个时候，玻璃茶杯跌到地上摔成粉碎。锦梅说：

"我不是故意的，太烫了，我一时失手！"

陈辉说：

"不是吧，烫？成功怎么没有失手，一到你的手上就失手了？"

甘隆也站了起来说道：

"锦梅，你太不小心了。你看，把乔婕的脸都烫红了，全身都湿透了。"

锦梅说：

"我真不是故意的，我是一时失手！你们男生都在欺负我！都向着乔婕，是不是因为她比我狐媚？"

说罢，锦梅大哭了起来。这时黄兴博老师说：

"哎呀，是茶水太烫，王绍芳，你也不将茶水放凉一点再端上来，惹出这么大的事来！"

师母王绍芳说：

"是怪我，怪我，滚烫开水泡的茶就端了上来。乔婕，我拿毛巾给你擦一下吧。你站着别动，别动，这玻璃杯子碎了，小心伤着你！"

说罢，王绍芳立即拿来扫帚将碎玻璃扫入畚箕中，又忙不迭地拿来干毛巾为乔婕擦干了头发和脸上及身上的茶水，将湿透的衣服吸了吸，好在乔婕穿着羽绒服，茶水并没有打湿到内衣，但她的裤子湿透了，在没有暖气的房屋中，这样湿透的裤子令人非常难受。

甘隆见状站了起来，说道：

"黄老师，师母，我们一起来向您全家拜年，祝你们新年快乐，万事如意。见到老师和师母身体健康我们都非常高兴，祝你们一切安好。我们就不多打扰了，就此告辞了。"

师母王绍芳说：

"也祝你们七位同学新年快乐，祝你们学业有成，高考顺利，高中金榜，得偿所愿。"

黄老师说：

"本来想留你们一起吃个午饭，和你们多聊一些学业，没想到乔婕的衣服湿了，肯定难受，要赶紧回家换衣服，那我也就不强留了，反正以后有的是机会。"

七个人从黄兴博家中告辞出来后，甘隆和陈辉一起护送乔婕回家去换衣服，而成功和余辰两人自己去找同学玩去了，他们都分手告别后，只剩下张峻和锦梅两个人站在黄兴博家的楼下，两人相对都有些尴尬。张峻说：

"锦梅，刚才你的手烫伤了没有呀？"

锦梅说：

"还好。"

张峻说：

"刚才他们说得很热闹，要报什么清华、北大、浙大、复旦和武大什么的，你是什么打算？"

锦梅说：

"我是打算学医，至于报考哪所大学，要看到时候能考多少分呢。怎么样，你有什么打算？"

张峻摸了摸头，说道：

"你喜欢学医，那我也学医吧。要是我们能考取同一所医学院就好了。"

听了张峻的话，锦梅并没有表现出惊喜，只是淡定地说：

"那好呀，考取同一所医学院，那我们又可以成为五年的同学。只是为了这个目标，我现在得去复习了，你怎么样？不复习功课吗？"

张峻说：

"那我也去复习吧。"

两人便平淡地分手了，当锦梅一个人向前走去，转眼就要在楼群中消失的时候，张峻突然喊了起来：

"锦梅，你真的不愿意出来聊一会儿吗？"

锦梅听到张峻的话，僵化在原地不动，等着张峻过来。张峻见状，立即小跑了几步，来到锦梅身边，高兴地说：

"锦梅，大过年的，别闷在家里复习了，今儿个天气好，要不我俩一起到城东的举水河大桥上去看一看，怎么样？"

锦梅说：

"好呀，好呀，我也觉得复习功课很闷的。"

两人便一起朝城东走去，走了约半个小时的路程，便一起来到举水河大桥上，今天城乡之间来往拜年的非常多，他们二人便在大桥上的步道一起朝桥中央走去，两人伏在桥栏上向着桥北的方向看去，只见浅浅的河水泛着粼光，有一层迷人的色调，向远看去就是柏子塔，在柏子塔脚下是春秋吴国伍子胥率军打败楚国令尹囊瓦的古战场。两人看着远处的风景，想着历史老师成亦江曾经跟他们讲过的柏举之战的故事，成亦江老师也是麻城老乡，总爱讲与麻城有关的历史典故。现在两个人想起这些事，作为同在黄冈中学一个班上学的两个人之间的亲近感开始有些增加，那种因为锦梅照顾受伤的甘隆而在两人之间形成的疏离感，开始变得像远处闪耀的粼光那样不再确切了。张峻觉得两人之间的气氛缓和下来，就开始发问了，他问道：

"锦梅，你是不是因为甘隆和陈辉两个抢着去送乔婕，有受冷落的感觉？"

锦梅说：

"冷落不冷落我自己知道。我才懒得去理会她乔婕呢，再怎么说，我是在黄冈中学上学，而她则是被黄冈中学赶了回来的，她是败将残兵。"

张峻说：

"你这样想未尝不可！不过，你身边总会有我的，我永远站在你的身后，你要考医学院，我也考医学院，听说当医生可是又辛苦又疲累的重活，将来你当了医生，我一样会陪护在你身边。"

锦梅心中有所感动，她觉得甘隆对他来说，可能真有些遥远，那是牵不住的手、抓不牢的人，不如就抓住眼前的幸福吧。她回答说：

"好呀，张峻，你刚说的是感慨呢，还是表白呀？"

张峻听出来，锦梅这是在给他向上走的台阶，激动起来，一把抓住锦梅的手说：

"锦梅，是表白，是表白。我是想和你一起琴瑟和鸣，执子之手，与子偕老。"

锦梅脸上现出喜色，说道：

"那我们一起朝这个目标奋斗吧。现在是高三，还有几个月就要高考了，希望我们俩的成绩相当，考取同一所医学院，到时候我们再卿卿我我也不迟！"

张峻说：

"是的，是的，有你这句话，我复习起来更有劲头了。"

再说甘隆和陈辉两人一起护送乔婕回家去换衣服。三个人出了黄兴博家门后，来到楼下，甘隆对陈辉说：

"陈辉，乔婕家离这儿不远，我一个人送她就够了，你就回家吧。"

陈辉说：

"麻城路我比你熟，你回去吧，我送她。"

甘隆说：

"你拉倒吧，麻城巴掌大的一块地，哪条道我不认识？你比我熟能熟到哪里去？再说大白天的，我还能走错道不成？不是还有乔婕吗？她总不能认错道吧？"

乔婕说：

"陈辉，现在我是要快点回家换衣服，特别是裤子都湿了，没必要两人送，这样走得慢，要不你先回去，有空我再找你一起复习功课吧。"

陈辉面露难色，他不想退让，但见乔婕冻得牙齿打战，他心又软了，把自己的羽绒服脱了下来，要给乔婕披上，可是他的这个动作被乔婕拒绝了，乔婕说：

"陈辉，我的羽绒服还好，打湿的不多，主要是裤子湿得太多，你的衣服披在我身上没有太多用，再说，你把衣服脱下来，你也会受凉感冒生病，不值当，听话，快穿上衣服。"

陈辉听话地把羽绒服穿了起来，甘隆说：

"陈辉，你回去吧，乔婕冷得厉害，我们先走了啊。"

甘隆话音未落，就拉起乔婕朝着她家的方向走去，乔婕不好意思地回头，朝着待在原地的陈辉点了点头，意思是你听话呀，快回家去吧。

陈辉只好朝着家的方向走去，走着走着，他心中郁闷，就转了方向，一边低头踢着地上的石头，一边朝着举水河大桥方向走去，他想到大桥旁边的桥堤上坐着吹一下冷风，吹散心中的不快。

乔婕和甘隆两人快步来到乔婕家门口停止了脚步，乔婕对甘隆说：

"隆，你在外面等我一会儿，别让我妈看见你了，省得她多话絮叨。"

甘隆说：

"我知道避开嫌疑的。"

乔婕说：

"你别走远呀！我换完衣服，就出来和你一起玩，你看今天天气好，很多人上举水河大桥上玩去，我们俩也去玩玩。"

乔婕回到家中，母亲林回梅见她满身湿漉漉地回到家中，惊诧地问乔婕何以至此，乔婕轻描淡写地描述了一下在黄老师家中发生的经过，接过母亲手中的干爽衣服，迅速换上。乔婕又要出门，被林回梅拦住了。林回梅说：

"你这刚回来换上干爽的衣服，又要跑出去野呀，还不如在家复习功课，马上就要高考了！"

乔婕撒娇地说：

"妈，今天才初二耶！叫花子也有三天年，你总不至于让你女儿比叫花子还惨吧？"

林回梅说：

"看你说的，有你这样的叫花子吗？"

乔婕继续撒娇说：

"妈，我只是到举水河大桥上玩一会儿，回来我就复习，这总可以吧？"

林回梅被女儿纠缠得没有办法，只好说：

"去吧，去吧，只是别玩野了就行。"

乔婕回了一句：

"得令。"

她就风一般地钻出了家门，她是怕甘隆在外等得着急，等见甘隆时，果然见他来回地踱步，有些急不可耐的样子，乔婕急忙上前，从后面捂住甘隆的眼睛，说道：

"咚、咚、咚，猜猜我是谁？"

甘隆说：

"这还用猜呀，赤脚大仙的七仙女呗！"

乔婕松开双手，上前挽着甘隆的胳膊，说道：

"走吧，到桥上去！"

再说陈辉一个人闷闷不乐地从堤上站了起来，又向举水河大桥上走去，来到大桥的西桥墩处，他看见桥体中央有两个熟悉的身影，他再定睛一看，那不是锦梅和张峻吗？他本来想回避二人，没想到二人正朝着他这个方向走来，而且锦梅还朝着他招手，说明二人已经看见他了。陈辉觉得此时再躲已经没有意义，反而说明自己心虚，会招致同学们的笑话的，遂直接迎着锦梅和张峻的方向走去。来到跟前，锦梅问陈辉道：

"陈辉，你怎么是一个人到桥上来玩呀？他们几个人呢？你不是和乔婕、甘隆在一起吗？"

陈辉觉得他没法回答锦梅，因为他总不能说是被乔婕和甘隆赶走的吧？那是多么没有面子的事！陈辉只好嗫嚅地说道：

"我，我，只想一个人走走，走走。"

张峻说：

"那我们一起走走吧，今天天气太好了，不要辜负这良辰美景。"

陈辉不自觉地接了一句：

"良辰美景奈何天，赏心乐事谁家院！不是每个人都有心思欣赏美景的。"

锦梅接了一句：

"是呀，纵有令人惬意的美好的时光、美丽的景色，却没有欣赏的心思，没有值得高兴的事。"

张峻一听，皱起了眉头，心想难道锦梅是有所指的吗，是指和我在一起不值得高兴吗？正在这时，张峻突然听到有人在喊他的名字，抬头一看，原来是余辰和成功两人，他们也朝着这边走过来，走近后余辰说道：

"原来你们三人在这里呀，怎么样，你们在这大好美景下玩得爽快吧？"

张峻说：

"爽快？未必，我们不想玩了，这不，快到午饭时间了，我们想要回家吃饭了。"

余辰说：

"别呀，哥们！这么好的天，这么好的节日，又到了饭点，怎么样，我请你们到餐馆去撮一顿，吃吃肉糕鱼面，再喝喝酒，好不好？"

张峻回头看看锦梅和陈辉，锦梅说：

"麻城肉糕鱼面家家都有，还要到餐馆去吃吗？"

成功说：

"别呀，姐们，我们不是要吃肉糕鱼面，是要一起喝酒，喝酒知道吗？我看你们三人都面有郁色，喝点酒都挥发出来，不就都好了吗？"

余辰说：

"对呀，喝酒，喝的是心情，走吧，我们一起去'大别山人家大酒店'开上一桌。"

说罢余辰一手拉起锦梅、一手拉起张峻朝城内的方向走去，而成功则推着陈辉一起跟在后面。当五个人一起来到大桥西墩时，余辰远远地看见了甘隆和乔婕有说有笑地朝这边走来，他放开张峻和锦梅，跑向甘隆和乔婕，说道：

"好啊，你们玩起了二人世界！乔婕，你快交代，那杯茶水是不是你自己泼到自己身上的？是想把我们支开？"

乔婕说：

"余辰，你真是瞎说乱讲，我不理你啊！"

甘隆说：

"余辰，你的嘴可没有把门的呀!"

余辰说：

"怎么样，你们是到大桥上来玩的吧？这里你们已经玩过多少回了，还不如和我一起喝酒去呢？昨天大年初一，我收了不少压岁钱，今天我请客一起聚聚，怎么样？乔婕，这回就看你的了，你要是不批准，那就是重色轻友了。"

乔婕看了一眼甘隆，意思是你怎么看，去不去喝酒，甘隆点了点头，乔婕明白了甘隆的心意，说道：

"喝就喝，谁怕谁呀。"

余辰回头大喊了一声：

"张峻、陈辉、成功、锦梅，甘隆和乔婕也加入我们的队伍，你们走快点呀。"

七个人在这里不期而遇，各自认为这是天意。他们一起朝着城内方向走去，不多久就来到大别山人家大酒店。店小二出来迎接，为他们七人安排了一个包间，包间内墙上贴着麻城民谣："老米酒，蔸子火，过了皇帝就是我。"

余辰自顾自地点起了菜，点的是麻城东山的吊锅子，吊锅里的配菜都是硬菜，包括麻城的特色肉糕、鱼面、腊肉、洋菜等，一共十多样带肉的硬菜，还有麻城东山老米酒，这是麻城当地的特色佳酿。

东山吊锅子发源于麻城市的木子店镇、张家畈镇，属于老东八区，俗称"东山"。山民们习惯的餐食方式吊锅也叫"东山吊锅"，他们七人就想用山民的烹饪菜肴过年，也算是解慰一下差不多一年的思乡之情。店小二将桌上的火塘点着起来，不久那个盛满肉糕、鱼面、腊肉的吊锅开始冒出热气，紧接着就是油汤水沸腾起来的吱吱声。

余辰为围桌而坐的所有人都满上老米酒，一时间满包房内弥漫着脂香和醇香，令有些饥肠辘辘的七位食客顿时有了动箸的期待。成功举箸要夹起一片肉糕，余辰用筷子阻止了他，说道：

"成功，慢着。我先说几句，今天是我们七位，七位都曾在黄冈中学交集的兄弟姐妹第一次聚齐，又是大年初二，没有理由不庆祝一下！我建议，我们先举杯共祝大家新年快乐，更祝我们所有人今年高考旗开得胜，得偿所愿。我建议大家满饮这第一杯酒，博一个好彩头！"

众人举杯，一起说：

"高考旗开得胜，得偿所愿。"

"高考旗开得胜，得偿所愿。"

本来女生乔婕和锦梅两人及陈辉都不胜酒力，是不太想喝酒的，但这杯酒是牵涉到高考成功的愿景，又加上成功和余辰两人劝说，老米酒的度数很低，顶多不过十来度，是不会醉人的，他们便与众人一起将这第一杯酒一饮而尽。

甘隆接着说：

"今天我们虽然是一时兴起而聚，这也更说明我们兄弟姐妹是有缘分的，我们七位能够同时考上黄冈中学学习，今天又不约而同地来到举水河大桥，说明我们心之所想、思之所系，都是在朝着一个方向。为了这个，我先干一杯，以敬大家，再祝高考旗开得胜，得偿所愿。"

众人又一同举杯畅饮。成功说：

"甘隆，放寒假前听说今年开始学校有推优免试的活动，你为什么不向班主任李老师申请呢？"

甘隆说：

"我是听说过这个消息，只是这次推优免试活动是个开始，是国家教育部进行素质教育的一个尝试，所以今年各个高等学校都拿出一定的名额对优质生源学校的优秀学生进行免试推优，放寒假前李绍才老师把我叫到他的办公室，拿出一张表格让我填写，是有清华大学的填报表，但是我仔细一看，这是清华大学的水利专业，这不是我的理想专业，不是物理系，这个专业不是我所愿意的，我决定放弃这次免试推优。对我来说，专业比学校更重要，如果不能从事物理学研究，将来不让我搞理论物理学，这是我接受不了的事情。"

锦梅说：

"唉，人比人气死人，有人担心考不上学校，有人不用考就能上最好的清华、北大，他还挑肥拣瘦地不去。真是没有天理了。"

余辰说：

"甘隆，你挑什么专业呀！你非要参加高考，万一，我说是万一啊，万一你没考好，可不要鸡飞蛋打了！"

乔婕说：

"余辰，你说什么呢，你这个乌鸦嘴，不准你再说了，罚你连饮三杯。"

余辰站起来，说道：

"是，是，是，我是乌鸦嘴，不过我只是善意的提醒呀。"

乔婕说：

"你还说！满桌的肉菜和老米酒堵不住你的嘴。快，把三杯罚酒喝了！"

余辰说：

"好，好，好，我喝，我喝，我喝不就对了吗？"

说罢余辰连着把三杯酒喝了下去。成功说：

"有人护主心切呀，在我们面前不要太恩爱了。"

锦梅瘪着嘴说：

"是呀，有人的表演是太恶俗了。"

陈辉站起身来说道：

"哥几个，我吃饱了，我先告辞，你们慢慢吃吧。"

成功站起来说道：

"别呀，陈辉，你这么早就退场，我们岂不要冷场了？"

陈辉说：

"你们怎么会冷场呢？我看都要打起来了，再说，你们几个都要么是黄冈中学的人，要么心系黄冈中学，只有我与黄冈中学没有什么干系，你们黄冈中学我是高攀不上，只好先自退却了。对不起，哥们姐们，我喝了桌上的这杯酒就先告退了！"

说罢，陈辉站起来将面前的酒杯拿起来一饮而尽，一拱手就从座位上退出，走到门口。余辰和成功、甘隆走到门口送行，都被陈辉婉谢了回来。

过不了多久，张峻和锦梅分别起来告辞，面对一桌子酒菜只剩下甘隆、乔婕及余辰和成功四个人了，他们心知肚明，虽然张峻和锦梅是一前一后离开的，但他们马上就会会合到一起，分开只是要遮掩旁人的耳目，这是锦梅的一个小小伎俩或者把戏。

大年初二的下午，太阳非常好，金色的阳光照在冬日落叶的树木上呈现一种金黄金黄的颜色。四个人从饭店出来之后，成功提议他们一起到龙池中学去旧地重游，看一看哺育过他们三年的母校。甘隆和余辰一致同意，乔婕看到甘隆同意，她也愿意跟着一起去。

四人商定后，便立即来到城北，经过龙池桥来到龙池中学。因为现在正值大年初二，此时的龙池中学铁将军把上门了，他们从门缝朝里面看，没有任何师生，只有一个守门人。守门人对甘隆、成功和余辰这个当年所谓的"三剑客"颇有些印象，知道他们这几年已经考到黄冈中学读书去了，所以在他们三个人的恳求下，守门人还是很爽快地把学校大门打开。

四个人进入龙池中学后，来到原来的班级门前，教室里面空荡荡的，可他们仿佛看到了当年的自己正在里面坐着，偷偷在下面搞小动作。四人在教室边上聊了一会儿天，来到学校门口，正好看见守门人那里有一个篮球，就把这个篮球借来了，来到昔日曾经打过球的球场上，进行篮球投篮比试。甘隆大声地喊道：

"'三剑客'又回来了。"

三个人投篮的时候，乔婕就在球场边上为他们捡球，成功见没有外人，就把甘隆叫作大哥，每次乔婕从场外捡来篮球时，就对乔婕说一声"谢谢嫂子"，后来余辰也跟着成功叫乔婕为嫂子，两个人就这样对着甘隆和乔婕开玩笑。

乔婕第一次听到成功叫她嫂子，开始有些不适应，后来她想这个称呼证实了她与甘隆的关系，也证实了她在成功和余辰两个人心目中的地位，想通了这一点后乔婕就乐而应之了。

三个男生投篮投得有些累和渴了，余辰又开玩笑说：

"嫂子，你见到我们这么渴，还不去为我们买瓶水喝呀？"

乔婕听了余辰的话，回嘴说：

"谁管你喝不喝水？"

但是实际上乔婕还是起身走到校门外，去附近的小卖店买了四瓶水和一些小点心来。

四个人就在球场边上坐着，边吃边喝边聊天，又过了一个多小时，眼见天色渐黑，乔婕想起出门前她母亲林回梅耳提面命地要她早点回去，只好起身向三个男生提议分手回家。

甘隆和乔婕两人临分手之前相拥而吻，成功和余辰两个人在旁边起哄说，你们就慢慢地亲昵吧，我们两人就不当灯泡照你们了。在他们两人消失之后，甘隆干脆把乔婕送到她家的门楼底下，两人才依依道别。

再说陈辉出了大别山酒店，觉得无趣和烦闷，独自一个人再往东边行去，远远望见屹立在九龙山上的柏子塔，心中想到，你甘隆得乔婕的青睐，不就是凭着你学习好，在黄冈中学排名在前几名吗？我不信，我努力学习就一定赶不上你，我要好好高考，与你比试一番，今天我就登上这座柏子塔去。

陈辉独自一个人向东步行了十几里地，一路上他感觉到自己的灵魂好像完全被从肉体中抽离，如同行尸走肉朝着柏子塔的方向行去，路边有来来往往的拜年行人和汽车，在他身边扬起尘土，他也无心避让。

经过将近两个来小时的行走，陈辉终于来到了阎家河的九龙山，这才仿佛如释重负。他循着路人的指示寻找登上柏子塔的路径。这座塔屹立于九龙山上，而当地人称九龙山上有九龙，这并非虚妄之言，原来此山是由九条红色火山岩构成山体，宛如游龙一样在此交会，所以叫九龙山，此山上寸草不生，却唯独能生长柏树。据传此地九龙缠顶，有帝王之气，因此唐王李世民在此处建塔以镇逆妖。

柏子塔则正立于九龙汇聚的龙结坪上，陈辉登上九龙山时，太阳已经偏西了，他来到柏子塔脚下，抬头向上看去，只见此塔是九层正六边形楼阁式砖塔，塔高有三十多米，结构以直棂窗、莲花座和榫卯檐为特征，造型挺秀。陈辉听当地人说，这座塔上原来有一棵柏树，因此得名柏子塔。

陈辉从南门进入塔内，沿着里面螺旋踏梯登上塔顶，向西边的举水河远眺，河水闪着金色的粼光；再往远看就是麻城县城，显得那么邈远，他的心境一下子安静了下来。

当他从塔顶下来的时候，天色已经见黑了，现在再要步行回去就很晚了，他倒不是胆小怕事，而是因为他的心结还没有完全解开，他想就在柏子塔下过一夜，明天天亮了再回去。但总不能在野外过夜吧，这可是冬天，夜晚气温更冷，陈辉打了个寒噤，想起来在柏子塔不远处有个唐王洞，那里或许可以栖身一晚上。

陈辉问了附近村民唐王洞的方向，来到距柏子塔一里来地的一堵红石山山腰，趁着黄昏昏暗的光线，他看见陡如墙壁的山腰上的确有一山洞。陈辉沿着山道来到洞口，只见洞口立有一石碑，上书有"唐王洞"三个大字，门口并没有人守门，他进入洞中，立即觉得气温要暖和许多，洞中有山民祭祀摆放的香烛和果蔬，陈辉借着烛光巡视了一遍，见正中立有唐王李世民像，洞两壁还插有刀、枪、剑、戟、斧、钺、钩、叉、鞭、锏、锤、抓、镋、棍、槊、棒、拐、流星锤十八般兵器，原来这里是祭祀纪念李世民的地方。有了李世民的陪伴，陈辉的胆子也壮了起来，拿了一些祭祀用的果蔬充饥，因为到这个时候，他的确已经饿极了。

吃完了果蔬后，陈辉就靠在李世民塑像的脚上坐了下来，头一歪就睡着了，他梦见了乔婕在向他打招呼，叫他赶快一起去填高考志愿，乔婕说她考得很好，还说陈辉自己也考得很好，两个就报同一所大学。过一会儿画风一转，说是李世民亲下敕书，钦点陈辉为大唐国的头名状元，赐乔婕与他为妻，他高官得做，封妻荫子。

这个时候，一阵风吹进洞内，把陈辉冻醒了，原来夜已很深了，山里气温骤降，虽然陈辉穿着厚羽绒服，但架不住更深露重，内衣开始有潮乎乎的感觉。他寻摸起来，看见洞口侧边有好多木柴枝子，就赶紧抱了一些进来，就着洞内的烛火将柴枝点着了，生起篝火来，他这才觉得火光照耀在李世民塑像的脸上，显得那么柔和亲切，他觉得李世民真的要走下来，给他亲书敕谕呢！

陈辉在篝火旁边，思绪万千，他下定决心，一定要全力以赴地努力学习，在高考上打败甘隆，尽管甘隆现在在学业上已经远远超过他，他觉得他还是有机会在高考中胜过甘隆的，他可以重新赢回乔婕的青睐！乔婕最终还是属于自己，他会赢得最后的胜利，而不必计较现在乔婕对他的冷落。

到了第二天就是大年初三，陈辉的父亲看他一晚上未归，就派人四处寻找陈辉的下落，结果陈辉自己回来了，只是淡淡地说了一声，我昨天到朋友里去住了一晚上。陈辉回到家中，没有了倦意，拿起书本开始刷题了。这一个寒假期间，陈辉再未主动地与乔婕进行联系，一直在家中复习功课，他要完成他心中伟大的梦想，也就是一定要比甘隆考得好，赢得百媚生，抱得美人归。

第三十四章　纸鸢传情

高三这一年的寒假十分短，只有五六天的时间，过了初五后所有的学生都被学校催着赶紧上学去复习功课，甫一开学上课，高三学生就进入了临战状态。

甘隆也在初四从麻城启程回到黄州，初四出发那一天乔婕还是放假状态，所以她清早就起床，赶到长途汽车站去送甘隆，两人依依惜别，直到汽车开出车站很久，乔婕才放下她那挥别的手，悻悻地回到家中。

乔婕很快就投入高三下学期紧张的生活之中，班上贴满了标语，墙上的倒计时在渐渐地向零靠近，学习的主要内容就进入疯狂刷题的阶段，每天成套的试卷和模拟考试填充了她苍白的生活。时间在她与甘隆一来一往的书信中慢慢流逝，一步一步地朝着高考的日子迈进。

三月十九日是乔婕的生日，这是她正式进入十七岁的日子，这天也是星期日，母亲林回梅早上起来后为她煮了一碗长寿面，里面卧了一个圆圆的油煎鸡蛋，取其祝福女儿乔婕长命百岁，圆圆满满的寓意，并说今天中午要为乔婕的生日举行家宴，邀请从香港回武汉的姑姑及其他亲朋一起来庆贺乔婕的生日。

乔婕吃完长寿面后，打开试卷又开始复习、刷题起来，只见她做完这张试卷的第一道题后，不知不觉地停了下来，头伏在左臂上，右手摇着笔，无精打采地想到，去年我的生日因为转学风波而没有和甘隆在一起庆贺，没想到今年又因为学习紧张，又不能和他在一起，难道这是宿命吗？难道有情人总要被时空和磨难阻隔吗？百无聊赖的乔婕遂拿出日记本写起来：

> 1986年3月19日
>
> 今天是我的生日，前天接到甘隆的来信，说因为学习太忙，时间太紧，今年就不回来陪我过生日了，只在这信中跟我说一声生日快乐。
>
> 今天一早起来就得到了父亲和母亲的祝福，还得到很多一中的同学的祝福，照理来讲我应该非常高兴，但是我心中总是有一种难以排遣的郁闷，没能和最心爱的人在一起过生日，这将是多么大的遗憾，尤其是在我的十七岁生日这一天，如果有他在身边将会让我多么快乐，这又是我多么大的期待。
>
> 唉，今年就不指望了，指望明年吧，高考之后我们在同一所大学里面一起上学，那个时候能郎情妾意，岂不快哉！今天还是刷题吧，甘隆在春节时拿来的那些卷子到现在还只做了一半，看来对提高数、理、化的成绩真是大有裨益，算起来甘隆还是有心人，也是重情重义的郎君，怪只怪天不济人。

乔婕写完日记后，将日记本收了起来，又伏在窗前的书桌上发起呆来，突然从窗口飘来一个纸飞机，正好落在书桌上，乔婕好奇地拿了起来，看见机翼上面有字，纸飞机上写着：

> 里面的女孩看过来，倾慕的郎君在窗外。
> 从我的心飞向君心，纸鸢将祝福语飞载。
> 祝婕儿生日快乐！祝婕儿永永远远快乐！

乔婕一看这字体是甘隆写的，喜出望外地从窗子探出头，发现甘隆果然在楼下向她招手。甘隆兴奋地看着乔婕，发现她笑得很开心，他的心中传来一种莫名的情绪，他仿佛知道了这就是幸福的笑容。这是春节一个月多之后的第一次见面，两个人的心里都被幸福充满了。

甘隆用手捂住嘴并做低声呼喊状，又用手指了指地下，意思是你快下来，我在这里等你。乔婕高兴得立即站了起来，向林回梅说了一声：

"妈，我看书看累了，要出去走走。"

林回梅说：

"行，只是你要记住，今天中午你姑姑和小姨她们都要来家为你庆生，家宴开始时你可要回来呀。"

乔婕说：

"知道了，妈，我只是休息一下嘛！"

乔婕说完，立即穿上外套，飞也似的跑下了楼，甘隆此时已在楼门口等她了。乔婕喜不自禁地上前与甘隆拥抱在一起，但她马上就从甘隆的拥抱中挣脱开来，原来她是听到楼道有人下楼的声音，这里的住户不是母亲林回梅的同事，就是父亲乔志钰的同事，她怕这些邻居看见她在这里和人拥抱，会在父母面前学舌嚼舌根的。乔婕避让过下楼出门的人后，问甘隆道：

"你前天来信不是说，我过生日你没有时间回来吗？今天怎么又回来了？"

甘隆说：

"我就是想给你一个惊喜，要给你一个最难忘的生日，就像你上次在月夜里给我过生日一样，我终生难忘。"

乔婕说：

"你害得我从早晨起来到现在都不高兴！你来了就好，我太高兴了！太高兴了！"

甘隆拿出一本书，说道：

"乔婕，我把这本书当作送给你的生日礼物。"

乔婕接过来一看，就是那本《高中数学复习纲要》，主编写的是陈正明、甘隆两人的名字，乔婕说：

"你和陈老师一起编的这本书出版了？太好了，太好了，祝贺你，甘隆。你把这本书当作给我的生日礼物，我太喜欢了，真是令人感动。"

甘隆说：

"谢谢婕，谢谢你的喜欢！我还担心你不喜欢呢！"

乔婕说：

"怎么会不喜欢呢！这是我收到的最有意义的生日礼物，这里有你的心血，祝贺你成功了！"

甘隆说：

"谢谢婕。我今天还给你带来一份礼物，这就是我们学校全套一模试卷，不但包括数理化三门主科，还包括语文、英语、生物科目，这是完全模拟高考的试卷。"

乔婕说：

"那你的一模考了多少分数？"

甘隆说：

"这套一模我考了七百七十分的总分，是全高三年级的第二名，排在一班班长黄鹏之后，而二班班长凌强则排在我之后，哦，对了，告诉你一个消息，你记得我和黄鹏、袁鑫三个人曾经参加过国家奥数竞赛集训的事吧？后来我和黄鹏两人因为不想以数学为专业，所以主动退出，只有袁鑫坚持参赛，这一次他代表中国参赛，取得了国际奥数竞赛金牌，已经被保送到北京大学数学系了。"

乔婕说：

"是吗？真为袁鑫感到高兴，你见着他后请代我向他表示祝贺！唉，当初你要不退赛，说不定金牌就是你的了，就直接被保送，而且用不着参加一模、二模、三模和高考了。"

甘隆说：

"这事我想得开，我本志不在数学，我是喜欢物理，所以我没有什么纠结的，而且，我参加模拟考试，还可以把一模试卷为你留着，让你自己测试一下自己的实力，对你来说，这不是更好吗？我带回来是想让你也自己找时间做一做，好对自己的实力进行最接近高考实战状态的合理评估。"

乔婕说：

"我们一中上周也进行了一模考试，只是现在成绩还没有统计出来。"

甘隆说：

"虽然县一中也有模拟考试，但是这套试卷是黄冈中学的，出题的视角和信息来源完全不一样，你自己试一试，肯定对提高成绩大有裨益。"

乔婕说：

"那你一模成绩太好了，你要报心仪的清华或北大物理系的可能性是非常大的。"

甘隆说：

"现在还不敢这么乐观，这还要到时候看实际考试成绩！"

乔婕说：

"对的，谨慎一些还是好。哦，对了，甘隆，你怎么有时间回来为我过生日呀？"

甘隆说：

"本来我为没有时间为你过生日非常郁闷，心不得安！后来我反复查看日历，就有了一个绝妙的打算，昨天上午下课后，我就向李绍才老师说家中有特殊事情，请了一下午假。昨天上午下课后我连中午饭都没吃，也没有回到男生宿舍放下书包，没有换衣服，直接跑到长途汽车站，买了一张车票，饿了整整一下午，坐车回来了。"

乔婕说：

"一下午你都没有吃饭，坐在车上又那么颠簸，你受得了吗?"

甘隆说：

"我现在正是傻小子睡凉炕的年纪，饿一顿两顿咬牙也能坚持下来，饿极了我就想你，憧憬着能见到你的幸福，也就不饿了。"

乔婕翘起嘴，带着假嗔说道：

"你根本就不想我！你昨天回来了，还不来找我，让我好生郁闷！"

甘隆说：

"昨天来到了麻城车站之后天色已经很晚了，我当时就买了第二天回黄州的返程车票，就是今天下午一点钟的返程车票。我主要想着今天要出其不意地出现在你面前，给你最大的惊喜，所以我今天才来找你。刚才到了你家楼下时，我怕呼喊会惊动你的父母，就想出了以纸鸢传情的主意，先在纸上写好诗，又将其折成纸飞机，从窗口飞到你的房间，我飞了好几次才成功的。"

乔婕说：

"那你是要今天就返回黄州吗？"

甘隆说：

"是的，时间非常紧，今天是星期天，我只有一天假期，在为你庆生完后，我要立即坐车回黄州去的！"

乔婕说：

"太令我感动了，你太有心了！只是来来回回这么跑，太辛苦了！"

甘隆说：

"这样吧，中午我们两人一起吃饭，就算是对你生日的庆贺，吃完饭后我就直接到长途汽车站去坐车回黄州。"

乔婕说：

"好是好，只是我妈说我家中午要举行家宴，我姑姑和小姨她们两家都要来为我过生日呀。"

甘隆说：

"家宴可以改在晚上，你回去和你妈说一声。"

乔婕说：

"好，我现在就回去讲一声。"

乔婕拿着甘隆的礼物，回到家中，对母亲林回梅说：

"妈，我中午有同学要一起聚会为我过生日，你能将家宴改在晚上吗？"

林回梅说：

"哪能那么容易改的？已经通知你姑姑和小姨了，过一会儿她们就会来我们家了。"

乔婕说：

"妈，人家同学好心好意地来为我庆生，我总不至于拂了别人的好意吧？你让爸现在就跟小姨和姑姑打电话，说家宴改在晚上，她们说不定更高兴呢，白天可在家多睡睡懒觉。"

林回梅说：

"你这姑娘，真是任性！好吧，好吧，就改在晚上，今儿个是你生日，我事事都依着你，不让你受委屈！那你下午要早点回来，别耽误了晚上的家宴，那样的话小姨和姑姑她们都会不高兴的，你的生日礼物也会收不到的。"

乔婕说：

"好的，我的亲妈，你真啰唆！我一定早点回来。拜拜，拜拜。"

乔婕化了点淡妆后，立即出门来见甘隆。甘隆说：

"现在已经十点多了，我的车票是一点钟的，只剩下两个多小时的时间，在为你庆生后，我必须马上到汽车站去坐下一趟班车。不然的话，就会误车的。"

乔婕说：

"好，我知道你时间紧，这样，我们就到长途车站附近找个地方吃饭，这样你去赶车的时间也从容一些。"

甘隆说：

"如此最好，那我们现在就去吧！"

乔婕回答了一声：

"好，现在就走。"

说罢，乔婕挽起甘隆的胳膊，两人一起朝小区的大门方向走去。二人刚出小区大门，迎面看见陈辉手里拿着一个盒子朝他们的方向走过来了，二人本想回避陈辉，却听见陈辉喊道：

"乔婕，乔婕，祝你生日快乐！"

乔婕只好站定，迎着陈辉说：

"陈辉好，你怎么来了？"

陈辉说：

"我是专门来为你庆生的呀，给，这是我送给你的礼物，还准备请你吃饭。"

说罢，陈辉将手上的盒子交到乔婕手上，乔婕打开一看，是个八音盒。乔婕十分高兴，说道：

"谢谢你，陈辉，你送的生日礼物太好了，我很喜欢，只是这饭就吃不了了。我现在要出去办一件事，不能请你到家中做客了，下次我请你吧！"

陈辉说：

"你和甘隆一起出去办事？甘隆不是在黄州吗？现在怎么在麻城？"

甘隆说：

"我是专程回来为乔婕庆生的，乔婕现在要送我回黄州，你去送我吗？"

陈辉说：

"送你？送你到长途汽车站去？我不去，我还有事！你自己回去吧，我没有那个时间！"

陈辉非常气恼，他本来以为这次乔婕过生日，他应该是独占地利的先机，趁甘隆远在黄州的机会，好好在乔婕面前表现一番，以讨得乔婕的欢心，让她的天平向自己这一边倾斜！没想到这讨厌的甘隆又捷足先登了，他恨自己今天没有早点过来，先为乔婕过生日。

却说甘隆和乔婕两人携手朝长途汽车站方向走去，在车站附近找一家便民餐馆，两人走进去后，找了靠窗的一张桌子相对而坐。陈辉尾随在他们二人后面，远远地从窗子看到甘隆和乔婕点菜、倒茶、喝茶，二人相互夹菜互喂，显得十分亲昵。

乔婕拒绝了陈辉的庆生邀请，而跟随甘隆来到这样简陋的小店吃饭，这些动作让陈辉看得嫉妒得要发疯了，他一顿脚扭头朝十字大街的方向走去。陈辉走到十字路口的时候，他听到有人叫他，便回头一看，是龙池中学的初中同学周林和陈进鹏骑着摩托车在游逛，还有以前退学回去的王英坐在周林的后座上。周林问陈辉道：

"陈大班长，你今天怎么孤家寡人似的，一个人闷闷不乐地走路呀？是不是有谁惹你不高兴了？"

陈辉说：

"谁惹我不高兴？那还有谁呀，还不是那个甘隆！"

周林说：

"甘隆不是在黄州吗？他回麻城来了吗？我正要找他算账呢，他当初会考时不让我抄答案，搞得我连会考都没有及格，到现在连个初中文凭也没有拿到。"

陈辉说：

"那你还不有仇报仇呀！他就在长途汽车站那边的小饭馆里吃饭呢！"

周林对陈进鹏说：

"走，哥们，跟我报仇去！"

说罢，周林和陈进鹏开着摩托，载着王英一起朝着长途汽车站方向奔去。

再说甘隆叫来服务员后，点了一个西红柿炒鸡蛋，一个炝炒素包菜，他还想再点两个菜，乔婕说：

"隆，这两个菜够我们吃的了，不要再点多了。"

甘隆说：

"婕，今天是我为你庆生，多点几个菜是理所应当的呀，不然不足以表达我的心意！"

乔婕说：

"隆，菜不在多，够吃就行了，冲你在这么短的时间内专程跑回来给我庆生，我已经非常感动了。再说，你送给我的生日礼物又是那么有意义，我更加感动！我知道，学校给你一个月八块钱的伙食补助，你坐一趟长途汽车，车票钱是三块二毛，来回就是六块四毛钱，为了省出这六块四毛钱，你回去之后，还不知要吃多少顿没有菜的白米饭，才能缓过拉下的饥荒呀。我不忍心你这么克扣自己，有你的这番情意，我和你一起吃糠咽菜都愿意，更何况还有鸡蛋炒西红柿和炝炒素包菜两个菜呢！有情饮水饱嘛。"

甘隆说：

"婕，你真体贴。我就听你的吧，两个菜就两个菜，我们俩吃得高兴就好。"

店小二将两个菜端了上来，二人看看时间偏紧，还有一个小时就要登车了，两人就紧扒快赶地将桌上的饭菜一扫而光，终了，甘隆还端起茶水与乔婕干杯，以水代酒再次祝贺她生日快乐。甘隆说：

"这是我为你过的一个朴实的生日宴！"

乔婕说：

"这是我最快乐的一个生日。"

结完账后，两人走出了小饭店的门口，这个时候正好周林和陈进鹏两人骑着摩托一阵风样地来到，他们一个急刹车就停到甘隆和乔婕的面前。周林跳下摩托车来，高声说：

"甘隆，你还真得意呀，抱得美人归了！"

甘隆说：

"哦，是周林和陈进鹏呀，你们好。"

说罢甘隆伸出手去要和周林握手，周林伸手啪的一声将甘隆的手打开，说道：

"好？好什么好？嗯？你难道忘了？当初不让我抄卷子，结果我的会考全部不及格，到现在初中毕业证书都没有拿到手，你说我能好吗？"

甘隆说：

"这事怎么能怪上我呀？"

周林说：

"怎么不怪你？老子今天就是来报仇的！陈进鹏，上，我们俩一起揍他个斑马养的！"

周林和陈进鹏这几年经常到武汉流窜，因此说话都带有武汉腔调。

周林说罢，和陈进鹏两人一起向甘隆发起进攻，合力来打甘隆。甘隆受到的第一个攻击是被周林用拳打了脸，没有防备的他顿时眼冒金星，陈金鹏上来就给他当胸一拳，这两拳把甘隆打蒙了，到此时他才感受到周林与陈进鹏满满的敌意，也知道了在会考时没让这二人抄答案的后果，他迅速向后倒退了好几步，以躲开二人的攻击。

周林继续蹿到甘隆跟前，想再挥拳来打甘隆的头部，被甘隆抓住了他的手腕，动弹不得。陈进鹏也跟上前来，嘴里骂骂咧咧地挥拳要打甘隆，甘隆只好抓住周林的手腕向后躲去。虽然陈进鹏身高一米八以上，比甘隆高不了多少，但是他的体格远远比甘隆壮实，长得像一堵墙，而且周林力气也很大，他们二打一，甘隆处于不利的地位。甘隆自知不是他们的对手，只好向后避躲。

这时候，乔婕见甘隆受到二人的围攻，立即跳到甘隆和陈进鹏之间，想要保护甘隆，但陈进鹏还想隔着乔婕打甘隆，乔婕眼见甘隆要吃亏，看见旁边站着的王英，她立即大喊：

"王英，你还不管管陈进鹏和周林，你怎么能这样呢？"

王英本来在初中阶段就对甘隆抱有好感，现在她听了乔婕的呵斥，立即上前拉住了陈进鹏，使他的拳头打不着甘隆，这个时候，陈辉也出现了，他上前用手拉住了陈进鹏和周林两人，甘隆被动挨打的局面总算暂时被终止了。甘隆想趁这个机会反击，却被乔婕制止了，她拉着甘隆就要朝车站的方向走，甘隆不顺从乔婕的拉扯，想要挣脱乔婕的手，转身回去同对方扭打，乔婕急了，对甘隆说：

"隆，你是请假回来的，汽车马上就要发车了，你再耽搁下去，就回不了黄州了。"

甘隆说：

"不行，我这气不顺，受不了他们二人的冤打！"

乔婕说：

"隆，你和这些人计较什么呢？不值当的呀，你今天下午不回去，就会影响你的高考和前途的呀。"

甘隆听了乔婕的话，立即放弃了要继续打架的冲动。甘隆心想自己是请假从学校回来为乔婕过生日，如果因为打架回不了学校，那影响实在是太大了，所以今天挨的这两拳必须先隐忍下去，对于他们这种无理挑衅，君子报仇十年未晚。再说，他们也没占多大便宜，而且今天是乔婕的生日，也不能伤了她的心。想到这里，甘隆便顺从地跟着乔婕，朝着汽车站方向走去。

两人快步来到检票口，还有五分钟就要发车了。乔婕从口袋里拿出十元钱递到甘隆手上，说道：

"隆，这次来回的车票不在你的预算之内，你肯定用度很紧张了，这是我的压岁钱，还没有用完，你把钱拿去用，吃饭的时候不用克扣自己！"

甘隆要推辞，嘴中连说：

"不行，我不能收。收了你的钱，就把我回来为你过生日的诚意打了折扣。"

乔婕说：

"快拿上，这打不了折扣的，我的心知道你是诚心诚意的，快拿上吧，还有不到五分钟就要发车了，你小心误车。"

乔婕说罢，将十元钱塞进甘隆的衣兜里，把他向检票口一推，扭头就朝车站外走去。甘隆只好将手里的车票交给检票员验票，快步来到车上，刚一坐下汽车就发动了。

汽车驶出长途汽车站的时候，甘隆看见乔婕站在出站口向他挥手道别，就贴附在车窗上，使劲地向乔婕挥手，直到乔婕的身影完全消失不见后，甘隆才坐了下来。这个时候，甘隆才感觉到头部和胸部挨打后的疼痛，他用手自己抚摸了一会儿，疼痛好像减轻了一些。甘隆又想起来乔婕在检票口塞进他衣兜里的十元钱，伸手向右侧衣兜一摸，那十元钱竟然不在了，他站起身来，又将上衣和裤子的四个衣兜摸了个遍，钱仍然不在，甘隆又在车上的过道和座位上反复找了几遍，都没有发现那十元钱。

甘隆重新检视右侧衣兜，发现这个兜是破的！这钱肯定是过了检票口后、在上车前这个时间段内从衣兜破口处掉到地上了，只是当时因为时间紧张，要急着上车而没有发现罢了。甘隆本想要求司机开车回去找一下这丢失的钱，但想来现在车已经开出了五六公里了，要一车人为自己陪绑可有点说不过去，况且就算车开回去了，这段时间难保钱不会被别人捡走！所以，甘隆再一次决定隐忍下来，以息事宁人，这十元钱虽然在此时不是小数，但也决非什么大不了的事情，无非自己在吃饭时少吃点菜罢了，反正自己年轻，这些苦都吃得下去，而且这些苦都是为了乔婕而吃的，吃起来还有些甜呢！

甘隆很快从丢钱的沮丧中释怀，但又研究起他的衣兜，明明是好的衣兜，怎么会破了呢？他回想起在打架的时候，周林拉拽过他的这个衣兜，肯定是周林拉拽脱线了，所以这个衣兜就漏底了！甘隆觉得穿着这件被拉扯脱线的衣服有些狼狈，心想幸亏这场架及时被乔婕终止了，但如果再打下去，他很可能会误车，今天回不了黄州，而且衣服会全都被扯烂，说不定肉都会露出来，那样将会多么狼狈！

甘隆这样想着，一路上他就用手一直护住自己的衣服不敢松手，尽量不让旁人看出自己捉襟见肘的窘态。回到了男生宿舍后，甘隆当天晚上就找出针线，自己一针一线地将被扯烂的衣服缝补好。

乔婕在送走甘隆后，从汽车站出站大门往回走，这个时候陈辉又迎了上来。原来陈辉也是算计好了，甘隆今天下午就必须坐车回到黄州去，所以乔婕下午肯定就不会和甘隆在一起了。他打算就在车站门外等着乔婕，准备再单独为她过生日。陈辉再次对乔婕说生日快乐，可他没想到迎来的却是乔婕愤怒的指责，她说：

"陈辉，周林和陈进鹏殴打甘隆，就是你指使的。"

陈辉说：

"我没有！我只是在路上碰见了周林他们，我可没让他们来打甘隆，我只是和他们说你们俩今天优哉游哉的很恩爱。"

乔婕说：

"信息都是你提供的吧？你是不安好心，告诉他们甘隆在这儿！你知道周林和陈进鹏两个人，就是因为甘隆在会考的时候没让他们抄答案，对甘隆有意见，你是故意把他们引向这儿，难道你这不是故意让他们来打甘隆吗？陈辉，你真小人，我看不起你，你送的八音盒我也不要了，你拿走吧。"

陈辉说：

"乔婕，你真是冤枉我了，我实在跳进黄河也洗不清。"

乔婕说：

"陈辉，我就告诉你，今天甘隆是因为要赶着回去，他不敢恋战，不然的话，就算陈进鹏和周林两个人，再加上你陈辉，你们三个人在一起也不是他的对手。"

陈辉说：

"冤枉呀，我压根就没想着要和甘隆打架，这事与我无关，君子动口不动手，乔婕，你别冤枉我了。"

乔婕说：

"你这是玩戏法，你以为我看不出来呀。"

陈辉说：

"他们打架的时候，我可是在中间挡着啊，是拉架的。"

乔婕说：

"你是拉偏架，你以为我不知道，你是假装好人。"

乔婕说罢，气呼呼地朝前走了，陈辉跟在她后面，直是赔礼，乔婕仍是不理会陈辉的赔礼，径自回到自己的家中。陈辉讨了个大没趣，只好怏怏地回家去了。

第三十五章　甘隆受冤挨处分

甘隆回到黄冈中学后，星期二上午是数学课，李绍才老师在课后把甘隆叫到了教室，对他进行了严厉的批评，原来李老师知道甘隆上周六向他以家中有特殊事情请假，是一个欺骗行为，本校有人向校长张良洪写告密信说，甘隆三百里奔袭，回麻城去给女朋友过生日，却是以欺骗的方式请假。张良洪校长将这件事下派到班主任李绍才那里，让他对甘隆进行批评，警告他不得再犯这样的错误。

甘隆在李绍才老师面前诚恳地承认了错误，并且保证不重蹈覆辙。从教师办公室出来后，甘隆百思不得其解，他不知道黄冈中学有谁能知道他回麻城是为乔婕过生日，而不是办理家中的事务，因为他是上周六上午临时起意，只向李绍才老师请了假就直接坐车去了，他连关系最要好的余辰、成功和黄鹏都没有提及此事，既然这样，那谁能这么快就知道了他这么隐秘的消息呢？竟然在星期一就写了一封匿名信告状告到校长那里去了。

甘隆思来想去，觉得这个写匿名信告状的人最大的可能就是张峻。那么张峻是从哪里得到的消息呢？甘隆进一步推理后认为，告诉张峻消息的这个人应该是陈辉。从某种意义上来说，陈辉和张峻两人都是他甘隆的情敌，陈辉因为乔婕钟情于自己而生恨，而张峻则是因为锦梅暗恋自己起怨，所以陈辉和张峻完全可能联起手来对付他。

甘隆最终通顺地推演沙盘，基本明确事情的来龙去脉，很可能是陈辉在乔婕过生日那天下午打电话给张峻了，张峻当即就写了匿名信，星期一一早就投到校长办公室，被张良洪校长看到了。

甘隆推理清楚这个逻辑顺序之后，他就有一个冲动想要去找张峻理论。在下午下课后，甘隆来到二班的门口，他却止步了，因为他突然想起来，他手里没有任何证据证明张峻做了写匿名信这种下作事。

甘隆站在二班门口的时候，犹豫了好几秒钟后，准备扭头回到自己的一班教室去，但这时二班的李慧却叫住了他。这一次李慧的一模考试成绩很不错，是全年级的第十二名，这是她历年来的最好成绩，特别是她的数学考得不错，只错了一道大题，数学总分达到一百二十三分，她这次错的是一个解析几何题，正拿着圆规来改正这道错题。成绩的大幅提升使李慧的自信心爆棚，把很多同学都不看在眼里，现在看见甘隆来了，她正有心要挑衅一下甘隆，遂把圆规随手放在课桌上，大声地喊道：

"赤脚大仙，听说你回麻城去给乔婕过生日了，是吗？"

甘隆好像做贼被人抓住了似的，脸一下子红了起来，他对李慧说：

"李慧，你瞎说什么呢？什么过生日不过生日的？"

李慧说：

"哎哟，赤脚大仙还不好意思呢，过生日就过生日呗，这有什么？这说明你是多情种呀。"

甘隆十分气恼地说：

"懒得理你，我走了。"

李慧从座位上站起来，踮起脚，仍然不依不饶地在后面喊道：

"甘隆，乔婕这个骚货，还是那样风骚吗？还会勾引很多同学吗？她还在和陈辉勾勾搭搭吗？"

甘隆气得转身走进二班教室，一把抓起李慧的胸襟说道：

"李慧，你再他妈嘴碎胡说，我就揍你。"

李慧大喊起来：

"赤脚大仙要打人了，赤脚大仙要打人了。"

二班的同学凌强、郭伟及几个女同学上来赶紧把甘隆拦住，而李慧仍然撒泼式地大喊大叫，在几位同学的拉拉扯扯当中，李慧放在桌子上的圆规被挤下了课桌，直直插入李慧足背上，李慧痛得大叫一声起来，将圆规从她的足背上拔了出来，用手按住出血的地方。

李慧本来就有隐性血友病，受伤后极不容易止血，李慧按压足背很久仍然血流不止，只好到校医那里去用绷带加压包扎后，血才被止住。李慧回到家中，她姑姑听到此事后，就马上把她带到县医院去打了破伤风针，重新对伤口消毒和包扎处理。

第二天李绍才老师再次把甘隆叫到办公室去，这次批评甘隆的理由是说他嘴里说下流话，欺负殴打女同学。甘隆对李老师说：

"李老师，我没有欺侮殴打女同学，是李慧嘴碎侮辱人，我只是吓唬她一下，她的足背受伤与我无关，是李慧自习时正在教室里做几何题，她把圆规放在桌子上，二班的同学在拉扯时把圆规挤下课桌，这样才插到李慧的足背上，这件事与我无关。"

李绍才老师说：

"你说的情况，我需要了解一下，但是，有好几个二班同学证实，你对李慧挥舞了拳头，至于李慧是不是说那些侮辱人的话，我了解一下再说。但是，我这次还是要提醒你一下，你不要太心高气傲，认为你学习成绩好，就可以对同学舞枪弄棒的。"

甘隆说：

"李老师，我尊重您，但是您也得尊重事实，我并没有做您刚才指责的那些事情。"

李绍才老师听了甘隆的回话，心中很不耐烦，他对甘隆摆摆手，说道：

"你先回去吧，这件事我调查调查再说。"

甘隆只好快快地走出了教师办公室。他非常气恼地回到一班教室，他想起来，在与李慧理论的时候，锦梅就在教室里面目睹了全部的事实经过，可以找锦梅证实一下自己受到的冤屈。因此甘隆在下午下课之后，就叫了锦梅一起来到黄冈中学校园后面的小山上。甘隆对锦梅说：

"锦梅，昨天下午发生的事情经过，你全都看在眼里，你知道我没有欺负李慧，是不是?"

锦梅说:

"是啊，甘隆，我看见整个事件的发生经过，确实是李慧先挑衅你的，是她先故意激怒你，你才吓唬了她一下，你并没有欺负她。"

甘隆说:

"那，锦梅，现在李老师指责我欺负同学，你能不能到李老师面前去帮我做个证，把你刚才说的话向李老师重复一遍呢?"

锦梅说:

"这个完全可以啊，我非常愿意。"

甘隆与锦梅约定，明天去找李老师作证，二人又一起去食堂打饭后才分手。

到了晚上，张峻找到锦梅。张峻说:

"锦梅，我看见甘隆今天下午找你了，你们之间谈了些什么?"

锦梅说:

"也没有什么呀，甘隆只是要我去帮他做个见证，证明昨天下午他没有殴打李慧，是李慧先口不择言地挑衅他，才引发后来的事端的。"

张峻说:

"那你去作证吗?"

锦梅说:

"我当然要去作证啊，我只是说我看见的事实，我不胡编乱造就行了。"

张峻说:

"锦梅，我建议你不要去蹚这摊浑水。"

锦梅说:

"你为什么这么说? 你是不让我帮助甘隆吧?"

张峻说:

"你知道吗? 我们都是外地生，像李慧他们这些人都是本地生，他们家都在本地，都有很大的势力，李慧她姑姑就是教育局风化组组长，她将来治起你我这样的外地生来，那不是小菜一碟吗?"

锦梅说:

"是这样啊! 你提醒得也在理，我好好想一想吧。"

次日中午下课之后，甘隆从一班来到二班教室找锦梅，他向锦梅招了招手，锦梅好像没有看见似的，仍然坐在座位上看书。甘隆就小声地喊道:

"锦梅，锦梅，锦梅。"

直到甘隆喊到第三声，锦梅才抬起头来，问道:

"甘隆，你有什么事吗? 我这还在看书复习呢，我没有时间。"

甘隆说:

"昨天下午不是跟你说得好好的吗? 你难道忘了?"

锦梅这个时候才懒洋洋地走出二班教室门口，和甘隆来到一个僻静人少处。锦梅对甘隆说:

"甘隆，我不能去为你做这个证。"

甘隆说:

"为什么呀? 你昨天不是答应得好好的吗?"

锦梅说:

"不行啊，我问了班上的同学，他们的说法和你的说法完全不一样，他们都支持李慧，况且我没有见到全部的事实经过。"

甘隆说:

"他们是骗你的，李慧说的话不是事实，你为什么不去讲你看到的事实呢?"

锦梅并不接甘隆的话茬，反而另辟蹊径，说道:

"甘隆，你受到批评和处分都是由于你回到麻城跟乔婕过生日造成的，以后你不要再痴迷于乔婕了，你和她是没有未来的。"

甘隆说:

"你怎么这样看? 你说我和乔婕没有未来? 你有什么理由这样说?"

锦梅说:

"甘隆，你学习成绩这么好，乔婕成绩比你差多了，你们两个人不可能上同一所大学，你们是不可能走到一起的。"

甘隆说：

"我们不在同一所大学上学，也还可以在同一个城市上学，这样也能成就我们两个人的感情，我们一定能够走在一起。"

锦梅说：

"乔婕的性格水性杨花，你的性格朴实沉稳，你们两个性格有巨大的差异，就算结合组合成了家庭，也不会白头偕老的。况且，乔婕爱慕虚荣，你给不了她想要的生活，你何必为了她而自找痛苦，往火坑里跳呢？"

甘隆说：

"你和乔婕还是好姐妹，为什么这般诋毁她呀？"

锦梅说：

"甘隆，你为什么只盯着乔婕一个人，而对身边人都这么漠视？我这么长久地在你身边，默默地期待你的关注，你为什么就是熟视无睹呢？你还要三百里长途奔袭，去给乔婕过生日，你这不是自讨苦吃吗？"

甘隆说：

"锦梅，我们今天先不谈你、我和她之间感情纠葛的事，我现在问你，你去还是不去李老师那里为我作证？"

锦梅说：

"甘隆，你太伤我的心了，我不敢和众人对抗，我现在还有事，我还得马上复习，我先走了。"

说罢，锦梅头也不回地走了，把甘隆留在僻静墙角处凌乱，过了好久他才醒过神来，回到男生宿舍去，倒在床上，拉起被子盖住头面，胡思乱想起来，他不知道为什么在一夜之间，锦梅就变了，变脸比翻书还快！他在内心里慨叹，在关键的时候，很难有人能靠得住！

余辰和成功从教室里回来，看见甘隆这样躺着，就上前拉他的被子，甘隆任两人如何诱哄，也不松手，只是自顾自地掩头不语，午饭也没有心思去吃，直到下午上课时，他才懒洋洋地从宿舍走到教室上课去了。

李慧足部受伤这件事还在继续发酵。有人继续向张良洪校长告状说，甘隆连续发生两件错误，一是欺骗老师，二是殴打欺负同学，这是屡教不改，一定要学校进行处理。张良洪还接到上面来的督导电话，饬令他必须要严肃处理甘隆。

张良洪校长再一次把李绍才叫到校长办公室进行商量，觉得树欲静而风不止，为了平息这起闹哄哄的事件，就必须至少给甘隆一个记过的处分。李绍才回到一班后，就向全班宣布了学校对甘隆的处分的决定。

第三十六章　乔婕宽慰甘隆

当这个决定在一班经李绍才老师之口宣布后，一班的同学们一片哗然，尤其余辰和成功两人就表示非常气愤，而且黄鹏、郭亮及一些女生都对甘隆投以安慰的目光，因为他们知道在二班教室发生的事实经过，为甘隆感到不值。甘隆的情绪当即就受到非常大的打击。

李绍才老师继续说：

"这个处分只是在一班和二班两个班公布，主要是为了安慰李慧和她的家长，这个处分决定并不在全校通报批评的，所以从这个角度讲，学校是关爱甘隆的。当然，这也是学校惩前毖后治病救人，希望甘隆正确看待这件事情，不要让这件事影响即将到来的高考。"

李老师说完之后，全班同学叽叽喳喳地议论起来。黄鹏说：

"不影响高考那才怪呢！给甘隆这么大的打击，他心里如何承受得了呀？"

成功说：

"是的啊，突然天降横祸，来一个记过处分，我们还是十几岁的学生，谁受得了这种打击啊？"

一班学习委员童尉也说：

"年纪轻轻的，就受这么大的打击，这不是天降横祸吗？"

李老师见同学们这么七嘴八舌，干脆脸一沉说：

"现在这件事哪说哪了，到我这里就算完了，大家再不许议论这件事情，大家要沉下心来好好学习，甘隆不能受到影响，同学们更不要受到影响，你们再议论我可要生气了。"

说罢，李绍才老师走出大门，砰的一声把教室的门带上了。这天晚自习时，大家又议论了十几分钟后，总算慢慢平息下来。

甘隆听到李老师宣布的处理决定后，他心中不服，但又觉得无助，没有心思复习，每天无精打采，在自习时间只要是没有老师的时候，他就伏在桌子上睡觉。

甘隆虽然从小学到初中都很调皮，但是从来没受到过任何处分，这次处分给了他很大的心理压力，他觉得会对他的前途有很大的影响。甘隆总觉得这个处分犹如大石压在他的心头，有一种惶恐不安的感觉，他反复向李绍才老师申诉，但是李老师说，这个处分是学校方面作出的决定，而学校也是受到了上面的压力，不可能在短时间内就急着撤销的。

甘隆还直接到校长办公室找张良洪校长。对于甘隆这个成绩优秀又有理想的学生来说，张校长是非常关爱的，但是面对甘隆的诉求，张校长也表示爱莫能助，他表示是受到来自上面的压力，要撤销这个刚刚下达的处分是断然不可能的。

张良洪对甘隆说：

"甘隆，你是个好学生，这我知道，但是我们学校要支撑起来，也不是那么容易的事情，作为校长我受到很大的压力，首先来说资金困难，上级拨付的资金远远不足以支持我们学校的发展。单就招收你们这些外县生来说，学校每个月都给你们一百多个学生发放补助，这钱从哪儿来？教师的辛苦费都从哪儿来？这都是从社会上支持来的，既然接受了社会支持，我们肯定就会受到社会的压力。

"比如说，黄冈中学高考升学率高，有很多家长就会把各种各样的学生推送到我们学校来，我们总要接收吧？各种各样的上级检查，我们总要应付吧？上面一个电话来了，我们总要接吧？事总要办吧？学校的事情不是你想象的那样简单。

"再说你的处分，你说你没有打李慧，可李慧的足部就是因为你挥拳吓唬她而受了伤，这一点你总该承认吧？李慧的家长拿着医院写的病历和诊断证明书，拿着处理伤口和打破伤风针的发票，一起交到校长办公室，来要求处分你，这总不是完全没有道理的吧？我作为校长又有什么理由拒绝他们的这种要求呢？而且，你现在还早恋，为了给女朋友过生日，以欺骗的手段向老师请假，这一桩错误你总没有理由辩白吧？所以说，这个处分至少在短时间内看，是不能随便取消的。"

张校长的话说得甘隆无可反驳，但他的心里是断然接受不了的，只好怏怏地从校长办公室退出。此后的一段时间内，甘隆出现了焦虑失眠，经常到大半夜还睡不着觉，晚上在宿舍熄灯之后，他老是在床上翻来覆去地睡不着，影响到睡他上铺的张峻。这天晚上张峻实在被甘隆的辗转反侧搅得睡不着，就气哼哼地对甘隆说：

"甘隆，你还让不让人睡觉，你怎么老是板筋呢？"

甘隆说：

"我板筋怎么了？这还不是你造成的！"

张峻在上铺坐了起来，说道：

"这怎么是我造成的，跟我有什么关系啊？你打李慧时我都不在现场。"

甘隆说：

"我没有打李慧，况且这个事还不是因为你写匿名信向李老师告状，我挨批评之后才造成的。"

张峻从上铺跳了下来，对甘隆说：

"天地良心，你怎么能怪我？写匿名信的事我压根就不知道，你可别扯到我头上去。"

这个时候宿舍里有人喊：

"现在已经是半夜了啊，你们俩就别吵架了，要吵架出去吵。"

张峻只好又爬回床上去睡觉，任凭甘隆怎么折腾，他就是不予理会，因为他怕两人之间又打起来。

以前甘隆总是和余辰、成功一起回宿舍睡觉，一起去食堂吃饭，同进同出。在受了这次挨处分的打击后，甘隆变得懒散起来，不想去教室，有的时候连早饭、中饭、晚饭都不想去吃，成功或余辰他们只好拿着甘隆的饭碗从食堂里帮他把饭打回来，而甘隆则往往只吃一点，而且每次饭都没吃完。在这种状况下，他的营养不够，更没有精神上课，在上课时经常分心。

上晚自习时，一到九点钟，甘隆就和本地生一起走出教室，回到宿舍就躺在床上，两个眼睛盯着上铺的床板，直瞪瞪地不说话。这个状态一直持续了十多天，成功和余辰两个人看在眼里，急在心里。随着时间的流逝就到了四月中旬，黄冈中学的高三年级举行了二模考试，甘隆就以这种浑浑噩噩的状态参加考试，结果考试成绩下来了，他的总成绩只得了五百八十多分，排名由全年级第二名降到了第二十五名。

余辰看到甘隆的这个状态十分着急，他心里分析，甘隆二模成绩一下降到排名第二十五名，是这段时间完全荒废造成的，他是靠吃原来的老本才勉强支撑到这个名次，如果这种状态持续下去，他的成绩肯定会再继续大幅下滑，没准会下滑到全年级一百名之外。想到这里，余辰就偷偷给乔婕打了一个电话，直接告诉她甘隆现在的状态不好，让她想办法帮帮甘隆。

原来，乔婕已经好多天没有接到甘隆的来信，也没有接到甘隆电话。她写信打电话给甘隆，甘隆都不予回应，所以乔婕一直不知道甘隆的近况，只暗自着急。现在接到余辰的电话，乔婕就明白了甘隆现在处于极度挫折之中，她必须出现在甘隆面前去抚慰他。

乔婕接到余辰的电话后，怒气冲冲地到教室里找到陈辉，她愤怒地质问陈辉，说：

"陈辉，甘隆请假回来给我过生日，是不是你打电话告诉张峻的？"

陈辉说：

"我绝对没有打电话，我都跟张峻没什么来往，从来就没说过几句话的，更不知道他的电话。"

乔婕说：

"那甘隆回来的事，张峻是怎么知道的？只有你知道这件事！"

陈辉说：

"天地良心，我怎么知道啊？甘隆请假为你庆生，那可是好多人都知道啊，连周林和陈进鹏他们都知道，他们是社会油子，跟黄州人做生意，跟黑社会都有关系，说不定是他们告诉张峻的呢。"

乔婕说：

"你这样狡辩，也不能洗脱你的嫌疑。"

陈辉说：

"乔婕，我对你的一片痴心，天地可鉴，我绝对不会做对不起你的事，你就不要总是对我这么怀疑了。"

乔婕说：

"我姑且信你一回，以观后效。"

乔婕离开陈辉后，找到县一中校长胡伟。县一中校长胡伟与乔婕的爸爸是好朋友，两人都是县里的科级干部，两家互有来往，乔婕从黄冈中学转学回到县一中，就是胡伟帮忙办理的，乔婕在私下称胡伟为胡伯伯。所以乔婕专门来到胡伟的办公室，是想问一下有关于高中学生受处分的事。乔婕问胡伟道：

"胡伯伯，我想问一下，高中生受了记过处分，将来能不能撤销？"

胡伟说：

"乔婕，你这个问题问得好蹊跷，你又没有被处分，怎么会问起这种事情呢？"

乔婕说：

"胡伯伯，我是帮别的朋友问一下。胡伯伯，您看如果被记过处分，将来能够撤销吗？对高考有影响吗？对录取大学有影响吗？"

胡伟说：

"乔婕，这要看有什么特殊情况没有，如果不是特别严重的过错，记过处分将来是不会随着档案进入大学的，也不会影响大学录取的，因为每个学校还是要提高升学率，为自己的声誉着想，不会对学生的录取产生阻挠，所以这个倒不用担心。"

乔婕站起来说：

359

"哦，谢谢胡伯伯，我明白了，谢谢您。"

这天是星期五，乔婕回到家中，吃过饭后在心中想象甘隆现在正经历的不安和痛苦，这会是多么大的折磨。乔婕心绪不宁地从书架上拿下一本《宋词集注》，随手翻到一页，是陈允平写的一首《唐多令·秋暮有感》，她读了上阕：

> 休去采芙蓉。秋江烟水空。
> 带斜阳、一片征鸿。
> 欲顿闲愁无顿处，都著在两眉峰。

乔婕读到这里，眼泪顿时快掉下来，她想象着甘隆双眉紧蹙的样子，却无征鸿能给他带去一丝丝安慰，她想，不行，我明天就必须去见甘隆，必须立即见到他，去宽慰他，去抚慰他！乔婕放下手中的《宋词集注》，立即拿起笔，给父母写了一张便条：

> 爸、妈，见字如在。我今天到黄州去一趟，是要去买黄冈中学二模试卷。今天去，明天下午就回来，你们不用担心，也不用找我。婕字。

这张纸条写好了，她先收藏起来，收拾了书包，早早关灯睡觉了。第二天早上起床后，乔婕仍然按平常那样洗漱、过早，非常平静地取出昨天写好的纸条，夹到一本书里，将书放到桌子上，和父母平静地道别后，就去上学了。乔婕这么做，是她算计如果现在就告诉父母她要去黄州，必然会遭到父母的阻拦，而等到晚上父母发现她没有回家时，自然就会翻找书桌上的书本，定会找到这张纸条的，就自然知道她的去向，父母也就会心安了。

乔婕打定主意，来到县一中上了上午的课，当第三节下课铃声一敲响，立即来到县一中旁边的理发店，要理发师把她的头发剪短，理发师觉得奇怪，问乔婕说：

"你这头发总留有十几年了吧？这么一头秀发，剪了怪可惜的，你真舍得剪吗？"

乔婕说：

"舍得，我现在要去坐长途车，你快剪吧！"

理发师说：

"那我更奇怪了，你坐长途车，为什么要剪头发呢？"

乔婕说：

"我是一个女孩子，留这么长头发坐车，怕坏人欺负我，你把我的头发剪短一点，有点男子气，他们就不敢随意欺负我了。"

理发师说：

"是这样呀，那我把你剪成一个假小子的样子，是不是更合乎你的要求？"

乔婕说：

"对，对，对，就剪成假小子的样子，不过你得快点，我要去赶班车了，时间很紧的。"

理发师按照乔婕的要求，很快将她头发上的秀发剪断，看到一地的青丝，乔婕心中有些可惜，但她不后悔，她觉得这是为甘隆做出的牺牲，无论如何都是值得的。理完发后，乔婕对着镜中的自己看了一下，觉得自己平添了几分英武气，自是与往日的娇柔形象不同，她心中十分高兴。

乔婕看时间有些紧，她打算不吃午饭了，就赶紧买了一个面包和一瓶水，准备在车上吃。她随后立即起身奔赴长途汽车站，买了票就直奔检票口，在开车前十五分钟登上了开赴黄州的长途班车。

乔婕并未买回程票，她不知道要花费多长时间才能将甘隆从颓废状态中拉回来，下决心哪怕在黄州多待几天也要达到目的，万一事情不顺利再多请几天假，耽误了自己的学习，她也觉得值得。

乔婕因为仍然对陈辉还在气恼之中，对他怀有戒备之心，所以她觉得这次坐车不要陈辉的陪伴，即使路途上有危险，她也要独自一个人去。但是对于路途上的危险，乔婕还是有顾虑的，她思来想去，没有别的办法，就自己专门去买了一把小水果刀，藏在身上作防身之用。

四月中下旬的这个星期六的下午，乔婕一个人终于坐着长途车来到了黄州，余辰来到车站接她，一起来到黄冈中学。当他们俩来到男生宿舍的时候，甘隆仍然一动不动地躺在床上，呆呆地看着天花板。余辰对甘隆说：

"甘隆，你看谁来了？"

甘隆一动不动说：

"谁来了我也这样。"

乔婕说：

"甘隆，我来了你也不动吗？"

甘隆听见是乔婕的声音，腾地站了起来，将乔婕拥在怀里，说道：

"婕，你怎么突然来了？"

乔婕说：

"你电话不接，信也不回，我只好亲自来了呀。"

甘隆说：

"你怎么剪了短发？你什么时候剪的？"

乔婕说：

"就在上车前我才剪的头发，还不是为了见你，我怕坐车时坏人欺负我，就将头发剪短了。怎么样？我剪短发是不是更漂亮了？"

甘隆说：

"是更漂亮了，有几分英武气！"

甘隆见余辰在场，赶忙让座。三个人一起在床边坐下来，聊了一会儿天。余辰说：

"甘隆，乔婕，现在天色不早了，食堂快要关门了，我们一起赶快去吃饭吧。"

这个时候成功也回来了，他们四个人一起来到食堂打好饭，找了一张僻静处的桌子围坐下来，边吃饭边聊了起来。乔婕对甘隆说：

"隆，你的二模成绩怎么下滑得这么厉害呀？现在排名竟然到了第二十五名了。"

甘隆说：

"我还不是担心那个处分对我的高考录取和大学之后的影响，再一个我受到的是不白之冤，这明显是李慧在陷害我。"

乔婕说：

"陷害不陷害，现在事情已经这样了。你不能因为纠结这件事，而让自己成绩受到影响，这样不是自己为难自己吗？"

甘隆说：

"我想不通，怎么能这样冤枉一个人呢？"

乔婕说：

"凡事都要往好的方面想，这件事已然这样，纠结无益。一件事你往坏处想，它就会越来越坏，如果你心里想要倒霉了，那么你遇到的事情肯定很可怕，所以凡事一定要往好处想，抱着美好的希望，好的事情才会来找你。"

甘隆说：

"我光自我安慰也不行呀，处分记录在案会对我的前途大有影响啊。"

乔婕说：

"坐车来之前，我专门去县一中胡校长那里问过，他说虽然你的处分记录在案，但是到时候如果想想办法，它不一定就会跟着你的档案走，你的高考录取也不一定会受影响，只是我们到时候要做些动作。"

甘隆说：

"做些什么动作？"

乔婕说：

"到高考完了之后再说，就是找找人、走走关系呗。"

甘隆说：

"这么说，这件事还真的有缓和？为什么我们李老师、张校长说的话和县一中校长说的话不一致？"

成功说：

"我们李老师、张校长是当事方，他们的位置让他们不能这样跟你说实情呀。毕竟身为校长，有八面来风，各方利益和关注点都要照顾到，现在跟你说了实情，万一李慧和她家长再来找麻烦，那将如何交代？李老师、张校长心中自有定数，到关键时刻会放你一马的。"

余辰说：

"李老师和张校长那叫宰相肚里能撑船，到了关键时刻为你撤档。所以，甘隆呀，乔婕得到了比较官方的消息，证实处分对你影响不大，你也没必要杞人忧天，像天要塌下来的一样，你现在把成绩搞好，才是大事啊。"

甘隆喜不自禁，说道：

"是，是，你们说得也有道理。"

成功说：

"二模考试已经过了，现在是四月中下旬，到了五月上旬就是三模考试，甘隆你一定要好好振作精神，把三模搞好。"

甘隆说：

"好的好的，我的心头压着的这块石头总算去了，谢谢你们。"

说罢，甘隆感激地看着他面前的这三位朋友。

四个人吃完饭，余辰和成功两人站起身来，说道：

"甘隆，乔婕，我们两个就不当你们的电灯泡了，今天晚上是你们的二人世界。"

甘隆站起来分别笑着打了余辰和成功两人一拳，说道：

"你们两个人啊，就是嘴贱，好吧，好吧，你们俩走吧，我今天晚上要去为乔婕安排酒店，让她能找个地方休息。"

乔婕说：

"余辰、成功，我不能耽搁太长时间，明天下午还得赶回去，明天我直接从酒店到长途汽车站坐车去，现在就向你们二位道别吧。谢谢余辰及时告诉我甘隆的消息，让我来跟他把道理讲清楚了，谢谢你们的陪伴，谢谢你们对甘隆的劝慰，不然的话他这样消极下去，不知道什么时候才能振作起来，很可能会影响高考成绩。"

再说星期六晚上，林回梅在家中见女儿乔婕还没有回家，就四处寻找，在情急之下翻到了乔婕在书中给他们留下的字条，这才知道乔婕到了黄州，明天晚上才能回来。林回梅拿纸条找到乔志钰，十分着急，乔志钰安慰她说，女儿既然跟你说清楚了，明天就回来，你就别急了吧，等明天她回来之后，你再问问她去黄州的原因，林回梅这才稍稍安定下来一些。

次日，也就是星期天的上午，甘隆来到酒店找到乔婕，吃过早饭后看看时间还有两个多小时，两人就来到黄州遗爱湖游览一番，不一会儿天空下起小雨，两人就来到苏东坡命名的遗爱亭躲雨歇息。

当年的遗爱亭早已消逝在历史的烟尘中，这个小亭是现代人仿建的，甘隆和乔婕沿着亭子转了一圈，发现亭柱有人题了一幅字，上面写道："这里不是得意者的天堂，而是失意者的故乡！"又见亭中的石碑上刻有苏东坡的《定风波·莫听穿林打叶声》，他的眼睛停留在"一蓑烟雨任平生"这一句上。

甘隆仔细地品味这几句诗文中的含义，他想想近一段时间来他的遭遇，与当年苏东坡遭贬谪至此地，几近生死边缘的经历比较起来，那真是云泥之别，可苏东坡却还能写下"一蓑烟雨任平生"这样豪迈的诗句，并不失士大夫的气节和入世干云的豪情，想想自己前一段时间为了一个处分这样的小事而颓废与失落，真不应该！真应该脸红！

眼看时间接近中午，两人买了些干粮吃了，甘隆就急着送乔婕到了长途汽车站。甘隆不无担忧地对乔婕说：

"婕，这次你是一个人来的，要不我送你回去吧？"

乔婕说：

"不用你送，我一个人能坐车回去。"

甘隆说：

"长途还是不太安全呢！"

乔婕说：

"我昨天还不是自己来的，你看我带着个小刀，没人敢对我动手动脚的，对我无礼。"

甘隆说：

"你一个姑娘家家的，带什么刀啊？太危险了。"

乔婕说：

"没事呀，好在现在治安还好。"

甘隆说：

"我还是送你回去吧。"

乔婕说：

"不行啊，你刚刚被处分了，你再送我回去，最快是明天才能回来，你又旷课一天，那你的处分不更要加重吗？那你再想撤销处分就更有难度了。你看我昨天来的路上什么事也没发生，我不是好好的吗？你不用担心。"

甘隆说：

"你说得也在理，行吧，那你路上得小心点，如果有人对你粗言粗语，你就躲远一点啊。你把衣服也穿严实一点，别让坏人对你起歹意。"

乔婕说：

"好的，好的，我知道了，我路上会小心的，你就放心吧。"

甘隆把乔婕从检票口送进站之后，在出车大门口挥手与乔婕道别，这才回到自己的宿舍，到此他除了为乔婕在路上的安全担忧之外，别的心结都打开了，准备开始全力复习，要重新回到他的巅峰状态。

乔婕仍然带着小刀坐着长途汽车回到了麻城的家里，在家中焦急不安等待的母亲林回梅和父亲乔志钰看到乔婕回来了，两个人终于松了一口气，紧接着林回梅就大声地责问乔婕：

"婕儿，你昨天晚上到哪儿去了？今天白天到哪儿去了？你给我留个条子就不回来，你怎么这么大胆呢？"

乔婕说：

"我是去办正经事去了，不就是一晚上没回来吗？我现在不是好好地回到你们面前了吗？"

林回梅说：

"婕儿，你怎么剪短发了？"

乔婕说：

"头发太长，发梢老是挡眼睛，我就剪了呗。"

乔志钰说：

"还真别说！你头发剪短了，别有一番气质，我的女儿，不管是长发还是短发都好看，毕竟天生丽质难自弃呀。"

林回梅说：

"老乔，你别扯远了，说什么头发长短，我们正事还没有审查完呢！婕儿，你知道吗？你让我们急了一晚上，急得团团转，都不知道上哪去找你。你上次去黄州，说是去买卷子，这次难道又是去黄州买卷子吗？这次陈辉又陪着你去了吗？"

乔婕说：

"是啊，我这次是去买黄冈中学的二模试卷，对我提高学习成绩很有好处的。"

林回梅说：

"那你也得告诉我呀，再说让你爸爸去买不就得了吗？你还要亲自跑一趟，你学习这么紧张，让你爸去，还可以为你节约一天多的时间。"

乔婕说：

"你们不知道在哪儿买，只有我自己知道，我是快去快回，又是星期天，根本就没有浪费一天时间。"

乔志钰说：

"嗯，不对吧？你刚才说陈辉陪着你去的，那我们今天上午还见过陈辉，他说他不知道你到哪儿去了，他没跟你在一起啊，他人就在麻城，还在上学复习呢。"

乔婕说：

"爸，这事你怎么去问陈辉呀？我最讨厌他了。"

乔志钰说：

"我们还不是着急吗？再说，陈辉没陪你去，你难道是一个人去的？路上这么不安全，你难道不怕吗？"

乔婕说：

"这有什么可怕？我又不是没去过黄州，再说，我身上带了个小刀，谁还敢对我无礼呀？"

林回梅说：

"你这孩子胆子太大，还敢拿刀子去坐车，这么胆大，你，你怎么不让我省心呢？你不会是找甘隆去了吧？"

乔婕说：

"我就是找甘隆去了。"

林回梅说：

"那昨天晚上你在哪儿睡觉啊？"

乔婕说：

"我在旅馆睡的啊。"

林回梅说：

"甘隆没跟你睡在一起吧？"

乔婕说：

"妈，你怎么这样说话，我是一个人睡的，你对你女儿都不相信啊？"

乔志钰说：

"婕儿，现在不是信不信任你的问题，我和你妈要给你提个醒，现在离高考不到两个月时间了，你现在不要沉迷于卿卿我我的爱情，你要实在想和甘隆好，我们也不反对，但你必须等到考上大学，你们才能明明白白、大大方方谈恋爱，那样才多好啊。"

乔婕说：

"爸爸，我不是去谈恋爱，我只是去买黄冈中学的二模试卷，我不可能自己平白无故的去买吧，我是找甘隆帮忙买的，你们看，这就是二模试卷。"

乔婕拿出了二模试卷在林回梅和乔志钰面前抖了抖，他们俩接过卷子看了一下，证实乔婕的确没有说假话，这才没有深加追究了，只是仍然有些怀疑乔婕没说全部真相，所以林回梅没好气地说：

"行吧，你这样说话总算圆得过去，赶快吃饭，赶快吃饭，吃完饭好好休息。"

第三十七章　甘隆状态回升

第二天是星期一，乔婕来到县一中上课。在她进入校门的时候，陈辉刚好也到达了。陈辉看见了乔婕，就远远地喊乔婕的名字，请她等一下自己。陈辉远远地喊道：

"乔婕，乔婕，等我一下，我有事跟你说。"

乔婕回头见是陈辉，有些不想理他，仍然朝校内方向走去，只是脚步稍有些放慢，陈辉气喘吁吁地赶了上来，跳到乔婕的面前，说道：

"乔婕，你等我一下呀，我有话对你说。"

乔婕冷冷地说：

"有什么话，你快说吧，我还有事呢！"

陈辉说：

"上周六上午第四节课，你怎么旷课了？语文课陈老师点名，我帮你撒了个谎，说是你身体不舒服，临时请了一节课假。"

乔婕说：

"旷课怎么了？你是不是又要去告密，让我挨批评？"

陈辉说：

"不是呀，我只是关心地问问你。嗯？你的一头秀发怎么不见了？你怎么剪了短发？"

乔婕说：

"你是问这事呀，这跟你有什么关系？我想剪就剪！"

说罢，乔婕转身就想朝前走，陈辉急了，紧赶了一步，说道：

"我不是说你剪发的事，我有别的事讲。"

乔婕说：

"有事你就讲吧，别这么啰唆！"

陈辉说：

"黄老师快不行了，他是肝硬化转成肝癌，现在肝癌已经全身扩散了，没几天日子可活了。"

乔婕说：

"怎么病情变化这么快？春节我们去他家拜年，看着还好好的呀！"

陈辉说：

"是呀，黄老师现在住在县医院重症监护室里，全身插着管子，可能也就这一两天了，我们应该去看看他。"

乔婕说：

"这样说的话，我们是应该去看看他，你打算什么时候去？"

陈辉说：

"县医院监护室下午有探视时间，我们要去的话，就今天下午，再晚了可能就见不上他了。"

乔婕说：

"那我下午去，你一起去吗？"

陈辉说：

"一起去，可能还有好几个同学也要去，到时候我们一起走吧？"

乔婕说：

"好，那就这样，马上上课了，先上课吧。"

下午下课后，乔婕和陈辉一起走出校门，梁波、陈进鹏和周林，还有王英及另两个女生已经在县一中校门外等他们了，原来，陈辉让梁波通知了原来龙池中学的一些学生，邀他们一起去看望黄兴博老师。

他们一行八人先到医院周边买了一些水果，就来到县医院重症监护室门口，向守门人说明了情况后，师母王绍芳红着眼睛从监护室里出来了，她说监护室的医生有要求，按规定监护室里不能一下子进去这么多人，就请他们这八个人派一两个代表进去看看。

经过八个人一番商量后，陈辉和乔婕两人随王绍芳进入监护室内，换上隔离服，戴上蓝色帽子，一起来到黄老师的病床旁。这时的黄兴博已经气若游丝，只是断断续续对陈辉和乔婕说谢谢，而师母王绍芳则边流眼泪边向陈辉和乔婕介绍医生对黄老师的病情分析。

乔婕弯下腰，握着黄老师的手，说了许多安慰的话，希望黄老师能够康复，陈辉则同时安慰师母王绍芳。就这样过了十来分钟，床边护士就过来赶人了，她说病人病情重，需要休息，乔婕和陈辉二人只好向黄老师和师母告别。

二人走出监护室后，在外面等的六个人一起上来询问黄老师的病情，众人就这样商量了十几分钟，都为黄老师的病情感到痛心，他们都回忆起当年中考前黄老师大口吐血，昏厥在讲台旁边这件事，他们都觉得黄老师的病情是因为为他们班操劳而引起的，有两个女同学还哭了起来。

天色已晚，众人觉得还有很多事要商量，比如说黄老师万一病情好转不了，他们这些在身边的学生要如何帮助师母王绍芳来办理后事。这个时候，周林说：

"同学们，这样，现在已经是吃饭时间，要不，我请客，我们到周边的餐馆边吃边商量。"

八个人一致同意，便来到县一中边上的一家餐馆吃饭，众人先是商量如何帮助黄老师及师母这件事，等这件事商量妥当后，梁波就问周林说：

"周林，你排场好大呀，今天请我们七个人吃饭，听说你的生意做得很大呀？"

周林说：

"那当然，我经常跑黄州、武汉，我的产品还卖到北方去了。"

陈进鹏说：

"我现在跟着周林混，他的路子野，黄州、武汉都有道上的朋友，他想干什么事，只需要给那里的朋友打个电话，一切都能搞定。"

周林说：

"你们读这么多书有什么用啊？我没拿到初中毕业证，生意一样做得好，比甘隆混得强多了，你看今天这顿饭，就是我请的。陈辉，你说，你请得起这顿饭吗？甘隆请得起这顿饭吗？"

陈辉没想到周林说话如此唐突和粗俗，他不知道如何回答这句话，就没理会周林的问话。陈进鹏见有些冷场，就接过话头，说：

"周林混得比你们所有人都强，他不但买了摩托车，还帮我买了摩托车，还买了小车。甘隆学习成绩那么好，来来回回都坐长途班车吧？我和周林现在有自己的专车，自己开车到黄州去。陈辉，你说，我们和甘隆打架那天，我们开着小车比他晚出发，结果还提前一个小时先到了，当天晚上我还请张峻一起撮了一顿。"

说者无意，听者有心。乔婕听到周林和陈进鹏两人一唱一和的对话，忽然想起她前几天指责陈辉的事，当时陈辉说，周林和陈进鹏都知道甘隆请假回来为她过生日的事，现在陈进鹏说他们一个电话就能让黄州的朋友办事，难道，写匿名信状告甘隆一事真与周林和陈进鹏有关吗？是陈进鹏和周林打电话告诉张峻有关过生日的事，之后张峻再写的匿名告状信吗？难道是自己真的错怪了陈辉吗？

乔婕在心里琢磨这件事，但没有更多的信息证实她心中的疑惑，吃完饭，众人散去，乔婕也打道回府，这次陈辉主动要送她，乔婕也没那么生硬地拒绝。过了一天，陈辉来告诉乔婕说，黄老师已经过世，送葬和追悼就在后天。龙池中学的那些学生随着送葬队伍一起将黄老师送上了山。

乔婕把黄老师的治病经过和最后殁去的经过电话告诉了甘隆，甘隆本来想回来参加黄老师的葬礼，但他向老师请假时没有得到批准，老师说你现在身上本来就背着一个处分，再请几天假，会让有的人抓住你的把柄，会增加取消处分的难度。

每每想起黄老师的音容笑貌，甘隆总是十分悲伤，是黄老师通过引人入胜的教学，将他的学业兴趣引向物理学，他在心里把黄老师当成业师，指引方向的导师。所以，当他从乔婕口里听到黄老师的噩耗的时候，他对他的职业梦有了一丝不祥的预感，但是他说不出道不明，也说不出这两者之间有着什么直接的关联。甘隆在悲恸之余，只好委托乔婕在葬礼上代他向黄老师祭献一束菊花。

后来乔婕又写信给甘隆，讲述他们到医院看黄老师后，周林在小饭店请客时说过的话，分析陈辉可能并非走漏消息的唯一嫌疑人，很有可能是周林和陈进鹏他们到黄州做生意时，将甘隆请假回去给她过生日的消息透露给黄冈中学的人，从而引发李老师的批评及后来的处分。

甘隆看过乔婕的信后，写信给乔婕说，现在事已至此，再分析和破案将于事无补，太过纠结于此事会影响即将到来的高考，不如先将此事放下，对身边的小人加以小心，尽量躲开这些小人就是，而要以高考为第一要务，希望乔婕不要再分心管别的事了，他会在黄州想念乔婕的，并为乔婕祝福。乔婕觉得甘隆说的意见很对，遂不再纠结于陈辉是否参与陷害甘隆一事，一心一意地备考。

时间很快就到了六月中旬，此时离高考只有二十来天的时间，黄冈中学组织了第三次模拟考试，为了增强考生的信心，让他们充满自信与希望地迎接高考，这次试卷题目没有出得太难。

甘隆的这次考试可以说是波澜不惊，各科成绩都不错，数学几乎是满分，他的总成绩又回到了全年级的排名第四。在对这次三模考试的总结中，李绍才老师对全班同学们说，现在各科的复习都已经结束，成绩基本是已成定局了，全班同学要做的就是保持积极健康的心态，对知识点查漏补缺，科学规划学习时间，不要过度焦虑，特别是要注意保持身体健康，不要横生枝节。

在这次总结中，李绍才老师对甘隆进行了表扬，说他扛住了压力，成绩稳步回升，要全班同学向他学习，在马上就要到来的高考中保持稳定。下课后，李绍才老师悄悄地对甘隆说：

"昨天我遇上张校长，张校长说鉴于你这次三模成绩表现不俗，他准备在高考后就把你的处分撤销，现在提前告诉你一下，但要你自己心知肚明就行了，千万不要让其他学生知道，以免有人借此生事。我现在告诉你，就是让你不要有思想负担，让你好好高考，争取考个好成绩，为我们学校添一分光彩。"

甘隆说：

"谢谢李老师，我一定好好考，争取考到清华北大去。不过，李老师，处分既然能撤销，为什么张校长现在不给我撤销呢?"

李老师说：

"现在不能撤销是因为有学生家长盯着这件事啊，而到高考之后，大家都快要毕业，人心就分散了，人都要走了，就没人盯着这件事儿了。那个时候你也走了，校长已放假了，即使李慧家长盯着这件事儿，他也找不到人来问这件事。所以说处分撤销的时机选择是非常重要的，你就别再纠结这件事，学校肯定会给你处理好。"

所以这一天甘隆非常高兴，一是他的成绩排名重新回到了从前的巅峰状态，虽然三模未进入全年级前三名，但已经是前四名了，这也是非常不错的了，况且还有二十多天时间可以继续努力；二是虽然处分现在还没撤销，但是从李老师口里说出的话就是一种承诺，这种承诺已经比乔婕说撤除的可能性大大地向前进了一步，事情明显在向好的方面发展。甘隆回到男生宿舍，立即写信将这两个好消息告诉了乔婕。

第三十八章　马失前蹄高考失利

这一年的高考如期在炎热的七月上旬举行了，黄冈中学的高三年级在七月五日、六日，就已经不上学了，学校将教室布置成考场。本地生都回到家中，老师们将教学办公室腾开，让外地生能在里面进行学习和答疑。

李老师在最后一节课上，絮叨地嘱咐一班的学生各种细节，殷切地给同学们加油！他特别强调，今年高考是第一次夏时制下的高考，因为今年的四月中旬的第一个星期日，到九月中旬的第一个星期日，全国实行夏令时，即人为地把时间提前一小时。所以这次高考夏令时刚实施不久，李老师反复强调一定要记住把时间对调到夏令时时间，不要耽误了每一场考试！李老师还祝福同学们七月披荆斩棘，蟾宫折桂！

而这一天，甘隆接到乔婕的来信，叮嘱甘隆要准备好钢笔、铅笔、三角尺和圆规，特别叮嘱他要带上准考证。很巧合的是，乔婕同样也接到了甘隆给她写来的信，打开一看，这封信几乎与自己写给甘隆的信是一模一样的，只是将称呼和落款颠了个个儿罢了，看到这里，乔婕忍俊不禁地笑了起来，她感到一种两人心有灵犀一点通的幸福。

甘隆看完乔婕的来信后，将信放在床头，余辰看见了，不无嫉妒地揶揄甘隆说：

"有人总被人惦记，我们是被人遗忘的角落呀！"

成功也说：

"是啊，我们要流口水了！"

高考的第一场是语文考试，甘隆的答卷过程很顺利，作文也很满意。这年的作文题目是，一棵树不能改变气候，只有森林才能改变气候，而形成一片森林又需要一定的条件。如果温度湿度适宜，树木就迅速生长起来，形成茂密的森林。大片森林的出现，会使气候变得更好。要求以《树木·森林·气候》为题，从现实生活中选择一个有意义的话题，发表自己的见解，全文不少于六百字，副标题自定。

由于这段时间，甘隆经常与乔婕两人通信，抒发受到处分的冤屈，又受到乔婕写信的安慰，以及鼓励他坚持理想，要考取重点大学的物理系，这些经历让他写起这篇作文来十分得心应手，行文通畅，说理有力，而且也让人心服口服。很快就完成了作文，有了多余时间将前面的问答题和填空题重新检查、修改，最后在终场钟声敲响后，甘隆自信地交了语文试卷。

到了下午，天气异常热。对于夏令时的不适应，使甘隆这几天休息得不好，下午进入考场后，他大脑觉得晕晕乎乎的。教室里虽然有电扇，但几乎不起作用。这是考数学的时间，甘隆打开试卷，觉得难度属于中等，他自信地翻到试卷最后面，压轴的试题是他很熟悉的题型。甘隆决定从压轴题开始做起，这道题做完后，前面的其他题目就势如破竹了。

这道压轴题是一道圆锥曲线解答题，分值十二分。甘隆一看，第一问就不是送分题，有一些运算量，但也是正常运算套路，设直线联立，他明白出题人是要考查学生的运算能力。甘隆觉得这道题有两种思路，第一种是设PQ直线，第二种是设和直线，第二种运算量大一些，但是对第二问有所帮助，所以甘隆决定采用第二种解法，即不联立采用点差法来答这道题。

当甘隆正在聚精会神地写着算式的时候，他突然觉得鼻腔一热，他以为是流了鼻涕，随意地用右手背将鼻部一抹，结果他惊恐地发现右手背上满是鲜血，他还没明白是怎么回事，鲜血又从鼻孔流了下来，滴在手上，又溅落到试卷上。

甘隆赶快将数学试卷挪开，防止试卷被更多的血滴污损，之后他又用手按住鼻孔，喊来了监考老师。监考老师立即找来一个纸团，塞进甘隆的右侧鼻孔，总算将出血止住了。监考老师拿来湿纸将甘隆桌上的血迹擦拭干净后，问甘隆这场考试你能否坚持下去，甘隆不想失去这次机会，就对监考老师说，我现在已经完全恢复了，可以继续考试。

这个过程持续了二十多分钟，甘隆这才重新开始答题，但此时他的心情已经大受影响，刚才想出的答题思路已然完全忘光了，他刻意静下心来，重新对那道压轴题审题，但他已经很难恢复开始的状态了。

甘隆决定改变答题策略，从头开始答题，但他的思路已经很难清晰下来，这些平时看来很简单的题目，此时犹如在跳跃的小猴子，叽叽喳喳地在嘲笑他。甘隆只能努力地镇定下来，在每一道填空题和选择题面前停留了比平时多得多的时间，到终考铃声响起来的时候，甘隆的最后两道大题仍然未做，他只得头昏脑涨地将试卷交给了监考老师。

第二天是考物理和化学，甘隆的鼻子虽然没有为难他，但昨天数学考试不顺的经历对他的心理影响很大，他一方面担心鼻子又像昨天一样突然出血，总是不经意地抬手摸一下鼻子；另一方面，他又总在盘算数学成绩到底能得多少分，能不能超过九十分？因此，第二天上午和下午的物理考试、化学考试，甘隆的心绪总未能安宁下来，也是未全部答完试卷。

七月九日考完试，一帮同学如释重负。黄鹏这个时候竟然想着要踢球，黄鹏家里有电视，在六月在墨西哥举行的第十三届世界杯足球赛期间，中央电视台转播的每一场球他都看了，因为时差关系，他们那里的比赛时间正好对应北京时间的上午，好几次黄鹏请假在家看球，吃午饭再去上学上下午的课，足见他对足球的兴趣之高，没想到他还考了个全省理科状元。

六月三十日这一天是决赛，马拉多纳率领阿根廷以3：2击败西德夺冠，因而获得金球奖，黄鹏一整个上午都在为阿根廷进球而激动欢呼，他以后在踢球时，都自称为马拉多纳，因为他对马拉多纳过五关斩六将的进球印象深刻！他从此爱上了四年一届的世界杯。

当然，黄鹏敢这么做，也是因为他心里对自己有数，复习到这个阶段已经基本上处于满负荷状态了，点灯熬油的重复性学习不一定能增加多少分，反而不如看看球，放松神经，效果会更好。因此黄鹏认为学习是自己可以掌控的事，小考小玩，大考大玩，不考不玩，其实就是一种很好的调控方法。

甘隆因为没有机会看电视，对墨西哥世界杯就知之甚少，当黄鹏和郭亮来邀甘隆一起到球场踢球时，被甘隆拒绝了，因为他预感这次考试成绩可能不理想，虽然可能也能上重点大学，但是要上清华、北大、复旦、交大这样的一流大学，那几乎是不可能的了，上这些一流大学的物理系则更是不可能。乔婕打来电话问甘隆的考试状况，甘隆也懒得接。

到了十日早上九点多，学生们都来到教学楼，等待老师将标准答案带回来供参阅，一班的同学们大多围着黄鹏问一些难题的答案。同学们三三两两讨论着考试，有的人眉飞色舞，有的人面色沉重，有的人不时把这个拉来问问，又把那个拉来问问。也有的人来问甘隆考试情况，甘隆都以头疼为理由拒绝了，但他侧着耳朵听黄鹏和其他同学的对话，脸上的表情时阴时晴。快十点多的时候，班主任带来各科的标准答案，分发给同学们进行自我评估，甘隆拿了一份答案回到宿舍里，倒在床上睡了起来。

躺在床上，甘隆将在考场上的一幕幕竟然清晰地回放出来了！该死的鼻衄，让数学及以后的科目都没有正常发挥！他坐了起来，对着标准答案将语文、数学、英语、物理、化学和生物一共六门课全部完整地进行评估，预估能得五百七十来分。这个成绩令甘隆十分失望，放下标准答案后，他又倒在床上睡了起来。

当天晚上，甘隆睡觉醒来，此时已经过了吃晚饭的时间，他空着肚子走出了男生宿舍，此时校园内共青大道上的行人已经很少了。甘隆沿着共青大道看学校摆放各大学的招生简介，他把心仪的学校一一看过，只是心中失望，他觉得这些学校的物理系是上不了的，太可惜了，他心痛得弯下腰，用嘴去亲吻这几个学校的名字，亲吻物理系的名字，眼泪不知不觉地流了下来，从模糊的泪眼中，他看见路灯投下昏黄的灯光，有飞虫在狂舞！他此时觉得，人的命运有时就如这乱舞的飞虫，虽然拼命努力上进，但在造物主眼中就只是狂乱挣扎，无头无绪地狂舞，一种无力感再次在他心头升起。

第二天，锦梅来问甘隆如何填报志愿，甘隆本不想说，但他听说锦梅为她自己估分是五百七十多分，刚好和自己的估分差不多，便问了锦梅一句：

"你的第一批重点大学志愿想报哪所学校？"

锦梅说：

"我想报军都医科大学，想学医。你呢，甘隆？"

甘隆说：

"我在想着要复读呢，今年因为鼻衄，造成我的成绩不理想，我不想将就着上个一般的学校。"

锦梅说：

"别呀，甘隆，你要复读，你的家庭条件能支撑你的想法吗？复读的话，黄冈中学是没有补助金发给你的，到时候你的费用全部从家里出，你家里拿得出这笔钱吗？"

甘隆说：

"你说得也在理，那我报武大物理系吧，我这个分数可能够的。"

锦梅说：

"甘隆，你报武大物理系我不反对，但第一批志愿要报五个志愿，你也把军都医科大学填上吧，万一武大物理系录取不顺利，你还有后路可退。"

甘隆说：

"你说得不无道理，我考虑一下吧。"

甘隆在经过一番思考后，决定在第一批志愿中填武汉大学、南京大学、华中工学院、吉林大学和军都医科大学。前四所大学都是因为有物理系，而且物理系在全国有一定的声誉和建树而成为甘隆的选择，而军都医科大学则是因为锦梅的推荐而起的作用。

再说乔婕在县一中也面临着填报志愿，因为她难以与甘隆作及时沟通，便按照她上次与甘隆的约定，在她的第一批志愿填报的第一选择是武汉大学生物系。在县一中填报志愿的时候，陈辉专门找到乔婕，问她的志愿是如何填报的。

　　乔婕说：

　　"陈辉，你问我的志愿填报干什么？"

　　陈辉说：

　　"我就想和你报同一所大学，同一个专业。"

　　乔婕说：

　　"你为什么都要跟着我报一样的学校？我可是跟着甘隆报在一起。"

　　陈辉说：

　　"不管你和谁报一起，反正你报哪个学校，我就报哪个学校。"

　　乔婕说：

　　"这个随你的便，我也拦不住你，也管不了你，我的志愿单就在这儿，你自己想看就看吧。"

　　陈辉看了乔婕的选择后，也将他的第一批志愿填报了武汉大学生物系，他是死心塌地地要追随乔婕的脚步。

　　在正式填报志愿的时候，甘隆先找到了李老师，因为他心中还担心一个事情，就是关于撤销处分的事情。当甘隆向李老师提出这件事的时候，李老师就爽朗地笑了起来，他说：

　　"考试的前两天，张校长已经把那张处罚的决定从你的档案里拿出来，当着我的面撕掉了，你就放心吧。你再也不用担心这些事了，只是你不加声张更好，以免有些同学家长来闹事。只是可惜你了哦，你的成绩虽然能够上重点大学，但是上不了一线大学，清华、北大、复旦、交大这四所名校看来与你是无缘的，你就报考武大、南大吧。"

　　甘隆说：

　　"好的，李老师，看来现在情况只能这样，我本来想复读的，但是家里经济条件不允许。"

　　李老师说：

"你的天资很好，我知道这次鼻子出血对你影响很大，影响了你的考试心态和情绪，否则你可能会考得更好，我原来指望你和黄鹏两个人能够比翼齐飞。

"好在高考只是人生的一个阶段，你上大学之后，也能读你想读的物理学，还有机会再进一步深造，也能取得很好的成就。"

等填完第一批和第二批志愿之后，黄冈中学的高三教室里弥漫着离别的气息，外地生和外地生之间、本地生和外地生之间，开始在各自的毕业留念簿上轮流留言，有些女生在教室中哭了出来。三年来的朝夕相处，使他们彼此之间不知不觉地相互关联起来，相互之间有竞争，有合作，有怨言，也有互助，但这一切都过去了，大家马上就要天各一方到不同的大学读书，彼此之间情感就发酵得有些缱绻起来。

甘隆和同学们一起将志愿表交到班主任手里，这样在学校基本上没有什么事可做了，本地生就在家中等待成绩，而外地生都拿着全部行李，坐长途公共汽车回乡，在家里等候正式的成绩通知单和录取通知书。

甘隆回到家里的第二天，乔婕就来找他。当甘隆告诉乔婕，他的预估成绩不好，只有五百七十分左右的时候，乔婕说：

"没关系的！隆，你的成绩虽然没有达到理想的结果，但五百七十多分实际上也很不错了，反正我们两个人填报的第一志愿都是武汉大学，这样我们还是能到同一个学校上学的，到那时候，我们一起漫步珞珈山上，同游东湖和水果湖之滨，携手看武大的樱花如雪，赏武大雪影素山，那不也是更为浪漫的事情吗？"

甘隆为乔婕的体贴所感动，他激动地握着乔婕的手说：

"好的，婕，我们一起上武汉大学，你读生物系，我读物理系，一起登黄鹤楼，一起游晴川阁，一起踏青鹦鹉洲，以后一起到普林斯顿大学深造，那里是理论物理学的圣地，也是分子生物学的殿堂。"

乔婕说：

"这就对了，我们就耐心地等成绩单和录取通知书吧！"

这时候，余辰和成功一起来找甘隆，乔婕问他们俩是如何填报志愿，余辰告诉乔婕，这次高考过程中他的感觉很好，估分超过六百分了，所以他的第一批次第一志愿填报的是协和医科大学，他将来想成为一名神经外科医生。而成功则告诉乔婕说，他的估分在五百六十分左右，第一批次的第一志愿填报的是武汉工业大学。

到了八月上旬的时候，高考成绩开始发榜，甘隆在哥哥的陪同下，到电话局打电话到黄冈中学，向值班老师问询成绩，果然和自己预估的差不多。

一九八六年这一年黄冈中学高考创造了一个奇迹，高考升学三百零九人，升学率达百分之九十一点四，六百分以上高分者达三十人，占全省九分之一，而且包括理科第一、二名，文科第一名。黄鹏是全省的理科状元，凌强则是全省理科榜眼。此后黄鹏被北大的化学系录取，这是他最理想的学校和专业，而凌强则也如愿地进入清华数学系。

后来回望来路的时候，人们发现一九八六年这一年的成绩是黄冈中学荣耀的巅峰，再一次震惊全国各地的中学教育系统。一九七九年当黄冈中学以极高的升学率初露锋芒的时候，那些条件优越的省会中学很多都不服气，甚至猜测黄冈中学有作弊的嫌疑，好在上级部门秉公做主，反证了黄冈中学的清白。

到了一九八六年时，黄冈中学誉满天下，全国教育界的目光都被吸引过来了，人们纷纷想要探究它成功的秘密，引来无数的参观团和访问团，而各科目的任课老师则成为各地学校追逐的香饽饽，有的地方还试图出高额年薪将这些老师挖走。名满天下，谤亦随之，一时间人们纷纷猜测黄冈中学成功的秘诀，有人说黄高是"魔鬼式"学校、军事化管理，学生成天不睡觉，只知道学习。甘隆觉得这些说法的来源十分奇怪，因为他在黄冈中学上了三年学，从来就没有经历过这些。但不管怎么样，黄冈中学在这一年的高考中的确是创造了奇迹！

只是，今年的黄高奇迹并不属于甘隆，这次高考甘隆除了语文外，其他科目都不同程度地受到鼻子出血的影响，其中以数学受影响最大，卷面一百二十分的试卷他只考了八十八分，卷面一百二十分的语文达到一百一十分，卷面均为一百分的英语、物理、化学都只有八十分左右，卷面七十分的生物只考了五十五分，全部卷面总分为七百一十分，而甘隆才得了五百七十八分，年级排名第七十二，这是甘隆进入黄冈中学读书后的历史最低排名。而在平时甘隆的总分能达到六百五十分至六百七十分，年级排名在前五以内。

面对这个成绩，甘隆欲哭无泪，联想到高考前他接到黄兴博老师去世的噩耗，当时他心惊肉跳，有种不祥的预感，那时他不知道应验到什么事情，现在他终于明白了，那个心心念念想让他如愿考上重点大学物理系的恩师的去世，好像就是斩断了一根系在这个梦想上的飞鸢系绳！看来，自己的梦想可能要破灭了！以五百七十八分的总成绩，想进入清华、北大或复旦大学物理系学习，那简直是痴人说梦！

锦梅的成绩总分和甘隆一模一样，也是五百七十八分，两人是年级并列七十二名，而余辰的分数则达到了六百一十一分，成功和张峻都是五百六十多分。远在麻城县一中考场的乔婕，这次考试异常顺利，她的数学、语文、物理、化学全部都考得了她历史最好成绩，总成绩是县一中全年级的第三名，也是全县的第七名，她的高考总分达到六百零三分，比甘隆还高二十五分。在同一个考场参加考试的陈辉也考得非常顺利，他的总成绩是县一中的第六名，也是全县的第十五名。

甘隆这次成绩没有考好，支撑起他敢于面对和接收乔婕感情的力量趋于坍塌，他开始回避乔婕，因为他的自信心受到严重打击，他觉得除了自己的能力之外，还有一种叫无常或者叫命运的东西在捉弄他，命运就是在他信心满满地向目标冲刺的时候，突如其来地发生了一次想象不到的鼻衄。

当甘隆从电话里得到证实，自己的分数确如预估分数那么低，实际只有五百七十八分，而乔婕竟然考到六百多分的时候，他对这种结果虽然早有一个预判，但当这种现实真的来临的时候，他的心里完全接受不了。这是甘隆的成绩第一次被乔婕超越，他感到羞愧难当，为此他感到一种无力感笼罩着他，甚至不想走出家门，在床上懒懒地躺着，他觉得连起床走出家门的力气都没有，这是一种十分无奈的感觉。当乔婕再次来找他的时候，甘隆尽量回避，不出来迎接她。

第三十九章　劳燕背飞各栖枝

正在甘隆憧憬着武汉大学录取通知书的时候，他提前接到一个通知，说是他被军都医科大学以提前批次录取，要他准备在七月底体检，而且体检不必回到黄州去，直接在当地县医院即可进行。

甘隆感到十分诧异，为什么他的第一批次的第五志愿提前录取了他，而不是按序从第一志愿录取他上武汉大学呢？甘隆的疑问陡生，立即跑到邮政局拨打长途电话，向学校问询相关的事宜。

学校值班领导回答说：

"军队院校招生实行提前批次投档录取，在普通高等学校本科第一批次录取工作开始前结束，具体时间由各省教育考试院公布。只有未被录取者，将按其填报的地方高等院校录取，政审是由省军区招生办负责。虽然你是以第五志愿填报的军医大学，可能是因为你的成绩突出，就将你优先录取了。"

甘隆问：

"有没有可能撤回呢？"

学校值班领导回答说：

"为什么要撤回呀？军医大学是一个很好的选择呀，你想想，军医是多么崇高的职业！而且，现在录取学校已经调档，是没有办法撤回的。你就等着体检和政审吧，体检和政审合格了就发给你正式录取通知书。"

甘隆对电话那头说了声谢谢后，默默地放下电话，在邮政局外等候的乔婕迎了上来，甘隆将电话内容讲给乔婕听，乔婕说：

"难道没有缓冲的余地吗？调档之后就不能撤回吗？"

甘隆说：

"学校值班领导说了，撤档这样的事情，在黄冈中学的历史上从来就没有发生过，如果有这样的事情发生，将来对于母校黄冈中学未来学生的志愿填报有很不利的影响，按照他说话如此严厉的语气，撤档就是不可能的事了！"

乔婕说：

"那怎么办？军都医科大学在西安，这样的话，你我不但不能在同一所学校上学，而且还不在同一座城市，那样的话，我们就是相隔千里呀。"

甘隆说：

"我正为这事着急呀，还想不出什么好办法。"

乔婕说：

"要不，我现在去把我的第一志愿改成军都医科大学，学医也和生物是相关的，而且我们又在同一所大学，在同一座城市，这样也很好！"

甘隆说：

"这可以试一下，但现在听说第一批次学校已经开始提档了，这个时候要改志愿可能是很难做到的，说不定你的档案已经被武汉大学提走了。"

乔婕说：

"你的意思是说，我改志愿是不可能的了？"

甘隆说：

"现在想想，应该是这样了，没有办法！"

乔婕说：

"那怎么办呀？我们俩难道真的不得不分开吗？"

甘隆说：

"不在同一所大学，不在同一座城市，不一定非要分开呀，我们还可以通信、打电话，将来考同一所大学的研究生，那样一样可以走到一起的呀！"

乔婕说：

"看来，可能只有这样了！"

正当二人在邮政局门前商量的时候，锦梅也来到了邮政局门口，她对甘隆喊道：

"甘隆，甘隆，你是接到通知后来打电话的吗？"

甘隆回过头，看见是锦梅，说道：

"锦梅，是你呀，你也是来给学校打电话的吗？你也想撤档改志愿吗？"

锦梅说：

"我是来打电话的，不过不是撤档，是想问问学校，我们军校提前批次录取的体检是在麻城进行还是在黄州进行，而且体检日期会安排在哪一天。"

乔婕听了锦梅的话，问道：

"锦梅，你也是填报军都医科大学吗？"

锦梅说：

"是呀，我和甘隆一样，都被军都医科大学提前批录取了。怎么样？祝贺我们俩吧！祝福我们俩吧！"

乔婕说：

"祝贺你们俩吧？祝福你们俩吧？你们俩？你和甘隆？"

乔婕带着满腹的狐疑，转过头看着甘隆说：

"甘隆，你这是故意的吧？是有预谋来欺骗我的吧？你为什么要这样？"

甘隆说：

"乔婕，你说什么呢？什么故意的？什么预谋欺骗？你怎么这样说？"

乔婕愤怒地说：

"你们俩一起填报军都医科大学，这不是合谋要走到一起吗？你现在在这里假惺惺地说想要撤档，却又撤不了，这不是想欺骗我吗？"

甘隆说：

"天地良心呀，我怎么可能欺骗你！锦梅填军都医科大学是第一志愿，我填的是第五志愿，我的第一志愿是武汉大学！"

乔婕说：

"那你为什么要填军都医科大学？你心里肯定是对锦梅有想法！"

甘隆说：

"天地良心，我填第一批次志愿时，选好了四个学校，这时锦梅就随口说了一句她的志愿选择，我就随手将军都医科大学作为第五志愿填上了。"

乔婕气愤地转过头，对锦梅说：

"锦梅，原来是你在这里害人，你也太不要脸了吧？"

锦梅被乔婕骂得一愣，接着就回骂了一句：

"你才不要脸呢！"

甘隆说：

"锦梅，你快去打电话吧，我和乔婕先走了。"

甘隆见乔婕出言不逊，怕两个女生会为此打起来，便赶紧拉着乔婕走开了。等锦梅消失在邮政局里的时候，甘隆站住了，对乔婕说：

"婕，你生气归生气，可别伤人呀，她锦梅真不是别有用心，当然，我也非常生她的气，如果她不在我面前提到军都医科大学的话，我就不会将它填在第五志愿上，也就没有现在的这个麻烦。也是怪我自己，对政策没有掌握透彻，是当时因为预估成绩不理想，我心烦意乱才导致这个结果的。"

乔婕说：

"你还在为锦梅辩护！我恨死她了！"

甘隆说：

"恨已然无用了，我们还是想想有什么办法解救吧。"

乔婕说：

"反正现在我知道了，不管怎样，我必须把你看紧一点，免得她锦梅再趁着我不在你身边的时候，趁机搞事，想把你从我手里抢走。"

甘隆与乔婕分手后回到家中，父亲和哥哥问他高考成绩怎么样，报考哪个大学、什么专业，甘隆如实地向父亲和哥哥说明了情况。父亲说：

"现在录取了军医大学，不也挺好的吗？你去搞那个劳什子物理学，有什么用？我一生从医，救人无数，你将来当医生也非常好，当军医更是光荣。"

甘隆心中不服，嘴上嘟囔说：

"你一生救人无数，有谁尊重过你？你又挣了什么钱，黄冈中学要不是每个月发补助金，你一个月给我的那几块钱，够我上学用吗？"

父亲甘成元动怒了，他说：

"当医生有什么不好？而且你这是军医大学，是很光荣的事业，就这么定了，不准再改了。"

这个时候，隔壁邻居陈老伯听到他们父子的争吵，就过来劝慰甘隆，大讲特讲读军校、当军医的好处。陈老伯说，读军医大学有很多好处，国家不但提供学费，还免除伙食费和书本费。另外还每个月有补贴，回家报销来回的交通费，穿衣服还发军装，就业也不用发愁，毕业后薪水高。

甘隆一时转不过弯来，不愿意听陈老伯的絮叨，他仍然倔强地说：

"我就是想搞物理学，不想当医生，物理学更加深奥。"

父亲对他说：

"读了军医大学，不用交学费，不用交伙食费，还一年得四套衣服，军装多么漂亮，还省很多钱。"

甘隆说：

"你就知道省钱，省钱，你挣不着钱，就要埋没我的理想。我上学也没花你多少钱。"

父亲起身拿起扫帚要打他，同时骂道：

"你这个孽子，不听我的话，我让你学医，对你一生都有好处，你

388

怎么就是不听呢?"

甘隆起身就跑,他父亲只好将扫帚朝他丢去,好在没打在他身上。甘隆被父亲臭骂了一顿之后,只好怏怏地再去找乔婕聊聊天,好宽慰心中的郁闷。

乔婕说:

"甘隆,我静下心来仔细想过,现在不如不改志愿了。现在就算你我不在同一个城市上学,我到时候可以到西安去看你,暑假、寒假我们俩都可以在一起。"

甘隆说:

"我就是想改也改不了了,只能这样接受现实。我们两个人分隔异地,感情的事情就要接受时空的考验。"

乔婕说:

"希望我们俩都能经受得住这种考验。"

甘隆说道:

"是呀,希望我们俩都能承受得住这种考验。"

甘隆在说这句话的时候,他是心虚的,他只是虚与委蛇地应付乔婕,他觉得他没有坚持下去的信心,他内心对自己说,恐怕我是难以经受住这个考验,恐怕是要做逃兵的。

失去了学习成绩好这个心理支撑之后,甘隆觉得他在乔婕面前一无是处,而乔婕身材曼妙,容貌姣好,家世又好,再加上学习又好,这几个方面加在一起,简直是碾压式地让他处于下风。甘隆面对乔婕的情感经历了三个阶段的变化,最开始时他因为家境困窘,不敢接受乔婕的情感,在乔婕面前表现出一种孤傲冷拒的态度;后来在月夜下乔婕带着生日礼物为他庆生的举动,感动了甘隆,融化了他心中的坚冰,两人相互契合、走近,成为心心相印的情侣;到现在又变成甘隆这一次因为高考失利,成绩大塌方而在乔婕面前自惭形秽,对她采取回避的态度。

在等待录取通知书的漫长而难耐的时光里,甘隆与乔婕又反反复复地讨论,慢慢地都接受了这样一个事实,那就是至少在未来的五年时间内，他们俩不得不分隔两城，只能在假期找时间相见。

到了八月中旬，各高校的录取通知书陆陆续续地发放到各地考生手中。最先接到录取通知书的是余辰，他被协和医科大学临床医学专业录取了；成功的录取通知书也收到了，紧接着就是乔婕，她如愿地被武汉大学生物系录取了，陈辉随后也被武汉大学生物系录取。

眼见着同学们的录取通知书接二连三地送达，而自己则很多天没有见到什么动静，甘隆心情慢慢变得急躁起来，这天余辰、成功和锦梅三个人一起来看他。他们四人一起坐在甘隆家门口的竹床上，边乘凉边聊起未来的生活。

余辰问道：

"甘隆，你的通知书还没有接到吗？"

甘隆心里有些不解，说道：

"我就好奇，我和锦梅都是在七月底在本县做了军校单列体检，两人都顺利通过，同样是报军都医科大学，为什么锦梅的录取通知书已经早早寄来了，而我的为什么没有来到呢？"

余辰问道：

"是不是你曾经打电话到招生办要撤档换档，才导致你的通知书晚发了呢？"

成功说：

"嗯，很可能这个电话影响到学校的录取了！"

甘隆说：

"唉，也只能这么想了，是我和哥哥在我着急痛苦的时候打电话给招生办，但招生办当时拒绝我撤档换档的要求呀，这也可能影响学校对录取我的决心吗？"

锦梅说：

"甘隆，我看你不用着急，可能真的没什么事儿，等两天录取通知书就到了。"

这个时候，乔婕来到甘隆的家门口，原来，乔婕好几次约见甘隆，都被甘隆以各种理由推托了，她就干脆大胆直接地到甘隆家来找他。

乔婕正好听到锦梅的说话，气不打一处来，就大声说道：

"锦梅，你是巴不得甘隆上军都医科大学吧？这是你心心念念所想的，是不是就是你设计的啊？"

甘隆怕乔婕又和锦梅吵起来，就赶紧起身把乔婕引到竹床的另一端，让她坐下。甘隆对余辰和成功两人使了个眼色，意思是让他们赶紧把锦梅引走。余辰和成功两个人心领神会地站了起来，对锦梅说：

"锦梅，我们走吧，我们在甘隆家已经坐了好半天了，茶也喝够了，我们现在先告辞吧。"

锦梅本来想和甘隆多说些话，多交流一下，结果被余辰和成功两人裹挟着起身，说一声再见之后，他们三个人就一起走了。

甘隆的家是在过了龙池桥之后的北门外剪子街，那是一座低矮的小屋，和乔婕家住在政府大院里面相比，实在显得十分寒酸破旧，因此甘隆对乔婕来到家门口感到非常不自在。

乔婕噘着嘴说：

"隆，你怎么屡次三番都不理我，我来找你，你又不见我。"

甘隆说：

"唉，只是心情不好吧，你也不要见怪。"

这次见面后的第三天，邮差就将军都医科大学的录取通知书送到甘隆家里，甘隆的心情总算宽慰了不少。当甘隆的父亲手里拿着儿子的录取通知书时，他欣喜若狂，逢人便说我的儿子当军医了，将来是有执照的正正规规的军医，是为军人和首长服务的大军医，而四邻八乡的亲朋好友纷纷来贺，甘隆也早早沉浸在对未来军校生活的无限向往中。

乔婕得知甘隆接到录取通知书后，十分高兴，来到甘隆家对他表示祝贺，乔婕说：

"隆，今后你穿上军装，戴上军医大的校徽，想象一下，配上你的身板，那该有多英武雄姿！"

甘隆说：

"现在看来，我高考有了一点挫折，未尝不是一件好事，不然的话，我可能去上清北复交四校，就没有机会上军校了。"

乔婕说：

"每个男孩都有一个军旅之梦，穿上军装，当上一个保家卫国的军人，只是你这么高兴，似乎是没有遗憾了吧?"

甘隆说：

"婕，你别这样说，我只是表达一种即将成为军人的喜悦，并不是说我就没有对你的不舍之情呀！婕，我对你的心意还和以前一样，希望我们一直这样好下去。"

乔婕说：

"这还差不多，你哪天去报到?"

甘隆说：

"本来录取通知书是早就该到我手上的，我这已经晚了很多天了，我看了一下报到日期是五天后，所以时间对我来说已经非常紧了，明天就该去买长途汽车票，后天坐车到武汉，再从武汉坐火车去西安。"

乔婕说：

"时间是够紧的了，那后天我来送你!"

这时候锦梅来到甘隆的家门口，见乔婕正在甘隆家中，对乔婕说：

"哟，乔婕在呀!"

乔婕说：

"锦梅，你来找甘隆干什么?"

锦梅说：

"我们不是五天后到西安报到吗? 明天就该去买长途汽车票了，我来邀甘隆一起去买车票，再一起坐火车到西安。"

甘隆说：

"锦梅，你不来邀我，我也要去找你呢! 快快请坐。"

乔婕对于锦梅的到来，感到了一种威胁，心想两人一起坐长途汽车，又坐火车十几个小时，还坐在相邻的位子上，耳鬓厮磨，还不摩擦出火花吗? 乔婕在心里运转，琢磨对策。乔婕对甘隆说：

"隆，反正我也快要到武汉报到了，明天我和你一起去买票，后天和你一起坐车到武汉，再坐火车把你送到西安。"

甘隆说：

"你怎么突然有这个想法？这不是太麻烦了吗？"

乔婕说：

"不麻烦，我是想和你多待在一起。"

甘隆说：

"那好吧，只是我和锦梅两人是上军校，不用带服装和行李，你就不一样，你上学的行李可是很多的呀。"

乔婕说：

"这个没事，到了武汉以后，我把行李放到我姑姑家中，她在武汉有分公司，在武汉也有房子，我再和你们一起到西安，等你报到后，我回到武汉报到，时间上正合适。"

甘隆说：

"这样说来，也很好。"

却说乔婕回到家中，她向父母说起要提前到武汉的想法。母亲林回梅说：

"你报到不是还有好几天吗？"

乔婕说：

"我想趁着这个假期，先到武汉玩几天。"

林回梅说：

"你这孩子，马上就要离开家，不说想着和父母多待几天，反倒是想着要早点离开家，看来你是一点不依恋我和你爸。"

乔婕说：

"妈，我天天待在你身边，你还不嫌烦呀。我明天就去买后天的长途车票。"

乔志钰说：

"婕儿，你要后天到武汉，我不拦着你，后天我开车送你去武汉，你没有必要买票坐长途汽车呀。"

乔婕说：

"爸，你别送我了，我和同学们一起走，你把我送过去，还要一个人把车开回来。"

林回梅说：

"你是第一次上大学，在你爸的粮食局和我的妇联都是头一个，是大喜事，我要和你爸一起送你到武汉，到时候还要住到你姑姑家中，你姑姑还要好好犒赏你一番呢！"

乔婕说：

"妈，你别这样。反正后天我要坐长途汽车，你们要去的话，你们随后再来吧，我后天就不带行李了，你们把行李带来，我们在姑姑家住两天就去武汉大学报到。"

林回梅说：

"你为什么一定要先坐长途汽车到武汉呢？你不怕长途汽车上不安全吗？"

乔婕说：

"这回不一样，这回有好几个同学一起坐车呢！"

林回梅说：

"好几个同学，哪几个同学？"

乔婕说：

"有甘隆、锦梅，说不定还有成功和余辰，他们约着一起坐车到武汉。"

林回梅说：

"有甘隆，难怪了！甘隆是个好后生仔，我闺女倒是有眼光，真是女大不中留了！好吧，好吧，你去吧，你先坐长途车去武汉，我随后和你爸一起到武汉，到你姑姑家会师。"

乔婕上前搂住了林回梅的脖子，接连亲了她好几下，说道：

"好妈妈！你真是我的好妈妈！"

林回梅斥责道：

"顺着你的意，才是你的好妈妈！女大不中留呀！"

到了次日，乔婕和甘隆、锦梅三人一起到长途汽车站的售票窗口，买了各自的车票，乔婕有心将自己的座位安排在三人的中间，这样自然而然地将锦梅和甘隆分隔开来，让他们不至于因为邻座而产生肢体肌肤的接触。余辰和成功他们的上学报到日期已经临近，他们二人一合计，决定和甘隆他们一起坐车到武汉，所以二人也买了同一趟长途车的车票，只是二人的座位在甘隆他们三人的后一排。

第二天，这三位要到学校报到的大学生到长途汽车站坐车都十分轻松，因为他们除了拿着必要的报到手续外，再拿了一些路上吃的小吃点心，没有拿太多的行李。而余辰和成功两人都带着床上铺盖、衣箱在家人的陪送下来到长途车站，甘隆行李不多，就帮着成功和余辰两人一起将行李抬进车站，进站后又一起将他们的行李箱和棉被棉垫送到长途车的车顶码放稳当，锦梅和乔婕两个女生气力小，就帮着成功和余辰两人拿了一些小物件。五个人一起合力将各自的行李都安顿好后，向各自来送行的家人挥手告别，就一起上车了。

但等他们在座位刚坐定，就发现张峻也在家人的陪送下，抬着行李进了车站，原来他也是要坐这一趟车去武汉的。余辰和成功两人就又下车去帮张峻抬行李，甘隆心中对张峻有过节，迟疑了几分钟后，还是下车一起去帮助他安顿行李。众人这才又回到车上坐稳。

车刚开始发动，余辰就张罗要打牌，他从随身所带的手提包里拿出两副崭新的扑克牌，对随行的人说：

"同学们，旅途劳顿，无以作乐，我们来打牌消遣吧！"

成功第一个响应，说道：

"好主意，我们从麻城打到武汉，时间就过得快！"

乔婕却不想打牌，她是要珍惜与甘隆一起的时光，就说道：

"你们几个打吧，我不想打牌，甘隆也不想打牌。"

余辰说：

"乔婕，你现在就卿卿我我上了呀，不腻歪吗？"

成功说：

"乔婕，你不打牌，至少要把甘隆解放了吧？不然的话，我、余辰和锦梅只有三个人，怎么打双升呀？"

乔婕说：

"那不是还有坐在后排的张峻吗？你把他叫来，正好一桌牌！"

成功起身，向后排的张峻喊道：

"张峻，乔婕邀你来打双升！"

张峻听到成功的招呼声，就扶着两边的车座背，沿着车中走廊摇摇晃晃地走了过来，说道：

"好，我参加一个。"

锦梅说：

"我头晕，我打不了牌。"

余辰说：

"乔婕，还差一个人，你不能把甘隆霸占了呀，不然的话，我们开不了席。"

乔婕说：

"好吧，好吧，有人看不得我好！甘隆，你去打牌吧，省得余辰和成功说我霸占你！"

余辰、成功、张峻和甘隆四个男生重新调整座位，在过道相邻的前后四个座位相对而坐，在四个人的膝盖上铺了一张双层报纸，就算是牌桌，余辰和甘隆捉对与成功和张峻这一对打对垒。所谓打双升就是用两副扑克牌打升级。乔婕和锦梅两人跪在座位上看四个男生打牌。

对垒的双方交替得分升级，但到了后来，余辰和甘隆这一对一骑绝尘，他们已经打到第二轮的 A 了，而成功和张峻这一对仍然在第一轮五的位置徘徊，成功发现了对方的猫腻，就是身处高位的乔婕和锦梅能够偷看他们手中的牌，又用唇语悄悄地告诉甘隆，这样甘隆自然而然地知道了对方的机密牌张，所以总是能赢。成功这就不干了，他把牌一丢，说：

"不干了，不干了，你们有人望风，我和张峻总是吃亏。"

众人一看，这扑克牌是没法继续打下去了，余辰就将两副扑克牌收起来。众人便坐在原位聊起天来。余辰边收洗牌张边对甘隆说：

"甘隆，你是上军医大学，我是上协和医科大学，我们都是医学生，以后的职业都是医生，我们都要好好干啊。"

甘隆说：

"我们虽然都是当医生，可我将来是军医，比你当民间医生神气！"

余辰说：

"未必吧！我将来是要当神经外科医生。甘隆，你要是当个内科大夫，看你有什么可神气的。"

甘隆说：

"你要当神经外科医生，那我就要当心外科大夫，岂不比你更神气！"

余辰说：

"颅脑是人体的司令部，神经外科有如在细密的纤丝穿行，精密精巧。"

甘隆说：

"心脏是机体的发动机，心脏外科犹如在律动中安抚野马，惊心动魄。我听说，现在国外有的医生已经在研究，在跳动的心脏上进行搭桥手术，你们脑外科可没有这么刺激的手术吧？"

余辰说：

"我可查阅过资料，有的脑外科医生要摘除病人脑干上的肿瘤，不能错一丝一毫，但凡失手错了一点点，病人就可能再也不能从麻醉中醒过来了。你们心外科有这样可怕的手术吗？"

乔婕说：

"你们俩说的手术都太神奇，太有难度了！看来，你们两个都志气不小，余辰想从事的神经外科医生是最精巧最细致的专业，甘隆想从事的心脏是外科皇冠上的明珠，最考验人的胆魄和能力。你们两人，一个是最最惊险，一个是最最复杂，都是难上加难的事。"

余辰和甘隆异口同声地说：

"如果你要做手术的话，我一定要做到最好！"

乔婕一脸不高兴，说：

"呸，呸，呸，乌鸦嘴！谁稀罕你们服务，我可一辈子不希望得到你们的服务！"

余辰和甘辰两人听了，先是愕然，后来马上就明白他们说话招人嫌恶了，马上就说：

"对，对，对，你一辈子不需要我们的服务。"

余辰为了避免尴尬，遂转移话题，对甘隆说：

"甘隆，我们协和医科大学一读就是八年，毕业就拿博士学位！"

甘隆说：

"尽管我们军医大学是五年制，毕业是学士，但我已经查过资料了，听说军都医科大学的心脏外科非常有名，刘教授是心脏外科的著名教授，所以我准备考他的研究生。"

乔婕说：

"甘隆，你是打算一毕业就要考心外科的研究生吗？"

甘隆说：

"是的，不但要考硕士研究生，还要考博士研究生。我是这样想的，我本来想搞理论物理，现在命运安排我当医生，我就要当心外科医生，就要当最杰出的医生。"

余辰说：

"好，甘隆，我就和你约定，我们两个人都要当最杰出的医生，我当脑外科医生，你当心外科医生，一起合作，成为绝代双骄，好不好？"

甘隆站起身来，和余辰两人一击掌，说道：

"好，我们两个成交！"

众人一路聊天不断，不知不觉四个多小时过去了，长途汽车经过了新洲、阳逻地界后，终于来到了傅家坡长途客运站，到这里余辰是要继续坐火车到北京上学，成功和甘隆、锦梅及乔婕一起将余辰送到武昌火车站，将他送上了北去的列车，依依惜别。

送走余辰后，成功直接到武昌学校本部报到去了。甘隆和锦梅一起买了到西安的火车票，甘隆本来劝说乔婕送到此地就够了，乔婕执意要将甘隆送到西安，所以也为乔婕买了武昌到西安的双程票，三人手上基本上没有什么行李，就在武昌火车站的广场等到晚上十点钟左右，才登上到西安的列车。

再说与乔婕同样被武汉大学生物系录取的陈辉。在乔婕与甘隆一起到武汉那天，陈辉兴冲冲地来邀乔婕一起买票到武汉大学去报到。他来到乔婕的家中，林回梅告诉他说：

"乔婕已经去武汉了。"

陈辉说：

"武汉大学不是四天后才报到吗？她怎么那么早到武汉去？"

林回梅说：

"乔婕只是早一点去，先到她姑姑家待几天再去学校。"

林回梅刻意没告诉陈辉真相。林回梅这样做，是有着她自己的小心思的。她知道甘隆和陈辉两个人都是女儿乔婕的追求者，所以没有把乔婕是和甘隆他们一起去武汉的真相告诉陈辉。陈辉听了林回梅的回答后，只好快快地自己去买了到武汉的车票，到武汉大学上学报到去了。

第四十章　送君千里终一别

乔婕、甘隆和锦梅三人一起坐上武昌到西安的火车，这趟车是绿车皮火车，他们买的都是座位票，总共将耗时十三个多小时，所以这趟出游将是一个漫长的旅程。乔婕在购票时有意地将自己的座位与甘隆并列于一排，而锦梅则只好自己与一个陌生人坐在相对的同一排上，整个车厢内都坐满了人，几乎没有空出的位子。

火车从武昌站发出不久，从各地小站上来补票的或持站票上车的人越来越多，将车厢连接区和廊道逐渐填满，人想要在车厢内走动十分困难，给乘客以强烈的压迫和窒息感。甘隆坐在靠窗的位置，而乔婕则坐在靠近走廊的位置，这里面有乔婕的一个小心思，这样坐使她直接与锦梅面对，从而避免了锦梅与甘隆直接面对，有目光对视交接的机会。

三个人吃了从车站买的面包和点心，说话聊天，时间慢慢到了晚上十一点多了，车厢内有座位的乘客渐渐睡去，而站票乘客则只好斜倚在座位靠背上打瞌睡，有的人坐在地上，有的人甚至钻进座位下面躺着睡觉，如果有人想要通过廊道，则必须千难万险地挤过去，要小心不能踩着坐在或躺在地下的人体。

乔婕有些便意，本想上厕所方便一下，但是她一看车厢内乌泱乌泱拥挤的人群，让她顿时产生了退意，只好自己忍住。

乘务员将车厢内的顶灯关了，只留下地灯，使厢内更加昏暗。她看看车厢的时钟，时针已经过了十二点，再看看身边的人，甘隆靠在椅背上睡着了，打起轻鼾，而锦梅则低着头打瞌睡。

除了乔婕因为尿意让她难以入睡外，一整车厢的人几乎都在入睡或半眠的蒙眬状态之中。乔婕的目光漫无目的地看着车厢门上方的时钟，慢慢地将目光移向对面坐着的两人，再看看锦梅，她低着头打瞌睡，头一前一后地摇动，就像鸡在啄米一样，乔婕看了心里觉得好玩，会心地笑了起来。

乔婕突然看见锦梅座位下面有一个人正偷偷地把手伸进了她的裤兜，将她的钱包拿出来，塞进了他自己的裤兜里。乔婕确定这是偷窃，在心里有过一瞬间的犹豫要不要告诉锦梅，有人在偷她东西，她的财物即将丢失。但乔婕马上觉得不应该面对偷窃不管，不管锦梅是不是自己的情敌，所以乔婕立即大声地喊起来：

"锦梅，锦梅，有人偷你的东西，把你的钱包偷走了。"

锦梅从懵懂之中醒了过来，摸了摸裤兜，发现她钱包确实丢了，就大喊起来：

"我的钱包丢了，我的钱包丢了！怎么办呀？"

乔婕指向她身边一个獐头鼠目的人说道：

"就是他偷的。"

獐头鼠目的人站了起来，恶狠狠地对乔婕说：

"谁说我偷了她的钱包？你看见了吗？你小心我打死你。"

说罢，獐头鼠目的人就扑向乔婕这边，把乔婕戴着的一个发卡扯了下来，发卡的尾钩还把乔婕的脸上划出一道血印，她的头发也凌乱散落下来。乔婕不由自主地向甘隆这边一躲，把甘隆一下子推醒了。

甘隆还没明白是怎么回事儿，但他发现有人要打乔婕，就腾地站了起来，一把扭住獐头鼠目的人的手，厉声说道：

"你怎么行凶啊？"

锦梅说：

"这个人偷了我的钱包。"

甘隆对獐头鼠目的人说：

"嗯，你还敢偷东西，把钱包拿出来。"

獐头鼠目的人说：

"我没有偷她的钱包。"

甘隆对乔婕说：

"乔婕，你是不是看见钱包揣进他的衣兜了?"

乔婕说：

"我看见了，就在他那个裤兜里面。"

甘隆右手狠狠地拧扭住小偷的手，把他的腰抵摁在桌缘上，左手朝小偷的裤兜里面摸去，果然摸出了一个钱包。甘隆拿出钱包，问锦梅道：

"这是你的钱包吗?"

锦梅说：

"这就是我的钱包，你看，这里面有我的这个照片。"

甘隆说：

"那这样，让前面的人递过话，叫车警过来。"

果然在车厢里围观的人群就一个一个向九号餐车传话，车警很快就挤了过来，将小偷带走了，甘隆和锦梅两个人一起跟了过去，做了笔录并签字证明小偷的犯罪行为，小偷随之被车警管制了起来。

当甘隆和锦梅从餐车回到座位上时，他们发现留下来看管物件的乔婕靠着睡着了，两人便没有叫醒乔婕，共同挤坐在锦梅这边的座位上。

列车在黑夜之中前行，此时只是凌晨三点来钟，甘隆和锦梅两个人因为刚才事件的刺激一时平复不下来，都再难以入睡了，两个人只好对视着。锦梅轻声对甘隆表达感激，说：

"甘隆，真要谢谢你，要不是你的见义勇为，我钱包里一百多元钱就全丢了。"

甘隆说：

"锦梅，要谢你还是谢乔婕吧！要不是她发现了小偷偷你的东西，并且勇敢地喊叫起来，只怕小偷已经得手下车了。"

锦梅说：

"你说得有理，等会儿乔婕醒了，我就当面向她道谢！"

锦梅与甘隆继续聊了一会天，两人又觉得困顿起来，就都闭上眼假寐起来，而列车继续在黑夜中向前疾速穿行。到了凌晨五点来钟的时候，乔婕醒过来了，锦梅睁开眼睛，诚挚地向乔婕表示了感谢，甘隆这才发现乔婕的脸上有一道划印，心疼地用手为乔婕轻轻揩拭，乔婕说，现在不疼了，要甘隆不用为她担心。

三人分别轮流到车上的卫生间去洗漱，又一起吃了随身带来的面包，时间很快就到了六点多，火车慢慢驶入了西安站。三个人拿着随身的物品从车上下来，出了西安站之后，就看见了军都医科大学的迎新接待站，三人看见了大红幅的迎新标语，顿时一股亲切的感觉涌上心头。

锦梅见状就要去迎新站报到，甘隆却犹豫了，他是考虑到乔婕马上就要乘坐返程车回武汉，如果他现在报到，就没有机会送乔婕上火车了，所以甘隆跟锦梅商量说：

"锦梅，今天是军医大迎新的第一天，明、后两天都可以报到，要不你今天先去报到，我今天先陪着乔婕，我明天再报到。"

锦梅说：

"这样也好，乔婕的返程车还有十几个小时才发车，那你就陪陪她吧，我自己先去报到。"

锦梅在与甘隆和乔婕道别后，自己拿着档案和录取通知书到迎新站去报到了，甘隆和乔婕两人就坐公交车到西安市周边游览了一圈，他们知道西安是十三朝古都，有很多旅游景点，两个人想利用这个机会来一次甜蜜双人游。乔婕本来想去秦始皇陵和兵马俑博物馆参观一番，但甘隆说时间太紧，恐怕会耽误当晚的火车，乔婕遂打消了主意。

两个人就在西安古城内游览了一番，上了西安城墙，又看了钟鼓楼，最后到回民街吃了羊蹄牛筋等各种各样的小吃，这才又坐公共汽车从容地回到火车站广场上。两个人看看时间还有一个多小时，就进入了车站内的候车厅内，说起了情话。到了晚上七点多钟，甘隆买了一张月台票，将乔婕送上了开往武昌的火车。

乔婕在登上绿皮车的那一刻，她依依不舍地牵着甘隆的手，不忍离去，直到列车员吹响哨音，预示着即将关门的时候，她转身扑到甘隆的怀中。在这一瞬间，在乔婕扑到怀里的那一刻，甘隆只想紧紧抱住乔婕，将对于未来的一切牵挂和担忧都置之于脑后，这时列车员因为要关车门，而乔婕的一只脚还在上车踏板上，他怕出现意外，就使劲地拍打和拉扯乔婕的肩膀，乔婕与甘隆这才松手分开，乔婕几乎是被列车员拉扯着上了列车。

乔婕一登上列车，车门就关上了。乔婕刚刚坐到座位上，列车就启动了。当列车冒着热气缓缓地开出车站的时候，甘隆不舍地向乔婕挥手，而乔婕从车厢探出身来，向甘隆喊道：

"隆，要给我写信，写信！"

"隆，要想我，想我呀！"

甘隆回喊道：

"婕，我一定给你写信，写信！"

乔婕抑制不住地迸出热泪，因为她看见甘隆跟随着列车在跑动，她知道甘隆的内心对她的不舍，她边哭边喊道：

"隆，国庆节放假，我来看你！"

列车前行的速度越来越快，甘隆渐渐地跟不上它的步伐了，只好停下来站在月台上不停地挥手，直到列车在视线内消失了很久很久才停止。乔婕也是看不见甘隆的身影后很久很久，才安稳地坐回到车厢内。他们就这样依依不舍地告别，这一挥手告别，甘隆和乔婕这一对神仙眷侣也就真正地进入了相隔千里、远迈重山的异地恋状态，未来的时空间隔将会作为巨大的考验横亘在这一对情侣的面前，我们的故事也就进入了下一个篇章。

下部

麾下

著

补心

作家出版社

第四十一章　玉女千里探檀郎

甘隆在第二天到军医大学的迎新站报到后，被编入八六级临床大队一中队。一中队下分为两个区队，一个区队再分为四个班，甘隆因为身体素质不错，学习成绩好，被指定为一区队的二班班长，而锦梅同样被编入八六级临床大队一中队，她和另外十一个女生一起组成了一区队的一班。

接下来的日子随即就在军都医科大学校园进入了为期一个月的高强度军事训练阶段，这些军事训练包括站姿训练、战术训练、基本战斗技巧训练，各种体能训练如俯卧撑、仰卧起坐、单杠、四百米障碍和五公里越野。在这些高强度的训练之下，甘隆每天精疲力竭，竟然很少有心思能够想起远在武汉的乔婕。

乔婕在第二天早上回到武昌，这个时候她的父亲乔志钰和母亲林回梅已经带着她的行李一起来到姑姑家。次日，乔婕在父母和姑姑的陪同下，拿着行李，一起来到位于珞珈山的武汉大学报到。

这一天是武汉大学报到的最后一天。在两天前已经报到的陈辉此时在报到处迎候乔婕。见到乔婕一家人到来，陈辉非常高兴地迎了上去，从乔志钰的手中接过了被褥和箱包，说道：

"乔叔叔，我是乔婕的同学，我来背这些重东西吧。"

乔志钰说：

"是陈辉呀，我们都认识你，你和婕儿从初中到高中都是同学。听说你也考到生物系了，你是前天就来报到了吗？"

陈辉说：

"是呀，我们已经同学六年了，又要在武汉大学再同学四年，在一个系里读书，我们将来就是十年同学了。"

乔婕说：

"是啊，陈辉，我们将会是十年的老同学了。"

陈辉在前面殷勤地带路，来到生物系的新生报到处。走在后面的乔志钰对林回梅说：

"看看陈辉这个小伙子，殷勤懂事，待人接物很不错。"

林回梅说：

"可惜呀，婕儿的心思不在他身上，她好像只喜欢甘隆。"

姑姑乔臻说：

"陈辉这个男孩很礼貌，人长得也算不错，是个好小伙子！"

说话间，他们一行人来到新生报到处的台前，前面没有几个人排队，乔婕从手包里拿出录取通知书和档案袋排在队尾，乔志钰和林回梅也就没有说话了，他们是怕距离太近，陈辉听见了他们的对话就不太好了。

很快就轮到乔婕报到了，手续办理得也很快，她拿到接待老师给她的宿舍钥匙后，陈辉又主动地背起被褥，拿起箱包，送乔婕去女生宿舍，乔志钰、林回梅和乔臻三人反倒没有东西可拿，就空着手落得个清闲，在陈辉后面跟着走。

生物系女生是住在樱园三舍的二楼，众人顺着樱花大道，此时是九月初的季节，天气还有些热，虽然樱花树上没有樱花绽放，但树荫给人送来凉爽的感觉，令乔婕他们一行人都感到十分惬意。很快他们就被绿树掩映下的一座房子吸引住了目光，林回梅问陈辉道：

"陈辉，那座房子飞檐翘角，灰墙蓝瓦，依山而建，十分好看，那是什么房子啊？"

陈辉说：

"阿姨，那是老斋舍，是武汉大学刚建校时的学生宿舍楼，前面不远就是学校的图书馆。"

乔志钰说：

"这就是传说中的樱花大道吧?"

陈辉说：

"是的，叔叔，每年三四月份樱花盛开的时候，这里就游人如织，人声鼎沸，都是从全国各地来观赏樱花的游客。"

乔婕说：

"陈辉，你说得这么生动，好像你曾经看过似的! 真会夸张呀!"

陈辉说：

"嘿嘿，我其实没有看过，只不过比你早来两天，听宿舍的新舍友聊天侃大山才知道的。"

陈辉又转头对林回梅、乔志钰和乔臻说：

"阿姨、叔叔、姑姑，明年樱花盛开的时候，我邀请你们来看樱花，到时候我为你们当向导，带上干粮和水，就在樱花树下铺开坐席，在樱花树下边吃美食，边赏美景，让飘落的花瓣落在我们的头发和肩膀上，那将是多么美妙的仙景呀!"

乔志钰说：

"你说的是很美妙，那我们现在就接受你的邀请，你可别到时忘了呀。"

陈辉说：

"不会的，不会的，只要阿姨、姑姑和叔叔到时候能抽出时间来武汉大学，我就铁定地要为你们当向导。"

乔志钰听了陈辉的回答，会意地与林回梅和乔臻对了一下眼色，意思是这个小伙子真是不错，是个当女婿的好人选。

乔婕和一行人来到女生宿舍门口，宿管此时管理得并不太严，允许家属一起进入宿舍内帮助新生整理舍务，所以他们五人来到二楼的宿舍，此时是姑姑乔臻和母亲林回梅大显身手的时候，她们三下五除二地将被褥打开，铺在床上，又将崭新浆洗好的床单铺上，铺上枕头。

到了要将箱包放到上铺的时候，陈辉一个人将箱包举起来，乔志钰见他有些吃力，就搭了把手，协力将箱包安置妥当。

这个时候到了吃午饭的时间，姑姑乔臻本打算请大家到校外的餐馆吃饭，但陈辉诚恳地说，今天是报到的最后一天，乔婕还有很多事干，到外面吃饭就会导致时间紧张，现在虽然乔婕没有买学生食堂的饭票，但他随身就带足了饭票，不如大家一起到食堂去，他请大家在食堂吃一顿便饭。林回梅与乔志钰一对眼色，觉得可行，也就爽快地同意了。

吃完午饭后，乔婕和陈辉一起，将她的父母及姑姑送到珞珈山下分手告别，再一起回到学校去办理剩下来的事务，第二天就正式开启了为期四年的珞珈山上的大学生活！

一个月的大学生活过得很慢，慢在乔婕每天都对甘隆的不停思念之中。乔婕在开学第一天上课的时候，就想着如何给甘隆写信，到了晚自习的时候，她把白天组织起来的语言一股脑儿地倾泻到信笺纸上，一个多小时足足写了三千多字。

乔婕当天晚上写完信，第二天早上就兴冲冲地来到邮局，将足有五六张纸的信件折好放进信封密封后，贴上邮票，满怀期待地双手丢进邮筒里。寄走信后，乔婕又满怀期待地盼望接到甘隆的来信，每天到生物系收发室查找信件，信倒是收到好几封，都是她父亲乔志钰或其他同学寄来的，却没有一封是甘隆的来信。

乔婕在殷殷期待的煎熬当中度过十多天，终于收到了一封甘隆的来信，她当即喜滋滋地拆阅，信中甘隆对她表达了极度的思念，还说他们军训极其艰苦严格，虽然自己身体还算壮实，但也确实感到很吃力，不过这一段时间他变黑了，力量变强了，也变得更加结实。他还在信中嘱咐乔婕要好好照顾自己，他说由于纪律很严，写信和回信的机会可能比乔婕想象中要慢得多，要乔婕不要见怪，他还发誓说，他一定对乔婕忠贞如一，不离不弃，要一起携手向前，矢志不渝。

乔婕当天晚上又给甘隆写了第二封信，信中说国庆节很快就要到了，她打算趁着国庆节放假到西安去看甘隆。到了国庆节放假，乔婕仍未接到甘隆的回信，她不确定甘隆知不知道她会去西安看他，犹豫之中她觉得只好冒险去西安一趟。

那年的国庆节是放假一天，加上星期六和星期日，就是连续三天的假期，陈辉本来想邀乔婕一起回麻城老家，但乔婕说我要到西安去。陈辉本来想接下一句说，我陪你去西安吧？但接下来陈辉马上想到乔婕是要看甘隆去，他的神色马上暗淡了下来。

乔婕再次到火车站买了武昌到西安的往返车票，在九月三十日这一天，她在陈辉的陪同下，登上了西去的列车，坐在绿皮车上，她一直在担心，不知道甘隆接到她的第二封信没有，也不知道甘隆是不是知道她会来到西安，不知道甘隆会不会有军务出差。这一切的疑问如同乌云笼罩在她的心头，但乔婕记起在上次离开西安时，她在火车上大声说要在国庆节来看甘隆，即使她发的第二封信甘隆没有收到，凭借心灵感应，甘隆也可能会知道她的行程的，说不定甘隆会在她到达西安火车站的一刹那出现在她的眼前，要真是这样，那更说明两个人是心心相印的。

乔婕坐在座位上，靠着高靠背，低着头出神地这么想着。她盘算如果甘隆这次没来车站接她，她也会凭着记忆找到军医大学，到时候让守门的兵哥哥通报一声，甘隆自然会出来接她，想到这里，乔婕心里感到释然，不知不觉地睡着了。

等乔婕被人声吵醒过来的时候，她看见人们都已经起身在拿行李了，她再定神一看，原来火车已经到达西安站了，她看看窗外，好像没有看到甘隆的身影，心中一阵怅然，只好自己起身，站在座位上去拿她随身所携带的行李。这里面有她为甘隆买的吃的喝的东西，她看着这么重的行李，还是有点犯怵，怕自己拿不下来，但此时她只能勉为其难地试一下，她打算如果实在拿不下来行李，再请同行的旅客帮她拿一下。

正当乔婕使出全身力气挪动行李的时候，突然一只大手伸了过来，一把将行李拿了下来，乔婕回头一看，见是穿着军装的甘隆正在笑眯眯地看着她，乔婕心中一阵狂喜，向着甘隆的方向跳了过来。甘隆立即放下行李，双手将乔婕接住，好在乔婕的体重不重，要不然的话真会将甘隆撞倒。

甘隆拥住乔婕，站稳脚跟，两人拥吻起来，车厢内的旅客有好几个人拍起了巴掌，为他们的重逢鼓劲。稍后，乔婕抬起头问甘隆道：

"隆，你怎么知道我要来？你怎么知道是这趟车？"

甘隆说：

"婕！这叫心有灵犀一点通呀！我接到你的来信了，我也给你回信了，但我想你肯定没有接到我的回信，但我记得上次你回去时，你在车上说国庆节要来，加上你的第二封信也说要来，我就笃定你一定会来的，我根据假期算好可能是今天，或者是明天你就会到西安的，我就打算在每趟从武昌来的火车上找你，肯定能找到你的！"

乔婕说：

"隆，你真好！你真有心！没有枉费我对你的一片真心！"

甘隆说：

"是的，婕。不过，我们先下车吧，车上的人都走得差不多了。"

说罢，两人一起朝着车厢门走去。这次国庆节甘隆也放了三天假，他们二人一商量，上次乔婕来西安没有去兵马俑博物馆和秦皇陵，这次就弥补上这个遗憾。两人在车站边的小吃馆内吃了肉夹馍和羊肉泡馍后，就直奔到秦皇陵的旅游专线车。坐在车上，乔婕和甘隆说了很长时间的悄悄话，表达各自的相思之苦。乔婕说：

"恨只恨武汉离西安太远，我专门查了一下地图，两个城市相距一千六百多里，我们见一次面太不容易了。"

甘隆说：

"是啊，真是太远了！原来我对远近没有概念，现在才知道，阻隔我们相见，就算只有一里的距离也是遥远！"

乔婕说：

"隆，你真有这样的感觉吗？为什么总是我主动给你写信？你回信总是迟了好多天！"

甘隆说：

"婕，不是我耽误着不回你的信，是我接到你的信往往在好多天之后！也是的，这几次都是你来看我，我们纪律太严，不敢请假回武汉去看你！辛苦你了！"

乔婕说：

"别说辛苦不辛苦，来看你再辛苦我也乐在其中，只是……"

甘隆说：

"只是？只是什么？"

乔婕说：

"只是我心中有一个隐忧，不知道我们这样相隔千里，远迈重山的异地恋，要到什么时候才是个头？"

甘隆说：

"等我毕业吧，等我毕业时我要求分配到湖北，到离武汉近的医院工作，那时我们就能经常见面了。"

乔婕说：

"毕业，那不是五年后的事情了吗？真是令人绝望的遥远！"

甘隆说：

"这一个月不是一眨眼就过来了吗？"

乔婕说：

"隆，这一个月你是一眨眼就过来了，我是三十个不眠之夜呀！"

甘隆仔细地端详了乔婕一会儿，说道：

"难怪你瘦了，是我对不起你！"

乔婕斜倚着甘隆说：

"我不要你说对不起，我也不是怪你呀，只是我控制不住地想你，才会这样的！"

甘隆说：

"谢谢你，婕，我真感动，我一定要对你好，一辈子对你好！"

乔婕说：

"有你这句话，我也觉得值了！"

在两人轻言细语的聊天声中，旅游车不知不觉地开到了骊山北麓的秦皇陵。二人向陵园看去，只见在林木葱郁的骊山脚下与银蛇横卧般的渭水之间，皇陵高大的封冢巍巍耸立在峰峦环抱之中，给人以肃穆崇高的感觉。二人沿着台阶拾级进入宏大壮观的陵园门阙之内，沿着封冢进行游览。

之后，二人又携手来到位于陵园东侧的兵马俑坑参观，看到一个个栩栩如生的兵马俑，特别是那些身披铠甲的秦人甲士，有的持槊张弓，有的牵牛牵马，有的趾高气扬，有的严肃端立，其神态自若，表情和动作各不相同，这些生动的泥塑让甘隆和乔婕两人惊奇不已。

到了中午时分，二人来到兵马俑博物馆外，买了面包和香蕉及饮用水，找了人少的地方坐下来。乔婕有些累，斜倚在甘隆的身上，说道：

"下午我们去游览华清池吧！"

甘隆说：

"好呀，反正离这里不远！"

乔婕说：

"上次来送你上学，我们一起游了钟鼓楼和回民街，这次游了秦皇陵、兵马俑博物馆和华清池。我下次再来看你，不知道还有什么地方游玩啊？"

甘隆说：

"华严寺，还有华山，我们可以一起去这两个地方。"

乔婕说：

"我们下午去华清池，明天去大雁塔吧？"

甘隆说：

"好啊，我也想去大雁塔，来西安一个来月了，都没敢出校门到市里转一下。"

乔婕说：

"你下次带我去游华山吗？"

甘隆说：

"下次吧，下次我带你去游华山。"

乔婕说：

"下次来，只有到元旦才有假期，要是圣诞节能放假该有多好。下次过圣诞节或者元旦节，你能不能请个假到武汉去看我？"

甘隆说：

"这样很困难吧。学校是按军人的纪律来执行的，我请假万一超假，那是要受严重处分的。"

乔婕说：

"看来只好还是我来看你吧。坐一趟车，十几个小时，时间太长了，我确实有点受不了，拥挤的车厢，污浊的空气，上上下下的人流，让我感到有些体虚力乏，有些力不从心的感觉。"

甘隆说：

"真为难你了，要不你就别跑了，我到时候再想想办法吧。"

乔婕说：

"你一定要想办法去武汉看我一次。"

甘隆心里有点为难，却在口中仍然回答说：

"好，我一定想办法！"

在甘隆略有些无奈地回答之后，两人转变了话题，乔婕是有些担心，如果对甘隆追得太紧，会引起他逃跑的想法。他们从秦皇陵游玩后，回到西安市区又一起去玩，去购物，整整跑了一整天，乔婕和甘隆都不觉得累。到了晚上的时候，两人又找了一家餐馆吃晚饭，聊起了彼此的校园生活，乔婕不想提起陈辉，而甘隆不想提起锦梅，尽量不去触碰对方心中的那根暗刺，也不提那些伤心难过的事情。两人在大雁塔街流连许久，直到深夜，这才为乔婕找了一家酒店住了进去。

这次国庆放假的第三天是星期天，乔婕乘坐夜班回武昌的绿皮车，甘隆将乔婕送到火车站，乔婕过了检票口后总是不停地回头看着甘隆，直到乘客们都快进入车厢，月台上几乎没有什么人了，她才急忙从月台进入了车厢。甘隆呆呆地看着乔婕在月台上消失，他心里突然觉得有一种对不起乔婕的感觉。

第二天，也就是星期一的凌晨，绿皮车缓缓进入了武昌站。令乔婕十分惊喜的是，陈辉来到武昌车站接她，还为她带来了热气腾腾的早餐，两人乘坐早班公交车回到了武汉大学，正好赶上了星期一的第一节课，乔婕对陈辉细致入微的体贴和帮助十分感激。

第四十二章　陈辉献花跪求仪

在接下来的一个多月里，乔婕和甘隆两人来来回回地进行通信，互相表达思念之情。出乎乔婕意料的是，这一年的圣诞节和元旦到来的时候，甘隆都写信来说，他不能到武汉来看乔婕，因为他实在请不出假来，这令满怀期待的乔婕心中感到十分不快。

圣诞节是在十二月二十五日，而平安夜则是二十四日，这一天是星期二。那时候西风东渐，全国各大高校刚刚开始兴起过圣诞节，大学生们特别钟情于平安夜，情侣们都要在一起度过此夜。

十二月下旬，武汉的天气已经十分寒冷了，但珞珈山上仍然绿意盎然。原来，珞珈山位于中国武昌东湖西南岸边，由十几个相连的小山组成，武汉大学在建校之初引种了各种生态耐寒树种，在夏天无虫蚊叮咬之烦扰，在深冬也无落叶萧萧之肃杀。

但此时毕竟天云低垂，使人感到气氛压抑。这天乔婕接到甘隆的来信，他说他十分想来武汉陪乔婕过圣诞，但没有假期，他的愿望最终只能是想想而已。甘隆说他不能来武汉的答复令乔婕感到十分沮丧，几乎一整天没有吃饭，她坐在宿舍的窗外，看着珞珈山上高大的桐木树叶枯落，被风吹得七零八散，感到十分无助，几乎要哭出来了，为今年要孤身一人过圣诞节而完全沉浸在自己制造的悲伤情节里。看着窗外的步道上有些学生情侣已经穿上新衣服，或拿着小松枝圣诞树，或拿着气球从她的窗前走过，乔婕心中本来不太泛滥的情绪，在这种节日的气氛渲染下变得格外浓烈。

到了下午三点来钟的时候，乔婕被这种抑郁的情绪压抑得十分难受，她决定放过自己，不去受甘隆不能来武汉这件事的折磨，不去想这件事，恰好此时陈辉来约她去过平安夜，到汉口的教堂参加平安夜同乐晚会。

在这种心理情绪下的乔婕顺理成章地接受了陈辉的邀请，她不想在这种节日时一个人吃饭，一个人度过漫漫长夜，孤寂冷清的长夜，总而言之，她不想让圣诞节变成"圣诞劫"。

乔婕和陈辉两人立即动身，穿过"国立武汉大学"大牌坊出了校门，来到八一路，乘车来到汉口黄石路的基督教汉口荣光教堂，这是武汉市现存最大的基督教礼拜堂。二人到达荣光教堂的时候，还不到六点钟，已经有很多人陆陆续续地向这里汇集。

乔婕和陈辉并不是教友，他们二人先在教堂周围游览了一番，只见这座教堂是一座由红砖砌成的哥特式建筑，三层砖木结构，其正立面钟楼高耸，红瓦两坡以十字架中分，使整个建筑显得朴实大方。到这个时候二人才知道这座教堂本来叫作"格非堂"，是为了纪念英国伦敦传教士杨格非而以其名命名，到了五十年代该堂采用圣经中"在天上有和平，在至高之处有荣光"的名句正式改名为荣光堂。

这天的平安夜同乐晚会是在七点钟开始，两个人加入了排队进入教堂的队伍，在耐心地等待后，终于轮到二人进入教堂，这时已经快到七点半了。二人移步来到二楼的礼拜大厅，前方是一座坚券穹隆形大祭坛，已经有一千多教徒和参会者在里面了。两人猫腰低身前行，找到了两个相邻的座位坐了下来。

同乐晚会正在隆重地进行着，前方大祭坛中央竖立着四人多高的圣诞树，发出夺目的光彩，主教堂礼拜大堂也被装饰得金碧辉煌，唱诗班在管风琴的伴奏下合唱出纯美圣洁的赞美诗，音乐如水般缓缓铺展。置身于十字架下，乔婕感到她开始接近上帝了，在这种庄重而欢乐的气氛中，乔婕此时已经忘却了心中的不快，整个心灵一下子溢满了感动。乔婕听着唱诗班的歌唱，此时正是 *Silent Night*：

Silent night， holy night

All is calm， all is bright

Round yon Virgin Mother and Child

Holy Infant so tender and mild

Sleep in heavenly peace

Sleep in heavenly peace

Silent night， holy night!

Shepherds quake at the sight

Glories stream from heaven afar

Heavenly hosts sing Alleluia!

Christ， the Saviour is born

Christ， the Saviour is born

Silent night， holy night

Son of God， love's pure light

Radiant beams from Thy holy face

With the dawn of redeeming grace

Jesus， Lord， at Thy birth

Jesus， Lord， at Thy birth

唱诗班在唱完英文版后，又唱起了中文版：

平安夜，圣善夜!

万暗中，光华射，

照着圣母也照着圣婴，

多少慈祥也多少天真，

静享天赐安眠，静享天赐安眠。

平安夜，圣善夜！
牧羊人，在旷野，
忽然看见了天上光华，
听见天军唱哈利路亚，
救主今夜降生，救主今夜降生！

平安夜，圣善夜！
神子爱，光皎洁，
救赎宏恩的黎明来到，
圣容发出来荣光普照，
耶稣我主降生，耶稣我主降生！

　　乔婕沉浸在圣洁的音乐当中，一时间到了完全忘我的境地。当唱诗班将此曲演唱完后，教堂里有阵短暂的安静，管风琴也停了下来，乔婕回味过来，侧过头看看身边的陈辉，她忽然透过教堂的窗棂发现天空已经飘起了不小的雪花，她感觉到好像这个世界真有上帝，不需要更多的言语，只这一场雪就能让整个世界的喧嚣一下子安静下来；而且这个上帝对自己还有那么一点点偏爱，没有甘隆来陪伴自己，身边却站着这个陈辉，虽然他不是自己的至爱，却也能陪伴自己度过这个极可能孤清的平安夜。

　　乔婕将视线从窗外收回，再回眸看了一眼陈辉，只见他沉浸在唱诗班的赞美诗中，双唇微翕，好像他也在心中由衷地唱着赞美颂歌，忽然觉得他不是那么令自己感到疏离，而是有些可以亲近的，尽管他的性格不如甘隆那般富于进取、那般有锐性、那般令自己着迷。想想在这个世界上，俗人或者庸人都有他们存在的意义，其实，这个世界是由大多数的俗人和庸人组成的，精英只是刀尖锋刃上的那么一点点，其他人则组成了刀背和刀身，但如果没有刀背和刀身，刀尖和锋刃的存在又有什么意义呢?

想到这里,乔婕不自觉地向陈辉的座位挪近了那么一小点点,或者说只是将身体的角度向他倾斜了一些。乔婕看到大堂上的时钟指针已越过了十点,她用手推了一下陈辉,陈辉低下头来,侧过身来倾听乔婕的指示。乔婕轻声说:

"是不是该回去了?现在已经十点多了,再不走就赶不上末班公交车了。"

陈辉说:

"你的意思是说,现在就出去吗?"

乔婕说:

"是的,现在不走就赶不上末班车了,走吧。"

乔婕说罢,从座位上站起身来弯着腰向过道方向走去,陈辉也跟着站了起来,亦步亦趋地跟在乔婕的身后。两人来到教堂外,看见雪积了薄薄一层,把整个黄石路掩盖在白色的绒衣之下,显得十分肃穆静逸,从教堂内飘出的音乐反而使这种静逸的感觉更加透入人的骨髓。此时的黄石路上几乎没有人,但教堂入口处站着一个卖花人,她手中捧着成束的玫瑰花,准备在过一会儿同乐会散场后向人群兜售。

陈辉对乔婕说了一声,你站在这里等我一会儿,就跑向卖花人,向卖花人问明了花的价格,就掏钱买了一枝玫瑰花,屁颠屁颠地跑到乔婕的跟前,双手将这枝玫瑰花递向乔婕。乔婕一脸困惑,说道:

"你怎么突然去买花了?"

陈辉说:

"我买花是要向你表达心意!"

乔婕说:

"表达心意?表达什么心意?"

陈辉说:

"我要你做我的女朋友!"

乔婕说:

"那我不能接受这枝花,我是甘隆的女朋友,不能答应做你的女朋友。"

陈辉突然跪下一个膝盖，行起单跪礼来，说道：

"乔婕，甘隆给不了你未来，你还是做我的女朋友吧！"

乔婕说：

"不行，陈辉，你还是起来吧，我不能接受你的花，我不能答应你的要求。"

陈辉说：

"你不接下玫瑰花，我就不起来。"

这个时候，陆陆续续有从教堂内早退出来的人经过他们的身旁，他们好奇地围观着僵持着的乔婕和陈辉，乔婕从来没有见过这个阵势，脸上开始发红起来，她有些紧张地说：

"陈辉，你快起来，你看，这么多人看着，太让人不好意思了！"

陈辉说：

"你不接受花，我就不起来。"

旁边的观众中有人说：

"快接受玫瑰花吧，快接受玫瑰花吧！"

乔婕愈发感到困窘和难堪，她想让陈辉早点站起来，以便让围观他们的人群快点散去，再加上她知道教堂里的同乐会马上就要散场了，那时可能会有更多的围观人群，她愈发紧张起来，就无可奈何地说：

"我可以接受你的花，是答应做你的朋友，可不是答应做你的女朋友！"

陈辉说：

"可以，只要你接受我的花，我就起来！"

乔婕伸手从陈辉手中接过花来，陈辉迅速地从地上站了起来，围观的人群也就慢慢散去，这个时候，教堂内的音乐声也停息了，人群从教堂内拥了出来。乔婕和陈辉遂加快步伐向黄石路与铭新街交会处的402路公交车站走去，谢天谢地终于赶上了到洪山方向的末班车。

末班公交车上的乘客不多，乔婕和陈辉两人占据了车尾，其他零星几个乘客散坐在长长的车身中部。乔婕手里握着那枝玫瑰花，侧脸看着车窗外飞快向后倒退的街景和行人，她虽然没有说一句话，但她心中的孤独感已经消失得无影无踪了。

乔婕虽然没有答应陈辉做他的女朋友，但陈辉知道，他和乔婕之间的距离已经拉得很近很近了，他心中也充满了一种巨大的满足感，就像漫天的飞雪已经布满了天空，他知道，乔婕此时不愿意说话，现在保持安静是最聪明的选择。

第二天是圣诞节的正日子，这天是星期三，上午生物系里没有大课，也没有实验课。陈辉一大早就从早点店里买来了油条和米酒，还带来了一个平安果。吃完早点后，乔婕和陈辉两人又来到珞珈山游览一番，即使这里他们已经非常熟悉了，但今天的心境不一样，两个人仍然是乐此不疲。

从此，生物系里的同学们开始把乔婕和陈辉认作一对情侣，这些同学并不知道甘隆的存在，他们并不知道上次乔婕入学前送甘隆到西安去、国庆节又只身前往西安去看甘隆这两件事情，他们只看见陈辉殷勤地陪侍在乔婕的周围，就想当然地把陈辉看作乔婕心仪的男朋友了，而且生物系的很多男生开始嫉妒起陈辉来，他们愤愤不平地认为，陈辉这么一个普普通通、貌不惊人的小县城做题家出身的男生，凭什么就能独占花魁，抢走他们心目中的系花！

在生物系的男生们看来，乔婕的美丽是具有广泛穿透力的，外系，比如说物理系、金融系和法律系的男生经常向他们打听，那个身材高挑、面容姣好的女生叫什么名字，有没有男朋友之类的问题。他们知道，乔婕仅仅在校园内走一小圈，就会招来如花招蝶般关注的目光，他们早就有捷足先登的打算，想要做乔婕的男朋友。

第四十三章　离情别意付尺素

因为时空阻隔的关系，甘隆和乔婕之间联系的热络程度明显地降了下来，横亘在二人之间的陈辉的存在也更进一步加剧了这种情感冷却的过程，这是乔婕不愿意看到的，更是甘隆不愿意看到的。

在圣诞节过后，乔婕就有意地对陈辉进行了回避和疏远，她要求陈辉不要再为她送早餐到女生宿舍了，而且上课和上晚自习时，尽量避开与陈辉走在一起，以免那些不明所以的同学会误认为她和陈辉是情侣关系。

乔婕有些心焦，因为她和同寝室的室友们在夜间卧谈时，慢慢地谈到了未来的打算。

乔婕来到珞珈山上学快半年了，她所在的院系女生是住在樱园三舍二楼，而三舍的一楼、三楼和四楼住的都是男生，陈辉的宿舍就在樱园三舍的四楼。与乔婕同室的五个女生当中，已经有四个女生谈起了恋爱，其中一个叫萧嘉仪的女孩是在与珞珈山上武汉大学一湖之隔的医学院的一个男生在谈恋爱，另外三个室友分别与本校的化学系、物理系及本系的男孩在拍拖。

这天上完晚自习回到寝室，六个女孩洗漱完毕，关了灯后都已经躺在床上，开始了她们每天入睡前必须进行的卧谈会。萧嘉仪对乔婕打趣说：

"乔婕，这几天怎么没有看到陈辉来献殷勤了，他不给你送早餐来，我们也沾不到光呀！"

睡在对面床下铺的裴筱诺说：

"萧嘉仪，你别老外了哟！人家乔婕哪里瞧得上这么平庸的陈辉，她可是有男朋友的呀，人家男朋友是军医大学的，将来毕业后要当军医的！"

萧嘉仪说：

"难怪呀，我说这几天为什么陈辉没来送早餐了！"

乔婕说：

"你们就别打趣我了，说说你们的男朋友吧！萧嘉仪，我可是见你天天往医学院那边跑，好几个人看见你和男朋友在水果湖和高家湾那里你侬我侬，不要太甜蜜了呀。"

这时，睡在乔婕上铺的女孩刘君姝开腔了，她是这个寝室六个女孩中唯一没有男孩子追的那一个。刘君姝说：

"乔婕，你放着现在生物系一大把追你的男人不要，你为什么非要选择一个军医大的学生？你难道不知道吗？读军医大学，分配可能是五湖四海的呀！"

裴筱诺说：

"不知道他毕业后去哪？听说军医大是按成绩分配，部队里或者医院，地区可能青海西藏也可能回湖北，但是要三十多岁才能转业退伍，乔婕，你不是老说你要出国吗？这样的话，你们走得到头吗？"

乔婕听了裴筱诺的话，心头一沉，说实话这一段时间她只是为见不到甘隆而烦闷，但确实没有将两个人的关系向更深层次考虑，她与甘隆能不能最终走到一起，按照裴筱诺的话说，还真是未知数。想到这里，乔婕便不再参加卧谈了，只顾着想自己的心事，这时刘君姝打起了鼾声，萧嘉仪抿嘴笑了几下，便不再说话，寝室内的谈话声慢慢地弱了下来，但乔婕这一夜是在黑暗中大睁着眼看着她的帐顶，一夜无眠。

第二天上午上生物主课分子生物学的时候，乔婕仍然没有心思听讲，一直在想裴筱诺在昨天晚上说的那些话。到了第三、四节课的时候，乔婕便不再听讲了，干脆铺开信笺给甘隆写起信来。乔婕这次信写得很长，信写完了也就到了下课时间，她来到樱园食堂吃了午餐后回到三舍二层的寝室，萧嘉仪就给她拿来一封信，对她说，你的军医给你写信来了，快看看军医是如何向你表达思念之情的。

乔婕接过信，说了声谢谢后就自顾自地拆开来看，仍然是熟悉而亲切的甘隆手书字体，甘隆在来信中先是说了他在军医大学的生活状态已完全步入正轨，他和锦梅不在一个班上，但是两个人却在一个中队，因此两个人经常会在一起上医学大课。

甘隆又在信中讲，军校的生活与普通大学有很大的差异，而军校生的业余时间很多就是在学校里待着，也经常出不了校门，娱乐活动可能也就是打打球、下下象棋、看看书之类，其实我们也很期待看到外面世界的风景！

在前面的叙述作了比较充分的铺垫后，甘隆接着在信中说，他要为他不能来武汉陪乔婕过圣诞节和元旦而道歉，但这是没有办法的事情，和军校生谈恋爱，可能要忍受长时间的疏隔和分离，要随时随地接受对方的突然消失，要接受只能在特定的时间给对方打电话，要接受很长时间才能见面相逢，要经受太多太多的考验。

甘隆在信中继续说，学医的功课实在太重，而且军校纪律又十分严格。婕，从初中到高中，再到大学，我们相识相知七年之久，从高中到现在，我们相爱也长达四年之久，现在的我无时无刻不在想念你，对你的相思真令人感到痛苦。胡适诗说，也想不相思，可免相思苦。几次细思量，情愿相思苦！我却要说，只是相思无尽时，苦到浓时无由诉。

婕，你是我无数个日日夜夜思念的远方姑娘，但面对现实，我又常常不得不扪心自问，像我们这样千里之外的异地恋，你和我所拥有的恒心和毅力能坚持下来吗？我现在对于两个人的关系有一种无力感，在天冷的时候，不敢问候你有没有加衣；在下雨的时候，不敢问你有没有带伞；在你孤单的时候，不敢问你有没有人陪伴，问了又能怎样？

在你生病的时候，很想关心你，却又无能为力，很难做你随侍在侧的护花使者。

看完甘隆的来信，乔婕感到心中不快，又看看在课堂上给甘隆写的信，足足五六页纸，觉得自己对甘隆的一片苦心被轻看了，不禁眼泪流了出来，不过她看见同宿舍的小姐妹们陆续回来了，怕她们笑话自己，就强忍着没有哭出来，赌气地将自己写的信和甘隆的来信一起撕成碎片，走到卫生间丢进了垃圾桶内。

这个时候，宿管大姐来敲门说，楼外有男生来找乔婕。乔婕来到楼外，见是陈辉，他手里拿着两张湖北剧院的演出票，说要请乔婕去看芭蕾舞演出，乔婕本来在心情抑郁之中，她就答应了陈辉的邀请。

两个人在樱园食堂吃过晚饭后，一起坐公交车来到位于蛇山脚下的湖北剧院。这日上演的是俄罗斯芭蕾舞剧《天鹅湖》，这是俄罗斯芭蕾舞第一次在江城武汉的演出，公演前《长江日报》和《湖北日报》进行了连篇累牍的报道宣传，武汉电视台还作了前期专访报道，如此隆重的宣传攻势让江城武汉的三镇居民都充满了期待，以至于一票难求。

前一段时间乔婕对陈辉有过一段时间的回避和冷淡，是因为她觉得她是甘隆的女朋友，不宜再与其他男生保持热络的联系，这一情绪上的变化让陈辉感到失落，这次俄罗斯芭蕾舞来武汉商业性公演，让陈辉灵机一动，就想着邀请乔婕一同观赏。

在庄严的钟声响过三遍之后，剧场的灯光暗淡下来，大幕徐徐开启，舞台上呈现出如梦幻般蓝莹莹的光，背景的湖面上升起一层朦朦胧胧的白雾。在轻盈、舒缓的乐曲声中，美丽的公主奥吉塔和侍女们以美丽而又优雅的舞姿出场了，她们在湖畔嬉戏。剧情就这样如行云流水般地展开着，而乔婕因为焦虑而不安的心终于舒缓下来，不知不觉地睡意袭来，她的头斜倚向陈辉的肩膀。

乔婕的这个动作让陈辉体验到一种从未有过的幸福，因为这是乔婕第一次如此亲昵地靠近他，过了不久，乔婕从瞌睡中醒了过来，她为自己的失态感到不好意思，在这么美妙的芭蕾舞演出中打起瞌睡，无异于乡巴佬进城，或像刘姥姥进大观园一样，显得十分唐突和不和谐，也让自己要在陈辉面前保持知性和曼妙的形象大打折扣。乔婕红着脸小声地对陈辉说：

"真不好意思，不知不觉中就打起瞌睡了，你觉得好笑吧?"

陈辉说：

"没事呀，我知道你是太累了，再说，我乐得借肩膀给你一用，这是我求之不得的美好呢!"

乔婕小声说：

"没个正形!"

乔婕的言语中虽然对陈辉的说法有些嗔怪，却也多了一些亲昵，陈辉分明感觉到乔婕语态上的变化，心中十分欢喜，他正待继续与乔婕攀谈一下，身边的观众轻轻地咳了一下，意思是提醒乔婕和陈辉两人不要讲话，以免打搅其他观众的雅兴。

乔婕轻吐了一下舌头，就不再说话了，陈辉就势抓住了乔婕的右手，此时的乔婕不知是关注于台上王子与恶魔激烈搏斗而忘乎所以，还是她有意向陈辉示好，她竟然很长时间没有将手从陈辉的握持中抽出。

两人在看完演出后，陈辉受到今晚乔婕亲昵倚靠行为的鼓励，一度想第二次直接表白，要求乔婕答应做他的女朋友，但他又在心中作了盘算，鉴于在圣诞节平安夜那次献花表白的失败经历，他打消了这个念头。从今晚的成功经验来看，陈辉明白，如果想要俘获乔婕的芳心，正面进攻可能真不是一个好方法，还不如采取迂回渐进的方式更容易得手。

从看完演出后的第二天起，陈辉又开始每天早晨早早地买好早餐，送到樱园三舍的二楼，而且，乔婕现在开始不再避嫌，大大方方地与陈辉一起去教室上课，到图书馆去上晚自习。

第四十四章　甘隆得书受诬指

这天下午在上完生物学大课后，陈辉找到乔婕说，在北京协和医科大学读书的余辰来了，他因为爷爷生病去世而请假奔丧，坐火车来到武昌，明日要到傅家坡长途客运站坐车回麻城，今晚要在樱园三舍借宿一晚上，他准备晚餐时到武汉大学周边找一个小餐馆宴请一下余辰，以尽同学之谊，邀请乔婕一起参加，乔婕听了就满口答应了。

参加晚宴的人并不多，除了乔婕，另外几个人都是陈辉的舍友。本来陈辉的宿舍中并没有多余的床位给余辰借宿，一个叫丁昌的同学家在武昌，主动提出要回家睡觉，可以把他的床位借给余辰，为了表达对丁昌的感谢，陈辉干脆就邀请全宿舍的同学都参加这次晚宴。

当然鉴于陈辉本身并不宽裕，这次晚宴规格并不高，是在珞珈山脚下的一家小餐馆里进行的。席间并没有喝什么酒水，只是点了几个下饭菜，七个男生加乔婕一个女生共八个人一起边吃边聊。武汉大学的这些学生对来自北京协和医科大学的余辰十分热情，因为余辰从北京带来很多他们闻所未闻的消息，使他们大开眼界。丁昌特别有心机，对余辰说：

"余辰，你从北京来的，又是就读于协和医科大学，快给我们讲讲来自首都的消息。"

余辰说：

"丁昌，陈辉，乔婕，哥儿几个，我告诉你一条信息吧，算是对你们热情招待我的回报。"

陈辉和乔婕一对眼色，问道：

"什么信息？"

余辰说：

"你们想一想，我们读大学短则四年，长则八年，在大学毕业后我们应该干什么？"

丁昌说：

"肯定是继续深造呀，只是我们不知道到哪里深造！"

余辰说：

"这就对了，丁昌你这样说，就说明你在考虑未来，只是不知道努力的方向！我现在就告诉你们努力的方向。你们听说过'CUSBEA'吗？"

丁昌说：

"什么？卡期比亚？"

陈辉说：

"丁昌，你别打断余辰，让他顺利说下去。"

余辰说：

"CUSBEA是一个出国资助学习的项目，这是美籍华人科学家吴瑞主持的项目，而且是专门资助生物和医学领域毕业生的项目，你们武汉大学和我们协和医科大学都在资助范围，实际上这个项目已经实施五年了，只是你们尚在大学一年级，还远远没有到接触这个项目的时间。但是，我现在告诉你们，就是要让你们提前准备，把英语学好，把全部科目成绩学好，到时候你们的成绩优异了才有竞争力！"

乔婕说：

"余辰，你刚才说我们武汉大学和你们协和医科大学都在资助范围，那军都医科大学在不在资助范围？"

余辰说：

"这个我不太知道，不过应该有一个可资助学校的目录，你们可以到学校研究生部去问一下，找到目录看一看就知道了。"

陈辉听了乔婕的问话，心中有些不悦，他知道乔婕的问话就是表明她心里还在惦念甘隆，从而也说明他陈辉在乔婕心目中的地位并不牢固，远没有达到取代甘隆的地步，陈辉明白此时他不能表现出不快，否则惹得乔婕生气反而会鸡飞蛋打。

陈辉问道：

"余辰，你说的这个CUSBEA是不是竞争性很强呀？是不是专门的考试？"

余辰说：

"的确，CUSBEA竞争性十分强，全国一年只招收五十人左右，首先要通过CUSBEA书面考试，这是相当于美国本土生物专业大学三年级到博士一年级的水平考试，通过了书面考试，还有美国教授专程来进行面试，所以要求是非常高的，这也是我要你们现在就开始准备的原因。"

陈辉说：

"这个CUSBEA项目会举办多长时间？我们有机会参加吗？"

余辰说：

"这个CUSBEA预计招收五百名留学生，所以很多人预计在三到五年的时间内，CUSBEA项目就会终止。"

陈辉说：

"三到五年就会终止，我们现在是大学一年级，那就很可能赶不上这个项目呀！万一我们失去了这个机会，还有别的机会出国深造学习吗？"

余辰说：

"有，现在已经开始一个新的出国方式，就是先考TOEFL和GRE，有了这两项成绩后，就可以自己与美国大学教授直接写信联系，如果对方看中了，他就为你们提供奖学金。"

陈辉说：

"那看来我们在修好专业学分的同时，在空余时间要同时准备CUSBEA、TOEFL和GRE三种考试，那我们在哪里找得到这三种考试的资料?"

余辰说：

"CUSBEA是要读美国生物学教材的原著，而TOEFL和GRE两种考试资料在北京王府井外文书店有卖的，不知道武汉外文书店有没有，不过我想，即使武汉外文书店里有卖的，也没有王府井外文书店里那么全面。你们要是愿意等，等我回到北京后我抽空去为你们买好，再给你们寄过来，但这样时间太长，你们要是等不了，可以直接坐火车到北京去买。"

这次晚宴后，陈辉陪着余辰在珞珈山校园内游览了一番，而乔婕推说不舒服，就回到自己的宿舍，铺开信笺就给甘隆写起信来。上次乔婕因为生甘隆的气，将原本已经写好的信撕掉了，此后有半个多月没有给甘隆写回信，她也没有接到甘隆的来信，这么长时间的疏隔反而让她想起甘隆的好，更加想念起他来，而对甘隆的怨气则消失殆尽。

在信中乔婕除表达了对甘隆的思念外，将今天余辰在餐馆中说的话几乎一字不漏地都告诉了甘隆，而且说甘隆是医学生，可能也在CUSBEA资助的范围内，她鼓励甘隆要和她一样，在修好专业学分的同时，在空余时间要同时准备CUSBEA、TOEFL和GRE三种考试。

乔婕把信写完装入信封糊封后，就到了睡觉时间，她怀着期待进入梦乡，这一夜她的梦尽是她和甘隆一起参加三项考试，而且两人都顺利通过了考试，被美国同一所大学录取为研究生，两个人从此不再相隔异地了。

第二天早上乔婕从纷乱的梦境中醒来，她明白她那所有美好的期待还只是梦，所以想尽快洗漱完毕后，吃完早饭就直奔校内的邮电所，将信投入邮筒后才去上课。当天上午上完课，陈辉就来找乔婕，他说余辰今天早上坐长途客车回麻城去了，昨天晚上卧谈时他们又谈了很多，大抵意思是北京的信息资源要比武汉多多了，如果想要考GRE和TOEFL考试，最好要到北京去买资料，所以他刚才已经下决心，趁明天是星期日，今天晚上就要坐火车到北京去买书。陈辉问乔婕道：

"乔婕，要不我同时为你买一套书回来?"

乔婕想了一下，她说：

"陈辉，这样，我和你一起去买吧，这样你路上有个伴，主要是我们两个人一起去王府井外文书店里挑书，可以互相商量。"

陈辉说：

"那当然好呀，这是我求之不得的，那我们现在就去买火车票，买了票就在火车站等着，当天晚上去，第二天到了就直奔王府井，买完书就直接坐火车回来。"

乔婕说：

"好，我们各自把书包放好，拿上必要的钱和粮票就走！"

陈辉听了乔婕的话，高兴得忘乎所以，他不知道乔婕有自己的打算，原来乔婕是想为自己买 TOEFL 和 GRE 参考资料的同时，也为甘隆买一套，就在北京书店内给甘隆寄过去，鉴于陈辉与甘隆之间的龃龉，乔婕心里知道，将这些事委托给陈辉的确不算太好，因此她主动提出和陈辉一起去北京。

陈辉和乔婕两人乘坐当夜的火车从武昌出发，第二天中午才到达北京站，下车后在车站周边的小面馆吃了午饭，就乘坐103路公交车来到王府井外文书店。两人先找到英文原版的 *Lehninger Principles of Biochemistry*，这是他们为参加CUSBEA准备的，随后又找到刘毅编著的《GRE词汇》《GRE/GMAT难句教程》《托福词汇》《新托福考试备考策略与模拟试题》，后面这些书是为考GRE和TOEFL准备的。陈辉说：

"乔婕，我们共买一套书吧，反正我们分开轮换着用，这样一来利用度高，可以省不少钱；二来我们用同样的书，可以交流心得，有利于提高成绩。这次我带的钱比较充分，我出钱买书就行了，好吗？"

乔婕说：

"陈辉，不用这么做。我带的钱也够了，我是怕两个人共用一套书，有时候会不应手，反而会影响成绩的。"

陈辉说：

"既然你这么想，那也行。"

乔婕说：

"这些书我要买两套。"

陈辉说：

"要买两套？你疯了，这么贵的书，你要买两套？你是怕看破了吗？"

乔婕笑了一下，说道：

"书哪里能看破呀！我也没有疯，我是要给甘隆寄一套过去，让他也一起参加考试。"

陈辉顿时蔫了下来，听从乔婕的指令，从书架上将每一种书都拿了三本，并将这些书分配成三套，让售书员每套书打成捆包。乔婕拿出地址，让售书员将其中的一套书直接寄给甘隆。

办理完买书和寄书相关事宜后，两人立即坐103路公交车回北京站去坐回程火车，这样就只耽误星期一上午的课程。一路上陈辉将两个人的十几本书都拿在自己手里，拿不动时他就扛到肩膀上，而不让乔婕出一点力，而且两人来的时候并没有带行李，只拿了两个小包，乔婕见陈辉这么吃力地帮助自己，她就主动地为陈辉拿起小包。

星期一的中午时分火车终于回到了武昌站，两个人立即就坐公交车赶回了学校，在食堂吃了午餐后，就直接拿着书到教室去上下午的课程了。

再说甘隆接到乔婕的来信，他十分高兴，看到后来他读到乔婕劝他考 CUSBEA、TOEFL 和 GRE 考试，这些事他听都没有听说过，去问了一下锦梅，锦梅也闻所未闻。两个人去找了一下高年级的湖北老乡，他们回答说这些考试在军医大学学生中从来没有听人考过，但那些教前期基础课的老师有可能参加过这类考试。

进入军医大学后的第一学期的课程主要是一些医学基础课，主要有解剖学、生物学、医用化学和医用物理学，在接到乔婕来信之前，甘隆的精力主要放到这些专业课程上。每一门功课并不简单，最难学的是解剖学，需要花大段时间来背、记很多解剖学名词，考验每一个学生的空间想象力和记忆力。

解剖课的大课是临床中队在大教室中集中上课，而标本辨识的小课则是在基础医学院一楼的小教室中进行的。解剖室内摆放着多具大体老师（尸体），空气中弥漫着刺鼻的福尔马林药水味，眼睛也被刺激得直流眼泪。几个解剖教室占据了基础医学院一层的东翼，这里除了上课的时候有师生走动以外，走廊内是静谧的，笼罩着一股神秘而令人恐惧的气息。

刚开始进入解剖室的时候，虽然是军医大学的学生，不要说女生，就是很多男生也感到害怕。甘隆最先从恐惧情绪中走了出来，为了帮助仍然害怕的锦梅，他和锦梅两人组成一组，一人翻着教科书，另外一个人则戴着手套，把大体老师剖开，在冰冷油腻的大体老师身上找各个器官和体表标志。解剖室内的台子上，摆放着解剖程度各异的尸体或器官，甘隆和锦梅这个学习组一边指认，一边精心细致地绘制成彩色图谱，以加强印象和记忆。

最考记忆力的是人体骨骼系统，脊骨和颅内的骨性结构长得奇形怪状，刚刚学会和背诵了这些结构的名称和特点，转眼就会忘记。甘隆和几个胆大的男同学一起，从解剖室里拿出不少骨性标本到寝室中，放到床上藏起来，骨骼标本被福尔马林泡过再洗净风干之后，慢慢变成了干性无害的标本，甘隆他们这些胆大的男生敢将这些标本带回寝室内。

晚上熄灯号响了以后，甘隆便拿出人体的脊骨和颅骨，一边用手摩挲这些骨头，一边回想白天上课时老师讲的内容，直到不知不觉地合上眼睛睡着了，这些脊骨和颅骨标本便掉落在枕头边或者被子里。当然，在骨骼系统上完了以后，甘隆就将这些骨性标本送回到解剖室去了，而那些肉质性组织和器官显然不适合这么干。这一段时间，甘隆的热情全放到了解剖课上，没有想其他的心思。

接到乔婕的来信之后，甘隆心中掀起阵阵波澜，他再也静不下心去专门学习解剖学。甘隆分别找了这些课程的助教老师问过后，他才明白军医大学根本就不在CUSBEA资助学校目录之内，而GRE和TOEFL两个考试是有些助教老师在考，但参加这些考试必须经学校批准后才能报名，而且也是出国学习学校急需的专业和内容的申请才能得到批准。

甘隆在弄清楚这些情况后，准备写信告诉乔婕，这个时候学校收发室通知甘隆去领包裹，甘隆将包裹领回到宿舍一看，是乔婕给他寄来的书，结合前几天他收到乔婕的来信，他马上明白这些书是考CUS-BEA、GRE和TOEFL三个考试的参考资料，看到这几本沉甸甸的书，甘隆既感到高兴，又感到无奈。高兴的是这些书说明乔婕仍然还记挂着他，心中不免泛起阵阵甜蜜；无奈的是他很可能不能参加这三种考试当中的任何一种，这些书不但于他无益，可能还有害，会引来不必要的麻烦。

甘隆这样想着，想把这一套五本书先收藏起来，但军医大学宿舍的小收纳柜空间不大，要将这些书完全收藏起来并不容易。正在甘隆将收纳柜清空，将书放进去的时候，同宿舍的五个同学都回来了，他们立即一人一本，将书抢到手里翻看起来。

这些新入学的军医大学生听都没有听说过CUSBEA、GRE和TOEFL三个考试，将书拿在手里像是翻天书一般。甘隆上铺的同学石城说：

"甘隆，你这是要干什么？是想出国吗？"

甘隆对面床下铺的同学李继成说：

"甘隆，这些书你是从哪里搞来的？女朋友寄来的吗？她家是外国人吗？"

同学汪义说：

"甘隆，你是不想当军医吗？你是要考出国研究生吗？"

同宿舍的五个同学七嘴八舌地对甘隆发问，一下子把甘隆搞得穷于应付，不知道先回答谁的问题好，他只好将书先从五个同学手里收回来，一本一本地解释哪本书是做什么用的，而且他还特别解释说，这些书是他的高中同学寄来的，他没有女朋友，反正他几乎花了半个小时才把事情的来龙去脉说清楚，而五个同学都将信将疑地上床午休了。

到了第二天上午，管理八六级一中队的中队长李燕来找甘隆，让他到她的办公室里交代问题。甘隆说：

"中队长，我有什么问题?"

李燕说：

"你的问题是要你主动交代，这样才能坦白从宽，我给你点出来后你再交代，那就要严肃处理了!"

甘隆说：

"中队长，我想不起来我有什么问题呀!"

李燕说：

"甘隆，你不老实! 你不要以为你不交代，我就不知道你的动向，你的舍友一起来向我告了你的状!"

甘隆说：

"哦，中队长，难道您说的是我收到的包裹吗? 那是五本书呀，这也是要交代的问题吗?"

李燕说：

"五本书? 五本什么书? 全是外文的，这里面有没有反动内容?"

甘隆说：

"这里面都是科学内容呀，哪里会有反动内容!"

李燕说：

"这五本书全是科学内容吗?"

甘隆说：

"有的是考GRE和TOEFL的参考资料!"

李燕说：

"你要参加GRE和TOEFL考试? 你是想出国吗? 这就说明你思想不单纯了，刚上一年级就想着要出国，你的革命理想哪里去了? 你是想逃避下基层当军医吗? 你这是逃脱责任和义务!"

甘隆说：

"中队长，这不是我要的，是我的同学给我寄来的!"

李燕说：

"你同学寄来的? 那别人的同学为什么不寄，偏偏只有你的同学寄？这充分说明你与群众离心离德，你在搞资产阶级的自由主义。今天我先给你谈这么多，书我先收走了，至于对你如何处理，等领导讨论后再说。"

甘隆在忐忑中度过了三天后，中队长李燕终于再次找他谈话，告诉他说，经大队队委集体讨论，鉴于那五本书是外校同学主动寄过来的，不是甘隆买的，而且将这五本书的内容经过全面的检查，没有发现反动内容，因此对他进行如下处理：一、甘隆的班长职务降为副班长，班长由石城担任；二、对甘隆进行口头批评，予以口头警告，那五本书全部没收，此外李中队长还告诫甘隆，要他好好学习，要准备扎根基层，永远做一个光荣的军医。

甘隆在这次谈话后，精神状态萎靡了好几天，本来他打算给乔婕写信，说明他不能参加三大考试的情况，但动了好几次笔，最终信都没有写成，只得将开了头的信都撕掉，他怕留下痕迹，再让舍友发现后告到上级领导那里，可能会招来更严重的批评和处理。一连半个月的时间，甘隆只是被动地上课听讲做笔记，但老师在课堂上讲的内容，他几乎都没有听懂，更不要说记住了。

第四十五章　时空疏隔了思恋

乔婕和陈辉从北京回到武汉大学之后，二人迅速投入为三场考试的准备当中，但他们同时还要按时上各门专业课，为大学毕业积累学分。

过了很长一段时间，乔婕仍然未接到甘隆的回信，她心中好奇，不知道她上次寄去的信和外文书甘隆收到没有，就再一次给甘隆写信询问关于书的消息，还说今年的春节是一月二十九日，寒假马上就要到了，希望甘隆能够回到麻城过寒假，他们两人到时候就能够相聚。

甘隆收到乔婕的来信后，写信回答乔婕说，今年他们学校的确会放寒假，但是每个军校学员队中必须留下两个人看守营房，还要参加下基层的工作，所以今年寒假他是没有机会回到麻城的。

其实，甘隆之所以被选择在寒假中留守是有两个原因的，其一是在去年国庆节的时候，他已经占用了中队百分之二十出校园休假的名额，那次他是陪乔婕到秦皇陵游玩了一天；其二就是他上次收到乔婕寄来的五本英文书，中队长李燕说这次寒假留他看守校园和下基层，这是对甘隆的一种考验。

乔婕收到甘隆的回信之后，她立即又给甘隆追加了一封信，说如果甘隆放假回不了麻城，她就准备寒假时到西安去，就在西安租一间房子住着，这样就能每日见到甘隆。甘隆立即回信说，这样也是不现实的，因为他留守校园和下基层时不能随便出校门，他要乔婕不如干脆爽爽快快地回麻城度过寒假，不要把时间浪费在西安。乔婕接到甘隆的这封来信再一次被气哭了，她只好和陈辉一起回到老家麻城去过春节。

听到甘隆在寒假时将留守学校和下基层的消息，锦梅就主动向一中队队长李燕要求在寒假时留守学校，她说不回老家过春节了，要积极向组织靠拢。这样放寒假期间，甘隆和锦梅两个人接触的机会就越来越多。

锦梅主动留守的原因是由于甘隆，但她还是更有另外一番算计的，她觉得如果寒假回到家中和亲人团聚固然是她所想要的，但这容易让二十多天假期的时间浪费掉。在平常上课的时间，每天不受自己控制的事情太多，比如说经常有体训、队列、晚点名，开会和各种集合，会让时间变得零零散散，而在寒假期间留守，这些事情就少得多，就可以自己一个人掌控大段时间用来学习，用来备考研究生，将来毕业可以留在较好的单位。

锦梅同宿舍的姐妹笑她傻，放着大好的假期不过，要主动留守学校，而且现在还是大学一年级，考研究生还早得很，着什么急！可锦梅心里清楚得很，如果现在不抓紧时间，五年时间过得快得很，那时再慌忙赴急地准备考研就来不及了，所以现在必须打好提前量，提前做好准备。

在锦梅的鼓励下，甘隆发奋努力学习，她说如果将来想要分配到好的单位，就必须把成绩搞好，这样才能在军医学员们之间具有竞争力。锦梅和甘隆两个人开始准备考研究生。锦梅准备考心血管内科专业的研究生，而甘隆则准备考心血管外科专业的研究生。

经过这一段时间的变化，甘隆的情绪从英文书事件的压抑中完全恢复过来，积极投身于学习，在寒假期间他和锦梅两个人经常在一起上自习，有时两人自习到凌晨三点多。每天晚上下了自习，教学楼的楼门都锁了，每晚两个人都要从一层的男厕所开着的窗户翻出来。

寒假过后，军医大学学员陆陆续续回到学校。下学期开学不久，中队长李燕再次批评甘隆，说有同学举报，他在寒假期间与锦梅过从甚密，说明两人很可能是在谈恋爱，而且人证物证俱在，甘隆百口莫辩。甘隆对李燕说：

"中队长，我和锦梅之间就是同学加老乡的关系，不是你说的那样有恋爱关系，我们是初中到大学七年同学，两人之间多说两句话，这是人之常情吧?"

李燕说：

"我说话并不是没凭没据的！你们俩寒假期间在自习室里待到深夜，翻越男厕所的窗户，这不是谈恋爱是什么？你还狡辩！"

甘隆说：

"我们两人是约好要考研究生，锦梅准备考军都医院心内科研究生，我准备考华都医院心外科研究生，平时时间紧，我们俩都想利用好假期，先把英语成绩提上去，为将来考研做好准备。"

李燕说：

"你这样解释似乎是情有可原，但鉴于你在寒假留守期间的表现不佳，我要将你的副班长一职撤销，让李继成代替你当副班长。甘隆，你这是第二次被撤职了，上次你接受那么多外文书，不安心军校学习，已经将你从班长降为副班长了。你要警醒呀，不要再犯错误了！"

甘隆说：

"中队长，我在寒假留守期间，只是备考研究生，学习太过认真罢了，您说要撤我的职，那是您说了算，我无权反对，但您说我表现不佳，我可心里想不通！"

李燕说：

"甘隆，我警告你，你是犯过两次错的人，可别再犯第三次错误，你想得通也好，想不通也好，你必须要注意了！再说，你备考研究生是可以的，但绝对不能耽误正常课程的学习，特别是不能耽误政治思想的改造。"

甘隆说：

"我记住了，谢谢中队长的教导。"

李燕说：

"好吧，你的这件事到此为止。你把锦梅叫来，我还要对她提出警告。"

甘隆从李燕的办公室出来，他思索是谁告了他的状。这个寒假中，同宿舍对面床下铺的同学李继成同样也留校守营房，这样说来告状人肯定就是李继成了。甘隆又想到上次他因为乔婕寄来的五本英文书而受到中队长的批评，也有李继成告状的功劳，他不由得对李继成产生出怨恨的情绪。

甘隆继续回想，平时上大课时李继成经常故意坐在锦梅的身后，眼睛直愣愣地盯着锦梅，经常有事没事地找锦梅说话，看来李继成是看上了锦梅，因而错将与锦梅过从甚密的他当成了情敌。

原来李继成是因为听说锦梅主动要求留守学校之后，也跟着向中队长李燕要求留守，他觉得这是追求锦梅的一个好机会，可没想到锦梅心中只有甘隆，总是和甘隆一起到自习室里上自习，而对李继成的追求不理不睬，这让李继成不禁怒火中烧，下决心要报复甘隆。

甘隆觉得他必须与李继成了结一下恩怨，至少要把事情说清楚，要说明他甘隆与锦梅之间只是老同学加老乡的关系，他对锦梅并没有其他想法，要李继成不要把自己当成情敌，也请李继成不要打小报告来害自己！

甘隆觉得这件事不能大张旗鼓地进行，就在星期日下午的时候，叫出李继成一起来到学校后墙边上的白杨树林里。此时是放假休息时间，白杨树林周边并没有多少人，甘隆有心避嫌，就要李继成一起向小树林更深处走去，这样周边就没有人能看到他们。李继成看出甘隆是想干什么对自己不利的行动，就靠在一棵并不粗壮的白杨树上，斜着头挑衅地对甘隆说：

"甘隆，你这么郑重其事地邀我到这里来，是没安什么好心吧？"

甘隆说：

"安不安好心，就看你如何回应了！我叫你到这里来，就是警告你，不要再打我的小报告了！"

李继成说：

"打你小报告？这从何说起呀？"

甘隆说：

"若要人不知，除非己莫为！你两次告我的刁状，你以为我不知道吗？第一次是我收到五本英文书时，是你带头告的状；这次说我和锦梅谈恋爱，也是你！"

李继成像是偷窃被人抓了现行一样，脸开始涨红起来，犟嘴道：

"告你又怎么样？你能把我如何？"

甘隆本来与李继成隔了约两米远，他被李继成的回答激怒起来，一个箭步冲到李继成的跟前，一把抓住其胸襟，咬着牙根恨地说道：

"李继成，你再告状，我就要你好看！"

李继成伸出两只手，想要掰开甘隆的抓攥，甘隆见李继成不服气，遂猛地将他拉向自己的方向，同时伸右脚挡住李继成的脚步，李继成支持不住，一下子被甘隆拽倒在地，嘴里吃了一嘴土沙。甘隆顺势跪压在李继成的腰部，将其右手反剪过来。李继成痛得大喊起来：

"疼，疼，甘隆，太疼了。"

李继成的喊声太大，将隔壁军营的军犬惹得狂吠起来，好在周边没有什么人，因而没有引起更大的骚动。甘隆将李继成的手向上紧了一下，恨恨地问：

"我问你，还敢告我的状吗？"

李继成说：

"不敢了，不敢了。"

甘隆继续说：

"李继成，我告诉你，我和锦梅只是老同学加老乡的关系，两人之间并没有私情，你不要对我因妒生恨了！"

李继成说：

"你们俩不谈朋友，不谈恋爱，那你们一起自习到深夜干什么？"

甘隆说：

"我们是准备考研究生，不像你现在傻乎乎的，不知道为将来着想，你就准备分配到基层去吧。我甘隆是有女朋友的，我的女朋友在武汉，我才不会跟你抢呢！"

李继成说：

"我明白了，甘隆，是我误会你了，你放心，我再也不告你状了。"

甘隆这才松开手，将李继成从地上拉了起来，帮着拍干净他衣服上的沙土，这时候隔壁军营的军犬的狂吠声慢慢消减下去，两人这才一起到食堂里去吃晚饭。李继成因为心结被甘隆解开，对甘隆少了许多怨气，也就真的再也没有告甘隆的刁状了。

而在这年的寒假过后，乔婕和陈辉一起回到了武汉大学，学校通知说因为樱园要修新的学生宿舍，住在樱园的学生全都搬到老斋舍住宿。到了三月底的时候，樱花大道上的樱花树爆炸般地绽放，漫天透地的都是粉红色娇小的樱花，落英缤纷，使整条樱花大道都铺满了粉红色的花瓣，人们行经其间，花瓣掉落在青丝之上，黏附在双肩之上，使俊男靓女们更显得妩媚动人。

这样的美景引来无数的赏花客来赏花，乔婕的父母果然如约来到武汉大学看樱花，陈辉再次殷勤地做起向导，进一步赢得了乔志钰和林回梅两人的赞赏和认同。陈辉和乔婕还带着他们来到新搬入的老斋舍进行全方位的游览。

到这年四月份时，武汉大学教务部门通知说，要在大四年级的学生中推优参加CUSBEA考试，陈辉和乔婕现在是大一年级的学生，并没有资格参加今年的CUSBEA考试，但他们两个人就去蹭听CUSBEA考试的培训，所以他们的学习时间安排得非常紧，事实上乔婕的每个晚上及其他的空余时间基本上都是在自习室里度过的，所以她和甘隆的通信间隔时间更长了，甘隆很长时间没有收到乔婕的来信了。

陈辉和乔婕两个人幸亏蹭听了学校CUSBEA考试的培训，因为他们了解到一九八八年将是CUSBEA考试的最后一年，而在一九八九年送走CUSBEA最后一届学生后就将被取消。陈辉和乔婕两个人惊出一身冷汗，他们知道如果实行这个政策的话，他们将无缘CUSBEA考试带来的任何福利。两个人立即调整了学习策略，果断地放弃了CUS-BEA考试的复习，全力经营GRE和托福考试的备考。

乔婕在心中还是担心甘隆可能也在准备CUSBEA考试，怕他耽误时间，就将CUSBEA考试将在一九八八年停止的消息也写信告诉了甘隆，但是她未接到甘隆的任何回信。

虽然乔婕和陈辉两个人放弃了CUSBEA考试，但是他们一方面要学习本科课程以积累学分，为了有利于向美国大学申请全额奖学金，现在就必须取得很好的GPA成绩，每一门大学课程必须考取好成绩；另一方面还要准备托福和GRE考试，学习任务仍然是十分繁重，时间不知不觉地已经来到了大学二年级，他们开始准备报名参加托福和GRE考试。因此甘隆和乔婕之间没有更多的联系。

为了提高获取奖学金的成功率，乔婕和陈辉两人在大一下学期就已经加入了武汉大学实验室科研工作，这样，乔婕将她的每一分钟时间用到了极致，以至于她有时候一愣神的时候，发现自己很长时间都没有想起甘隆的名字了，她开始发觉她与甘隆是分别行驶在不同方向的高速列车的乘客，随着时间的流逝，两个人的距离已经越来越远了，远到只用淡忘就足以填满当初需要用相思来充满的空间了。

但有时乔婕背诵GRE词汇累了的时候，她掩卷小憩时，也偶尔会想起远在西安的甘隆，每到这个时候她便会伤神，常常想起曾读过晏殊写的那首《踏莎行·碧海无波》，她觉得这首词的上阕正贴合她的心境：

> 碧海无波，瑶台有路。
> 思量便合双飞去。
> 当时轻别意中人，山长水远知何处。

有时候走在初春的樱花大道上，樱花树上嫩嫩的新叶让她想起"复见陌头杨柳色，悔教夫婿觅封侯"的诗句，这个时候她才真正地读懂了诗中少妇的心境和哀愁。

乔婕恨只恨她当初填报高考志愿时没有和甘隆做更多的商量，致使她轻易就与甘隆分读两所相隔千里的大学，如今山高水远，异地恋的热情慢慢消散，现在后悔也没有用了。有人将相思比作蚊子，会冷不丁地偷偷叮咬一口，让人陡然疼痛一下，再之后会是一阵难以消解的奇痒。

每当这个时候，乔婕便下意识地与陈辉保持距离，上自习时躲开陈辉，上食堂也不与陈辉走在一起，这些情绪上的变化常常让陈辉摸不着头脑，不知所措，他私下揣度乔婕情绪上的变化可能与她的生理周期有关，因此他也就毫无怨言地顺承着乔婕的意志。好在乔婕的这情绪变化只持续很短的时间，过一两天后，她就全情投入备考当中了，又重新与陈辉一起上食堂，一起上自习。

乔婕和陈辉发现在武汉大学一夜之间突然都兴起了考 GRE 和托福，在晚自习室里和珞珈山晨读的时候，几乎有一半的学生不是拿着托福参考书，就是拿着 GRE 参考书在认真背诵。这让他们感觉到竞争的压力越来越大，因而也就不自觉地加大了学习的力度。

乔婕和陈辉现在还只是大学生物系二年级的学生，之所以他们这么早就开始强烈地下决心要出国学习，一方面是因为在生物学的很多领域，国内和美国的水平确实存在很大的差距；另一方面也是他们两人就是想扩展视野，他们知道自己想要什么，要为自己的未来做好打算。至于出国学习的经费的问题，他们的打算是申请美国 PhD 学位，这样有可能获得全额奖学金，经济上压力会比较小。

由于时空的阻隔，甘隆和乔婕之间一来二去通信密度越来越稀疏，从刚开始入学的时候两人之间每周一封信来往，到现在的几乎是三个月才写一封信。两个人远隔千里，联系起来实在太难了，隔一段时间写写信，再就是打电话聊聊天，仅此而已。

乔婕从小在家中被当成公主一样养大，来到武汉大学上学，虽然姑姑在武汉也有房子，姑姑有时从香港回到武汉后，就会带她去下馆子，吃些好吃的，但更多的时候，乔婕必须自己解决很多问题，甘隆远在千里之外是帮不上她的忙的，压力大的时候，乔婕感觉自己扛不住的时候，不敢跟甘隆讲，只能自己一个人偷偷地哭。她有次写信对甘隆说，感觉自己是在与西北方向的空气人在谈朋友，在自己脆弱的时候，在自己需要人陪的时候，空气人从来没有化成真身。

乔婕总是和陈辉在一起复习和商量，不是她真的有心把陈辉当成备胎，而是甘隆这个空气人真的帮不了她什么，她不得已才求助于陈辉的。

第四十六章　迷情老斋舍

在乔婕和陈辉紧张地进行出国备考的同时，甘隆和锦梅是在严格的学习环境中飞快地向成为军医的道路上奔驰。进入学医的第二年，在学习完生物化学、局部解剖学、病理学、病理生理学等基础课程后，他们开始接触临床课程，内科学、外科学和传染病学，等等。

李继成从甘隆的口中得知他与锦梅之间并没有恋爱关系，就开始升级了对锦梅的追求行动。到了三年级的下学期，临床大队开始进入临床见习阶段，各中队被分派往不同的教学医院见习。临床大队一中队是被分配到华都医院见习，每两个班组成一个实习队，因此一班和二班的学员是在同一个实习队内，这个安排让李继成十分高兴，因为他要和锦梅在一起进行见习，而见习时是深入医院的各个科室中，以旁观者的身份学习临床医生的诊疗和操作过程，这样实习队的队员之间就少不了亲密的接触，李继成认为这是他追求锦梅的绝佳时机。

见习队的男女生宿舍就在医院职工宿舍的同一层楼，共用一个洗漱水房。锦梅每天要利用早晨的时间背诵英语单词，通常五点二十分就起来，再到水房去洗漱，李继成摸清楚锦梅的这个规律后，就也在相应的时间起床，这样在洗漱时间可以创造和锦梅单独说话的机会。

在开始见习的日子里，李继成每天到医院的教室上课前，都会特意到华都医院的女生宿舍大门口绕一圈。因为是锦梅的必经之路，这样他们经常会碰面，而且很多次李继成手里都拿着早餐，见到锦梅从女生宿舍出来后，就笑靥如花地迎上前去，说是自己的早餐买多了，请锦梅共享之。

开始的时候，锦梅都是信以为真，会伸手接过李继成手上的早餐，接着和他一起走向教室，在开课前吃掉。到了后来，锦梅琢磨出味来了，就有意地回避李继成，早上出门的时候，都是和一个见习队的女同学一起走，试图让女同学们来阻挡李继成的温柔进攻。但李继成可不怵锦梅的这个招数，任凭锦梅和三五个女同学同行，他还是大大咧咧、不管不顾地迎上前去，将手中的早餐送到锦梅手上，那些被当成挡箭牌的女同学则发出哄笑和讥诮后，知趣地甩开锦梅，让她独自应对李继成。

锦梅内心总有些担忧，怕她被李继成追求的消息传到领导那里，会令她招致批评，好在到了见习阶段，临床大队的管理比刚入学那会儿要松得多，而且同宿舍的姐妹们都不是乱嚼舌根的人，在短时间内这些消息并未传到中队长李燕的耳朵里。

锦梅对于李继成本来是没有什么成见的，但是当同宿舍的姐妹们盛传他两次在背后告了甘隆的状，让甘隆先从班长降职为副班长，再从副班长被撤职，同时还落下了两次口头警告，这个消息令锦梅对李继成感到有些厌恶。因此李继成追得越紧，锦梅就越想逃离，千方百计地想办法躲开与他单独见面。

锦梅心心念念地想和甘隆相好，寒假她主动留下来陪甘隆度过春节，和他一起上自习备考研究生，这都是她处心积虑想出的接近甘隆的计策，无奈甘隆可能是旧情未了，对于锦梅抛来的橄榄枝视而不见，就是不上她的道，对于锦梅的各种示好都装聋作哑地不接招。比如说锦梅在两人上自习时都要带一些小点心、小糖果或者饮料，她每次分享给甘隆，甘隆只礼节性地尝一点点后，再也不多吃一点，这种礼节之中是含有冷拒的意味的。

而李继成对于锦梅的躲避和冷拒心知肚明，他分析这是因为锦梅对于甘隆还怀有一厢情愿的单相思，思来想去他决定要和锦梅开诚布公地谈一次心，将上次他和甘隆在小树林中打斗时的对话讲给锦梅听，让锦梅对甘隆死了心后，她自然而然地会接受自己的追求。

不久后，华都医院组织了足球赛，八六级见习队作为一个参赛单位迅速组成了自己的足球队参加了比赛，甘隆因为在高中时曾经是黄冈中学校足球队的成员，球技在八六级见习学员当中算是最高超的，自然而然就被中队长李燕指派为足球队长。在几次训练之中，甘隆都是打前锋的位置。锦梅知道甘隆参赛后，每天早早地去球场边上为甘隆的球队呐喊助威。

在淘汰赛阶段，八六级见习队打败了内科球队，接下来就是与骨科部足球队争锋，在甘隆一次带球破门的时候，骨科的一名队员飞铲正在甘隆脚下盘桓的足球，将甘隆的足踝部踢伤，甘隆当时倒地不起，被送入急诊科拍片发现其跟骨骨裂。骨科医生只好为甘隆打上石膏，并要求他在宿舍内休息两周后才能行走。

此后的几天内，锦梅都从食堂为甘隆打来饭食，送到甘隆的床前，几次下来让李继成看了非常嫉妒。这天锦梅将甘隆的饭盒拿出来到水房里洗净时，李继成就跟了过来，他看看水房内此时没有别的人，正好和锦梅说话聊天。李继成主动上前要从锦梅手中接过饭盒，说道：

"锦梅，以后照顾甘隆的事，都让我来做吧，你一个女生到男生宿舍里来回来去的，多不方便，小心有人说闲话呢。"

锦梅说：

"有人说闲话？只要你不说闲话，就没有人说了。"

李继成听了一怔，随即脸红了起来，他说：

"锦梅，你可能不知道，你对甘隆这么好，巴心巴肝地对他，他的心思可不在你的身上。"

锦梅停止了洗饭盒的动作，将水龙头关停，直起身来，双眼直逼着李继成的眼睛，说道：

"你说什么呢？同学为公出力受伤，我不能为他打饭送饭吗？我不能为他洗个饭盒吗？"

李继成说：

"可是可以呀，但谁都看得出来，你这不是同学之间的友情，你这是在追求甘隆！"

锦梅说：

"我追求甘隆又怎么了？是谁说我不能追求他？"

李继成说：

"可以是可以呀，可是锦梅，我告诉你呀，你这是枉费心机的！"

锦梅说：

"李继成，你可别胡诌，你凭什么说我枉费心机？"

李继成说：

"这是甘隆亲口告诉我的，他说他有女朋友，他的女朋友在武汉！"

锦梅怔了一下，手一松，铝质的饭盒掉在了水槽里，发出叮叮当当的响声。锦梅的眼中迸出泪水，这两年来，她仔细观察乔婕现在已经很少给甘隆写信了，甘隆也很少给乔婕写信，她以为乔婕与甘隆两个人之间的关系已经淡化，乔婕已经从甘隆的心中最重要的位置退出，没想到李继成的一句话打破了她的幻梦，甘隆还记挂着千里之外的乔婕！这让锦梅不禁大失所望，眼泪夺眶而出。

这个时候，水房外的走廊传来脚步声，锦梅知道现在不是发泄情绪的时候，她一抹眼泪就朝水房外走去，回到女生宿舍之内，和衣倒在床上，用被子掩住头部低声地抽泣起来，哭了不久，锦梅听见同舍的姐妹回来了，她便理智地停了下来。对面床铺的王琴说：

"锦梅，你怎么外套都不脱就躺上床了？你不怕脏吗？"

锦梅抹干眼泪，坐了起来，王琴看见锦梅的眼睛是红肿的，上前坐到锦梅的身边，关切地问道：

"怎么了？锦梅，是李继成欺负你了吗？有人听到你们在水房里吵架，我还不信呢！我去教训他一下，看他还敢不敢欺负你！"

锦梅说：

"不是，没有，没人欺负我，是我想家了！"

王琴说：

"这还差不多，也是的，这两年放假你都没有回家，想家也是情有

448

可原的。唉，想起来这两年你没回家，甘隆也没回家，你们俩是约好的吧？是你追甘隆，还是甘隆追你？快告诉大姐我吧！"

锦梅说：

"你多想了，王琴，王大姐，我们俩谁也没有追谁！"

王琴说：

"这不对吧？你不追甘隆，那你为何唯他马首是瞻？为何亦步亦趋地跟着他？也是，难怪李继成那天专门找到我说，甘隆有女朋友，他的女朋友在武汉上大学。现在我明白了，锦梅，你不是想家了，也不是李继成欺负你，肯定是甘隆伤了你的心，对吧？"

锦梅说：

"算是吧，不过，甘隆也没有做对不起我的事。"

王琴说：

"到现在你还维护他！足见你对他用情之深，听李继成说，甘隆与他女朋友异地恋两年多了，军地之间很少能见面，这么久还不断线，说明他们之间的情感还是很深厚的。锦梅，我劝你呀别那么痴情，非要在一棵树上吊死，其实我们军医大学的好小伙子还是很多的，比如说，李继成长得细皮嫩肉的，不难看，他对你又痴情，你为什么不接受他呢？"

锦梅说：

"王琴，你在班上是大姐，又是部队生，还是我们女生班的班长，事事我都听你的，可这事我不听你的，我对李继成没有好感。"

王琴说：

"锦梅，我看李继成挺好的呀，你为什么不喜欢他呀？"

锦梅说：

"王琴，李继成好，你看上眼了你就拿去呗。"

王琴说：

"我可不要李继成，我怕他告我的小状。"

锦梅说：

"你说实话了吧！那你为什么非要把李继成塞给我呀？"

王琴说：

"锦梅，其实不是我非要把他塞给你，我是没有办法，受人之托，忠人之事罢了。"

锦梅说：

"原来你是为他当说客，把我往火坑里推呀。"

王琴说：

"他求我当说客不假，他还绞尽脑汁地想送礼物贿赂我，不过我没有收罢了，现在我只是随口和你一提，你要是不喜欢他，就当我没说呗。好了，该说的话我已经说完了，现在该去神经内科上见习课了，走吧。"

此时锦梅的情绪完全平复下来，起床和王琴一起朝神经内科的方向走去。在接下来十几天的日子里，锦梅仍然无怨无悔地为甘隆打来饭菜，还为甘隆打来热水为他洗脚，把自己记的笔记带来给甘隆作参考，以便他能自学将缺课补上。

而在三年级上学期的时候，乔婕和陈辉开始报名参加托福考试和GRE考试，两个人已经到了刷模拟考题的阶段了。宿舍和图书馆是安静的场所，不方便放录音，但托福考试的听力部分必须放录音卡带，那时候还不兴租赁民房，为了提高效率同时又不影响他人，两个人拿着自己买来的盒式卡带，找到学校的英语听音室去进行听力训练，并在这里做模拟试题。

做模拟试题的时间和樱园食堂开放的时间有冲突，很多时候做完模拟考题后，食堂已经关门，两个人经常只好吃泡面，在老斋舍的小宿舍里经常弥漫着泡方便面的味道。

这天，乔婕和陈辉两人在做完了模拟考题，已经是一点多钟的时间，两人迅速赶往樱园食堂，希望还能买到午餐，可等他们急匆匆地赶到售饭菜窗口的时候，却失望地发现饭菜都已售罄，卖饭的阿姨正在收拾大饭盆和大菜盆，准备关门了。

乔婕和陈辉无可奈何地决定回到老斋舍的宿舍里泡方便面吃，但此时的乔婕饿得前胸贴到后背上了，她已经没有气力登上老斋舍那令她望而生畏的百步梯了。老斋舍由四栋宿舍组成，而这四栋宿舍由三座高大罗马拱门连为一体，而在老斋舍的入口处修建有四层近百步梯级的步道。

这百步梯位于高耸的拱廊之下，依山拾阶，近于四十度的倾角，既巍峨又气派，可对腹肠空空的女士来说却是畏途。乔婕对陈辉说：

"我真想你把我背上这百步梯了，我实在爬不动了。"

陈辉喜出望外地说：

"好呀，好呀，我巴不得呢，来，你把书包和录音带都给我，你只管爬到我背上来。"

乔婕说：

"跟你开玩笑，你还真会顺杆爬，没安好心，想得倒美！"

陈辉说：

"嘿，嘿。"

乔婕说：

"这样吧，我在前面走，你在后面推着我一些，我就少费些力气了。"

陈辉说：

"这是个好主意，那你还是把书包及什物都给我吧，这样你更省力一些。"

乔婕说：

"好吧。"

两个人这才在旁人好奇的目光下登上了百步梯，回到陈辉位于天字斋的宿舍，拿出宜昌出产的方便面，用电炉烧了开水，煮上方便面吃了，又赶去上下午的课程。

第四十七章　寻求突破的机会

　　乔婕和陈辉的托福考试和GRE考试是在大三年级的下学期进行的，这是在一九八九年的上半年。开考的前几天，陈辉反复叮咛乔婕，要她用答题卡的复印件，来专门做模拟考题，以适应答题的要求。

　　到了考试的前一天，陈辉专门到文具店去买了两把透明直尺，将其中的一把交给乔婕，让她一定要带着尺子考试，要比着答题涂卡，千万不要涂串行。在两次考试的当天早上，乔婕与陈辉两人排队进入考场前，陈辉又反复叮嘱乔婕要注意逐一检查每一张报名卡，因为这些报名卡最后将寄往美国，如果有一张出错，不仅考试没有成绩，十九美元的报名费也要打水漂，这可不是闹着玩的。

　　乔婕虽然觉得陈辉这些婆婆妈妈般的叮嘱很有些啰唆，但也的确感到了一份温暖，联想到她虽然爱甘隆，可甘隆却在千里之外，对她的这两次重要考试不说临场关心一下，可能她写信告诉他的考试日期都不一定能记住。

　　两次考试都是在这年的四月份进行的，先是托福考试，过了二十多天后是GRE考试。乔婕和陈辉两个人都是同时报名，在同一个考场内参加考试，两场考试下来，两个人的感觉都很不错，他们为此而互相鼓励，击掌共庆，一起到珞珈山下的那家湖北菜馆去加菜犒赏自己。

　　在焦急等待煎熬了一个多月后，乔婕和陈辉两人终于接到了他们的两项成绩报告单。乔婕先拿到的是托福成绩，总成绩考了630分，写作6分中得了5分；不到半个月后她又收到了GRE成绩报告单，其中Verbal 720分；Quantitativ 800分；Analytical 740分，总分达到2260分。

陈辉的成绩与乔婕可以说是旗鼓相当，两个人都对这两门考试的成绩喜出望外，决定立即趁热打铁，给美国各大著名高校的生物学教授写信联系，他们的打算是利用大四年级这一年的时间与教授取得联系，如果在一年之内找到心仪的教授接受自己，就可在大学毕业后，无缝过渡到美国大学进行攻读博士学位的学习。

乔婕和陈辉他们从与在北京的余辰通信中知道，如果按这个计划，他们的申请还得抓紧时间联系意向导师，查学校，看是否有积极回复，同时准备跟教授套磁，因为申请美国生物学博士的截止日期通常在每年的一月，因此，乔婕和陈辉一边继续挣武汉大学的学分，以取得更好的GPA，一边参加武汉大学生命科学学院的科学实验，空余时间就全部在向国外大学提交申请和等待结果上了。

乔婕和陈辉商量好，两个人申请同一个大学的不同教授，这样就能做到信息共享，而又不至于引起不必要的竞争，这样做两个人的胜算就会提高。他们第一批次同时向杜克大学、华盛顿大学（圣路易斯）、约翰·霍普金斯大学、宾夕法尼亚大学和美国哥伦比亚大学五所大学生物系的教授写了自荐信，这一次尝试他们颗粒无收，这五所大学生物系的十个教授没有一个人给他们回信。

这个结果令乔婕感到彷徨。这个时候生命科学学院的生物化学实验室短缺一种试剂，需要到北京去买，实验室主任刘淳教授抽不出人手出差，他手下虽然有三个研究生，却都处于实验的最关键时期，如果因为出差而中断实验就会前功尽弃。

本来在此时的武汉大学，还不兴让本科生参加教授的先进科研实验，只让他们学习那些书本上的成熟实验方法，但是刘淳教授是刚刚从美国留学归来，他带来美国的先进教学理念，积极在武汉大学推进让本科生走进实验室，参与到最前沿的实验中，从而扩大本科生的眼界和思路。刘淳是在全国最先开始倡导本科生教学改革的生物学教授之一，他的这一主张与时任校长刘道玉所倡导的教育创新理论体系的思想不谋而合。

正在这个时候，陈辉和乔婕来向刘淳要求加入实验室的工作当中，他也就非常爽快地答应了两人的要求。这天陈辉和乔婕正好在实验室跟随他学习实验方法，就问陈辉说：

"陈辉，我派你去北京买试剂，算出公差，报销来回的火车票和住宿，你愿意去吗？"

陈辉说：

"刘教授，我们还要在学校上课呢，到北京出差会耽误好几天的课程。"

刘淳说：

"哦，那你的意思是你不愿意去吗？"

陈辉正准备回答，这时站在旁边的乔婕主动地说：

"刘教授，我愿意去！"

刘淳说：

"乔婕，你不怕耽误课程吗？"

乔婕说：

"这个没事的，刘教授，耽误的课程我可以自学，大学生本来就应该以自学为主，能为刘教授的实验出力，是我的荣耀，更是锻炼我的好机会。"

刘淳说：

"好，乔婕，我最欣赏你的这个态度，我高看你一眼！不过，你一个女孩子要跑那么远的路，我还是有些担心呀。"

乔婕说：

"刘教授不用为我担心，我能行的，您要是实在担心的话，您派陈辉和我一起去不就行了吗？"

刘淳说：

"好是好，只是派两个人去，差旅费多翻一倍了，超出预算呀。"

乔婕说：

"刘教授，我们两人买来试剂，就自己带回来，不用到邮递公司再花邮费了，而且您只需要报销我们两人来回的火车票就行，住宿我们自己找北京的同学，到他们宿舍借住一两个晚上就可以了。这两项加起来，就能省一大笔费用，比您派一个老师出差花的钱还少呢！"

刘淳说：

"你的这个主意太好了，只是我担心这样会苦了你们。"

乔婕说：

"没事的，刘教授，现在我们是大学生，是年轻人，能吃苦的，您就派我们俩去吧。"

刘淳说：

"好，太好了。这样吧，为了少耽误你们的课业，你们两人坐星期日晚上的火车，星期一到北京，星期一办事，办事顺利的话，当天晚上坐火车回来；办事如果不顺利的话，顶多在星期一住一晚上，这样你们耽误的课业最少。"

乔婕说：

"好，听从您的安排，刘教授。"

乔婕和陈辉两人从实验室出来，陈辉埋怨乔婕说：

"乔婕，现在时间这么紧，你为什么一定要揽下这个吃力不讨好的活呀？"

乔婕说：

"陈辉，这就是你老外了吧！我们这次申请，全都没回复，我就想要多向有经验的人问问，北京是首都，是信息最为灵敏的地方，到北京可以找在北京的同学们多问问如何与美国教授联系。我早就想要去北京，苦于没有机会，这不，刘淳教授让我们去北京买试剂，不就是一个绝佳的机会吗？"

陈辉说：

"哦，还是你脑子活络！"

乔婕和陈辉如约按刘淳教授的安排在这个星期日的晚上坐车到了

北京，在次日的星期一上午就到试剂公司去买了需要的试剂，但对方说明天才能提货。两个人便在下午来到协和医科大学找到余辰，余辰见到二位的到来非常高兴，让陈辉当晚就住在自己的宿舍，并为乔婕在协和医大女生宿舍中找了一个床位。

在安顿好二人的住宿后，作为上次陈辉在武汉大学接待过他的回报，余辰也在协和医大周边的餐馆安排了一次晚宴，除了他们三人参加之外，余辰还根据乔婕和陈辉的要求，邀请了在中国医学科学院读博士的几个湖北老乡一起参加，这些人都有过出国的经历，见多识广，可以为乔婕和陈辉二人提供很多建议。在席间，余辰问了一下乔婕和陈辉以及甘隆他们的近况，又问了乔婕和陈辉二人的托福和GRE考试成绩，以及二人与美国教授联系的情况。

这一次晚宴上，余辰点的多是川菜，他可能没有考虑到乔婕不太爱吃辣的，而乔婕因为着急想听建议，对饭菜没有太计较，尽量忍着拣那些不太辣的菜吃了一些。当余辰听乔婕说出他们联系的五个学校都没回音时，说道：

"照说，你们两人的托福和GRE考试成绩已经相当不错了，联系起来应该不是太难了，你们失利的原因很可能是你们科研方面的经验不多，没有过硬的文章。"

乔婕说：

"余辰，照你的说法，我们申请失败的主要原因在于科研经历不足，那我们可不可以先在国内读一个硕士？这样的话，先累积一些科研经验，再申请美国的博士肯定会容易很多。"

余辰答复乔婕说：

"最好不要这么做，如果在国内读硕士跟从导师以后，被导师管住了，出国就变成了相对要难得多的一件事情。"

在中国医学科学院药物研究所读博士的申阳说：

"余辰说得非常对，还有一条你们也应该考虑在内。美国高校是不认可国内硕士学位的，所以不论是本科毕业去美国还是硕士毕业去，都得先上两年的课。上完两年的课之后，你们需要考一个资格考试

Qualifying Examination，也就是我们所说的博士候选人考试，所以为了不耽误时间，最好是直接从本科阶段申博，可以节约三年的大好年华，而且到了美国大学的实验室，能够更快提高自己的学术能力，提升科研能力以及解决问题的能力，达到更高的学术水平。"

乔婕听了余辰和申阳的话，说道：

"那我们还是决定继续写信与美国高校教授联系，那与教授联系有什么技巧吗？"

申阳说：

"现在八月份，时间还早，因为申请季是在十月份开始，所以你们不要着急，你们可以从容地写信，只是你们的申请策略要调整一下。"

乔婕说：

"是呀，申博士，我们第一批次尝试完全失败，说明我们必须要改变申请策略，不然的话，即使再次写信，也不会有人理我们俩的！您是过来人，请您教我们一下如何调整策略。"

陈辉也跟着说：

"要改变策略？如何改？"

申阳说：

"我想出的策略是扩大申请范围。"

乔婕说：

"扩大申请范围是指什么？"

余辰说：

"生物学研究搞得好的大学并非局限于美国，英国、加拿大和一些欧洲国家都有非常好的研究机构，比如说英国伦敦大学、加拿大麦吉尔大学、瑞典乌普萨拉大学和丹麦哥本哈根大学，这些大学的生物医学前沿进展也非常活跃。我们可以在申请美国高校的同时，也向这些国家的优质大学申请。"

乔婕说：

"余辰，你的对策好是好，不过有一个问题。"

余辰说：

"什么问题?"

乔婕说:

"美国大学和欧洲、加拿大这些国家地区的大学培养的方式有很大的不同。英国等欧洲国家、加拿大的生物医学PhD项目多数是在申请时就直接确定导师,甚至确定了课题项目,一般也没有lab rotation和课程学习,直接跟着导师进行研究,就好像导师吃什么饭,你就得吃什么饭;导师穿什么衣,你就得穿什么衣,一嫁定终身,这样的选择就不是好选择了,简直就是填坑式的婚姻。

"而美国生物医学PhD项目大多在第一年进行三个实验室轮转,同时需要修够一定学分的课程,第二年选定导师开始论文研究,因此美国的PhD项目能够让学生在亲身体验过不同实验室的特点后再去选择和自己最匹配的,科研基础的培训机会也更多,比较适合直博的学生。

"最关键的是美国的生物医学前沿进展在全世界都是最活跃的,绝大多数的新发现和新技术都出自美国的高等院校和研究所;美国大学科研经费和资源相对充足,很多美国生物医学PhD项目都能提供全奖资助,研究条件也比较好。所以我认为,到美国大学读PhD学的东西更多,将来可以选择自己感兴趣的研究方向,货比三家后再作选择,因此,我只申请美国大学。"

陈辉说:

"这样难度很大的呀,我们申请五个学校全都挂了,无一生还,如果这样下去,可能还会是这样悲惨的结局。"

申阳说:

"你们两位别急呀,我想出了一个应对策略,就是定向出击。"

陈辉说:

"你说的定向出击是什么意思?"

申阳说:

"我想出的定向出击策略是指,以后不能漫无目的地大撒网,而是跟踪教授的研究方向定向出击。"

乔婕说:

"跟踪教授的研究方向是如何讲？"

申阳说：

"你们到图书馆去查论文，看美国各大高校生物系的知名教授有什么样的新的研究方向，你们再看武汉大学生命科学院哪些教授与美国教授的研究方向相近或相同，要求到这些教授的实验室里搬砖！"

陈辉说：

"到实验室搬砖？这是什么意思？"

申阳说：

"这是自嘲的说法。你想想，生命科学院的院士、高资教授的实验都是精细和高大上的实验，不可能一下子就让你们这些大学三年级的学生上手，但我们要学习这些先进的实验手段和思想，就要放下身段接近那些教授和院士。

"如何接近呢？你知道，实验室里其实总是有很多事情要做，有的实验又真没自己想象中那么高大上，而又不得不去反复做那些工作。我们主动地去做这些实验，就像搬砖一样，虽然会感觉比较辛苦，又低收益，但我们能学到很多全世界最新的实验技术和思想。"

陈辉说：

"申博士，您说得太好了，那我也就按照你的这个思路去做吧，只申请美国的大学。乔婕，我们俩就上图书馆去找论文吧？"

余辰说：

"这样，中国医学科学院图书馆有全国最全面的生物学杂志，而且很多杂志在出版的当月就能在图书馆上架，比你们学校要快得多，你们要是有时间的话，我明天的课程和实验不多，我就带着你们到图书馆去查资料。"

陈辉说：

"这敢情好，不过，我俩明天要到试剂公司去提取试剂，晚上就要坐火车回武汉了。余辰，你的这一番好意我们心领了。"

乔婕说：

"慢着，这样吧，陈辉，明天你一个人到试剂公司去提货，我明天一早就随余辰去图书馆查资料，我想查一天资料足以了，而且我查出来的资料两个人共享，这样不是两全其美吗？"

陈辉说：

"好，你的安排太好了，那我们就这样分工，明天我提货，你查资料，晚上一起到火车站坐车回武汉。"

时间在众人边聊边吃的过程中过得很快，不知不觉就到了八点多钟。在分手前，陈辉和乔婕两人向申阳博士表达了口头感谢，并赠送了从湖北带来的土特产鱼面。此后，余辰见时间还早，就带着乔婕和甘隆向东单的方向走去，陈辉看见有卖点心和水果的地方，就跑上前去买了一块面包、一斤香蕉和一块巧克力，余辰见了问道：

"陈辉，你这是要打我的脸吗？一出餐馆你就买这些吃的东西，是不是说我刚才请客，你没吃饱呀？"

陈辉说：

"余辰，你别误会，我刚才吃得很饱，我是看到乔婕不太能吃辣菜，她刚才吃得很少，我怕她晚上饿，所以买了这些东西让她晚上能垫一垫肚子。"

余辰说：

"哦，是这样，这要怪我考虑不周全，没想到乔婕到现在还不能吃辣菜，这要罚我了。"

乔婕说：

"余辰，你别自责，你已经帮我们很多了，要不是你和申阳的指引，我和陈辉两人还会在黑暗中摸索好久呢！再说，明天还得麻烦你带我到医学科学院的图书馆里查资料。"

余辰说：

"这是两回事，充分说明我不会照顾人，而陈辉则是心细如发。"

三人慢慢来到了王府井，再向前走就是天安门广场，此时是七月份的天气，太阳刚落山不久，华灯已经将广场照耀得如同白昼，三人一起游览了人民英雄纪念碑，越过了长安街后又来到天安门城楼下，体验到红楼宫城的恢宏气概。到了十点多钟，三人才回到医科大学的宿舍歇息。

第二天就按照头一天的安排，乔婕在余辰的陪同下，来到医学科学院图书馆，将她感兴趣的最新国外杂志从架上搬下来，查阅文章，记录笔记，其中的一些十分重要的文章就让余辰拿去复印。

在一天的时间内，乔婕在图书馆里记了半个笔记本的资料，还请余辰帮她复印了三十多篇文章。到了下午五点来钟的时候，陈辉从试剂公司提货回来了，看看时间不早了，余辰就送二人一起坐上104路电车来到北京站，一起来到月台上，直到二人上了火车才挥手告别。

第四十八章　千里探郎和蛋糕袭击事件

乔婕和陈辉回到武汉后，跟着刘淳教授进行相关的科研项目，在五个月内两个人都发表了两篇论文，并注意在GPA上保持优异的成绩。与此同时，两人还按照余辰和申阳教给他们的办法选定了十所美国大学的生物学教授进行初步联系，时序很快进入第三学年的十月份，这也是最为重要、最为关键的申请季，陈辉和乔婕找到生物系有过出国经历的学生，再次对他们的申请文书进行头脑风暴式的修改，将两人的简历进行清晰化整理，又请从美国来的外教老师帮忙将简历进行润色。

选校初步确定后，乔婕与陈辉两人首先开始套磁工作，从初步的套磁结果看，十所学校中有八所表现出了初步意向，于是他们根据教授的科研情况开始了重点的申请工作。两个人在做好了这些充分的准备后，各自将八封联系信件从邮局寄了出去，怀着忐忑不安的心情等待结果。

到了次年的二月份，申请结果开始有些眉目了。最先给乔婕回信的是俄亥俄大学分子生物学专业，同意给她全额奖学金，不久陈辉拿到了同系的奖学金读博。两个人接到肯定的答复十分高兴，但他们并未仓促地答复俄亥俄大学，因为他们还想等等看有没有更好的学校。

过了不到一个星期，乔婕接到耶鲁大学导师要求进行电话面试的邀请，乔婕按照约定的时间拨通了导师的电话，在面试中导师详细地询问乔婕在刘淳手下进行实验的细节，问明她采用的一些关键实验技术，在乔婕尽量客观地回答后，导师对乔婕的反应十分满意。他说还有一个诚信调查环节，如果这个环节没有问题，他会很快就签发同意录取的信函，导师还跟乔婕再次证实了刘淳教授的电话。

乔婕从电话中分析，耶鲁大学导师所谓的诚信调查环节肯定是要向刘淳教授打听她在实验室中的表现及成绩，因此她放下电话，就去面见刘淳教授，将面试的经过向他汇报了，请他为自己在耶鲁大学的调查中多说好话。刘淳教授因为上次乔婕主动到北京试剂公司去买急需的试剂，为他解了燃眉之急，因此对乔婕的印象非常好，他满口答应乔婕的要求，而且还说他愿意再次写书面的推荐书给耶鲁的导师，而刘淳教授早年曾在耶鲁大学攻读过博士学位，在这位导师实验室中工作过，而且此后他们之间在科研上多有协作，因此刘淳的证言和推荐信十分有效力。

果然在两天后的工作时间，耶鲁大学导师的工作秘书向刘淳教授打来电话，确认了乔婕同学在他的实验室中平时有良好表现，在实验设计上有自己独到的思考，而且掌握实验技巧娴熟，最后秘书再次向刘淳教授核实了乔婕相关申请资料的真实性。

又过了不到两周的时间，耶鲁大学的导师让秘书将他签字的信函发了过来，说"I am pleased to inform that you have been admitted to Yale University! …"，在这封信中导师要求乔婕在一个月的时间给予答复，如果在一个月不予答复即视为弃权。

此后两周的时间内，乔婕又接到了波士顿大学、宾夕法尼亚大学和加州大学洛杉矶分校的录取通知函。乔婕经过请教刘淳教授后，又与陈辉反复商量后，决定接受耶鲁大学提供的职位，并立即通过电话通知了耶鲁大学导师，之后她又写信确认了她的选择。到了四月份的时候，导师通过秘书给乔婕寄来了正式录取信函和办理签证的手续。

乔婕在这次申请中向八所学校的导师发了申请函，收到五所学校的肯定答复，三所学校的教授回信说乔婕的申请材料非常具有竞争性，但很遗憾地告诉她说目前系里经费比较紧张，虽然非常希望她能来就读，但是不能提供全额奖学金。

在五所肯定答复的学校当中，乔婕最终选择了耶鲁大学。陈辉收到四所学校的肯定答复，他最终选择了约翰·霍普金斯大学，他这么选择是因为霍普金斯大学位于马里兰州巴尔的摩市，与耶鲁大学所在的康涅狄格州纽黑文最近，这样他将来与乔婕的距离就最近。

收到耶鲁大学的正式接收函后，乔婕高兴地给甘隆写信报喜，她在信中对甘隆说：

隆，亲爱的隆！你好！

我想你，真的非常想你，特别是现在这个令人高兴的时刻，我更加想你！

我非常欣喜地告诉你，经过长时间的努力和不懈的申请，我接到了五个知名大学的 offer，经过反复地权衡后，我选择接受耶鲁大学的 offer，现在已经正式接到了该校的接收函，这就是说，我将在今年的九月份到美国攻读博士学位。

这么长时间以来，我们两个之间的联系不像以前那么紧密了，甚至可以说是有些趋于疏离平淡。现在想起来，我俩从相识到相知，再到相爱、相守，已经足足走过了十个年头，我们在高中阶段时期的情谊才真叫作亲密无间、两情相悦。我想，这种变化的原因是因为时空的阻隔使我们两人天各一方，你在西安，我在武汉，两个人远隔重山，使我们不能厮守而导致的。

我觉得我们两个人之间的关系再也不能这样了，我想我到美国之后，你也应该想办法到美国来。对于你来说，你在高中阶段的梦想是想当理论物理学家，进入了军医大学后，你的理想是心心念念地想当心外科专家，你的梦想是想用手术刀为病人去除沉疴、妙手回春，做一个世界级的临床科学家。

基于你自身和现实的情况，我为你设计好了一个实现理想的路径，就是先像我这样也通过考GRE和托福考试来到美国，再按部就班地把博士学位拿到手，然后再做博士后，在此期间参加美国行医必考的USMLE考试，拿到绿卡之后，找一家医院做实习医生，这样就可以进入临床当大夫。你想当心外科大夫的话，也可以进一步经过心外科专科训练来达成你的理想。

你在国内学医，这有一个天大的好处，就是国内的医学本科被美国认为是MD，而美国的MD是研究生学位，读MD的美国人都是欠了几十万美元的债读书的；相比之下，中国的医学本科学费就便宜多了，这样可以省下在美国六至八年的高昂学费。

隆，这么长时间以来，我反复在内心里检讨我们之间是不是出现了什么问题，在无数次自我拷问之后，我觉得我是懂你的，更是爱你的，是一如既往地爱你，而且现在仍然希望我们两个人能够携手终身走在一起。

隆，我知道你现在的主要精力都花在考研究生上，说明这几年你的时间和精力都没有浪费，希望你略微调整一下方向，来美国攻读博士学位，继而考行医执照作为更切实际的奋斗目标。如此一来，你和我将来在美国的同一个城市里组成家庭，共同奋斗，共同前进，再也不吃这异地恋的相思之苦了，那样的话，我们两人琴瑟和鸣，白头偕老，岂不是人间美事？

隆，我知道你是一个内敛的人，在情感上是被动的接受者；而在你我的关系中，我作为女生反而更积极主动。我现在要大声地对你说，我想嫁给你，想早点嫁给你。我想在出国之前就与你结婚，在办完婚礼后，我再出国，这样的话，我就可以把你的心拴住，我不用再担心你被别人抢走，我也可以安心地攻读博士学位。亲爱的隆，你期待着我们结合到一起的那一天吗？

爱你的婕

甘隆接到乔婕的来信，读到最后的时候，读到乔婕大胆地对他说要嫁给他的时候，他感到十分的甜蜜和幸福，可是接下来他意识到，在他与乔婕之间的距离不是在一天天地缩小，而是一天天地扩大。乔婕马上就要到耶鲁大学攻读博士学位了，而他自己则因为遥遥无期的五年临床学习，加上至少还要经过硕士研究生学历，也就是再加三年，如果加上博士三年，算下来就是六年，总共十一年的时间，意味着一个人从青年快步入了中年，到那时生活却还没完全稳定，面临不高的工资，数都数不过来、纷至沓来的考试和培训，很难融洽的医患关系的压力，他怕乔婕等不起，不想再让她过这种没有陪伴的日子，也怕耽误了她一辈子。甘隆感觉无力达成早点与乔婕结合成家的梦想，无力适时地给她一个情感的良港作为归宿。甘隆花费了三天时间考虑如何答复，最终他铺开信笺给乔婕写了回信：

乔婕，你好：

非常高兴接到你的来信，首先祝贺你收到了美国耶鲁大学的正式接收函，真心为你感到高兴！

你在信中曾经谈到，你仔细梳理过我们两个之间的关系，在放下你的信之后，我也做了长时间的思考，把我们的感情经历的前前后后、左左右右都思考了个透彻，我觉得我们两个人都应该对我们的关系做一个冷静而长远的考量。

你来信中谈到要我先到美国去攻读博士，再考美国行医必考的USMLE，之后取得行医执照。USMLE的考试我听都没听说过，想必难度一定非常高，我认为这种事情对我来说是不切实际的，而且几乎是不可能达到的，几近于是一种幻想。

我现在已经认清了现实，我们之间已经存在巨大悬隔，正如你在崖顶，我在壑底，而且我感觉到这种悬隔的距离正在越来越急剧地扩大。回望过去，我们已经渐行渐远，既往的岁月对我来说已经开始模糊，甚至你的容颜业已不那么清晰。

你现在已经蓄势待发，而我将继续匍匐前行。我觉得，现在我们最好的应对措施就是彼此放手，一别两宽，你继续在崖顶借势向天空展翅飞翔，我仍然在壑底一步步地爬行。

曾经爱过你的甘隆

甘隆将他的绝交信寄出后，整个人陷入一种不好的状态中，在医院见习课堂上没有精神听课，做实验也不积极主动，任由同组的同学们操作，回到宿舍就直挺挺地躺在床上不吃不喝，完全是一种浑浑噩噩的状态。

这天锦梅来找甘隆，她对甘隆说后天是她的生日，想让甘隆陪她一起过。甘隆本来没有心情，但他还是勉强答应陪锦梅一起出去吃饭，并拟一起看一场电影。

到了锦梅生日的这一天，上完临床课时已是下午四五点的时候，锦梅回到女生宿舍再次洗漱一番，涂抹上香水，她知道这是甘隆喜欢的淡香型，虽然她穿的仍然是军装，这一番捯饬后，锦梅显得更加妩媚动人。她高高兴兴地来到宿舍门外，等待甘隆一起出去，为了这一天的安排，锦梅和甘隆都已经向见习队长请了一晚上的假。

锦梅等了十几分钟后，甘隆也出来了。为了避开嫌疑，两人一前一后地向华都医院大门走去。

这个时候，甘隆突然发现一个女生拖着行李箱，正在华都医院的大门口向门卫问话，他觉得这个人好面熟，再定睛一看，这个女生不是别人，竟然是乔婕！甘隆想都没想地大声喊了起来：

"乔婕，乔婕！"

乔婕回过头来，看见是甘隆在喊她，扔下手中的行李箱，就朝甘隆奔了过来，冲上前抱住了甘隆，两个人紧紧地拥抱在一起。但此时的甘隆立刻意识到现在与乔婕拥抱的时间和地点全都不对，立即松开了手，乔婕也意识到同样的问题，也随即从甘隆的身边向后退了一步。这时乔婕才发现锦梅就站在旁边，但她还没来得及问候锦梅，甘隆率先开腔问道：

"乔婕，你怎么来了？你什么时候到的？你怎么找到这里来的？"

乔婕说：

"我接到你的来信，当天就买来火车票，昨天晚上的火车，今天凌晨到西安，我先到你们军校本部，才想起来你已经到见习医院了，这才又坐车到了这里！"

锦梅站在旁边，看见甘隆与乔婕两人交谈热烈，把她当成透明人一般，她明白甘隆肯定是被乔婕到来的喜悦冲昏了头脑，忘记了与她之间达成过生日的约定，而她不想当电灯泡，就大声说：

"甘隆，你要是忙，你就去忙吧，我去教室看书了。"

甘隆到现在还没有想起他答应为锦梅过生日的事，说道：

"好吧，你去吧，我先为乔婕找个酒店，安排一下住宿，到时再找你。"

乔婕说：

"锦梅，好久没见了，要不晚上一起吃个饭吧？"

锦梅此时已经转身要向院内走去，只是扭头回答乔婕说：

"不了，乔婕，你刚来肯定很累，我也有好多事要办，再见。"

锦梅转身就走了，很快就消失在医院来来往往的人群中。甘隆关切地对乔婕说道：

"你为何这个时候来了？"

乔婕有些想要哭，说道：

"还不是为了你，你要和我分开，我不来行吗？甘隆，我求你了，不要和我分开好吗？如果当军医是你的梦想，没关系，我愿意等你，只要你不和我分开，两地分居我也愿意。"

甘隆说：

"乔婕，你远道而来，肯定累了，我们先不说这些，先给你找家酒店住下来再说。"

乔婕看看医院大门来来往往的人流，知道这里的确不是说私密话的地方，就点点头，对甘隆说：

"好吧，那找酒店先住下来。"

甘隆抢过行李箱朝前走，乔婕在甘隆的身边并排地走着，过了一条街道，他们看见有一家名为"怡宾"的小酒店，二人遂进去办理了入住手续。两个人在房间里坐定，乔婕喝了点水，吃了一些随身带的干粮，对甘隆说：

"甘隆，你为什么要这么狠心，跟我说什么要彼此放手，一别两宽？"

甘隆说：

"我怕我将来会被分到一个苦逼的地方，不忍心你跟着受苦，我是不想耽误你的前程，也怕耽误了你一辈子，给不了你想要的归宿。"

乔婕说：

"隆，你不要说这么多。你说出国考行医执照不现实，这没有关系，我不强求你出国，我出国学成就归国，我也会在国内进行科研工作，不再有别的什么梦想，我想等我学成回国了就可以跟你一起幸福地生活，跟随到你的城市工作，我们不能天天见面我也能接受，只要一个月见一次面也够了，工资不高也没有关系，只要够我们俩吃喝就行，反正我已经等了十来年了，让我继续等你好不好？"

甘隆说：

"乔婕，你还是要冷静一些，生活并不是单靠一腔热情就能过下去的，事实上我们两人之间的距离已经越拉越远了，你已经很快就要到美国留学，而我则面临毕业分配的问题，你不知道我现在的处境有多艰难。"

乔婕说：

"有多难？不就是面临分配到基层吗？你到了基层，我将来也陪你到基层。"

甘隆说：

"你说的只是表层问题，而且你说要到基层陪我，这也太轻巧了，不切实际。四年来，我在校园里学习和生活，原以为生活会一直美好下去，现在马上就到了第五年的实习阶段，紧接着就面临毕业，那些有家世、有关系、有门路的同学现在就已经找好了出路，而我们这些没有家世、没有关系、没有门路的学生，曾经和他们住同一间宿舍、坐同一间教室、用着同一套教材，以更加努力拼命的付出，取得更好的成绩，却被分配到难以逃离学无用武之地的基层站点，就算我安心到这些站点工作，我当心外科医生的梦想又如何实现？你现在说愿意陪我下基层，等你真正到了基层，你就明白你在国外所学的高科技全都白费。"

乔婕说：

"隆，你不是在准备考研究生吗？"

甘隆说：

"你以为研究生那么好考吗？名额是有限的，军医大学本科生只有百分之十的名额有资格考研究生。"

乔婕说：

"我不管，反正我不要你离开我，我要和你结婚，你就是落魄破败，我也要做你的妻子！"

甘隆说：

"现在结婚对我来说是不可能的，我现在还是医学队的学员，现在连谈恋爱的资格都没有，结婚的申请更是不可能得到批准的。"

乔婕说：

"结婚不被批准，那我可以等。等你大学毕业了，我就从美国回来和你结婚。"

甘隆说：

"那只有等到那个时候再说，现在我也不敢答应你任何事情的！"

乔婕说：

"你可以答应，我要你答应，再也不和我说什么彼此放手、一别两宽的蠢话！"

甘隆说：

"好，好，我答应你，再也不说蠢话了。"

乔婕说：

"这还差不多，隆，今天你就不要回医院了，留下来陪陪我好吗？"

说罢，乔婕上前用双手将甘隆的肩膀抱住，开始亲吻他的额头、眼睛和脸颊，甘隆的胡须有好几天没有刮了，乔婕迎着他的胡须亲上去，略有一些刺痛的感觉，可乔婕仍然不回避，因为她与甘隆分开了这么长时间，她对甘隆的存在有一种虚幻的感觉，现在这种胡须的扎刺带来的痛感，让她真真切切感觉到甘隆的存在，有一点点令她心安的实在感。

甘隆感觉到了乔婕对他的柔情，开始用嘴来回应她的亲吻，没有回答乔婕的请求，乔婕又重复了一句：

"隆，今天你不要回医院，留下来陪陪我，行吗?"

甘隆这才醒了过来，犹豫了一下，说道：

"婕，对不起，单位有纪律呀，不能在外留宿。"

甘隆的这句话让乔婕生气起来，想着自己千里迢迢来看他，他却连一晚上都不愿意陪自己，太令人伤心了，心想我不要你说对不起，我要你和我在一起，和我真真切切地在一起! 在这一刻，乔婕做出了个决定，她现在就要和甘隆上床，这样，他就不能再说对不起来拒绝我的任何要求，不能再以任何借口来与我分开!

乔婕用双手将甘隆抱得更紧，将她的胸部紧贴在甘隆的胸部，并用双唇紧紧地贴在甘隆的嘴上。甘隆明显体会到乔婕的意图，他明白这个行动接下去会发生什么，脑海里仍存在一丝理智，有些犹疑地要挣开乔婕的拥抱，说道：

"婕，婕!"

"说你爱我!"

甘隆迟疑了一秒钟，说道：

"我爱你!"

乔婕继续说：

"说你永远爱我!"

甘隆说：

"我爱你，永远……"

乔婕并不满意甘隆的回答，想继续实施她的意图，再一次向甘隆的身体贴靠过来，甘隆此时突然想起与锦梅的约定，他放了锦梅的鸽子，这对一个女孩子来说将是多么大的伤害！甘隆紧急思索着对策，对乔婕说：

"婕，我想起来了，病房里有一个非常重要的病人，我必须去看一下！你刚下火车，先好好休息一晚上，我明天再来看你！"

乔婕说：

"你骗人！这快十点钟了，你要去看什么病人？"

说罢，乔婕眼泪夺眶而出。甘隆说：

"我不是骗你！是真有这么一回事！我得先走了，你好好休息！"

说罢，甘隆从乔婕的拥抱中挣脱出来，急急忙忙地来到房门口，回头再次对乔婕说：

"我明天再来看你。"

却说锦梅在华都医院门口与乔婕和甘隆分手后，她心中十分懊丧，本来设计好的二十二岁生日约会被讨厌的情敌搅黄了，更为令人气恼的是甘隆竟然对她的生日连一句生日快乐都没有说，而且将他已经答应好的约会忘得一干二净。锦梅并不想在生日这一天还去教室自习，只好百无聊赖地回到宿舍，这时候王琴正在找她。王琴说：

"锦梅，你到哪里去了？我到处找你呢！"

锦梅有气无力地说：

"你找我有什么事？"

王琴说：

"也没有什么事，只是全宿舍的姐妹们说好久没有聚餐了，今天正好没事，我们在医院食堂的小餐厅里订了一桌，大家一起聚聚，聊聊天，谈谈心。"

锦梅说：

"是这样呀，我没有心情，你们去吧。"

王琴说：

"今天是我们宿舍的集体活动，谁也不能不参加，今天你去也得去，不去也得去，走吧，大家都在小餐厅里等着你呢！"

锦梅本来已经坐了下来，被王琴生拉硬拽地拖着向食堂方向走去。二人来到小餐厅，果然同宿舍的其他四个姐妹已经在那里等候着，李圆圆对锦梅说：

"锦梅，你好大的架子，要班长亲自去请，你才来，我们可享受不了这个待遇。"

锦梅说：

"不是，我只是心情不佳，所以有点不想来，现在来了，就随你们一起活动吧。"

众人一起点菜聊天，这时天色渐暗了下来，王琴向李圆圆使了一个眼色，李圆圆起身将小餐厅内的大灯全都关上了，房间内一片黑暗，正在锦梅好奇纳闷的当间，小餐厅的内门突然打开，慢慢地出现了烛光，这个时候李继成用小推车推进一个巨大蛋糕进入小餐厅内，同宿舍的五个姐妹一起唱起了生日歌：

"祝你生日快乐，祝你生日快乐，祝锦梅生日快乐。

"Happy birthday to you，happy birthday to you，happy birthday to Jing mei。"

到此时锦梅明白了大家这是为了庆祝她的生日搞了一个晚宴活动，她十分感动，把刚才因为甘隆爽约导致的不快忘得一干二净，她高兴得快要流出眼泪。当众人的生日歌唱完后，李圆圆及时打开大灯，小餐厅内重新恢复了光明。李继成把蛋糕车推到锦梅的面前，对她说道：

"锦梅，祝你生日快乐!"

李圆圆带头起哄说：

"哦，哦，哦，李继成向美女献殷勤呀!"

其他几个女生一起跟着起哄说：

"李继成，快表白呀，李继成，快表白呀!"

李继成说：

"锦梅，知道今天是你的生日，所以我和王琴一起商量为你办这个生日会，希望能让你感到高兴。"

王琴说：

"锦梅，今天这个生日会的主办人是李继成，是他买的蛋糕，也是他订的这间小餐厅，他还带来了红酒，更是他要我们保密，功劳全是李继成的，足见他对你的良苦用心呀，他是处心积虑地要跟你好，你就接受他吧。"

锦梅说：

"谢谢李继成，谢谢大家，谢谢大家。"

这时候服务员将做好的菜陆续端上桌，王琴说先吃完正菜后再许愿分蛋糕吃，众人遂按序坐定，高高兴兴地吃菜，为了活跃气氛，王琴同意每个人喝上一小杯红酒。在吃完正菜之后，李圆圆在蛋糕上插上蜡烛，重新关上灯，请锦梅许愿后吹灭蜡烛，众人再将蛋糕分食了，还剩下四分之一个蛋糕没有吃完。

甘隆从乔婕住的酒店出来的时候，已经是十点多钟了，他进入了华都医院的时候，正好见着王琴、锦梅等六个姐妹从食堂的后门有说有笑地走出来，而李继成手里拿着剩下的蛋糕走在六个女生的后面。甘隆这个时候才又想起来今天是锦梅的生日，而且他还想起他爽约了，他感到十分歉疚，遂加快步伐，走上前去，对锦梅说道：

"锦梅，生日快乐。对不起呀，我没想到。"

锦梅冷冷地说：

"没什么，我知道你忙。"

甘隆进一步走到锦梅面前，说：

"锦梅，我真不是故意的。"

锦梅说：

"我当然知道你不是故意的，你是忘了！"

王琴说：

"甘隆，你真够可以呀，十年的老同学加老乡，她的生日你还能够忘了！"

甘隆说：

"我不是故意的呀，对不起，锦梅，真对不起！"

锦梅说：

"你别说了，你快走开吧，我不想和你说话。"

这个时候李继成已经走上前来，插入到甘隆和锦梅之间。今天喝的虽然是红酒，但六个女生喝的都只有酒杯的浅底，大半瓶红酒都是李继成喝的，看着甘隆拦住锦梅的去路，李继成心中生起一阵不快，这个时候本不太醉的他一股酒气上头，带着一股不耐烦的劲对甘隆说道：

"甘隆，你让开，别挡着锦梅走路。"

甘隆说：

"我只是要和锦梅解释清楚，为什么没有去看电影。"

李继成一听原来锦梅还和甘隆约着看电影，更加气恼，一股酒劲冲脑，将那剩下的蛋糕砸向甘隆的头部，奶油覆满他的头发和面部。甘隆被突如其来的打击一下子打蒙了，幸亏王琴反应快，意识到不能将这一场生日宴演变成斗殴，立即插入到李继成和甘隆之间，并且连忙张罗其他几个女生也加入进来，这样很快就进一步地将二人分隔开来。锦梅见二人因为自己的生日闹意气而发生如此难堪的事情，气得哭了起来，对李继成说：

"李继成，你胡闹！"

说罢，她抹着眼泪朝宿舍走去。幸亏现在是十点多钟，路上并没有太多的人围观。王琴赶紧将甘隆头上的奶油擦干净，又使眼色让李圆圆和付艺花两人将李继成从现场拉走，接着王琴又将甘隆拉到水房里，打开水龙头为他把头面部再进一步揩拭干净。一场即将发生的打斗就这样被王琴机智地化解了。

这次锦梅过生日的李继成与甘隆之间的矛盾虽然事情很小，但这个被称为"蛋糕袭击事件"的龃龉还是传到了中队长李燕的耳朵里，她将王琴、李继成和甘隆三人叫到办公室，对他们狠狠地进行批评，特别是王琴和李继成在生日宴上喝酒，这是违反纪律的行为，虽然他们没有喝醉，但必须给予书面警告，而对甘隆则予以口头警告。

第四十九章　研究生报考风波

甘隆在生日约会上对锦梅放鸽子这件事让她如此伤心，以至于她一度见到甘隆就躲避，躲避不及则对他横眉冷对。甘隆好几次想去对锦梅作出解释，但毕竟是自己有错在前，越解释越让锦梅反感，他只好先隐忍下来，指望过一段时间锦梅会自己消了气，两人的同乡加同学情谊还能继续维持下去。

而李继成知道锦梅现在对甘隆具有逆反心态，觉得他的时机已经来了，就对锦梅追得更紧，不时地买来电影票，约锦梅一起看电影。锦梅在对甘隆失望之余，看看身边的男同学中，李继成对她追求既猛烈又持久，足见李继成对她是真心实意的，虽然她对李继成的脾气和为人方面有些成见，女同学们常在背后非议李继成爱打小报告的毛病，但她在心里慢慢开始有些接受李继成，时常接受他的邀请去看电影，或在周末逛公园，或去吃各种西安小吃。但当李继成以频繁献殷勤的方式来祈求锦梅更进一步地确认与他的恋爱关系时，锦梅却犹豫不定起来，在她的内心世界里，她不甘心就这么放弃甘隆，希望甘隆有一天能幡然醒悟，接受她的感情。

到了一九九〇年的六月份，陈辉和乔婕两人办好了因私护照，拿着从大学寄来的录取通知书和资助证明，来到北京的美国驻华大使馆办理了签证，过程顺利。到了一九九〇年的九月份，乔婕和陈辉两人坐同一航班飞抵美国。

乔婕的母亲林回梅、父亲乔志钰一起到机场去送乔婕，林回梅对女儿一个人远行万里到异国求学，感到很不放心，好在她看见陈辉与女儿是同机而行，就反复要陈辉多多照顾乔婕，将来到了美国，两个人虽然不在同一个城市、不在同一所大学读博士，但两个城市毕竟不算太远，要陈辉多多地去看她。陈辉都一一顺从地答应了林回梅的要求，对林回梅和乔志钰说，请阿姨和叔叔放心，我陈辉一定会把乔婕照顾好，保证万无一失。林回梅这才稍稍心安下来。

而此时的甘隆因为已经进入了实习阶段，不能请假到武汉去送行。林回梅知道女儿乔婕的男朋友是甘隆，这次甘隆没来送行，令她十分不满，在乔婕面前反复说，找这么个男朋友真不管用，还不如与甘隆分手，与陈辉做男女朋友呢！陈辉这个小伙子看着踏实，将来让他做我林回梅的女婿，我才放心！乔婕对母亲的絮叨不胜其烦，加上甘隆没能来送她，的确让她在面子上有些过不去，对甘隆怀有那么一些怨恨！乔婕知道，很快就要与母亲和父亲分手了，她对母亲的絮叨就装作听不见，任由母亲在她耳边聒噪！

到了实习阶段，甘隆有意识地到心外科多实习一些时间，这样他就能更多地了解和学习心外科的知识，只要心外科的老师有任何手术，他都站在旁边观摩，有时候手术台上的人手不够，他便主动地申请上手术台，帮助主刀医生拉钩，有时候带教老师还带他关胸、缝皮、取静脉血管、送标本，这些基础的业务活动他都干得不亦乐乎，这样在几个星期的时间内，甘隆便把心外科的手术流程、基本用药、术后处理搞得一清二楚。带教老师也十分喜欢甘隆这种积极学习的态度，有什么知识点都会主动地教给他。

甘隆不但主动学医生的业务，连护士的操作他都积极主动地学，比喻给病人抽血化验通常是早上六点到七点之间进行，他就经常六点一到就来到病房，跟着护士学抽血，过了两周后，当班的护士就让甘隆独立抽血；甘隆还主动地向护士学配药、扎针输点滴，在很短的时间内学得又快又好，病人也喜欢甘隆为他们扎针输液，因为他扎针根本就不痛，像蚊子咬一口一样，说他是"飞针手"。

病房内的病人需要做心电图和超声心动图，甘隆总是跟着诊断医师一起看，看多了也就看出门道了，加上他买来了心电图和超声心动图的书籍反复琢磨，很快他就能自己操作心电图机和超声心动图机，并能独立作出准确的诊断。

时间很快就到了硕士研究生考试的报名时间了，甘隆在积极实习的同时，也在全力备战考研，他选定的专业仍然是心心念念的心胸血管外科学。而这段时间以来，全年级学习成绩排名第一的石城也在备战考研，而且他在宿舍里当众宣布，他原来拟考神经外科专业，现在经过慎重考虑，决定报考心胸血管外科学，这时李继成问石城说：

"你原来不是打算考脑外科吗？为什么一下子就变成心外科了？你以前的复习不是白费了吗？"

石城说：

"我不是一下子就变成心外科的，而是经过两个多月的思考，我认为心外科更富于挑战性，更富于冒险精神，也更容易取得更大成就，说不定我将来还能成为心外科界的院士呢！"

李继成说：

"你好大的口气，你不知道甘隆也在报考心外科吗？你们这不是打架吗？"

石城说：

"考研是公平竞争，不是打架，是谁考得好谁上！他甘隆想考心外科，别人怕他，我可不怕他，再说我的平时成绩比他好，谁怕谁呀？"

这时甘隆正从门外走进宿舍内，他明明白白地听清了石城是想考心外科专业，但不知他想报哪个学校和哪个导师，遂放下手中的书本，坐在床上，问石城道：

"石区队，你也要考心外科，你是准备考哪个学校和哪个导师？"

石城说：

"那还用说，近水楼台先得月，我肯定要报华都医院心外科主任蔡教授的研究生呀，蔡教授是全国最著名的心外科专家之一！"

原来，石城早就打算报考心血管外科，但是他对外撒烟幕弹说是准备考神经外科，他到这个时候宣称要改考心外科的目的是想阻止甘隆也报考心外科，想以他的全年级第一名成绩将甘隆阻遏退缩回去。的确，石城的这个计划起了非常大的效果，当甘隆听说石城要考心外科的时候，他的内心产生了巨大的震动，因为如果他和石城竞争，他的竞争力明显弱于对方。

甘隆知道蔡教授今年只招一名研究生，那么他们两个人当中要么是你败我胜，或你死我活，也可能是两败俱伤。甘隆躺在床上想了一晚上，思考是退出还是继续直接与石城展开面对面的竞争，是继续考心外科还是转考脑外科，结果一晚上拿不定主意。在甘隆强行闭上眼睛假寐的时候，他脑海里反复出现与石城打架的场景，而且在每个不同的场景的每一次打斗中，他都是被石城打败。

到了第二天早上一夜未眠的甘隆仍然没拿定主意，早上他准备到实习科室的路上，遇到了锦梅，她今天非常高兴，此时她在心中已经原谅了甘隆的过失，对甘隆说：

"甘隆，你怎么这么憔悴？是昨晚失眠了吗？"

甘隆说：

"是呀，一夜未眠，我听说石城也想报考华都医院心外科蔡教授的研究生，他是全年级学习成绩第一，实力太强了，而蔡教授只招一名学生。"

锦梅说：

"难怪，石城的实力太强了，你和他竞争，对你很不利呀！"

甘隆说：

"这正是我举棋不定的原因。"

锦梅说：

"要不，你回避一下石城，你不一定非要考心外科吧？脑外科不是一样吸引你们这些外科迷吗？我听说神外科主任今年要招两名学生，考研时间是在明年一月份，你现在转考脑外科还来得及。"

甘隆说：

"我心有不甘！你的建议我会好好想想的。"

确定不了考研究生的专业方向，甘隆心绪不宁，他当天没有去参加实习课，独自一个人来到西安外文书店门口，在那里来回反复地踱步，仍然是思考着考心外科还是考脑外科，就这么思索着，整整一天也拿不定主意。

到了太阳快要下山的时候，下班的人流匆匆地向回家的方向行进，甘隆觉得现在必须拿主意了，他心一横，对自己说："我就拼了！我就和石城拼了，我一定要考心外科，拼他个头破血流，拼他个你死我活也在所不惜。"

甘隆拿定了主意后，更加发奋地积极准备考研。面对石城这么强的对手，他决心不惜一切代价来打赢这一场对垒战。看来石城想阻遏甘隆的计划失败了，反而更进一步激发了甘隆的斗志。

石城也在探寻对甘隆阻遏计划的成效，当甘隆仍然不改初衷，一如既往地要报考心外科时，他心中不怕，因为他觉得自己平时的成绩高于甘隆，自己肯定能战胜他。

但石城还是紧接着祭出了对付甘隆的第二招，这就是向李燕报告了甘隆这些年的种种所谓的劣迹。甘隆和李继成打架，谈女朋友，他的女朋友已经出国，等等。石城还向李燕检举说，甘隆考研究生的目的不纯，他不是想学更多的技术为军人服务，而是想考研究生之后出国，去美国找他的女朋友，还准备考美国的行医执照，要在美国当心外科大夫，挣绿色美金大票。

这个时候，李燕正在拟定临床中队考研报名资格名单，甘隆本来在这个名单之上，但她听了石城的检举之后，就拿红笔将甘隆的名字划掉了。

原来，报考全日制研究生通常在每年九月份进行申请预报名，时间一般在九月二十四日至二十七日，因此在九月中旬时，军医大学要在毕业生中确定哪些学员可参加当年的研究生考试，而应届毕业生取得考研资格是有名额限制的，通常只有百分之十的学员才有资格报考，八六级全临床中队一百九十六人，算起来只有二十人左右有资格报名，竞争非常激烈。通常来说，只有那些学习成绩总分和平均成绩在前十名的学员，再加上立过功的学员和发表过论文的学员才能取得报名资格。

甘隆的成绩在全临床中队排名第三，区队长石城排名第一，而另一个区队的同学林登峰则排名第二，甘隆在心中估摸自己学习成绩在前三名，怎么也有资格报名考研！

这天已经从副班长提升为班长的李继成从区队长石城那里拿来二班的考研资格名单，他得意地告诉甘隆，考研报名资格表中并没有甘隆的名字。甘隆从李继成手中接过名单，从头到尾地将名单上的二十个资格名单查验一番，又反着从尾到头看了一遍，结果就是没有发现自己的名字。

甘隆大惑不解，当即就去办公室找到中队长李燕，质问她为什么在考研资格名单上没有自己的名字。李燕回答甘隆说：

"这个名单不是我个人决定的，这是八十六大队队委集体讨论后定下的结果。"

甘隆说：

"李中队长，我的学习成绩在全年级名列第三，再怎么说也该有我甘隆吧？"

李燕说：

"考研资格不搞唯成绩论，不单纯只看成绩，成绩仅仅是考量的一个次要方面，更主要的是看学员政治表现，政治表现不好那就得往后排了。甘隆，你聪明是聪明，但我不喜欢，你恃才傲物，目无领导，冲劲太大，好像你有多能干似的。你要做好分配到基层或边疆工作的准备。"

甘隆说：

"李中队长，我愿意到基层边疆工作，但基层边疆没有心外科，心外科是我的职业梦想。再说，我的表现也没有不好吧？入校五年从来没有得到过有记录的批评。"

李燕说：

"虽然你的学习成绩在全临床中队中名列前三，而且你的确没有得到过有记录的批评，但我可记得，我给过你三次口头警告批评，因此这次研究生考试的报名资格不能给你，要给那些政治上更可靠的学员。"

甘隆说：

"我得到过三次口头警告批评，就政治上不可靠了吗？我不是一样向党组织递交了申请书，这样能说不可靠吗？"

李燕说：

"我怎么听说你的女朋友出国了，而且你将来还打算到美国去当医生。我们中华人民共和国的军医大学怎么能为美帝国主义培养医生呢？"

甘隆说：

"完全没有的事儿，我就是想当军医，当一个医术高明的心外科医生，为中国的病人服务。我曾经有个女朋友，那不假，但是我们已经分手了。她到美国去学习，学成也会回国，关键是我们已经分手了，这不构成我将来要到美国去当医生的理由吧？这不是作为领导的您褫夺我考研资格的正当理由吧？"

李燕说：

"你说你和你的女朋友分手了，你有什么证据？你现在又和别人在谈朋友吗？"

甘隆听了李燕的诘问，怔了一下，犹豫了几秒钟，情急之下回答说：

"我的确是和前女友分手了，您可以找锦梅作证，我现在和锦梅在谈朋友。"

李燕说：

"哦，是这样，那我会调查的，你先回去吧！"

甘隆从李燕办公室出来，反复思索石城是如何知道乔婕劝他考美国行医执照的。他猛然想起来，很可能是上次乔婕给他写信劝他考美国行医执照，他看了信情绪激动，心绪不宁。他反复权衡如何回信而思索措辞，在出去方便的时候将这封信放在床上，而那时正在宿舍内的石城趁机偷偷地看了那封信。想到这里，甘隆被石城偷看信件的无耻震惊，更为他告密的阴险而感到后怕。

而且甘隆还继续分析，石城肯定是在处理"蛋糕袭击事件"的时候，从李继成的口中得知，他甘隆那一天是因为到酒店去陪女朋友乔婕而错过与锦梅的生日约会，这才最后导致他与李继成两个人之间的争斗。由上可知，石城是完全有条件探知甘隆谈女友和偷看信件，因而可以肯定告状的人是石城。

果然过了不久，李燕找到锦梅，询问她甘隆与前女友的关系是否断绝，并问她是否在和甘隆谈恋爱，锦梅一一作了回答，承认她与甘隆在谈朋友，不过两个人都是互相爱慕，这并没有影响学习。

从李燕的办公室出来后，锦梅心里喜滋滋的，为甘隆在李燕的面前说她是他的女朋友而狂喜，觉得甘隆终于舍弃了乔婕，在情感上开始倾向于自己，这将是她与甘隆两个人结合的开始，这就是说他们俩的爱情之树已经开始生根发芽了。

在这种心理之下，锦梅对未来产生了更大的期待，她心中的天平完全倾向于甘隆，再也不愿意接受李继成对她看电影、上饭馆的邀请，也拒绝李继成给她买的任何小吃，而且明确地告诉了李继成，说她和李继成两个人之间是没有可能性的。

事后甘隆知道李燕曾经找过锦梅，证实她是他的女朋友这件事。甘隆对于锦梅这种挺身而出，在关键的时候为他作证的行为十分感激。当年锦梅诱导他报考了军医大学，甘隆对她存在隐隐的怨恨，现在锦梅出手救了他，甘隆在心里将这种隐怨抹得干干净净的。现在甘隆反而对乔婕去美国这件事在心中产生了一丝怨恨，认为乔婕去美国给他考研造成了极大的阻力，现在反而是锦梅出手拯救他于危难之中。

虽然锦梅为甘隆做了证，但是李燕并没有及时地将甘隆的名字重新列入准考资格名单上。

眼看十月份正式报名的日子就要到了，甘隆心中十分着急，盘算着如果错过了这个时间，就必然不能参加这一年的研究生考试了，那就要等着毕业分配，而且是分配到基层边防单位去，做心外科医生的梦想肯定就要破灭了。

甘隆十分苦恼，找到锦梅来商量对策。锦梅告诉甘隆说，既然他下决心非要报考华都医院的蔡教授，那么如果能找蔡教授出面帮忙说情，说不定能够促使李燕下决心将他的名字重新列入准考资格名单上。甘隆觉得锦梅的这个提醒说不定真是一条出路，遂答应她按这个方法试试。

这个时候，蔡教授拟在全国率先开展心肺移植手术，而这种手术是国际难题，在欧美国家成功的例数也不多。为了提高成功率，蔡教授正式开展动物实验，用猪做心肺联合移植的实验。

甘隆作为一个实习生，本来是没有资格参加这个实验的，但是他仍然到实验室中去参观，在实验开始前和老师们一起帮忙杂务，在最开始捕捉实验猪的时候，甘隆不怕脏、不怕累，积极地上前和师兄们一起动手。这天一大早，蔡教授来到了实验室，看见满头大汗的甘隆这个实习生这么主动能干，就跟他聊起天。蔡教授对甘隆说：

"你这个小伙子不错，有眼力见儿。怎么样，明年来考我的研究生？你毕业了准备干哪一行？你想干心外科吗？要干的话，就赶紧报考我的研究生。"

甘隆说：

"蔡教授，我真是十分想考您的研究生，但是这个准考资格名单上没有我的名字啊。"

蔡教授说：

"怎么这样？你的学习成绩不好吗？不能出现在前百分之十的名单当中？"

甘隆说：

"不是啊，蔡教授，我的学习成绩排在全年级的前三名。"

蔡教授说：

"那为什么说你不够资格啊？"

甘隆说：

"可能是有些同学打了些小报告。本来我的名字在名单上的。"

蔡教授说：

"要是这样的话，那就太可惜了。你这么好的苗子不干心外科，那是浪费人才呀，我十分欣赏你，也愿意招你为学生。这样吧，我出头为你说一说，看看能不能把名额给你。你们中队长是叫李燕吧?"

甘隆说:

"是的，就是李燕。"

蔡教授说:

"那这个好办，她老公就是我们骨科主任，她是刘主任的老婆。我和刘主任是同学，我给你们中队长打个电话，把实际情况反映一下，我们又不是走后门，就是把你的实际情况反映一下。"

甘隆说:

"蔡教授，您要是能够帮我把报考资格争取过来，那真是太好了。"

蔡教授说:

"这个应该没问题，我们是按事情的是非曲直走的，我帮你又不是走后门，无非就是给你一个名额，我又不让你走邪门歪道，又不是提前泄露题目给你，你可要自己考好啊，我出面为你争取名额，你如果考不好，那可是要丢我的脸的。"

甘隆说:

"好的，蔡教授，我一定不辜负您的期望，我一定努力复习，一定考得好好的，报答您的厚恩。"

果然，当天下午在顺利完成心肺联合移植的实验后，蔡教授十分高兴，回到办公室就拨通了李燕的电话。李燕听到是心外科主任蔡教授的声音，立即高兴地说道:

"蔡教授，很久没见到您了，听到您的声音，真是太高兴了。"

蔡教授说:

"李队长好，不，嫂夫人好，我也是非常高兴，看你把我们的刘主任养得白白胖胖的，又把临床中队的学员管理得这么好，你真是太能干了。"

李燕说:

"蔡教授，无事不登三宝殿，你现在又提到临床中队的学员，肯定是有什么事吧?"

蔡教授说：

"嫂夫人真是玲珑剔透，我还没有开口就明白我想说什么。这样吧，我也不藏着掖着了，打开天窗说亮话，我很喜欢你们毕业班的学员甘隆，他动手能力强，十分适合干心外科，想让他报我的研究生，可他现在还没有报考资格，希望嫂夫人能高抬贵手，给他一个名额。"

李燕说：

"甘隆犯了几次错，还有一个女朋友出国了，他将来迟早是要出国当医生的。"

蔡教授说：

"我了解了一下，他所犯的错都是小错，你们给他的处理都是口头警告，听说有的得了书面警告处理的同学也进入了准考名单，甘隆有何不可？至于你说的女朋友出国、他打算到美国当医生的事，我也调查过，他已经与前女友分手了，也没有出国当医生的打算。再说，甘隆本来就在准考名单上，甘隆是个不错的同学，我喜欢这样的后生仔，他的出国嫌疑也消除了，嫂夫人为何不顺水推舟，让他参加考试呢？"

李燕说：

"好吧，既然蔡主任您这么看重这个同学，我也批准了吧，让他参考，不过，蔡教授，我可不是顺水推舟呀，我是看在您的面子才同意让他报名的，您可是欠我和老刘一个人情。"

蔡教授：

"是的，是的，等这个学生考上了我的研究生，我就请刘主任和嫂夫人一起喝顿大酒，到时候让他好好敬您的酒。"

第五十章　情到难耐难再续

到了次年的一月份，甘隆顺利地参加了硕士研究生考试。这次考试的竞争相当激烈，有二十七人报考了华都医院蔡教授的研究生，而蔡教授今年只招收一名学生。这二十七名考生当中，既有华都医院心外科本科的两名青年医生，他们是有临床经验的医生，在心外科摸爬滚打好几年了，又是本科医生，自然具有地利与人和的优势；还有像石城这样学习成绩特别优秀的考生。当甘隆知道有二十六人与他竞争，说实话他心里头还是非常担心的。

到了二月底，考试成绩出来了，甘隆考了四百六十多分，是二十七名考生当中的第一名，再经过复试和面试后，最终被顺利录取了。石城的成绩是第五名，没有被录取，毕业后被分配到基层团卫生队，他准备工作三年后，再考回来。锦梅考取了华都医院心内科的硕士研究生。

军校本科学员毕业后，不管是分配到部队还是继续读研，都会授衔、定职定级，享受军官待遇，每月发放工资。在大部分学员分配到各地单位后，甘隆和锦梅继续留在军医大学攻读硕士学位，两个人均被授予中尉副连级军衔，肩章变成了一杠两星。有了考研前后的风风雨雨，两个人的感情迅速地拉近，甘隆对锦梅不但没有心理疙瘩，反而还对她怀有感恩之心，因为是锦梅在关键的时候帮了他，或者说是救了他。

在接到硕士研究生的录取通知书后，甘隆在心里反复地将他与乔婕和锦梅二人之间的关系进行了梳理，他觉得现在他与乔婕两人天各一方，已经在事实上因为疏离而处于分开的状态，虽然二人现在还有通信，但两个人的心理距离已经越来越远，心理热络温度已经到越来越冷的地步了。

甘隆对锦梅的感觉越来越亲和，觉得锦梅虽然没有乔婕漂亮，但是她的性格是那么可人，温婉而适意。尽管甘隆在情感上开始偏向锦梅，但鉴于他现在与乔婕之间有些话还没有说清楚，毕竟还处于藕断丝连的状态，他必须与乔婕之间做一个了断后，才能对锦梅完全敞开心扉，因此他对锦梅的情感进攻仍然保持克制状态。他觉得现在是到了要和乔婕说清楚的时候了。

此时，乔婕和陈辉来到美国已经一年多的时间，他们的身份仍然是PhD student。作为国际生，他们必须每学期上满九个学分的课程，现在他们正在为将身份变成PhD candidate而积累学分，并准备参加阶段性candidacy考试。

来到美国后，乔婕与甘隆之间陆陆续续地通了几回信，由于大洋万里间隔，两个人的通信一个来回再快也得有将近一个月的时间，加上两人都处于职业的上升期，都得在职场用命来打拼，通信的间隔时间就会拉得更长。甘隆在这种疏隔状态下，反复思考二人之间的关系后，再次给乔婕写信：

乔婕，你好！

从来信中知道，你现在学业非常忙，而且在准备candida-cy考试，这场考试将决定你是否顺利将身份转成PhD candi-date，我相信你一定能成功的，在此先预祝你旗开得胜。

你去美国已经一年多了，我们之间的距离大到足以让我们双方冷静下来思考我们的未来。在我看来，我们这样远隔重洋的情感已经稀薄到足以让你我窒息，至此，我不得不旧话重提，希望你我都能尊重残酷的现实，这就是我们没有未来，没有可以期待的聚合，这样的话，不如彼此放手。

跟你说出这句，使我非常痛苦，但在我看来，爱情的真谛不是占有对方，不是让对方服从于自己的需要，而是要让对方幸福，让对方实现自己的愿望，"爱唯愿遂"，说的就是这个意思。乔婕，情到难耐难再续！你也明白我现在的处境，已经远远跟不上你放飞的高度了，我怕我会耽误你的前程，影响你实现心中的梦想，因此，即使我再痛苦，心中再有不舍，我也只能做出这种选择了！

这封信将是我给你写的最后一封信，你再来信的话，我将不再予以回复。看到此信之后，你我之间不再负有对彼此忠诚的道义和责任，也就是说，你我都可以毫无负担地寻求新的情感归宿。希望你能平静地度过这封信带来的情感波折起伏，请原谅我近乎冷酷的决绝。

再次祝你顺利通过candidacy考试，以此翻开人生新的篇章！此致顺安！

甘隆

过了约两周的时间，乔婕在纽黑文的耶鲁大学校园内接到甘隆的来信。那天正好是周末，陈辉从波士顿开车来到纽黑文与乔婕相聚，乔婕看完甘隆的来信后，气得将信撕成粉碎，接着就伏在陈辉肩上哭了起来。她痛哭了一天一夜，在停止了哭泣后，仍然觉得心里很堵，压抑得慌，几天下来都没有饿的感觉，干什么也不在状态。

乔婕孤身一人在美国，失去了甘隆这个心理上的念想，也不敢打电话让父亲乔志钰和母亲林回梅告知她现在的情况。她觉得与甘隆十一年相识，八年恋情，在外人眼中是一对羡煞鸳鸯的情侣，现在却一朝分手，伤心程度不亚于丧亲之痛。她心中难过，连续几天在去学校的路上一个人哭，总觉得是自己的原因导致了今天分手的结局。

乔婕觉得与甘隆分手，足以说明爱情在时空阻隔面前真是不堪一击，这马拉松长跑般的爱情让她的青春韶华渐渐流逝，她的年龄已经从十四五岁变成了二十四五岁，长时间的虚耗和等待让她已经失去了再爱的勇气，更失去了再爱的能力，她不可能再像爱甘隆那样去爱另外一个男孩子；就算再遇上合适的男孩子，她与他将只会有婚姻，加上那么一点点浅浅的友爱或性爱，而绝不是将自己化作膏脂一样作为燃料，轰燃起烈火般的深爱。

这种状态持续了十多天的时间，乔婕抹干眼泪，不再想这件事了，不再在心里怨恨甘隆的冷酷，因为candidacy考试迫在眉睫，她不能分心，她必须花足一百二十分的气力来对付这场考试，不然的话，前面两年挣得的学分将会全部白费，来到美国没有什么成就就要打道回府。

乔婕原来以为自己是无论如何也接受不了这个现实，她打算考完candidacy考试，立即回国去找甘隆，就像上次到西安去那样要求甘隆与她复合。这场考试是在乔婕接到甘隆来信后的半个月进行的，她是与陈辉一起参加考试的，很快成绩出来了，两个人都顺利通过了candidacy考试，由此他们两人的身份就顺利转变成PhD candidate。

到此时，等到乔婕再次想到要订机票回国的时候，她忽然发觉自己已经不那么心痛了，这一段紧张的备考过程好像已经完全冲淡了她心中的悲哀，她已经不再为这件事情流泪了。她发现，其实她自己现在在情感上已经成为自由人了，没有任何的羁绊、牵扯和义务、责任，她可以以一身轻松的状态，不再躲避陈辉的追求了。

甘隆考的是临床型研究生，他选择的课题为临床性的课题，而不是那些与临床关系不大的实验课题，这样使自己更贴近临床，解决临床当中的实际问题。甘隆以最快的速度完成答辩课题后，主要精力还是放在临床实践上，他对于心脏外科的手术操作有着近乎痴迷的爱好，他的理想是心外科临床医生，最终是要以手中刀来解决病人的痛苦的，手术是解决求医病人病痛最有效的良术，因此，他必须以最短的时间、最快的速度来学会和掌握全部手术技能。

有了这种理想的鼓舞，甘隆积极行动起来。当他完成了研究生阶段的第一个学期的理论学习后，其余时间就进入了临床阶段，以学员的身份参加临床工作，每天接收病人入院、写病历、查房、换药、引导病人检查等事务性工作十分繁忙，为了挤出时间观摩手术，甘隆每天早上五六点钟就起来，在其他学员还在睡梦中时就赶到科室，将那些事务性工作提前完成，当他同年资的医生到科室开始写病历、查房的时候，他已经在手术室里等着开台了，这样他就能观摩更多手术。手术台上经常有人手不够的时候，他就主动要求洗手上台，近距离地得到主刀和副主刀医生的指点，从而得到更多操作的机会。

在这个阶段，甘隆几乎做到了吃、住、睡都在医院，有一次他创下一个星期不出手术室的纪录。华都医院心外科共有八个手术组，每个手术组都由一位副教授带组，甘隆积极肯干，得到了这八个手术组长的认可，有什么难度大的手术，都愿意让甘隆上台作为三助或二助，这样，甘隆对心外科危重手术的认识有了飞快的提升。

从手术台上下来的时候，甘隆有时候什么都不想干，饭也不想吃，就经常喝点提神的饮料；困了就在手术室更衣室的长凳上睡一觉，或者就在病房值班室里对付一宿，第二天起来继续干活。心外科八个手术组共用六个手术间，每个手术间里每天手术三四台，甘隆经常是在这个手术间里下完手术，就上另外一间手术间的手术，每一个手术间里都能看到他的身影。华都医院的那些手术组长被甘隆好学的精神感动，有时开玩笑说，甘隆的身体像牲口，不知疲倦。

而甘隆自己明白，作为初出茅庐的学员，向导师和各个老师学习是非常有用的提升自己水平的途径，而且他还想，不但要努力学习，还要善于学习，因此他非常愿意看别人做手术，会记下每一个手术细节，回去后自己再细细地琢磨，哪个操作特别好，哪个操作可能会有点问题，想象着如果自己遇见问题时会如何处理。

蔡教授看到甘隆在手术室中飞快地进步，开胸、关胸、取大隐静脉已经非常熟练，就放他开始建轻症手术的体外循环，在一年多的时间内，甘隆竟然建了一百多台手术的体外循环，这差不多是心外科住院医师三年的工作量，而且到了硕士三年级的时候，他的体外循环建得又快又平稳，那些带组的副教授就放他做一些轻症房间隔缺损、室间隔缺损和动脉导管未闭的手术，当然是在他们的密切关注下进行的。

而每次这些老师放他手术的时候，甘隆从来不会让他们感到失望，有时候同为研究生的同学会很惊讶甘隆进步之神速，或者埋怨老师对甘隆偏心，老师们回答说，甘隆为做这些手术做了充足的准备，你做到了吗？这些埋怨者则无话可说。

在没有上手术的时候，甘隆经常就在重症监护室内照护病人，做到对心外科的每个重症病人心中有数，同时还注意向每个老师学习处理重症病人的秘诀和方法。在华都医院的将近三年时间内，为了保持良好的体力，甘隆每周踢一次足球，除此之外任何会浪费时间的娱乐活动他都不参加。在这种高强度的自我克制和自主奋进中，甘隆在心外科手术技术及临床能力上突飞猛进，他的导师蔡教授说他达到心外科高年资住院医师的水平。

甘隆进入临床阶段后，对病人及家属保持平和而谦恭的态度，因为他的态度和气，病人及家属有什么问题喜欢问他，有困难也愿意找他帮忙，甘隆从不拒绝，因此还是研究生的他与不少患者建立了亲密的关系。

甘隆经常深夜突然接到患者的BP短信，他总是很快地用短信回复，或者拨回电话问明患者的需求，即使有时患者并没有什么要紧的事情，他也从来不会生气。这样甘隆在病人当中的口碑很好，取得很多病人的信任，有些出院的病人在亲戚朋友当中有心脏病的，就会积极推荐他们找甘隆看病，这样，甘隆为华都医院带来了很多求治的患者。

三年后，锦梅和甘隆两人顺利通过了硕士学位论文的答辩，两人在硕士毕业后举行了婚礼。锦梅考取了天辰医学院的附属天辰医院心内科的博士研究生，而甘隆考取了天辰医学院周教授的博士研究生，来到北京进一步学习，这样锦梅与甘隆虽然来到同一座城市，这样一对同学了十四年的夫妻又到了两个单位，各自展开了对事业的追求。

这个时候余辰给甘隆写信说，他协和医科大学八年毕业了，已经联系好到天辰医学院的附属天辰医院神经外科进行博士后工作，这是全世界最大的神经外科医院，这样，甘隆和余辰两个人在分别八年后，同时来到了同一家医院。

这家医院非常特别。首先，天辰医学院是全世界最大的医学院，有着最多的临床附属医院，临床教授和病床数在全世界所有的医学院中是最多的，治疗的病人来自全国各地，当然也有很多世界各国的病人慕名而来。而天辰医学院的附属天辰医院更是医院中的巨无霸，它有着全世界最大而且最好的神经外科，也有着全世界最大而且最好的心脏大血管外科。

自从与甘隆分手后，乔婕处于情感的空档期，看着身边追求自己长达十年的陈辉，想想他对自己不离不弃的追求，对自己这么好，觉得陈辉也算是一个"比较合适的人"，也就答应了他的求婚，邀请了一起在耶鲁大学就读的中国校友、双方实验室的同事参加了他们的婚礼。在刚来美国的时候，陈辉买了一辆二手车；他们结婚后，乔婕也买了一辆二手车，他们谁有空余时间，谁就开车到对方的城市去相聚。生活就这么步入正轨。

甘隆因为考入天辰医院，在入学前他申请退伍得到了批准，因而在这年的九月顺利成为在读的博士生。他申请的仍然是临床型博士，在半年的理论课程学习后，他很快就进入了临床。

按照博士的培养计划，临床医学博士是必须当完住院总医师才能毕业的。鉴于他的临床技能娴熟，而且病房的临床工作繁重，年轻医生少，周教授很快就指派甘隆担任他领导的十病房的住院总医师。余辰以博士后的身份来到天辰医院的神经外科后，被分配到了神经肿瘤四病房工作，在甘隆升任十病房的住院总医师后不久，余辰也升任四病房的住院总医师。

第五十一章　住院总医师双雄联手

余辰与甘隆同时升任两个重要病房的住院总医师，令二人非常高兴，但两人都知道，所谓的"住院总医师"，就是要在长达一年的时间内，几乎每天二十四小时住在所在科室里面，在科主任的领导下，全面协调全科十几个外科医生的工作，管理着收病人、术前准备、排手术、危重症管理、出院等一系列工作，相当于外科科室的运转枢纽。科主任几乎所有的指令都是通过住院总医师传达到各级医师手中，而各级医生的要求和问题也主要是通过住院总医师上传到科主任那里。

因此，住院总医师的工作特别繁多，也特别琐碎，事无巨细，整个科室的事情都要张罗，这样必然使住院总医师是外科科室当中最累、最辛苦的角色。但是，住院总医师也是一个非常好的锻炼机会，手术机会多，进步快，管理能力迅速提高。上述种种挑战和要求使住院总医师通常是那些马上就要晋升为主治医师的青年大夫来担任，只有这样的角色才能胜任住院总医师的这些要求。

那个时候手机刚刚在市面上出现，在社会上并未大面积流行。天辰医院为了方便新任住院总医师的工作，就为他们每人都配备了一个摩托罗拉汉显BP机，让他们好安排急诊、会诊及其他事务。余辰从器械科领到新的BP机后，立即给甘隆发送了一条短信：

"一年斋戒将至，邀你狂欢之约，敢赴约吗？电6459！"

甘隆的BP机响振了一下，读到余辰发来的短信，但他不明白余辰是什么意思，立即拨通了院内电话6459，果然是余辰接了电话。甘隆问道：

"什么一年斋戒？什么狂欢之约？你想搞什么鬼？"

余辰在电话里回答说：

"后天我们就要接任住院总医师了，我打算在当住院总医师的这一年时间内不饮酒，不出天辰医院的大门，一心一意地尽职尽责，这就是我说的一年斋戒。一年不能饮酒，不出医院，我要先补偿一下自己，来他个狂欢，不醉不归，这就是我说的狂欢之约。怎么样？甘隆，你敢不敢赴约呀？"

甘隆说：

"这有什么不敢的？我也正想着要一年斋戒呢，我们俩不谋而合。那我们今天就不醉不归吧！"

余辰和甘隆如约来到医院对面的小饭馆喝酒，一来以示庆贺，二来表示他们已经为马上就要到来的挑战做好了准备。

两人要了三个肉菜，有葱爆羊肉、酱爆腰花、豆角排骨，还有两个凉菜，对两个生龙活虎的年轻人来说，这些菜并不算太多，但关键是两个人要了一打啤酒，要是都喝完了，就不算少了。

两人边吃菜边聊天，聊起他们从龙池中学到黄冈中学一起同学的六年，又聊起上大学后分开的八年，又聊起了乔婕、锦梅、张峻、陈辉这些同学。

甘隆说：

"余辰，我和你，一个搞心，一个搞脑，全是重要器官！"

余辰说：

"甘隆，心脑不分家，你我同时当重点科室的住院总医师，到时候要互相帮助，互相补台呀！"

甘隆说：

"余辰，你说得对，如果脑外科需要心外科，我一定帮你搞定；如果心外科需要脑外科，你也要不辞辛苦，不怕风险，帮我搞定！"

余辰说：

"好，今天我们俩就算达成君子协定！来，击掌为誓!"

甘隆和余辰两人起身，都举起右手，猛地三拍，发出巨大的啪啪啪三声，把旁边的人惊得纷纷回头看他们，两人有些不好意思，便坐了下来。甘隆说：

"余辰，我们原来是老同学，现在成了互保住院总，以后要更加亲密呀。不过，想起来你比我划得来得多，学医八年就拿了一个医学博士，我八年只拿了个医学硕士，要再读个三年，一共十一年才能拿到博士学位。"

余辰说：

"谁让我当初考上了协和医科大学，它有八年制呀。"

甘隆有些不服气，看余辰有些扬扬自得的样子，他拿起一整瓶啤酒，将瓶盖打开，对着余辰说：

"我敬你是协和八年制博士，你敢不敢喝了这一瓶?"

余辰说：

"这有什么不敢喝的?"

说罢，余辰一仰脖子，将整整一瓶燕京啤酒灌进了肚子，甘隆随之也将一整瓶啤酒灌进了肚子。余辰觉得来而不往非礼也，随手又开了一瓶啤酒，对着甘隆说：

"甘隆，我敬你曾经是一名军医，敢不敢把这一瓶也一口闷了?"

甘隆岂能认输，说道：

"我们军人出身的，喝酒就不在话下了。"

说罢仰起脖子也将一瓶燕京啤酒灌进了肚子，挑衅地看着余辰，余辰同样将第二瓶酒一口气喝进去了，两个人在不到一小时的工夫将一打十二瓶啤酒全都灌进去了，而且都是整瓶整瓶地喝进去的。看到桌上的啤酒全部变成了地上的啤酒瓶，余辰对甘隆说：

"甘隆，还敢不敢继续吹?"

甘隆说：

"喝就喝，谁怕谁呀?"

两人又让服务员搬了一打啤酒过来，在一个小时内将这一打啤酒又灌了进去。两个人菜没吃多少，可每一个人都灌了十二瓶啤酒，到这个时候两人都醉了，开始说出内心不与外人道的话。甘隆说：

"余辰，没想到兜兜转转我们两人又到一起了，到同一家医院工作，而且我们两个人都实现了当初的梦想，当初你要当最好的神经外科大夫，我要当最好的心外科大夫，现在我们两个都来到了世界上有名的天辰医院，各自都进入了最好的神经外科和最好的心外科，梦想越来越近了。只是我还是有些不服气，凭什么你八年就得了博士，我八年才得了个硕士？你现在是博士后，而我还是博士在读？"

余辰说：

"你有什么不服气的？你现在只是硕士，但是你收获了爱情和家庭呀！"

甘隆说：

"收获了家庭倒是真的，但是我没有得到想要的爱情。乔婕和别人结婚了，乔婕和陈辉结婚了，还是和那个我最瞧不起的陈辉结婚了。算了，不说这些了。"

余辰说：

"慢着，慢着，甘隆，你还想着乔婕！你都和锦梅结婚了，你还想着乔婕！可我听说，是你主动写信给乔婕要求分手的呀，而且我听说你是写了两次分手信给她，你让乔婕悲恸欲绝的呀！"

甘隆用手敲了敲桌子，声音嘶哑地说：

"余辰，你不懂我，你不懂我呀！你知道我和乔婕分隔两地有多么难吗？异地恋，特别是军民异地恋，这当中的痛苦你没尝过，你不懂！异地恋消耗我们的青春、耐心，更消磨了我们的爱意和期待。我原以为，爱情这个东西是历久弥坚、永恒不变的神圣情感，可是，八年情感长跑下来，我们之间情感的负累如堆积如山的沙丘，一经风吹草动它就坍塌了，坍塌了呀！这种折磨人的异地恋，让我和乔婕都感到失望，我的心累了，我也爱不动了。你说我们怎么办？你要我等着乔婕主动开口说分手吗？你要我让她为难吗？我是个男人，我是个军人，我不能这么做！在这种情况下，只好是我出面做个了结呀！"

说完，甘隆伏在桌上停住了，好像是睡着了，可过了几秒钟，他又自顾自地说了起来：

"不说了，不说了，我说的是酒话，你只当没有听见吧！不要再提乔婕了，你一提起她的名字，我就心痛，我的心很痛的呀！余辰！"

余辰被甘隆的话感动震惊，没想到甘隆和乔婕的情感是一段苦恋，是没有结果的苦恋，他这才明白，甘隆与乔婕分手，并不是因为不爱了，而是他们的情感无法持续下去，与其不放手这一段折磨人的情感，还不如及时分手，放对方一条生路，成全双方的自由。有人说真爱无敌，在现实面前，再纯真的情感也有它的无奈。余辰不知道如何安慰痛苦的甘隆，只好随口说：

"好，好，好，甘隆，不说了，不说了，我再也不提乔婕的名字了！"

甘隆说：

"好，余辰，你这才是好兄弟！好同学！好老乡！不提乔婕，我们说点别的！说什么呢？想当初我们在龙池中学打篮球，你和我一起神勇地把黄冈中学的黄鹏和郭亮他们打得大败。想必你在协和读了八年，为了博士学位，你是不是全部时间都在当书呆子，打球技术完全衰退了？"

余辰说：

"怎么可能？我锻炼身体的方法就是打篮球，要不我们现在去比一比？"

甘隆说：

"比就比，我们现在就到球场上去！"

两个人回到宿舍拿了篮球，在篮球场上进行单人攻防投篮比试，两个人打了半小时，结果甘隆以四十五分险胜余辰的四十三分。两个人打完球后，回到共同的宿舍，天昏地暗地睡了一整天，到了第二天下午才醒来，准备次日正式接任住院总医师的工作。两个人合计，准备在未来的一年内，滴酒不沾，勤奋工作，以满负荷的状态完成住院总医师的培训工作！

甘隆正式上任心外科十病房住院总医师的第五天，他刚排完第二天的手术，BP机突然响振了起来，他拿起一看，是余辰发来的短信：

"神外四病房请急会诊，越快越好！余辰，电6459。"

甘隆随手拿起桌上的电话拨了过去，余辰在电话里说，神经外科四病房有病人出现心脏骤停，请马上来会诊、支援！

甘隆放下电话就急奔着来到外科大楼B座的四层，这里就是神经外科四病房。甘隆刚到四病房的门口，焦急的余辰就迎了上来。

余辰快速介绍说，需要请会诊的病人是七十岁的老年男性，十天前曾因脑胶质瘤在全麻下行开颅肿瘤切除术，术中顺利，但由于脑胶质瘤体积巨大，而且还位于脑组织的深在内部，不可避免地会发生一些手术创伤。术后病人复苏困难，一直处于深度昏迷状态。病人是大前天苏醒过来了，但为了安全起见，管床大夫嘱咐病人再在床上观察一天，今天上午病人在家属和护士的搀扶下下床走了几步，突然两眼上翻，全身一软，从家属和护士的手中脱出，倒在地上了。

护士赶紧摸了一下病人的颈动脉，发现脉搏完全消失，立即就地给病人做了胸外按压，几分钟后病人醒了过来，脉搏有所恢复，护士和家属手忙脚乱地将病人抬到了床上。现在的情况是，病人的血压很低，心跳过速，已经处于休克状态，病人再度昏迷。

甘隆随着余辰快步来到会诊病人的床前，拿起听诊器为病人听了心音和呼吸音，发觉病人除了心率很快外，肺动脉第二音偏高，说明病人是有肺动脉高压。甘隆又让余辰将此前做的全导心电图拿来研究了一下，发现这个病人的胸前导联T波倒置，主要集中在V1—V3，而V5、V6没有波及，且发病当时即出现，T波倒置的程度自右至左逐渐变浅。

看到这里甘隆心中有数了，他问余辰说：

"这个病人你首先怀疑是什么情况？"

余辰说：

"这个病人是老年男性，体胖，有糖尿病史，所以我给出的诊断是急性心肌梗死，导致心功能衰竭。"

甘隆说：

"从我现在掌握的资料看，很可能不是急性心肌梗死，而是急性肺栓塞，而且是危重型急性肺栓塞。"

余辰说：

"甘隆，你这样说，有什么依据吗？"

甘隆说：

"第一，病人是恶性脑部肿瘤术后的病人，肿瘤处于活跃期，其血液黏稠度高；第二，病人是长期卧床后，我发现病人的腿部肿胀，而且左小腿比右小腿周径要粗三公分，很可能是下肢深静脉血栓形成导致的；第三，病人是起床后走了几步就发病的，这与肺栓塞极为相似；第四，心电图上的T波倒置的程度自右至左逐渐变浅。"

余辰说：

"心肺两个器官，你是专家，我相信你的，但到目前为止，你也是疑似推测，要如何做才能确诊？"

甘隆说：

"我建议先进行气管插管，用呼吸机辅助呼吸，等病人略稳定后，马上抽血查D-二聚体，并立即做肺动脉造影术。"

余辰立即行动起来，为会诊病人插上气管插管，并用上呼吸机后，立即为病人抽血，不到两个小时，化验室回报结果说D-二聚体高达两万多，这说明病人体内的血栓非常之多，必须尽快进行肺动脉造影。

甘隆又立即从心外科赶了过来，通过电话安排了导管室，要为病人进行肺动脉造影术，并且如果确认是肺动脉栓塞，尝试进行肺动脉捣栓术，以缓解病情。

甘隆先到导管室准备造影机、猪尾导管和造影剂，而余辰先下医嘱让护士进行碘过敏试验，在确认试验是阴性后，余辰就带领两名住院医师一起，一边按着麻醉气囊，一边推着病床，将会诊病人推入了导管室。

四个人将病人从床上抬到造影机上后，甘隆穿好手术衣和铅衣，洗手后穿上手术大袍，迅速为病人消毒铺巾后，在右侧大腿根部用局麻药打上局麻后，穿刺送入导丝，在踩放射线引导下，将猪尾导管送入肺动脉主干，用注射器抽好含碘造剂，用力将造影机推入肺动脉内，显示屏上立即显示出，这个病人的主肺动脉和左、右肺动脉都几乎完全被堵死。

肺动脉的结构和其他器官的动脉长得完全不一样。总体来说，人体有一根主肺动脉从右心发出，再分成左肺动脉和右肺动脉，以大体上的水平位分别进入人体的左肺和右肺，左、右肺脉呈树状逐级分支。因此，正常人在进行肺动脉造影时，可以看到树梢是分别朝向左、右的，树干相对的两棵放倒的树。肺动脉栓塞会不同程度地堵塞这两棵树上的各级分支，在造影时就表现为树干及其分支的缺失。

甘隆放松了脚踏，不再发射X线。他将余辰喊了进来，复放显示屏上的电影，指点给余辰看，说道：

"难怪这个病人如此病重，血栓已经将他的左、右肺动脉完全堵死，非常危重！"

余辰说：

"那如何治疗呢？"

甘隆说：

"这个病人非常棘手，因为刚做完头部大手术，所以他不能采用溶栓治疗；而他的左右肺动脉完全堵死，血流几乎通过不了肺动脉，现在血压只有七十多，用了呼吸机，血氧饱和度也只有百分之八十，用肝素抗凝治疗肯定来不及起效，病人就会死的！"

余辰说：

"那就没有别的办法了吗？"

甘隆说：

"现在只有用两种机械的方法试一下！只是这些方法现在国内还没有人试过，我只从外文文献上读到过。"

余辰说：

"有哪两种方法？"

甘隆说：

"一种就是用这种猪尾导管将血栓捣碎，这种方法只在导管室里进行就可以，而且我们现在就可以做，只是病人现在是左、右肺动脉全堵死了，这种方法的效果不一定好。"

余辰说：

"另外一种方法是什么？"

甘隆说：

"就是在全麻体外循环下行肺动脉取栓术。"

余辰说：

"病人已经做了颅部大手术，刚刚苏醒过来，现在又要做全麻手术，我担心他不能从全麻下醒过来呀！那就行捣栓术吧！"

甘隆说：

"捣栓术对骑跨式血栓效果好，对这种填满式血栓效果不佳，我只能试一下，看看效果如何再说。"

余辰说：

"你先试一下，不行再说，我先去和家属谈话签字，家属同意后，你就立即进行吧！"

甘隆说：

"余辰，你谈话一定要讲清楚，现在是死马当活马医，这个捣栓术的效果不一定理想，很可能需要开胸做取栓术的！"

余辰说：

"这个我自然知道，你稍候，我谈完话就回来，再看你进行手术。"

过了约二十分钟，余辰回到导管室，说家属已经签字同意先进行导管捣栓术。甘隆便立即开展了操作，将猪尾导管分别按顺时针和逆时针方向转动，并来回进入左、右肺动脉，希望通过这种操作将肺动脉内的血栓捣成碎块，减轻堵塞，但这种操作前后进行了约半个小时，病人的血压和血氧饱和度没有任何缓解。

甘隆在情急之下，用大注射器接上猪尾导管的尾端，对血栓进行抽吸，结果只能吸出少量的血栓，对缓解病情没有任何意义。甘隆再次造影发现左、右肺动脉仍然是全部堵塞，左、右肺动脉这两棵树的分支仍然没显现出来，效果果然如甘隆事先判断的那样极为不佳。

余辰在导管室焦急地等候，甘隆再次叫余辰进入导管室，将再次造影的结果告诉了他。余辰有些失望，他说：

"这次捣栓术不成功，是不是说这个病人就没有好起来的希望了？"

甘隆说：

"现在唯一的希望就是在全麻体外循环下进行肺动脉取栓术。"

余辰说：

"捣栓术不成功，取栓术就能成功吗？"

甘隆说：

"取栓术是将肺动脉切开，我们在直视下将零碎血栓用吸引器吸出来，而大型附壁血栓则用器械直接取出，效果肯定比捣栓术明显。"

余辰说：

"体外循环要用大量肝素，会不会导致病人出血？"

甘隆说：

"这个风险不能排除，但用肝素是抗凝，出血风险比溶栓要小得多，而且肝素是有药物可以中和对抗的，所以出血风险可控。"

余辰说：

"那我去和家属谈一谈，看他们愿不愿意做这种手术！"

甘隆说：

"你谈话时要强调一下风险，而且这种手术我是在文献中读过，国内还没有人做过这种手术，就算在我们天辰医院，以前也没有做过类似的手术，但可以肯定的是，这个手术技术我们医院是掌握的，如果家属同意，我就去向周教授汇报，并立即安排手术室。"

余辰说：

"好的，我现在就去和家属谈话。"

余辰走后，甘隆给病人的下肢静脉做了一个造影，发现存在大量游走性血栓，为了防止血栓继续脱落，再次堵塞肺动脉，他迅速在病人下腔静脉植入了一个滤网。操作完成后，撤除病人体内的导管，对病人的腿部穿刺点进行了加压包扎。到此时余辰回到导管室了，对甘隆说家属积极要求进行肺动脉取栓术，并要求尽快安排手术，他们愿意承担手术风险。

甘隆下了导管室的手术台，立即来到手术室，向周教授汇报了会诊病人的结果，说现在拯救病人的唯一机会就是肺动脉取栓术，而且家属同意这种手术。听了甘隆的汇报，周教授略作了一下沉思，说道：

"既然其他治疗方法没有效果，病人病情又十分危重，不做手术就会很快死亡，那就博一下这次机会吧，再说，肺动脉栓塞也是发病率高的病种，开展肺动脉取栓术势在必行。"

甘隆说：

"那我就按您的指示向下进行吧？老师，您看手术人员如何安排？"

周教授说：

"这是个急诊手术，你先把下一台平诊手术向后挪一下，将这台手术插到前面，备好术中用血后就尽快手术。至于手术人员安排吧，这将是全国的第一台肺动脉取栓术，我来主刀，王副主任和你做助手吧。"

在安排好手术备血、监护室床位、手术护士、麻醉师和体外循环师后，病人被直接从导管室送入五楼的手术室，麻醉师立即为病人进行了桡动脉和颈内静脉穿刺后，顺利地实施了全麻。

作为助手的王副主任和甘隆立即洗手，穿上手术服为病人进行消毒铺巾，开胸后探查果然见病人的主肺动脉及左、右肺动脉异常饱满，由于血流不畅，心脏也因血流瘀滞胀满得像个球形，心脏的收缩和舒张受到极大的阻碍。

甘隆迅速建立了体外循环，这时周教授已经洗完手，换上了手术长袍，站到了主刀位置上了。周教授和体外循环灌注师沟通后，用阻断钳将升主动脉阻断，灌注了心脏停搏液后，心脏停止了跳动。周教授切开了肺动脉，只见主肺动脉和左、右肺动脉完全被血栓塞满，只留下少许空隙让血流通过，如果这些空隙再进一步被堵塞，病人就会立即死亡。

手术台边的麻醉师看到这种情况，说幸亏进行了取栓术，不然病人会死在即刻！周主任一心忙于手术，并未回答麻醉师的话，他让甘隆先用吸引器将肺动脉内新鲜松软的血栓吸走，甘隆照做后，看见左、右肺动脉内仍然存在大量的成大块的血栓，这些血栓上有很多纤维素存在，增强了血栓的强度。他对周教授说：

"难怪用捣栓术的效果不佳，原来这些血栓的强度非常大，用猪尾导管很难将它捣碎！"

周教授说：

"是的，血栓在体内存在一段时间后，就会有很多纤维素加入血栓中，增加其强度。这个病人还只是十来天的病程，就已经变成这样了。我听说国外做的肺栓塞手术，有的病人有几年的病史，那手术做起来更难了。"

周教授边说边操作，他手持取栓钳将肺动脉内的血栓一块一块地取出，这个过程花费了半个多小时，取出了约小半碗血栓。肺动脉内膜上仍上有很多紧密粘连的血栓，周教授用刮匙小心翼翼地将这些血栓刮下来，他如此小心，是要既不能把肺动脉刮破，又要不残留任何血栓，这个过程又花费了十多分钟。最后周教授又用无菌生理盐水将肺动脉内的残渣清洗了三遍，确认无异物残留后，将肺动脉缝合起来，松开主动脉阻断钳，过了一分多钟心脏恢复了跳动，经过一段时间的辅助后，病人顺利脱离了体外循环。

甘隆和王副主任为病人关胸后，将病人送入心外科监护室密切观察，第二天早上病人醒了过来，血压平稳，血氧饱和度恢复了正常，甘隆顺利地为他拔除了气管插管。过了一周后病人顺利地转回到神经外科，继续进行抗肿瘤治疗。病人在转入神经外科之前，甘隆为他复查了肺动脉造影，肺动脉显示出两棵完美的树形结构。

余辰及神经肿瘤四病房的张主任十分高兴，称周教授和甘隆为他们减少了一例死亡病例。周教授也十分高兴，因为这是全国第一例成功的急性肺栓塞取栓手术。事后，甘隆在周教授的指导下，在半年内连续完成了四例急性肺动脉栓塞取栓术，都取得良好的效果，甘隆总结了这几例病人的治疗经验，发表在《中华胸心》杂志上，这也是中国第一篇这类手术的文章。

周教授见甘隆在肺栓塞外科治疗方面小有成就，在指导甘隆的博士课题的选题方向时，要他以肺动脉栓塞的外科治疗作为研究方向，进行系统性的研究，甘隆欣然领命。

第五十二章　开拓心脏外科新领域

　　甘隆担任心外科的住院总医师，在管理好病房事务的同时，他积极上各种心脏外科手术，导师周教授十分喜爱这个积极肯干的年轻医生，将各种手术技巧对他倾囊相授，先天性心脏病、瓣膜性心脏病、冠状动脉粥样硬化性心脏病和大血管病的外科手术都让甘隆上手学习，因而甘隆进步十分迅速。

　　这天甘隆查完房后，让住院医生李伟将做了冠状动脉搭桥手术的六十九岁的白先生办出院。白先生患的是多支冠状动脉重度狭窄，周教授在七天前为他进行了心脏不停跳冠状动脉旁路移植术，甘隆是这台手术的一助，现在他已经完全康复可以出院。

　　李伟医生遵照甘隆的要求为白先生换药和拔出颈内静脉插管，并准备向他作出院前宣教。李伟突然发现病人出现右侧肢体无力，而且陪护的家属发现病人说话也变得含糊，反应迟钝，李伟立即打电话到手术室找甘隆反映病情。

　　甘隆立即从手术室回到病房察看病人，为他进行了快速神经系统查体后，甘隆立即警惕了起来，这种情况很可能是神经系统出现了问题，遂立即安排李伟陪同患者到急诊做了头颅CT检查，同时他立即拿起BP机，向神经内科、神经外科的住院总医师发出请求会诊的短信，要求他们尽快来到心外科十病房进行紧急会诊。

余辰接到甘隆的电话后率先来到心外科十病房，紧接是神经内科的住院总医师郭明也来到，这个时候刚好头部CT片子已经被李伟取来了，余辰和郭明通过体检发现病人右侧肢体偏瘫，意识不清，而刚刚做的头颅CT排除了脑出血。余辰和郭明分析认为白先生很可能是发生了急性脑梗塞。

郭明建议立即联系放射科为病人进行头颅血管CTA（血管增强CT）检查，放射科很快完成了血管重建工作，果然病人左侧的颈内动脉没有显影，从而证实了两位会诊医师的预诊。郭明建议立即为病人进行静脉溶栓术，可这个建议遭到了余辰的反对。余辰说：

"这个病人刚进行冠状动脉旁路移植手术，大型手术后半年之内是静脉溶栓术的禁忌证，我建议行导管取栓术。"

甘隆说：

"真是巧呀，前不久你刚邀请我会诊一个颅内术后的病人得了急性肺栓塞，也是不能溶栓，我先尝试导管捣栓术，现在我邀请你会诊，也是心脏术后的病人得了急性脑栓塞，也是不能经静脉溶栓，你也建议行经导管取栓术。看来这是一报还一报呀！"

余辰说：

"甘隆，你还真会联想，把两个病例进行类比，你说得非常对，你就当我今天是还你一个人情吧！不过急性脑梗塞拼的是时间，我们得越快越好，抢得每一分钟，就是为病人抢得成活的脑组织。"

甘隆说：

"那我赶紧和家属谈话签字吧，你们尽快安排导管室。"

余辰说：

"我现在就打电话到导管室将手术床位空出来。"

等甘隆和家属谈完话签完字重新回到病房时，余辰和郭明及李伟三人已经将病人推进了二楼的导管室内，很显然余辰这是已经协调好导管室了。甘隆紧急来到导管室内，这时，神经外科副主任医师刘圣已经来到导管室内，麻醉医师、导管室护士及放射科技师半小时内也已经就位，并且正在紧张地进行着手术前的准备。

余辰和刘圣一起进行外科洗手后，为病人进行了消毒铺巾，先由余辰为病人进行了全脑血管造影术，术中证实患者左侧颈内动脉海绵窦段至眼段闭塞，刘圣副主任医师随即采用支架取栓技术顺利取出栓子三枚，余辰再次为病人进行造影，结果显示，左侧颈内动脉完全再通，远端分支显影良好，再次复查头颅CT未见新鲜出血及大面积脑梗塞。

整个手术过程不到半个小时，甘隆惊叹神经外科介入操作的神奇，对余辰说：

"你们这次手术比我上次要顺利，不过你这次血栓就只有三小块，不像上次病人的肺动脉完全被堵死了！"

余辰说：

"你说得在理，不过我们神经外科更讲究时间的快速性，脑组织是单动脉供血，而肺组织是支气管动脉和肺动脉双重供血，所以肺栓塞耐受性要好于脑栓塞，不然的话，哪里容得上你开胸行肺动脉取栓术呢！"

甘隆说：

"在理，不知这个病人能不能像上次那个病人那样完全康复？"

余辰说：

"你就瞧好吧，明天一早必然会醒过来的，而且不遗留任何后遗症，因为你们行动快，我们行动更快！"

甘隆说：

"看来我们俩在接任住院总前的那顿酒真没有白喝，你我完全做到了共同协作，守望相助！"

余辰说：

"当然没有白喝呀，我们卸任住院总以后，再像上次那样喝一次酒，吹他个二十四瓶燕京啤酒，眼都不眨一下！"

甘隆说：

"好，我们一言为定！"

果然，术后患者返回心血管外科监护室病房，第二天早上病人意识完全恢复，右侧肢体肌力也恢复到正常水平，监护室医生拔除气管插管后再次检查也没有任何新发神经功能障碍。

甘隆作为心外科的住院总医师、余辰作为神经外科的住院总医师在前后不到一个月的时间内，共同携手，架起了神经外科和心外科两个强势科室的密切协作，最显著的效果是开启了一种天辰医院科际之间新的协作模式，最直观的效果是挽救了两个极为重症的病人。这两件事不胫而走，在天辰医院的医护人员中流传开来，甘隆的导师周教授和神经外科的刘主任都十分高兴，到天辰医院院长那里去为二人请功，结果院长在全院大会上表扬了二人，赞扬二人的协作精神和不懈进取的工作作风。

对于外科医生，特别是心外科医生来说，手术取得成功就像登顶一座险峰，那种儿茶酚胺释放所带来的快感是难以形容的，但是快感和欣慰毕竟只是一时的感觉，在越过一座山峰后，前面还有更高更险的山峰等着无畏的勇士去探索征服，前路并非尽是欢歌和欣喜，更有煎熬、挫折，甚至是失败。

很快甘隆接手了一例棘手的病例，这是一个患有单心室的幼儿，名字叫作昭昭。正常人的心脏有左心室、右心室两个心室，两个心室间有一个室间隔将其分隔开来，而小昭昭的室间隔缺失，两个心室是完全相通的，因此称之为单心室，导致心脏的静脉血和动脉血混合在一起，形成全身性紫绀，同时合并重度肺动脉高压。

小昭昭必须立即手术，将两个心室分隔开来，但他的体重不到八公斤，而且两个心室当中有一个发育不良，分隔开来就会导致两个心室偏小，满足不了机体的需要，同时病人已经合并重度肺动脉高压了，手术风险极大，不手术的生存风险也极大。

在和病儿家属反复沟通后，家属表示愿意承担风险，积极要求手术治疗。很快，在充分的术前准备后，由周教授主刀、甘隆担任一助为病儿在全麻体外循环下实施了室间隔重建术，他们用一块牛心包将单心室从中分隔成为左、右两个心室。手术在紧张而有序地进行着，经过三个多小时的奋战，手术结束，病儿顺利地回到监护室。

小昭昭的病情实在太重，术后发生了低心排综合征，出现血压低、四肢厥冷的状况，甘隆守在病床边，一边调节血管活性药物，一边用布满血丝的眼睛紧盯着监护仪上的血压和心率变化，同时还要观察小昭昭的尿量和引流量。

最危险的时刻是在术后的第二天，病儿的心率越来越快，血压一直在向下垮，甘隆担心病儿的尿少，有可能出现肾功衰，正低头在数尿液的滴数，床旁护士突然喊叫了起来：

"室颤了，室颤了！"

甘隆抬头一看，病儿昭昭的心脏不跳了，心电显示仪上是颤动波，他立即放下手中的导尿管，起身为小昭昭做心脏按压，以图恢复心跳。好在小昭昭体重不到八公斤，胸部骨骼很软，甘隆只需要用三个手指的指腹就能充分按压。

但是小昭昭的病情太重，进行胸外心脏按压一时起不了效果，甘隆按压了半个多小时仍没有起色，甘隆在心里着急，一边按压，一边在心中祈祷小昭昭赶快好起来，眼中噙满了泪水。

监护室三位医生和甘隆一起轮流交替为病儿按压心脏，一起商量对策，同时积极应用各种复苏的药物，终于在两个多小时后，小昭昭的心脏恢复了正常的跳动，甘隆的紧张情绪这才缓和下来。

为了随时对病情恶化作出及时应对，防止再次发生心室颤动，甘隆三天三夜不离开监护床，吃住就在监护室里。经过甘隆不懈地努力，病儿的低心排综合征终于缓解了，在术后第五天病儿脱离了呼吸机，再过一周后，家长高高兴兴地领着病儿出院了。

这次术后的一周多时间，甘隆历尽了煎熬，多少次眼见病儿的血压下降到极限，很多次他陷入了绝望，觉得自己坚持不下去，令他感到郁闷、忧愁，有很多次他怀疑自己选择心外科作为终生的事业是否明智，而多少次在失望后又找到一丝丝希望，终于将病儿从危险境地拉了回来，这一周下来，他的体重整整下降了六公斤。

当甘隆拖着疲惫的身体回到医院内的寝室时，余辰正在室内掩面哭泣。甘隆问他为什么哭泣，余辰说是因为一个幼儿四级胶质瘤术后效果不佳而去世，让他心绪不佳，悲痛难忍，他觉得他为了这个病儿已经全情付出，结果却得到了这种悲惨的结局，感到是上帝对于病儿的不公，也是对于主诊医生的不公。

甘隆本来睡意十足，听了余辰的哭诉，他的睡意一下子消失了，是呀，在这七天当中，他是多少次绝望，最后才转败为胜。甘隆仔细地听取了余辰讲述这个病儿是多么的活泼可爱，又是多么的乖巧讨喜，当他见到术后这个病儿再也没有从麻醉中醒来的时候，他痛恨是他的无能，才导致了悲惨的结局。余辰说：

"我要能像古时候传说中的神医那样多好，可以少让病人承受不必要的痛苦，这个可爱的病儿可能还活在世界上！"

甘隆说：

"余辰，其实我非常理解你的心情，我和你一样，如果病人治疗效果不佳，我总是内疚自责，总认为是自己的能力不够，或者付出不足才导致病人效果不理想。

"后来我读到纽约医生特鲁多的墓志铭'有时去治愈，常常去帮助，总是去安慰'，我明白了，虽然治病救人乃医生的天职，但目前医学仍然具有很大的局限性，人体是世界上最复杂和不确定的机器，医生不可能治愈每一个病人、每一种疾病。"

余辰说：

"可是我总是有一种无力感，在一些恶性疾病面前，好像医生无所作为，这给我的挫折感特别大！我有时自己想，我为什么会选择这么一条难走的道路呢？当同龄人在旅游、打牌，和恋人在花前月下卿卿我我的时候，我却在没日没夜地工作，每天都在重复着前一天，为病人焦虑不安，这样的感觉让我特别压抑，甚至快要抑郁了。

"而且我还觉得特别的不平衡，同龄人读完四年大学毕业，就可以挣着高工资，娶妻生子，过着幸福快乐的生活。而我们要读八年、十一年才能拿到学位，还要经过漫长的住院医师培训，才能成为真正的执业医师。"

甘隆说：

"其实，我也有你这样的想法，也有快要撑不下去的时候，很多时候是咬着牙才挺了过来，说实话，就在这刚刚过去的一个星期，我几乎没好好吃过饭，没有睡过囫囵觉，就是怕那个孩子突然死了，让我和老师的心血白费，好几次我想倒在床上蒙头大睡几天，可到了监护室的门口，我看着那个还插着气管插管、靠呼吸机维持血压和氧供的小生命的时候，我的脚步不由自主地折了回来，这当中内心的挣扎真不是滋味呀！"

余辰说：

"原来这一个星期你没有回寝室，是待在监护室里面呀，看你这身上都臭了，牙都没怎么刷吧？"

甘隆说：

"是呀，我现在浑身没劲，像要散架似的。我一会儿先要美美地睡一觉，恢复体力，再好好洗漱，不过今天我们俩既然很难得地交心谈到这里了，那我就继续往下说吧。"

余辰说：

"是的，虽然天辰医院安排你我同住这一间宿舍，自从你我同时当上住院总医师以来，天天都在各自病房里打圈，很少能同时出现在宿舍中，从上次在小酒馆中喝酒那次后，我们再也没有交心谈心了。"

甘隆说：

"嗯，是的，我们好久没敞开心扉开诚布公地谈心了。的确，我们在病人诊治过程中不顺利的时候，有时经受的煎熬是常人难以想象的，但是我想，医学的终极关怀是对在病痛中挣扎、最需要精神关怀和治疗的人的关注，任何医疗技术具有局限性，而我们用爱、用人文关怀可以部分弥补这种遗憾。"

余辰说：

"甘隆，你说得对，你这样说让我看开了许多，我觉得只要我们尽了最大的努力，就是尽到了我们的职责。"

甘隆继续劝慰余辰说，对于杰出的医生来说，手术成功固然是最大的喜悦之源，但医生以其仁慈和勇敢之心，一起和病人并肩战斗，不屈不挠地与病魔作斗争的意志力才是最为可贵的品质。甘隆说，前一周救治单心室病儿的过程让他深深地体会到作为一个医生的不易，但正是这种不易，更能使医者成长，成长为仁者！

余辰在与甘隆谈心了一个多小时后，心情大为好转，他看出甘隆十分疲惫，知道甘隆也是刚刚经历了一场与疯狂病魔的鏖战，七天七夜没有回到宿舍休息，他便要甘隆痛痛快快地睡上一觉，而他自己到病房里去值守其他重症患者。

甘隆写的有关五例急性肺栓塞外科治疗成功的论文在《中华胸心》杂志发表后，慕名找他治疗的肺栓塞病人开始专程找他来看病，天辰医院的急诊科、呼吸内科的医生们也主动向他推荐病人。甘隆发现，在找他诊治的肺栓塞病人中，有很多是病史很长的病人，多数是三五年，也有的病人病史长达十几年，这些病人的表现与他当初治疗的急性肺栓塞病人是完全不一样的。

甘隆意识到急性肺栓塞和慢性肺栓塞实际上是病理生理学完全不同的两种疾病，当然绝大多数慢性肺栓塞是由急性肺栓塞发展而来的，但前者的病理解剖学特征已经从单纯性栓塞病变，演化成为肺动脉内膜纤维性增厚，导致肺动脉的慢性狭窄或闭塞。

有的慢性肺栓塞的病人拿着病历资料来找甘隆，问能不能做手术治好这种慢性病，因为国内没有这一类的手术报道，而国外能做这种手术的医院和医生都非常少，看来这种慢性肺栓塞的外科治疗还是一片无人开垦过的处女地。

甘隆联想到不久前导师周教授要他以急性肺栓塞的外科治疗作为博士论文的研究方向，他觉得有必要将博士课题的选题方向加以调整，就是研究范围从急性肺栓塞扩大到急性和慢性肺栓塞两个范畴。

为此，甘隆在博士课题开题报告之前，专门找到周教授汇报了他的想法，想听取周教授的指导意见。甘隆对周教授说：

"老师，现在我在门诊有很多慢性肺栓塞的病人求诊，我觉得这将是心外科发展的一个新领域，我想要求将博士课题范围扩大，将急性和慢性肺栓塞都囊括进来，您看可以吗？"

周教授说：

"慢性肺栓塞手术的难度比急性肺栓塞要大得多，这样会增加你完成课题的难度，你不担心不能准时完成学业吗？"

甘隆说：

"老师，这种病人不少，为我的课题研究可以提供足够的病例，我先试着做一下。"

周教授说：

"甘隆，你的勇气可嘉！我也同意你扩大课题，不过你要注意进度，如果这方面难度太大，就可以退回到原来的范围。"

甘隆说：

"谢谢老师的体谅！我尽力将课题全部完成吧！既然老师您同意我的选择，那下周在博士论文开题报告上，我就将这一内容加进去了！"

周教授说：

"好，你可以在开题报告中加进去，你要小心在开题报告会上，心外科的各位教授会诘问你很多问题。"

甘隆说：

"我明白，老师，我会提前做好回答各位教授提问的准备。"

周教授说：

"慢性肺栓塞是心外科当中的险峰，你本来有轻松的路可走，为什么一定要走难走的路呢？"

甘隆说：

"老师，我是这样认为的，慢性肺栓塞有那么多病人，说明现实就需要我们发展和研究这种技术。所谓险峰，对一些人来说是险字之难，但在我看来，我却看中峰字之高，就是说，如果登上这座险峰，就能达到无人企及的高度！"

周教授说：

"你的这个思路倒也独特。想来也是，现在胸心大血管外科领域当中有三个亚科，一是胸外科，一是心脏外科，一是大血管和血管外科。在这三个亚科里面能人无数、传奇无数，但也是被先贤们开垦过的熟土地，后人很少能再在其中挖出金矿了，而急性肺栓塞、慢性肺栓塞在全世界范围内，都是无人开垦的处女地，在这里可以挖到金矿，可以开发出新的治病方法，做出令人惊叹的成果，甚至可以开拓出第四个亚科，这就是肺血管外科。你大胆地去闯吧，我支持你，我做你的坚强后盾。"

甘隆说：

"老师，您说得我热血沸腾，我更要坚定地投身肺血管外科这个新的领域！"

第五十三章　突破慢性肺栓塞

担任住院总医师的甘隆在安排好心外科事务的同时，善于抓住一切机会提高心脏外科的手术技巧。在周教授的倾心传授下，甘隆迅速掌握了重症先天性心脏病的外科治疗、重症瓣膜病的外科治疗和重症冠状动脉搭桥术，与此同时，他对慢性肺动脉栓塞外科治疗的研究也逐步展开。

这一天甘隆在门诊中遇到一个外地来就诊的病人，他曾经在八年前患过急性肺栓塞，当时经过溶栓治疗缓解，但是此后未经系统性抗凝治疗，急性肺栓塞已经转化成为慢性肺栓塞，在当地医院做了肺动脉造影，证实其主肺动脉几乎完全堵塞，血流几乎很难通过。

病人在当地和北京几家大医院又进行过几次溶栓治疗，由于急性血栓已经转化为慢性血栓，这几次溶栓治疗没有起到作用，病人一如既往地痛苦，气促，胸闷，不能行动，一行动就嘴唇变得乌黑。

甘隆阅读文献知道这是中央型的慢性肺栓塞，药物治疗是没有任何效果的，反而可能导致出血，只有手术将肺动脉内的陈旧性血栓剥脱出来，才能缓解病人的症状。甘隆先将病人收住院，再将病人接交给全科讨论，讨论的意见认为病人只有五十多岁，年龄并不大，而肺栓塞是中央型的，具有手术适应证！

但是，有的专家认为，这种慢性肺栓塞手术在国内没有先例，而且这个病人的病史长达八年，手术风险极高，建议暂缓这种风险极高的手术。周教授力排众议，认为虽然这种手术在国内没有先例，但欧美国家已经有少数专家做过这种手术，而且这例病人的肺栓塞是存在于肺动脉主干，就我们现有的技术条件来说，是可以完成的。

手术是在五天后的上午进行的，全心外科进行了详尽而周密的安排。周教授主刀，甘隆担任一助。在麻醉师成功实施全麻后，甘隆为病人进行了消毒、铺巾、开胸和建立体外循环，此时周教授上台进行手术操作，他在阻断升主动脉、灌注心脏停搏液让心脏停跳后，切开肺动脉，师徒二人想用剥离子将肺动脉内的血栓剥脱出来，但没有想到肺动脉内有无穷无尽的血液向外涌，根本看不清术野，手术很难进行下去。

原来，慢性肺栓塞和急性肺栓塞不同，由于长期缺血缺氧，肺动脉内形成大量的侧支循环，这就是肺动脉切开后大量血液涌出的原因所在。第一次遇到这种问题的周教授也开始觉得不好处理，甘隆提示说：

"老师，这个病人可不可以学主动脉夹层手术中实行深低温停循环？"

周教授说：

"侧支循环的血流这么多，深低温停循环是个好建议！"

周教授立即要求灌注师在辅助循环下将病人的体温降到二十摄氏度，再实施停循环，就是体外循环机器停止转动，并将病人体内的血液排空进入储存罐中保存起来，这样病人体内此时就几乎没有血液存在。

体温每降低一摄氏度，可使机体氧耗率下降百分之五至百分之六，人体中心温度降温到二十摄氏度时可以将机体氧耗气大幅降低，一般安全停循环时间为四十五分钟，但是停循环时间还是越短越好。由于实施了深低温停循环，术野的涌血现象大幅减少，只需要手术助手用吸引器轻轻吸引，就能完全清除干净，术者可以看清楚手术界面，操作就容易多了。因此，周教授和甘隆两人得以加快手术步伐，小心翼翼地将主肺动脉内的血栓取出，并且将增厚的内膜剥脱，这个过程花了十九分钟。

周教授快速将切开的肺动脉缝合好，指令灌注师恢复循环，再过了十分钟还完氧债后，灌注师逐步将病人体温恢复到正常温度。甘隆继续将后续的手术步骤配合完成，将病人顺利地送回监护室，第二天病人苏醒过来，顺利脱离了呼吸机。术后甘隆为他复查了肺动脉CT加强造影术，肺动脉显示出两棵完美的树形结构。

至此，国内第一台慢性肺栓塞手术取得了成功，一周后病人顺利康复出院，出院前给主诊医生周教授和甘隆送来了锦旗。这台手术成功后，周教授非常高兴，他对甘隆说，这台手术是一个领域的突破，而慢性肺栓塞的病人还很多，以前是求医无门，现在终于能为他们提供一个治愈的方法，肺栓塞外科治疗是一个有前途的专业，方兴未艾，前途未可限量，他要求甘隆以此为契机，加紧博士课题的设计、实施。

这天下午三点来钟的时候，甘隆刚从一台升主动脉置换手术上下来，还没来得及吃午饭，他的BP机响振起来，赶紧拿起来一看，是急诊发来的：急诊科急请会诊，速来。甘隆知道，急诊科的会诊都是急茬，是不能等的，他便马上从更衣柜里拿了一瓶可乐，一口气就灌了进去，手术刷手衣都没有脱，披上白大褂就三步并作两步直奔急诊去了。

外科医生的饮食和作息时间是十分不规律的，主要是受手术的影响太大。有的时候，因为头一天忙到深夜，第二天起床就会略晚一点，来不及吃早餐就要上手术，而心脏外科手术时间长，往往要到下午两三点后才结束，如果这个时候再来个会诊、急诊，吃饭就要拖到晚上了，甘隆很多时候一天只吃一餐饭。后来，甘隆到了年长的时候，回想起这段时光，他不胜感慨，说当住院总医师时候的他的胃是铁胃，一天只吃一餐饭就够了，就像汽车灌一箱油后，就能跑长途几百公里一样，真是不可思议，这可能是因为外科医生，特别是住院总医师一天的工作特别忙，没时间去顾及吃喝，有时候一天没时间吃饭没时间睡觉，全凭一口仙气吊着。

三分钟后，甘隆就赶到了急诊科，余辰这时已经在这里了，甘隆看到余辰在此，心里明白这次会诊肯定是涉及心和脑的多学科协同会诊了，他便和余辰打了个招呼。

急诊科的副主任秦潞华很快就来到两位外科住院总医师面前，介绍会诊病人的情况。患者是一位八十六岁的男性老者，因被人发现倒在地上伴意识障碍约五小时急诊入院，送医的路人发现病人身旁有呕吐物。病人既往有冠心病、心脏增大、房颤和肺栓塞病史，正规定期检查治疗，长期服用华法林抗凝治疗。

秦潞华副主任介绍说，病人生命体征尚平稳，意识昏睡，查体不合作。双瞳等大等圆，直径约三点五毫米，对光反射灵敏，眼球游动。四肢肌力检查不配合，可见自主活动，肌张力不高。顶枕部见头皮擦伤及头皮血肿，大小约三厘米乘四厘米，未见头皮裂伤。鼻腔见少许血迹。

甘隆和余辰两人看了病人头颅CT检查，发现其左侧额颞叶脑内血肿，量约三十毫升，左侧额颞部硬膜下出血。甘隆分析说，虽然病人是先出现倒地摔伤头部，但其原因可能是口服华法林导致脑部出血引起的，为了防止脑出血加重，第一步是要马上用维生素K对抗华法林。余辰的意见是要密切观察瞳孔意识生命体征，动态复查头颅CT，必要时行颅内压监测。

第二天急诊再次请心外科和神经外科会诊，甘隆和余辰两人观察发现，患者意识障碍加深，复查CT发现左侧额叶脑水肿较前加重。余辰立即在局麻下为患者进行左侧额叶脑内血肿穿刺引流及颅内压探头置入术。手术顺利，术中引流出血肿液二十毫升，全天累计引流四十毫升，患者昏迷出现好转，刺痛时可睁眼，遵嘱能活动确切，痛定位准确。余辰要求术后对病人颅内压监测，保持血肿引流，适度脱水，甘隆提醒说，患者因为肺栓塞病史，还有房颤病史，建议颅内损伤稳定后启动抗凝治疗。

第三天会诊时，余辰见患者的颅内压控制在10mmHg左右。引流出血肿液量不多，复查头颅CT后拔出颅内血肿腔引流管。拔出引流管后的第二天，复查CT发现颅内情况稳定，甘隆建议予以低分子肝素钙抗凝治疗。

急诊科按照心外科和神经科的会诊意见进行了后续治疗，患者在七天后就下床活动了，顺利康复，家属将其接出院，继续在家遵医嘱保养治疗。病人的家属后来特别向余辰和甘隆送来了锦旗表示感谢。

在这件事刚过去后的第三天，甘隆又突然接到余辰发来的BP短信，要他迅速来神经外科病房会诊，此时的甘隆刚刚下手术台，还没有来得及吃饭，便抓起一瓶瓶装水，边喝边向神经外科病房冲了过去。

甘隆来到神经外科病房门口的时候，早有一名初年住院医师在此迎候他，并将他带到一张病床旁边。余辰向甘隆介绍说，请会诊的病人是一个六十多岁的刚果籍男性病人，既往有高血压病史五年多，长期服降压药物治疗，此次病人因突发意识不清两个小时来院就诊，当时颅脑CT检查发现病人的右侧基底节区有大量脑出血，估计出血量约五十毫升，当时进行了脱水和降颅内压对症处理，余辰在接诊当天还为病人进行了颅内血肿穿刺置管引流术，此后病人神志恢复，病情稳定。

一个多小时前，也就是在术后的第六天的今天中午，病人在翻身后出现了呼吸困难，血压下降，血氧饱和度急剧下降。在甘隆到达之前，麻醉科的值班医师已经为这个病人进行了紧急气管插管术，现在病人是呼吸机辅助呼吸。

甘隆听完余辰的介绍，心中便有一些底了，他便开始为这个病人进行检查，病人现在情况的确非常危急，就算呼吸机吹着百分之百浓度的氧气，他的血氧饱和度也只有八十多，始终上不了九十；而且就算这个病人已经建立了深静脉通道，应用血管活性药物肾上腺素和多巴胺，他的血压始终在九十上下飘忽不定！甘隆初步判定这个病人因为卧床过久，下肢或盆腔形成血栓，在刚才的翻身动作中挤压下肢后，血栓脱落入肺动脉，没错！这个病人八九不离十是急性肺栓塞！

甘隆对余辰说：

"我分析这个人是急性肺栓塞，不知道超声心动图的大夫来了没有？"

余辰说：

"超声大夫正在路上，很快就到了。"

果然，余辰的话音未落，就见着超声医生推着一架硕大的超声心动图机来到病人的床前。超声大夫启动机器后，在病人的胸前涂抹了耦合剂后，将探头在其胸前打出各个切面，甘隆和余辰两人凑上前去看显示屏上的变化。当超声大夫打出四腔心切面的时候，甘隆脱口而出轻声喊了起来：

"右心房内有漂浮血栓！"

超声大夫仔细看了之后，回应说：

"是的，右心房内有巨大漂浮血栓，这个病人非常危险，随时都可能发生死亡！"

余辰说：

"那应该如何处理？"

甘隆说：

"我们先不急，先等超声大夫看一下肺动脉和下肢静脉的血栓状况！"

超声大夫继续用探头发现，这个刚果籍病人的双侧肺动脉内存在大量血栓负荷，而且在下肢的静脉中也有很多活动血栓。余辰问道：

"这个病人能不能保守治疗？"

甘隆说：

"这个病人重就重在右心房内有大块漂浮血栓，这就像是毒蛇的芯子，被它舔上一口，就是致命之吻！血栓一旦从右心房内脱入到肺动脉，这个病人必死无疑！因此，他必须尽快行开胸手术！"

余辰说：

"可是，这个人是外籍人士呀，他家属还不在国内，上次他做颅内置管引流手术还是刚果领馆的人来签字的！"

甘隆说：

"那这样，我们一边给他再做一个肺动脉加强CT，以证实超声的诊断；另外，请你们的住院医师再紧急与刚果领馆的相关人员联系签字，一旦签完字，我就给他进行手术！"

余辰说：

"那好，我负责签字，你负责做CT和手术！"

甘隆带着李伟和张加成两位医生一起，专门护送这位刚果籍病人做了肺动脉加强CT，证实了超声检查的判断，即这个病人的右心房内存在漂浮血栓，而肺动脉内存在大量血栓。余辰通过电话联系上刚果领馆的相关人员，说明了病人的病情变化及手术的必要性后，他们很快在手术同意书上签字，表达了同意手术的意愿，及对手术风险的理解。

在甘隆的安排下，手术很快就在天辰医院心外科的手术室中进行了。在麻醉师完成了全麻后，甘隆带领李伟、张加成两位大夫立即完成了洗手、清毒、铺巾等程序，甘隆迅速完成了开胸和建立体外循环的步骤，他特别小心不扰动右心房，以免把心房内的血栓推入肺动脉。因为有了预案和思想准备，整个手术过程极其顺利，甘隆在体外循环的辅助下，阻断了升主动脉，灌注停跳液让心脏处于舒张期停跳状态后，他小心翼翼地切开右心房，将大块漂浮血栓取了出来，这块血栓的形状还真像是蛇的芯子一样！这个时候甘隆才算舒了一大口气。

接下来甘隆将病人的主肺动脉和左右两侧肺动脉切开，取出了完整的血栓。为了防止下肢静脉的血栓再次脱落形成新的肺栓塞，甘隆又从下腔静脉在右心房的开口，逆行植入了下腔静脉滤网。到这个时候，手术的关键步骤就算完成了，甘隆缝合了右心房和肺动脉上的切口，开放升主动脉后心脏自动复跳，在辅助一段时间后，病人顺利地脱离了体外循环机，手术顺利完成。

在术后复查超声心动图，发现病人右心房和肺动脉血栓完全消失，也没有新的血栓落入，肺动脉压接近正常，而且病人的血压和血氧饱和度都很稳定，术前大量应用的肾上腺素和多巴胺这两个药物也逐步减停了。在术后的第一天，甘隆就让病人脱离了呼吸机支持，过了三天，他被转回到神经外科病房，再过了七天左右，他顺利地出院了。

在刚果领馆的商务参赞来接这个病人出院的时候，他专门向余辰和甘隆表达感谢之意，余辰和甘隆一起将病人送出了医院大门，看着他们坐上车，在车内向他们招手致意时，余辰心中非常感慨，他对甘隆说：

"甘隆，没想到神经外科和心外科合作的机会还很多呀！这不，我们俩又成功地合作了一把！"

甘隆说：

"国外已经兴起双心医学，就是讲将心脏病和神经系统的疾病放在同一范畴考虑，这对于老年人来说十分重要，因为老年人的疾病往往具有多重性，让神经科和心脏科分开来治，用药是矛盾的，只有神经科和心脏科携手合作，统筹考虑用药才行。这不，我们上次合作的那个病人八十六岁了，既有脑出血，又有肺栓塞和心房纤颤，现在这例刚果籍病人的情形与之非常相似，在这两例病人的治疗上，我们两科通力合作，才取得这么好的效果。"

余辰说：

"双心医学看来得大力推广，我们俩现在虽然只是住院总医师，也要在天辰医院内积极推行这种理念！只是我们人微言轻，不知道有没有人听我们的？"

甘隆说：

"我们现在虽然人微言轻，只要坚持反复推行，就一定有效果，我想下周在心外科搞一个讲座，题目就是'双心医学的必要性和重要性'。"

余辰说：

"没想到你的动作这么快，这样吧，你在你们科讲完后，我在下下周也请你到我们神经外科来讲一次，行吗？"

甘隆说：

"当然行！"

两人会诊已毕，便交流起各自博士课题的进展现状，他们虽然一个属于心外科，一个属于神经外科，课题的共同点并不多，但他们都是做临床型博士，课题都是临床课题，因此，二人在宿舍碰面时，经常就课题进展中遇到的困难进行交流。余辰说：

"甘隆，你的课题选定了没有？"

甘隆说：

"我的选题方向已经定了，就是胸心血管外科的新领域，肺栓塞的外科治疗。"

余辰说：

"我读本科和研究生时没听说国内有哪家医院开展这种肺栓塞手术，你要以此为选题，风险会不会很大呢?"

甘隆说:

"这种手术我们已经开展了十多例，已经有了不少经验，当然还需要积累更多经验。"

余辰说:

"那你的课题的设计是什么?"

甘隆说:

"我的课题设计已经好了，就是逆行肺灌注对肺栓塞手术中肺组织的保护作用。已经报请我的导师周教授审核，他基本上同意我的设计方案了，只等博士论文开题报告了。这不，我在等你一起开题呢，你的博士后课题到哪一步了?"

余辰说:

"我的选题是经鼻蝶窦垂体瘤切除手术。"

甘隆说:

"这就是所谓的不开颅切除巨大脑肿瘤吧?"

余辰说:

"是的，垂体瘤通常生长于垂体窝，位于最深处的颅底中央区，周围毗邻结构复杂。传统开颅手术创伤大、手术风险高。"

甘隆说:

"经鼻蝶窦垂体瘤切除术可以说是一种极微创的手术吗?"

余辰说:

"是的，这种术式不但微创、无外表伤口，关键是它肿瘤全切率高、并发症少、住院时间短、花费低等优势，国外刚开展不久。"

甘隆说:

"我发觉我们俩的课题有一个共同特点，就是都要开展新的手术，这种手术在欧美最发达的国家也是刚刚兴起，而且都是前途无量的手术!"

余辰说:

"是呀，没准将来你以肺栓塞外科治疗闻名于世，我以微创神经外科出名呢！"

甘隆说：

"现在好好奋斗，说不定真有那么一天，不过，我看重的是，我们俩能为更多的重症病人提供有效治疗！"

余辰说：

"我也是这样想的，我们以此共勉吧！"

第五十四章　紧急床旁开胸

全天辰医院最累的住院总医师非心外科莫属，因为心外科的活都是急茬！心外科住院总工作职责主要包括但不限于以下几项：

（1）安排住院床位和手术是每天必需的工作，也是住院总的"特权"，每天要对全心外科平诊手术和急诊进行安排与协调。每次急诊必须第一个到场，及时向上级医生汇报，迅速准确判断病情，马上与患者家属沟通；（2）急诊科循环系统外科性疾病的会诊和抢救；（3）全院各兄弟科室循环系统外科性疾病的会诊和抢救；（4）心外科病房和ICU病人的抢救；（5）安排门诊排班、医生排班、轮转医生入科教育。

心外科病人以病情变化快闻名，变化真是比翻书还快，前一分钟病人可能还气定神闲，一扭头的工夫就可能心脏骤停了，必须立即开展抢救。心外科住院总医师BP机响，随叫随到；使命在身，抢救必达。

这天甘隆从一台大动脉转位手术下台了，回到病房的值班室，他正打开一盒方便面，在纸碗里面装了滚烫的开水将面条焖熟。这个时候，病房内突然响起了当班护士凄厉的叫喊声：

"大夫，大夫，快来呀，病人心跳停了！"

甘隆想都没有想，立即跳起来，跑向护士站的方向，只见一个女性病人倒扑在离护士站不远的女厕所的门口。天辰医院此时是从一个老而破旧的结核病院改造而来的，病房楼都是二十世纪五十年代修建的旧楼房，病房内没有卫生间，更没有抽水马桶，病人要上厕所，只能到公共的厕所里去蹲坑。

而这个病人是一位二尖瓣重度狭窄的重症患者。正常人的二尖瓣是左心房的血液流向左心室的必经关口，瓣口面积是4—6平方厘米，能塞进四个手指，而她的二尖瓣瓣口塞不进一个小儿的小指头，大部分血液淤积在左心房内，到达不了左心室，病人通过自身的代偿机制还勉强能维持血压。

但要命的是，这个病人因为同时患有便秘，蹲坑时间超过了半个小时，她身体内的血液全都积压在下肢上，左心的血液非常少，她解完手后站了起来，还没有来得及系上裤腰带，就一头栽倒在地上，心跳当时就停了。好在护士站离厕所非常近，那倒地的一声响将当班护士吓了一大跳，上前摸了病人的颈动脉，根本就没有脉搏，又喊了病人的名字几声，确认是没有反应后，立即呼救，召来了好几个大夫，而甘隆则跑在最前面，在确认病人心脏骤停后，立即实施胸外人工按压和口对口人工呼吸。

甘隆指挥在场医护人员将病人抬到病床上，在她的背后置放一块宽阔的木板，这是防止在胸外按压时病人的身体随着床垫下沉，抵消了胸外按压的力量。当班护士立即电话通知麻醉师赶了过来，为病人进行了气管插管，连接上了呼吸机。

住院医生李伟、张加成都赶了过来，他们挽起袖子加入了胸外按压的队伍。胸外按压是个技术活，但更是体力活，要将心脏骤停的病人的胸骨下三分之一向下按压足够的深度，而且还要达到一定的频率，不然的话心肺复苏的努力就起不到作用！好在两个住院医李伟和张加成都是傻小子睡凉炕的年龄，有的是力气，胸外按压对他们来说不在话下。

甘隆腾出手来，马上指挥护士应用肾上腺素、去甲肾上腺素、阿托品、肝素、碳酸氢钠等一系列药物，并不时地让李伟和张加成暂停一下胸外按压，看病人的心电图有没有粗颤电波，有粗颤电波的话进行电击除颤复律。

但是所有这些努力都没有起到预想的效果，李伟和张加成两个大夫只要稍一停止按压胸骨，心电图立即变成一条直线，就是说心脏根本就没有电活动，时间已经过去了将近半个小时，如果再不采取果断的措施，这个病人肯定就没有救了。

　　甘隆现在心头想出一个办法，既然胸外心脏按压没有作用，那么现在是采取胸内心脏按压的时候了，就是将病人的胸腔和心包打开，大夫直接将手伸进去，将心脏向上抬起抵压到胸骨上，这样的按压效果要比胸外按压更加直接、更加有效。

　　但现是在病房，根本就没有开胸的手术条件，而手术室则离病房起码有十五分钟的路程，要到手术室里去开胸几乎是不可能的了，为了不错过抢救机会，甘隆立即让参加抢救的护士拿来一个无菌静脉切开包，这里面有必须要用的刀片。

　　但是消毒呢？这个时候太急迫，根本没有时间进行消毒、酒精脱碘等复杂的消毒过程。甘隆让护士将病人的所有衣服全部剪除，从护士手里拿过一瓶碘酒，一下子泼到病人的胸腹部，这一下就快速完成了消毒。

　　但是医生没有洗手呀！碘酒直接泼到皮肤，是有很大破坏作用的，可甘隆管不了那么多，他拿起碘酒直接倒在自己的双臂和手掌，以最快的速度完成了自我消毒。

　　接着甘隆戴好手套，从静脉切开包里拿出刀片，用手直接拿着刀片，沿着病人的左胸第四肋间，切开皮、皮下组织和肌肉组织，病人根本就没有血液流出来，在某种意义上来说，这个病人已经死亡！

　　甘隆用手分开左肺组织，切开显露的心包，他放慢速度将心包切开，这时病人的整个心脏就暴露在他的眼前，甘隆将右手伸进了病人的胸腔，有节奏地按压起来，很快病人惨白如死人的脸上现出一点血色，而心电图监护仪上开始有一些粗颤。甘隆想试一下，看除颤能否复律，他让李伟手持两个电击板，将电压降到两百焦耳，除了一次，心脏重新失去了电活动。

　　如此这般三次，都没有效果，甘隆在脑海里飞快地思索，现在唯

528

一可能有效的方法就是立即将病人推到手术室去，在全麻体外循环下进行二尖瓣置换术。甘隆一边用手按压心脏，一边向麻醉师说明了他的意图。麻醉师略为面露难色后，立即改为同意甘隆的决策，是的，现在就必须立即手术，否则今天所有的努力都白费。

甘隆让李伟在一旁协助自己，让张加成立即给手术室护士及体外循环灌注师打电话，联系急症手术，好在此时十个心外科手术间当中有一个手术间是刚好完成了手术不久，但这个手术间的下一台手术是兄弟心外科病房的。

张加成要求手术室护士长占用这个手术间，以后再还一次手术机会给这个兄弟心外科病房。张加成的办事效率非常高，在安排手术间的同时，他也联系好了血库，血库主任表示大力支持。张加成又立即走出手术室，找到在手术室门外焦急等候的家属，在讲了手术的必要性和风险后，家属没有更多的问话，直接在手术同意书上签了字。手术要求的条件全都搞定！

但病人如何送到手术室呢？甘隆想起一个主意，就是自己坐在病人的床上，不间歇地用手按压心脏，而麻醉师照看氧气袋和气管插管，在前面引路，边走边按压麻醉气囊给病人供气，不使病人的氧气中断。

李伟和张加成推着床向前走，甘隆则坐上床上按压心脏，这是一幕极为罕见的景象，就连工作多年的心外科老大夫们也很少见到。众人快马加鞭，很快就来到了手术间，洗手护士已经备好了器械包，而灌注师也已经将体外循环机预充好了，一切就绪，只等手术开始。

甘隆边按压心脏，边从推床上下来，继续着他的按压，同时指挥李伟和张加成将病人抬上手术床。张加成已经洗完手，立即接替甘隆的按压。甘隆以最快的速度完成洗手，立即为病人再次消毒、铺巾。

张加成在一边按压心脏，另一边甘隆和李伟立即完成了开胸和主动脉插管及双腔静脉的插管，并且连接到体外循环机器上了，这个时候张加成就停止了按压，因为体外循环机已经接替了他的工作。

灌注师为病人降温。鉴于病人心脏停搏时间过长，甘隆要求灌注师将病人体温降到深低温，这样有利于保护病人的脑组织和其他重要器官。甘隆这才有条不紊地进行手术，这个时候病人处于相对安全状态，把手术做好才是挽救她的关键。

甘隆阻断了升主动脉，并在其根部灌注了冷心停跳液，心脏很快变成了疲软的囊袋样结构，这是心外科医生为了保护心脏，想要达到的心脏舒张期停搏状态。

一切都在把握之中。甘隆切开左心房，探查到左心房内有大量血栓，他拿汤匙和刮匙将血栓全部取出，竟然有满满一小碗，这是害人的祸精！甘隆将血栓取出后，显露出病变的二尖瓣，病变的确十分严重，甘隆用钳子尖试探了一下，发现捅不过去。他切下二尖瓣，用十六针间断褥式在二尖瓣瓣环缝合预置了一圈缝线，洗手护士拿来一个二十五号的机械瓣，甘隆将缝线再缝到机械瓣上，将机械瓣送到位后，逐一将缝线打结。

到了这个时候，周教授已经赶到手术室来了，他看见主要的工作基本上已经完成，就在旁边对甘隆进行指导，甘隆则继续完成余下的手术环节。这台手术一直持续到晚上十点多钟，等到甘隆和李伟、张加成一起将病人送到心外科监护室，看见病人的生命体征平稳，心脏有规律地跳动，而血压正好在理想状态，甘隆这才想起今天的中午饭还没有吃，他已经累得瘫软在病房值班室的沙发上。张加成去餐馆买了一些外卖来，三个人一起吃了。

这个病人第二天并没有醒来，眼球全是渗出液，甘隆知道，这个病人脑缺氧时间太长了，且等着恢复呢！甘隆要监护室的主任请来神经内科、神经外科会诊，余辰也被邀请来了，他对甘隆说，病人脑缺氧虽然严重，但抢救还是很及时的，这个病人又没有脑部定位症状，瞳孔扩大一些，但她的对光反射还是存在的，所以不用着急让病人苏醒过来，在镇静两三天后，再撤除镇静，肯定会有不错的效果！甘隆按照余辰的要求做了，果然在术后的第四天，病人完全清醒了。甘隆在术后的第五天将病人的气管插管拔除，并将病人转回了病房，再过了十天后，病人高高兴兴地出院了。

甘隆担任住院总医师已经半年多，几次科际之间的危重症会诊、本科的急诊手术都处理得十分到位，受到了科主任周教授的表扬，这让甘隆对剩下不到半年的住院总工作感到更加从容和自信了，他十分享受治病救人带来的巨大成就感，更加爱上了这个充满挑战的工作。虽然每天很累很辛苦，压力山大，但他仍然有如打了鸡血般地富于激情和斗志，即使没有急诊和重症病人需要处理的时候，他都保持待命的状态，丝毫不敢松懈，他身上的BP机绝不敢关机，待机时长是三百六十五天乘二十四小时，直到住院总医师的任期满后才能让这个BP机交给下一任住院总。

　　虽然医院专门为他配备了在院内的单间宿舍，但他很少去住，大部分时间睡在心外科值班室的一条窄窄的沙发。他凌晨时经常醒来，不是从沙发上掉下来，就是被BP机振醒。从值班室爬起来，急匆匆地奔赴请会诊的科室或者到心外科监护室去看病人。

　　这天甘隆从一台多支冠状动脉搭桥手术下台后，正在手术室的餐厅里吃饭，他刚放下碗筷，就感觉到BP机响振起来，拿起来一看，"心内科急会诊，电6732。锦梅"这几个字映入眼帘。

　　原来，甘隆与锦梅同时从军医大学硕士研究生毕业后，同时考入天辰医院的临床型博士，只不过甘隆考的是心外科，而锦梅考的是心内科，两个人一个心外科，一个心内科，算得上是珠联璧合了，两个人在私下聊天开玩笑说一家人可以开一家小型心脏医院了。

　　他们二人在硕士毕业后，在进入天辰医院读博士之前就领了结婚证，回到麻城市办理了婚礼。和甘隆一样，锦梅也因为是临床型博士，必须完成住院总医师阶段的培训，她的博士生导师马教授在前不久让她开始担任心内科的住院总医师。

　　因为夫妻二人刚进入天辰医院，还是在读书阶段，两个人只好各自住在医院的宿舍。甘隆自担任住院总医师以来，为了不影响工作，和锦梅商量，两个人之间发BP短信和打电话的时间都在下午两点钟左右，因为当住院总实在太忙了，每天BP机和电话响不停，很多事情要处理。所以，两个人约定了打电话的时间。

甘隆接到锦梅的BP短信后，开始以为是两个人约定的例行通话时间到了，并没有太在意，走到麻醉科办公室的电话机旁边，拨通了6732的电话。电话那边是锦梅的声音：

"甘隆，你下手术了？吃了吗？"

甘隆说：

"吃了，你现在有空吗？我们见一下面吧？"

锦梅说：

"见面是必需的，不过不是因为有空，我们心内科有急诊，请你会诊，你赶紧到导管室来。"

甘隆心里一沉，他明白到导管室会诊，很可能是导管室的病人出现了并发症。甘隆放下电话后立即穿上白大褂，朝着导管室方向奔去。五分钟后，甘隆来到第三导管室，锦梅已在导管室门口等他，夫妻二人来不及说任何体己话，就进入导管室内，看见马教授正在操作间里处理病人。

甘隆穿上铅衣进入操作间后，马教授介绍说，导管床上的病人是一个六十九岁的女性，患有心房纤颤、高血压五年病史，应用抗心律失常药物效果不著，有过脑梗病史，正在进行三维标测下房颤消融术，手术进展顺利，心房纤颤已经转为正常的窦性心律，消融导管已经从病人体内撤出。可是在手术观察过程中，病人突然出现胸闷、大汗、恶心、烦躁、血压下降及心率增快现象。

马教授开始时判断病人为迷走反射，但是经过吸氧、给予多巴胺、快速扩充血容量等治疗后，病人症状好转不明显，而且在透视下心影增大。听到马教授介绍到这里，他脑海里立即出现了"心包填塞"四个字，就立即问道：

"马教授，需要我们心外科立即介入吗？"

马教授说：

"我想先试一下心内科处理，如果效果不佳，再转你们心外科手术处理吧！"

甘隆说：

"好，那我就在床旁等着，如果需要的话，我们马上就着手进行外科治疗！"

马教授说：

"好的，这样安排最好，谢谢。"

马教授说完，就对患者应用鱼精蛋白中和肝素，进行了心包穿刺引流，抽出不凝血350毫升，此时病人血压恢复正常，心影有所缩小。但过不久，患者又出现心包填塞症状，而且心包引流量逐渐增多，达到1800毫升。

甘隆见状对马教授说：

"马教授，看来开胸止血是必要的了。"

马教授说：

"是的，已经不能再等了。"

甘隆在取得马教授的同意后，立即为患者安置了血液可回收引流管，将心包内的血液抽吸并回输到病人体内，同时他立即通过电话安排最快的手术间，在安排好配血、麻醉师、体外循环灌注师和手术室护师后，以最快的速度将患者推入手术间。

由于这是急诊手术，情况紧急，甘隆先自己完成消毒、铺巾和开胸步骤，主治医师王勇和住院医生李伟直接从另外一台手术上转到这一台手术来帮忙。打开心包一看，果然有大量新鲜积血，甘隆让李伟把心包积血吸干净后，将心脏向右侧扒过来，仔细一看，左心耳正在向外喷血，甘隆请洗手护士拿来一把心耳钳，他接过后随着心脏的跳动将心耳夹住，请王勇用双十号线对左心耳进行结扎，将左心耳钳松开后，已经不再喷血了，再观察了十分钟，心包内没有新鲜血出来，说明问题已经解决。

甘隆和王勇及李伟大夫小心地关完胸后，将病人送入了心外科监护室，他立即给锦梅和马主任打了电话，告诉这个病人已经平安无事。此时已是晚上九点来钟，甘隆和锦梅两个人都还没有吃晚饭，锦梅在外面的小餐馆买来了两个菜，两个人一起在心外科的办公室里吃了起来。

吃完饭后，锦梅因为心内科还有值班任务，她就和甘隆告别后回到心内科的导管室，继续做其他的工作，而甘隆则累得全身没有力气，有快散架的感觉，他就倒在值班室的沙发上睡着了。

到了晚上十二点多钟，BP机又把甘隆振醒了，他拿起一看，还是妻子锦梅发来的："导管室急会诊，电6733。锦梅"。在这个时间点发BP短信，肯定是有急诊。甘隆心里觉得十分奇怪，一天之内心内科竟然发生两次并发症需要心外科出手处理，这在以往是很少见的。这回甘隆没有误会，立即穿上白大褂就朝导管室方向小跑而去。

这次会诊的是第二导管室，锦梅将甘隆引见给心内科的刘副主任。刘副主任介绍说，这个病人是位六十五岁的女性，因发作性心前区疼痛两个月入住心内科，诊断为冠状动脉粥样硬化性心脏病、不稳定型心绞痛。刚才的冠状动脉造影显示：左主干开口基本正常；前降支开口及近端百分之八十至百分之九十、中段百分之九十狭窄。刘副主任行PCI术，于前降支置入两枚支架后出现剧烈胸痛，造影见前降支近段有大量造影剂溢出，证实前降支冠脉破裂，立即将球囊送至穿孔处近段进行持续扩张封闭止血。

正在刘副主任给甘隆介绍病情的时候，病人出现胸痛逐渐加重、血压下降、心源性休克、室性心动过速、心室纤颤。甘隆立即为病人给予气管插管、人工辅助呼吸。经胸外按压心肺复苏成功后，甘隆立即打电话将病人转入手术室，开胸探查发现，心脏表面弥漫性血肿，根本看不清楚病变的位置。

甘隆立即建立体外循环，在并行循环的辅助下对心脏表面的大面积血肿进行清除，再切开心肌组织解剖冠状动脉前降支近端，见前降支的起始段破裂约一厘米，伴3／4周径重度钙化，巨大斑块形成，还发现了支架外露。

甘隆立即为破裂的冠状动脉按压止血，将病人体温降温至三十二摄氏度后，开始阻断升主动脉，主动脉根部灌注冷停跳液，使心脏停搏。甘隆将外露的支架从前降支破损处取了出来，又从病人的胸骨后解剖取下左侧乳内动脉做血管桥，行前降支远端旁路移植。开放升主动脉，血管桥排气，心脏除颤复跳，停机顺利。甘隆在为病人关胸后转入ICU。

甘隆在完成这台手术后，已是早上六点来钟，在病人平稳后，他赶紧回到心外科值班房倒头睡了下来，他是想抢在八点上班前补一下觉。可他睡了没有一个小时，腰部突然发生剧痛，使他从沉睡中痛醒过来。

甘隆赶紧将睡在上铺的值班医生李伟喊醒，李伟从上铺下来，为甘隆做了体检，发现甘隆有肾区叩击痛，再扶甘隆上卫生间小便，发现他的小便带有血色，分析很可能是尿路结石发作了。

李伟立即跑到院内宿舍找来三位进修医生，一起将甘隆抬出病房，来到急诊科，在急诊科值班的泌尿外科医生让李伟为甘隆留置尿液标本送检，果然在显微镜下满眼是红细胞，照了腹部平片发现在右侧尿路有钙化影，又做过B超发现在右侧输尿管中有结石存在，泌尿科大夫说腰痛无疑是尿路结石引起的，治疗方法就是输液解痉，他为甘隆开了液体，叫来护士为甘隆输上液。

李伟又打电话将锦梅请了过来，锦梅赶过来时，看到甘隆腰疼得满头大汗十分心疼，坐在输液床边为甘隆揩汗，又轻轻为他按揉腰部，说来奇怪，锦梅的这一按揉后，甘隆的腰部疼痛减轻不少。甘隆感激地看着锦梅说，你华佗的小神手一按，我的腰疼竟然消减了一大半。

锦梅见天色大亮，而甘隆的腰疼有所好转，便起身到食堂去买来早餐，就要李伟、甘隆一起在输液床上吃了起来，甘隆的一只手有输液针，吃起来不太方便，锦梅就喂给甘隆吃。在一边看着的李伟开玩笑说，锦梅嫂子对隆哥真是太好了，以后我找媳妇就按锦梅嫂子这个模样找！

到此时，急诊科接班的医生护士已经陆续都来上班了。甘隆吃完早餐，站起身对锦梅说：

"锦梅，你去上班吧，我让李伟把我扶回到心外科就行。"

锦梅说：

"要不你今天休息一天吧，我也请假来照顾你?"

甘隆说：

"那怎么行？我不上班，会打乱今天手术顺序的，顶替的人也不好找，再说我现在好多了，能够忍受了！"

李伟说：

"隆哥，要不，今天我来替你一天？"

甘隆说：

"有好多安排你不知道，这样，我带着输液袋到心外科的值班室里继续输液，你帮我跑腿办事，有什么事不明白时，你就到值班室来问我。"

李伟说：

"好的，这样我心中也有底了。"

锦梅说：

"你要是能走动，继续在值班室输液，也是不错的选择。"

说罢锦梅让李伟举着输液袋，自己扶着甘隆一起回到了心外科，把他安顿到心外科的值班室里继续输液，她再三叮嘱李伟要注意看着输液袋，不能让它走空了，怕甘隆躺在床上睡着了而注意不到，李伟一一答应后，锦梅这才赶回到心内科交班去了。

导师周教授说甘隆既然累病了，就让他休息一天，甘隆对周教授说，如果他休息了，可能会影响到全科的工作安排，现在他输上了液体后，腰痛已经缓解很多，现在他可以坚守岗位。周教授看甘隆面带笑容，精神状态不错，就同意了甘隆的要求。

就这样，在值班室躺了半个多小时后，心中惦记手术的安排，甘隆便起床，自己左手举着输液袋来到病房的医生办公室，来到李伟的身边，指导他进行手术排班。就这样，甘隆一边自己打着吊针，一边给病人看病，将工作安排得好好的。到了下午，甘隆按方又输了第二次液体后，他的腰痛消失了，遂又回到手术室里上台参加手术。

第五十五章　一台紧急剖腹产手术

在忙碌而紧张的工作中，余辰和甘隆顺利地完成了一年的住院总任期，经过天辰医院学术委员会的考核评定后，二人顺利晋升为主治医师。

在余辰和甘隆两人各自向下一任住院总医师完成了交接，将身上挂了一年的BP机转交他们后，两个人又相邀来到一年前的那家小馆，点了四个菜，要了两打燕京啤酒，喝上了"开斋酒"。两个人为这一年的同心协力、密切配合取得的成绩感到欣慰，相约以后仍然要在临床工作当中互相帮助，互相促进，共同进步！

过了不到半年，锦梅也完成了她的住院总医师培训，卸任后她也顺利晋升为主治医师。甘隆和锦梅夫妻二人鉴于双方都不再担任住院总医师，不再需要一天二十四小时待在医院里了，便在西城六铺炕地区租住了一套一居室的房子，生活总算开始规律起来。

甘隆和余辰两人一起在院学术委员会上完成了博士论文的开题报告，正式开始了课题的研究，但甘隆仍然没有完全脱产，而是在有手术时上手术，在没有手术时抓紧时间完成实验研究。

甘隆的实验简单说起来，就是研究应用肺逆灌注是否对肺栓塞手术有保护作用。所谓的肺逆灌注就是从左心房向肺动脉灌注血液，这是逆着肺动脉和静脉血流的方向流动的，因此叫作肺逆灌注。这样做的好处是，可以将肺动脉取栓后的残渣冲洗出来并吸走。

甘隆之所以这么设计实验，是因为从国际最新文献和自己在做急性肺栓塞手术时都有一个共性的并发症，这就是肺损伤，而其发生原因就是肉眼看不见的细小残渣存留。最新的文献中有一例美国医生报告，用逆行肺灌注可有效减轻肺损伤的并发症。

　　甘隆受此启发，设计在犬的肺栓塞模型上进行实验，以六只模型犬正灌注为对照组，而以六只模型犬逆行肺灌注为实验组。他的这一实验设计在天辰医院学术委员会的答辩中获得了一致通过，因此，接下来的任务是将这个实验完成好。

　　甘隆和锦梅搬到六铺炕后，每天尽量一起上下班，早餐一起在食堂里吃，甘隆因为做实验或者上手术，经常错过了中餐的时间，锦梅就为甘隆先从食堂里打好饭菜和饮料，等甘隆下了实验或手术后，再在微波炉里加热了吃。有时候甘隆因为手术要做到晚上，回家晚了，锦梅就先把菜择好，等到甘隆回家前给她发来BP短信后，她才开始炒菜做饭，等甘隆回家后一起吃。

　　有好几次，甘隆回到家时已经十点多了，他看到桌上饭菜都是刚炒好时的样子，知道锦梅为了等他一起吃饭，饿了一晚上了，甘隆既感动又心疼，好几次都要锦梅先做好饭，让她先趁热吃，而自己回来后再加热吃就行。但锦梅都不愿意，说是一定要等着和甘隆一起吃饭，因为夫妻二人虽然在同一家医院学习和工作，但因为医院工作太忙，每天能交流的机会实际上很少，她要利用好吃晚饭的机会和甘隆温存一下，这是一天中她最期待的幸福时光。

　　在六铺炕租住的房子不远，过街就是青年湖公园的后门，甘隆和锦梅两人要是下班时间尚早，吃完饭后就一起携手进入公园内休憩一下。这里有湖泊和长长的步道，两人边走边聊，作为一对医生夫妻来说，在忙碌的生活当中，那真是一段极为难得的幸福时光。

　　锦梅有时在青年湖岸边的长椅上，斜倚在甘隆的身上，看着斜阳的余晕映照在水波上，泛出金红色的光芒，她以为她和甘隆会这样一生一世地走下去，一直到白头偕老。锦梅在心中并没有忘记乔婕，那个在爱情争夺战中总是压过她一头的女人，好在乔婕已经去美国好多

538

年，甘隆现在是自己的丈夫，是自己的爱人，从这个角度说，她自己在这一场爱情争夺战中是最后的胜利者，是享受胜利果实的人。

而对于乔婕来说，尽管好多次取得胜利，但毕竟失去最终决战的先机，成为自己的败将。锦梅在心里这么想着，她并不愿意在甘隆面前提到乔婕的名字，生怕再勾起甘隆对往日的回忆，会生出什么事端。

锦梅在甘隆面前仍然保持着一种低调的谦恭，小心翼翼地维护着她心目中的爱情和现实中的家庭，这两样东西是她苦心孤诣、惨淡经营得来的胜利成果，她必须全力地保护住，不能让它们从自己的手中丢失了。

两个人在长椅上聊着天，盘算着什么时候能攒足钱，去买一套自己的房子，起码要两室一厅，一间房子做卧室，一间房子做书房，在书房里摆两张书桌，这样两人写论文、查文献可以同时进行，不用因为空间狭小而挤到同一张小书桌，搞得两个人的工作都不能顺利进行。

住进六铺炕后三个多月的一天，锦梅发现自己有两个月没来例假了，她告诉甘隆说自己可能已经怀上了，甘隆十分高兴。两人分析，锦梅已经卸任住院总医师，现在在进行实验室研究工作，脱离了吃放射线的环境，现在怀孕正是个好时机，而且将来锦梅博士毕业了，又要从事放射介入工作，那时不利于怀孕，所以二人达成一致意见，要生下这个孩子。

但是两个人能有时间在花前月下漫步、携手温情的日子毕竟是少数，更多的是在临床工作和实验室中打拼，特别是甘隆能正常下班的日子就更少了，锦梅一个人在家中守候的时光倒也安心，因为她知道甘隆不是在手术室为病人做手术，就是在实验室为犬做手术，这两个地方就够他忙得不可开交的了，根本就没有时间旁骛。这时的锦梅虽然感到有些落寞，但她的心里不乏幸福感，她知道现在没有人来抢她的爱人甘隆，加上有了腹中的小生命，别人就是想抢也抢不走。有时候，她抚摸到怀中偶尔有些躁动的小生命踢她几脚的时候，那种幸福感就更加强烈。

有一次余辰的新婚妻子刘美瑶在锦梅面前抱怨说：

"余辰当脑外科医生不好，老是有车祸外伤、脑血管出血意外，几乎天天都有发生，这些手术都是很急的，病情也重，余辰有时两天甚至三天的晚上是在医院度过，半夜起来做手术是家常便饭，而且容不得半点马虎，非常辛苦。"

锦梅说：

"甘隆作为心外科大夫，那是有过之无不及！甘隆一心一意在工作当中，家中的很多事情就难以顾及，就算他在家的时间，多半是在睡觉；醒着的时候，必定不在家，半夜频繁被电话召去。"

刘美瑶说：

"我们这给外科大夫当妻子的人，怎么这么命苦呀？"

锦梅说：

"我们俩作为他们的家人，是上了贼船了，只好认命了。"

锦梅知道这并不是最难忍受的，因为心外科的急诊手术往往是更严酷的考验，是要拼大夫的意志力的极限，锦梅明白这个时候需要她在后方稳定军心，不让甘隆为家中的事情担心。她告诉自己要学会享受孤独，不能经常和甘隆手拉着手去散步，与其羡慕别人的卿卿我我，倒不如自我调节、自我适应，因此每次遇到深夜来自医院的电话，甘隆必须要立即赶往急诊科或手术室时，何时离开、何时归来，一切不可预期。她总是理解地对甘隆说："你放心去吧，我在家中不怕的。"而不出任何怨言。

家中除了换煤气罐的事必须是甘隆亲自做以外，其他买菜、做饭、打扫清洁都是锦梅来做的，好在锦梅上大学读的是军校，有严格军训锻炼出来的身体好底子，这些家务对她来说也不是什么大不了的事情。就算现在她的肚子已经出怀，腹围大到路人都能看出她是个孕妇，锦梅一样能做好家务，而对每天早出晚归对家中事务帮不上什么忙的甘隆没什么怨言。

因为手头不宽裕，贪图租金便宜，他们租住六铺炕的房子是位于五楼的老式房子，没有电梯。在平常的时候，锦梅上楼下楼并没有问题，但到她怀孕六个多月后，自己就经常要挺着大肚子应付一切，经常要从五楼的家里下去倒垃圾，再顺便买菜后吃力地提着重重的一篮子菜上到五楼。

到了离预产期还有两个星期的时候，甘隆又是在病房值班两天没有回家，锦梅见家中的蔬菜吃完了，便自己下楼去买菜，等她自己将买来的菜提上楼回到家中，觉得腿部一热，大量液体从下体流了出来，她一下子明白是自己早破水了，必须马上到医院去，立即用BP机向甘隆发了一条短信，谁知过了两个小时，甘隆仍然没有回信。

锦梅估计甘隆正在手术台上，没有时间看短信，她只好给余辰发短信，说自己腰痛得厉害，请他去叫甘隆立即回家。刚下手术台的余辰看了BP机上的短信，立即来到心外科的手术室，看见甘隆在手术台上，便对甘隆耳语了几句。

甘隆本来想做完手术再下台回家，主刀的周教授说，是不是家中有事？甘隆说，可能锦梅要早产了。周主任说，那你还不快点回家，小心发生难产！甘隆说，这手术正在关键时刻，我不能下去！周主任说，让余辰打电话通知心外科的王副主任来顶替你，这样不会影响手术的！

余辰立即拨通了心外科的电话，正在查房的王副主任听明情况后，立即放下手中的工作赶了过来，甘隆这才下了手术台，赶紧换上衣服，打车赶往在六铺炕的家中。

锦梅在发完BP短信后，将近三个小时甘隆还是没有回到家中，她正有一种叫天天不应、叫地地不灵的感觉，心中对甘隆升起无名怨气。这时家中的大门突然被甘隆打开了，他看到锦梅正在痛苦地呻吟，甘隆立即摸了摸锦梅的腹部，感觉到强烈的宫缩运动。

甘隆立即将锦梅扶了起来，一步一步地从五楼上走了下去，羊水还不时地漏洒到楼梯上。到了楼栋的门口，甘隆将锦梅安顿在石凳上坐下，自己到路面上拦下黄面包出租车，紧急将锦梅送入天辰医院妇产科门诊。

甘隆在出租车上已经用BP机与产科的住院总医师岑岚联系好了，到了产科后，在此等候的岑岚立即上前为锦梅听了胎心，胎心不是十分稳定，而且她一摸锦梅的腹型，发现是横位胎，遂马上果断地对甘隆和锦梅说，宫中的胎儿是横位胎，而且胎心波动，必须马上进行剖腹产。

甘隆对岑岚说，既然这样就请岑总马上安排吧。岑岚立即安排了配血、手术间、麻醉师和手术室护士，并且马上和甘隆将锦梅推向产科手术间。甘隆自己也换好了手术衣，来到手术间时，麻醉师已为锦梅打好了腰麻，手术室护士已经打好了器械包在等候产科医生上台手术。

甘隆见产科只有岑岚一个医生在场，就问她道：

"其他医生呢？"

岑岚说：

"产科现在有三台剖腹产同时进行，除了我之外，所有的主任医师、主治医师和住院医师都在手术台上，我不能一个人开一胎剖腹产手术，那样对胎儿和产妇都很危险！"

甘隆说：

"那还需要等多久？"

岑岚说：

"最快要等半个小时！"

甘隆说：

"那可不行！这样的话，胎儿在宫中会窒息的！这样，你作为住院总医师上台主刀，我来当一助参加手术，这样可以吧？"

岑岚没有想到甘隆会这么说，怔了一下，因为她从来没有经历过这种事情，略作思考后，说道：

"可是可以，不过，在手术台上你必须全部听我指挥！不然的话，我不敢这么做，只好等李主任下台后再开始这台手术！"

甘隆说：

"岑总，你放心，我只当助手，毕竟我是心外科医生，在剖腹产手术中肯定听专业医生的指挥！"

岑岚说：

"那好，我们就赶快行动吧！越快越好！"

锦梅躺在手术台上，本来她听岑岚说要等半个小时才能开始剖腹产手术，心中十分焦虑，生怕对胎儿产生不利影响，会因缺氧导致胎儿的智力下降，此时听说甘隆能作为一助上台手术，而且是马上就开始手术，她心中宽慰不少。甘隆在洗手之前，来到锦梅的旁边，用手摸着锦梅的头，说道：

"梅，你不用紧张，我一定和岑总一起，保证你的安全，保证儿子的安全。"

锦梅点点头说：

"隆，我相信你，相信岑总，你们大胆手术吧。"

锦梅伸出一只手去握甘隆的手，她发现甘隆的手心里全是汗，再看看他的眼里充满了心疼，锦梅知道，作为一个身经百战的心外科大夫，在一台剖腹产手术面前却产生了紧张情绪，说明甘隆是在为自己担心，是在为即将出生的儿子担心。

这时，岑岚喊了一声：

"甘隆，赶紧洗手上台，我要消毒了。"

等甘隆洗完手穿上手术大袍时，岑岚已经铺好手术单了，甘隆立即站到一助的位置。岑岚手脚麻利而娴熟地切开锦梅腹部的皮肤、皮下组织、筋膜、腱鞘、肌肉、腹膜、子宫肌层六层时，甘隆听从岑岚的指示，进行相应的拉钩和暴露，岑岚对甘隆点点头，意思是你虽然是心外科医生，对剖腹产手术配合得不错。而甘隆在心中想，幸亏在军医大学华都医院妇产科实习时，上了很多台剖腹产手术，那时学的东西到现在也没有忘记，今天终天派上用场了。

岑岚轻轻将羊膜囊刺破，放出羊水，甘隆利索地用吸引器将羊水吸干净，岑岚立即进行探查，果然发现胎儿是横位胎，而且胎儿已经全身青紫，如果手术再拖延几分钟，后果不堪设想。

岑岚立即沿着子宫切口抓住胎儿后肢跗部按最适合的方向和角度慢慢地拉出胎儿。拉出胎儿后，甘隆立即将子宫固定好，不要让它缩回腹腔。台下的助产士从岑岚手中接过胎儿，对甘隆说了一句，是个儿子，但甘隆和锦梅对这句话并没有回应，因为他们看见新生儿浑身青紫，既不哭，也不呼吸，心中十分着急。

助产士立即用吸引器将新生儿的口腔中的羊水和胎粪吸干净，胎儿仍然没有哭，助产士将胎儿倒提起来，猛拍新生儿的臀部，新生儿这才发出了响亮的哭声，身体慢慢地由青紫转为红润。助产士立即对新生儿进行了评估，新生儿阿氏评分是八分。

　　岑岚说：

　　"阿氏评分得八分说明是发生过急性缺氧，但是不会留下后遗症的，幸亏我们没有等候，即时进行了手术。"

　　甘隆说：

　　"非常感谢岑总的即时安排，保障了我儿子的安全。"

　　岑岚说：

　　"谢我是应该的，也要谢谢今天手术间的所有人，我们都要吃红蛋！不过，你更要感谢你自己呀，如果你不提出上手术台，恐怕我们只好再等半个多小时，结局就没有现在这么喜庆了！"

　　这个时候，产科的李主任从旁边手术间赶了过来，看到胎儿已经顺利诞出，而且胎儿身体很健康，十分高兴，她再看看台上，甘隆正在和岑岚一起用缝线为锦梅关腹，有些意外，听了岑岚讲述甘隆上台前的经过后，李主任说：

　　"不错呀，甘隆，心外科大夫能上剖腹产，你干脆调到我们产科来吧，我们产科就是缺男大夫。"

　　甘隆也开玩笑地回应说：

　　"那好呀，李主任，您去向章院长申请，他同意了，我就到你们娘子军里来当党代表！"

　　手术间里的众人都笑了起来，助产士让甘隆和锦梅再次看了一遍新生儿，锦梅亲吻了一下儿子的额部后，助产士将新生儿安置在保温车内，送回到产科病房了。

第五十六章　神医侠侣相扶将

锦梅顺利生下儿子后，她和甘隆更忙了，为了照顾好产妇和新生儿，甘隆将远在麻城的岳母接到了家中。一家三个大人和一个新生婴儿挤住在租住的一居室里，相当挤迫。但这是没有办法的事，因为他们夫妻二人都还在读博阶段，收入不丰，现在租住这套老旧式的一居室已然使他们捉襟见肘，自然无力租住更大的房子了。

好在甘隆和锦梅二人都不以为苦，一心一意地为生活打拼，以图将来能过上好日子。休完产假后，锦梅就继续她的学业，去完成她的博士课题，两个人都忙得不亦乐乎，因为孩子还小，所以两个人值班都是尽量错开，实在错不开时，只好将家中的一应家务都托付给了老人照应，他们的儿子长到快一岁的时候，最先学会的词语不是爸爸、妈妈，而是家婆这个词，家婆是麻城方言中姥姥的意思。因为两人能和儿子在一起的时间太少，儿子和家婆最为熟悉，也最为相亲。

医生的工作具有一定的特殊性，甘隆和锦梅没有太多时间陪伴对方、陪伴孩子。结婚几年来，他们两个能在一起过的节日屈指可数，因为两个一个是心外科医生，一个是心内科医生，每逢节假日便是他们最忙碌的时刻。

但当对方需要的时候，另一方就会立即出现，伸出援手。有一次甘隆参加了一台急诊主动脉夹层手术，因为夹层累及供应头部的三根重要血管，需要在手术中进行深低温停循环。这种深低温停循环就是将应用体外循环将病人体温降到二十摄氏度左右时，将体外循环机器停止运转，对全身的组织和器官停止血液供应，这样心外科医生就可以直接切开主动脉夹层，用人工血管替代，并与自体血管进行吻合。

因为这个病人的血管脆性很大，用人工血管与自身血管进行吻合时必须十分小心，因而深低温停循环的时间偏长，有三十五分钟左右。术后病人因脑部缺氧时间偏长，并发了神经系统并发症，脑部水肿，出现了谵妄、狂躁症状，即使用了镇静剂，也很难将这些症状镇伏下去，病人拼命地将经口气管插管往外吐出，结果造成了气管插管的松动，眼看就要被吐出口腔外了，这是非常危险的动作，有可能造成气道不通畅而导致病人死亡。

在情急之下，甘隆上前用手指撬开病人的嘴巴，将气管插管还纳回原位，但病人极不配合，一不小心将甘隆的手套咬破了。甘隆知道这个病人曾患有梅毒病史，但他还是将病人安置好，将气管插管牢牢地固定好，再加用镇静药物让病人安静下来。

锦梅此时正在心内科的病房，她接到甘隆发来的BP短信，知道了刚才发生的事情，就立即从心内科跑到了心外科，看了看甘隆手上被咬伤的牙印，皮肤没有明显的破损，她这才松了一口气。

梅毒是具有一定传染性的疾病，它是经性和血液传播，可以用长效的苄星青霉素对这种传播加以阻断。锦梅担心甘隆可能出现梅毒感染，立即为他开出了苄星青霉素，并找来护士为甘隆做了皮试和肌注，一周一次，连续打了四周，后来甘隆做了三次化验梅毒抗体实验，均为阴性，这才将一颗悬着的心放了下来。

肌肉注射苄星青霉素是非常令人痛苦的事，打完针因肌肉疼痛而难以行走，锦梅在此前后，扶着甘隆行走，为他买来饭菜，减少他的行动范围，直到第二天疼痛慢慢缓解，这一次锦梅真切体会到当医生的风险，很为甘隆心疼。

有一天下午，锦梅在门诊看完八个病人后，进来的第九个病人是一个四十八岁的暴脾气病人。他是一个疑病症病人，他在锦梅的诊桌前坐了下来，主诉说自己胸闷、胸痛好几年了，同时拿出了一大沓检查报告。锦梅接过这沓报告，仔细地查看起来，她发现病人的超声心动图、心电图、胸片、冠状动脉CTA检查和心肌标志物检测都正常，可以排除有确切的心脏病因。

锦梅说：

"你的主观症状明显，但是客观证据不支持你有心脏疾病。你还是要以心理调适为主，不要总是纠结有没有心脏病！"

这个病人说：

"我就是有心脏病，你把我的诊断写成心肌梗死吧，我想要求办理提前退休。"

锦梅说：

"这可不行，你这是心因性焦虑综合征，你应该到安定医院看病。"

这个病人说：

"你说我是没病找病吗？"

锦梅说：

"我说你是心因性焦虑综合征，这与你的精神状态有关系，你要从这个方面找解决问题的方法，我不是建议你到安定医院去看病吗？"

这个病人说：

"你说我是精神病？我可没有精神病！"

锦梅说：

"心因性焦虑综合征不一定是精神病呀，是你的情绪状态需要调适，安定医院有很好的精神抚慰师能解决你的问题。"

这个病人说：

"我不想到安定医院去，你不用那么麻烦，你直接给我开一张心肌梗死的诊断证明，我就可以办理提前退休，我就好去做生意了。"

锦梅说：

"你的所有检查结果都没有证据可以作出心肌梗死的诊断，我不能作出虚假诊断，你想办提前退休是主观原因，我们当医生的不能作假，这是欺骗行为。"

这个病人站了起来,逼向锦梅,恶狠狠地说:

"你敢断我的财路!那我今天就要对你不客气了!"

锦梅说:

"我只是根据检查结果作出诊断,跟断不断你的财路没有关系,我当医生不能开虚假证明。"

这个病人恼羞成怒,他身高体壮,见锦梅是一个娇小的女医生,就想动手打锦梅,分诊台的护士李娜听见诊室发生争吵的声音,推门看见锦梅有被打的危险,她吓得花容失色,本想给甘隆发BP短信,但一想万一甘隆没有及时看到BP机信息,那不耽误事吗?李娜便直接拨通心外科手术间的电话,立即打电话给甘隆。此时甘隆正好下了手术,准备向手术间外面走去,甘隆接过李娜的电话,听出了她的声音,便问道:

"娜姐,你怎么打电话到这里来了?"

李娜说:

"甘大夫,快过来,快过来,有个无理的病人正在胡闹,他要打锦梅!"

甘隆听到这里,把电话放下,直接奔出了手术室,在更衣室披上白大褂就向心内科的诊室跑了过去,只几分钟就赶到了现场。甘隆进入诊室就看见这个无理病人正抓住锦梅的白大褂推搡,甘隆一把将其手掌从锦梅的白大褂衣襟下掰了下来,将锦梅拉到他的身后挡住,指着对方的鼻子大吼一声,你敢动她试试!无理病人被甘隆的气势吓到了,灰溜溜地走了。

李娜看见了甘隆将这个无理病人轰走的经过,觉得他表现得特别侠气,有些像大侠郭靖一样,便说甘隆和锦梅两人是"神医侠侣"。锦梅十分感激甘隆的及时出现,可甘隆说我们是一家人,是彼此最坚强的后盾。

因为医生工作的特殊,不可能那么有规律地把日子过得如诗如画,一家人的日子就在忙碌的工作和柴米油盐的琐碎之中慢慢度过。

甘隆的实验进展得非常顺利,他将动物实验的结果进行统计分析,证实应用逆行肺灌注的动物犬在进行肺栓塞取栓术后的肺损伤大为减轻，这是一个阳性发现。甘隆将动物实验的结果和临床手术的结果进行了总结，形成了博士论文，在他的博士三年级那年的四月进行了博士毕业论文答辩，获得五位答辩委员会的成员的全数通过。到了这一年的七月，甘隆正式从天辰医学院博士毕业，因为表现优异，他被天辰医院心外科接收，当起了正式的心外科医生，职称是主治医师。

余辰几乎是同期完成了博士后论文答辩，他也被天辰医院的神经外科接收，当起了正式的神经外科医生，职称也是主治医师。而锦梅则因为怀孕生产，耽误了一年的学业，她继续完成她的博士论文课题的研究，同时参与天辰医院心内科的临床工作。

又过了两年，余辰和甘隆在天辰医院晋升为副主任医师，而锦梅则也已经博士毕业，被天辰医院心内科接收，担任主治医师，从事冠心病的介入治疗工作，因为此时她已经生完孩子，而且儿子已经三岁多了，不用担心放射线对于身体和生殖系统的伤害，她的工作就是全身心地投入冠状动脉病变的介入治疗工作，很快成为一把好手。

甘隆在临床工作主要是进行冠心病、瓣膜病、先天性心脏病和大血管病的外科手术治疗，但他始终把一部分精力放在肺栓塞的外科治疗上面，他将肺栓塞外科治疗作为自己临床工作的一个特色，而天辰医院内其他外科医生很少涉猎这个病种，渐渐地全医院的肺栓塞病例开始向他的团队集中，甘隆的名声播散到全国，全国各地的肺栓塞病人都慕名来找他做手术治疗。

几年时间下来，他已经积累了六十多例肺栓塞的手术病例，整体上来说手术效果都非常好，他曾总结出六十例肺栓塞手术无死亡的论文，这篇论文发表在《中华胸心》杂志上，引起全国的同行的关注，这些同行凡是遇到需要做手术的肺栓塞病人都介绍到天辰医院来找甘隆诊治。

甘隆开始选择的手术病人多是中央型的慢性肺栓塞，在取得六十例手术无死亡的战果后，他觉得应该，而且可以将手术范围扩大，将部分外周型的肺栓塞纳入到手术范围，这就遇到了极大的困难！

原来，一般来说，肺栓塞病人同时合并有肺动脉高压，肺动脉压越高危险越大！同时，如果是中央型肺栓塞手术时容易将肺栓塞全部清除干净，手术后肺动脉压就容易降下来；反之，外周型肺栓塞由于病变位于肺血管树的远端，很难全部剥脱清除干净，术后会残留重度肺动脉高压，这样的病人在术后十分危险，很可能导致死亡。

为此，甘隆在周教授的提醒下，请来了心内科、介入科、麻醉科、体外循环科的医生组织研讨会，在会上各科医生畅所欲言，最后确定一个治疗外周型肺栓塞的治疗方案，可以在手术前对部分病人的外周病变进行球囊扩张，这种方法在治疗冠心病时是常用而成熟的方法，而在治疗外周型肺栓塞时没有人用过。因此，这种用成熟的技术应用到新的病种，本身就是一种创新！

锦梅是作为心内科的代表参加这次研讨会的，她已经熟练掌握了冠心病介入技术，她又是甘隆的妻子，因此大家建议让锦梅加入甘隆的团队，专门负责肺栓塞病人的球囊扩张治疗。

这天，甘隆收治了一例合并有中央型和外周型肺栓塞手术的病人，这个病人有十五年的病史，是慕名来找甘隆为他手术的，他曾在国内很多顶尖医院求治过，没有医生敢为他手术。在手术前，甘隆请来锦梅对病人进行了系统性会诊，两个人商量决定先进行外科手术，如果手术当中发现残存重度肺动脉高栓塞，再由锦梅当时就对病人进行肺动脉球囊扩张术。

手术是在一周后的周一上午进行的，甘隆将手术安排在杂交手术室中，这样安排是在需要的时候，可以立即在手术后对病人进行球囊扩张，而不需要将病人从手术室转换到导管室，这样就将病人的风险降到最低。

在麻醉师完成了全麻后，甘隆和助手李伟一起为病人进行了消毒铺巾，经胸骨正中开胸，建立体外循环后，将病人的体温降到鼻咽温度二十摄氏度，甘隆阻断升主动脉让心脏停跳后，切开肺动脉，将主肺动脉和左右肺动脉内的血栓、增厚的内膜清除、剥脱干净。

甘隆和李伟将病人的肺动脉切口缝合完毕后，开放升主动脉，心脏自动复跳，此时显示病人的状况一切都很理想，血压正常，而肺动脉压不高。但是，当甘隆嘱咐体外循环灌注师逐步降低体外循环的流量时，病人的肺动脉压逐步升高。当体外循环灌注师尝试停止体外循环时，肺动脉压竟然升到比主动脉压还高，灌注师不得不重新开始转机辅助起来。

手术台上的甘隆思考病人肺动脉压降不下来的原因是残存有外周病变，遂与在手术室等候的锦梅商量，现在是该她上台一显身手的时刻了。锦梅穿好铅衣，立即洗手，穿上了绿色的手术长袍，从病人的股静脉穿刺，植入导丝后，将猪尾导管引入病人的肺动脉，注射造影剂后，果然发现在左、右肺的五个肺段动脉上存在重度狭窄。

锦梅和甘隆商量，要对这五个肺段动脉的重度狭窄段进行球囊扩张，甘隆表示同意。锦梅让助手打开冠状动脉扩张球囊，在杂交手术室的 C 型臂 X 线引导下，将球囊分别送入不同的肺段动脉狭窄处，用不同大气压的压力进行扩张，并用造影检测开通的状况，如果造影效果不满意，就加大压力再次扩张。

锦梅在手术台上对病人的肺动脉进行了一个多小时的操作，终于将五个残余的重度狭窄段全都扩开了，再次进行肺动脉造影后，甘隆和锦梅对扩张效果都表示满意。这个时候，甘隆再次嘱咐体外循环灌注师尝试减低流量，这一次反应特别好。

随着灌注师将流量降低，病人的肺动脉压虽然仍然有所升高，但升高的幅度并不显著，在甘隆的心理可接受范围内。甘隆嘱咐麻醉师加用了降肺动脉压的靶向药物后，嘱咐灌注师继续向下降低流量，在半个多小时的努力下，终于顺利地将体外循环的流量减停，而肺动脉压的高度只有病人血压的一半，这就是比较理想的状态了！

危机终于度过去了，锦梅在和甘隆交换了意见后，先下了手术台，而甘隆和李伟则继续完成余下的手术步骤。病人在监护室中平稳地度过了危险期，肺动脉压逐渐下降。在术后的第三天，甘隆顺利地为病人拔除了气管插管，将他转回到普通病房，术后一周病人就安全出院了。

这一例病人的特点是先进行外科手术取栓，后进行内科球囊扩张的杂交手术，是甘隆与锦梅合作进行的第一例肺栓塞杂交手术治疗，从而开启了他们夫妻二人的一种专业合作模式。

第五十七章　前路无人凭孤勇

甘隆与锦梅完成了第一例杂交肺动脉栓塞手术，取得极大的成功，二人十分高兴，由此二人之间的亲密关系也进一步地加强。在越来越多的求诊肺栓塞病人当中，甘隆发现有些病例越来越复杂，其中有一种就是肺动脉及左、右肺动脉主干当中根本就没有血栓病变存在，只在极小的肺动脉当中才存在的栓塞性病变。

甘隆分析这种外周型病变是手术技巧很难解决的，因为这些被栓塞的血管极为细小，手术器械根本就到达不了，也就难以清除这些病变。

有了第一次杂交手术的成功，甘隆发觉到用心内科的球囊扩张术有外科手术没有的特有优势，因此他与锦梅商量，将这些外周病变的肺栓塞病人干脆转往心内科住院，由锦梅直接行球囊扩张术。

甘隆在门诊收治了一例四十五岁的女性病人，她带来当地医院的肺动脉造影片显示是双侧肺动脉外周病变，而且病人的肺动脉压极高，甘隆分析这种病变做手术治疗不佳，就将她转给了锦梅。

过了一周，锦梅为这个女性病人完善了检查后，就在天辰医院第三导管室为她在局部麻醉下进行了肺动脉球囊扩张术，锦梅的手术操作十分娴熟，手术进程也十分顺利，在一个多小时的时间内，为这个病人扩张了十处狭窄的外周肺动脉，病人也顺利地从第三导管室回到心内科的监护室。

在安顿好病人、看着病人的血压和血氧饱和度都在正常范围后，本来锦梅想到心内科的值班室休息一下，她刚躺下，她随身所带的BP机响振起来，她急忙一看，是监护室的护士发过来的，说是病人出现险情，速来。

锦梅立即重新穿好白大褂，迅速来到监护室，只见这个病人剧烈咳嗽，大口吐粉红色的泡沫痰，血压降下来了，而且血氧饱和度也持续向下降。锦梅对自己说，不好，这个病人出现了肺缺血再灌注损伤。

锦梅赶紧打电话叫来甘隆，请他出主意如何应对病人的并发症。甘隆在床边为病人做了听诊，听见满肺啰音，又见病人的血压维持不住，他对锦梅说，这个病人合并了重症肺缺血再灌注损伤，必须马上进行气管插管，否则病人扛不过今天了！

锦梅立即打电话通知麻醉师，麻醉师来到心内科监护室后为病人进行气管插管，护士为病人接上了呼吸机后，甘隆调节了呼吸参数，加用了十个厘米水柱的正压。甘隆和锦梅两人担心病人的病情恶化，就守候在床边。

大约过了半个小时，病人在呼吸机的正压通气帮助下，血氧饱和度得到了回升，血压渐渐平稳了下来，血泡沫痰也逐渐减少。这个病人戴着呼吸机度过了五天时间，甘隆和锦梅一起查房发现胸部X片提示病人的肺组织已经清亮起来，说明肺缺血再灌注损伤已经好转，两人便试停呼吸机，病人再未出现咳嗽等异常症状，便为他拔出气管插管。

病人又在病房内观察了三天，顺利出院。在出院前，锦梅为病人进行了详细的检查，提示病人的肺动脉压接近于正常。

后来甘隆和锦梅两个人一起分析出现肺缺血再灌注损伤的原因，他们认为可能是在进行球囊扩张手术时，一次为他开通了太多的闭塞或狭窄血管，导致病人的肺组织承受不了增加的血流。甘隆建议锦梅以后再做这种球囊护术时，分多次开通肺动脉狭窄血管，一次只开通三根血管，等病人休息一段时间后，再进行第二次手术，再开通三根剩下的血管，这样就能减轻肺缺血再灌注损伤的发作！

果然，在接下来的几个病人中，锦梅采用了甘隆建议的策略，少量多次地进行球囊扩张术，都取得了非常好的效果，虽然有的病人出现了咳嗽等不良症状，但都不需要进行气管插管，不需要上呼吸机就能处理好。锦梅将这几个病人的经验总结成为论文，在《中华胸心》杂志上发表了。

甘隆和锦梅两个人在肺栓塞的内科和外科治疗两个方面都取得了很好的治疗效果，这在国内肺动脉栓塞的治疗上具有突破性的意义，而他们二人成为互相支撑、互相帮助、互相提携、互相成就的模范夫妻档，使他们二人的名声在天辰医院内不胫而走。加上心内科分诊台的护士李娜将甘隆在门诊奋不顾身地救护锦梅的故事在医院内到处传扬，搞得尽人皆知，因此，全院的医生和护士、老教授和年轻大夫都跟甘隆、锦梅开玩笑说他们是"神医侠侣"，甘隆和锦梅二人并没有心生不快，多是点头应承，一笑置之。

二人继续在肺栓塞内、外科治疗及探索，治疗的病例越来越难了，有的病人病史长达二十多年，出现坐着就气喘不停、四肢及口唇青紫的症状，这些病人找上门来，想要求甘隆手术治疗。甘隆看了他们的肺动脉造影片，又研究肺动脉导管资料，发现这些病人的肺动脉压比血压还高。

甘隆对这种病人有些拿不定主意，就去向导师周教授讨教。周教授说，现在全国肺栓塞手术是你甘隆做得最多，你已经到了前面无人引路的地步，照说现在是你自己拿主意的时候了，我没法给你提出更具体的意见。你现在到了前不见古人、后不见来者的境界，正是体现一个前行者勇气的时候，我作为你曾经的导师，一是要向你表示祝贺，因为很少有外科医生能达到这种前路无人的境界；二是要提醒你，向前走的每一步都可能是雷区，所以你每走一步都必须小心，千思万虑，才能少走弯路。

周教授还说，寻求真理的人往往是独自探索，先行者毕竟是孤独的，很可能也是悲壮的，人类的文明成果往往是先行者创造的，缺乏探索未知的勇气是注定不能前行的。

甘隆听了导师周教授的教导后，将一位病史十五年、名叫秦光荣的病人收住院，对他进行了更为详尽的检查后，准备择期为他进行手术。在手术前，甘隆反复将病情向病人自己和家属交代，病人和家属坚决要求做这个手术，病人说如果不做手术，自己就会被活活憋死！病人的妻子听了甘隆交代病情后，失声痛哭起来，她哭完后，仍然坚定地要求手术，并郑重地在手术同意书签了字。

甘隆又将这个病例拿到全心外科讨论。这个时候，天辰医院的心外科已经扩大到六个病房了，每个病房自成一体，各自拥有六十张病床，各自手术一年达到一千五百台左右。六个病人的分科主任和全科大主任听了甘隆的汇报，有的分科主任说这个手术风险太大，不如不做这台手术；有的分科主任说任何新的领域自有它迈第一步的风险，如果风险大的手术都不做，那这些病人谁去救治？如果风险大的手术都不做，世界上就没有心外科这个行业了！如果风险大的手术都不做，就没有天辰医院心外科现在的局面！最后全科总主任张教授积极支持甘隆，但他说在手术前将这个病例先上报到章院长那里，并且到医务处进行备案！

这台手术前，甘隆再次专门去请周教授和张主任到手术室里为他压阵，请周教授、张主任临场实时指挥。周教授听了甘隆的要求后，他知道年轻的甘隆一是尊重自己，二是他的确遇到了天大的困难，这个时候是需要他出手扶一把的。因此，这台手术的当天，周教授、张主任自己没有安排其他手术，而且在手术开始前，他们早早地就来到手术室里。

这天麻醉师将病人接到手术室后，甘隆和周教授、张主任随后就来到手术室，他们是看着麻醉师为病人进行全麻。果然，从麻醉开始就发生了令人可怕的事情，麻醉师为病人的桡动脉穿插置入了动脉测压管，又从颈静脉置入了测定肺动脉压的漂浮导管后，监护仪的显示屏的血压、心率立即显示，病人的肺动脉压越来越高，而血压越来越低，肺动脉压高于血压了，这就是令医务人员谈之色变的"肺动脉高压危相"，麻醉科方主任抬头问甘隆和周教授、张主任道：

"怎么办？现在病人这么危险，手术还继续下去吗?"

甘隆说：

"开弓没有回头箭！现在没做手术，病人已经出现了肺动脉高压危相，就这么退回去，虽然可以以'没做手术'向家属交差，但病人现在已经不平稳了，不做手术肯定会发生死亡，不如现在尽快手术，放手一搏，病人还有活下来的可能性。"

周教授和张主任向甘隆点点头，表示同意他的意见，麻醉师见三位心外科大医生都坚持继续手术，便快速对病人进行了麻醉诱导和气管插管，麻醉成功后，甘隆、李伟大夫立即刷手、铺单，这时大科主任张主任已经穿好手术衣就位到一助的位置。张主任上了手术台，给甘隆以极大的鼓励，他麻利地为病人进行了胸骨正中开胸，切开心包，建立了体外循环，在张主任的指导下，阻断了升主动脉让心脏停跳下来，切开肺动脉。

肺动脉内的病变果然十分坚固，有的地方甚至已经钙化，而病人的肺动脉壁与栓塞组织完全粘连到一起了，如果有一点不小心，就会将肺动脉剥破！甘隆和张主任一起，小心翼翼地将主肺动脉和左、右肺动脉内的血栓剥除下来，这个时候，肺动脉远端涌出无穷无尽的血液，让术野变得血肉模糊，根本分不清楚哪是正常组织血管，哪是异常血栓。

甘隆果断地实施了深低温停循环，术野才算又变得清晰起来，操作才得以进行下去，接下来的过程仍然是十分艰巨，深低温停循环到了二十多分钟，病变才只剥除了一半，为了减轻病人的脑损伤，缩短脑缺血缺氧时间，甘隆嘱灌注师恢复体外循环灌注五分钟后，再次进行深低温停循环，这是甘隆的一个创举，叫作"间断性深低温停循环"。

原来主动脉夹层手术时，因为主动脉被切开不能实施间断性深低温停循环，而肺栓塞手术则因主动脉是封闭的，就可以临时性恢复一下脑组织的灌注，再实施第二次停循环，将余下的手术完成。

甘隆和张主任一起配合着将剩下的肺动脉栓塞病变清除干净后，缝合肺动脉切口，恢复体外循环转机，嘱咐灌注师为病人还完氧债后，恢复病人体温，待手术主体完成后，开放了升主动脉阻断钳，在一段时间的辅助后停止体外循环，这时候，病人的心脏跳动十分平稳，显示器上的肺动脉已经由术前的一百五十毫米汞柱降到三十毫米汞柱了，病人的血压十分平稳。台下的麻醉师看到这个结果，大大舒了一口气，欢乐地说，真没想到，这个病人的肺动脉能陡降这么多！

到此时，张主任和周教授向甘隆表示了祝贺，才放心地离开手术室，甘隆和李伟大夫继续完成了余下的手术步骤，病人回到监护室的第二天，就顺利地脱离了呼吸机的支持，术后第五天就出院，出院不到三个月，病人就恢复全职上班工作。

病人秦光荣术后半年来找甘隆复查时兴奋地对甘隆说，他现在活动耐量极好，能够四十分钟内爬上一千五百米的山峰，一天双举十公斤哑铃一万次，还曾经坐汽车到西藏去旅游。在来回两次经过唐古拉山口时，他在海拔五千二百三十一米的唐古拉山口活动自如。秦光荣拿出唐古拉山口处与纪念碑及标志碑合影的照片给甘隆看，以证明他所言不虚。秦光荣还说，与他同行的好几个年轻人因为缺氧而不敢下车，蜷缩在车上吸氧，结果连与纪念碑及标志碑合影照也没照成。

听到这里，甘隆感到十分高兴，觉得当初为他冒险做这个手术真是值得了，秦光荣为了感激甘隆的救命之恩，从承德老家带来一蛇皮袋的核桃，他说虽然不是什么贵重的礼物，但这是他的一份心意，甘隆只好接受了下来。

人不可能永远都有好运气，向险而行不一定每一次都能涉险过关！甘隆碰到的下一个病人就让他吃尽了苦头，让他衣不解带地在监护室整整守候了一个月，才得以解脱。

原来，这次甘隆又收治了一个病史长达十八年的病人，症状和体征与那位叫作秦光荣的病人一模一样。这次手术当中也是险象环生，出现肺动脉高压危险，但是经过同样的手术操作后，肺动脉压并没有像秦光荣那样显著下降，而是仍然与血压同样的水平，同时病人还出现了肺组织和呼吸道大量渗出土黄色浑水液的现象，这些水液将气道完全淹没，即使病人戴着呼吸机，肺组织也不能进行有效氧合，以至血压和血氧饱和度越来越低，而且体外循环机也停止不下来。

在这种危急的情况下，甘隆只好请灌注师为这个病人安装上体外膜肺ECMO，总算能为病人关了胸，将他送入心外科的监护室内。这个病人只能靠着ECMO维持生命，在术后的前一周，肺组织完全是白茫茫的一片，直到术后的第二周肺组织才慢慢透亮起来，在ECMO支持治疗两周后，这个病人才逐渐脱离了ECMO的支持，但仍然需要呼吸机支持。在这么长的时间内，甘隆不敢离开病人的床旁，他一直衣不解带地在这个病人身边守候着，直到在术后将近一个月的时候，才算为这个病人脱离了呼吸机。

这一个月下来，甘隆的体重整整下降了十八公斤，人变得面黄肌瘦！他痛定思痛，分析这个病人发生这么严重的肺缺血再灌注损伤的原因，到这时才发现这种病史长的慢性肺栓塞病人有的会发生支气管动脉扩张，在手术当中，扩张的支气管会造成肺组织的严重损伤，这是一个重要的发现！

基于这个发现，甘隆想出一条应对的方法。这个方法是他从法乐氏四联症病人治疗方法中借鉴来的，原来，法乐氏四联症病人也常常并发支气管动脉扩张，为了防止术后肺缺血再灌注损伤，心外科大夫就会将这些异常扩张的血管在术前时行导管栓堵，这个意见是讨论时锦梅向甘隆提出来的应对方案。

找到问题发生的症结，又设想出应对的方案，甘隆继续收治这种令人谈之色变的病人，在将这些病人收入院后，他在常规检查的基础上，增加了降主动脉的支气管动脉造影，这个检查是由锦梅为病人进行的。

锦梅在为病人进行支气管动脉造影时，如果发现在异常增粗的血管，就同时以弹簧圈经导管送入这些异常的血管内，将它们闭塞起来。甘隆再在第二天为这类病人进行肺动脉血栓内膜剥脱手术，结果手术效果大为改观，出现的肺缺血再灌注损伤的严重程度大为降低，需要ECMO来支持比率大为降低，支持的时间也大为缩短。

这是甘隆和锦梅两个人又一次完美的合作，为两个人之间和谐的关系加上了厚厚的润滑油，锦梅对人们称为"神医侠侣"这个名称十分受用，安之若素。

第五十八章　不欢而散的老同学聚会

这天锦梅穿着白大褂走在天辰医院的小花园内，迎面走来一个穿着退伍军服的人，锦梅因为急着要去上门诊，并没有注意到来人对着她笑意盈盈地行注目礼，那人见锦梅没有发现他的存在，便开口说话了：

"锦梅，你好！"

锦梅抬头一看，是军医大学的老同学李继成，便诧异地问道：

"李继成，你怎么到这里来了？"

李继成说：

"我转业了，分配到天辰医院里来，听我们八六级的同学说，你硕士毕业后又考博考到天辰医院，你现在博士早该毕业了吧？"

锦梅说：

"是的，我博士毕业已经五年了。你分配到了我们医院？那欢迎呀，以后我们是同事了！嗯，你分到哪科了？"

李继成说：

"我被分配到了医务处，当副处长！"

锦梅说：

"你不搞临床了？太可惜了吧？"

李继成说：

"你知道的呀，当年你和甘隆考取研究生，从此走上搞学术的道路，我和石城都没有考上，只好被分配到了基层，在基层团卫生队干了这么多年，总算熬到日子了，转业到了天辰医院这样的三级甲等大医院，临床基本上是丢光了，没有办法再捡起来了，只好进了行政部门。"

锦梅说：

"我的门诊时间马上就要到了，这样吧，我们以后有时间多聊，现在再见吧。"

锦梅说罢，急匆匆地朝门诊大楼走去。对于李继成这个昔日的追求者来说，锦梅的心里五味杂陈，她并不太喜欢李继成，但在那些日子里，甘隆对她的感情有些熟视无睹，只惦记着远在武汉大学的乔婕，有了李继成的追求，她的心里便有了一点自我认同的支撑。但她不喜欢李继成的人品，她知道那时他好几次到中队长李燕那里去告过甘隆的刁状，让甘隆险些没有资格报名参加当年的研究生考试，正是自己托名说是甘隆的女朋友，这才让李燕解除了对甘隆要出国当医生的怀疑，甘隆此后因为感激自己的帮助而接受了自己的感情。在这个意义上说，是李继成帮了她一个忙，把她推向了甘隆，夫妻二人总算到今天同时在天辰医院工作，在事业上密切配合，以致同事们称他们为"神医侠侣"般的佳偶！锦梅在心里又有点感激李继成。

在锦梅与李继成花园邂逅后的第三天，这是一个星期五，李继成来心内科病房找到锦梅，对她说他组织了一个饭局，时间就在这个星期天的晚上，要把军医大学八六级在京同学都召集起来聚一次，一来庆祝他分配到了都城天辰医院工作，二来与同学们分散多年了，在心中的确想念大家，迫切地想和大家再建立联系。

锦梅当天回到六铺炕的家中，要求甘隆一起参加这个饭局，甘隆不愿意去，他说：

"我好不容易有个周末的空余时间，想在家多看看文献资料。"

锦梅说：

"饭局安排在星期天，只需要几个小时的时间，没必要抓得这么紧来看文献吧，再说我们俩好长时间没在一起参加聚会，我们一起去参加一下吧？"

甘隆说：

"时间太紧是一回事，关键我不太喜欢李继成这么个猥琐人，我一想起在军校中他曾经三次告我的刁状，我就对他有一肚子气。"

锦梅说：

"还是去一下吧，我们夫妻两人在北京没有什么亲戚朋友，在北京的同学不多，要互相来往一下，到时候可以互相帮衬，对我们这个小家也是有好处的。听说王琴、李圆圆，还有石城这些同学都要来，一共有八个人了，同学有这么多，你不和李继成说话就行了。"

甘隆见妻子锦梅固劝，不太好拂她的心意，就同意一起参加这个饭局，到了星期天二人一起来到邀约饭店房间的时候，其他的六位同学都已到场，这是他们在军医大学毕业后十一年间的第一次聚会，故人相见当然是不胜唏嘘，锦梅与王琴和李圆圆拥抱在一起，而甘隆则与石城击掌相庆。

甘隆问了石城后来的经历。原来上次石城和甘隆争锋，竞争考华都医院心外科蔡教授的研究生失利，他被分配到青海一个团卫生队工作了三年，后来他又考取了总医院的骨科研究生，毕业后继续读了骨科的博士研究生，现在已经留在总医院骨科工作了，对现状感到满意。

八个同学的座位是按请客的主人李继成的意思安排的，以石城为主客坐正位，因为他当年是八六级的区队长，算得上是最大的领导了，而且现在他已是总医院骨科的副主任医师，事业走上正轨不说，关键总医院的骨科在全军来说更是响当当的，他坐正位大家都没有意见。李继成安排三个女同学一起坐在石城的右手席位，而甘隆和王必富、李刚三人则坐在石城的左手席位，李继成按都城的规矩自己坐到了临门的席位。

凉菜和正菜端上桌后，李继成拿出了一瓶茅台酒，得意扬扬地说：

"看，这是我刚上班不久，就有人给我送茅台酒了。这个请我办事的人给我送了两瓶茅台，我今天就拿了一瓶给大家喝。我们八六级的同学感情都很深，这么好的酒我也不闷着自己喝独酒，和大家一起共享。你们看啊，这个酒瓶是茅台酒厂最新的飞天设计，它这上面有一个顶珠，是防止作假的人把假酒灌进去的，所以我今天的酒全是真酒，我对大学同学的感情也是真的。"

石城说：

"你的感情还是真的？两瓶茅台你只拿来一瓶，看来你的感情只有百分之五十的成色。"

李继成说：

"我把那一瓶留着，不就是留着将来我们下一次聚会时再喝吗？我对你们都是真感情，还是百分之百的成色啊。今天在场的所有同学都必须喝，包括女同学，谁不喝就是不给我李继成面子。"

在觥筹交错间，在座的八位同学说起了毕业后的十一年间各自的变化和现状，王琴告诉大家说，她现在已经是妇产医院的副主任医师，可以独立带组手术，每天都很忙，如果这个饭局不是安排在星期天的晚上，她很可能没有时间参加。

甘隆告诉大家说，他在军医大学本科毕业后，连续完成了硕士和博士学位的攻读，在天辰医院已经工作五年了，不但独立带组手术，除了做常规心脏外科的手术之外，他还作为学科带头人专门负责肺血管病外科治疗的特殊项目，而且已经是做了两百多台肺栓塞手术，这是在全国乃至亚洲最多的一组病例，也是效果最好的一组病例。

甘隆在讲述这些成绩的时候，只是当平常和同学之间交流，他没有注意到现场的李继成的面色变得越来越难看了，很不自然的样子。接下来石城也讲述了他在总医院的工作，及他在微创脊柱外科方面的成绩。轮到锦梅时，她介绍了她和甘隆合作，对外周型肺动脉栓塞进行球囊扩张、支气管动脉堵塞的工作。

听到这里，李圆圆开起玩笑来，说道：

"锦梅和甘隆两人开起了夫妻店呀，一个管心内科，一个干心外科，把肺动脉栓塞的治疗包圆了，对手戏演得非常到位。你们夫妻俩真令人羡慕，想当年李继成还煞费苦心地为锦梅搞了一个生日晚会，我记得他当晚一蛋糕扣到甘隆的头上，这件事我还记忆犹新。"

王琴说：

"是呀，那次生日晚会是李继成要我给锦梅一个惊喜，把锦梅拉到军医大学的小餐厅里面，现在甘隆和锦梅成了一家人，他们是伉俪情深，而且两个人专业上也是互相帮助互相进步的。"

王必富是八六级二区队的同学，他与李继成是老乡。他问道：

"李继成，你的老婆呢？你为什么今天不把她带来呀？"

李继成说：

"我毕业后与八六级的同学于爱仙结过一次婚，后来在两年前离了，现在我孤家寡人一个。"

王琴说：

"你的前妻是于爱仙呀，我认识，她是八六级护理大队的队花，李继成，你厉害呀，队花都被你追到手了，可是为什么又离了呢？"

李继成说：

"一言难尽，王琴，你别老戳我的心窝子好不好？今天大家聚会，是个喜庆的日子，我不想说那些陈谷子烂芝麻的事了。"

李刚是八六级三区队的同学，他与石城是老乡，他接过李继成的话，说道：

"好，好，大家就不要说那些令人伤感的话了，我听了大家的介绍，我们这些来到首都的同学都混得不错，全部都在全国知名的三级甲等医院工作，而且都是在这些医院的主力科室工作，心外科、心内科、神经内科、骨科、妇产科什么的，病人都是乌泱乌泱的，根本就不愁病人！"

听了李刚的话，李圆圆还是改不了她那快人快嘴的脾气，直接开口就问道：

"李继成，你为什么放弃专业，转行搞行政工作了？"

到这个时候，那瓶茅台酒早已经被喝完了，李继成又要了三瓶二锅头，几个人当中就数他自己喝得最多，有时候没人敬他的酒，他就自顾自地自斟自饮，搞得满面通红，像个红猪头。石城、李刚、王必富和甘隆虽然也喝了不少，但都保持着基本清醒状态，说话做事都没有出格，唯独李继成喝得管不住自己的嘴了，他听到李圆圆的问话，有贬低他搞行政工作、没有搞医疗专业的意思，便发起飙来，用手指指着甘隆说道：

"你们一个两个的，都吹嘘什么专业专业，在我眼里一钱不值！就说你甘隆，别看你是搞专业现在很风光，什么肺栓塞手术几百例之多，什么在亚洲是最多的病例，但是我现在已经是医务处的副处长，将来我就能管着你，你都必须服从我的领导，今后我批准你做什么手术，你才能做什么手术，我不批准你是什么手术都不能做的。"

原来，刚才李继成与几个同学在谈话聊天的时候，问明了这几个同学的现状，特别是他听说，甘隆因为在肺栓塞外科治疗方面的成绩优异，已经在天辰医院破格提拔为正主任医师，而王琴和石城马上就要晋升为正主任医师，李圆圆是副主任医师，而李继成则仍然是一个主治医师，又没有什么专科和专业技能，心中十分不痛快，加上酒醉人凶，一下子就按捺不住性子发作了起来。

王琴站了起来，对李继成说：

"李继成，你说什么疯话呢！你当了领导，你现在也只是副处长啊，你头上还有处长，哪里能由着你胡作非为的！"

李继成犟嘴说：

"医务处就是管医生的，是医生的直接领导。我现在是副处长，总有一天能当处长的。那个时候，我就可以把你们管得死死的。甘隆，别看你手术做得像雕花一样好，但是我只需要下一道文件，盖上红章，你就什么也做不了了。你在我的手底下，不准乱说乱动的，不然的话，我就会把你整死。"

石城说：

"你别胡吹了，你现在还只是个第三副处长，能有停医生的手术权力吗？"

李继成说：

"第三副处长怎么了？过几年我就能当正处长，将来就能当医院院长，你们还没看清楚啊？都城医院的院长绝大多数都是从医务处长出身的。别看你们的专业比我好，将来我就是你们所有人的领导。我在五十岁以前一定能当上天辰医院的院长，到那个时候我要你甘隆在我的脚下匍匐十年，我就把你管得死死的，让你动弹不得。谁让你把锦梅抢走了，你抢走我的心上人，让我现在还是孤身一人，我恨死你了。"

王琴说：

"李继成，你胡说什么呢？你孤身一人，是因为你自己酗酒无度，你的队花老婆才和你离婚的。这和锦梅有什么关系啊？这和甘隆又有什么关系啊？他们夫妻俩过得好好的！"

李圆圆说：

"嗯，李继成把我们叫来喝酒，你怎么和我们干上架来了，给我们耍起威风来了？"

石城说：

"李继成，你快喝点水吧，别嘴里那么多不干不净的，大家以后还跟不跟你来往啊？"

李继成倒在桌子上哭了起来，痛号说：

"我怎么这么倒霉呀，对象对象被人抢走了，妻子妻子与我离婚了，请你们喝一顿欢聚宴酒吧，你们一个两个地拿专业出来说事，你们不就是瞧不起我这些年丢了专业，不会看病，没有高级职称吗？"

甘隆站起身来，和石城、王琴、李圆圆三个人打了招呼，面带愠色地走出了饭店。锦梅也站起身来对旁边的王必富和李刚及两个女同学说：

"他喝醉了，你好好管管他，我们俩先走了。"

在回家的路上，甘隆对锦梅说：

"晦气，今天真不该参加这个聚会，惹下一肚子气。我怎么这么讨厌这个人呢，他这么个小人如影随形地跟着我们，我们到西安他就到西安，我们现在到都城了，他也跟到都城来了。"

锦梅两只手挽着甘隆的左臂，抬头看着甘隆，说道：

"甘隆，你别这么想啊，我们今天不是还见了其他的五个同学吗？这就是我们的收获，以后别理这个姓李的就行了。"

甘隆说：

"这个李继成将来可能会找我的麻烦，找我们的麻烦。"

锦梅说：

"不会的，不会的，他刚才是喝醉了瞎说的，是醉话。"

甘隆说：

"什么醉话啊？所谓酒醉心明。他说的是他内心最隐秘的想法。我看今天是宴无好宴、酒无好酒，活脱脱就是一场鸿门宴。"

锦梅说：

"管他呢！我们今后不和他来往就行了，反正他搞他的行政，我们搞我们的专业，不理他，他就管不着我们。"

甘隆说：

"这个狗东西还是在惦记着你呢！我知道，他因为我和你结婚了，就一直非常忌恨于我。"

锦梅说：

"管他呢，只要我们不理他，他就介入不到我们中间来。再说，我们又不怕什么!"

甘隆说：

"当然是没有什么可怕的！他现在不过是个医务处第三副处长，上面还有正处长，他轻易对我动不了什么手脚。我们是端端正正做事，他抓不住我们的把柄。只是我们在临床上做那些重手术可就得小心了，防止他抓我们的小辫子。"

这次晚宴后的第三天是星期三，已经从酒醉中清醒过来的李继成又来到门诊找到锦梅，向她道歉。他说：

"锦梅，前天晚上我可能是喝多了，所以就乱说话，请你和甘隆别往心里去啊。"

锦梅说：

"你也没有说什么过分的话呀，你说什么我都忘记了。只是以后你少喝点酒，这样对身体不好，你看你的脸色是猪肝色，你小心你的肝脏出问题了，赶快去查一个血吧，看看你的肝功能，再做个B超看看你有没有肝硬化。"

李继成说：

"不会，不会，不会，我不就是爱喝点酒吗？再说，如果我不喝酒，不结交朋友，我如何能转业分到天辰医院来，能当上医务处的副处长呢？喝酒可是大有用处的，喝酒也是工作能力！甘隆这个书呆子不懂这其中的妙用！唉，我每顿都要喝酒。我家的基因好，是不会得肝硬化的，你先忙吧，我先走了啊。"

第五十九章　难啃的硬骨头

甘隆治疗肺动脉栓塞的名声越来越大，全国各地的病人都来找他诊治，结果他发现了一个奇怪的现象，有的病人拿来的肺动脉CTA片子看起来像是肺栓塞，可手术开进去将病变切除下来，却发现是另外一种病，肺动脉肉瘤。

肉瘤通常是比癌还恶性的病变，生存期更短，更容易转移，而且对化疗药物不那么敏感，因此肉瘤在确诊后的自然生存期都不长，而肺动脉肉瘤则更为恶性，在确诊后的平均自然生存期在六周左右。

这些肺动脉肉瘤病人在来找甘隆诊治之前，绝大多数在当地或全国著名的医院就诊过，很多病人都进行过两次、三次，甚至四次溶栓术，这样的治疗根本没有什么效果，而且溶栓术的药物有引起大出血的风险，因此溶栓治疗既无效又危险！

之所以发生这种费力不讨好的操作，是因为肺动脉肉瘤在肺动脉CTA上的征象与肺栓塞极为相似，如果没有经验的医生很容易发生误诊，甘隆刚开始遇到这种病人时，也发生几次误诊，好在肺动脉肉瘤和肺栓塞都是需要做手术治疗的疾病，并没有带来误操作。

后来，甘隆将他所见到的十几例肺动脉肉瘤病人的片子集中到一起，与肺动脉栓塞的片子征象进行对照性研究，他发现肺动脉肉瘤具有一个特殊的征象，可以有效地区别于肺栓塞。

甘隆为自己发现的这个特殊征象取名叫作"蚀壁征"，原来，因为肺动脉肉瘤是起源于肺动脉壁上的恶性肿瘤，它必然会将某一侧的肺动脉壁吞噬掉，在肺动脉壁上表现为"无边"的特征，再加上恶性肿瘤顽强生长的特性，使病变在朝向血流的方向是凸起的，这两个特征加在一起就是蚀壁征。

自从甘隆发现了这个蚀壁征后，他再遇上肺动脉肉瘤就再也没有发生误诊，而且他将这个经验传授给各地的医生后，这些医生也基本上没有发生误诊，为这类病人的诊治节约下宝贵的时间，也免除了他们经受不必要的风险。

诊断问题解决了，但是这种肺动脉肉瘤的恶性程度太高，应用了手术治疗、化疗和放疗三种疗法的平均生存期也只有一年多，这种效果令甘隆感到特别不满意，但他反复探索，也没有找到突破口。

肺动脉肉瘤在全世界是罕见病，全世界的文献报道只有不到三百例，但是甘隆因为肺栓塞手术声名鹊起，来找他的病人越来越多，结果他从中筛查出五十多例这种肺动脉肉瘤病人，其中为二十多例有手术条件的病人进行了手术。虽然手术成功率很高，但是手术后的生存时间却只有一年多，这给甘隆的打击很大，他反复查找文献，并与肿瘤内科医生进行多学科的合作，试图有朝一日能发现一种新的疗法。

至此，甘隆觉得他遇上了难缠的对手，一块难啃的硬骨头。有时候，甘隆在接诊肺动脉肉瘤的病人时，他不自觉地会想起李继成那刁钻、泼皮的样子，真像这肉瘤一样难缠，不，不，不，李继成没有肉瘤这么难缠！至少李继成到目前为止还是自己手下的败将，但自己与肺动脉肉瘤的遭遇战中，手术成功了，却从来没有取得最后的胜利。如果说他已经将肺动脉栓塞打败或者制服了的话，那现在他自己就是被肺动脉肉瘤按在地上摩擦了，到目前为止，自己在与肉瘤的决战中已经是完败了。

但甘隆是不服输的性格，他总想反败为胜，处心积虑地找来欧美国家的资料，结果他发现这些最发达国家的医生对这个病种也是束手无策，这个发现大大挫伤了甘隆的士气，给他增加了无力感。每次病人家属报告肉瘤病人复发或者去世的消息，他都要抑郁好多天才能缓过劲来，痛定思定，他又继续找寻新的治疗方案，他读过曾国藩家书，说屡败屡战，只要不放弃，就不算最终的失败。

但作为这场战争中的进攻方，甘隆并未取得任何的进展，他与肺动脉肉瘤打成了拉锯战或者对峙战，双方互不服气，只能耗费双方的实力！

这一天晚上七点多，锦梅和甘隆二人都回到了位于六铺炕的家中，锦梅的母亲吴瑾如已经做好了饭菜，六岁的儿子甘恩源很懂事地问锦梅和甘隆两人累不累，二人和儿子亲热了一阵后，一家四口人都坐到餐桌上一起吃起饭来，这是他们家很少有的景象。以前更多的时候是吴瑾如带着外孙甘恩源先吃，平常下班很晚的甘隆和锦梅回家后各自把放冷了的饭菜加热再吃。今天是吴瑾如专门要求二人早点回家，说是有话要说。

在吃饭的当间儿，锦梅问吴瑾如道：

"妈，您要我们俩早点回来，是要说什么事吗？"

吴瑾如说：

"昨天你弟弟打电话来了，说是你弟妹已经妊娠九个多月了，很快就要到预产期，你弟弟要我回麻城去照料月子。"

锦梅说：

"妈，你这要走了，恩源就没有人照顾了呀！"

吴瑾如说：

"正是考虑到这一点，我不能拍屁股就走了呀，所以要你们夫妻二人早点回来，商量这个事情！"

锦梅说：

"妈，您看我和甘隆两人上班就像打仗一样，每天哪里有时间照顾恩源呀，您看能不能这样，让弟妹叫她的父母帮着照应一下。"

吴瑾如说：

"这个想法我说过了，亲家公大人，也就是你弟妹的父亲两个月前中风了，亲家母要照料亲家公，她是不可能去照顾月子的了。所以，我的想法是，恩源已经快七岁了，他也懂不少事，又听话，很快就要上学了，你们俩能不能自己克服一下困难？"

锦梅要哭了，说道：

"妈，您不能不管我们吧？"

吴瑾如说：

"手心手背都是肉，你是我的女儿，你弟弟是我的儿子，哪一个我都要管，可我只有一个身体，总不能把我劈成两半，一半在都城为你帮忙，一半在麻城为你弟弟帮忙？你说，你叫我怎么办？"

坐在旁边没有说话的甘隆这时开口说话了，他说：

"妈，这些年您辛苦了，您从锦梅怀孕开始就一直照顾我们，平时给我们做饭，恩源是您一手带大的，没有您的帮助，我们自己不可能撑起这个家。您对我们的恩情我们是要报答的！现在弟弟那边的确需要您，那我们就先尽着弟弟那边吧。"

锦梅瞪了甘隆一眼，说道：

"你说得轻巧，妈走了，恩源你来照顾吗？"

甘隆说：

"我们俩一起照顾恩源吧，他也快上小学了，正好到了给他放手的时候了。"

锦梅说：

"你我两人每天都这么忙，哪里有时间照顾他呀？"

吴瑾如说：

"要不你们请个保姆？"

甘隆说：

"请保姆的费用太高，我们的经济实力不允许我们请，而且住房太小，请保姆也没有地方住。我想了一下，我们现在都上班当医生，经济实力比原来读博士的时候要强很多，不如我们换租一套两居室的房子，一间做卧室，一间做书房，到时候恩源写作业、你我写文章都在书房里进行。至于地点呢，就在天辰医院的驻地小区租房子，这样家就离天辰医院很近，我们双方可以节约很多时间出来。"

吴瑾如说：

"还是甘隆会想办法，我看这个方法可行！"

锦梅想了想，叹口气说：

"看来只能如此了。"

到了星期天，甘隆和锦梅在天辰医院驻地小区里四处寻觅，终于找到一套两居室的房子，离医院只有五分钟的步行距离。到了八月，甘隆为恩源报了上小学的名，九月一号的时候，恩源就上学去了，甘隆和锦梅两人如果谁当天没有上午的手术，谁就骑自行车将他送到小学门口，他自行进入校门内去上课，下课时间两个人谁有空就谁去接恩源，好在甘隆为恩源选择的小学离医院不算太远，锦梅和甘隆通过电话联系，总能商量出谁去接恩源回家。到了九月的第一个星期，吴瑾如看着恩源上、下学都问题不大，便让锦梅为她买了火车票回到麻城去了。

吴瑾如走后，甘隆和锦梅两人肩膀上的担子陡然增加。两个人都可能手术到夜里一两点钟，第二天一早又要查房、出门诊或者接诊手术，经常好多天只在早上打个照面，一个人急急忙忙地把恩源送去上学，另一个人则紧赶着去上班，到了晚上一个人回家陪着恩源吃饭做作业，另一个人回家时，其他人都睡了，两个人想沟通的时候只好在电话中联系。

甘隆和锦梅两个人都在职业阶梯的上升阶段，现在面临的最大困难是家中没有老人照顾，而两个人都要值夜班，而且很可能两个人要同时值夜班，而儿子恩源只有七岁，一个人在家吃饭、睡觉、写作业、洗漱和安全都是问题，为了不让儿子恩源没人照顾，两个人在每周开始的那一天都要核对各自的夜班时间，如果有哪天同时值班时，就要调班，这样保证不同时上夜班。当然，有时候两个人的班实在调不开，余辰和刘美瑶夫妇就主动伸出手，将恩源接到自己家中照顾一天到两天，等锦梅或甘隆有空后，再从他们家中把恩源接回去。

可事情总会有不凑巧的时候。有一次甘隆因为做了一台肺动脉肉瘤手术，术后发生严重的肺缺血再灌注损伤和肺动脉高压危相，他一连十几天守在监护室里边，根本不敢回家，那时恩源还不满八岁，操持家务、照顾恩源的任务全落在锦梅一个人的身上。锦梅除了要上班，还要打点好家庭中的一切，她硬是咬牙坚持着，不仅是为了让甘隆安心守候和救护病人，更是为了不辜负她所从事的心内科的职业。

锦梅的心内科同事姐妹有时开玩笑说，锦梅这是"被动分居"，又是"丧偶式育儿"，锦梅听到同事的这种玩笑，只得报以苦笑，在心中不免埋怨自己，不该找个同行作为丈夫，更不该找一个搞心外科的同行当丈夫。但是当甘隆把这个病人从危险的境地抢救了回来，回到家中，一家三口重新相聚的时候，锦梅又觉得她为这个家所作出的任何牺牲都是值得的，她为甘隆作出的任何牺牲都是值得的。

在锦梅母亲回到麻城的第三个月，也就是当年的十一月二十四日，这一天是美国的感恩节，是恩源的生日。这天刚好是锦梅的手术日，她排了七台冠心病的介入手术，从下午一直持续到晚上十一点多钟。甘隆和恩源一直不睡觉，等着锦梅到晚上十二点多钟。锦梅回到家中时已经是零点时分了，恩源说今天是我的生日，更是妈妈的受难日，他一定要等着对妈妈说一声谢谢，再听到妈妈亲口对他说生日快乐的祝福。锦梅知道，恩源的这些语言和思想都是甘隆潜移默化教给他的，眼前的一大一小两个男子汉对她真挚的情感让她十分感动，一家三口唱完生日歌后，高高兴兴地许愿、吃完蛋糕后方才睡觉。

这年的一月份，恩源也放了寒假，全国心脏大会在杭州召开，甘隆和锦梅两人都向大会投稿了，而且两个人的文章都被接受为大会发言，两个人都要去杭州参加会议，这是极为难得的好事，但两个人都走了就没有人照看恩源的吃喝，也没有人督促他做作业。

甘隆突发奇想，和锦梅商量，要把恩源带到杭州去，锦梅听了甘隆的建议，立即表示赞同，而恩源更是高兴得手舞足蹈。甘隆先行出发到了杭州，完成了他在会议上的讲题，锦梅隔了一天将恩源带到了杭州，甘隆便带着恩源来到西湖，而锦梅则直接去参会，完成了自己的讲题，并且参加了肺动脉球囊扩张术的演示。甘隆带着恩源回到酒店后，就让恩源把当天在西湖游玩的见闻写了一篇小作文，同时让恩源完成了一部分作业。

第三天时，一家三口一起到了西湖区南面灵山景区游玩，这是他们第一次全家出游，恩源感到十分兴奋。灵山高大险峻，内有一个灵山洞，这是一个喀斯特溶洞。三人进入洞中，看到洞厅有几层楼房那么高大，其内到处都是千姿百态的钟乳石，滴水叮当作响，在五彩灯影照耀下呈现出梦幻般的景象，恩源左瞧右看，显得十分好奇，甘隆和锦梅两人就边走边讲，讲述有关喀斯特溶洞的形成、钟乳石的生长、云盆现象这些知识。

三人继续往前走，他们又观看了最高洞厅中央的天柱峰。这是一支高大雄伟、蔚为壮观的石笋，约有八层楼高，需要十二人才能合抱。恩源好奇这座天柱峰的成因，在它周围来回地观看，想看出个什么道道来。

看完天柱峰后，一家人来到了直通出洞口的石栈天梯。此时已经过了午时，恩源感觉到饿了，抬头看看三十多米高的狭窄天梯，他有些畏难情绪，也有些害怕，想要甘隆将他背上去。甘隆和锦梅耳语了几句后，对恩源说，现在就是考验意志和毅力的时候了，如果你自己能独自登上这座石栈天梯，你在天台上再往下看时，会有另一番真切的感受，而且你就是小勇士了，而且我看你自己就能登上去！

听了甘隆的鼓励，恩源表示自己要登上去，锦梅遂在前面引路，甘隆在恩源身后保护，防止他突然脚步打滑摔下去。在攀爬石栈天梯的时候，恩源的体力不足，两个人并不催促他，也不伸手去拉他，只是耐心地等着，恩源最终在自己的努力下，成功地登上了天台。

这个时候，甘隆和锦梅一起带着恩源转身回望，那些钟乳石都俯伏地面，唯有天柱石笋突兀其中，下面的人像蚂蚁一样。甘隆问恩源有什么感受，恩源说，我这才懂了什么叫"会当凌绝顶，一览众山小！"以前妈妈要我背杜甫的这首诗，我并不懂其中的意义，现在真的懂了！

天台离出洞口不远了，恩源三步并作两步地向出口方向奔去，一阵清凉的风吹干了恩源身上的热汗，一束光从洞口射了进来，恩源顺着光的方向先自出了洞口，他感受到一种努力拼搏后成功的喜悦，又感觉到他能够应对遇到的问题。

甘隆和锦梅则在后面不紧不慢地走着，两人一起出了洞口，三个人一起吃了午餐后，又去礼拜了背靠蓝天白云的灵山大佛神像。回到市区后，锦梅花了一百二十元人民币为甘隆买了一件西服上衣作为纪念，而甘隆则为锦梅买了一副手镯，为恩源买了他最想要的水枪。他之所以买翡翠手镯送给锦梅，据说是可以吸收放射线，他当然知道这是无稽之谈，但锦梅却是明白甘隆的那一份心意，戴上这副手镯，使她感到十分温暖。

到了晚上他们一起坐上了回京的火车，到了要上火车的时候，恩源要求在杭州多玩两天，因为这两天是在爸爸妈妈的陪同下游玩，这是他很少体验到的快乐，他不愿意现在就回去，莫名其妙地想要哭鼻子。甘隆只好安慰恩源说，杭州有很好的大学，比如说浙江大学，这是当年爸爸和妈妈曾经想上的好学校，后来爸爸妈妈的成绩不理想，没能上这所大学，你如果好好学习，超过爸爸妈妈，就能来上浙江大学，以后可以在杭州工作，做一个地地道道的杭州人。听了甘隆的这番话，恩源总算依依不舍地上了回京的火车，他觉得杭州还有很多景点都没去，十分遗憾。

在火车上，锦梅坐在甘隆和恩源父子对面，看着甘隆循循善诱地开导着儿子，又看着甘隆和儿子在火车上亲密地相互打趣地捉弄，锦梅觉得这一刻她是天下最幸福的女人了，父慈子孝就在她的眼前，而他们能三个人在一起的每一秒都是珍贵的。她觉得尽管必须为家庭方面做出一些牺牲，但她和甘隆一样，对事业的追求依然坚定，初心不改。

甘隆和锦梅虽然同样是看心脏病，但是两人专攻的方向不同。锦梅治疗的主要病种是冠心病的介入治疗，以做支架为主；甘隆治疗的主要病种是冠心病的外科治疗，做冠状动脉搭桥手术。遇到冠心病的疑难病人，两个人可以一起探讨；而在肺栓塞的治疗方面，两个人则是珠联璧合，比翼齐飞。

两个人实在忙不过来的时候互相帮帮忙，每天的生活就是这样，结婚十多年来，他们夫妻二人早已习惯了这种忙碌充实的快节奏生活，正因为两个人是内、外科合作默契的医者，他们之间少了一份抱怨，多了一份理解，少了一份猜疑，多了一份包容，真可谓是琴瑟和鸣的神医侠侣。恩源渐渐长大，他慢慢体会到爸爸妈妈的辛苦和付出，为自己有一位干心外科的父亲和干心内科的母亲而骄傲自豪，而此时的锦梅和甘隆两人则对对方都有一种"择一城终老，遇一人白首"的心理预期。

第六十章　学科升级风波

甘隆在心外科疾病和肺血管疾病的外科治疗方面水平和业绩快速提升，被国际和国内的同行们认可，他们纷纷在学术会议上向甘隆请教肺栓塞和肺动脉肉瘤方面的经验，甘隆则毫无保留地教给他们正、反两个方面的经验教训，很多家知名医院的医生请甘隆去手术演示和演讲。

除此之外，甘隆还积极撰写SCI学术论文。在心胸血管外科领域，被国内外的专家教授最为推崇的杂志是JTCVS，一名心胸外科大夫从业一辈子，也很难在这上面发表一篇文章。在甘隆刚刚读硕士时，他的硕士导师曾在全科会议上讲，一个心外科大夫在JTCVS发表一篇，就说明他的成就得到国外顶级同行的认同，将来即使他不再从事心外科了，人们仍然会记住他的成就。从那时起，甘隆发誓要在JTCVS发表论文。

经过多年的积累，甘隆发现他在肺栓塞和肺动脉肉瘤这两个方面的很多手术方法是和国外顶级学术机构不相同的，很多东西是自己创造发明出来的，比如说在慢性血栓栓塞性肺动脉高压手术前，将异常扩张的支气管动脉封堵，这完全是甘隆的创举；还有通过"蚀壁征"早期识别肺栓塞和肺动脉肉瘤也是甘隆的独自发现；在肺动脉肉瘤手术时，要注意将病人体内的瘤体、脱落瘤栓和血栓三个部分完全清除，才能取得较好的手术效果，这也是甘隆独有的经验。

甘隆将上述经验分别写成英文论文，在几年的时间内，在 *JTCVS* 发表了五篇大论文，全部是他作为第一作者和通信作者，另外英国牛津大学的心外科教授与甘隆合作，在 *JTCVS* 上发表了另外一篇极有影响力的论文，这是连欧美国家顶级专家也很难达到的成就！

这个时候，天辰医院的领导层发现神经外科、神经内科、心外科和心内科两个领域四个科室都有飞速的发展，原有的对这两个领域四个科室的管理框架和模式已经显得捉襟见肘了，准备对这两个领域四个科室进行学科升级，升级的目的是使各亚专科向全世界最先进医疗单位和专业学科进行对标，就是说，通过将这四个科室的人才、组织架构的重新编定，要让天辰医院上规模、上层次，在十年的时间内成为全国最好、世界顶级的医疗单位。

这次四个大科的学科升级实际上是一个工作量非常巨大的工程，所以全院的党政班子极为重视，天辰医院院长章院长亲自挂帅，他要亲自抓这个事情；而且，为了达成这次学科升级的目标，天辰医院院长办公会决定成立学科升级办公室，同时指定李继成担任这个办公室的副主任，权代主任的职责。

说学科升级的工程巨大，是因为涉及的学科和病房众多。心外科本来有六个病房，要升级为十个病房；心内科本来有六个病房，要升级到十二个病房，神经内科和神经外科的病房也相应地要扩大一倍。

这天锦梅和甘隆在家中聊起有关学科升级的事情，因为他们两人各自所在科室都牵涉到这次升级当中。当甘隆听说李继成已经成为学科升级办公室的实际负责人，他的心中生起了隐忧，那次李继成指着他的鼻子叫嚣说要整治他，没想到这么快他就要成为李继成砧板上的肉了！

甘隆对锦梅说：

"这次李继成不会害我吧？"

锦梅说：

"不会吧？他上面还有章院长挂帅，他虽然是办公室的副主任，但他说了不算呀。"

甘隆说：

"不好说，虽然章院长亲自抓这件事，但具体的事情都要李继成来办呀，医院每天那么多事情，章院长不可能事必躬亲的。"

锦梅说：

"不会的，我们毕竟是军医大的同学，我们军医大的同学只有我们三人在天辰医院，互相帮助都来不及，我想他不至于害你害我的！"

甘隆说：

"害你倒不至于，当年他是追求过你的！那次聚会言犹在耳，我记得他用手指指着我时，他的眼神邪恶而狠毒！特别是我们当年还在军医大后面的杨树林打过架。"

锦梅说：

"你和李继成打过架？是为什么？"

甘隆说：

"还不是因为你。"

锦梅说：

"你们俩曾经打过架，还是因为我打的架？我怎么不知道？"

甘隆说：

"那时李继成追你追得紧，误以为我在和他争抢呢，就到中队长李燕那里去告我的刁状。"

锦梅说：

"你们打架，为什么我不知道？"

甘隆说：

"我是一击就将他制服了，他没有反抗的余力，因此就没有惹起太大的骚动，我觉得这事赢了也没有多大的事，李继成觉得他输了丢脸，都没和外人讲，你当然就不知道了。"

锦梅说：

"慢着，慢着，我怎么听出这味有些不对呀！你说，李继成是误以为你和他争抢我，那你是不是说，你当时根本就对我没有意思呀？"

甘隆听了锦梅的话，怔了一下，他这才发现自己刚才失言，被锦梅抓住了把柄，嗫嚅了几句：

"嗯，不，嗯，不。"

锦梅说：

"嗯什么嗯？不什么不？快老实交代，你当初是不是根本就不爱我？你现在也没有爱过我？"

甘隆发现了问题的严重性，将锦梅拥抱了起来，说道：

"锦梅，你别瞎想！这么多年你还看不出来吗？我对你的感情是真挚的，是从心里爱你的，现在我们有了恩源，我对我们一家三口，感到十分满意，对你的爱意越来越浓烈了！"

锦梅说：

"这还差不多！算了，我不和你计较了，我知道当初你心里有别人，我现在也不翻烂账，自己给自己找不痛快了！"

甘隆这才像被大赦了一样，重新回到关于学科升级的话题，他说道：

"现在不管李继成了，我们只管将申报材料报上去。"

甘隆的手术团队填写医院下发的表格，并按流程向学科升级办公室上交了需要的所有材料，余辰的手术团队同时参加了申报。全院四大科的十二个手术组或者诊疗组参加了申报。过了一个月，大辰医院院务会讨论，批准了其中十个手术组或诊疗组的申报，这些被批准的手术组或者诊疗组被认定为扩充病房的种子团队。

评审结果在天辰医院食堂的外墙上张贴出来，向全院职工进行公示。甘隆兴冲冲地去看公示招贴，从头到尾没有发现自己团队的名字，他想不通自己为什么落选。他来到学科升级办公室，护士出身的高爽正在办公室里写着材料。高爽是在学科升级办公室成立之初，李继成专门从临床一线科室调进来的。

护士在办公室上班比在临床一线上班要强得多，因为临床一线的年轻护士都要值夜班，夜班是非常熬人的，年轻护士上班前都是水水嫩嫩的小姑娘，连着上几个夜班就能变成皮肤灰暗、皮干肉燥的模样，因此，护士们都愿意到行政楼的办公室上班，每天朝八晚五，到点就能下班，比在一线倒班强多了。对于高爽来说，到行政楼一线上班更有一层身份转变的意义。因为高爽的护士身份是合同工，没有编制，李继成把她招到办公室时答应她，要帮她转成有编制的正式职工。

在调到学科升级办公室之前，高爽是甘隆所在心外科的护士，因此，高爽对甘隆感到十分熟悉和亲切，很热情地上前为甘隆泡好茶水，并问甘隆道：

"甘主任，你是要办什么事吗？"

甘隆问高爽：

"我们手术组的申报材料早就交到办公室里来了，而且我们的材料是所有申报组中最为有力的，为什么这次公示没有我们？"

高爽说：

"甘主任，所有申报材料都是我整理的，我并没有看到你们手术组的申报材料呀！"

甘隆说：

"我上次亲自和李伟大夫一起，将申报材料交到李继成主任手里，你怎么会没有看到我们的材料呢？"

高爽说：

"这个我不知道，因为收材料时我还没到办公室来上班，我接收的材料中没看到你们的。"

甘隆想起李继成上次请客时说的话，心想难道是李继成想报复他故意将材料留中不报吗？他便问高爽道：

"这个是李继成主任的办公桌吧？"

高爽点点头，甘隆便在李继成的办公桌上翻了几下，果然就发现自己的申报材料压在最下面，没有上报给院务会，这说明自己的申报材料被李继成黑了下来，所以才导致这次努力胎死腹中了。甘隆怒气冲冲地去找李继成，但他一连找了两天都没有见到他，打他电话，李继成也不接，直到第三天早上，甘隆将李继成堵在他的办公室里。甘隆质问李继成说：

"李继成，你为什么把我们的申报材料压住不报？"

李继成说：

"没有呀，我把所有的材料都交给下面办事的人了，有可能是他们办事粗心，出了点小纰漏吧？"

甘隆说：

"没这么办事的吧？你是故意压下来的！"

李继成说：

"一朝权在手，便把令来行。我作为学科升级办公室的主任，有权力决定哪些材料上报、哪些材料不上报，你没有权力质询我吧？想当初爱情上我输给你了，现在专业上我也输给你了，今天我就把你拿捏得死死的，你能说什么？"

李继成说着，将双肩一耸，两手一分摆，摆出你能奈我何的模样。甘隆看李继成的一副流氓相，知道和他讲道理也没有什么用，再说现在木已成舟，多说也无益，就直接来到院长办公室找到章院长。

甘隆将李继成扣压申报材料的事情向院长投诉，院长说他了解一下情况再说，让甘隆先回去等消息。章院长找来李继成，质问他为什么要按下甘隆的申报材料，不提交给院务会讨论。李继成狡辩说：

"院长，我没有扣压他的申报材料，我已经了解了一下情况，是下面办事的人有疏漏，在整理材料时忘了将这份材料一起交上来。"

章院长说：

"既然这样，那你再把甘隆的材料交上来，院务会上单独讨论一次吧。"

李继成说：

"院长，不用这么做吧？"

章院长说：

"为什么？"

李继成说：

"第一，甘隆太年轻，不到四十岁，而其他学科带头人都在四十五

582

岁以上；第二，甘隆虽然发表了那么多论文专著，可他没有出国学习的经历。所以，我认为他应该加强一下这个短板，这样对甘隆个人的成长有好处，也对医院的发展有好处。"

章院长听了李继成的狡辩，没有作声，想了一下，因为他知道李继成的身后有人在支撑，上面的好几个重要领导给他打过电话，要他重点培养李继成，现在李继成虽然胡乱作为，他有心想批评李继成，但还是有些投鼠忌器的！所以，章院长认为事已至此，他不太好直接批评李继成，也不便为了甘隆而将上次院务会的决议推倒重来，况且在某种意义上来说，李继成的话并不是完全没有道理，甘隆的确是没有出国的经历，既然这样，先让甘隆补齐出国这块短板，等他回国后，再直接任命他为心脏与肺血管病中心的学科带头人，当院长是有这个权力的，比经过院务会集体讨论要方便得多。

章院长找来甘隆，对他说：

"你的投诉我已经做了调查，这件事是下面办事的人有遗漏造成的，不是李继成故意克扣你的材料。"

甘隆说：

"即使这样，可以再就这份材料上院务会讨论一下吧？"

章院长说：

"可以是可以，不过甘隆，有人对你也提出过一些意见，比如说你的年龄太轻，怕你压不住阵脚，而且你没有出国的经历，这几点对于一个学术带头人来说，是很重要的短板。我们医院需要一大批像你这样的青年专家，关注目标，作出成绩，我也希望你发展得更好。你的学科材料我给你保留下来，你暂时先不着急升级，我给你先放学术假，你到国外去学习一下，有了这个经历，对肺血管外科这个专业来说，没准是好事，有利于长期打算。"

甘隆想了一下，回答说：

"既然院长有此一说，我正好想到美国圣地亚哥医学中心和费城儿童医院等著名中心去学习一下。"

章院长说：

"经费我会安排名人基金会为你提供支持，你的学术假期我也给你提供，你看这样可以了吧?"

甘隆说：

"谢谢院长，进修的目标单位我可以自己联系，这些单位的教授与我有科研上的合作，我和他们有密切通信联系。"

章院长：

"这样办就最好，希望你早日学成归来，再大显身手!"

第六十一章　无良与报复

正在甘隆一边上班、一边联系出国学习的事情的时候，李继成发来喜帖，说他要结婚了，要请所有在都城的老同学参加他的婚礼。甘隆和锦梅因为心中有疙瘩，没有出席这场婚礼。后来王琴打电话给锦梅，说起了李继成这次婚礼的排场非常大，参加婚宴的人尽是高官，而且他的岳父很有派头，是很重要的领导。

王琴还说，李继成的新岳父在仪式上讲话端庄大气，直接告诫李继成说，虽然新婚夫妇都曾经有过感情经历，这次婚礼后，两人都应该把以前感情的负累清零，两个人要互敬互爱，白头偕老。王琴还说，对于新岳父的训话，李继成表现得十分谦恭。

李继成结婚后不久，他就从学科升级办公室主任升职为副院长，升职理由就是他在这次学科升级活动中表现优异。李继成因为升职为副院长了，在行政楼领导层有一间宽敞明亮的办公室。

过了三个月，天辰医院的学科升级办公室已经完成了历史使命，被撤销了，高爽被打回到原来上班的临床科室心外科，重新过起要上夜班的日子，她梦寐以求的职称和编制都没有搞到手。

高爽回到心外科不久，在一次上班时发现自己浑身没劲，这几天还出现了呕吐和恶心症状，同班的小姐妹开玩笑说，高爽，你不是怀孕了吧？高爽这才引起警觉，买来了验孕试纸，一看就是阳性。高爽这才肯定自己是怀孕了，而且她心里明白事主就是李继成。

高爽来自郊县农民家庭，性格娴静而温和，在护校毕业后她进入了天辰医院当起了一名合同制的护士，现在是工作的第三个年头。因为是合同制，没有单位的事业编制，她感觉到处处低人一等，做最累最脏的活，拿最少的报酬，而且随时都可能被单位开掉，在这种环境中她感到没有前途和希望。

家庭给不了她太多的帮助，好在她青春靓丽，有一张姣好的面容，这很能吸引天辰医院的男性们的目光，这当中有刚毕业的未婚硕士、博士，也有结了婚但有权势的那些老男人，这当中就包括李继成。

在李继成被任命为学科升级办公室主任的当初，他是有权力组织办公室的办事职员的，这种职位很能吸引年轻的护士，很多人都想到这个又轻松又不上夜班、还能拿着行政人员一样高的奖金和绩效工资的办公室上班。在众多的求职者中，李继成把绣球抛给了令他心动不已的高爽。他曾想过要娶高爽为妻，但后来有人给他介绍了一位女朋友，虽然对方是离过婚的女人，这个女人身后的家世令李继成垂涎三尺，毫不犹豫地与这个女人订婚了。

但就算这样，李继成也没有想放过高爽，因为高爽长得实在太好看了，他想得到她的肉体。为了达成这个目的，在高爽进入办公室上班后的第二个月，李继成便以自己过生日为理由，邀请办公室的所有人员，还有一些药品经销商一起到餐馆聚餐，又到KTV去唱歌。

在KTV厅中，李继成的心思并没有放在唱歌上，而是与经销商一起一瓶一瓶地要高爽喝啤酒，高爽本不胜酒力，不愿意喝酒，但李继成在她耳边用话语暗示威胁说如果不听话，以后就不用她了。高爽一想到自己目前还是临时借调到办公室，随时有可能被李继成打发回到心外科去上夜班，她就没有拒绝的勇气，一瓶一瓶地逼着自己将苦酒灌进肚子里。

在午夜时分，高爽终于被灌得分不清高低左右，被李继成带到自己的住房内，这时李继成还是离了婚的单身汉，在家中没人制约他，喝醉了的高爽也就成了李继成的待宰羔羊，被他毫不费力地夺去了清白。

到第二天早上高爽清醒过来时，她发现自己赤身裸体躺在李继成的床上，而李继成则裸身睡在她的身旁，还打着满足后的鼾声。惊诧的高爽哭着将李继成推醒了过来。当李继成睡眼惺忪地转过身来时，高爽哭着说：

"李主任，你怎么能这样欺负我？我还是清白之身呀！"

李继成说：

"清白之身又怎么了，不总要被人开了身吗？"

高爽说：

"你这样污了我的清白，让我以后怎么做人呀？"

李继成说：

"怎么做人？做人上人！你跟了我，我把你留在办公室工作，高工资高奖金拿着，又不上夜班，不比你在一线上夜班强多了？"

高爽说：

"那你让我将来怎么嫁人呀？"

李继成说：

"你跟了我，我就对你负责！"

高爽以为李继成说对她负责，是要跟她结婚，虽然她嫌弃李继成比她大将近二十岁，头发半秃，长相难看，不喜欢他，但想来李继成毕竟手中有权，又能为她遮风挡雨，心里还是能接受他，就慢慢不哭了。

此后，高爽就成了李继成家中的常客，成为他的情人，几乎每天都成为李继成发泄欲望的对象，这样的生活使高爽备受煎熬，她本不想这样委屈自己，但想着行政楼办公室的工作与合同制护士之间的编制和待遇天差地别，高爽强迫自己要忍耐下去。

没承想在高爽达成自己的目的前，学科升级办公室被医院撤销了，她只能回到临床一线，当她找到李继成要说法时，李继成敷衍她说，过一段时间他再想办法把她调回到行政楼上班，高爽还真就信以为真地等了起来。

这次高爽发现自己怀孕后，就找李继成，要与他结婚！可李继成此时正在与那个二婚女在谈朋友，他哪里会愿意娶高爽这个没有家世的贫民之女，就算她年轻漂亮，可年轻漂亮不能帮他升官呀。李继成让高爽自己去流产，还让她不要再来烦自己！

高爽做了人工流产后，李继成喜事连连，先是与二婚女结了婚，过了不久就升职为天辰医院的副院长，春风得意，好不爽快！鸡飞蛋打的高爽看着李继成的那一副嘴脸，心中气不打一处来，再次找到李继成，对他说：

"你答应把我调到行政楼去，这么久，总该兑现承诺了吧?"

李继成说：

"那是什么时候的事? 你那时是黄花大闺女，现在你已是弃妇了，你不自知吗? 你现在在一线上班不是好好的吗? 为什么非要调到行政楼这边来?"

高爽说：

"那你当时别答应我这个要求呀!"

李继成说：

"那还不是因为你要挟我，现在你肚子里又没有孩子，你还想要挟我吗?"

高爽说：

"你怎么这样? 你从开始就是想玩弄我!"

李继成说：

"玩弄你又怎么了? 你一个小小的合同制护士，跟要饭的差不多，还能对我怎么样?"

高爽说：

"行，兔子急了还咬人呢! 你说我不能对你怎么样，那你等着瞧吧!"

高爽此时明白了，这个无耻的男人是不可能答应自己的要求的，而自己只是他手中的一个玩物，再也不能相信他了，梦早就该醒了!

高爽哭着从李继成的办公室出来，走在小花园内迎面碰上了甘隆，甘隆看见高爽在抹眼泪，就叫住了她，问她为什么哭泣，高爽便将事情的前前后后经过都一五一十地讲给甘隆听了。

在这个时候，李继成从小花园路过，看到甘隆在安慰高爽，心中就不爽快，心想你甘隆还敢管我李继成的事情！你甘隆先是抢了我的心上人，现在又想动我的禁脔，看我不整死你！

高爽回到在郊县农村的家中，找到她的两个堂弟，三人一起来到李继成住房底下的停车场里，这里平时人少，有动静也很难惹人注意。三人等了两个多小时，终于等到李继成驾车回来，当他从驾驶室出来时，高爽的两个堂弟就冲上前来，将李继成打倒在地。

高爽在后面指挥两个堂弟使劲地殴打李继成，打了将近二十分钟后，停车场内又有人来时，高爽这才叫两个堂弟停止了殴打，快速撤离了。李继成被打得头面部肿胀得不成人形，两个眼睛肿成一道缝，全身疼得几乎不能走路，他一瘸一拐地回到家中，看着自己惨不忍睹的模样，知道他不好见人，也不便向警方报警，便向医院方面请了一周的假，等头面和全身肿胀消退后才去上班。

李继成在家中左思右想，他知道是高爽带着两个男子打的他，但联想到那次在小花园甘隆和高爽两个人在一起说话，李继成认为是甘隆教唆高爽报复他的，因此他发誓一定要报复甘隆，要将新仇旧恨一起报！

当然，李继成想报复甘隆的愿望并没有很快实现，因为在李继成被打的前后，甘隆的出国手续办好了，护照和签证一应证件都到手了，便登机到了美国。由于李继成被打后，一没有报警，二没有向外人声张，所以天辰医院很少有人知道他被打得鼻青脸肿这件事，高爽此后就老老实实地在心外科一线上班，不再抱有跳龙门一步登天的奢望。

这次甘隆是作为高级访问学者的身份出访美国的，经费是教育部出国基金会和天辰医院名人基金会共同出资。

甘隆出国的第一站是到位于加州的圣地亚哥医学中心，这里的肺动脉栓塞手术做得很好，甘隆来此的目的是跟着马尼教授学习外周肺动脉栓塞的手术，在这方面马尼教授有着独到的经验。

马尼教授早就阅读过甘隆发表在 *JTCVS* 杂志上的五篇论文，认为甘隆在肺动脉栓塞和肺动脏肉瘤两个病种的治疗方面有着独到的经验，他便请甘隆对肺动脉栓塞、肺动脉肉瘤方面作了两场专题演讲，受到美国西部各城市来听他演讲的心外科医生的好评。

甘隆本来想在美国找一些有关肺动脉栓塞的书籍，结果他惊奇地发现，肺动脉栓塞内科治疗的书是不少，但是外科治疗的书籍却是一本也没有，不仅中文、英文，而且其他的任何外文，没有任何一本书讲述肺动脉栓塞外科治疗。

后来甘隆静下心来分析，全世界能做肺动脉栓塞手术的医生不超过二十人，每个人的经验都有一定的限度，这就难怪没有书籍出版。面对这种局面，甘隆心想现在自己有充分的肺动脉栓塞外科治疗的手术积累，平时自己注意留存照片、影像和数字资料，还注意每一个手术病例的术前评估和出院后的随访，这些资料已经积累起来足以开始动手写作专著了。

而且，甘隆想他现在已经到了美国，语言环境极为有利，他决定直接用英文写作这本肺动脉栓塞的专著，这将是全世界第一本涉及肺动脉栓塞外科治疗的专著！为此，甘隆联系了美国NOVA出版集团，对方对甘隆提交的证明材料进行了翔实的评估后，认为这本专著极具科学价值，非常爽快地达成了出版意向，因此，甘隆在白天进行高级访问学者的工作后，晚上就开始动手写作这本专著，将他在肺动脉栓塞治疗方面取得的经验和教训倾囊传授。经过四个多月的业余写作，甘隆独自一个人完成了五十多万字的洋洋大著，全部是由英文写成，书名为 *Pulmonary Embolism & Pulmonary Thromboendarterectomy*，当他校正完错误后，将书稿交给了美国纽约NOVA出版集团付梓出版。

第六十二章　游学费城

甘隆在圣地亚哥医学中心待了一个月，在此期间，马尼教授多次请甘隆一起上手术台进行演示，并交流心得体会，在这个时候，马尼教会了甘隆做极外周肺动脉栓塞的剥脱技巧，还向甘隆赠送了他的专利发明马尼钳。马尼钳是一种中间带有加强关节的手术钳，可以将手术者的手指力量转化为持续而稳定的抓力，使做极外周肺动脉栓塞外科剥脱手术时，不损伤小肺动脉，同时又能将病变最大限度地清除。

一个月的访问，使甘隆与马尼教授结成了深厚的友谊，两人成为惺惺相惜的朋友。在甘隆离开圣地亚哥的前一天晚上，马尼教授在他家中专门召开了一个欢送派对晚会，将圣地亚哥心脏中心心外科的全体医生和护士请到家中为甘隆钱行。

马尼的家是在太平洋岸边的高崖之上，甘隆站在花园中，看着浩瀚的太平洋波涛不息地奔涌，这时候，他想起远在国内的锦梅和儿子恩源，不禁思乡之情顿起。

甘隆完成了第一站访问后，乘飞机来到了美国东部城市费城，他在这里是要访问宾夕法尼亚大学医学中心和费城儿童医院，这是美国极负盛名的两个中心，特别是费城儿童医院的心外科更是蜚声全世界，他们是以治疗新生儿心脏复杂畸形最为著名，斯普瑞教授做左心发育不良综合征的手术，简直到了鬼斧神工的地步。他身高将近一米九，两只大手掌绵软如棉，甘隆在办公室拜见他时，斯普瑞伸出手来表示欢迎，甘隆伸手摸上去，心中感到一惊，因为斯普瑞的手好像没有骨头的感觉。

更令甘隆感到惊奇的是，新生儿的心脏比鸡蛋大不了多少，而斯普瑞的一只大手几乎可以拿得起六个鸡蛋，却能在这么小的心脏上翻转如飞，打外科结又快又轻又紧。甘隆见过斯普瑞做一台法乐氏四联症手术的最快时间只有十八分钟，而通常心外科医生做这样一台手术需要半个小时到一个多小时！他做一台左心发育不良综合征的第三期根治术通常是三十多分钟，而其他心外科医生则要将近两个小时。

而在宾州大学医学中心里最先进的是运用最新的达·芬奇机器人手术，美籍华人医生吴教授用机器人为病人进行微创二尖瓣修复手术，手术切口只有五厘米左右，而大多数医生则是应用胸骨正口开胸技术，手术切口长达二十多厘米；除了机器人手术外，甘隆积极参加这个医院的心脏移植和肺移植手术，经常在半夜来到宾州大学医学中心的楼顶，在这里坐上直升机，到费城周边的城市获取捐献的心脏和肺，并且立即赶回来移植到需要移植的病人身上；这时候在全世界刚刚出现的经股动脉进行导管主动脉瓣置换术，不需要开胸和建立体外循环，宾州大学医学中心这个技术是走在全世界的前列的，这个技术也令甘隆开了眼界，他想将这个技术学回家，准备在国内开展起来。

到这时候，甘隆想起出国前章院长语重心长地对他讲的话，出国多看看，多吸取世界上同行的经验教训，虽然要花费一些时间，这不是坏事，这能够让你的事业走得更远，达到更高的成就。

甘隆觉得章院长的话，说得太对了！他在费城儿童医院、宾州大学医学中心里如饥似渴地吸取着营养，学习着心外科的先进理念和知识，当然他也向这两个中心的同行们传授他在肺动脉栓塞和肺动脉肉瘤方面的经验教训，因为这两个中心的心外科医生对这两种病几乎没有见识过，当甘隆给他们作了学术讲座后，这些大夫大呼开了眼界！

甘隆在宾州大学医学中心里不仅是参观和参加心外科手术，他还积极参加肿瘤内科的一切新进展的讲座，向肿瘤内科医生请教肉瘤内科治疗方面的最新进展。甚至在放疗科举行学术活动的时候，甘隆也积极前往听取讲座，他这么苦心经营般的学习，就是想破解肺动脉肉瘤治疗的困窘之境。

在费城的日子里，甘隆的心情是放松的，也是愉悦的，他这是在如饥似渴地学习。费城儿童医院和宾州大学医学中心是两个毗邻的医疗机构，甘隆经常是看完儿童医院的手术，连手术衣都不换，立即进入宾州大学医学中心手术间看另一台手术。在这里，有着思想的碰撞激发出创新的火花，也有忘我学习和工作带给他的感动，他经常深夜起床去参加心、肺移植手术，在这里的三个多月的时间里，他的确是大开眼界。

在空余时间里，甘隆在费城的同学成功带着他到费城及周边城市游览。宾州大学给人印象最深刻的是，它是一所无围墙大学，甘隆每天上下班时，穿行于其中，感受到宾州大学学生们的热情与活力。

在宾州大学校园教学楼门前有一座富兰克林的扶杖持报纸的铸铜人物雕塑，给甘隆以极深的印象。富兰克林是宾州大学之父，也是著名的政治家、科学家、印刷商和出版商、作家、发明家，以及外交官，是美国开国元勋之一，他发明了避雷针，并最早提出电荷守恒定律，在研究大气电方面作出了卓越贡献；他曾参加起草《独立宣言》，特别是他用风筝引闪电天火的故事对甘隆从小就很有激励作用，甘隆对他那种探索未知世界、敢为人先的勇气非常钦佩，出于对先贤和先知的景仰，甘隆专门到雕像前合影留念。

而在一个周末，成功带他去参观费城的独立宫和自由钟。此时甘隆是租住在费城西郊的栗树街的一栋大学公寓内的，成功和夫人一早来到栗树街的公寓接到了甘隆，驾车向东面的费城闹市区驶去，他们穿过斯库尔基尔河，进入闹市区后来到一座两层红砖楼房处，这就是独立宫。

三人在独立宫中游览，只见独立宫内是白色的门窗、白色的尖塔，这里曾是宾夕法尼亚州的议会大厦，就在这座普通的楼房里，诞生了《独立宣言》和美国宪法，这里也曾是美国独立战争时期的指挥中心。

三人经过安检，又来到自由钟跟前参观，自由钟曾为第一次宣读独立宣言而鸣响，也曾为美国联邦宪法的通过而鸣响，为送富兰克林赴英陈情请命而鸣响，为召集市民讨论英国颁布的《糖税法》和《印花税法案》而鸣响，为华盛顿的逝世而鸣响，所以这座钟是费城的象征，也是美国自由精神的象征，是美国人的骄傲，可惜这座钟已经出现多处破损。

　　三人看见自由钟上的裂痕，讨论了一会儿后，就从独立宫出来，再向西徒步，来到不远的特拉华河大桥。成功指着河对岸，对甘隆说道：

　　"甘隆，对面就是新泽西州，普林斯顿镇离这里不远！"

　　甘隆问道：

　　"你就是说普林斯顿大学离这里不远吗？"

　　成功说：

　　"对呀，这可是理论物理学的圣地呀！"

　　甘隆说：

　　"是呀，这也曾经是我心中的圣地呀，我要去朝拜！"

　　成功说：

　　"今天时间可能来不及，下周末我在实验室中还要开会，可能不能陪你去朝拜呢！"

　　甘隆说：

　　"没关系，我在美国已经办好了驾照，我在下周末自己驾车过去。今天时间不早了，去了天就黑了，去了也是白去，不如我下周末一早就动身，到那里好好朝拜一下爱因斯坦的工作室！去走一走他走过的道路！"

　　成功说：

　　"如此安排最好，别人朝圣都要沐浴焚香，你去朝拜你年轻时的梦想之城，还是得好好做个准备，你这几天自己好好做个攻略吧！"

　　甘隆说：

　　"老同学提醒得对，还是老同学懂我，虽然我现在转行搞起了心胸外科，当起了心外科医生，也是个激动人心的领域，但我的心中还是有个缺憾，就是没有继续追求最初的梦想，以理论物理学为终身目标。算了，伤感的话我不再说了，至少，我现在还有机会去理想之城体验一下激情与梦想!"

成功说:

"是的，甘隆，我到现在还记得你在初中和高中时对理论物理学的痴迷，在黄冈中学科学之夜上演讲时，你的眼中放着光芒!你去吧，下周末我是在实验室工作，我把车借给你，路程并不太远，道路也好识别，你自己开车过去，肯定是没有问题的!说不定你在那里能邂逅到什么神秘的人物，会有什么神奇的事情发生呢!"

甘隆说:

"借老同学的吉言!谢谢老同学的指引!我期待着下个周末的到来!"

第六十三章　邂逅普林斯顿

　　普林斯顿大学位于普林斯顿市，这里曾汇集了阿尔伯特·爱因斯坦、冯·诺依曼、库尔特·哥德尔、罗伯特·奥本海默等一批学术大师，他们都是上个世纪上半叶的理论物理学大师，都是令人景仰的名字，而这里到现在仍然是高能理论物理的前沿阵地。

　　甘隆在初中和高中阶段，心心念念地想成为理论物理学家，让自己的名字与这些大师一样闪光，虽然岁月流逝，这个梦想已经不可能成为现实，但时至今日，甘隆仍然没有忘记年少时的激情与梦想，现在来到了普林斯顿大学，心中泛起了澎湃的热情。

　　甘隆在这个周末，向成功借了他的坐驾，在星期六的一大早从费城西郊向东出发，穿过特拉华河上的大桥后，再开车二十来分钟就来到目的地。所谓的普林斯顿市实际只有三万人口，称作普林斯顿镇也不为过，这是一个非常优雅的小镇，一个因普林斯顿大学的存在而寄附的小镇。

　　甘隆驾车来到普林斯顿镇的诺莎大街，找了个停车位将车停稳当后，就在大街上游逛了一番。这条街上有很多餐厅、商店、书店和咖啡屋。正值秋高气爽的季节，大街上的槭树和红枫都已经显现灿烂的颜色，令甘隆十分赏心悦目。

　　在路过法式餐馆Lahiere's餐厅时，甘隆想起成功曾告诉他这是爱因斯坦在普林斯顿生活的二十二年中最喜欢的餐馆，他驻足朝门内望了一下，还没有开始营业，便继续前行，来到小小世界咖啡屋（small world coffee）买了一杯拿铁，喝了一口，热腾腾的咖啡香气让他爽适地抬起头，看着高高的蓝天，感觉像是要醉了。

街对面就是普林斯顿大学的大门，呈四柱三开门结构，中间的是正门，而两侧的是边门。在出发前，成功曾告诉过甘隆说，普林斯顿大学有一个传说，学生是不能从正门穿过的，否则就难以顺利毕业。

甘隆觉得这个传说是无稽之谈，虽然自己年轻时曾梦寐以求地想到这里来求学而未曾如愿，自己现在已然是有所成就的心外科大夫，早就不是年轻学子的那种唯科学主义信徒了，现在来这里的心情虽然也说不上是朝圣，但毕竟是以崇拜的心情来向先贤致敬，那今天就大大方方地从正门经过吧。好在大门并无人值守，他很顺利地就来到校园之中。

他去的第一个地方就是学校的行政大楼诺莎堂（Nassau Hall），这座灰白色的石材建筑是这所大学最古老的房子，也是它的第一座教学楼，也曾是美国独立战争后的国会所在。他在这里并没有停留太久，只是进去前后游览了一会儿就转向了。因为这里对他的吸引力不大，而此行之中对他吸引力最大的是两个名人的居所，一个是刚刚上映的《美丽心灵》中主人公纳什的居所，一个是爱因斯坦的故居。

甘隆来到一座琐窗尖顶式红房子前，这里是亚历山大会堂，是《美丽心灵》的取景地，他驻足景仰了一会儿，便转身去找他真正的目的地——爱因斯坦故居。循着路人的指引，他来到一座编号为一百一十二的白色小楼，爱因斯坦在这里度过了生命中的最后二十年。

甘隆带着崇敬的心情在这座白色小楼前停下来了，他终于看到了心目中的科学巨人的故居了，他在心里说：亲爱的爱因斯坦先生，您好！

这个时候他突然想起曾经到剑桥大学参加有关慢性肺栓塞的学术会议时，在三一学院中见到激发牛顿发现万有引力定律的苹果树，那是原树的一棵子孙树，被人用围栏围了起来，不能接近，只可远远地拍照。

可眼前的这座小白楼却竖立了一个牌子，上面写着"Private Residence"，明示是未经现主人的同意，是不能擅自进入打扰的！小楼的大门紧闭，可能主人正在午睡，或者在喝下午茶，享受宁静的周末，的确是不便打扰。是的，不能去打扰，难道你就这样鼓足勇气去敲开门，一脸蒙逼的主人打开门后，你再觍着脸说想进去参观一下吗？你小心主人一句话都不说，直接将门扣上，把你的脸和鼻子撞出一脸血！

为什么这座牵动着万人之心的房子已经成为私人物业，而不开辟成为万人景仰的博物馆呢？或者至少要留作给后人瞻仰的故居，这一条也没有做到吗？普林斯顿大学不是号称为全世界最富有的大学，接受的捐赠超过一百九十多亿美元吗？为什么不将这座房子专门保护起来呢？难道是因为它拥有六十五位诺贝尔奖、十五位菲尔兹奖、十三位图灵奖得主，还曾培养出两个美国总统，就生出了店大欺客的傲慢，以至连在全世界那么牛的爱因斯坦的故居也无所谓，也不保护起来吗？

甘隆想起他读过爱因斯坦《我的世界观》一文有一句令他感佩的名言："照亮我前进并不断给我勇气的，是善、美、真……除此之外，在我看来都是空虚的"，又想起他曾说过："每件多余的财产，都是人生的绊脚石；唯有简单的生活，才能给我创造的原动力！"或许这些语言可以解释为什么他在仙逝后不设故居，不立纪念馆，甚至连一个普通的供后人祭拜的坟墓也没有，看来科学巨人之所以成其为巨人，自有他的一番特立独行吧！

甘隆独自一个人站在一百一十二号小白楼前的步道上，在疑惑和揣测之中他又想起来二十年前，他考数学时鼻子出血，高考成绩大幅滑坡，因为成绩不理想与清华北大的物理学专业失之交臂，在要填报高考志愿的前一个晚上，他在黄冈中学的共青大道上一个一个巡视各大学校的招生简介，因为痛苦和惋惜，他弯下腰去亲吻那些理想学校的招贴！

现在他站在最崇敬的科学巨人的故居楼前，咫尺之遥却又不得亲近，这感觉和二十年前的痛楚还真像！他本想亲吻一些小白楼的踏梯，亲吻一下小白楼的门框，亲吻一下小白楼的门把手，可是看着这个

"Private Residence"，他告诫自己不能莽撞而招人讨厌，看着眼前的冬青卫茅藩篱，他轻轻地折下一片叶子，将叶子放到口唇处亲吻了一下，再将叶子小心地放进衣兜珍藏起来。

甘隆有些落寞地转身向外走了十几步，却又停下来，再看了一眼一百一十二号小白楼，轻轻地挥挥手与它道别。这个心中的圣地，虽然只有短短的十几分钟的谋面，已经了却二十多年的夙愿！再见，伟大的爱因斯坦先生，再见，理论物理学的殿堂！

甘隆信步来到那座著名的雕塑"椭圆上的斑点"跟前，这是亨利·摩尔的超现实主义作品，被戏称为"尼克松的鼻子"。看到这座雕塑，甘隆的心情好了很多。正在他琢磨雕塑的意义的时候，他突然听到有人在对他说话：

"甘隆，是你吗？"

甘隆回过头看去，怔了一下，是他十六年没有见过面的老同学、前女友乔婕。甘隆脱口而出：

"乔婕，是你！你怎么在这儿？"

乔婕说：

"我怎么在这儿？我在这里工作呀！你呢，甘隆，你怎么到这里来了？"

甘隆说：

"我是来看看爱因斯坦故居的！没想到能在这儿碰到你，乔婕！"

乔婕说：

"你看到了吗？要不要我带你去看一下？还有《美丽心灵》的取景点，我都带你去看一下！"

甘隆说：

"我刚才已经看过了。嗯，乔婕，你好吗？你现在好吗？算起来我有十六年没见到你了，真不可思议，能在这里见到你！"

乔婕说：

"甘隆，我过得还可以，你呢？你好吗，你现在好吗？你怎么到美国来了？你到美国来了，也不和我联系！"

甘隆说：

"我是来做访问学者的，要在美国学习一段时间。今天是星期六，你怎么还在校工作？"

乔婕说：

"我是有实验，要不，你到我的实验室去坐坐、看看，我们好久没见面了，要好好聊聊，你别走了，我们要好好聊聊！"

甘隆说：

"好，听你的，去看看你的实验室！"

在乔婕的引导下，甘隆穿起了白大衣，戴起防护罩，进入了乔婕的独立实验室中。实验室的走廊上贴的全是在这里访问过的科学家如沃森、克里克和爱因斯坦的照片，操作间内摆满了各种设备和实验器材，乔婕优雅地一件一件介绍她在这里开展的科研工作。有四个正在做实验的年轻博士生和乔婕打了招呼，乔婕向他们介绍说，这是从国内都城来的心外科甘教授，乔婕的四个博士生听了，惊奇地瞪大眼睛，其中一个叫作闫小林的女博士生说：

"心外科大夫，美国的心外科大夫年收入可高了，低的年薪四五十万美金，高的七八十上百万美金，不要太多了哟。"

闫小林是江浙人，在复旦大学读完本科后就来到普林斯顿乔婕的实验室来攻读博士学位，说话带着上海腔调。甘隆接过话头说：

"可惜，我是在国内当心外科大夫的，收入连美国医生的零头都没有，汗颜呀！"

一个叫武勇的男博士生问道：

"甘教授，您是心外科还是心胸外科？我的意思是，您做不做胸科手术，特别是肺癌手术？"

甘隆说：

"我是专门只做心外科手术的，胸外科手术我基本上不做，在我所在的天辰医院，心外科很大，分的亚专业很细，所以我们心外科大夫基本上不涉猎肺和食管手术。"

闫小林说：

"那有些可惜呀，我们老师，就是乔教授是专门研究肺癌的，研究癌症的分子表现机制以及转移机制，尤其是肺癌的转移机制，在 *Cell*、*Cancer Cell*、*Nature Medicine* 这些癌症领域的顶级期刊发了好多篇论文。您要是胸外科大夫，和乔教授还可以合作呢！"

甘隆说：

"原来乔教授是研究肺癌的！不过，我们之间未必不能合作吧？你们听说过肺动脉肉瘤吗？"

乔婕说：

"这个病种当然是听说过，只是我从来没有见到过这种病例，听说是极为罕见的疾病，到现在为止，全世界文献报道也只有三百多例。"

甘隆说：

"我在做心脏外科手术的同时，还有一个特色，就是肺动脉栓塞的外科治疗，这当中混杂有很多肺动脉肉瘤，实际上，就我所见的肺动脉肉瘤要比文献报道的多多了，我自己就遇到过五十多例的这个病人，还为二十六例病人做过手术。"

乔婕说：

"你见过五十多例？太不可思议了，我们这儿的心外科大夫、胸外科大夫很多一例都没有见过，有的顶多见过一例！"

甘隆说：

"是呀，我是因为肺动脉栓塞手术做多了，肺动脉肉瘤病人跟着的汇集到我这里来了，只是这种病的疗效特别不好，我来美国的一个目的就是看有没有合作单位，希望能携手突破！"

乔婕说：

"好呀，好呀，要是能这样，当然更好。"

甘隆问道：

"乔婕，看起来你很辛苦，你是每天都要来实验室吗？"

乔婕说：

"基本上每天都来，包括星期六和星期天，有时候因为实验开始了后，中途不能停止。"

这时候，快人快语的闫小林说：

"乔教授每天都在实验室里，周末也在，这里面很多设备都是教授自己搭的、很多难的实验都是她亲自上！乔教授身为教授，可她把自己当成了超级博士后！"

乔婕又引导甘隆在实验室内看了一圈那些新奇的研究设备，甘隆对这方面涉猎不多，总算大开了眼界，他觉得在肿瘤这个顽疾面前，真得有一批顽强攻关的斗士，像乔婕，也像自己，都是在针对某一特殊的领域发起猛攻！

这个时候，天色渐暗，甘隆对乔婕说：

"时候不早了，我是从费城开车过来的，得返程了！"

乔婕说：

"费城离这里不远，现在又是饭点，我总得尽一下地主之谊，请你吃餐饭吧！"

甘隆说：

"那恭敬不如从命。"

甘隆和四个博士生打了招呼后，和乔婕一起出了大学校园的正门，来到诺莎大街上，此时华灯初上，Lahiere's餐厅正在开张营业，乔婕指着这家餐厅，说道：

"这家法式餐厅，你肯定感兴趣，走，我们去吧。"

甘隆随着乔婕一起进入Lahiere's餐厅，叫来侍者，两人都要了蜗牛、牛排、佐餐面包、意大利面和甜点，侍者还给二人各自拿来一杯红酒，指了指吧台上的酒保，说酒保见乔婕是常客，又见他们二人是非常般配的一对，就送了这两杯红酒过来以示敬意。乔婕向侍者表示了感谢后，两人便边吃边聊起天来。乔婕说：

"甘隆，十六年没见面了，你现在过得怎么样了，你还在部队吗？"

甘隆说：

"我硕士毕业后，就考取了天辰医学院的博士，那时就算是退伍了，博士毕业后直到现在，我一直在天辰医院的心外科工作。我记得你当初是在耶鲁大学上的博士，怎么现在到普林斯顿大学了？"

乔婕说：

"是的，我当初是在耶鲁读了六年的博士，又做了三年博士后，完成博士后研究以后，我就申请了普林斯顿的助理教授，被顺利录取，做了五年助理教授后，刚刚获得这里的终身教职，相当于国内的教授吧。"

甘隆说：

"我知道普林斯顿的终身教职是很难拿的，差不多是七比一的比例吧，你能顺利转成为终身教职，可真不容易，看来我得祝贺你呀！来，我们喝点酒吧！"

乔婕放下手中的刀叉，端起高脚酒杯，和甘隆轻轻地碰了一下，抿了一小口酒，又放下高脚杯，斜着头看着甘隆，发现他是变得成熟了，眼神中有一股沉稳劲，这与她在十六年前，在华都医院附近的酒店房间里看到的甘隆有些不一样，那时他的冲劲更大。乔婕又问道：

"你家里都还好吧？"

甘隆知道乔婕这是在问锦梅，他回答说：

"还好，哦，对了，我和锦梅结婚了，有了一个儿子。"

乔婕的眼神有些暗淡下去，继续问道：

"锦梅还好吧？"

甘隆说：

"锦梅挺好的，她在天辰医院当心内科教授，她的工作主要是做冠状动脉 PCI 介入治疗，有时候和我演对手戏，我做肺栓塞的外科手术治疗，她做肺栓塞的球囊扩张治疗。"

乔婕说：

"看来你们一家都挺幸福的！"

甘隆说：

"幸福，也说得上吧！怎么样，乔婕，你家里还好吧？"

乔婕说：

"挺好的呀，我和陈辉结婚了！"

甘隆说：

"陈辉现在在做什么？也是在做生物学研究吗？我记得他和你一

样，都在武汉大学生物系上的学，又一起来美国读的博士，他干得怎么样?"

乔婕说:

"陈辉不做学术研究了，几年前就转行了，搞生物医药的风险投资，他管理着好几个基金呢，投资方向专注于生物医药的新药开发。"

甘隆说:

"那看起来，你们也挺幸福的!"

甘隆看着杯中的红酒喝得差不多了，而两个人的主菜也快吃完了，侍者送上来叶菜沙拉，甘隆明白这顿饭接近尾声了，便站起来走向吧台，想去结账，乔婕看出了他的意图说:

"甘隆，不用你买单，我已经安排好了，你先坐会儿。"

甘隆说:

"时候不早了，我得开车回费城去了!"

乔婕说:

"费城离这里很近的，不用这么着急呀! 你好不容易来到普林斯顿，我们到校园里走走吧?"

甘隆说:

"也好，我是想体会一下这个学术殿堂的气氛。"

两个人又从正面进入校园，秋夜的天气非常宜人，先来到卡内基湖边漫步，湖滨道上时不时有慢跑的人经过他们的身旁。两个人聊到将来各自的打算，甘隆说他来美国做高级访问者的时间是半年为限，约三个月后他就会回到国内，继续从事心外科的工作，当然仍然是以肺栓塞和肺动脉肉瘤两个难点为主攻的方向。

乔婕说她是在一年前在这里获得了终身教职，准备在学术上再做些积累后，也打算回国进行学术创业。甘隆说:

"你不是入籍了吗? 怎么想到要回去?"

乔婕说:

"入籍了也没有关系呀，我照样能回去为祖国服务，我去过国内的一些科研单位，的确还是有些需要提高的地方。"

甘隆说：

"你现在已经在这里得到了终身教职，发展得非常不错了，何必要折腾回国内呢？"

乔婕说：

"实际上专门搞基础医学研究的人都知道，在做独立研究员五年后，都会进入一个瓶颈期，如果研究人员还将自己的大部分时间花在实验台上，这并不会让你取得令人瞩目的成功。我想回国，一是想把自己这么多年来的所学施惠于祖国，再一个就是想突破自己的瓶颈，我现在还年轻，只有三十多岁，不想在学术上得过且过，虽然现在我就是不作任何研究，照样可以心安理得地吃老本。"

甘隆说：

"哦！你的想法是这样的，但是这一步你要走好呀，前路并非像你想象的那样顺利！"

乔婕说：

"是呀，我现在虽然在筹划之中，但不是没有担心的地方。要是你能来美国，我就打算不回去了！"

甘隆说：

"嗯？我来到美国行医？这不太可能吧？记得我还在读本科的时候，你就将考 CUSBEA 考试的书寄给我，我们的中队长全部将它收缴了，还落下一个处分！"

乔婕说：

"还有这样的事？我怎么不知道？"

甘隆说：

"当时我是怕给你造成心理压力，所以就没有写信告诉你，这事我到现在还心有余悸，压根就没有想考美国行医执照的可能性。"

乔婕说：

"甘隆，你试试吧，你不试怎么知道你考不过呢？你做心外科手术这么好，炉火纯青，又有自己独到的领域，而且你的英语这么好，用英文写了肺栓塞领域的专著，这是美国出身的大夫也很少能做到的呀。你今年才三十八岁，通过了CUSBEA考试，拿到行医执照有大好的前途。"

甘隆说：

"乔婕，你说得让我脑子挺乱的！你容我想想，容我想想。"

乔婕说：

"甘隆，如果你来美国，你想搞肺动脉肉瘤研究，我可以把我的研究对象改为肉瘤这个病。你要申请美国国立卫生研究院的课题，我帮你申请，或者我们俩联合申请。"

甘隆没有接过乔婕的话头。乔婕的这一番对话，甘隆分明体会到她对自己的一片真心真情，面对乔婕炽烈的情感，他有些不知所措。但要考美国行医执照，这可不是闹着玩的，那样的话，在天辰医院打下的根基就会全部作废！还有，如何对锦梅解释，如何对儿子恩源解释？

甘隆一时没有说话，二人之间有些冷场。他们从湖滨出来，经过布莱尔拱门（Blair Arch）、燧石图书馆、罗伯特森会堂、亚历山大会堂后，又来到一百一十二号小白楼，这个时候甘隆看见房子内有人影晃动。他便对乔婕说：

"没想到连爱因斯坦这样的科学巨匠的故居也没有得到保护呀，学校太不应该了！"

乔婕说：

"不是，不是，恰恰相反，学校这是尊重爱因斯坦和他家属的意愿。根据爱因斯坦本人的要求，这所房子不用于博物馆，他的家人也要求这所房子不要用于纪念。但是这所房子被注册为美国历史名胜，并于一九七六年被指定为美国国家历史标志性建筑。甘隆，你还没有进去过吗？我刚好认识管理人员，你如果想进去的话，我去给他们说一声，应该是可以进去的！"

甘隆说：

"那这样当然好呀，这是我梦寐以求的夙愿！"

甘隆突然明白，乔婕真是苦心孤诣地想要满足他的心愿，Lahiere's餐厅和这座一百一十二号小白楼，都是他想要朝拜的科学巨人圣迹。乔婕踏上台阶进入小白楼内，过了五分钟，她笑意盈盈地走出来，女管理员也跟在她的后面，对甘隆说道：

"Welcome，please come in."

甘隆快走几步登上台阶，乔婕向女管理员与甘隆做了相互的介绍，管理员将二人引入室内，甘隆怀着崇敬的心情环视了一圈，的确平淡无奇，没有任何爱因斯坦生活过的痕迹。甘隆心想，这不管怎么样，总算了却自己的一个夙愿，这要特别感谢乔婕的良苦用心，是她用尽情意为自己安排参观这座小白楼。

女管理员问甘隆道：

"Want to take photos?"

甘隆连忙说：

"Yes，yes，thank you very much."

说罢，甘隆将手中的卡片相机递给了女管理员，她要乔婕和甘隆一起站在壁炉边上，给二人照了五张不同角度的照片，并演示给甘隆和乔婕看，两人非常高兴。乔婕觉得不便打搅对方太久，便再次道谢后告辞出来了。

此时已经晚上九点多了，甘隆担心晚上不认识路，着急要开车回费城去。乔婕这时候对甘隆说：

"隆，要不今天你就别回去了，我家中有空床。再说，陈辉今天到纽约出差了，我们正好好好聊聊天，我们十六年没见面了，有好多话想对你说呢。"

甘隆说：

"不行呀，乔婕，我开的这车是朝成功借的，他明天要上班，没有车他可上不了班的！"

乔婕说：

"成功也在费城？好呀，他来费城，也不找我聚一聚，真不够同学情谊！"

甘隆说：

"成功来费城也只有一年多，他可能真不知道你在普林斯顿呢，不过这小子的预感挺好，出发前他说我到这里，没准要邂逅什么人，这不，果然遇上了你！"

乔婕说：

"这么说来，我们果然是有缘！在这里也能相见！今天早上驾车出门时，我是听见蓝尾喜鹊在叫，我说能有什么好事情发生呢！"

两个人一起来到诺莎大街上的停车场，这下轮到甘隆尴尬了，因为停车已经超过十二小时，停车费远远超出预算，甘隆随身所带的硬币不足以支付所有的停车费，还是乔婕为他解了围。甘隆坐进驾驶座上，要点火启动，这时乔婕将车门把住，不让甘隆关车门，她对甘隆说：

"隆，现在天太晚了，你又不熟悉路，要不今天就别走了？"

甘隆说：

"乔婕，真的不行呀，成功要我下午就回去，现在这么晚了，他肯定着急。"

乔婕说：

"今晚你到我家休息一晚上，明天起早点就往费城赶，不会耽误成功上班的！"

甘隆说：

"不行呀，乔婕，我不能失信于人！"

乔婕心中怨气大起，说道：

"甘隆，你就怕失信于人，怕失信于成功，你就不怕失信于我乔婕，不怕我乔婕伤心！"

甘隆见乔婕生气了，就从驾驶座上下来，将乔婕环拥起来，说道：

"乔婕，我失信于你？如何失信于你？"

乔婕说：

"当初你与我海誓山盟，要爱我一辈子，结果怎么样？你一封信就了结了我们之间的恋情，你就是怕我出国影响你考研究生，怕我影响你的事业！"

甘隆说：

"乔婕，你的误会太深了，我不是怕影响我考研，也不是怕你影响我的事业，在你本科从武汉大学毕业的时候，你顺风顺水地联系好出国读博士，而我身背三次处分，前途未卜，我是怕影响你的发展呀！"

乔婕说：

"我不怕受影响，是你自欺欺人，以此为借口要与我分手，与锦梅结婚！"

甘隆说：

"乔婕，你误解锦梅了，当初学校不让我报名参加考研，是锦梅不怕受牵连，到中队长李燕那里为我作保，我这才有了报名资格，人家锦梅在关键的时候救了我呀！我做人不能没有良心！"

乔婕说：

"这么说，你和锦梅之间是因为报恩而生情，不是因为爱情！"

甘隆说：

"也不能这么说，我和她已经是老夫老妻了，还谈什么爱情？我身上有几个臭虫，她闭眼就数得清楚，她身上有几根毫毛，我也了然于心！这就是我们之间的爱情！"

乔婕说：

"那这么说来，你甘隆对我就这么问心无愧了吗？"

甘隆说：

"乔婕，不是问心无愧不问心无愧，现在已经过去了这么多年，你我之间还能重返旧日吗？就是能前情重叙，那还不在两个家庭之间撕扯得血淋淋的吗？乔婕，乖，我真的得走了，反正费城和普林斯顿之间就一脚油门的车程，到时候我和成功夫妇一起来看你，好吗？"

乔婕这才抹干了眼泪，向后退一步，甘隆重新落座回到驾驶位，将车门关上，又将车门玻璃摇了下来，对乔婕说：

"乔婕，我先开车走了，现在不早了，你早点回家，路上注意安全！"

乔婕这才挥挥手，说道：

"路上慢点开，不用着急，路并不远，到了你给我打个电话吧！"

第六十四章　情燃暴风雪

甘隆和乔婕分手后，开车驶上I-95号州际公路，但因为对地形地貌不熟，他开去了纽约的方向，一直快开到纽约的城郊，他才意识到这个可怕的错误，只好找到路口掉转车头，向费城的方向开去。

当天晚上，锦梅打来电话，甘隆边开车边打电话，不敢长时间说话，就将电话挂掉了。锦梅过了半个小时又打来电话，甘隆仍然只说了三五句话后又将电话挂掉了，如此这般重复了好几次。锦梅一夜未睡，而甘隆直到第二天凌晨才将车开回费城，赶在成功和邵丽上班之前将车子还给了他们，总算没有耽误二人的上班。

第二天上午甘隆在上班的间隙给锦梅打回了电话，这个时候已经是北京时间午夜时分，恩源和锦梅已经入睡了，甘隆的电话把二人都吵醒了。在焦急中等待了一天的锦梅听到甘隆的声音，她悬着的心总算落了地。在后来甘隆面对锦梅的诘问之中，他原本想以别的方式或别的理由解释为什么一夜几次挂断她的电话，但在支吾了几次后，甘隆干脆就向锦梅道出了真相，即他先到普林斯顿大学游玩，无意之间邂逅乔婕，又如何在法国餐厅吃饭晚了，又如何开车错了方向到了纽约再折返回到费城。

本来心怀狐疑的锦梅在电话那端听着听着，她的情绪一下子爆发了出来，出乎甘隆的意料。锦梅在倾听甘隆对事件的叙述中，听到乔婕这个情场宿敌的名字就开始感到紧张和厌烦，她心里明白，如果不是因为乔婕出国，她早就是乔婕的手下败将，因此，当甘隆连续几次提到乔婕的名字，并在浪漫法国餐厅中共进晚餐，她变得怒不可遏。她先是在电话中哭了起来，接着对甘隆说，要他索性不要回国了，要他跟那位不同寻常的科学家美女乔婕就在普林斯顿结为夫妻，因为乔婕是研究肿瘤转移的杰出学者，优秀而优雅，而她锦梅就是一个普通的心内科临床大夫，是无法与乔婕比拟的。

锦梅不听甘隆的反复解释和劝慰，也不听甘隆的自证清白，她对甘隆说：

"不要担心恩源和我的未来，你也不必因面对恩源感到羞愧，我一定会把恩源教育成为一个正直而有作为的青年。"

甘隆百口莫辩，对锦梅说：

"梅，你是不是气糊涂了？你是气疯了吗？为什么不相信我？你从哪里生起了这么大的疑心病？我和你结婚十多年了，从来就没有拈花惹草的，我对于你、对于我和你组成的这个家庭是忠诚的，你难道不知道吗？其实，我也不用说这么多，再过三个月我就回家了，那个时候，一切都不证自明。"

锦梅在甘隆的反复劝慰下，终于不再哭泣，这时候已经是北京时间凌晨两点来钟了，她也不得不放下电话去睡觉了，明天一大早她要送恩源去上学，而且上午她还有好几台心脏介入手术。

甘隆放下电话，在心中反思刚才和锦梅通话时，自己在提到乔婕的名字时是不是有些不慎重和轻浮的地方，以至引起锦梅猜忌，她才在电话中大吵大闹，他认为自己可能的确有些轻率的地方，他觉得这样对乔婕有些不公允，但从明智的角度来说，他更应该尽量躲开乔婕，以避开不必要的嫌疑。

接下来的日子就陆续进入了美国密集节日季，万圣节、感恩节、圣诞节和元旦这几个节日接踵而来，乔婕和陈辉与成功、邵丽和甘隆，还有在美东地区的武汉大学校友们有过好几次聚会。

其实乔婕在此前好几次单独力邀甘隆在周末再次到普林斯顿做客，

都因甘隆要参加宾大医学中心的心肺移植的取供心和供肺活动，最终没有成行。甘隆本来心中怕发生什么事情，想要推辞乔婕的邀请，上次在诺莎大街上乔婕情绪失控地哭了起来，还指责他心安理得地忽视她的情感，这让甘隆对乔婕心存愧疚，不太好直面他的这个前女友，更不好见到乔婕的丈夫陈辉，怕两人碰面后尴尬，但乔婕后来的几次邀请情真意切，又有好几个客人同时受邀，他就大大方方地答应了。

陈辉对甘隆虽然心有戒备，但仍然表现出彬彬有礼的样子。陈辉嫉妒过乔婕对甘隆的感情，即便到此时他和乔婕已经结婚十几年了仍是如此，能不这样吗？对陈辉来说，这是不可能的，但是他能克制对甘隆的不良情绪，而这种克制也是出于他对乔婕的爱。

在这几次聚会中，甘隆当然能感觉到隐伏在陈辉平静表情下的火山般的敌意，但好在都有成功和邵丽夫妇与其他的武汉大学同学出现在现场，双方都没有表现出任何的波澜，以至于两人之间连一句重话都没有抛向对方。

他们最后一次在普林斯顿的聚会是在这年的一月二十八日，这是甘隆拟定回国的前一个星期的星期天，这是大家以此次聚会为甘隆的回国饯行。和前几次聚会一样，乔婕邀请甘隆、成功夫妇和几个武汉大学的同学一起来她家参加午宴。原来乔婕在武汉大学老斋舍的室友萧嘉仪、刘君姝和裴筱诺在乔婕率先来到美国后的四五年时间内，分别来到了美国东部的几个城市，这次她们三个女同学都来了，其中萧嘉仪和裴筱诺将自己的丈夫一起带了过来，他们五人是分乘了两辆自驾车过来的。而这一天，是成功开车，他的夫人邵丽是坐在副驾驶座上，而甘隆则坐在后座，三个人一起来到乔婕家的房子做客。

陈辉和乔婕夫妇住的是一套三层楼的house，如果加上地下室，那就有四层了。而他们原来住的一套租来的公寓，相当于国内的两室一厅的户型，虽然它的配套设备不错，在陈辉转行进了生物医药的风险投资公司后，他的收入大增，因此便与乔婕商量买了这一套新房子，住进来也不过半年。

612

甘隆按习俗买了一束花作为礼物，陈辉接到手后，将这束花插到一个花瓶中，摆到了茶案上。众人都恭喜甘隆很快就能回国与家人团聚，和家人一起过春节。因为来客都是湖北人，乔婕亲自主厨做的菜都是湖北风味，有藕炖排骨、藕夹、珍珠丸子、苦瓜炒肉等，一共七八个菜，不开车的客人喝了一些红酒。

成功开车从费城出发时，天气已经出现了阴天，像是要下雪的样子。客人还未到齐的时候，天空已经下起鹅毛大雪。等他们吃完饭再从乔婕家出来的时候，大雪变成雪暴了，天降大雪的同时，从东北边吹来寒流风暴，强风挟带大量雪片飞扬于空中。

晚宴后，成功夫妇要到纽约去，武汉大学的几个校友基本上都是住在普林斯顿附近，所以只有乔婕开车送甘隆回来，送到他租住的房子。陈辉和乔婕一起将七位客人送出了门，其他客人开车走后，只剩下甘隆一个人没有车。甘隆来费城的时间总共只有四个月，时间短，所以并没有起意买车，以前几次都是搭乘成功夫妇的车，这次成功夫妇是要到纽约公干，所以留下甘隆非常狼狈。陈辉说：

"甘隆，现在风雪这么大，要不，你今天就别回去了，就在我们家多待一天吧？"

甘隆自然知道这是陈辉的客气，这时陈辉的语气中透着一股优越感，让甘隆敏感地察觉到了，因此他推辞说：

"不了，老同学，谢谢你，我明天还要到宾大教务部门办理离校前的手续，这是约好了的，不好爽约。"

陈辉说：

"那我送你回去吧？"

乔婕说：

"陈辉，你刚才喝了红酒，再说，你明天不是要去纳斯达克交易所，今天还要润色交易书吗？你时间紧，我去送甘隆吧。"

甘隆说：

"没想到，给你们造成这么大麻烦。"

陈辉说：

"麻烦谈不上，时间紧倒是真的。乔婕，那这样，就麻烦你送一下甘隆，我利用一下下午的时间润色交易书。"

乔婕说：

"好，反正今天我又没有安排实验，下午的时间充裕。你就自己忙吧，我送甘隆到了他的宿舍很快就回来。"

甘隆再次向陈辉表示了感谢后，就随乔婕来到她家的地下车库，坐上她的坐驾。这是一辆雷克萨斯NX车。乔婕点火，将车开出地下车库，陈辉已在大门口向他们挥手告别。

乔婕轻踩油门，她的坐驾顺从地加快速度驶向I-95公路，当然是直奔费城的方向。天气比乔婕预想的要恶劣得多，公路上的积雪已经厚二十多厘米了，司机们怕打滑，将车速降了下来，一阵阵狂风卷着团团的雪雾，直接砸到挡风玻璃上，使司机们开车更加慢了下来。

乔婕打开收音机，天气预报说今天是要发生雪灾，提请司机们开车注意，而且很可能在今天晚一些的时候，交通部门会关闭I-95公路。乔婕听了天气预报，心中着急，踩着油门就要向前冲，一不小心追尾了一辆黑人开的皮卡车。

天气太冷，风太大，前面那辆皮卡车的主人可能没有觉察到他被人追尾了，仍然继续朝前开，而乔婕的车被撞停熄了火，车头的保险杠被撞瘪了。乔婕再点火启动发动机时，不知是天气太冷还是发动机出了故障，再也发动不了了。她的心爱坐驾就这么出乎意料地抛锚了。

乔婕和甘隆抬头看了看身前和身后，在可见的不长一段路上，竟然有四辆车抛锚，横七竖八地躺在I-95公路上，那些还在行驶的汽车则小心翼翼地避让这些抛锚车。雪越积越厚，天色越来越暗，乔婕说，现在情况变得越来越糟糕了，必须要赶紧叫来救援车，她拿出手机给救援公司打电话，可拨打过去的电话要么是忙音，要么等待很久也没有人接。乔婕对甘隆说：

"情况可能非常糟糕，天太冷，路上积雪太厚，路上抛锚的车太多，救援公司忙到接不了那么多活计。看来只有打电话给陈辉了。"

乔婕给陈辉打去电话，陈辉说他正准备打电话，问她车到哪里了，是不是已经返程。乔婕告诉陈辉她的车发生了一点小事故，与一皮卡追尾后熄火在I-95公路的半道上了。陈辉听了说，那我开车过去牵引你的车启动吧，但陈辉看了看窗外的狂风和大雪，又担心地对乔婕说，从家中开车到抛锚处的时间可能不会太短，要乔婕耐心地等候。

乔婕将与陈辉对话的内容讲给甘隆听，其实就算她不复述电话内容，甘隆也听出了个八九分的意思。甘隆说：

"要不我们自己想想办法？你在车上打火，我在车下推车，没准能打起火，车就能开了？"

乔婕说：

"那只有这样试试了！"

甘隆说：

"我去叫一下旁边的车，看能不能我先帮助他们，他们再帮助我们，推的人多，成功的可能性要大一些。"

乔婕说：

"那好，看来只能如此试试了。"

甘隆打开车门，从副驾驶的位子下了车，向不远处的一辆抛锚车走去，身影很快就被雪雾模糊了，过了二十多分钟，甘隆从前方转了回来，脸被冻得通红，说他和前方抛锚车主及两个乘客试了一下，推行根本无助于发动机的点火，这么冷的天，车的轮毂被冻住了，人力根本推不动。乔婕说，那现在最好方案就是等陈辉开车来救他们了。

可就在这个时候，收音机传来消息说，因为天气恶劣，晚上七点开始费城将宣布进入雪灾紧急状态，I-95公路在费城与新泽西的部分路段即将关闭。乔婕看看手表，时间是六点四十八分，寻思因为公路关闭，陈辉肯定是指望不上了！果然过了不到十分钟，陈辉就打电话来说，I-95公路的入口刚刚关闭了，他是没有办法来救援了。

乔婕的心情沉重起来，因为她所有的尝试都已经失败，她和甘隆陷入绝境之中，短时间内是没有办法脱困的。天色越来越暗了，雪越下越大，风吹得越来越狂暴，收音机里说阵风的时速高达每小时八十英里，不过让乔婕心情稍有安慰的是，政府部门已经调动超过四百件大型设备铲雪，这当中有来自城市机构和承包商的支持，而且还动用四万五千吨盐铺设路面。

天气越来越冷，甘隆和乔婕两个人只好挤到一起取暖，好在汽车的空调还能发挥功能，但在狂风的肆虐下，空调的保暖作用极为有限。两个人紧紧地瑟缩在一起，乔婕把车内平时存放的食物和饮料全都找出来一起吃了。

在这种极端天气之下，两个人重新建立起热恋时的亲密关系，这极端的鬼天气卸下了甘隆的防御和抵抗心理，他们两个人之间的称呼又变回到热恋时的昵称，甘隆叫乔婕为"婕"，而乔婕叫甘隆为"隆"。

在此前甘隆对锦梅有着一种近乎感激的情感，是的，锦梅曾在他困难的时候伸出手来，让他免于掉进深渊；锦梅为他生儿育女；锦梅和他在事业上扮演着难得的合作伙伴。在甘隆的心里，锦梅是个令他敬重的女人，而且他觉得他和锦梅的婚姻是幸福的，两个人相濡以沫，共同撑起了这个小家，两人在事业上相互支撑，能在天辰医院这样的顶级医院中相互为对方撑起一片绿荫，说实话，这是极为不容易的。

但是，这就足够了吗？这足以让自己一生一世不生悔意吗？锦梅能干、温柔而善良，给了他近乎母性的爱，而乔婕知性、娴雅、沉静而柔弱，带给他男人的欲望和激情。看来，幸福的婚姻和爱情远不是一回事！兜兜转转，现在发现乔婕才是自己钟爱一生的人，只是他没有那么大的勇气面对要背叛爱他的锦梅的现头！

在今天这个风雪之夜里，他再一次向乔婕敞开心扉，他清楚地记得，从初中一年级开始，他最爱的那个女人是乔婕！现在两个人因为寒冷而卸去了各自身上的枷锁，也忘却了各自身上的家庭负累，忘情地在这辆雷克萨斯NX车上拥吻着，乔婕和甘隆有时还希望车外的狂风暴雪永远不要停，这样的话，他们的拥吻也就可以永远不停止。

雷克萨斯NX车尽管是一辆SUV车，两个人这样长时间地相拥在一起，这种姿势让两人感到疲劳，两人便松开手说起体己话来。乔婕依偎地甘隆怀中，说道：

"隆，这么些年来，你为什么在我的感情面前，总是选择逃跑？你

616

是焐不热的冰铁吗？你为什么总是推辞？你总是在躲着我？"

甘隆说：

"不是我要逃跑，这是与生俱来的不自信导致的，这是我的原生家庭带来的心理脆弱！每次我的成绩比你好的时候，我就在你面前自信而坚定，每次我受到挫折的时候，我就在你面前想要逃避和躲开，你不知道吗？在初中时，每次你走到我的前面，我都不敢超越到你的前面，就是因为怕你看见我手中提的饭盒，怕你看到我父亲卑微的职业！谁叫你父亲是粮食局局长，而我父亲是没有证书的游医！"

乔婕说：

"那我来美国的前后，你写信两次要与我断绝恋爱关系，都是这种不自信引起的吗？"

甘隆说：

"几乎可以说是的！高考前我的成绩优秀，我总以为能给你无限美好的未来，我能养得起你这个粮食局局长家的公主大小姐，说实话，我高考成绩不理想，最后又被军医大学录取，前途渺茫，看不到未来，我怕我就算娶了你，我们也走不到头，所以，还不如及早地放你一条生路！"

乔婕哭了起来，说道：

"隆，你是多么傻呀！你为什么要这么想我，把我想成是一个功利市侩的官家子弟！我爱你是因为你热情正直，不是一定要你比我强，不是一定要你飞黄腾达，我好去沾你的光，你第一次写信要与我绝交，我想都没想就买票到西安去，要和你结婚，你那时候才算没有和我断绝关系；没想到我出国到耶鲁大学不久，你又来信要与我绝交，我三天三夜没有吃饭，是陈辉日夜守在我的身边，我才度过了心理危机，你说你是有多狠心，又有多绝情，给我写了两封这样的绝情信！"

甘隆感到一阵羞赧，嗫嚅地说：

"对不起，婕，对不起，是我太任性了，是我太任性了！"

乔婕说：

"这没有什么对不起我或对不起你，也不是你太任性的问题，这是你根自原生家庭给你的基因，根自你天生的一种不自信和退缩，导致你对情感理性的规避，是有一种做作的成分。"

甘隆说：

"婕，你说得对！你就像拿起一柄柳叶刀解剖了我的性格，优秀和平凡，高尚与卑劣，一目了然！"

乔婕说：

"说到解剖，我可没有你当外科医生那么残忍！这不过是我们分手十几年来，我日日夜夜地把你研究了个透！说实话，我们落下这么个结局，你两次无情地离开我，我有时非常恨你！你为什么不能像我这样，不顾一切地去爱，不顾一切地忘情。好在今天老天爷把我们困在这里动弹不得，能让我们抛开所有的顾虑，把话说开了！我宁愿这雪就这么不停地下下去，直到地老天荒。"

甘隆说：

"我刚才也在心里这样祈祷，当然这是孩子气的想法！"

这时甘隆在心里琢磨一个重要的问题，既然他对乔婕的情感已经度过了冬眠期，已然从蛰伏中苏醒了过来，他将如何面对这两个女人呢？一个是眼前与自己相依偎的乔婕，一个是马上回国就要见到的锦梅。

甘隆将锦梅看作是生活伴侣，却把乔婕看作是灵魂伴侣，是那种爱她而不愿意为难她，懂她而不愿意伤害她，只想向她付出而不向她索取，在她累的时候心累，想她却不纠缠她，喜欢的是乔婕的人，在乎的是乔婕的心。这两个女人，一个作为生活伴侣已经成为他的亲人，而一个作为灵魂伴侣对他有着致命的吸引力，他就像一片落叶挣扎在漩涡的边缘，越来越无力对抗漩涡中心的魅惑！他在这两个女人之间进行着道德感撕扯的挣扎和诘问！

甘隆的性格绝不是那种脚踏两只船的人，他做不到在两个女人之间游戏人生！他从不拈花惹草，良心使他不愿意耽误他深爱的人的幸福！爱一个女人，就必须对她负责，这是他的信念，这也是为什么他两次写信要和乔婕分手的原因！他的性格使他不愿意逃避这个问题。此时，甘隆想到他和锦梅的儿子恩源，便问乔婕道：

"这么些年来，你和陈辉之间也没要一个孩子？"

乔婕说：

"我也曾想要一个孩子，但最后都没有要成。我与陈辉这些年聚少离多，他游走于商界和投资界，每天都在飞机上，一个月能坐二十多趟航班，每天不是在飞机上，就是在去机场的路上。今天要不是雪暴，他说不定已经去纽约了！"

甘隆说：

"这么说，陈辉这么些年来，对你不太好，是吧？"

乔婕说：

"谈不上不好，只是他想要的东西太多，所以总是出差，人在资本世界里沉浮，那欲望何时有个尽头？那年他要从生物学研究转行，投身到生物医药的风险投资公司去上班，就是看中了这一类公司收入高，我当时是极力阻止他转行的，可他不听，转行之后的压力陡然增加，每天睡觉的时间很短，不是在出差，就是进行风险数据的获取、计算和评估，这是非常累人的事情。虽然你当大夫非常需要体力，但治病救人是一件令人踏实的事情，我做生物学科研，也非常累，但只要你入了道，都是有章可循的。

"可陈辉的投资公司的风险太高，这不是一般人能承受得了的！你看得见的是，他头顶上的头发愈来愈少，发际线越来越高了，不到四十岁就已现老态；你看不到的是，他曾经因为出差太多，累得患上结核性心包炎、结核性胸膜炎、心包大量积液、胸腔大量积液，我逼着他休息了两个月，又吃了家庭医生开的抗结核药才好了起来，可好了之后，他又忘了生病的事，非要把休息两个月的损失补回来，出差加班更多了！

"他现在每天都累得连沟通的欲望都没有了，更不要说我们之间有什么亲密接触、同床共枕。我们现在是相敬如宾的同屋檐下的同居人而已，早已经失去了情侣间的激情。"

甘隆说：

"本来看着你们家住的大 house，我还以为你和陈辉两人在一起非常幸福，现在听你说来才知道，也是有非常多的心酸和不如意。"

两个人在车内相拥相依偎，慢慢诉说着分别这十几年间各自走过的路和对对方的思念之情。到了晚上十一点多钟，雪暴渐见减轻，他们二人又试着启动汽车，几番尝试下来仍然是归于失败。

从费城方向来的铲雪车已经驶入中I-95路段，将乔婕坐驾前后的积雪推向路的两侧，而救援公司的电话已经能打通了，乔婕迅速与救援公司取得联系，终于在他们被困于大雪中十一个多小时后，救援车将这辆抛锚的雷克萨斯NX车拖曳着向费城的方向驶去，此时已是夜间两点多钟。

乔婕和甘隆二人坐在雷克萨斯NX车的驾驶位和副驾驶位上，一起回到费城，救援车行进得很慢，在一个多小时后，来到甘隆位于栗树街与胡桃木街相交处的宿舍，甘隆和乔婕两人下了车，进入宿舍内取暖、休息，而救援车则将那辆雷克萨斯NX车送入修车工厂修理。

甘隆和乔婕来到宿舍内，打开了取暖的电暖器，两个人依偎着坐了好一会儿，身上冻僵的肌肉总算缓和过来，两个人相拥而卧。过了三个多小时，陈辉打电话过来，问乔婕现在在哪里，乔婕说她的那辆雷克萨斯NX车刚刚被救援车拖走，等修好后乔婕再过去取车。

陈辉问要不要他赶过来接她，乔婕说不必了，因为如果等陈辉从普林斯顿开车过来，那又得等很长时间，路途不好走，可能更耽误事，再加上陈辉本来今天预定要到纽约去，所以她考虑坐火车从费城到特伦顿 (Trenton)，再从特伦顿坐到普林斯顿Jct（Princeton Junction），再坐一个五分钟的Dinky小火车，这样可以更快回到普林斯顿，而且车站就在普林斯顿大学校园内，这样更方便，也基本上不耽误上班。陈辉说，既然你已经安排好，那我就直接到纽约去，下周再见了。

乔婕在甘隆的宿舍中简单地洗漱后，就准备到火车站去坐车，甘隆尽快地煎好了四个鸡蛋，冰箱中有牛奶，两个人尽快一起吃了起来。简短地吃完早餐后，乔婕和甘隆两人一起走出门来，结果发现街上的积雪仍然非常厚，公交车完全停运了，乔婕打算坐火车回去赶着上班的愿望就算是破灭了。

不过，乔婕对公交车停运不但没有气恼，反而感到十分高兴，这样的话，她就有理由不着急往回赶，反正今天星期一没有安排实验，她不去学校也没有太大的影响，还不如利用这个时间多和甘隆在一起！刚刚过去的夜晚，给了她非常美好的感受，她要把这种感觉延续到今天一整天！

甘隆听了乔婕的新计划也非常高兴，虽然他本来是安排今天去宾州大学校本部办理高级访问学者的退访手续，但下大雪肯定会打乱很多人的计划，他晚去两三天办手续影响不大，所以甘隆决定陪着乔婕步行到火车站去，两人决定慢慢地走过去，来一个浪漫的雪中漫游，二人游！

此时费城街头很多人出街铲雪，已经清理出零点九米宽的人行道。两个人心情愉快，沿着宾州大学校园内的道路向东行进，因为不急着赶路，两人便故意踩着未铲雪的道路前行，为了怕摔着，两个人一起牵着手，有时对方不留意摔倒了，惹得另一方哈哈大笑。

两人穿过费城闹市区，来到蓝十字河冬季公园，一起牵着手滑冰，又来到富兰克林广场，这里为圣诞节安装的七点五万盏彩灯仍然未撤，两个人一起坐旋转木马；两人又来到费城自由观景台，将雪幕掩盖下的费城一览无余！这是全费城最高的观景台，高度达八百八十三英尺。直到天快黑的时候，甘隆将乔婕送到了三十街的费城火车站乘坐火车，两人才依依不舍地分手了。

第六十五章　破除唯手术论与归因哲学

　　一周后的那个星期天，甘隆从费城国际机场乘坐航班返回国内，那天成功和邰丽夫妇从宿舍里接上甘隆后将他送到机场去了，而乔婕则是直接从普林斯顿来到机场送行。

　　回到久别的家中之后，甘隆与锦梅仍然相敬如宾，处处维护对方，尽量避免任何分歧，彼此都努力真诚地善待着对方。在夫妇二人的这种刻意的互相尊重中，双方距离越来越遥远了，两个人反而使他们的生活有了做作的成分，因为甘隆的心中有愧疚，而锦梅的心中有疙瘩，两人的关系再也回不到从前的样子，只是因为二人的克制，没有出现明显的争吵！

　　考察后回到天辰医院上班，甘隆向章院长汇报了这半年作为高级访问学者的成果。天辰医院以甘隆的原手术团队为核心成立了"心脏和肺血管外科中心"，业务范围是心外科手术，以肺血管外科为特色，李伟医生、张加成大夫都加入这个中心之中，而甘隆则成为这个中心的主任。

　　在甘隆出国后不久，余辰也被医院委派，以高级访问学者的身份到美国的几个最大的神经外科中心进行访问，在甘隆回国后不久，余辰也回到了国内，天辰医院以余辰的原手术团队为核心成立了"颅内幕上肿瘤中心"，并任命余辰担任该中心的主任。

622

甘隆夫妇与余辰夫妇都在天辰医院工作，两家也是通家之好，这次甘隆和余辰两人在前后不久分别都升任新成立的心外科和神经外科亚中心主任，对于二人来说都是值得庆祝的大喜事。到了三月八日这一天妇女节放假，锦梅有时间在家，她做了几个拿手的湖北大菜，鱼面、肉糕、粉蒸肉、藕炖排骨等等七八个菜，请来余辰和刘美瑶夫妇及他们的儿子余大器一起来家做客，而甘隆手术组的两个大夫李伟和张加成也被邀请参加了这次家宴。

一桌人吃完饭菜后，四个成年男人还继续喝着酒，开始了他们自己之间的讨论。余辰问甘隆道：

"这次你我前后脚出国访问半年，你都有些什么见闻或者感受？"

甘隆说：

"我遍访美国东部和西部各大医疗机构，对于肺动脉肉瘤的治疗真是乏善可陈，基本上说是无药可治！在这一点上来说，美国和我们是处于同样束手无策的境地。"

余辰说：

"我知道，你说的肺动脉肉瘤和我们神经外科的脑胶质细胞瘤一样，手术效果十分不令人满意！"

甘隆说：

"岂止！你们的脑胶质细胞瘤还有部分病人能长期缓解，而我所遇到的肺动脉肉瘤没有一例长期存活，医疗界把胰腺癌当成癌王，可我认为肺动脉肉瘤才是癌王中的癌王。我在麻省总医院作演讲时，他们的医生说没有见到过一例活着的肺动脉肉瘤病人！"

余辰说：

"我记得你说你总共见过五十多例，其中有二十六例手术过，这些手术病人的长期生存时间怎么样？"

甘隆说：

"非常令人沮丧，手术后的生存期也只有一年多！这种残酷的现实让我认识到，外科手术远远未达到解除一切病痛的地步，也就是说外科手术不是万能的，我们考虑病人的治疗时，不能唯手术论，不能任何病都以为开一刀就可以万事大吉!"

余辰说:

"我赞同你的这个观点,这次出国后我发现美国对于脑胶质细胞瘤的治疗,有了很多非手术治疗方面的进展!比如说有些肿瘤无须全切除,如视神经胶质瘤,大部分切除加术后放疗,病人可获长期生存,特别是能保存视力,提高了病人的生存质量。儿童生殖细胞瘤,经过放疗和化疗,可以不经手术而得到治愈。甲状腺功能低下导致垂体增生的病人,服用药物后'垂体瘤'消失,因正确诊断避免手术而治愈。我将很快把这些非手术治疗方面的进展运用到临床中。"

甘隆说:

"是的,你说得很对,这次出国访问回来,我的认识已经发生了很大的变化,我想在继续对技术不懈追求的同时,在拿起手术刀之前能缜密三思,哪种治疗方案对病人更为有利,而在拿起手术刀之后能小心慎行。除了破除唯手术论之外,我还经常想到的问题是治病的归因哲学问题。"

余辰说:

"什么?治病的归因哲学问题?"

甘隆说:

"人们经常性犯归因错误这个毛病,比如说,你和迎面而来的熟人打了招呼,他却望而不见,没有理你而径直走开,你就很可能归因为这个熟人是对你有意见,而真实的原因则可能是他刚刚受到老婆的斥责,没有心情回答你的问候。像这个小小的归因错误通常不会引起严重的后果。但令人可怕的是,在临床医学中也存在极多的归因错误,发生误诊和误治,比如说就因为病变都在肺动脉这个位置,肺动脉肉瘤常常误诊为肺动脉栓塞,结果发生极多错误的溶栓治疗,这容易造成极为严重的不良后果。"

余辰说:

"你说的这个问题,在我们神经外科当中也经常遇到。不过,你有这样的想法,肯定是你在临床当中有很得意的案例吧?"

甘隆说：

"当然是！今天门诊当中有一个病人的复查结果，让我非常兴奋。记得这个病人八个月前因为二尖瓣中重度关闭不全来求治，当地医生介绍他来找我进行二尖瓣成形术，术前检查他的左心射血分数只有百分之三十多点，只有正常人的一半！我分析当地大夫可能对这个病人发生了归因错误，他的实际病因是先患有心肌病，心功能下降，导致二尖瓣中重度关闭不全，这个病人是不能进行手术治疗的；而当地医生错误判断二尖瓣关闭不全为病因，导致心功能受损，所以推荐他来做手术。"

余辰说：

"那你是如何证明你的判断是对的呢？"

甘隆说：

"这就是我今天高兴的原因呀。我对这个病人并没有进行手术治疗，只是在要求他禁绝烟酒的基础上，严格限制水分，经过八个月的这种治疗，没有做手术，射血分数恢复到和正常相当的水平，并且二尖瓣的反流变成轻微了，这不就证明了我的判断是对的吗？这不就是证明正确归因在心血管疾病中的重要性吗？"

余辰说：

"你的一个严格控制水分就能治好扩张性心肌病吗？我听着有些天方夜谭的感觉呀！"

甘隆说：

"这是个真实的案例。通常医生嘱咐病人控制水分，都是听一耳朵就放过了，在生活中并没有严格遵守这个要求，对于这个病人我反复强调了控水的重要性，他也严格遵守了，所以才会有这么好的效果。实际上，控水是治疗扩张性心肌病、心衰最重要的基石！当然，这个方法只对比较早期的病例才会有显效，对于更重症的心肌病心衰病人，必须运用更强力的药物治疗，有的病人还需要进行左心辅助装置植入或心脏移植才能起效。"

这时医生张加成说：

"我在急诊时遇到一个例子，也能说明甘主任的观点！"

余辰说：

"哦？什么案例？"

张加成说：

"这个案例还是甘主任讲吧，因为这是他发现的最后的隐机！"

甘隆说：

"加成，还是你讲吧，你讲不全时，我再补充。"

张加成说：

"今年我开始当心外科的住院总医师，一周前急诊打我手机，要我到急诊去会诊。我去看时，发现病人是一个六十六岁的男性病人，两天前遭遇轻微车祸，被诊断为左侧五、六、七、八四根肋骨骨折，我为他体检发现没有胸骨浮动，急诊科为这名患者的肋骨骨折做了宽胶布胸廓固定术，也给予了他非甾体类消炎药，抽血检查D-二聚体正常，肺动脉CTA和主动脉CTA检查排除了肺栓塞、主动脉夹层等疾病，但患者胸痛症状一直没缓解。

"病人因为疼痛难忍转诊来到天辰医院，急诊科接诊医生为病人重做了一遍心电图、心肌酶谱等检查，除了肋骨骨折之外，依旧没有任何异常，而病人疼痛难忍，这与已经做了固定的肋骨骨折是不相符的，急诊科只好请心外科、心内科的住院总医师都来会诊，我也亲自到场了，一番讨论后没有发现任何蹊跷！"

余辰说：

"到这种地步，一般的医生都会归因于肋骨骨折，做出错误的判断，接着就会进行错误的治疗，引发医疗事故！"

甘隆说：

"好在加成大夫没有这么做，虽然他没有发现具体的问题，但他知道这当中有问题，便打电话向我咨询，我想了一下，便要加成大夫为这个病人做了一张十八导心电图，发现了异常ST段升高，心内科的住院总医师便立即为这个病人进行了冠状动脉造影和介入手术，病人的疼痛症状消失了，前天也康复出院了。"

余辰说：

"这当中还真有玄机，如果大大咧咧地把病人放走了，只怕加成的这个饭碗就要被砸了！"

张加成说：

"可不是吗？幸亏我打电话问了甘主任，甘主任给的这个提点十分到位。"

甘隆说：

"这个病人也给我以很多启示，引发了我关于疾病归因的哲学思考。这个病人最奇特的地方是心肌梗死竟然和肋骨骨折同时发生，发生胸痛两天后的心肌酶谱结果依旧正常，如果按常规的归因思维，肯定会导致漏诊。而这个病人实际上是心电图有所表现，但在常规的十二导心电图却没有显现出来，十八导心电图才发现了玄机！"

余辰说：

"这个案例令人唏嘘！我是从事神经外科的，看来你们心脏外科对我的启发也是很大的。"

这个时候，余辰的儿子余大器因为没人陪他玩而哭了起来，夫人刘美瑶把不到三岁的余大器抱了起来，插话进来说：

"你们两人大男人，出国作高访，半年都不管家，这次你们回家了，把心思要放在家里，可别让我刘美瑶和锦梅两人'被动性分居了'！"

锦梅接着说：

"是呀，美瑶，我们俩岂止是被动性分居呀，还是'丧偶式育儿'呢，好像这孩子是我们两个妇女单性生殖出来的一样！今天晚上我们两家聚会，他们两个大男人倒好，不说给我们这些娘子军敬一下酒，就只自顾自地讨论什么破除唯手术论，什么归因哲学！"

甘隆说：

"余辰，今天是我们俩不对呀，再怎么说弟妹和锦梅两人在我们出国期间辛苦了，我们一起端起这杯酒，向娘子军敬酒！"

余辰端起酒杯，对着刘美瑶和锦梅说道：

"嫂子，夫人，这杯酒就算我敬你们的。"

锦梅说：

"这还差不多！"

这个时候，已经到了晚上九点多钟，余辰和刘美瑶夫妇及李伟、张加成两位大夫起身告辞。

到了晚上一点多的时候，甘隆的手机突然响了起来，他接过来一看，是住院总医师张加成打过来的。张加成在电话中说道：

"甘主任，急诊来了一个肺动脉夹层的病人，我不知道如何处理，要请示一下您！"

甘隆说：

"主动脉夹层？你不知道如何处理？那我不是白教你了吗？"

张加成说：

"主任，不是主动脉夹层，是肺动脉夹层，我从来都没有碰见过的！"

甘隆说：

"肺动脉夹层？这倒是少见，你等着，我马上过去！"

主动脉夹层在天辰医院是常见病，在急诊几乎一天要遇上好几例，现在天辰医院设立了主动脉夹层的绿色通道，能在很快的时间内为病人进行主动脉CTA诊断，诊断清楚后立即进行介入微创治疗，如果有开胸手术的必要时，也立即备齐配血，紧急开胸手术，这样挽救了一大批主动脉夹层的病人。

肺动脉夹层实在太少见了，甘隆以前没有诊治过这种病人，但他读过国际上所有有关肺动脉夹层的报告，这些报告的病例数量都不多，有的只有个案报告，有的是两三例组成的小系列报告。从这些报告来说，肺动脉夹层是一种非常凶险型的疾病，甚至比主动脉夹层更可怕，因为肺动脉的壁比主动脉的壁更薄、更脆弱！

甘隆急匆匆地穿好衣服，快速来到急诊科，张加成和急诊科的秦副主任已经在诊室里等候，而病人则是一个不到五十岁的女人，她正躺在诊床上痛苦地呻吟！甘隆先对病人进行了问诊，得知她曾经患过动脉导管未闭，合并重度肺动脉高压，此次是当晚因和家人吵架后，发生胸部剧痛来就诊。急诊科秦副主任原以为她是主动脉夹层，为她进行了大血管CTA检查后，才发现她的主动脉结构正常，而肺动脉从主干根部一直撕裂到右肺动脉！

甘隆为病人进行了听诊，又看了大血管CTA的片子，果然发现夹层之所在！这个时候，超声心动图检查也发现了肺动脉夹层，同时还提示这个病人的肺动脉压很高！甘隆判断这个病人非常危险，夹层很可能随时破裂，这是致命的！

甘隆冷静下来，找来家属，向他们讲明病情的凶险性及做手术治疗的必要性，家属说他们没有思想准备，而且也没有带足做手术的经费，甘隆说可以先走主动脉夹层的绿色通道，先做手术，手术后家里再将费用补齐！

家属听了仍然表示担忧，因为他们听甘隆说，这个手术在天辰医院是首次，在国际上也是非常罕见的，不排除手术中或手术后死亡的风险！所以家属十分担心！甘隆想了想说：

"的确，肺动脉夹层到现在为止，国际上没有成熟的经验，但是我们天辰院主动脉夹层的手术经验十分丰富，这可以用来借鉴；另外，我们的手术组，治疗肺动脉栓塞的经验也十分丰富，这也可以用来借鉴！虽然肺动脉夹层有其独特性，但如果借鉴这两方面的经验，可以大幅降低风险！"

这个时候，躺在诊床上的病人痛苦地呻吟越来越大，她极力要求手术治疗，家属考虑一下后，决定同意手术治疗。在家属签完手术同意书后，张加成作为住院总医师立即行动起来，为病人办理了入院手续，通知了血库配血，通知麻醉师和手术室护士准备好手术间。

李伟医生也赶了过来，和张加成一起将病人推进了手术室。麻醉师迅速为病人完成了全麻，李伟医生立即消毒、铺巾、开胸并建立体外循环。甘隆在上台后，嘱咐灌注师将病人体温降到二十摄氏度，再阻断升主动脉，灌注心脏停跳液，进行深低温停循环后，切开了夹层的肺动脉，将未闭的动脉导管缝闭起来，检查没有漏血后，甘隆再嘱咐灌注师恢复循环，让巡回护士取来分支人工血管，将这个人工血管替换已经发生夹层的肺动脉主干和左、右两侧肺动脉分支，之后甘隆将夹层的肺动脉外壁包裹在人工血管之上，以减少术后的出血。

至此，手术的主要步骤已经完成，甘隆松开主动脉阻断钳，心脏自动复跳，甘隆再检查了一下，各个吻合口的确没有出血的地方，病人的生命体征平稳。这时候李伟接替了甘隆的位置完成了手术的后续部分，到天亮的时候，李伟和张加成将病人推送到监护室。

这一天甘隆感到累疲而又踏实，因为他又成功地完成了一例罕见病例的手术，成就了天辰医院的一个"第一"，也成就了这个世界上的一个"罕见"！

第六十六章　卑鄙是卑鄙者的通行证

接下来的几年时间内，甘隆一心一意在天辰医院的心外科工作，他在肺动脉栓塞外科治疗方面成果突出，新成立的心脏与肺血管外科中心是国内第一家、也是唯一一家这一类的外科中心，肺动脉栓塞的病人都投奔他来做手术治疗，在几年之间，心脏与肺血管外科中心成为亚洲最大的肺栓塞治疗中心，也成为全球三大中心之一。与此同时，他还继续完成冠状动脉搭桥术、瓣膜成形术、主动脉夹层外科治疗和先天性心脏病的外科治疗。

令甘隆最为苦恼的是，肺动脉肉瘤的治疗效果仍然极为不佳，这给甘隆带来的打击很大，他倒不是怕这种病人的手术问题，因为这种病人手术后没有发生过围术期死亡！但是有接近一半的病人因为在肺内浸润或转移、肺门淋巴结增大、胸腔积液等原因，失去了手术机会；而那些手术过的病人则因为原位复发、远位转移或肺内转移，病情迅速恶化！

甘隆最怕看到肺动脉肉瘤病人的复查，他怕看到这些病人和家属失望的眼神！他觉得是自己的无能，不能给怀着希望而来的求医者以更好的未来！

从费城回国后，甘隆与乔婕之间恢复了正常的通信联系，有时候他们之间是通过手机交流，而更多的是通过电子邮件相互联系。乔婕在普林斯顿仍然是以肺癌转移的生物学行为及机制为研究方向，但与甘隆的交流之间，她知道他在肺动脉肉瘤治疗方面的困境，也就把肺动脉肉瘤纳入自己的研究范畴。

乔婕一方面利用普林斯顿大学及普林斯顿高等研究院的信息资源，为甘隆查找有关肺动脉肉瘤这方面的最新信息；另一方面，因为她本身在肺癌转移方面富有研究经验，发表过很多高水平的文章，便把肺癌研究方面的经验也移植到肺动脉肉瘤研究这方面来。

二〇〇八年年初，乔婕顺利地生下一个儿子。作为乔婕丈夫的陈辉计算过乔婕的预产期，本来心中有一丝丝的疑虑，但他后来马上就释然了，因为接生的医生告诉他说，这个新生儿的血型是A型，而乔婕的血型是A型，自己的血型是O型，学生物科学出身的他经过心中的缜密推算，新生儿的血型与自己的血型是相合的！所以陈辉就没有太多的胡思乱想，高兴地为新生儿取名为"陈小辉"。

有了这个儿子，乔婕和陈辉两人之间的关系缓和很多，因为他们结婚十多年以来，双方的家长都催着他们要孩子，特别是乔婕的母亲林回梅每次在给他们打电话时，耳提面命地要求他们夫妇尽快生孩子，好趁着双方家长还年轻的时候替他们带养。

开始的时候，乔婕和陈辉双方还都是攻读学位的博士生，不敢要孩子，但后来陈辉转行到风险投资公司，乔婕获得了普林斯顿大学的终身教职，两个人的经济条件都大幅改善。只是这个时候再想要孩子，没想到遭遇到很大的困难，备孕好多年也没有起色，陈辉和乔婕为了要孩子想了很多办法都没有如意，还到各大生殖中心看过专家，说是陈辉患有少精综合征，虽然不是完全没有生育的希望，但成功的概率还是比较低的。

这是两个人关系史上的悲哀，两个人都能体谅对方的不容易，并没有互相埋怨对方，但是自从陈辉转行了后，有钱买了大house，两个人在大房子中更显得清冷，陈辉出差又多，而乔婕在实验室工作紧张，两个人一个月在家中碰面的机会极少，关系便自然而然地冷淡了下来。有时候在家中会出现冷场的尴尬局面，两人相对无语，一个挂念自己的公司中的事务，而另一个则挂念实验是不是自己满意的结果。

这次乔婕生下儿子，给陈辉带来欣喜，他心中暗自认为是这一年多来，他戒绝烟酒备孕的成功，虽然自己是少精综合征，但不是无精症，戒绝烟酒还是有利于成功致孕的！陈辉得知乔婕怀孕后，主动地减少了出差的机会，在新生儿出生前他早早地就把岳母林回梅和岳父乔志钰接到家中来服侍乔婕的月子。

过了三年之后，也就是二〇一一年年中，当她的儿子长到三岁多的时候，乔婕带着儿子一起回国了，担任新成立的天辰医学院附属肿瘤医院肿瘤研究所的所长，而陈辉把他的工作重心也转移到国内，工作内容仍然是从事国内生物医药领域的风险投资工作，他与国内的投资界、生物医药科技界、产业界的巨头交往甚密，事业蒸蒸日上，一家人的日子过得平实而富足。

陈辉之所以将他的业务重点移师到国内，一个原因是乔婕回到国内；另一个原因是这些年来国内发展迅猛，特别是他所从事的风险投资领域方兴未艾，在早期和成长期医疗健康领域有很多新型的企业正在萌芽生长。他携带风险投资基金，怀着雄心而来，就是想针对新药创制、医疗器械、体外诊断和精准医疗，以及医疗服务四大方向的新型企业进行投资、培育、引导，将国内企业孵化后登陆港交所、科创板或者纳斯达克等资本市场，以图取得丰厚的投资回报。

所以在乔婕与天辰医学院取得联系，准备回国之前，她与陈辉两人商量回国的事宜，陈辉不但没有表现出任何的阻挠，反而非常积极地推动此事，这让乔婕感到十分高兴。而且乔婕研发出一种肺癌诊断试剂盒，正处于临床论证阶段，陈辉的风险投资基金联合了几家公司准备针对这个项目进行投资，而陈辉则领投。

虽然陈辉和在国外时一样，每天不是在出差，就是在出差的路上，但他和乔婕两个人之间电话不断，有商有量，孩子陈小辉白天送到幼儿园，早晚都由乔婕的父母接送，基本上不用陈辉和乔婕两人操太多的心思！这样一来，陈辉与乔婕两个人之间的关系有了很大的改善，陈辉更爱乔婕了，乔婕对陈辉的怨言也少了许多，两人达到了琴瑟和鸣的地步。

在陈辉和乔婕回国后的几年之间，陈辉先是成立了一个生物创新投资基金，他立足于杭州国家高新技术区，辐射全球。目前已经完成了四十多家生命健康领域优秀企业的投资，还孵化了六家企业上市，成为国内最活跃的医疗健康投资机构之一。

而乔婕领导的肿瘤研究所也风生水起，发表了好几篇高水平的论文，而且她成为一家以其研发出来的肺癌诊断产品为主打产品的公司副董事长，这种新的诊断产品在国内肿瘤临床界的销量占比超过了七成，而且还推广到欧美国家。

乔婕和陈辉两个人有时候在家中聚到一起，看着儿子陈小辉在母亲林回梅和父亲乔志钰的抚养下健康茁壮成长，而他们夫妇二人的事业在国内顺利发展，感慨他们回国的选择是一个非常明智的决定，而且赶上了国内发展的黄金时代，现在他们夫妇二人真正做到了"报效祖国，实现自我"的美好愿景。

陈辉当初在霍普金斯大学取得生物化学博士学位后，在接下来的科研上遇到困难，在一年多的时间中，他费尽心思，坚持在实验室中努力工作，可就是一直突破不了瓶颈，只好及时地转行进入耶鲁大学攻读管理学博士学位，慢慢地就进入了美国生物医药领域的风险投资公司，在这里他学会了以金融手段进行风险投资，博取超高额回报的窍门，慢慢地变身为一个成功的投资人。他的目光锐利，下手准确，在美国时就有三个重大项目取得辉煌的成功，很快就成为公司的高级合伙人。

作为生物医学领域的投资大佬，陈辉每天最重要的工作就是不停歇地沟通，与全国各大三级甲等医院的主任、教授谈论可能成为创新产品的新理念、新产品或者新思想，与新型公司的实际控制人或者同事、创始人、同行进行面对面的沟通，每天都在全国各地奔波。他自我定位是他的才能不擅长科研，但是特别善于与那些长于科研的主任、教授打交道，能将还是萌芽状态的思想培育成新型医药产品。

陈辉忙到身体出现状况，因为老是长时间开会，对尿意的敏感性下降，憋尿时间越来越长，反复出现尿路感染，不过与想象中潜在的回报比，陈辉觉得这点健康代价不算事，他庆幸自己挤入了一条创富快车道。

这天陈辉四点多就起床，准备坐飞机到杭州去与一家新公司的实控人苏教授面谈。他轻手轻脚地起床后，准备到卫生间小解，可他坐到坐便器上时，发现自己的小便无论如何也解不出来，十几分钟过去了，只零星解出了几十滴尿，而且整个尿路疼痛难忍。

陈辉着急要赶飞机，本想忍着上机场去再解决小便的问题，可没想到他还没走到家门口，又急不可耐地要解手了，如此这番好几次后，还在睡觉的乔婕被陈辉不正常的举动惊醒了。乔婕起来问明陈辉情况，她觉得很可能是陈辉的尿路出现了问题，她本来想咨询一下甘隆或者余辰，毕竟这两个老同学是临床医生，对这方面懂得比自己多，可现在只有五点多钟，乔婕对陈辉说，你现在情况很严重，今天的旅行看来必须取消了！

陈辉自己尿频、尿急、尿痛得难以忍受，量了一下体温高达三十八点八摄氏度，就同意乔婕的取消旅行的建议，这个时候总算到了六点多钟，乔婕先给余辰打了电话，可是电话响了没人接听，她又给甘隆打了电话。甘隆仔细地听了乔婕描述陈辉的症状，他分析说陈辉很可能是尿路重度感染，陈辉的肾区疼痛，说明很可能有肾周脓肿，必须立即住院治疗。

陈辉接过电话说：

"甘隆，我现在这么急，又不认识泌尿科大夫，如何办理住院呀？"

甘隆说：

"我现在已经在上班的路上了，你们尽快到医院来，我帮你引荐我们天辰医院最好的泌尿外科大夫罗主任。"

乔婕立即向母亲林回梅说明了一下陈辉的病情后，就立即带着陈辉来到车库，开车就向天辰医院奔去。

一路上乔婕边开车边琢磨，男性的尿路长，比女性的尿路有很大的优越性，为什么陈辉会得尿路感染呢？而且还是这么严重的感染？难道是他陈辉趁出差的机会，行为不检点才导致这么严重的病症吗？乔婕这么想着，但她见陈辉因为疼痛而脸色苍白、两眼紧闭的样子，就不忍心盘问陈辉。

两人开车到达天辰医院的时候已经是七点半了，甘隆早已经在停车场上等候他们。乔婕的车一停，甘隆就迎上前来，拉开副驾驶座的车门，扶着陈辉下了车，直接将陈辉夫妇二人带去泌尿科罗主任的办公室，此时罗主任也是刚刚来到医院上班，早餐还没有吃就先为陈辉进行了体检。

罗主任为陈辉叩击了双侧肾区，陈辉表现出典型的叩击痛，罗主任基本上可确诊为尿路感染合并肾周脓肿，他让乔婕去为陈辉挂了一个号，开具了尿常规检查和泌尿系超声检查，这两个结果进一步证实了他的判断，遂立即为陈辉开具了住院证，将他收住院进行治疗，这个过程中甘隆全程陪着陈辉，令陈辉对甘隆十分感激！

陈辉住进泌尿科后，经过导管解除了他尿路憋胀的不适，又输了三天消炎药，他的尿频、尿急、尿痛及肾区疼痛的症状消失了。陈辉的病好了，可乔婕心中的疙瘩却并没有消除，她不明白陈辉一个大男人，为什么一下子就得了这么严重的尿路感染！她觉得虽然她没有确切的证据，但陈辉在外不检点的嫌疑是不能轻易排除的。

这件事情成为乔婕心头的暗刺，她本想问一问泌尿科的罗主任，但毕竟与罗主任不熟，这种事不太好随便开口问的；她又想问甘隆或余辰这两个老同学，却也不好开口问。后来陈辉出院后，因为他出差太忙，是乔婕到泌尿科去办理出院手续，并复印病历，乔婕找到泌尿外科学和泌尿内科学的教科书，找出相关的章节，对照着陈辉的住院病历，她反复琢磨，觉得陈辉的各项检查可以基本上排除了胡闹的可能性，因为陈辉的梅毒、艾滋病抗体是阴性，乙肝和丙肝抗体阴性，而且他又没有淋病黏液性分泌物症状，也没有生殖器的皮疹、水疱或疣状物的表现，这样一来，陈辉胡闹的嫌疑在乔婕心中总算解除了。她有些释然，但仍然有那么一丝丝的不放心，这次陈辉患病还真与他长年累月一屁股坐下去几小时专注沟通的这种职业性损害有关。

再说甘隆回到国内后，他的业务工作干得有声有色，而他的老同学李继成也官运亨通，成为天辰医院的副院长，这一天李继成找到甘隆，对他说：

"老同学，这些年你在业务上干得有声有色呀，真令人羡慕！"

甘隆说：

"你现在官运亨通、青云直上，哪里还需要羡慕我们这些基层人员？"

李继成说：

"那不能这么说，在天辰医院这样崇尚学术的机构，我还是要搞一搞学术，请老同学帮帮忙！"

原来，李继成是想进一步当天辰医院的常务副院长，以后再进一步当院长，但是他没有学术职称，不是博士研究生导师，这是他资历中的硬伤，没有博士生导师资格，他的仕途是很难再向上升的，即使他在朝中有人！所以，李继成想尽快解决他的学术职称的问题，可他这么些年，一直就没有怎么给病人看过病，没有任何学术积累，靠自己是很难突破的，这个时候，他就想到了甘隆，要甘隆帮他这个忙！

甘隆说：

"我能帮你什么忙？"

李继成说：

"这些年我的业务都丢了，没在临床上好好干过，所以你们什么心外科、肺血管外科、神经外科我都不用想，心内科的介入手术我也不做，所以我就落脚到肺血管内科，这里介入手术少，我可以直接给病人开药治疗。"

甘隆说：

"你这样选择也不错，反正主要是用药治疗，肺血管病中主要是肺动脉高压，这些年来出现了很多新的靶向治疗药物，不需要手术操作，你好好看看书，也能达到要求的。"

李继成说：

"就是关于论文的事，我想晋升博导，还需要论文，你看过那么多肺动脉肉瘤的病人，我让我的硕士生总结一下病例，发表了怎么样？"

甘隆说：

"这样合适吗？这些病人你一个都没有看过，你要写成自己的论文，这不是剽窃吗？"

李继成说：

"这件事只要你认可，就没有人追究，所以我以副院长的身份来求你这个老同学呀！"

甘隆说：

"你是领导，你要这么做，我也没有理由阻止你。"

李继成说：

"那说好了，这件事就这么定了吧！"

甘隆听了李继成这么恬不知耻的话，只好一句话都不说地走了。

很快李继成的文章就发表出来了，他作为第一作者和责任作者署名，他的硕士研究生则是作为第二作者，而甘隆则是作为第三作者。这篇文章发表后不久，李继成再次找到甘隆，对他说道：

"老同学，要再请你帮个忙！"

甘隆说：

"不是已经帮了你的忙吗？你发表了一篇好文章还不够吗？我可没有那么大的本事帮你了！"

李继成说：

"我晋升博导，还需要一篇好文章，我听说你发现了一个'蚀壁征'，是诊断肺动脉肉瘤的利器，如果你同意让我写成论文发表，我的晋升肯定没有问题。"

甘隆说：

"这个不好吧！你这是要抢我的核心成果呀。上次，你要你的学生总结肺动脉肉瘤的病例，那些病例你一个都没有经手看过，我大方地同意了，你发表了论文，第一作者和责任作者都是你，这够对得起你了吧！你现在得寸进尺，又要抢成果，我不同意。"

李继成说：

"你五六年前就是博导了，现在你的成果都可以申报院士，而我只是硕导。你现在帮帮我，以后我当了正院长，你就成了我的人，就罩着你了，大力提拔你。你要不帮我，我将来把你视为异己分子，你再有本事我也不用你。"

甘隆说：

"你怎么这么无耻啊？你就是当了院长，我也不需要你罩着我。我是靠我的专业吃饭，靠专业立足于世，凭什么要你罩着？"

甘隆说完，扭头就走了。

过了不到一个星期，李继成的报复就来了。这天甘隆刚刚下了手术台，就接到中华杂志社的责任编辑刘莉打来的电话，说：

"甘隆教授，我们接到对你非常严重的指控，这是从卫健委的纪检组转过来的匿名举报信，说你的两篇论文重复发表！"

甘隆一听，知道这个所谓的匿名举报肯定是李继成干的，或者是李继成指使人干的！关键最为恶心的是，你举报的两篇论文重复发表，不是事实，也不是经济或政治问题，你举报到纪检组完全是文不对题，指鹿为马，而且其用心十分险恶，他是想把子虚乌有的所谓学术问题，通过告状到行政和纪检机构，将对方置之死地！甘隆认为李继成这样对他指控重复发表论文，就是对自己精神和道德洁癖的侮辱和践踏。

甘隆想明白了事情经过和对方的意图后，在电话中回答刘莉说：

"这两篇文章都是写肺动脉肉瘤不假！但是两篇文章写的主题完全不同，一篇是写肺动脉肉瘤的内科治疗，另一篇是写肺动脉肉瘤的外科治疗，不存在重复发表的问题。"

刘莉说：

"那你把两篇文章的原件复印一下，再写一篇说明申述信，将两篇论文的差异写清楚，报上来，我相信上级领导会明察秋毫的！"

甘隆问道：

"刘编辑，这个举报人我知道是谁，因为我近期不同意他要强行采用我的资料，不让他用我的资料写文章，他就这么报复！"

刘莉说：

"我们是接到上级单位的查询信，不知道具体是谁举报的，当然，我会将你说的情况一起向上级汇报，不会冤枉你的！"

甘隆按照刘莉的要求将两篇论文的复印件及申述信递交给刘莉编辑后，过了两周，调查结果出来了，匿名举报对甘隆所谓重复发表的指控不成立，不作任何批评处理。

但是，过了三个月，李继成又从别的途径找到资料，发表了两篇论文，非但如此，他还很顺利地拿到了两大笔科研经费，在接下来的博导评选中，他成功地晋升为博士生导师，为他更进一步升职扫清了道路。

后来，在天辰医院坊间传播的消息说，李继成发表的两篇论文都是高分SCI论文，而这两篇论文是天辰医院的一个博士研究生帮他写的，条件是他帮助这位博士生争取到编制，还帮这位博士留校，使其成为天辰医院有编制的医生。

甘隆听到这个消息，先是对李继成的钻营和蝇营狗苟极度愤怒，后来他只能苦笑，在这个讲人情和关系的时代，恐怕小人的办法比正直的人的办法多，小人的日子比正道而行的人日子好过得多，小人的升迁比正直之士要快得多，看来北岛的诗说得真对：卑鄙是卑鄙者的通行证，高尚是高尚者的墓志铭！

李继成这样一个多年没干临床一线的所谓大夫，连很多药物的剂量和用法都记不清楚，开方时要拿药典对着下药，他的临床水平顶多与天辰医院的高年住院医师相当，现在这样通过不正当手段一样能成功，甚至超过勤奋努力的人们取得更好的回报。这一点甘隆曾为此自寻烦恼过好几天，甚至感到沮丧，对这个社会的评价体系感到有点失望，第一次对他所从事的心外科、肺血管外科这个职业产生了倦怠的感觉，职业的理想开始有些幻灭！

甘隆此前一直有一套心理防护盔甲，那就是凭着正直、诚实地做人，凭着高超的医术，可以为自己在社会上争得一席立足之地。现在，在李继成的进攻面前，甘隆觉得自己多年来奉行的社会理想，好像蛮不是那么回事。甘隆自知这是他无能为力的社会现实，只是告诫自己做好自己的事，把病人的病看好。

但后来他看到自己亲手做手术的病人高高兴兴地出院，他心中的郁闷才豁然开朗起来，他看清楚了，李继成这样的小人虽然得计于一时，在仕途上屡获升迁，但他毕竟是宵小之徒，不能为病人增加福祉，也没有自己做手术为病人解除痛苦的成就！这些是宵小们体会不到的快乐！

过了没有多久，李继成又过来要求甘隆帮忙，还觍着脸提出非常过分的要求。原来，有一个很有影响力的高官韩老因为肺动脉瓣重度关闭不全需要做手术，这个疾病属于心血管外科中的心脏与肺血管中心的病种，是甘隆最擅长的手术范围，韩老因为其他心外科医生的推荐找到甘隆，作为副院长的李继成陪同他一起来到甘隆的诊室。李继成满脸堆笑，对甘隆说：

"甘教授，韩老是高级领导，请你一定要好好给他看看。"

甘隆看见李继成人前卖笑、背后捅刀，对其嘴脸虽然感到恶心厌恶，但他心里知道人家毕竟是带病人来看病的，无从计较个人恩怨，便回答说：

"请放心，我一定会好好诊治的。"

甘隆仔细地为韩老进行了听诊和触诊，又仔细地看了韩老的超声心动图和胸片的片子及报告，和颜悦色地对韩老及他的家人讲述了他的诊断是正确的，重度肺动脉关闭不全已经造成了他的右心功能严重受损，的确需要手术治疗。李继成在旁边帮腔说：

"甘教授，韩老是高级领导，请你一定要好好给他手术。"

甘隆说：

"是的，每个手术我都会好好做的，不会掉以轻心的，对于韩老的手术，我更会尽心尽力。"

李继成说：

"甘教授，韩老是高级领导，你一定要好好安排安排。"

甘隆说：

"我知道韩老是高级领导干部，李副院长没必要老这么耳提面命地提醒我，不管是领导干部还是平民百姓，治病的方法都是一样，手术步骤不能多一针，也不能少一针。我对每一台手术都会好好安排的！

病人找医生看病，都是来求保命求生存的，从这一点上来说，不存在身份上的差别。"

李继成吃了抢白，心有不甘，继续说：

"甘教授，韩老是高级领导干部，我建议要给他最好的住院条件，你把你们中心的三个病房腾空，在医院我分管基建，装修是我管的范围，我派人来将三个病房装修成豪华间，装修好以后，就给韩老单独住。"

甘隆说：

"为什么要腾空病房装修？现在我们中心的病房这么紧张，你腾空三个病房，那普通病人不是住院更难了吗？高干病房里条件不错，韩老住高干病房不是很好吗？"

李继成说：

"可是，高干病房条件虽然不错，但毕竟与你们中心不是一个病房，住在你们病房不是更安全吗？"

甘隆说：

"不在一个病房，我可以多去高干病房查房，我手下的年轻大夫也可以多跑几趟。再说，如果腾空三个病房，挤占了普通床位，让普通病人住院更加困难不说，装修要花很长时间，韩老的病情不允许让他再等了，另外新装修的房间气味重，对重病人并不好。"

李继成有些不高兴，想反驳甘隆，这时韩老的家人说：

"李副院长，甘教授说得有道理，就住高干病房吧。"

李继成只好不再说话，顺从甘隆的意见，将韩老安排在高干病房住院，几天后韩老的手术顺利完成，再过了十天韩老也顺利从天辰医院出院。但是，李继成对于甘隆在诊室里对他的抢白，十分气恼；对于甘隆拒绝腾空病房装修更是怀恨在心，因为韩老是他升职的重要恩人，他必须要巴结好，甘隆等于是在韩老面前打了他的脸，让他在韩老面前失了面子。甘隆以为这件事情因为韩老的手术成功而算过去了，但是在李继成的心里并没有过去，变成了对甘隆的深度忌恨，也为甘隆的未来埋下了隐患。

第六十七章　坠入恶疾黑洞

时间无声地流逝，转眼来到二〇一二年，所有人都正常地上班、下班、加班、倒班地忙碌，虽然生活很辛苦，但大家都觉得有奔头，也就干劲十足，而且自己心目中的理想越来越向自己靠近。和大家一样，乔婕每天在天辰医学院附属肿瘤医院的肿瘤研究所工作，进行课题设计和实验研究，同时指导她手下十几名博士生和研究生进行课题研究，每天忙得不亦乐乎，她对回国后的这种满负荷工作状态十分满意，这样可以以其多年出国所学回报国家。

乔婕有一个非常好的生活习惯，就是每天晨起必定要跑一段距离，这样做使她能在一天的工作中保持旺盛的精力。这天早上五点半钟，乔婕穿戴好运动服及运动鞋，额头上箍起汗巾，开始了新一天的晨跑。乔婕今天非常高兴，因为今天有三个博士要举行答辩会，她边跑边在心中盘算三个博士生答辩中可能会出现什么样的问题，应该如何应对。

晨跑的人并不多，她慢慢向前跑着，来到一个转弯处，她突然觉得眼前一黑，人晕了过去，身体栽倒在地，她的身前身后并没有人发现她的晕厥。将近三分钟后，乔婕自己醒了过来，摸了摸头部都是湿冷的汗水，乔婕赶紧站了起来，没有别的不适，心想这很可能是早上起得太早，没有吃饭跑步导致的低血糖引发晕厥。

乔婕对这次的跑步意外没有在意，回到家中吃了一些早点后，和儿子陈小辉及母亲林回梅打了个招呼，就开车到肿瘤研究所开始了一天的工作。此后的一两周内，乔婕发现自己开始出现间断干咳，乔婕分析很可能是空气中的雾霾导致的，只是到药店买一两盒润喉糖，吃了还真管点用，干咳明显好转。

但过了一阵儿，乔婕发现干咳的症状慢慢加重，变成了持续性咳嗽，但咳完了也能转好，乔婕心中有些疑虑，就到肿瘤医院的职工保健室去拍了胸片检查，没有发现明确的问题，胸片给诊断医生以干干净净的感觉。

到此时乔婕仍然以为自己的身体状况与雾霾引发咽喉炎有关，她曾经工作过的普林斯顿大学召开一个大型的国际学术会议，邀请乔婕回去就她回国这几年的工作作一个主旨演讲，乔婕当然不愿意放弃这个推广国内学术成果的机会，欣然应邀出席了这次会议。

在这次会议后，乔婕又参加了在普林斯顿大学的博士生的论文答辩会，这次工作时间很长，她开始有些力不从心的感觉。她回到自己位于普林斯顿的家中，想要把花园中的一些物件归置起来，竟然感觉到没有力气拿起平时经常用的树枝修剪刀，她再次发生短暂性的晕厥。这一次乔婕心中明白了，她遭遇到的问题绝非用咽喉炎来解释得了，她决定立即去找自己的家庭医生看病。

乔婕仍然有美国的医疗保险，她去看家庭医生时，家庭医生给她开了抗过敏药和吸入式喷雾剂，而且告诉乔婕说如果要搞清病症，必须转诊到当地大医院找肺病专科医生，但这些肺病专科医生的预约期是在两个月后，乔婕觉得还不如尽快回国，直接去天辰医院找甘隆看，或者找肿瘤医院的肺科医生看，这样远远快于在美国找专科医生！

乔婕开完普林斯顿的会议后，立即回到国内，找到甘隆讲述了她经历的这些困扰。甘隆立即为她进行了超声心动图检查和肺功能检查。结果是肺功能正常，但是超声心动图提示肺动脉内疑似有病变存在。这个时候，乔婕的病情开始加重，甘隆发现乔婕开始出现咳血痰。

甘隆看了乔婕咳出的痰样，里面飘着血丝，这给他以不祥的预感，但他不愿意朝深里想，更不愿意朝坏的方面想，而理智告诉他，乔婕是该做一次肺部加强CT检查了！甘隆很快为乔婕安排了肺动脉CT检查，为了尽快得到结果，甘隆跟随乔婕一起进入了CT室，他就等在防护室显示器屏幕前。

当乔婕听从CT技术员的指令，屏住呼吸，技术员将造影剂用高压注射器从肘部静脉弹丸式地推入她的血管内，一股热流从乔婕的咽喉部、头部、腹部流过，这是造影剂在她的体内流过时的感觉。

而与此同时，甘隆的双眼死死盯住屏幕上的变化，显现出来的征象给甘隆非常不好的感觉，他在那一刹那间，发现乔婕的肺动脉内有东西！非常不好的东西！难道是肺动脉肉瘤吗？难道这么罕见的恶性肿瘤被乔婕摊上了吗？

不是，肯定不是！肯定是自己看花了眼！甘隆在内心里抗拒着这个极不好的兆头。但当技术员洗出CT片子后，甘隆看到了他极为不愿意看到的征象，这就是他自己发现并命名的"蚀壁征"，这就是说，乔婕极可能是患上了令人谈之色变的肿瘤：肺动脉肉瘤。

乔婕从CT检查床上起来后，问甘隆道：

"怎么样？甘隆，没什么问题吧？"

甘隆说：

"有点小问题，可能是有些肺栓塞。"

甘隆不愿意对乔婕说出那个可怕的病名，他的内心也在抗拒，想着如何和乔婕讲，就顺口编出了肺动脉栓塞这个诊断。乔婕说：

"肺栓塞？肺动脉栓塞？我好好的，怎么会得肺动脉栓塞呢？"

甘隆想，说一句谎话就必须十句谎话来圆谎！他只好回答乔婕说：

"我猜，很可能是你近期到美国，来往都是长途航班，你坐的时间太长，引发经济舱综合征了吧？"

乔婕说：

"甘隆，你知道的，我一直身体都非常好，平时感冒都很少，家人上溯三代也非常长寿健康，没有得过大病的。"

甘隆说：

"所以，我分析你没有什么大问题，你只是因为长时间坐飞机导致的肺栓塞，问题不大。不过，在进行抗凝或溶栓前，我建议进一步做个检查。"

乔婕说：

"做什么检查？肺部加强CT还不足以判断病情吗？"

甘隆说：

"我建议再做一个全身的PET-CT检查。"

当天晚上，甘隆约陈辉出来谈话聊天，让他不要告诉乔婕他们俩谈话的事情。陈辉在前不久因为太劳累引发泌尿系感染和肾周脓肿，是甘隆找到天辰医院泌尿科罗主任，及时地安排了他住院，并及时地治疗，这件事使陈辉对甘隆十分感激，他对甘隆的看法也大有改观，所以这次甘隆约陈辉出来谈话，他十分痛快地答应了甘隆的要求，并推掉了当晚的出差。

为了活跃气氛，甘隆将作为医生、也作为二人共同老同学的余辰也叫到了一起，三人在陈辉主持的基金会的私家会馆内见面。陈辉让会馆内的服务员拿来茶水和水果后退出房间，甘隆便将乔婕这一段时间的症状及今天做肺动脉加强CT的结果向陈辉和余辰讲述了一遍！陈辉说道：

"甘隆，你的意思是，乔婕得了重病？"

甘隆说：

"是的！"

陈辉说：

"我看乔婕人不是好好的吗？怎么一下子就得了重病？"

甘隆说：

"你看到乔婕好好的，是假象！你可能还不知道吧？乔婕已经两次晕厥了！她今天开始出现咯血症状，这些症状都指向不好！"

余辰问道：

"你说乔婕今天的肺动脉加强CT结果也不好？有你说的'蚀壁征'吗？"

甘隆说：

"是的。"

陈辉说：

"你说了这么半天，是说乔婕可能得了肺动脉肉瘤？这么可怕的疾病？"

甘隆说：

"我现在不敢百分之百地肯定，还需要进一步检查！"

陈辉说：

"什么检查？明天能做吗？"

甘隆说：

"要做一个全身PET-CT检查，我今天下午已经为她安排了，是明天上午第一个就为她做这个检查。我今天请你来谈话，是要提醒你要把其他的工作放一放了，你要陪着乔婕去看病！"

陈辉说：

"没想到这么严重，既然这样，我只好调整一下工作了。当然，我还是希望乔婕得的是肺栓塞。"

第二天上午，在甘隆、陈辉和余辰三人的陪同下，乔婕在天辰医院进行了全身PET-CT检查，同时她还进行了一系列血液检查。PET-CT是将PET和CT整合在同一台仪器上，组成一个完整的显像系统，故称作PET-CT。乔婕在甘隆的陪同下，进入PET-CT检查室，专门的注射护士先为她在前臂肘静脉上埋置了套管针，再给她注射了一种叫作放射性18F标记的葡萄糖的液体，这是甘隆昨天为乔婕预订的放射性标记物。很快，乔婕就完成了快速的全身扫描，同时获得CT解剖图像和PET功能代谢图像。

PET-CT的结果最快是在第二天的下午才能出来，而血液检查那些血栓形成的指标都没有发现任何问题，这更进一步加强了甘隆心中的预判，他有不好的预感，但是甘隆还是不死心，非要等到PET-CT的结果。

果然到了第二天下午天快黑的时候，甘隆直接到核医学室去拿乔婕的全身PET-CT结果，令他最不愿意看到的是，PET-CT显示乔婕的左肺动脉出现团块状的亮黄色，SUV吸收值高达20多。

SUV是指PET-CT的标准摄入值的简称，SUV>2.5考虑为恶性肿瘤，SUV介于2.0~2.5之间，为临界范围；SUV<2.0可以考虑为良性病变，通常来说，SUV值越高，肿瘤的恶性程度越高。而今天PET-CT上这片高SUV区域恰恰与前天做的超声心动图和肺动脉加强CT上显示的位点病变一致，基本可以判定是恶性肿瘤了，而且恶性程度还很高！

PET-CT结果报告像是一本厚厚的书，将人体全身从头到脚的各个器官的影响及其分析按顺序订起来，甘隆生怕他看错了报告，将这本厚书从头到尾反复看了五遍，直到把各个关键数值烂熟于心才算妥帖。

甘隆看到这个结果，见天色已晚，并没有着急地给乔婕、陈辉和余辰说起他现在知道的不好消息，他不知道如何对乔婕说起这个事！他的脑子全是乱的！这几天，他连续遇到三例肺动脉肉瘤，全都是失去了手术机会的病人！

现在，他最亲密的朋友、他的灵魂伴侣乔婕竟然也得上了这种罕见的恶性肿瘤，加上乔婕在一起，短短不到一周的时间内，他在门诊见到了四例这种罕见病人！几乎全国所有的这种病人都集中到天辰医院来找他！

有一个想法更令甘隆感到害怕！那就是他知道，在二十世纪二十年代，肺癌还是一种全部文献报告加在一起也不超过四百例的罕见病，现在却成了每年发病人数上百万的常见病，现在肺动脉肉瘤所见的例数远远比以前见得多了，难道又会成为另外一种流行性恶性肿瘤吗？如果真是这样的话，这将是太可怕了，又太让人感到无能为力了，甘隆感觉到身处在黑洞的开口处，他正被巨大的黑洞的漩流吸引，完全不可抗拒地坠向深渊，在这种感觉之下，甘隆不知不觉地写下了这首《黑洞》诗：

> 黑洞巨大的内坍吸力，
> 熄灭孱弱的希望之光。
> 暗夜津渡焦虑的旅人，

可有勇气渡过暗夜之河？
如果前面永远是黑暗，
如果黑暗击之于低地，
谁能仅凭一丝丝星光，
永不停歇地向前匍行？
有心医者是摆渡船家，
悲天悯人最怕光将灭。

这几天，黑洞铺天盖地而来！
连续诊断四例肺动脉肉瘤，
感慨这种所谓的罕见病，
还真是不那么的罕见。
这种令人望而生畏的肿瘤，
如巨大的黑洞吸灭着微光。
不知道哪一位不幸的患者，
能有幸地到达光明之彼岸。

其实，身无所痛，心无所忧，
人生便在光明之彼岸。
在命定的暗黑来临之前，
愿世人珍惜眼前的光明。
珍惜眼前的一草一木，
珍惜眼前的心爱之人。

甘隆的思绪纷乱，这诗也写得没有章法，只是表达他内心在得知乔婕罹患恶疾后因为震惊所经历的心路历程！甘隆一夜未眠，他怕锦梅发现他的异常，便假装在书桌前整理资料，脑海里尽是想起他和乔婕的前情旧事，令他唏嘘不已，他又思索如何在明天向乔婕和陈辉交代PET-CT的结果。

第二天陈辉和乔婕一起来到天辰医院心脏与肺血管病中心，甘隆已经在这里等候他们了。乔婕的心里还是抱着一丝期望奇迹出现，希望甘隆笑着对她说，我搞错了，诊断就是肺栓塞，而不是肺动脉肉瘤。

甘隆并不敢向乔婕和陈辉掩盖病情，因为掩盖病情意味着对病人采取不合适的治疗措施，他不能给患者以虚幻的希望，他觉得他应该像《黑洞》诗中写的那样，医者是黑暗中的摆渡人，要帮助病人渡过黑暗之河。想到这里，甘隆装作镇静地将那厚厚一本《PET-CT诊断报告》放到办公桌上，陈辉和乔婕两人立即凑近，盯着看甘隆的双手翻动这本预言之书！

甘隆翻到胸部显像这一页，说道：

"就是这块黄亮色！这是最为可怕的东西，SUV值高达20多，这个SUV值越高，其恶性程度越高！"

乔婕说：

"这要如何治疗？"

甘隆说：

"目前你还有手术机会，应该尽快手术治疗！"

陈辉说：

"甘隆，我知道你是这方面的权威专家，但现在说到要手术治疗，我们心里还一时接受不了，我们先考虑考虑再说吧？"

甘隆说：

"你的这种想法我自然能体谅，但这个时间最好不能太长，否则就会影响治疗效果，甚至失去手术机会！"

陈辉说：

"这个我明白，我们先向国内外其他医疗机构咨询一下再说！"

厄运的来临总是让人猝不及防！面对着PET-CT的结果，陈辉、乔婕、甘隆及所有的亲朋好友是很难接受这个可怕的现实的。

陈辉和乔婕从甘隆的办公室退出来后，乔婕埋怨陈辉说：

"甘隆说要尽快手术，你这样不信任人家，会耽误手术时机的！"

陈辉说：

"不会耽误的。这些年，我从事生物医药的风险投资业务，认识医疗界非常多的大佬，不说别的，单说与你的病情有关的古院士，我觉得应该去找他看病。甘隆尽管在肺栓塞和肺动脉肉瘤方面有经验，但毕竟也才四十来岁，人家古院士是心外科的老前辈，又是一院之长，我先请他看一看你的资料，看他怎么说。"

乔婕说：

"你和古院士有什么交情吗？他能抽时间给我看病吗？"

陈辉说：

"古院士有一个专利产品，我正要为他这个专利产品进行风险投资，我们之间的合作非常到位，找他看病是随时的，我现在就打电话给他！"

陈辉说罢，就拿出他的苹果手机打起电话来，过了一会儿，陈辉告诉乔婕说，古院士约好明天早上八点钟在他的院长办公室接待我们，为你看病。

次日早上，忐忑不安的乔婕随着陈辉一起来到古院士的办公室，只见门外有好几个来办事的人已经在等候。陈辉和乔婕两人在门外等了不到五分钟，古院士已经在他的学生的簇拥下来到近前了，他先请陈辉及乔婕两人进入办公室里。

古院士和陈辉先是聊了几句有关新公司成立的几个细节后，立即将话题转入今天这次会面的主题。陈辉不失时机地呈送上这几天乔婕做的肺动脉加强CT和PET-CT检查报告。本来面带慈祥的古院士看了两个报告及片子后，面色凝重起来，他又从办公桌上拿起听诊器，为乔婕听诊了肺部。陈辉急切地问道：

"院士，怎么样，情况还好吧？"

古院士说：

"陈总，我有点不敢乐观呀！这是一种罕见病，说实话，我行事四十多年，没有遇到过一例这种病人！"

陈辉说：

"院士，不知道这个病的预后会怎么样？生存期又怎么样？"

古院士说：

"PET-CT上这块黄亮区域说明恶性程度很高，我看了报告说它的SUV值高达二十五点几，这更说明这个病的难治。"

古院士突然意识到乔婕作为病人就在跟前，就有心把预后说得没有那么严重，他不想打击病人的自信心，就转口说：

"当然，结合看肺动脉加强CT和PET-CT两个片子，我觉得病变大部分还局限在左肺动脉内，还是有手术机会的，预后肯定要比那些失去手术机会的病人好多了。"

陈辉问道：

"院士，您是国内心外科泰斗，更是疑难病症的权威，能不能请您亲自为病人做这台手术？"

古院士说：

"恐怕不太好！我是从事心外科临床工作四十多年了，心外科手术做了一万多台，但是我的确没做过这种手术，说实话，乔婕这个病例是我所见的第一例肺动脉肉瘤。"

陈辉说：

"那您有什么推荐人选吗？"

古院士说：

"就我所知，这种肺动脉肉瘤在国际上手术病例极少，涉足的心外科大夫更少，有些成功手术报告的大夫，一个是美国圣地亚哥医学中心的马尼教授，一个是国内天辰医院的甘隆教授。这两个大夫是我推荐的人选！"

陈辉和乔婕起身向古院士道谢后，退出了他的办公室。乔婕心情极度沮丧，她感到无边的黑暗将她包围，又觉得她已经坠入了深深的古井黑洞！在见到古院士之前，她还抱有一线侥幸的希望，希望古院士说这个病不过是肺栓塞而已，说她的这个病可以通过药物治愈，可刚才这位德高望重的医学泰斗击破了她残存的希望，使她重重地坠入深渊，她从骨子里感到阵阵寒冷袭来，全身发出颤抖。

陈辉看出乔婕虚弱怕冷的样子，上前将乔婕拥住，想要给她一些温暖。陈辉将乔婕扶回到他们的车内，在这个不冷的天气里，陈辉怕乔婕发冷，就打开了车内的保暖空调，这个时候，乔婕感到好受了一些，没有刚才那样彻骨的寒冷了，陈辉暖心的行动也给她以极大的安慰。陈辉问乔婕道：

　　"婕，按古院士的看法，看来做手术是很有必要的了。"

　　乔婕说：

　　"是的，古院士说的话我都听进去了，手术治疗是肯定要做的！"

　　陈辉说：

　　"要不，我们尽快回到美国，去找马尼教授为你手术？"

　　乔婕说：

　　"回美国手术恐怕不是最好选择吧？马尼教授是在美国西部，你的人脉关系都在东部，跟他没打过什么交道呀！"

　　陈辉说：

　　"这个没有关系，我在美国的同事当中，有一个叫麦克的投资经理跟马尼教授过从甚密，马尼教授发明过一种带关节的取栓长镊，这是做肺栓塞手术的最新发明，我们总公司也在准备为他投资。我昨天和麦克联系过，他说只要我需要，就立即帮我安排好手术事宜！"

　　乔婕说：

　　"你的人脉关系倒是充分，国内国外都认识人！只是我还有担心。"

　　陈辉说：

　　"你是担心治疗费用吗？这个你不用担心呀，你不是有美国的医疗保险吗？这个完全在保险的支付范围内！"

　　乔婕说：

　　"你别抢话呀，我气短，说话要慢一些。我不是担心治疗费用，而是担心治疗的时机问题！"

　　陈辉说：

　　"到美国也将是最快的时机手术呀！"

　　乔婕说：

"我盘算了一下，不管麦克联系得如何到位，我们从国内到美国的行程都得好几天时间，再去美国联系医生、检查、安排手术，至少一个月，这样恐怕要来不及。我的身体我知道，症状一天重于一天，今天我已经咯了好几口血痰了，而且气短症状越来越重。"

　　乔婕说完，又是一阵剧烈的咳嗽，陈辉在乔婕背上拍了好久才见消停下来。乔婕咳定后，直起身来，对陈辉说道：

　　"我打定主意了，就请甘隆为我手术，我信任他！他是国内的权威，已经做过几十例了，比马尼教授做得还多。"

　　陈辉立即给甘隆打了电话，将他们与古院士见面的经过和最后的决定与甘隆进行了交流。甘隆按照乔婕的意愿和陈辉的要求，立即为乔婕办理了入院手续，李伟大夫立即为乔婕安排了术前检查，而锦梅也来到病床前看望乔婕，说了很多安慰乔婕的话语。

　　甘隆为了减少出现误诊的可能性，请锦梅为乔婕做了一个经皮取肺动脉占位病变标本的介入手术，锦梅在乔婕入院后的第二天就完成了这个手术，用导管钳取的肺动脉内的标本被立即送入病理科进行了冰冻切片和普通病理切片，冰冻切片的快速报告再一次证实了PET-CT的诊断，甘隆遂加快了安排手术的步伐！

　　住院后的第三天是一个星期天，乔婕在病房中突然发生高热，体温几乎达到四十摄氏度！甘隆闻讯迅速从家中赶到病房中来看乔婕，为她进行了验血，结果血常规是正常的，床边胸部X片提示肺野没有感染灶，而检查乔婕的咽喉正常，但是乔婕的症状却大大加重，她干咳不停，而且已经躺不平了，只能半靠位坐着喘息！

　　甘隆迅速地分析乔婕病情恶化的原因，他认为不是乔婕遭受了呼吸道和肺部感染，而是另外一种更为可怕的迹象，这就是肺动脉的肉瘤长得太快，她体内的血供保证不了肿瘤的养分，因而发生了肿瘤坏死，这些坏死的成分导致乔婕发生将近四十摄氏度的高热！

　　甘隆感到死神的脚步已经来到乔婕的身旁！乔婕已经被死神拉入了无底的黑洞，他必须马上出手，帮助乔婕从黑洞之中挣脱出来！他心中黑洞的意象与乔婕无助的眼神重叠，让他痛苦万分，一首《挣脱黑洞》的诗歌油然而生：

> 人生难免，陷入绝境。
> 迷途中撞入黑暗森林。
> 光芒坍缩，坠入暗黑深井。
> 放弃就是沉坠，无望存身！
> 匍匐于噩运终被完全吞噬！
>
> 有一个声音在呐喊，
> 挣脱，反击，逆升！
> 勇敢的人他要坚决，
> 挣脱，反击，逆升！
> 挣脱，反击，逆升！

甘隆的情绪稍稍安定之后，他决定尽快为乔婕进行手术！做出这个判断后，甘隆迅速找来住院总医师张加成和副主任医师李伟，对他们说道：

"这个病人病情进展太快，我本来是预定安排下周三为她手术，现在要提前到明天了！"

副主任医师李伟说：

"主任，这个病人高热，是手术禁忌！"

甘隆说：

"李伟，具体情况要具体分析，一般情况下，高热是意味着全身性感染。但乔婕这个病人我做了全面检查，她没有感染征象，而她的发热是肿瘤生长过快引发的，所以必须尽快手术，不然的话，病人很可能活不到周三的预定手术时间！"

李伟说：

"您的意思是，这个病人的手术已经从择期手术，升格为亚急诊手术？"

甘隆说：

"你的理解非常到位，就是手术已经升级为亚急诊手术了，明天上午就手术！"

李伟说：

"主任，既然如此紧急，那为什么不干脆将这个手术改为急诊手术，今天晚上就做了呢？"

甘隆说：

"如果改为今晚就做急诊手术，配血没有准备好，其他条件一切准备都来不及，麻醉师也不是最好的麻醉师，灌注师也不是最好的灌注师，洗手护士也不是最好的洗手护士，他们今天本来就值了一天班，再急诊手术，精力和技术都达不到最佳状态，而且我们做手术的外科医生也是在疲劳状态，这种状态下手术，对病人不好。再说，乔婕的病情等上十几个小时再做手术，这是可以等的。我是在权衡了所有的利弊后，才艰难做出这个选择的！"

李伟说：

"那我明白了，我和加成大夫把明天的手术顺序重新调整吧，再和家属谈话签字，把乔婕安排为明天第一台手术！"

在做好了提前手术的安排后，时间已经到了星期天的晚上，甘隆再一次来到床旁看望乔婕。此时值班护士已经将乔婕从普通病房转入到加护病房了，给乔婕加大了吸氧的浓度，并对她进行了心电、血压和血氧饱和度的监测。

甘隆对乔婕说了要提前手术的必要性，但是现在箭在弦上，甘隆就没有在乔婕面前再渲染这台亚急诊手术的危险性。甘隆与乔婕之间从龙池中学初中一年级开始，到大学毕业之间相知相恋那么多年，后来又因为命运的捉弄，自己背离了当初要当物理学家的理想，被迫进入军校学医，两个人因为重山阻隔而劳燕分飞，又在普林斯顿邂逅相遇，甘隆在心里再也没有放下过乔婕。此时的甘隆十分困惑，他想不明白他学医成为心外科大夫是他的幸还是不幸，竟然要用自己的医术，来为自己最为心仪的爱人亲自手术！

因此，甘隆千方百计地宽慰乔婕，以减轻她内心的恐惧，他内心不愿意让乔婕的心理陷入恐慌之中，他不忍心再让乔婕承受更多的痛苦。甘隆非常心痛，多年来他内心对乔婕倾慕的情愫隐藏在心中，往事历历在目。最残酷的事实是，如果不尽快手术，乔婕在几天内就会死亡，甚至就在一两天内死亡，而且根据他既往的经验，就算手术顺利完成，这种极端恶性肿瘤的平均生存期也只有一年多。

甘隆在内心发誓，他一定要想尽办法，采用最为合理的手术方法，给乔婕提供最好的术后化疗和免疫治疗方案，让乔婕远超平均生存期，让她活出一个漂亮的离群值。

甘隆知道，再恶性的疾病，再可怕的疾病，总有少数病人的生存期是要远远好于群体患者的，这些幸运的患者就是离群值！甘隆对乔婕说话尽量保持语态平和，他将因乔婕即将遭受痛苦引发的情感波动掩盖在内在的职业超然性和看似淡漠的心理之下。

当然这样反而给甘隆增加了心理压力，这种恶性肿瘤急性坏死引发的手术升级，在医疗界是非常少见的案例，甘隆本人是第一次遇到这种情况，他在天辰医院工作这么多年，也没有见其他外科医生做过这种手术，在这种十分极端的情况下，毕竟取得病人和家属的理解，至少可以解除主刀医生身上所承受的巨大负担！

乔婕此时有一种濒死的感觉，她痛苦地说：

"我就希望快点手术，越快越好，我有快要死了的感觉！"

甘隆说：

"你放心，我已经为你安排好了，明天上午第一台手术就为你做！"

气喘不匀的乔婕半靠在床上，感激地看着甘隆，甘隆安慰了乔婕几句后，他就去找陈辉进行术前谈话了，因为有些手术细节他必须跟陈辉讲明。

陈辉和乔婕的母亲林回梅、父亲乔志钰一起来到甘隆的办公室后，听了甘隆讲述今天乔婕的状况，明白了乔婕现在的危急性，以及提前手术的必要性，他们三人对甘隆的体贴安排表示了感谢，但是陈辉仍然就手术方式对甘隆提出了几个疑问。陈辉问道：

"甘隆，我听古院士说，肺动脉肉瘤有四种术式，您准备为乔婕选择哪一种术式?"

甘隆说：

"是有四种术式。这包括肺移植、肺动脉置换、肺切除，但这三种术式，我都不准备采用，肺移植因为需供体肺，一时之间难以筹集，远期效果也很差，所以不考虑；肺动脉置换因为其远端有无穷多分支，做不到切缘无瘤化，这个意义不大；左全肺切除后，只剩下右肺，乔婕的体质十分差，她耐受不了!"

陈辉说：

"那你说的第四种术式呢?"

甘隆说：

"我认为最适合乔婕的术式是肺动脉内膜剥脱术，直接将肺动脉肉瘤剥除干净!"

陈辉说：

"你有信心将肿瘤剥除干净吗?"

甘隆说：

"我完全有信心！而且这种手术方式是最大限度地保存了乔婕自身正常的组织，为她在术后的化疗、放疗保存必要的体力!"

陈辉说：

"我知道，肺移植、肺切除后病人基本上就只有半条命了！我也怕这种术式！甘隆，谢谢你的全面考虑！我也是为乔婕术后治疗而担忧呢，你这种术式的选择是把责任放到你自己身上，太感谢你了!"

甘隆说：

"这是我为病人治病的理念！当然，对于乔婕来说，我更是希望她完全、顺利地康复!"

甘隆和陈辉两人谈话谈到当晚的十一点多钟，双方达成完全一致的意见，甘隆送走陈辉和乔婕的父母就又到病床前再次看望乔婕后，才回到家中。

第二天一早，甘隆匆匆吃完早饭，就赶到了病房，这时护士已经在为乔婕做术前的灌肠准备了。七点半的时候，手术室的工人就来接乔婕上手术室，甘隆的手握着乔婕的手，陪着她一起进入手术室，直到麻醉师从他手中接过了乔婕。

这台手术非常顺利，按照甘隆的预想，他在全麻成功后，消毒、铺巾、开胸、建立体外循环、降温，对乔婕实施深低温停循环，切开乔婕的肺动脉后，甘隆果然发现肺动脉肉瘤因为生长过快，已经从左肺动脉向主肺动脉生长，将后者也几乎完全堵死，而且出现大面积坏死！这就是导致乔婕出现高热的原因，手术到此，甘隆心中的一块石头总算着地了，因为他术前的判断是对的！

接下来，甘隆非常细致地将左肺动脉、主肺动脉内的肿瘤病变切除，将肺动脉的内膜剥除，不使有任何肿瘤残存于腔内，经过反复查看，甘隆这才将肺动脉缝合，继续下面的手术步骤，到了关胸的阶段，甘隆让李伟站到他的位置来完成关闭胸腔这一环节。

而甘隆则将全部的手术标本拿出来，放到一块手术巾上，用镊子将这些标本按肺动脉原有的解剖构型重新组织、拼接起来，形成一棵完美的树形结构。

通常左肺在解剖学上分为上、下两叶，其中上叶分为四段，下叶也分为四段，一共有八个肺段，因此，左肺动脉有八个肺段动脉，甘隆摆出的这棵树形结构就有八个分支，枝杈结构完满，像一个艺术品一样，这就是说，乔婕在左肺动脉内的肿瘤已经完全剥脱出来了。

甘隆将这棵完美的树形结构拿到手术室的门口，给陈辉及乔婕的父母亲看，告诉他们肿瘤剥脱得非常干净，这才将标本送到病理科去做病理检查。

手术是早上七点半开始麻醉的，下午三点多手术就缝完最后一针，乔婕被李伟和张加成两位大夫抬上运送床，送入了监护室。

乔婕回到监护室后第二天就醒了过来，她感觉到从未有过的轻松，术前那种濒死的感觉完全消失了，体温完全正常，她感觉到自己有如新生了一般，暗自庆幸渡过了第一关。

第六十八章　首轮化疗旗开得胜

乔婕的术后恢复很快，术后第四天就出院了。对于后续的治疗，甘隆与乔婕、陈辉之间也进行了充分讨论。甘隆虽然有二十多例手术经验，但这些病人中最少活六个月，最长没活过两年，大多平均就一年多都去世了，所以后续的治疗非常重要，这也是甘隆这几年想突破而没有成功的地方。

陈辉事先在国内的各大肿瘤医院找过顶尖的内科大夫咨询过，肺动脉肉瘤是极为罕见的恶性肿瘤，自二十世纪二十年代发现第一例开始，到目前为止全世界文献报告只有两百多例，几乎没有治疗成功的经验。而且，肺动脉肉瘤是一种非常复杂的恶性肿瘤，通常分为肺动脉壁间肉瘤和肺动脉壁内肉瘤，前者是起源于肺动脉壁中层的多能干平滑肌细胞，而后者则起源于肺动脉壁内壁的内膜细胞，二者之中，以后者的恶性程度更高，从病理报告来看，很不幸的是乔婕患的是肺动脉壁内肉瘤。

在肿瘤治疗方面来说，国内没有专门治疗这种肿瘤的专业内科医生，甚至可以说几乎没有哪个大夫听说过肺动脉肉瘤这个病，有的听说过的大夫也没有应用化疗治疗的经验，而且这些大夫都说这种病的放疗和化疗都不敏感，对病人的预后不抱乐观的态度。

在这种情况下，考虑到乔婕有美国医疗保险支付，同时国内尚没有治疗这种病的成功经验，甘隆强烈建议乔婕尽快到美国相关的医疗机构进行放疗和化疗，这样才能延续手术治疗取得的疗效，不然的话，如果在半年到一年内复发，则前功尽弃。甘隆的这一建议被乔婕和陈辉两人完全接受，但陈辉出现了极大的疑虑。他问甘隆道：

"甘隆，现在乔婕术后不到一周，身上有二十多厘米的伤口，能上飞机吗？她能在飞机上度过十多个小时的漫长飞行时间吗？"

甘隆说：

"这就是我选择肺动脉内膜剥脱术的好处所在，我这种手术对病人的肺组织没有任何的损害，只是干净彻底地清除了恶性组织，没有切除肺组织，所以病人的机体状况基本上和术前一样，抵抗力和耐受力完全保留了，乔婕坐飞机没有问题！"

陈辉说：

"你怎么这么肯定呢？"

甘隆说：

"我当然有信心呀，你看一看我做的试验吧！"

甘隆起身将乔婕的吸氧鼻导管摘下来，并且关闭了氧气开关，二人就在床边观察乔婕脱氧后的反应，果然，乔婕停止了氧气半个小时后，没有表现出任何不适，更没有缺氧的表现，指头夹着的血气饱和度指夹显示是百分之九十八，甘隆又和陈辉扶着乔婕一起下地行走，没有表现出任何气短不适症状。所以甘隆对陈辉说：

"从我们刚才试验看来，乔婕完全可以不吸氧气！当然乔婕现在还有些咳嗽，吸点氧是有助于她更早恢复的！"

陈辉说：

"我还是担心航班机组成员不让乔婕上飞机！"

甘隆说：

"这样吧，我的手机始终保持通畅，如果机组成员有什么疑问，让他们给我打电话！"

果然，陈辉将坐在轮椅上的乔婕推过美国航班的安全门的时候，空姐将他们拦了下来，她怕在飞机上的氧气满足不了病人的需要，双方产生争执，空姐没有办法，只好请来了机长，机长来看了看乔婕胸口长达二十多厘米的伤口，十分担忧，想拒绝乔婕登机，他对陈辉说：

"飞机上备的氧气瓶只够十几分钟，只怕病人出现紧急情况，会在任何地方出现迫降，到时候不能保证病人安全！"

陈辉说：

"主刀大夫认为不可能出现这种情形，你要不相信的话，可以直接和主刀大夫通话！"

陈辉拨通了甘隆的电话，甘隆此时看见是陈辉的电话号码，知道是乔婕登机遇上了阻力，遂立即接了电话。这时候对方自我介绍说：

"您好，我是航班机长，想要向您了解一下我们这位叫作乔婕的乘客手术情况，她适不适合坐飞机？"

甘隆说：

"机长先生好！我是乔婕的主刀大夫，她的手术虽然是刚刚一周前做的，但是她的手术没有切肺，对机体损伤很小，我可以保证她在航班上不需要吸氧！"

机长说：

"那她会出现心功能、肺功能及其他问题吗？她十几个小时不吸氧，会不会有问题？"

甘隆说：

"请机长先生放心，病人的病变已经完全清除，而她的心肺功能没有受到任何影响，十几个小时不吸氧，病人完全能够承受！请机长先生为病人提供方便，让她能到美国完成后续治疗！"

机长说：

"好，既然有主刀先生的保证，我也就放心了，我会放行的！"

坐在轮椅上的乔婕听到机长在电话中与甘隆的对话，她十分感激甘隆，觉得他艺高人胆大，敢对着电话拍板说可以飞。乔婕的心里也算松一口气，顺利地按计划登机飞赴美国，奔着她生命中最后的一点如豆光亮去了。

乔婕在术后的第七天就如约见到纽约斯隆医院的肉瘤专家，之所以效率这么高，一是得益于乔婕的病情世所罕见，就连这座号称全世界数一数二的肿瘤医院的肉瘤科大夫也没有见过几例，算上乔婕在内，这个医院建院几十年来，也就见过三五例，这家医院的大夫对乔婕的病情非常感兴趣，因而将她的预约大大提前；另一个原因是乔婕本人是普林斯顿的知名肺癌研究专家，她在斯隆医院的这些专家当中也很有名气，这些专家惺惺相惜，出于怜惜同道之心，对乔婕给予了更多的帮助。

　　乔婕来到斯隆医院的第二天，当地医生就为她组织起全院的大会诊。这次会诊是在阶梯教室里进行，乔婕的病历资料，在天辰医院手术后的病理切片全数被制成了PPT，投影在阶梯教室的大屏幕上，除了肺癌和肉瘤专业的内、外科医生都来了以外，很多与此无关专业的医生都放下手中的病人，到阶梯教室来看乔婕这个罕见病的术后幸存者。

　　在讨论会开始前的十几分钟里，在众多陌生面孔的参会者当中，乔婕注意到有一个华人面孔，乔婕对她感到十分亲切。在讨论会开始前，乔婕就与这个华人医生搭上了话，两人一交流，乔婕这才知道她是来自国内的一位高级访问学者，名字叫作方梅蕊，是天辰医学院附属肿瘤医院的肿瘤内科主任，这次她来到斯隆医院是来学习肉瘤的化疗和放疗，她准备在这次学术访问后回到国内，要组建国内的第一个肉瘤病房，专门从事肉瘤疾病的研究和治疗。

　　乔婕听了方梅蕊的自我介绍，感到十分高兴，因为如果方梅蕊组建肉瘤病房取得成功，对自己也将是个福音，所以乔婕主动地与方梅蕊交流各自的联系方式。乔婕问方医生道：

　　"方梅蕊，你的名字叫梅蕊，真是好名字！你的父母是知识分子吧？"

　　方梅蕊说：

　　"是的，我父亲是武汉大学中文系的教授，专攻古典诗词。"

　　乔婕说：

　　"还真巧，我和你父亲是校友呀！我也是武汉大学毕业的，不过是生物系的！"

方梅蕊顿时对乔婕有一份亲切感，便问道：

"你是怎么知道的呢？"

乔婕说：

"叫梅蕊的女性并不多，而且这个名字肯定是从朱熹的那一联'忽闻梅蕊腊前破，楚客不爱兰佩昏'诗来的，我还在心里琢磨，你肯定是湖北人，没想到还和令尊是校友，我们之间的关系更加亲近了！"

方梅蕊说：

"乔女士，你真是博学，这首诗我父亲教过我，但你能记住却是难能可贵的。乔女士，我最近就在这家医院做高访学者，正好就在肉瘤科学习，你要是有什么不方便的地方，请和我讲，我能帮忙一定会帮你的。"

乔婕说：

"真是太感谢了，没想到出门在外，能遇上贵人，谢谢你，方医生！"

过了不久讨论会就开始了，乔婕坐在边上旁听专家们对自己病情的看法。阶梯教室里展开了激烈的争论，就手术方案、下一步检查和继续治疗的方案进行全方位的探讨。这场讨论会从早上七点钟开始，一直进行到上午九点半，在斯隆医院的历史上，单为一个病人进行全院式讨论这么长时间是绝无仅有的！

按照斯隆医院全院会诊讨论的结果，主诊医生为乔婕重新进行了全身检查，结果发现她的状况不佳，发现纵隔淋巴结和肺内组织已经开始出现转移灶，需要尽快进行化疗。主诊医生根据全院会诊的意见确定了化疗方案。

化疗是在术后一个月之后才开始进行的，因为化疗过早，病人胸骨上的二十多厘米长的伤口很可能就愈合不好，到时候很可能引发感染，得不偿失！因为同样没有经验，斯隆医院的医生只能按照逻辑推理分析，选择对别的肉瘤有效的化疗方案，这就是阿霉素联合异环磷酰胺方案。

化疗是痛苦的，特别是输阿霉素更是令人痛苦，为了减轻副作用，护士们先给乔婕穿刺肘部静脉，安置了PICC管，这是经肘静脉置入到中心静脉导管的一根硅胶管，引导药物直接进入心脏的大静脉，让血流稀释阿霉素的副作用。

即使做了这么多的缓和和防护措施，乔婕在输注阿霉素和异环磷酰胺那几天，仍然感觉到身体刀刺般地绞痛，一次次被化疗的痛苦吞噬让她有行尸走肉一样的感觉，完全失去了思考的能力，像是昏死在病床上，这种感觉令她极度抑郁。

每次化疗时，连着三天，乔婕每天要八个小时输三千毫升液体，看着那异常鲜艳的红色的阿霉素一滴一滴地输进自己的体内，她感觉像是恶魔的血正在进入自己的身体之内。乔婕本身是从事肺癌研究的，她早就知道阿霉素这个历史悠久的化疗药物有着"红色魔鬼"的别称，这个名字足以让任何要依赖它治病的人胆寒。

阿霉素有极强的腐蚀性，如果从外周静脉输注时很容易发生外渗，引发局部皮肤坏死，护士们是通过PICC管为乔婕辅注这种狠药。乔婕注意到，为她输液的护士真是全副武装，在普通防护服外又再加了一层防水防漏的防护服，这给乔婕心理造成很重的抵触情绪，这么毒的药居然要打到自己的身体里，想想真可怕。

乔婕在第一次化疗还没有结束，就感到胃里呕恶之感翻江倒海般袭来，后面又发生全身不适，一直低烧，闻到饭菜的味道就感到恶心，药物治疗严重影响了她的肠胃，使得她胃部非常不适，每天吃了吐吐了吃，以后再也不敢看见食物。

好在乔婕在遭受这些痛苦的时候，方梅蕊大夫经常来到她的病床前陪着她说说安慰话，有时候帮助用些止吐、止痛的药物。方梅蕊是个温柔的女性，她说话温和而富有感染力，有她在身边，让乔婕的心中感到踏实不少。

为了抵抗这两种化疗药的副作用，乔婕每天自我鼓励，对自己说能用上化疗药是上天给我机会，让我重生，我一定要珍惜。她一脸憔悴地躺在病床上，哭到泪流满面，化疗的副作用让她产生幻觉，她痛苦地问自己，是要像一个怪物一样活着，还是像一个人一样死去。看到陪诊在她身边的陈辉，乔婕有时想到要放弃，不想再承受这些痛苦，可全身无力的她最终什么也做不了，只有咬牙受着，盼望着一切都会变好的。

经历最初的煎熬后，她懂得了甘隆给她打电话时说的，说她一定能挣脱黑洞，一定能重新来到地面，一定会重见光明的意义！乔婕已经体会到那种常人难以承受的痛苦，她要坚强勇敢地面对，在往后的日子，骨穿、腰穿、静脉置管、上化疗、抽血，乔婕都可以平静面对了。

好在化疗效果出奇的好，本来主诊医师是为乔婕安排六个疗程的化疗，但到了她完成第三个疗程之后，主诊医师经过复查，惊喜地告诉乔婕，她的纵隔淋巴结和肺组织内的转移灶竟然神奇地消失了一大半！

听到这个结果，乔婕的精神状态好了起来，看着病房外面飘着雪花，她要陈辉陪她出去走走，去吸吸外面的新鲜空气。在小花园中，乔婕对陈辉说：

"治疗取得这么好的效果，我想向主诊医师要求，想回到国内继续按照这个治疗方案完成后续的治疗。"

陈辉说：

"还是多做几个疗程再说吧！"

乔婕说：

"我想儿子，我想回去见爸爸、妈妈！"

陈辉说：

"这个我们得从长计议吧！"

乔婕刚从斯隆医院内的小花园散步回来，这个时候正好甘隆从国内打来电话，询问了乔婕这次肺部加强CT的复查结果，乔婕对甘隆说：

"甘隆，现在刚刚复查的肺加强CT，说是肺内组织的转移灶已经消减了一大半，化疗非常敏感！非常感谢你为我选择的手术方案，保留了自体肺组织，真要是切了肺或者肺动脉，我可能顶多只剩下半条命了。"

甘隆说：

"是呀，这种治疗方案最大限度地保留了你的机能组织，让你有体力和抵抗力与转移病灶作斗争，从现在的结果来看，我当初的选择是对的!"

乔婕说:

"甘隆,既然现在化疗效果这么好,我想回到天辰医学院附属肿瘤医院去做后续治疗,我已经与肉瘤专业的方教授取得联系,她同意安排我到那里治疗,你的意见怎么样?"

甘隆说:

"方大夫的专业水准没有问题,我很信任她!现在斯隆医院为你制定的这套治疗方案是一个试验性方案,非常侥幸地取得了初步成功,我仍然担心后面的治疗,是不是会出现耐药,是不是会出现远位转移!"

乔婕说:

"肿瘤不是已经切除了吗?"

甘隆说:

"肿瘤,特别是恶性肿瘤,是一种全身性疾病,它从来都不是局限性疾病,不要以为把局部肿瘤切除了,这种恶性疾病就好了!就算局部病变全都切除,肿瘤细胞实际上早就在人体的血液、淋巴系统全身性地播散、种植,只是因为这个播散病灶非常小,现有的手段发现不了罢了。

"因此,这些恶性疾病的治疗绝对不能唯手术论,以为手术治疗就能解决一切问题,这就是我这么多年在肺动脉肉瘤治疗方面的困局,是仍然没有取得突破的困局,这也是全世界医务界的困局!

"因此,我不建议你现在就回国,请继续在斯隆医院完成六次化疗,到时候再判断需不需要后续的治疗!"

乔婕说:

"好,我明白了你的意思,那我就继续在此地治疗吧。"

陈辉在旁边听见二人的对话,他非常感激甘隆成功地劝阻了乔婕想回国治疗的念头,他知道,单凭他一己之力是很难阻止乔婕想要回国治病的打算的!再经过三次化疗,斯隆医院的主诊医生为乔婕进行了系统性复查,发现她的所有肺部转移病灶居然全部消失了,纵隔淋巴结也恢复到正常大小!

第六十九章　横穿美国

乔婕这个肺动脉肉瘤病例的化疗成功，让斯隆医院的主诊医生声名大噪！为了总结这个成功的案例，主诊医生将乔婕的病历提供给美东肿瘤年会，进行了专场讨论。乔婕本身是从事肿瘤研究的工作者，她作为参会人员，进入了这场讨论会的会场，她要听一听参会的美国肿瘤医生对她这个病例的看法。

斯隆医院的主诊医生作为这次会议的主持人，他先站出来介绍了乔婕的发病经过、手术方式及在斯隆医院化疗的方案、复查的结果，看到乔婕取得这么好的效果，全场一片惊呼。

接着主持人作了引导性发言，希望受邀参会的肿瘤内科专家就以下的问题建言献策，一是要不要继续化疗？二是乔婕的手术方式是不是最佳选择，要不要再次手术？

在这场讨论会上，与会者先是祝贺了主诊医生的成功，但接下来在所有与会者中间发生了极大的争论，乔婕拿着笔记本电脑，一边录音，一边记录各方的观点。乔婕看见主席台上的一位主持嘉宾接过话筒说：

"我在麻省总医院从医十年，这个案例是我见过的第一例活着的病例，以前都是在解剖室见到尸体病例。我的师兄比我早从业十年，他也只见过一例这种肺动脉肉瘤病人！

"所以，说实话，我们对这方面的治疗没有经验！从斯隆医院的治疗经验看，他们的阿霉素联合异环磷酰胺的方案的确有效，这将给我们以借鉴！我认为这个病例应该继续化疗，只是她现在阿霉素的用量已经达到了极量，因此，我建议要改化疗的方案了！"

位于休斯敦的安德森肿瘤医院的德里教授是肉瘤方面最负盛名的专家，他站起来说：

"这个病人肯定应该继续化疗，我的观点是，她对阿霉素敏感，就应该继续应用以阿霉素为主的化疗方案！"

斯隆医院的主诊医生说：

"可是，现在阿霉素已经达到了中毒剂量，如果再应用下去，就会出现心脏毒性、血液毒性，很有可能诱发病人的心衰！"

德里教授说：

"在化疗领域，我们安德森医院的治疗理念是每个人的耐受力不同，每个人应该有不同的治疗方案。从斯隆医院的化验和检查看，这个病人并没有出现任何阿霉素过量的征象，我认为不能死板地按教科书来规定剂量，而在严密的监控用药情况下，这个病人可以继续应用阿霉素。"

会场上的参会者议论纷纷，毕竟德里的方案与教科书是不一致的，这需要非常大的勇气和胆量。主诊医生继续问德里教授：

"那您认为要不要再次手术呢？"

德里回答说：

"肿瘤切除的要求是切缘干净，第一次手术时就应该切了肺动脉，弄个人造血管置换，第一次手术没有达到这种干净的切缘的要求，建议要二次开胸手术。"

麻省总医院的医生说：

"所谓的切缘干净在肺动脉来说是不可能的，肺动脉一端为一个粗大分支，这一端可以做到切缘干净；另一端分为八到十段分支，又分为无数个亚段分支，从现有的外科技术上讲，极限状态下人造分血管置换只能换到段分支级别，想做到切缘干净绝对做不到。这种手术到目前为止，没有哪一个外科大夫在这种特殊病人身上实施过。你所谓的切缘干净，只是你以内科大夫的角度，对外科治疗的理想化的想象性要求罢了。我认为第一次手术采用内膜剥脱方案，将肿瘤剥除干净，而最大限度地保存了患者的机能组织，这是她能够经受住化疗打击的根本。"

德里说：

"您说得虽然有道理，但是我还是认为病人应该做全身性的检查，看有没有微小转移灶存在。"

这场讨论会后，乔婕将参会者的意见都打电话讲给甘隆听，甘隆说：

"对医生的方案或者手术有疑虑，都可以再找另外一个医生咨询第二方案，听取'第二意见'是可取的做法，这不仅可避免误诊，还可以听取另一个医生对这个疾病的不同治疗见解，有助于针对疾病取得更完善的治疗，我非常赞同这个做法。

"不过，德里教授关于二次手术的意见，我不赞同，我是赞同麻省总医院的那位大夫的意见的。德里的这个认识仍然是唯手术论，他是内科大夫，没有做过手术，对手术的认识是凭他的想象，我认为这一点不可取。事实上，德里大夫虽然是肉瘤科专家，但他也没有肺动脉肉瘤的成功经验。

"其实，肿瘤在被诊断出来以前，就已经通过血液和淋巴系统向全身播散肿瘤细胞了，这些肿瘤细胞在全身的组织或器官中已经形成了'微种植'，这种微种植是细胞级的，是我们肉眼发现不了的，甚至连显微镜、检查仪器也难以发现，而大型转移灶往往是这种微种植发展起来的，因此，恶性肿瘤是一种全身性的疾病，不仅仅局限原发灶部位，一切了之这种机械主义的治疗方法是不会取得好效果的。

"事实上，有的病人肢体上患上了软组织肉瘤，有的医生试图截肢阻止癌症扩散，然而仍然无力回天，肿瘤很快就扩散到肺部、肝脏和其他位置，病人也很快走到了生命的终点，这样的病例提醒我们不得不做更多的思考，哪种治疗方式对病人更为有利！

"但是德里教授关于你化疗的意见却值得赞同，首先必须对你的全身做更全面的检查，确认有没有细小转移灶，再决定需不需要继续进行以阿霉素为主的化疗方案！"

按照甘隆的意见，乔婕和陈辉两人商量好，确定要转诊到安德森医院德里的诊疗组里，这个要求很快就被德里医生接受了，斯隆医院的主诊医生为乔婕开具了保险公司认可的转诊证明书。

怀抱着热爱生活、过好生命中的每一天的信念，乔婕前往西部的安德森医院之前，又回到了普林斯顿大学，去看望了她的前同事，还安顿好了她仍然在这个学校的两个博士生的前途和学业问题，在此之后，陈辉和乔婕两个人决定要来一场从东部到西部的全程自驾游！

乔婕想，既然上帝给了我不同的人生，我就要看遍不同的风景，至于身上的肿瘤，见鬼去吧，我先过好眼下的每一天再说！横穿美国，以前在美国生活这么多年，还没有这么疯狂过！现在既然生病了，有这个机缘，把以前从没有走过的六十六号公路这一次走一遍！陈辉同意了乔婕的要求，他说，人不疯狂枉少年！我们年轻的时候没有疯狂过，眨眼就到了四十多岁，再不疯狂就老了。

化疗后乔婕的体力有所恢复，但毕竟不比正常人。两个人开车一路向西，主要是陈辉驾车，但在陈辉出现疲劳后，乔婕就接过方向盘开上一百来公里。三月初的一天，两个人从普林斯顿出发了，经过费城、匹兹堡再向西，终于在五个小时后抵达了芝加哥，两人在芝加哥自驾一日游，在海军码头漫步，又在礼品店亲手填充棉花，做一只写上儿子陈小辉名字的玩具熊，直接寄回到国内。第二天，两人就开始了向往已久的六十六号公路穿越之旅，两人在汽车穿越便利店吃了热狗后，开车向密苏里州的圣路易斯市出发。

乔婕和陈辉之所以选择六十六号公路横穿，是因为六十六号公路是美国的"希望之路"，原来美国六十六号公路始建于一九二六年，在著名小说《愤怒的葡萄》中，作者John Steinbeck将六十六号公路称为"母亲之路"，因为在干旱的二十世纪三十年代，无数穷困潦倒的移民通过这条路逃离尘暴区，前往西部开拓新的生活。

乔婕怀着朝圣般的心理，她要亲自开车走一走希望之路，把这条曾经给予陷入绝望的无数移民以生路的希望之路，走成自己的"再生之路"。一路上乔婕听着节奏激昂、极富豪情的 Route 66 的乐曲，想着她将在未来的日子里，如何和身上的恶疾作斗争！她想，这条公路野性旷达，一望无际的荒原，一条蜿蜒盘旋的公路，沿途伴着雷电狂风暴雨，指引征服者一路拓荒到希望之地，这是不屈之路，是与命运的抗争之路！

在这条野性的公路上，沿途都是异常刺激的事！两人驾车来到圣路易斯，一起登上了标志性建筑 Gateway Arch，又去美国最大的百威啤酒厂，上了一堂品酒课，陈辉和乔婕这时才知道啤酒中有很多不懂的事。

两人决定当天不再往前开，而在当地住一晚上，认真坐下来品尝了当地最好的啤酒。乔婕对陈辉说，她才知道喝啤酒也是很讲究的事情，感慨以前在生活中只顾慌着赶路，真的错过了很多美好的事物，错过了很多美丽的风景！

从圣路易斯出发，再开车几个小时，就来到俄克拉何马州的 Tul-sa，之后又来到俄克拉何马城，两人去久负盛名的安妮炸鸡店吃了饭，欣赏了那里停放的全套凯迪拉克经典车，又一起去了国家牛仔和西部文化遗产博物馆和六十六号公路博物馆。

再开车就进入了得州，照说两人就应该驾车转向休斯敦，直接到安德森肿瘤医学中心去找德里教授看病了，但乔婕意犹未尽，她觉得她的再生之路没有走完，心中很不甘，就和陈辉两人商量，继续沿着六十六号公路前行！

两人觉得要疯狂就干脆大疯狂一把，来到 Amarillo 的 Big Texan Steak Ranch 得州农场，挑战四斤三两多（七十二盎司）的牛排，服务生说了，这块牛排只要吃完了就可以免单！只可惜两人的肚量都不大，都没有吃完这块巨型牛排，老老实实地买单了，不过两人还是很高兴，抹干净了嘴就去这家农场的纪念品店购买纪念品。

当农场主听说乔婕在不到半年前就进行了胸部罕见手术，而且经历过六次化疗，这次是从东部自驾车几千公里来到这里的时候，农场主对眼前这个身材娇小、面容姣好的华人女子所蕴藏的不屈精神感到十分钦佩，问乔婕为什么一定要自驾六十六号公路。乔婕说六十六号公路意味不放弃，不认输，意味着永不投降！农场主对乔婕的回答十分感动，他说乔婕才是真正的得州牛仔。

农场主主动送了一顶最经典的牛仔帽给陈辉，送了一柄最锋利的牛仔刀给乔婕作为纪念，说是希望以此刀的锋锐，助力乔婕在未来的抗癌之途上披坚执锐，永无阻挡，事后农场主还主动要求和陈辉、乔婕夫妇一起合影，将这张合影贴到商店橱窗中展示出来！

陈辉和乔婕两人从这家农场出来后，又去参观了位于 Tripp's Harley-Davidson，这是久负盛名的哈雷摩托在得州最大的展示店，之后，两人就高高兴兴驾车进入了新墨西哥州。到达圣菲时已是深夜，二人赶紧找了一间便利酒店，洗漱之后就休息了。

第二天睡到自然醒之后，二人出了便利酒店，便体会到圣菲的浓郁墨西哥风情，吃了墨西哥塔克卷饼作为早餐，沿着艺术家之路前往阿尔伯克基，在老城区度过一个美好的下午，两人在这里给北京家中打了电话，问候母亲林回梅和父亲乔志钰，他们说儿子陈小辉很好，两人便安心在酒吧中坐到晚餐的时间。

两个人坐了 Sandia Peak Tramway 的缆车上山俯瞰圣菲城市夜景，在山上享用了墨西哥美食；第二天两人游览了很多地方，包括热气球博物馆、响尾蛇博物馆。从阿尔伯克基出来后，两人又启程前往位于亚利桑那州的大峡谷国家公园，在这里他们游览了世界七大自然奇景之一的科罗拉多大峡谷，这是亿万年来由科罗拉多河以其鬼斧神工般的直流的杰作，大峡谷两岸重峦叠嶂，夹着一条深不见底的巨谷，真是天造地设，无比的苍劲壮丽。乔婕和陈辉在这里坐上小舟在河床上激流冲浪，又坐上直升机升入峡谷的上空，领略大自然的恢宏和壮阔，乔婕对陈辉说，这一趟来值了！她不再怕肿瘤这个病魔了！

从大峡谷出来后，两人驾车前往赌城拉斯韦加斯，这一段算是六十六号公路上的轻松之途，前两天乔婕有些累了，全程都由陈辉开车，他让乔婕好好欣赏沿途风景。在拉斯韦加斯酒店休息了两天，他们二人也不免俗，来了个小赌怡情，乔婕在小赌中还赚了一些美金，好在二人并没有恋战，就开车继续前行了。

从赌城拉斯韦加斯开车回来，就来到了洛杉矶的圣莫妮卡海滩，这里是六十六号公路终点的标志。陈辉从地图上看到洛杉矶离圣地亚哥很近，只不过五六个小时的车程，立即想起马尼教授就在圣地亚哥，立即对乔婕说，不如我们继续向前开，到圣地亚哥去找马尼教授请教后续治疗的问题，乔婕非常高兴地接受了。

陈辉立即请他在美国的风投公司的同事与马尼教授取得联系，确定了面诊的时间。第二天两人驾车沿着一号公路，一路南行，当天就到达了圣地亚哥。由于和马尼教授联系面诊的时间是大后天，两个人便到圣地亚哥的太平洋海岸线上看了航空母舰，又坐船到了海上去看鲸鱼，到圣地亚哥海洋公园去看虎鲸。

到了预约面诊的那一天，陈辉和乔婕早早地来到位于海岸线不远的圣地亚哥医学中心门诊部，马尼教授已经在诊室等候他们了。乔婕将这半年来在国内手术的资料和在斯隆医院化疗的资料全数呈交给马尼教授。

当马尼教授听说乔婕是从东部自驾四千公里来到圣地亚哥的时候，他不相信眼前的这个女子就是病历上所说的经历过开胸大手术、六次化疗的那个病人！马尼教授说：

"太不可思议了！要知道肺动脉肉瘤是不治之症，是全世界的难题！没想到你能恢复得这么好、这么快，能从东部到西部四千公里自驾！"

乔婕问道：

"马尼教授，我还需要后续治疗吗？"

马尼教授说：

"从肿瘤的恶性程度来说，后续的化疗肯定是需要的，不然的话，谁也不敢保证你不再复发！"

陈辉问道：

"有的内科大夫建议要行二次开胸手术，进行肺动脉血管置换，您认为这个有意义吗？"

马尼教授说：

"从斯隆医院的资料来看，病人的肺部和纵隔已经没有肿瘤存在，再手术不但没有必要，还对病人的身体十分有害。再说，进行肺动脉血管置换术的目的是想做到切缘无瘤，但你们的第一次手术已将肿瘤完全剥除了，做血管置换是没有必要的。当初如果选择内膜剥脱术以外的任何术式，病人是不可能做到自驾四千公里的壮举的。祝贺你们，病人选择对了手术方式！"

听了马尼教授的话，乔婕和陈辉两人觉得这一趟四千公里的自驾之旅真是不虚此行，解决了心头的疑问，又将身心全方位放松，为迎接后续的治疗做好了心理和身体上的充分准备。乔婕和陈辉两人向马尼教授道谢后，又驾车从圣地亚哥返回洛杉矶，再从洛杉矶开车经过十号州际公路，途经凤凰城、图森等城市，终于来到位于得州偏南的休斯敦，这是乔婕此行的求生之地，这里有全世界最好的肿瘤医院之一安德森癌症中心。

第七十章　恼人的脑部转移

乔婕是在他们到达休斯敦后的第四天与德里教授进行面诊的。进入这家在全世界久负盛名的肿瘤医院倒没有给乔婕太大的压力，高大的海洋深蓝色的扇形玻璃幕墙建筑，衬以土黄色砖墙构成的复式条纹，这家医院的主体建筑极富现代气息，也让来求医的病人和家属不知不觉中产生了一种莫名的信任感。

门诊大厅并没有太多的人群，也没有消毒水的味道，还有舒缓心情的音乐，显得安静温馨，那些被家属搀扶着或坐轮椅推着来的病人脸上很少有忧戚的颜色，这些景象让乔婕的心境变得平和起来。

乔婕心中深怀敬畏感，她知道，她未来的命运将取决于这家医院专家的诊疗决策！乔婕坐在沙发上，看着这家医院的"Making cancer history"标语牌，她心中的忐忑变得有些踏实起来，是的，这家医院敢承诺"让癌症成为历史"，必然是有它内在的底气的，乔婕这样想着。

是的，乔婕在患病后，曾经遍查美国和国内各大医疗中心的资料，她知道这家于一九四一年由休斯敦的棉花商人Monroe D. Anderson捐助的一大笔资金建立起来的肿瘤中心，目前是世界公认的权威的肿瘤专科医院。有人说，如果说梅奥诊所是医学诊断的"最高权威"，那么安德森癌症中心很可能就是希望的殿堂了；还有人说，这里是全世界的癌症病人最后的指望。

正当乔婕在候诊大厅里揣摩这家医院的建筑及其表现出来的风度气质及人文精神的时候，她突然听到有人在叫她的名字，她好生奇怪，竟然在这里能有人认识她，便扭过头去，一看是方梅蕊在叫她。两个女人在异地相见，十分欣喜，乔婕站起来和方梅蕊拥抱了一会儿，又相互寒暄起来。

原来，方梅蕊是在结束对斯隆医院的访问后，又继续来到安德森肿瘤中心进行访问学习，在这里她也是来学习肉瘤疾病的治疗的，她的打算是吸收斯隆医院和安德森医院这两家美国最好的肿瘤医院的长处，将来用到回国后组建肉瘤病房的工作当中去。

两人说了一会儿话，方梅蕊先向乔婕告辞，说一会儿她们还会在德里的诊室中相见的。乔婕又坐回到沙发上去，满怀心事地想着如何与德里教授进行沟通更为合适。好在乔婕和陈辉两人在等候区等待时间不长，很快就被导诊护士请进了德里教授的诊室，除了上次在美东肿瘤会议上听到德里教授的慷慨陈词外，这次乔婕是第一次直接面对面坐在德里教授面前接受系统性诊疗。德里教授是个精瘦而偏黑的中年男子，年龄在五十来岁，人非常随和，还喜欢开点小玩笑以活跃病家与医家之间的气氛，这一点给乔婕的印象很好。

因为乔婕在斯隆医院的主诊医生总是很严肃，让乔婕在接受诊疗时，总有一种想要逃离的感觉，当然，乔婕对他还是十分感激的，因为他为乔婕选择的第一轮化疗方案十分有效，起码让她赢得了这场抗癌战争第二战役的胜利，乔婕将在国内的手术比作抗癌第一战役，她认为这次手术为她后来的胜利奠定了最坚实的基础。

而在德里诊室中，乔婕见到德里教授脸上如沐春风，不由得感到亲切了许多，这也让她心中觉得从东部的斯隆医院转诊到得州偏僻之地的这家医院是非常值得的，也不由得增加了战胜疾病的信心。

这次面诊主要是问诊，德里医生问了乔婕很多很细节的问题，包括所有的症状、在中国及斯隆的治疗、用过的药物等，问诊事无巨细，长达一个多小时，这是乔婕自从因这个病求治以来，在诊室里待过最长的时间。这种细致让乔婕感觉非常好，她认为眼前的这个大夫关心她所有问题，必然不会漏掉与她生命相关的一切细节。德里医生问完问题，便让乔婕和陈辉就自己所关心的问题提问。乔婕问德里教授道：

"德里教授，斯隆医院的复查资料提示肺部转移灶消失，淋巴结也正常了，我这还需要后续的治疗吗？如果有后续治疗，会是什么样的治疗？"

德里教授说：

"我们不能这么早地表示乐观，通常肿瘤治疗后应该密切观察。斯隆医院在你化疗后虽然进行了原发病灶、肺部、淋巴等部位的复查，但我认为这远远不够，我要为你安排全身性的检查，包括你全身的骨骼系统和脑部检查，要确认有没有转移灶，再确定下一步的治疗方案。"

听了德里教授的话，乔婕与陈辉对了一下眼色，意思是这里考虑问题还真是更全面一些，这是我第一次接受全身检查，德里教授是第一个提出扫描脑袋的医生。

这次全身检查很快就完成了，乔婕和陈辉在忐忑之中等候了一周左右的时间，报告总算出来了，但是德里教授并没有直接对乔婕进行面诊来解读报告，而是召集了全美国七家大型肿瘤中心的肉瘤科医生进行研讨。

这些业内的顶级专家愿意来参加这场针对一个病例的专门讨论会，是因为病例的罕见性对他们有足够的吸引力，都想在这种难治性的疾病中一显自己的身手，从而在业界赢得良好的声誉！治疗了一例这种病人，获得的成就感往往比专家在顶级杂志上发表十篇文章更能赢得同行和患者的美誉和口碑，也为他们的职业生涯的阶梯晋升打下良好的基础。所以当德里教授向这七位教授发出邀请的时候，他们一方面感到十分荣幸，另一方面连差旅费都不要德里教授报销，自己买好机票、订好住宿房间，从全美国各地准时赶过来参加这场讨论会。

当然，德里教授这么做，也是反映了美国医学文化的一个侧面，那就是在病人的病情复杂或少见的情况下，无须病人向医生提出申请，医生会主动地发起多学科的会诊或讨论，以便为患者提供最好、最恰当的治疗。

同斯隆医院的复查结果一样，原发病灶、肺部、淋巴等部位全部都是阴性，但是德里教授在和七位同行一起研讨时，在核磁片子上发现了乔婕的颅内有一个一毫米的小点，确定不了是什么东西，怀疑很可能是转移病灶。

乔婕听到这个怀疑，她的心一下子提到了嗓子眼上。这个时候安德森医院的神经外科主任很快就被请到了讨论会的现场，他仔细地看过乔婕脑内的核磁之后，发表了自己的看法，肯定这个小点就是肿瘤的转移病灶！神经外科主任的诊断意见一说出来，现场所有的肉瘤科的大夫及专家团成员七嘴八舌地发表意见，最终确定仍然要继续以阿霉素为主的化疗方案，没有任何人支持第二次开胸手术的方案，因为没有这个必要了。

在确定了脑部转移灶是目前最大的隐患后，乔婕和陈辉一起来到神经外科主任的诊室寻求治疗方案。在诊室里，乔婕关切地问道：

"教授，为什么我原发部位、肺组织和纵隔淋巴结都是阴性，反而在脑部会出现转移灶呢？"

神经外科主任说：

"原发部位、肺组织和纵隔淋巴结是有药物将肿瘤细胞杀死。但实际上任何肿瘤都是全身性的疾病，肿瘤细胞以极细小的方式播散到全身，而脑组织内的肿瘤细胞有一种特殊的逃逸机制，这就是血脑屏障，很多抗癌药物，比如说阿霉素，分子量比较大，是透不过血脑屏障的，因此对脑组织内的肿瘤细胞没有杀灭作用！"

乔婕说：

"那脑组织是极易转移复发，而且可能是反复转移复发吗？"

神经外科主任说：

"你说得很对，很多肿瘤病人要终身面对这个问题！"

陈辉问道：

"教授，我夫人脑部的转移灶是要开颅手术取出来吗？"

神经外科主任说：

"目前不需要开颅手术。目前这个转移灶很小，你们这是在第一时间就发现了它的存在，所以现在治疗起来非常好办，我建议进行伽马刀治疗。"

乔婕听了不用开颅手术，心情放松了许多，但她仍然不放心，问道：

"教授，伽马刀治疗能将转移灶完全消灭吗？"

神经外科主任对乔婕说：

"转移灶只有米粒那么小点，伽马刀十分钟不到就给你处理好了，不用担心。"

乔婕这才完全地松了一口气，但下面的对话让她的心情跟过山车似的跌宕起伏，乔婕说道：

"教授，那请您尽快帮我做伽马刀排期吧！"

神经外科主任说：

"我会查一下你的顺序号，尽快安排你的排期！只是我很担心，现在来自全世界各地求做伽马刀的病人太多，在最近几天内很难轮到你！"

果然，乔婕第二天就接到通知说，伽马刀最快要排到两周之后，乔婕只有咬紧牙关等下去，没有别的办法。好不容易轮到了乔婕进行伽马刀治疗，术前的再一次核磁检查发现肿瘤已经从米粒大小增大到小鹌鹑蛋大小。伽马刀大夫安慰乔婕说，直径在三厘米以下的肿瘤伽马刀都会有效杀死，她这才如期地进行了伽马刀治疗。

伽马刀治疗刚刚结束，陈辉就接到北京的电话，是他岳母林回梅打过来的，她先是问询乔婕现在的状况，陈辉回答说，乔婕的状况总体上还可以，林回梅这才开始说起乔婕父亲乔志钰的病情。原来从五年前乔志钰从县粮食局长的位置上退休下来，一直患有心绞痛，只是因为乔婕的病情严重，老两口没敢将病情告诉乔婕。昨天晚上，乔志钰的病情加重，心绞痛发作后，吃了好几颗硝酸甘油都不能缓解，满头大汗，后来林回梅找到甘隆，甘隆来到家中给乔志钰调整了药物后，他的病情总算暂时缓解了下来。

在林回梅放下电话不久，甘隆也打电话给陈辉了，仍然是说乔志钰病情的事情，他强烈建议乔志钰早点住院，最好做一个冠状动脉造影检查，以明确心脏病的严重状况。这时乔婕从陈辉手里接过电话，再一次关切地向甘隆询问了父亲的病情，甘隆说：

"从昨天我到你家中去看望令尊的情况看，病情肯定不轻。你要是病情稳定了，能回国带令尊看病更好，如果你的病情不允许你现在回国，那我就做主带他看病，安排令尊住进我们医院的心内科。"

乔婕说：

"我现在做完了伽马刀，已经过了恢复期，这样，我向德里教授申请回国治疗，反正药物国内也有，我请肿瘤医院的方教授按德里教授的方案治疗就行。我父亲的病实在麻烦你了，住院的事等我回国再说吧！"

甘隆说：

"麻烦说不上，反正冠心病正好是我和锦梅的工作范围之内的事，如果你回来后，我就请锦梅尽快为令尊安排住院，并尽快进行冠状动脉造影，以确定下一步的诊治方案。"

乔婕放下电话后，和陈辉商量，要尽快回国去带父亲看病，正好此时陈辉的公司给他打了好几个电话，催促陈辉尽快回国去处理几笔重大投资的问题，所以夫妇二人决定去请求德里教授的支持。

陈辉和乔婕再一次来到德里教授的诊室，对于乔婕现在身处的困境，德里教授表现出极大的理解，他让乔婕拨通了肿瘤医院方教授的电话，两个人就乔婕化疗的具体事项进行了详尽的沟通。方教授愿意对乔婕提供帮助，但她对德里教授的治疗方案中超剂量使用阿霉素的做法表现出极大的担心，她怕这样的治疗会引发乔婕药物性心脏损伤，诱发心衰，直到乔婕拼命说服方教授，答应跟她签署免责合同，方教授才最终答应了接受这个方案。

在安排好治疗后，乔婕和陈辉两人迅速坐飞机从休斯敦回到国内，见到了分别将近一年的儿子陈小辉，还有满头白发的母亲林回梅和父亲乔志钰。乔婕看着父亲心脏病发作时痛苦的模样，心如刀绞，但她不敢哭出来，回家的当天晚上，就和甘隆、锦梅通了电话，决定第二天就带父亲去看心脏病。

好在锦梅的帮助十分给力，第二天就将乔志钰收住院，住进天辰医院的心内科。第二天上午锦梅为乔志钰进行了冠状动脉造影检查，结果发现乔志钰的冠状动脉主干有百分之九十五的狭窄。这个时候，甘隆、林回梅、乔婕和陈辉一起在导管室外等候着，锦梅从导管室里出来，向他们三人讲述了乔志钰的病情，在征得三人的同意后，锦梅为乔志钰植入了一枚支架，乔志钰的胸闷胸痛症状立即就消失了。锦梅在为乔志钰复查发现一切正常后，第二天就让乔志钰出院了。

接下来的日子似乎恢复了往日的平静，父亲乔志钰的病情得到彻底缓解，每天只需要吃他汀类药物、阿司匹林、波立维和降压药，基本上没有什么症状发作了，而乔婕自己则是定期到肿瘤医院去找方教授为她进行化疗，很快就完成了三轮治疗。

陈辉见乔婕的身体表现越来越好，就想着要带她出去散散心，两人报了团去九寨沟和黄龙旅游，结果在爬上黄龙的时候，乔婕出现了耳鸣、眼花、恶心的症状。陈辉起初判断是黄龙的海拔太高，高山缺氧导致乔婕出现这些症状，两人便放弃了登顶黄龙的尝试，坐车回到了山脚下，但这些症状仍然没有消失。

乔婕只好打电话给甘隆，甘隆在电话中说，这很可能是脑部肿瘤转移灶在作祟。乔婕问：

"那我现在应该怎么办？"

甘隆说：

"你们现在立即放弃旅游，坐最快的航班回京，我和余辰到机场去接你，余辰是神经外科专家，他能处理你的脑部情况！"

乔婕放下电话后，立即取道来到成都双流机场，坐上从成都飞往首都的航班，在飞机上乔婕好几次呕吐，幸好最终还是顺利地落地了，余辰随身带着药物。等乔婕从机场出来见到甘隆和余辰的时候，她再次发生剧烈的呕吐，余辰立即将他随身带来的急救箱打开，为乔婕打了一针地塞米松，她的呕吐和恶心、耳鸣症状很快就得到缓解。

按照余辰的要求，乔婕当天下午就住进了余辰主管的神经外科病房，当天晚上就进行了头部核磁检查，第二天核磁报告出来了，果然如甘隆判断的那样，脑部转移灶增大到三厘米以上了！乔婕说：

"要不我回美国去做脑部手术?"

甘隆说:

"病情这么严重,赶去美国手术恐怕十分危险,余辰在这方面经验很丰富,不如就请余辰为你手术!"

乔婕说:

"余辰大夫给我打了一针地塞米松,我的恶心、呕吐就缓解了,这不是说明我可以坚持回到美国手术吗?"

余辰说:

"你出现恶心、呕吐的症状,是因为脑转移后脑组织周围产生了脑水肿,这样脑水肿就会导致你出现颅内压增高的情况。我给你的药物是临时性减轻脑组织水肿,但如果长途旅行,一旦出现颅内压增高非常明显,就可能出现脑疝,累及觉醒中枢和呼吸中枢、心跳中枢,有可能使你逐渐出现意识不清,呼吸、心跳紊乱、停止,呼吸循环衰竭的情况。"

余辰继续说:

"现在你想赶回美国,再做脑部手术可能不太现实,其实,天辰医院的心脏外科很厉害,神经外科也同样厉害,处理脑转移肿瘤的经验同样也非常多!"

乔婕问道:

"我住在病房内,有的病人说,甚至有的肿瘤科医生也说,一旦发现了脑转移,这些患者就都等于宣判了死刑,是这样的吗?"

余辰说:

"的确,不但有些病人或家属有这种错误的观念,有些肿瘤科的医生也有这种糊涂的认识!但是,近几年来,我们对于脑部转移瘤的认识和实践都有大幅的提高。以前很多病人先是误诊为脑胶质瘤,手术后才发现是脑转移瘤,回过头去再寻找原发病灶,这种原发病灶有时很难找出来。你现在情形刚好相反,原发病灶是已知的,而且原发病灶的病变已经清除,只需要将脑转移灶手术清除掉,就会有很好的效果的!"

乔婕说：

"这种脑转移瘤的手术病例多吗？"

余辰说：

"还是比较多的，你看，隔壁的十床是个老先生，他先是因为肺小细胞癌，经过系统化疗而控制了病情，一年前发现脑内转移，在我们医院做了伽马刀治疗，而后在半个月前又发生脑转移，我给他做了开颅手术，效果很好，明后天就准备出院了；另外一个例子就是十五床的那位女士，先是得了食道癌，在当地做了手术和化疗，一个月前发生顽固性呕吐，核磁检查发现小脑有转移灶，她的家人都为她准备后事了，后来在十天前我给她做了开颅手术，转移症状完全消失，也准备近期出院了。"

甘隆说：

"去年我还为余辰推荐过我的一位同事的父亲，他是快八十岁的老人，做过肺癌手术，也做过化疗，还做过两次伽马刀，后来是脑转移灶侵犯到硬脑膜、颅骨，余辰为他手术后，现在还很好呢！"

乔婕问：

"如果不做手术，我能活多久？"

余辰说：

"不做脑部手术的话，很可能随时发生危险，最长挨不过两个月！"

乔婕说：

"我会死吗？我会出现口脸歪斜、说话不清等并发症吗？我会变成丑八怪吗？"

余辰说：

"手术并发症不一定能完全免除，从你病变的部位来看，手术有一定的风险，但这种部位的手术我做过很多，尽量让你的风险降低吧。"

乔婕说：

"没想到余辰老同学也是世界顶级专家了，那我就在这里手术吧。"

但是，乔婕的脑转移瘤实际上是非常危险的，在术前谈话的时候，陈辉关切地问余辰这个手术的风险在哪里。余辰说，尽管这次乔婕的脑转移灶比较表浅，但它靠近硬脑膜静脉窦，这是脑内所有血液回流的血管，持续不断地将大量静脉血从大脑向外输送，这里的血流量相当于人体血流的四分之一，如果这个静脉窦在手术中发生撕裂，就会导致灾难性的大出血。

这次谈话把陈辉吓得够呛，但他还是镇定地签了手术同意书，并没有向乔婕透露术前谈话的内容，手术前一天晚上乔婕虽然心中焦虑，但还是正常地入睡了。

刚好这一段时间是乔婕化疗的空当期，脑部手术很快就安排了，整个过程顺利，余辰是在全麻下经颅顶切口为她进行脑转移灶切除术的，尽管这次手术的创伤并不小，切口长达十多厘米，但余辰将乔婕脑内的转移病灶完全切除了。

当切除转移病灶与脑静脉窦相粘连的部分，余辰平心静气在坐在手术聚光灯下，坐在高倍放大镜前，小心翼翼地将肿瘤从静脉窦的边缘剥离，再轻轻分开大脑和转移肿瘤灶，形成很窄但十分明确的间隙，没有发生意外出血，整个手术中出血只滴湿了半块纱布。手术完后，余辰将这半块纱布和切下的手术标本拿给陈辉看了，让陈辉放心。

乔婕是早上七点半被接进手术室里，到了十一点多就从手术台上下来，又在麻醉恢复室观察了两个来小时，当天就从重症监护室转回到普通病房，陈辉、甘隆和乔婕的母亲林回梅、父亲乔志钰在神经外科病房门口焦急地等待，当乔婕在被推回到病房之前，亲人们立即上前和乔婕打招呼。

乔婕表现非常好，她的呕吐、恶心、头痛症状消失了，第二天就下地行走了，而在术后复查脑部核磁，提示脑部转移病灶完全消失了。余辰在乔婕的头部伤口是用皮肤吻合器缝合的，乔婕的身体素质好，头皮的血运丰富，伤口愈合得很快，到术后的第七天，余辰就亲自拿着拆钉器，为乔婕将她头上的订书钉似的皮钉取除了。在度过了康复期后，乔婕再次飞赴休斯敦，找德里教授进行评估，以确定下一步的治疗方案。

可怕的事件仍然在发生。德里教授为乔婕进行了全面检查后，发现肺动脉仍然十分干净，没有遗留任何可疑病灶，开颅手术后一个月，他们复查MRI，果然又发现了两个新的脑转移灶，好在这次肿瘤发现得很早，两个转移灶瘤子都很小，分别如绿豆和黄豆那么大。

吸取上次等待排期而肿瘤迅速长大的教训，这次做伽马刀的医生们不敢让乔婕再等两个星期排队了，立刻为乔婕安排伽马刀治疗，三下五除二地把转移瘤给消灭了。伽马刀在烧这些小瘤子的时候确实是非常灵的。其中一个转移瘤，长在一个非常深部的地方，医生们说这是绝不可能手术的地方，但它也很小，被伽马刀一下子干掉了，没有给乔婕留下任何后遗症。

但接下来乔婕的脑部频频发现细小转移灶，又进行了三次伽马刀，反复发生的脑部转移让乔婕有些发疯的感觉，她从休斯敦给甘隆打电话，她说：

"甘隆，这无穷无尽的脑转移，已经使我心力交瘁，实在受不了这种雨后春笋一样冒出来的小东西！"

甘隆说：

"乔婕，请别丧失信心，就我知道，有一个二十一岁的小伙子，因为身体抽搐，发现脑部左颞顶叶有占位病变，做了脑部手术发现是脑部肿瘤来源于肺，是肺部癌细胞扩散，他做了肺部手术后，又进行了脑部伽马刀治疗。伽马刀治疗效果很明显，随后几年至今，他的脑部肿瘤复发多次，但通过包括伽马刀和药物在内的综合治疗，病情均得到有效控制。他已累计进行十余次伽马刀治疗，病情稳定，也从未出现过放射性脑水肿、放射性脑坏死等情况，治疗过程快，无痛舒适，效果好，也不影响生活。所以说，只要有信心，还是有痊愈的可能性的！"

乔婕说：

"本来我是完全失去了信心的，不过，你说的这个病例，让我看到了一点点亮光！"

甘隆说：

"你现在就在安德森肿瘤中心，那里有很多的新药进入临床试验，这是其他医疗中心所没有的条件，那里是肿瘤病人的希望之光，你可以找德里教授，看能不能让你进入临床试验，说不定会有惊喜让你遇上！说不定能一劳永逸地解决转移灶的问题。"

　　乔婕说：

　　"好的，我下一步就注意寻求新的药物治疗！"

第七十一章　征服南极

　　住在休斯敦的癌症病人村，乔婕每天被不同的故事激励着。她听说有一个膀胱肿瘤的病人，癌症细胞已经扩散到了肌肉组织，情况十分糟糕，医生给了他两个选择，一个是要进行非常复杂的手术，切除整个膀胱，并以肠道重建膀胱；另一个是参加肿瘤药物的临床试验，他用药三个月后告诉他，治疗非常成功，肿瘤已经消失了，不需要做手术切除膀胱。

　　乔婕还听说一位二十七岁的结肠癌病人，手术后六周癌症细胞已经扩散到腹壁的淋巴结，三种不同的化疗药物联用方案都不起作用，他参加了Keytruda（帕博利珠单抗）治疗的药物临床试验，结果在六个月的治疗后，他身上的转移病灶消失了。这些令人振奋的消息，让乔婕记住了Keytruda（帕博利珠单抗）的名字，下决心要找德里教授参加试验！

　　但当乔婕找德里提出申请时，她才知道她陷入了两难境地，原来基本上所有的新型抗癌药物的临床试验都要求存在一个一厘米以上可测量的肿瘤，而乔婕在斯隆医院六次化疗后肺部就再也没有肿瘤，脑袋里一旦发现有转移灶就要用伽马刀立刻杀掉，不可能让它长到一厘米，所以德里教授只能对乔婕表示爱莫能助，无法将她纳入临床试验之中。

德里教授给予乔婕的建议是，既然临床试验不能入选，而阿霉素为主的化疗药物又不能阻止脑部转移瘤的发生，不如试用治疗脑胶质细胞瘤的药物，这个方案因遭到乔婕的反对而胎死腹中。因为乔婕认为这个药物对肉瘤没有针对性，又是副作用极大的化疗药，不能为未可知的收益去吃确定无疑的痛苦，乔婕宁愿反复做伽马刀，也不愿意用那些没有支持证据的化疗药物。

主诊医生与病人之间就治疗计划达不成统一的意见，这使乔婕的治疗陷入僵局，进退两难，让她极度痛苦而难以自持。乔婕心中感到一种害怕，反复有脑部转移灶使她有一种阴影在逼近的感觉，她想要逃离，她想要抓住就要逝去的生命，想要享受生命的美好！

此时，时令快要到圣诞节了，乔婕突然做出决定，不管将来的命运如何，一定要好好地过一下这个圣诞节，她决定要疯狂一把，这个时候，正好陈辉带着儿子陈小辉来到了休斯敦，她要给儿子一段难得的亲情时光。

到哪里去度过这一段难得的生命中的时光呢？陈辉的本意是想在休斯敦安静地过节，可这时电视出现南极旅游的广告。广告极富煽动色彩地说，现在这个时候正好是南极的暖季，此时的白天是南极大陆最温暖的时候。每日可享受长达二十小时的阳光，南极的冰块已开裂，是大批企鹅聚集求偶的时间。乔婕看了广告，兴奋地对陈辉说：

"我要去南极过圣诞！"

陈辉说：

"婕，你不是说胡话吧？你这么重的病，要去南极？那么寒冷？"

乔婕说：

"我没说胡话，我要到南极去看企鹅家庭聚集，我要和家人一起去看。"

陈辉说：

"那是南极呀，极寒的天气，你受得了吗？"

乔婕说：

"我已经做了功课了，南极虽然寒冷，可现在正是它的暖季，气温也就在五至零下五摄氏度，极端天气状态下气温可能在零下十摄氏度，我能承受！"

陈辉说：

"加州本身就有很多好玩的地方，我们不如就在加州过圣诞节！"

乔婕说：

"辉，我怕我的生命就此暗淡下去，我心有不甘，我想在生命之火熄灭之前，来一次绚丽的绽放！我受了常人没有受到的痛苦，那我就要做常人难以做到的事情，我就要去南极。我喜欢这样的诗句：

做不了日月星辰，

那就做一颗流星划过夜空。

成不了汪洋大海；

那就做一泓山泉激溅浪花。

"南极是人类最后一片净土，我现在就想去那里，即使生命终结在那里，我也在所不惜，所谓的过把瘾就死！"

陈辉说：

"你可是不到一年之内就做过胸部和脑部两个大手术了呀！"

乔婕说：

"我胸部和头部手术切口已经完全愈合，肺部现在义没有病灶，我肯定能够承受的，到时候我还要下水游泳呢！"

陈辉说：

"婕，既然你有这个心愿，那我就满足你，这次我就陪着你去南极吧，小辉年龄小，还是让爸爸妈妈带回国过节，好吗？"

乔婕说：

"不，我怕我活不过明年，以后再也没有机会和小辉一起了，我要带着小辉一起亲子游，他现在六七岁了，已经是开始建立成年记忆的年龄了，我不想在他的生命里没有我的印迹，我想给他鲜活的母亲形象！"

陈辉说：

"婕，你这样想，我十分理解，那我们一家三口来个亲子南极游吧，不过我还得打电话问一下甘隆和余辰两位同学，请他们从医学的角度判断一下，你究竟能不能去南极？"

陈辉觉得到南极去，是乔婕的一个心愿，也是她对生命极限的挑战，他有心想配合乔婕达成这个心愿，但又怕乔婕的身体状况不允许，就给远在北京的甘隆打了个电话。甘隆接到电话，听完陈辉的叙述后，说道：

"陈辉，南极我从来就没有去过，不明白具体情况。不过你说现在是南极的暖季，平均温度在五至零下五摄氏度，这样的话，那一般人是可以承受的。"

陈辉追问道：

"那乔婕能承受吗？"

甘隆说：

"乔婕几次复查，肺部没有病灶了，而且我给她做的是肺动脉内膜剥脱术，身体机能没有受到严重损害，从这一点来说，她的心肺机能是可以满足到南极旅游的！不过，她的脑部转移瘤的情况，我建议你还是咨询一下余辰，毕竟他才是神经外科专家！"

陈辉听从了甘隆的建议，又给余辰打电话，余辰先问了甘隆的意见，之后对陈辉说：

"我建议最好不要到南极去，但是如果乔婕心心念念地一定要去，你再断然拒绝她的要求，效果可能适得其反，所以我建议你们在出发前一定要带上药物，到时候我再开具一个药物清单给你，你们出发前备好药物，至少可以减少一些风险！"

陈辉按照余辰电话中的提醒，为乔婕再一次进行了行程前的检查，此时乔婕的脑部再次出现了一个小肿瘤，陈辉本意是想劝阻乔婕出发，但乔婕的主意拿定后，决意不改，她一定要在生命的终点前，和儿子小辉来一次亲子游，在他的生命记忆中留下母爱的印记！何况现在是圣诞节，医院的医生放假了，即使乔婕愿意接受有关脑部新转移病灶的治疗，也得等到圣诞节过后再说！权衡下来，陈辉同意乔婕的意见，继续踏上前往南极的旅程。

陈辉见乔婕心意已决，立即办理完一家三口前往阿根廷的签证手续。本来到南极旅游是不需要任何国家签证的，因为南极不属于任何国家，但是他们的邮轮都要经过阿根廷的乌斯怀亚，所以陈辉就先办了阿根廷使馆的签证，好在他们只需要电子签证，办理起来十分方便，并没有花费太长时间，不影响乔婕这个说走就走的旅行决定。

之后，陈辉又带着乔婕到医院去，将她手臂上的输化疗药物的PICC管拔除，乔婕打算上了游轮后，一定要游泳，带着儿子小辉一起游泳！如果将来还需要化疗的话，重新置入一根新的PICC管就行了。乔婕这时候想起来，她在武汉大学上学时看过电影《过把瘾》，就在出发前又专门买了一本王朔的小说集，里面包括了《过把瘾就死》《永失我爱》《无人喝彩》。她将这本小说集带在路上，这些书她以前都没有好好看过，只是在电视或电影当中浮光掠影地看过，想起来以前永远是脚步匆匆地追赶着心中的梦想，要做好科研、要到美国留学、要追求更好的生活，但是没有对人生好好思考过，现在这段时间正是这样做的好机会。

在面临人生最艰难的关口，在有可能很快就要离开这个世界的时候，乔婕决定好好思考一下人生，看看书中的主人公方言在面临重症肌无力的打击时，如何最后灿烂地燃烧，放出耀眼的光芒，面对厄运绝不放弃，不做俯首帖耳的绵羊，她要满足自己内心的希望，在死神面前以自己的生命优雅地起舞，而不是放弃意志溃退。

乔婕想在面临死亡威胁的时候，就要以这种无所畏惧的心态面对死神，以疯狂、深沉面对一步一步逼近的死神，乔婕心想，我的生命绽放过、疯狂过，就算在未来被肿瘤打败了，我也没有什么可遗憾的了！

由于现在是圣诞节，从加州出发到南极旅游的人群比平时要多多了，因此前往南极的邮轮也是处于历史高位，陈辉为一家人订好了最好的舱位，他是想让妻子乔婕和儿子小辉在旅途中少受颠簸。

经过了初期的迷茫后，陈辉逐渐搞清楚了到南极旅游的路数，他慢慢明白，圣诞节前后算得上是南极的夏天，南极的温度并不是极寒，平均温度就是零摄氏度，并不是想象中的零下几十摄氏度应该要穿很多，否则会冻死。出发前，在明白了这些道理后陈辉为自己准备的衣服并不多，包括短袖、紧身高领长袖、羽绒服、防水冲锋衣和防水靴，但他为乔婕和儿子小辉准备的衣服要齐全得多，为他们两人都准备了厚厚的羽绒服、秋裤、外面穿的滑雪裤，围巾、墨镜、手套、泳衣，毕竟一个是孩子，一个是做过两次大手术的病人，这个时候陈辉的心里对乔婕和儿子小辉多了一份温存。

圣诞节的前一天，陈辉和乔婕及陈小辉一家三口从加州坐飞机来到阿根廷的乌斯怀亚，再登上去南极的 Ocean Nova 号邮轮，跨越世界最宽、最深的德雷克海峡，经过五十个多个小时的航行，终于抵达南极。

坐上邮轮出发不久，船主开始举办各种讲座，乔婕出发之前隐隐觉得对南极不够了解，准备不够充分，担心知识储备跟不上即将要见的世面，她就尽量参加全部讲座，有时一天就听了四个讲座。

乔婕还特别学习了海鸟和企鹅的知识，听完这些知识后，乔婕就带着儿子小辉，在陈辉的陪同下去邮轮后面看尾随的信天翁，带着小辉一起指认漂泊信天翁、黑眉信天翁、灰头信天翁，一家三口人还玩起了自拍，与翼展长达三米多长的信天翁一起拍下全家合影。到了南极沿岸，乔婕还带着儿子一起指认金图企鹅、帽带企鹅和阿德利企鹅，她还要儿子小辉说出三种企鹅的特征和差别。

在整个旅行途中，陈辉都保持着谨慎的乐观，他时时警惕地防止乔婕身体出现意外状况，也注意防护七岁的儿子小辉，不让他得感冒。但是陈辉还是尽量满足他们两人的各种要求，陪他们到邮轮的泳池中游泳。乔婕要下水游泳的时候，陈辉就把衣服、毛巾准备好，当乔婕一上岸的时候，陈辉立即上前为她擦干身上的水珠，为她披上衣服。

有一天，乔婕和小辉两个人站在甲板上，一起扶在船舷上去，看着蔚蓝的海水和天空，母子两人谈起心来。这两年来，乔婕不是做手术，就是做化疗，很少有机会和儿子一起这样谈心。乔婕问道：

"小辉，如果有一天妈妈要到很远很远的地方去，再也不回来了，你会想念妈妈吗？"

小辉说：

"妈妈，你为什么要到很远很远的地方，为什么不再回来?"

乔婕说：

"可能是天国的召唤吧，那个时候我可能不得不远行，要离开你。"

小辉说：

"妈妈你千万不要离开我，我知道，你是说你得了很重的病，你的病一定能治好的。我将来要学医，将来长大了一定要发明很多新药来治好妈妈的病。"

乔婕听了小辉的话，感动得流出了眼泪，将小辉紧紧地拥抱在怀里，她知道，她可能等不到那一天，但是儿子有这样的心愿，她已经非常满足了。

Ocean Nova 号邮轮继续向前行驶，就来到了南设得兰群岛中最大的岛屿——乔治王岛。这天是南极难得的好天气，晴空万里，温暖的阳光洒在身上没有一丝寒意。乔婕站在邮轮上，远远地看见了"爱国，求实，创新，拼搏"八个大字，她找到导航员问明，原来那里是中国的南极科考基地长城站，乔婕找来这个邮轮上的几个华人，一起向导航员要求登陆上岸，到长城站去参观一下。导航员向船长申请得到批准后，他放下冲锋艇，让这些华人登艇，向岸边划了过去。冲锋艇稳稳地停靠在岸边，乔婕怀着激动的心情，登上南极的土地。他们参观了长城站红色的房子和集装箱以及五星红旗，感到分外亲切而自豪。

邮轮再往前行就来到了布朗断崖，这里水道狭窄，Ocean Nova 号邮轮的导航员放下冲锋艇，让游客分乘冲锋艇抵近赏览。导航员还带游客登陆布朗断崖。陈辉怕乔婕的身体吃不消，有心劝阻乔婕下艇，但乔婕仍然坚持要下艇。

乔婕穿好防护衣帽和防水鞋，和七位同游的乘客一起，从邮轮的侧舷下来，登上了橡皮游艇。导航员划动游艇，进入冰峡之中巡游，从一块块造型奇特的冰山旁边掠过。乔婕站在艇头上，抬头欣赏那壮美的冰山断崖风貌，千万年积压的冰雪发出蓝色的光芒，呈现千姿百态，仿佛进入了一个童话般的世界。这一天，乔婕已然忘记了她还是一个恶性肿瘤病人，忘记了她在出发前脑部还有一个转移病灶，她回到 Ocean Nova 号邮轮上，当天晚上的晚餐，她吃得比平时要多多了，陈辉笑话她说：

"乔婕，你今天晚上的饭量比得上一个大力士了！"

乔婕说：

"今天高兴，今天不但下艇进入了布朗断崖，我还登上冰山，出了一头的汗，所以吃得多，管他呢，反正现在我也不讲究身材了，今天我了了心愿，再也不会遗憾了。"

当天晚上，乔婕睡得非常香甜，还打起了鼾声，把陈辉和陈小辉父子俩都吵醒了，他们看着乔婕沉睡的样子，都会意地笑了起来。

第二天早上，乔婕开始流涕、咳嗽起来，陈辉知道这肯定是昨天乔婕头上出汗，没来得及擦干，在从冲锋艇回到邮轮的时候吹了风，引发了上呼吸道感染，也就是感冒了，赶紧给她吃了泰诺和止咳的药物。

这些药物并没有阻止病情的进展，很快乔婕的病情加重了，体温升至三十九摄氏度多，咽喉疼痛得像刀片在刺伤一样，而且全身的骨头酸疼，几乎下不了床。乔婕吃了退烧止痛的药物后，体温下来了，她继续到邮轮的甲板上去玩，心情并没有受到打击。就这样，乔婕在邮轮上发烧一共持续了四天，终于在返程的时候，体温才正常了。

这一趟南极之旅，从圣诞节前一天出发，到一月七日回到休斯敦，一共历时十四天。陈辉仍然担心乔婕在出发前就有的那个脑部转移灶，督促她到医院做了一个脑部核磁，令他们惊喜的是，那个脑部转移灶竟然神奇地消失了！

第七十二章　免疫治疗复兴

这次到南极旅游，途中发烧后脑部转移灶消失这一神奇的经历，使乔婕对自己的病情有了更多的思考！她首先想到的是，在二十世纪初的时候，肿瘤免疫治疗之父威廉·科利曾用诱发丹毒的链球菌引发高热，治愈过几例肉瘤，后来他又用两种灭活菌取代了活菌，分别为化脓性链球菌和黏质沙雷氏菌，其中后者可以增强前者的效力，使注射剂能引起高热的效果，这种细菌混合疫苗，就是现代所谓的"科利毒素"或"科利疫苗"。

科利的女儿曾统计报告说，她的父亲曾用这个方法成功治疗五百多名肉瘤病例。这种疗法有很大的风险，有可能引发感染而导致死亡，总体成功率不高，治疗的效果很难预测与把控，因此，在放疗、化疗兴起之后，科利首创的免疫治疗方法被医学界的主流摒弃，有的人甚至指摘科利是"庸医""骗子"，而他作为最早开启癌症免疫疗法的先行者，至死都未能证明自己的理念的先进性。

乔婕了解到的最新消息是，肿瘤免疫治疗已经发生了革命性的进展，MD安德森医学中心的詹姆斯·艾利森医生发现了杀伤肿瘤细胞的T细胞有两个分子机制，一是启动T细胞杀伤功能的分子——CD28分子受体；二是抑制T细胞杀伤功能的CTLA-4受体。这一发现引发了肿瘤治疗的革命性进展，导致新型免疫治疗药物不断被发明出来，这些药物就是用于PD-1免疫疗法的帕博利珠单抗和纳武利尤单抗。

PD是程序性死亡分子，在T细胞上有PD-1结合受体，而肿瘤细胞上面有PDL-1即配体，受体和配体结合以后就导致T细胞杀死肿瘤细胞的能力下降。新药帕博利珠单抗就是阻断PD-1和PDL-1结合，从而增强T细胞杀死肿瘤细胞的能力，而且这些药物的临床试验报告给人们很多意外的惊喜，给肿瘤病人带来了新的希望。

经过对上述信息的分析和推理，乔婕认为自己有过高烧后肿瘤消退的经历，说明免疫疗法肯定会在自己身上起效，因此，在取到脑部核磁报告后，乔婕兴冲冲地向德里教授提出要求，希望德里教授将自己纳入到帕博利珠单抗的临床试验中，但她的这一要求再次被德里教授拒绝了，理由仍然是乔婕的体内现在没有实体肿瘤存在，不符合帕博利珠单抗临床试验的入选条件。

时值春节临近，乔婕又很长时间没有见到父亲和母亲了，暂时没有治疗计划的她一下子觉得轻松下来，她便和陈辉商量，不如现在就回到北京，好好过一个春节。

乔婕回到北京后，又立即投入肿瘤研究所的工作当中，她知道此时国内还没有开始应用帕博利珠单抗的临床试验，她便向肿瘤研究所的新任所长呼吁，要求积极引进帕博利珠单抗，乔婕同时还找来她指导的几个博士生，对他们的课题进展进行了深入的指导。

春节前的腊月二十八，乔婕和陈辉带着儿子陈小辉，陪着父亲乔志钰、母亲林回梅一齐回到湖北过春节，在正月初五，一家五口人又回到北京。

回到北京的第三天是初八，乔婕早早地起来为全家准备早餐，她这是打算吃完早餐后就去肿瘤研究所上班。当乔婕打开电子灶的时候，突然感觉到眼睛视物不清，她感觉到好像出现了日全食，整个世界都迅速地黑暗了下来，一片黑灰，同时她感到手脚不那么听从使唤，接着就是砰的一声，乔婕一头栽倒在地上，失去了知觉。

这个时候陈辉刚刚起床，听到厨房里的异常响动，马上从房间跑到厨房里来，看见乔婕倒在地上，他立即关了炉火，蹲下身来把乔婕喊醒了过来，又把乔婕扶起来坐到椅子上来。这个时候，乔婕虽然已经清醒了过来，但她的肢体不受自主控制，一侧肢体抽动，头部甩动起来，陈辉明白乔婕这是癫痫发作了。

陈辉便立即给甘隆和余辰这两位老同学打了电话，甘隆和余辰两人迅速从家中赶了过来。余辰作为神经外科大夫，他对乔婕做了初步的问诊和体检后，立即分析说很可能是乔婕的脑部再次发生了转移病灶，必须尽快进行脑部检查。

陈辉立即叫来120救护车，将乔婕送往天辰医院，甘隆和陈辉一起随着救护车陪在乔婕身边，乔婕在救护车上多次发生癫痫，救护人员立即为乔婕注射了镇静剂后，癫痫得到了基本控制。当救护车来到天辰医院急诊室的时候，余辰已经等候在急诊室的门口，一众人等立即将乔婕送往核磁室进行检查。

很快乔婕颅内核磁检查结果出来了，余辰拿着核磁片子，来到乔婕的床旁，向乔婕、陈辉和甘隆解释说，还是脑内转移灶在作祟，这个转移灶是在原来切除的瘤子的原位复发的，现在已经长到二点五厘米乘二点五厘米大小了，癫痫发作就是这个病灶引发的。余辰对陈辉和乔婕说，乔婕必须尽快进行第二次开颅手术，而且是越快越好。乔婕同意在天辰医院手术，她很快就被余辰收住院了。

很快，余辰为乔婕安排了第二次开颅手术，由于是再次开颅手术，而且复发脑内转移灶和上次的转移灶一样，仍然是非常靠近硬脑膜静脉窦，新的转移灶与硬脑膜静脉窦粘连得更多，这次手术余辰花了更多的时间，而且从切皮开始直至手术最后的缝皮，余辰都是亲自全程完成，虽然分离硬脑膜静脉窦与病灶时有些惊心动魄，好在手术整体没有出现意外。第二次开颅手术后的第七天，余辰经过复查，发现乔婕的颅内没有残存病灶，而且她说话、走路都没事，恢复不错，就让乔婕出院了。

有了脑部第二次手术的经历，乔婕痛定思痛，她觉得应用PD-1药物必须提上自己的议事日程，不然的话，再要发生颅内转移，非把自己逼疯不可！但此时国内各大肿瘤中心仍然没有开展PD-1药物的临床

698

试验，乔婕觉得自己必须开展自救，决定再次到安德森肿瘤中心去向德里教授求助。

陈辉和乔婕再次飞往休斯敦，在预约的德里教授门诊中，乔婕迫切地表达了想应用PD-1药物的强烈愿望，德里教授看了乔婕再次复查的结果，认为她的原发病灶、肺部及纵隔淋巴结完全没有复发的迹象，而脑部在第二次开颅手术后，暂时也没有转移灶的存在，现在在安德森肿瘤中心进行的全部PD-1药物临床试验都不会纳入她这种病例。

在谈完这个诊疗信息后，德里教授向乔婕提示说，根据药物作用机制和前期试验结果，乔婕很有可能是PD-1药物的受益人群，但乔婕并不适合试验入组条件。现在PD-1药物是由两大药厂展开竞争性开发，这些药厂除了正规的临床试验外，他们可能还会提供一种叫作同情用药（compassionate use）的项目，为特殊病人如晚期、别的治疗均失败、没有更好的治疗方法的病人提供药物，这可以理解为慈善用药，一般会终身提供药物，条件是病人必须在美国接受治疗。

德里教授一语惊醒梦中人，乔婕对他提供这么重要的信息千恩万谢！她和陈辉回到家中，对"同情用药"进行了研究。原来，同情用药的全称是"拓展性同情使用临床试验用药"，是治病救人的特殊形式，其特殊性体现在"临床试验用药物"和"拓展性使用"两点上，它还是药物临床研究的一种补充形式，属于一种特殊形式的新药研究方法，也就是说一些患者不符合临床试验的招募标准，而且这类患者已经用尽了所有可用的治疗选择时，相关监管机构或卫生当局可能会允许制药公司/研究机构等向医生和患者提供研究药物的预批准。这种对研究药物预先批准的个人使用通常被称为"同情用药"，独立于临床试验和药物审批之外。

乔婕又研究了PD-1药物的研发最新进展。帕博利珠单抗是全世界最先研发出来的以PD-1为靶点的免疫调节对抗肿瘤、抗感染、抗自身免疫性疾病及器官移植存活的药物。由默沙东公司研发、生产的帕博利珠单抗商品名叫作Keytruda，中文商品名叫作可瑞达，民间俗称为K药，由百时美施贵宝公司研发、生产的纳武利尤单抗（Nivolumab）

商品名叫作Opdivo，中文商品名叫作欧狄沃，民间俗称为O药。这是美国FDA最先批准进入临床试验的两种PD-1药物。

乔婕知道，同情用药的受益者是患者本人不假，但是捐赠药物的公司也会从同情用药当中获得很重要的资料，因而药物公司也是这样一种实践的实际受益者。乔婕又分析了自身的情况，觉得自己正符合同情用药的要求，便向生产第一个面世的药品PD-1药物Keytruda默克公司的主管部门写信。乔婕在信中写道：

> 我是罕见恶性肿瘤肺动脉肉瘤患者，经过手术、化疗、伽马刀等手段治疗而反复发作脑部转移病灶，现在已经到了无药可用的地步，我们知道贵公司生产的PD-1药物Keytruda在临床试验中有非常好的表现，这个药物将可能是我的唯一一线生机。

> 但鉴于我自身的状况，及所患疾病的稀罕特性，我未能被纳入贵公司的临床试验，我希望成为贵公司的同情用药的受益者，作为回报，我愿意无偿向贵公司提供我治疗后的所有数据，这些数据将有助于贵公司扩大Keytruda适应证。

经过乔婕一个多月来不懈努力，经过她与默克公司的主管专员多次通信和电话联系，默克公司派专员邀请德里教授一起完成了乔婕同情用药的多学科会诊讨论。在这次讨论会上，默克公司派来的专员充分考虑到乔婕用药迫在眉睫，她也有强烈的求生意愿，在充分沟通获益与风险的基础上，进行患者知情同意、同情用药申请、伦理审批和同情用药申报等流程，默克公司决定免费向乔婕赠送药物。

但是，到此时为止，FDA批准Keytruda适应证仅仅适用于经一线治疗失败的不可切除或转移性黑色素瘤的治疗，另一种适应证是非小细胞肺癌，乔婕要用Keytruda治疗肺动脉肉瘤的术后转移病灶，这是超适应证使用药物，安德森肿瘤中心不愿意为乔婕输注这个药物，乔婕只好找到休斯敦周边城市的小医院开始用PD-1单抗Keytruda。

这次新药物的应用给乔婕带来了惊喜，首先这个药物没有什么刺激性，不需要做静脉穿刺，不用植入PICC管，或者在锁骨下静脉植入输液港，大大减少了输液操作的需要；其次是这个药物二十一天输注一次，一次剂量是二百毫克，液体量也只有一百多毫升，半个小时就能输注完成，不像乔婕以前的化疗药物要连续好几天输注三千毫升，也没有化疗所带来的恶心、呕吐、脱发这些副反应，只有腹泻这种乔婕可以忍受的不适。

在乔婕第一次输注Keytruda的头几天，她都觉得头疼，但乔婕感到很高兴，她认为这是药物生效了的表现，是激活了的T细胞进入脑部转移病灶里去搏杀，肯定有一些无菌性炎症、水肿才会头疼，过了一个礼拜，乔婕的头疼消失了。在三个星期后，乔婕接着上第二次药，完全不头疼了，乔婕认为这更好，她分析可能是脑部的转移病灶已经被杀光了。

在两次输注PD-1单抗Keytruda后，乔婕就去复查头部核磁，她头一次常规复查拍片没有发现脑袋里面有新的肿瘤，只是看到手术的切缘亮度有点高，当时乔婕觉得终于云开月朗，PD-1单抗药真的起效了！终于在一次胸部大手术、两次脑部大手术、无数次伽马刀治疗后，乔婕现在有了绝处逢生的感觉，而那个引导她登上绝壁的绳索就是PD-1单抗药！

第七十三章　追梦北极

乔婕在输注 K 药八个周期后，也就是她进入了免疫治疗大约半年后，再次进行了全身性的检查，PET-CT 没有发现身体内存在高吸亮点，而肺部加强 CT 提示原发病灶、双侧肺野及纵隔淋巴结都没有复发病灶，脑部核磁也没有新的转移病灶。

心情极度爽适的乔婕回到国内，开始了全职上班工作，继续从事肺癌和肉瘤的转移机制的研究。应用 Keytruda（帕博利珠单抗）一周年、二周年的时候，乔婕多次全身检查，都没有发现原发病灶复发和新的转移病灶。

这一年的美国临床肿瘤学会的学术年会（American Society of Clinical Oncology，ASCO）大会在纽约召开。ASCO 每年召开一次全球性的学术会议，是全球最重要的肿瘤学术会议，每次开会时有来自一百多个国家约两万多名会员参加，在大会上交流最新的肿瘤研究和治疗方面的进展。乔婕本人作为富有学术成就的肿瘤研究者，也是 ASCO 会员，她作为正式会员参加了这一年的 ASCO 大会。

在这次 ASCO 大会上，乔婕参加了肺癌和肉瘤两个专题的讨论会。在肺癌专题讨论会上，乔婕发现 PD-1 单抗议题非常火爆，代表们报告的一期、二期和三期临床试验很多，而且肺癌 PD-1 单抗药物合并传统化疗药物的议题也非常多，代表们的争论激烈，气氛十分活跃。

但到了肉瘤专题讨论会上，却是冰火两重天。来自美国和全世界各地的专家教授们仍然只是讨论化疗、放疗等传统话题，气氛十分沉闷。到了讨论环节，乔婕勇敢地走到话筒前，向大会主席提出了一个重磅炸弹式的问题，她说：

"主席先生，请问，在免疫治疗已经复兴的今天，其他肿瘤专场会都在热烈地讨论免疫疗法，为什么我们整个肉瘤专场还在优哉游哉地只是讨论传统疗法？"

乔婕的这个问题一提出，全会场八百多名代表的目光一下子全都聚集到乔婕的身上，主席有十几秒没有答话，全场都安静下来，有人轻咳的声音都能被整个会场听见，气氛显得有些尴尬起来。好在主席过了一会儿就开始回答乔婕的问题了，他说：

"这位代表提出了一个非常好的问题！这就是肉瘤病人应用免疫治疗有用吗？我想这是不言自明的，免疫疗法在近几年来的确有飞速的发展，但这些药物都是用于肺癌、黑色素瘤、肾癌，这些肿瘤有一个共同的特征，它们都是热性肿瘤，就是说这些肿瘤中的癌细胞周围会聚集不少免疫细胞，包括T细胞、巨噬细胞等，这些浸润性T细胞会受到肿瘤的抑制，从而无法发挥抗癌作用，在这种状况下应用PD-1单抗药物才会起到较好的效果，但是肉瘤属于冷肿瘤，其肿瘤细胞周围没有或者只有很少的免疫细胞，主要是因为这类肿瘤很狡猾，善于武装自己，从而躲避了免疫系统的靠拢，这类病人应用PD-1单抗药物多半不会起到良好的效果。"

乔婕并没有被主席的这番貌似有理的言辞说服，她继续追问道：

"主席先生，您的观点有数据支持吗？PD-1单抗药物对肉瘤病人就真的没有效果吗？如果我说，我本人就是活生生的一个例子，我本人就是肺动脉肉瘤患者，在手术、化疗等传统治疗后，反复发作脑部转移，我现在应用了PD-1单抗药物两年多了，再也没有发生过脑部转移灶了，而且原发灶和肺部也没有复发病灶。我现身说法，我自身这个个案是不是能说明一些问题呢？"

乔婕的话说完，整个会场议论纷纷，很多人低声说肉瘤病人应该试用一下PD-1单抗药物，看实际应用的效果如何。主席先生说：

"这个女士给我们提供了一个很好的案例！的确，在我们肉瘤研究界，存在病人群体小，没有大型药厂为病人提供药物和资金进行临床试验，这两方面的困难使我们既没有资金，也没有足够的病人入组，因此，我们面临没有临床试验、没有数据的窘迫局面。"

这时大会副主席接过主席的话筒说道：

"这个代表给我们提供了非常好的案例，这个案例至少可以说明，PD-1单抗药物对于阻止部分肉瘤的转移是有效的！刚才主席先生说，组织大型临床试验的确存在很多困难，但我想，我们会场有来自全世界各国的八百多名肉瘤专家，如果组成一个国际协作性的临床试验，入组病人少的问题还是可以解决的！"

接下来，有几个代表就朝着组成肉瘤应用PD-1单抗药物的国际协作临床试验的话题进行了深入讨论，会场的气氛十分活跃。在这场讨论会快结束的时候，大会主席发出了一项动议，准备在当天晚上组成国际协作网，欢迎各国有志于此的医生参加，而且大会主席专门给乔婕发来邀请函，要她在晚上新成立的国际协作网上讲话，向各位专家分享她自身应用PD-1单抗药物前前后后的经验。

在这天晚上的会议上，乔婕详细地讲述了她患病诊治的经过和应用PD-1单抗的感受，受到国际协作网的各国专家的赞许，该国际协作网还邀请乔婕担任了该国际协作网的运行监事。

在接下来的四年多时间，是乔婕一段非常舒心快乐的岁月。她仍然每三周输注一次PD-1单抗药物，只是因为按照默克公司同情用药的规定，每次输注K药时她必须坐飞机到休斯敦那家小医院去输液。到了二〇一八年K药进入了国内市场，而且在多款国产PD-1单抗药上市的竞争下，K药的价格也远比其他国家市场价格低廉，乔婕改为在国内购药、在国内输注，这样就少了很多奔波之苦。

似乎事情发展的结果都十分圆满。在这四年多的时间内，乔婕每半年做一次全身性的检查，结果都是完全缓解，没有新的复发病灶，也没有转移病灶，就是说在乔婕的体内再也没有发现任何能检测到的肿瘤。

自从发现恶疾进行了第一次手术后反复发生脑部转移，乔婕经历过两年多的痛苦时光，加上这次四年多的完全康复，一共将近七年的时间过去了！此前全世界报告的肺动脉肉瘤病人的最长生存期没有超过三年，现在乔婕每一天都在创造历史纪录，每一天都在把肺动脉肉瘤病人的生存纪录向前推进。

经历过生死考验，看透了人生的悲欢离合，乔婕的心境完全放开了，她现在感到很幸福，在这四年多的时间里，乔婕恢复了全职工作，仍然回到肿瘤医院肿瘤研究所上班，继续从事她有关肺癌及肉瘤转移机制方面的研究课题。甘隆仍然在进行心脏疾病、肺动脉栓塞和肺动脉肉瘤的手术治疗，他与乔婕展开了科研合作，他将手术标本送到乔婕的实验室，试图进行患者的家族性全基因分析，以便找出肺动脉肉瘤的易感基因和易感因素。与此同时，乔婕还以运行监事的身份，积极参与到肉瘤免疫治疗的国际协作网的工作当中。

乔婕也想借助这些科研工作，搞清楚她自己为什么会得上这种极为罕见的恶疾，这是将近七年来令她非常困扰的一个问题，她时常思索，自己的父亲和母亲平素身体健康，没有患任何肿瘤，双方家族中也没有什么怪病，为什么自己就能得上这种罕见病呢？难道真的是因为运气不好吗？乔婕心中强烈的委屈和不安之感让她总想把自己的病因搞清楚！

安宁、健康而平静的生活失而复得，使乔婕重新审视了人生的意义，重新检视了生活的真谛！她仍然热爱生活，她发现在以前觉得平平淡淡的日子，实际上是多么美好！那些看似不起眼的每一天，对于失去健康的人来说，是多么可望而不可即！

人生苦短，来日并不方长！乔婕在积极工作的同时，没有忘记享受生活，她要活好生命中的每一天、每一个小时、每一分每一秒！在这种积极的心态下，乔婕开始了她周游世界的疯狂之旅，她要游遍以前想去而没有时间去的美景，她要吃遍以前想吃而没有机缘吃的美食！

乔婕记得在应用 PD-1 单抗药物 K 药之前，她就去过了南极旅游，而且当时她的脑部还有一个转移病灶，现在她决定要去北极玩一次，前次去南极时是丈夫陈辉和儿子陈小辉一起陪着去的，这次她决定要自己和儿子小辉两个人前往北极，因为此时在北京上学的儿子陈小辉已经放了暑假，而丈夫陈辉的公司正是忙碌的季节，他都抽不空来陪自己出游。

但最为关键的，当然是乔婕这次去北极玩的心态和去南极时的心态已经不一样了，去南极时她脑部还有转移病灶，前路彷徨，怀着一种悲壮的心情，是抱着玩最后一次的心态去的，现在她的体内没有肿瘤病灶，是抱着不虚此生的想法到北极的。她要再一次行走在路上，抛开一切烦恼和伪装，在旅途中做最真实和最纯粹的自己。

与南极不同，北极并非是一块没人占领的独立大陆，通过芬兰、挪威和瑞典三个国家是前往北极的路径，乔婕选择了芬兰这个国家，因为这里的旅游项目最为丰富。因此，对于不是以探险为职业的普通游客来说，去北极旅游只能跟团前往，而且北极的夏季只有七八两个月份，这个时段是去北极的最佳时间。

因此，在陈小辉放了暑假之后，乔婕和陈小辉两人报团参加了一个时长十六天的北极格陵兰岛帆船包船、芬兰和冰岛梦幻之旅，以此追梦北极。这个团是半自由行的旅行团，全团一共有三十人，年龄最大的是一位七十五岁的长者，而年龄最小的就是十一岁的小辉，团员中的这些人身体都是健康结实的，脸上洋溢着笑容！

乔婕并没有向同行的团员们说起她曾经患过恶性疾病，也没有提起她在胸部和脑部三次大手术的经历，她不想以此博得同行团员对她的同情，不想要大家对她展现出惊异的神色，更不想要大家对她刻意照顾，她只要做一个自己背着旅行包自由活动、不受到任何牵绊、心中没有任何阴影的游客，做一个和大家一样的健康人，那些困扰过自己的痛苦和不安，统统都让它们见鬼去吧！

乔婕和小辉先是跟团从北京坐了十几个小时的飞机飞到赫尔辛基，在赫尔辛基逗留了一天，对这个作为北欧交通枢纽的城市作了深度观光游。他们第二天再从赫尔辛基坐飞机来到冰岛雷克雅未克，在这里他们钓三文鱼，又游览了冰岛的鱼码头，以及鱼加工厂、议会旧址、国家公园、间歇喷泉、黄金瀑布等景点，次日又从雷克雅未克坐飞机来到格陵兰岛。他们在格陵兰岛的深水港搭乘伦勃朗号三纵帆极地探索帆船，航海前往北极格陵兰岛东海岸的峡湾。

这是一种极其新奇的体验，伦勃朗号上的桅杆、纵帆、舵盘、升帆是乔婕和儿子小辉从来都没有经历过的事物，他们看见帆船在水手和探险队员的操纵下，急速地在北冰洋航行，有如在天际飞翔的感觉，这里有世界上最遥远的水道航程，而映入眼帘的是最动人心魄的荒野景色，远远望去，还有鬼斧神工的冰川浮冰！

站在甲板上，乔婕看着眼前见所未见的奇异景色，她似乎忘记了这些年所经历过的一切痛苦，什么肉瘤，什么转移灶，什么复发，什么化疗和放疗，肿瘤君，你就滚蛋吧！肿瘤君，你别嚣张，我不怕你！乔婕忘情地对着大冰大洋，尽情地呼喊！

乔婕站在帆船甲板上，心情久久不能平息，过了好久，当她在船舷边眺望极地风光时，正好站在那位年龄已经七十五岁老人身边不远的地方。乔婕上前和老人攀谈起来，两人先是聊了一下极地的天气和绝美的风景后，乔婕问老人说：

"老先生，你为什么在这么高龄一定要来到北极呀？你不怕突发疾病或者意外情况吗？"

老先生说：

"我是个内科医生，曾经是个工作狂，一天恨不得有四十八小时，到了退休年龄也不退休，还延迟退休干了十来年，还到处演讲作报告！结果，我发现除了工作，我的生活好像还是个空白，没有什么特殊的经历可以值得炫夸！这不，我都七十五岁了，再过几年就要八十岁了，我是要在真正老去之前，真正痛痛快快地活一回，不虚此生！"

乔婕被老先生的话触动，深有同感，真正痛痛快快地活一回，不虚此生！这就是她为什么非要到北极来的最真实想法！乔婕说：

"老先生，我很佩服您老，有一股不服老的精神，真是好样的！您是《三国演义》中黄忠式的老英雄呀！"

老先生听了乔婕的话，爽朗地笑了起来，说道：

"其实，我在心里更佩服你呀！旁人看不出来，可我是医生出身的，一眼就能看出，你曾经做过大手术，还做过伽马刀，身体还有点虚，就敢闯荡北极，而且还是带着你那个十岁左右的儿子一起来的，你们母子都是英雄，是这个世界上平凡人中的英雄！"

乔婕听了老先生的话，说道：

"那我们三个人都是英雄，都是热爱生活的英雄！老先生，我们三个平凡英雄一起合个影吧。"

老先生说：

"今天在此相逢是上天注定我们的缘分，再加上我们说话这般投机，那更是不容易，我也想和你们母子一起合个影作纪念呢！"

说罢，老先生拿出他的单反相机，此时这艘伦勃朗号的探险队长马克先生正好经过他们的身边，马克先生便主动地为乔婕、小辉和老先生三人多角度地照了好几张合影。

在照完相后，马克队长说：

"再航行十几分钟，帆船就可以靠岸停泊了，船上有两艘橡皮登陆艇，可以用来登陆上岸，感兴趣的游客可以登岸探索北极世界，也可以乘坐橡皮艇近距离靠近观赏冰川奇景和野生动物，你们想要下船登艇吗？"

乔婕、小辉和老先生异口同声地说：

"我要登艇，我要登艇，我要登艇！"

马克队长说：

"好，你们三人都要登艇，那你们一会儿就随我一起下船，我带你们去探险，保证让你们大开眼界！"

乔婕、小辉和老先生三人都高兴地表示了感谢，他们知道登陆探险才是北极之旅最精华的部分，都期待着即将来到的旅程。果然，过了不多久，伦勃朗号三纵桅帆船靠岸停泊了，乔婕、小辉和老先生鱼贯地跟在马克队长后面，下船登上了橡皮艇，这条艇上除了马克队长外，共有七个游客。

游客们在艇上看到不到三米远的地方有海象浮出水面呼吸，都能听到海象呼吸和清理鼻子的声音，海象还抖动身体，把水珠喷溅到橡皮艇上游客的脸上。小辉兴奋地喊叫起来，海象，海象！海象好像对小辉的喊叫表示回应，对小辉点头致意。

马克队长背着猎枪和装着精良摄影装备的双肩桶包，将橡皮艇靠岸泊稳后，带着七名游客一起登上了北极格陵兰岛，这是全世界第一大岛，百分之八十都被冰雪覆盖，千里冰封、银装素裹，其冰层平均厚度大概是两千三百米。

马克队长从身上取下猎枪拿在手里，这是他为防止游客遭到动物的意外伤害所做的准备，但他并未将子弹上膛。马克队长在陡峭的雪地上，用脚踩出一条大体上可以拾级而上的路，带领乔婕和小辉与其他五名游客一起，开启了他们的探险之旅。在这里他们进入奇幻世界，看到了极地荒原上的苔草、羊胡子草和地衣。由于此时阳光比较充足，在有限的无冰地区长出的那些矮小的桦树、柳树和桤树已经冒出了些许绿色的树叶，但见不到其他树木生存。

一行八人再向前行，逐渐深入到格陵兰岛的纵深处，现在正是这里的夏季，格陵兰岛迎来了大量来此繁殖的鸟类，马克队长从双肩桶包里拿出望远镜，教随行的游客指认栖落在苔原上的雷鸟和小雪巫鸟。小辉好奇这种像斑鸠的小鸟为什么叫雷鸟这个有些令人惊悚的名字，马克队长告诉他，这是因为人们看到雷鸟在利用上升气流飞行后，就会出现雷电、大风、暴雨，误认为雷鸟能够召唤雷电，所以称为雷鸟。

乔婕一路上看着儿子不是冲在前面看各种景致，就是围在马克队长身边不停地问各种与北极有关的问题，有着非常强烈的求知欲和探索精神，乔婕感到她带着儿子出游南极和北极的做法真是值得了，她也感受到在这期间，母子之间的无障碍互动很充分，母子之间的感情也更加亲密了。

一行人再往前行，马克队长又带领他们看到了沿岸水域常见的巨鲸和海豹，陆地的麝牛、狼、北极狐、北极兔、驯鹿和旅鼠，眼尖的旅客还在遥远的浮冰上看到了捕猎海豹的北极熊。这些从未见过的动物引来众人的尖叫和议论，纷纷按动单反相机的按钮记录下精彩的瞬间，或者以此为背景为自己拍照。

几个小时之后，一众人等又乘坐橡皮艇回到了伦勃朗号上，继续沿着格陵兰岛的海岸线前行，来到格陵兰岛东岸的斯科尔斯比峡湾（Scoresby Sund）。斯科尔斯比峡湾是世界上最长的峡湾，深入格陵兰岛内陆大约三百五十公里，它是由北极巨大的冰川不断地切割海岸线形成的。

伦勃朗号前行进入斯科尔斯比峡湾的峡口，峡口的宽度大约有三十公里，随着伦勃朗号继续东行，峡口迅速地收窄。乔婕站在甲板上向南望去，只见垂直高度达到一千至两千米的被冰雪覆盖的玄武岩悬崖峭壁耸立于前，就像冰墙一样直插入水中，再向北看去，北岸则比较低而且地貌更加圆润。

探险队长马克向游客介绍说，我们现在已经驶入浮冰坟场了！他的这句话立即引来游客们接二连三的提问，为什么叫浮冰坟场？为什么取这么可怕的名字？马克队长解释说，这里是斯科尔斯比峡湾最深的地方，这里因为有格陵兰岛上的淡水流入，使海水的浓度要远低于其他地方，因而海水的浮力下降，使很多浮冰在此处下沉消失，因此就叫作浮冰坟场，所以请大家不用见怪！

在解释完后，马克队长继续说：

"浮冰坟场虽然名字听起来有些令人毛骨悚然，但正如大家看到的一样，这里却有着天堂般的美景，接下来我们又要放下橡皮艇，谁愿意去和浮冰来一场亲密接触式的邂逅？"

三十位游客中，很快有十几位报名了，乔婕和陈小辉及那位医生老人一起，共七位游客被分派到同一艘橡皮艇上，仍然是跟随马克队长一起。在七位游客坐定后，马克队长划动橡皮艇穿行于巨大的浮冰中。

开始的时候，有的较碎的浮冰沉降于海水之下，碎而密集，橡皮艇在这里滑行时，就在密集的浮冰碎石上滚动，可以闻听嘎吱的破冰声音，令乔婕他们担心橡皮艇会不会搁浅或者被冰锋划破，但探险队长马克微笑着让他们不用担心，他娴熟地划动橡皮艇，左冲右突地观察着海水下面的冰块大小，避开那些有可能撞翻橡皮艇的冰峰，艇上的游客慢慢地安心了。

乔婕和陈小辉坐在相邻的位置，他们惊异于浮冰千奇百怪的形态，有些好像高塔，有些犹如巨大的足球场，有些还可以明显看到浮冰表面融化形成的蓝色冰流，还有的因为冰块中融化释放出的气泡，听到浮冰发出各种各样的声音。

现在正是夏天，气温加速了冰川的消融，乔婕他们坐在橡皮艇上，不时就能看到在冰川前沿会有大块的冰体从冰川断裂出来，砸在海水中，溅起巨大的水浪，发出巨大的轰鸣声，他们终于明白了峡湾中无数浮冰的由来。

橡皮艇再往前行，就来到了峡湾的浅水区，这里已经是深入格陵兰岛的内陆了，几乎没有什么洋流涌进，也没有风力吹进来，使峡湾海面平静得犹如镜面一般，清晰的倒影随处可见。有时候阳光穿透云层，显露出更加迷幻的景色。乔婕他们近距离观赏白色纯洁冰面下的幽蓝色，那种感受终生难忘。

这时候，陈小辉对乔婕说：

"妈妈，我在网上查了一下，没有什么文章解释浮冰坟场这个名称的由来，但是我觉得马克队长对浮冰坟场的解释不对，我认为浮冰坟场应该就是指这一块峡湾浅水区，浮冰漂流进来后，在这里的岸边滞流不动，不再成为浮冰，直至它完全融化，因此，这里才叫作浮冰坟场！"

乔婕说：

"小辉，我觉得你说得有些道理，不管你的解释最终是不是正确，我想这不重要，重要的是你能够独立地思考，敢于挑战像马克队长这样的权威，我觉得你要把这种精神持续下去！"

陈小辉说：

"好的，妈妈，我明白了！妈妈，我爱你！"

乔婕说：

"儿子，我也爱你，我希望我们总能在一起出游。"

乔婕看着儿子的模样，她知道，她带儿子出来见世面的这一步棋走对了，不但让儿子有了独立思考的能力，更增加了母子之间的亲情互动。陈小辉说：

"妈妈，这次北极游好是好，就是有一个遗憾，没有看到极光和极昼呀！"

乔婕说：

"现在是夏季，极光和极昼很少能看到，总是要到每年十月份以后，这里的极光和极昼现象就容易发生。我们这次没有看到是有点遗憾，但这个没关系呀，明年或后年，我们十月份的时候再来北极，那时肯定就能看到极光和极昼了。"

陈小辉扬起手和乔婕击掌，说道：

"那我们一言为定！"

在出游十六天之后，乔婕和陈小辉带着心满意足，也带着些许的遗憾，更带着对未来的期待，从格陵兰岛坐飞机按原路返回了北京。

在当年的十月国庆节长假期间，乔婕和陈辉又带着儿子陈小辉坐上从北京到斯德哥尔摩的航班来到瑞典，再从斯德哥尔摩坐飞机来到基律纳（Kiruna），来了一场极光之旅。基律纳是瑞典最北部的一个城市，乔婕和陈辉、陈小辉坐车到了基律纳市郊十公里的野外，这时已然是林海雪原，是一个银装素裹的世界。三个人自驾着狗拉雪橇在茫茫雪原上奔驰，在北极圈内搭帐篷，在夜晚看极光，还自己烧火烤驯鹿肉，了却了心中的愿望。

在乔婕病情完全缓解的四年多时间里，她还去韩国滑雪，到日本看樱花，重游了欧洲和加拿大，她把假期全部用于旅游。

这一段时间中，乔婕觉得虽然当初被噩运击中，经历了可怕的恶性肿瘤病情，经历了三次大手术和记不清次数的伽马刀治疗，经历了令人痛苦不堪的化疗，但是命运毕竟还是让她赶上了这个有无限可能的时代，让她赶上了免疫治疗的复兴，让她能够彻底康复，是这个时代的进步救了她，她感恩这个时代，感恩科学技术的发展。虽然回首往事令人感到痛苦和可怕，但想来命运还是很善待自己的，而且从另外一个角度来看，这一场疾病使自己的人生色彩变得更加丰富了，让自己遇见那么多神奇的人，经历了那么多神奇的事！

乔婕全职重返工作岗位了，更加积极进行肺癌和肉瘤方面的科研工作，她想要以自己的努力来回报社会，回报这个时代，同时，乔婕注意保持身体健康，每周都要游泳三次，还注意跳健保操，以使自己保持旺盛的精力，在科学上多出成果，科研论文一篇接着一篇地发表。

肿瘤医院肉瘤科的主任方梅蕊教授找到乔婕，要她帮助一起组建国内的心脏肿瘤协作网，乔婕非常高兴地应允了。不久，在中国抗癌协会（CSCO）的全国学术大会上，方梅蕊教授举办了心脏肿瘤协作网的成立仪式，并且同时举行心脏肿瘤的学术研讨会，她特别邀请了安德森肿瘤中心的德里教授来参加会议，并请他在这个学术研讨会上作了专题讲座。

在作了专题报告后，德里教授和乔婕会面了，通过方梅蕊教授的介绍，他知道是乔婕积极参与了这场学术研讨会的策划，他非常高兴，向方梅蕊和乔婕两位表达了会议成功的祝贺。接下来，德里询问了乔婕这几年的恢复状况，乔婕告诉德里教授说，她这几年状态非常好，不仅没有发现原位复发，也没有发现转移，而且她已经恢复了全职工作。

听到这个消息，德里教授说，这简直就是一个奇迹，肉瘤治疗是历史上的一个奇迹，更是肺动脉肉瘤生存的最高纪录，他要把乔婕作为经典案例，到全世界各地的研讨会上宣讲！在这次学术研讨会后，方梅蕊教授被选举担任新成立的全国心脏肿瘤协作网的主席，而甘隆则被选为副主席，乔婕担任了运行监事。在会后，德里教授主动提出和乔婕、甘隆及方梅蕊教授一起合影。

乔婕完全过上了正常人的生活，她感觉到岁月静好的日子真是美好。她很感激她现在所拥有的一切，心情愉快，满怀感恩之情，珍惜余生中的每一分钟。带着感恩的心情，乔婕发誓要不辜负命运的馈赠，享受生命。

在这期间，甘隆和乔婕之间的合作仍在继续进行，两个人共同发表的SCI论文有六篇之多。在乔婕的心中，对甘隆有着那么一份情愫，甘隆对乔婕也有着那么一份情意，但是两人因为都顾及身后的家庭和爱护他们的家人，都将这一份爱慕深藏在心中。

乔婕在全力投入工作后，她知道自己是肿瘤免疫治疗的受益者，但她也深深明白，现行的免疫治疗手段对于恶性肿瘤来说，其有效率和长效维持率都不能令人满意，肿瘤治疗仍然任重道远。回到工作岗位后，乔婕决定调整一下自己的课题研究方向，将目前全世界最新发明的基因编辑技术运用到肿瘤研究当中。

基因编辑就是指在活体基因组中的特定位置进行DNA插入、删除、修改或替换的一项技术，目前最新研发出来的技术手段叫作"规律成簇间隔短回文重复序列"（cluster regularly interspaced short palindromic repeats， CRISPR-Cas），这是最为简便、快捷的基因编辑工具。

这项技术在二〇一二年问世后，迅速在生命科学研究的各个领域发挥了重要作用，肿瘤研究人员也将这种技术引入肿瘤防治的研究中，乔婕就是在经受过那么多次肺动脉肉瘤的转移、复发后，发现了这项技术，眼前为之一亮，也积极地投入这项研究中。

乔婕在普林斯顿时就对 CRISPR-Cas技术掌握得很熟练，在生病期间的化疗间隙，她并没有放弃追踪这项技术的最新进展，所以，当她决定转变课题方向的时候，她能设计出目前全世界最新的实验方案。

乔婕的最新实验方案是先从肿瘤患者血液中提取的免疫细胞，再使用CRISPR/Cas9等方法多次编辑，并将这些细胞输注回患者体内，使这些免疫细胞对肿瘤细胞发动攻击。她的初步实验得到数据显示，这类细胞通常在体内生存不会超过一周。现在乔婕正在想办法延长这些免疫细胞在患者体内的存活时间。

她的这个科研设计思想的灵感还真与她患肿瘤后的化疗及免疫治疗的经历有关。她知道PD-1单抗药物对她的完全康复起到十分重要的作用，但PD-1单抗药物毕竟是要靠人为外源性输入病人体内，昂贵、费时不说，还有低有效率、高失效率等显著缺点，因此乔婕准备从肿瘤患者体内分离出细胞毒杀性 T 细胞，再以 CRISPR/Cas9 技术进行基因编辑，选择性地消除 T 细胞基因中一种编码 PD-1 蛋白的基因，以此激活细胞毒杀性 T 细胞，再在体外将这种激活的细胞毒杀性 T 细胞培养扩增后，再回输到病人体内，发挥治疗肿瘤的作用。这是一个非常天才型的设计。

乔婕在自身发现肿瘤后，因为要长期住院治疗，她主动地辞去了肿瘤研究所所长的职务。这次她完全康复回来工作后，继任的所长非常尊重乔婕，为她安排最好的实验室，但出于爱护乔婕身体的良好愿望，新所长多次要求乔婕不要太累，安排的工作要尽量少一些，实验室的事务性工作让她交给博士生或硕士生和实验员去做，但是乔婕自己闲不住，非得亲自动手操作实验。

因为乔婕的研究工作曾中断过两年之久，她原来申报课题的经费在用完后，新的课题经费还没有批下来，所以她的研究经费有些捉襟见肘。这天乔婕和陈辉两人在家中一起吃饭，这是他们很少有的一起共餐的机会，在饭桌上乔婕谈起她现在最新实验遇到的困难和前景。乔婕对陈辉说：

"现在用 CRISPR/Cas9 改良杀伤细胞，进行肿瘤治疗是全世界最新的进展，我现在可以说是也走在全世界的最前端了，可惜这项研究需要太多经费，我现在难以为继了。"

陈辉说：

"这听起来是个好消息呀，不就是经费困难吗？没准我能给你投资呢？这个项目有投资前景吗？"

乔婕说：

"你就关心投资回报！我不知道这个投资有什么样的前景，我只知道，这个项目如果成功，所有的肿瘤病人都能受益，就像我曾从 PD-1 单抗药受益一样，它使我完全康复了，使我又全职上班，恢复了我的研究工作。你想一想，现在 PD-1 单抗药中的 K 药和 O 药那是多火呀，这是上千亿美元的大市场，说不定我这个 CRISPR/Cas9 改良 T 细胞的项目也能带来那样的回报。"

陈辉说：

"这样看来，你的项目还真是一个投资大风口！你知道我的公司是做生物医药风险投资的，这正是我寻找的投资机会！"

乔婕说：

"你看准了？准备投资这个项目？"

陈辉说：

"你有没有听说过这个新闻？美国的威廉·阿克曼（William Albert Ackman）从哈佛大学毕业后和校友一起创立了投资公司 Gotham Partners，身家已高达三十亿美元，他和麻省理工学院（MIT）的终身教授奈莉·奥克斯曼（Neri Oxman）结婚后，为了支持妻子奈莉的科研事业，阿克曼大手一挥，将自己市值 六亿三千万美元（约四十二亿人民币）的大楼，送给妻子打造实验室！

"乔婕，我看你回到肿瘤研究所上班后，工作起来并没有那么得心应手了，心情也没有那么舒畅，而且你手头又有这么好的项目，要不我干脆也学阿克曼，也做一次宠妻狂魔，为你投资建立一个新型独立研究所，让你做你想做的任何实验，你高不高兴？"

乔婕说：

"你要为我投资建立一个研究所？你的公司能拿出那么多经费吗？"

陈辉说：

"这么多年，我一直在生物医药风险投资这一行摸爬滚打，扶持上市了十几个公司，回报都不错，这个你是知道的，虽然不会拿出像阿克曼六亿三千万美元那么多，但三四个亿肯定是轻轻松松拿得出来的呀！"

乔婕说：

"你不是开玩笑？你说的是真的？"

陈辉说：

"当然不是开玩笑，我是认真的，再说，我这是投资！不是拿钱打水漂！你的项目一旦成功，那将是有极大回报的，难以想象！只是新成立的研究所，我的投资是要占股份的，产出回报将来按股份分成。"

716

乔婕说：

"占股就占股，我不是那么在乎股份分成，我只想把这个CRISPR/Cas9改良杀伤细胞的项目做成，你想怎么干，那都随你！"

陈辉说：

"好，那下周我们公司开一个董事会，要将这个项目作一个立项可行性说明，你随我去杭州，在这次董事会上向几个重要的股东讲一下可行性的问题，董事会通过了立项之后，这个项目就可以启动了。"

乔婕说：

"那好，我这几天把材料组织一下，下周随你一起去杭州。"

陈辉说话底气这么足，是和他这些年在风险投资领域取得的成功很有关系的。那年陈辉与乔婕一起出国，进入位于美国巴尔的摩市的霍普金斯大学攻读博士学位，在他二十七岁时拿到了生物化学博士学位，此时乔婕仍在耶鲁大学的分子生物系完成博士论文，为了和乔婕在一起，他又考入耶鲁大学管理学院攻读管理学位，到了实习阶段，陈辉参加了雷曼兄弟的投行部的面试，成为这家投行的实习生。

在雷曼兄弟工作七年之后，陈辉与几个有实力的同事一起出来成立了巨乔资本，成为巨乔资本全球执行合伙人，专门从事生物医药领域的风投工作，乔婕回国后，陈辉也把投资领域转移到国内，成为巨乔资本中国基金创始及执行合伙人。陈辉回国后，恰逢国内的生物医药大发展的时期，他干得风生水起，扶持了十几家公司在境内外股市上市，与此同时巨乔资本也赚得盆满钵满，成为数百亿级的基金机构。

而陈辉则是这个金融巨无霸的实控决策人和第一掌门人，他有着冷峻而犀利的投资目光。这次陈辉从乔婕的谈话中，敏锐地发现她的项目很有投资前景，是一个投资的大风口，如果取得成功，将会从中得到丰厚的回报，所以他这么积极主动地要为乔婕设立一个新的研究所。一来是满足投资需要；二来还可以让妻子乔婕感到高兴，做了情感投资；三来也算是他对乔婕心中愧疚的一种补偿。这么多年来陈辉一直忙于投资，他与乔婕两个人聚少离多，两个人都是匆匆见面，匆匆离别，在家中也很少相聚，两个人之间的情感已经慢慢疏淡起来。

在陈辉看来，这笔一举三得、一石三鸟的投资是很值当的。

巨乔大厦位于浙江省杭州市滨江区的杭州国家高新技术产业开发区，是一座三十六层的独体大厦，这里是巨乔资本的总部。陈辉作为巨乔资本的董事长、实控人，他的办公室位于巨乔大厦的五楼。前一天乔婕已经和陈辉一起坐飞机来到杭州，今天上午九点的时候，他们一起来到陈辉的办公室里，准备等到十点钟的时候，两人一起到隔壁的小会议室内参加项目立项会议，由乔婕向重要股东进行立项可行性说明。

站在巨大的落地玻璃前，乔婕面向钱塘江，不由得心生感慨，这么些年来，她一直从事肿瘤学研究，加上前两三年因为一直生病，在国内、国外各大医院来回治病，她对陈辉事业的发展虽有耳闻，但绝没想到他竟然干得这么风生水起，将一个总量只有几亿的基金发展成为数百亿的金融巨无霸。

到了十点还差五分钟的时候，乔婕随陈辉一起进入小会议室，六个重要股东已经全都到位。陈辉坐在主席位上，先向各位股东说明了此次动议的内容和目的，接着由坐在陈辉右手席的乔婕向这些股东作了立项可行性及投资前景报告，当乔婕作完报告后，几位股东报以掌声做了回应。进入论辩阶段，各位股东向乔婕轮番发问，而乔婕一一作了回答。

在这个过程中，一直没有说话的副董事长、巨乔基金二号人物李飚说话了：

"我不同意这个项目。"

陈辉和乔婕听了李飚的话都心头一惊，因为平常李飚与陈辉的配合非常好，很少对陈辉的动议这么直截了当地否决。陈辉问道：

"李总，你为什么不同意这个项目，是有什么理由吗？"

李飚说：

"你这个项目，是成立一个纯学术性研究所，让我听起来非常像阿克曼投资，为他在MIT当教授的妻子奈莉建立一个研究所。但陈董事

718

长，你可能没有注意到，阿克曼投资建立的这个研究所并不是一个纯学术研究所，而是一个有投资意向的机构。

"我的意思是，如果巨乔基金只投资一个纯学术性研究所，这是国家科研管理部门的任务，不是我们资本的投资目标，所以，我不同意成立这样一个研究所。"

陈辉和乔婕听了心中非常沮丧，因为李飚虽然在巨乔基金的地位没有陈辉那么高，但他的这个理由很有说服力，足以影响其他几个大股东的意见，最终使这个项目"流产"。现场气氛有些尴尬，不过李飚又接着说话了：

"我不是要完全否决成立研究所的这个动议，而是建议把这个项目进行一定意义上的拔高和再定位。"

陈辉问：

"如何拔高和再定位？"

李飚说：

"我建议我们干脆成立一个医学孵化研究院。"

陈辉说：

"医学孵化研究院？你的意思是，我们巨乔基金在生物医学领域进行投资前的调研，会遇到很多不成熟的项目，这些项目仅仅存在于医生、护士或研究人员的脑海里，有时只是灵光一现的想法，将这些不成熟的项目引入新成立的医学孵化研究院中进行培育、孵化、研究和提升，成功后再进行追加投资？"

李飚说：

"陈董事长果然睿智，我一说就全都明白了。我们这么多年在风险投资的过程当中，的确遇到很多医学项目处于嫩苗阶段，前景不是很明朗，需要进一步研究，说白了就是需要进一步孵化之后，再进行大规模投资，投资之后再上市从中获利。

"而且成立了医学孵化研究院之后，嫂夫人乔教授想做的肿瘤防治研究项目，也能很好满足，就是在这个研究院设置一个小型的肿瘤研究所，乔教授的项目就能很好地完成。"

陈辉说：

"李总的动议非常好！我一直想要成立这么一个孵化基地，苦于没有机缘，没想到我夫人想成立研究所能成就这份机缘，而李总点化提升这个项目，正好将两件事合成一件事来了。我同意李总的动议。"

董事强因杰说：

"依我看来，我们巨乔基金成立这个医学孵化研究院，研究的范围更广阔，必将带动很多新兴的产业，将比阿克曼成立的那个研究所更有商业价值，更有投资前景，更有发展的内在冲动和动力。"

其他四位董事也纷纷给出了他们的赞同意见。

李飚说：

"既然嫂夫人乔婕教授是资深医学人士，又有在普林斯顿大学和普林斯顿高等研究院进行多年研究的经历，我提议，就请她担任新成立的医学孵化研究院的首任院长，并将研究院的名字命名为'巨乔医学孵化研究院'。不知道嫂夫人愿不愿意接受这个邀请？"

乔婕说：

"我愿意啊。只是在你们这些投资人的眼里，什么东西都可以变成投资，什么都可以变成挣钱的项目。当然成立了一个医学孵化研究院，这是更符合我的意愿，也更顺应中国现在鼓励创新、保护知识产权的大潮流，所以，只要能造福大众，只要有利于我的肿瘤项目研究，我就接受。只是我有一个建议，将这个医学孵化研究院设立在北京。"

李飚说：

"为什么呢？难道仅仅因为你的家在北京吗？如果是这样的话，嫂夫人在担任研究院院长以后，你肯定会从你现在的单位辞职，把家搬到杭州来，不是更好吗？"

乔婕说：

"我不是从我个人的角度考虑问题，关键是北京的医疗资源极其丰富，医学智能极其充分，这是杭州远远不能比拟的，把研究院设置在北京，更有利于工作的开展。"

李飚说：

"既然这样，那我同意乔教授的意见，就把研究院设置在北京吧，只要一会儿董事会投票通过，就可以实行了。"

　　董事会成员一致同意，成立医学孵化研究院将是巨乔基金的战略性投资，也是一个战略性升级行为，会极大地提高风险投资的成功率，并同意将"创新"作为新研究院的宗旨。

　　在此后的议程中，除陈辉外的六位董事一致同意让乔婕出任新成立的医学孵化研究院的院长，同时还让乔婕兼任下属的肿瘤研究所所长。此后，陈辉作为巨乔基金董事长，在一年的时间内完成了风险投资评估、股权分配方案及立项程序后，向政府相关部门申报，成立了独立的巨乔医学孵化研究院。乔婕在全国各大院校招贤选材，吸纳大批人才投效于新成立的研究院中。

　　陈辉还将巨乔基金位于北京北五环以内的一栋八层的办公楼拨付与新成立的研究院，以其为研究院的办公和实验场所。新成立的巨乔医学孵化研究院大楼位于北京北五环以内，大楼内部极为宽敞，二〇一六年被陈辉以一点三五亿人民币的价格购入。这栋楼本来是巨乔资本在北京的总部，后来他们将总部移师到杭州之后，这栋楼就暂时空置了，原本打算作为写字楼对外出租，现在正好用来作为巨乔医学孵化研究院的院址。

　　在不到一年的时间内，巨乔资本先是向巨乔医学孵化研究院注入五千万人民币购买各种最先进的大型研究设备，又在第二期拨付三千万人民币作为研究经费。除此之外，巨乔资本还成立了一个孵化基金，总额度为八亿人民币，用于研究院各个项目的运作和实施。这样说来，巨乔资本为新成立的研究院总投资达十点一五亿人民币。

　　乔婕很快就从肿瘤医院的肿瘤研究所辞职，全力投入巨乔医学孵化研究院的筹建工作当中。乔婕就开始在这个新的研究院中进行她的实验研究，以此启动她的CRISPR/Cas9改良杀伤细胞的课题，而甘隆的一些科研课题也转移到新研究所当中来实施了。

第七十四章　再赢得一个充实的自我

如果时光就这么流淌下去，那岁月就一定非常美好，乔婕和甘隆之间的故事也就基本上到此为止了，而我们这本著作就肯定是一本非常乏味的小说，或者根本就不能成其为小说。

时光的河流又在前面发生了一个急剧的转弯。这一天乔婕在肿瘤研究所做实验的时候，她又开始咳嗽起来。开始的一两天，乔婕并没有在意，但是她的咳嗽慢慢加重起来，她发现这是一种刺激性咳嗽，不是那种因为伤风感冒导致的咳嗽咳痰，所以乔婕开始警惕起来。

这一次乔婕很快又去做了全身的检查，结果在肺动脉加强CT发现她的右肺动脉里面又长出了肿块。乔婕把这个不好的消息立即告诉了甘隆，甘隆沉思了片刻之后，带着乔婕去做了全身PET-CT检查。

很快PET-CT检查结果出来了，提示右肺动脉里面有新增的黄亮光区，SUV值在二十以上。看了这个报告，甘隆心头一紧，他明白，这个结果无疑就是说，乔婕在做了第一次胸部大手术七年多的时间后，她的肺动脉的另一个位点又长出新生的肺动脉肉瘤。这个结果令乔婕非常沮丧，也让甘隆非常紧张。

甘隆和余辰、乔婕及陈辉他们迅速对乔婕的病情进行了讨论，他们认为必须要尽快再做第二次开胸手术。鉴于第一次对左肺动脉剥脱手术后取得了十分理想的效果，甘隆在征得了乔婕和陈辉的同意之后，仍然准备为乔婕的右肺动脉肉瘤进行剥脱手术，而不进行右肺切除或者右肺动脉的置换术，这样能够最大限度地保存乔婕的身体机能，为她今后的抗癌治疗保留好足够的身体条件和足够的免疫力。

由于是肺动脉肉瘤的第二次开胸手术，这在全世界的文献报道中几乎未见报道。因为心脏和肺组织与纵隔内的组织发生广泛粘连，二次开胸手术十分困难，操作过程中稍有不慎，就可能发生心脏或大血管撕裂，引发大出血，有可能导致死亡！

为了让这次开胸手术做到万无一失，甘隆为乔婕选择了最安全的手术方案，在麻醉、消毒、铺巾完成后，先经股动脉、股静脉插好引血管道，建立起体外循环，如果有大出血发生就随时转动体外循环机保命。

嗣后，甘隆再从胸骨正中开胸，这次开胸他没有使用普通电动锯劈开乔婕的胸骨，而是用一种摆动锯一点点地切开胸骨后，再一步一步地分离心脏周围的粘连组织。甘隆这样做的目的，是万一在开胸时心脏和大血管发生了破裂，就可以立即开启体外循环机，保证机体的供血。

在手术中，甘隆小心翼翼地解剖出乔婕的主肺动脉、左肺动脉，他检查这两个部位没有新发病变，继续分离到右肺动脉时，果然发现有新的病变存在。切开右肺动脉后，甘隆小心地将新生病变切除，并对右肺动脉的内膜进行完全的剥离，直到右肺动脉的树状分支结构的极细小远端的内膜也被干干净净地剥脱下来。

由于是第二次开胸手术，分离粘连的过程费时很长，做内膜剥脱术时需要进行深低温停循环，手术的主体部分结束后，还需要花很长时间对创面进行全面止血，这些操作加在一起，就不可避免地延长手术时间，使这次手术的时长长达九个多小时，差不多是一般心脏手术时长的两倍以上。好在在甘隆的精心操作下，整个手术过程没有出现险情，虽然手术进度相对慢了一些，但结果令人十分满意。这次手术创伤很大，出血很多，甘隆为她输了七个单位的血，这些血液加起来有两千多毫升，甘隆在完成了手术的主体部分后，他仍然继续完成余下的止血、关胸过程。在敷好乔婕胸部切口的敷料后，甘隆又和李伟、张加成两位大夫一起将乔婕过床，推入了重症监护室，交给了重症监护室的医生和护士看护。当被推出手术室的时候，乔婕身上还必须插着三根引流管。

这个时候已经是下午快五点了，甘隆迅速吃了午餐，稍事休息后，又立即来到床旁守候乔婕，他是想在乔婕醒来时亲自告诉她手术成功的消息，他怕乔婕在进行了大手术后醒来有害怕和孤单的感觉，他不想要乔婕在四肢被束缚中听到监护室中鸣响的声音而感到恐惧。

乔婕是在当天晚上从麻醉状态中醒了过来的，她看见甘隆守候在床旁，心中十分感动，但此时的她嘴中仍然还插着气管导管，她是说不了话的，便向甘隆点头致意，用她的手指向甘隆轻轻地招了一下，甘隆明白乔婕的心意，便伸出手来，将乔婕的手握在掌中。

乔婕的心中有了甘隆的扶持，心中感到十分的踏实，不知不觉之中又安然睡去。到了第二天早上，甘隆在经过试停机等系列操作后，顺利地为乔婕撤除了呼吸机的辅助。

这次手术中的标本被送到病理科进行了病理检查，一个多星期后，病理报告出来了，证实了这次乔婕的右肺动脉新发病变也是肺动脉肉瘤，但这个病变不是上次左肺动脉肉瘤的复发。

根据这次病理检查的结果，乔婕再次在陈辉的陪同下，飞赴休斯敦安德森医学中心，向德里教授寻求治疗的建议。他认为，既然这次病理发现是在另一个部位新发肿瘤，而且病理特征与第一次肿瘤基本相同，那就应该再次启动以阿霉素联合异环磷酰胺的方案。乔婕问德里教授说：

"我这次来您这里，就是想问一问有没有新型的药物出现，我可不可以参加更新的临床试验？"

德里教授说：

"你的情况是一种很罕见的疾病，肺动脉肉瘤手术后已经生存七年了，这是这种疾病最长的生存纪录，这不能不说是一项奇迹。实际上你的治疗方案已经是全世界最新的方案，一方面你是这种治疗方案的受益者，另一方面也给予我们临床医生治疗这种疾病的信心。我检索了一下我们医院正在进行的肿瘤药物治疗方案，没有发现适合你的治疗更新的临床试验，以我个人的经验来看，我觉得在你仍然进行PD-1药物治疗的同时，加用阿霉素联合异环磷酰胺方案的化疗，可能是最适合你的。"

"我必须在安德森医院进行下一步的化疗吗?"

德里教授说：

"你上次来治疗是七年前的事情，这七年之间，我也曾到北京进行过好几次学术访问，那里的化疗和放疗及免疫治疗水平在迅速提升，除了最新型的药物临床试验仍然跟不上节奏外，他们的非手术治疗水平已与我们这里看齐。

"而且，据我得到的消息来说，在中国风险投资的助力下，中国的新型肿瘤药物特别是免疫治疗药物的创新方面已经呈现出非常生动的局面。你可能也知道，欧狄沃（Opdivo）其实是一位叫作王常玉的华人科学家主持研发的，我听说他已经回到国内进行创业，研发新的肿瘤免疫治疗药物。当然，在中国进行创业的企业和个人还有很多，现在他们开发出很多新的产品，有很多新的药物已经进入临床一期、二期和三期试验阶段。中国的药监局已经批准好几款新药。既然你在我这里没有新的临床试验可以参入，我建议你的化疗可以回到北京去进行。"

听了德里教授的这番分析，乔婕和陈辉商量后，决定回到北京的肿瘤医院进行化疗，希望能取得第一次发病化疗后那样的效果。这次化疗是在天辰医学院附属肿瘤医院肉瘤科方教授主持下进行的，她同样准备先为乔婕植入PICC管，为化疗进行准备，同时还按照每三周输注一次K药的规律进行免疫治疗。

这次在右肺动脉发生新的肉瘤，纵隔淋巴结发生转移，当时病情实际上十分危急，虽然甘隆经过艰苦的努力顺利地完成了第二次开胸手术，但这仍然给乔婕心理造成了很大打击。

乔婕不知道这次治疗要花多长时间，自己到底还能不能回到工作岗位，还能不能再进入实验室去做实验。这次在去肿瘤医院住院前，乔婕向巨乔资本请了假，由陈辉暂时兼任巨乔医学孵化研究院院长一职。

　　乔婕对未来有着很多的疑虑和不安，她曾一度以为自己已经战胜了癌症，本以为曾经经历过的痛苦已经尘埃落定，没想到却是暴风雨前的宁静，狂风暴雨再度不期而至！对于这次重新发作了的肿瘤，乔婕感到再度被命运扼住了咽喉，仿佛听到一个阴郁的巫觋用恶毒的声音在她耳边低语："你将无路可逃！"

　　这次从休斯敦回来后，乔婕对化疗感到十分抗拒，也十分害怕。相比较化疗来说，乔婕觉得刚刚经历的第四次大手术没那么可怕，她觉得即使手术失败了，她也会在全麻的状态下离开这个世界，但是化疗却是那么狰狞，那么让人不忍目睹。

　　她记起来当初在纽约斯隆医院化疗时的痛苦经历，这让她不寒而栗，尽管甘隆已经为乔婕约请了方教授，请她安排好了住院做化疗的日期，她总是推迟去肿瘤医院住院，她甚至有时想放弃治疗！七年前的记忆再次浮现在她的心头，那种痛苦令她感到一种苍白的无力，那时斯隆医院输注红色魔鬼阿霉素的时候，她的眼睛看着像怪兽的血液一滴一滴进入自己的体内，病房内白色的床单，白色的屋墙，白色的天花板，白色的照明灯，整个病房就像是一座白色的牢房，将她乔婕牢牢地困住，即使她拼尽全力也无法逃脱。乔婕害怕这种被困住的感觉，那是困兽犹斗的无奈，之前化疗的痛苦经历再一次呈现在脑海里，她不想再经历一次这种可怕的化疗，在再次显现的恶魔的巨人黑影下，乔婕甚至失去了挣扎的欲望，脑中只有一个要逃离和解脱的念头。

　　乔婕为自己再一次罹患感到委屈不解，她甚至在一个人的时候，面对窗外，大声地喊叫，问苍天为什么要一而再、再而三地让她陷于万劫不复的境地！她甚至对自己说，生亦何辜遭再劫，死亦何幸是解脱！她开始有了厌世的情绪！

　　甘隆两次为乔婕开好的住院证，都因为乔婕的拖延而错过了住院日期，使这两张住院证作废了，而乔婕给出的借口是她的实验室还有一些重要安排，她一时离不开，但甘隆到实验室去找乔婕时，乔婕并不在实验室，乔婕的学生还说乔婕这几天就没有来研究院上班！

甘隆到这时才明白过来，这是乔婕在躲避治疗！甘隆直接来到乔婕的家中，对她说：

"乔婕，陈辉呢？你生这么重的病，他没在家陪你吗？"

乔婕说：

"陈辉昨天出差到杭州去了，公司有一项重大的追加投资，需要他到现场亲自拍板。"

甘隆生气地说：

"那他也不能丢下你不管呀，你现在生了这么重的病！他怎么尽想着投资？尽想着挣大钱？爱人的生命没有了，挣那么多钱，又有什么意义呢？"

乔婕说：

"这不怪他，他陪了我好多天，我不能总这么拖着他呀。他公司有事，真是脱不开身！"

甘隆仍然义愤地说：

"你就这么护着他吧！好，我现在不谈陈辉的事，乔婕，你该去住院了！化疗是耽误不起的，否则病变将会继续生长，到时候就不好办了！"

乔婕说：

"我手头还有好几件事要办，等几天再去住院吧？"

甘隆说：

"方教授那里床位紧张，我好不容易请她通融安排了床位，再不要浪费这个机会了！"

乔婕说：

"我实在手头有事，等几天再说吧。"

甘隆说：

"婕，我知道你是害怕，你是有畏难情绪，我已经到研究院去找过你的两个博士后，他们说你手头的工作已经有人接手了，你不要以这个借口不去住院。"

乔婕一下发起怒来，说：

"我不想去，化疗的滋味实在太难受了！要去，你自己去吧，我可

727

不去!"

甘隆说:

"婕,你别说孩子气的话,如果化疗药打在我的身上,能消减你身上的肿瘤,我一定就去住院,去替你受这个罪。"

乔婕说:

"我实在不想再受这个折磨了呀,你没有化疗过,不知道那是什么样的痛苦,再说,即使化疗后这个病好了,它又会复发的呀,我实在受不了没完没了的折磨。"

乔婕说罢,伏在沙发背上哭了出来,甘隆站起来,将乔婕扶起来,两手扶着她的臂膀,看着她的眼睛,真诚地对她说:

"婕,你不用怕,不必有恐惧心理,我已经多次和方教授面对面地交流过,这七年来,国内的化疗水平已经大幅提高了,特别是方教授她两次到纽约斯隆医院和安德森医院做高级访问学者,每一次都长达一年时间,她已经深得这两家最好的肿瘤医院化疗的精髓,她处理化疗的副反应已经十分得心应手了。"

乔婕听了甘隆的话,止住了哭泣,说道:

"哦,你说的是真的吗?化疗的副反应已经没那么严重了吗?"

甘隆看着乔婕的双眼,点了点头,说道:

"婕,这几年又有了好多新药,专门来对付化疗的副反应,这比七年前你第一次化疗时要进步了很多,你想想,那个时候你都扛下来了,现在不是更能扛下来吗?"

乔婕仍然哭着说:

"不是我不能扛过这个化疗,只是这次复发给我的打击太大,化疗好了又有什么用呢?即使治好了我的病,再过七年不是又复发了吗?我这七年来麻木自己,最终又有什么意义呢?"

甘隆说:

"七年!你这七年并没有白费呀!医学上说,在七年的时间一个人的机体细胞可以换了个遍,这就是说,你这七年时间内,又争取了一个全新的自我。再说,在这七年的时间里,你的生活是多么充实啊,

728

你既没有虚度，也没有浪费你的光阴。

"加缪不是说过吗？生活最重要的不是要活得最和睦、最安逸，而是要活得最充实，这七年的时间里，你赢得了一个全新的充实的自我，你做到了这一点！我相信，再过七年，你还会再赢得一个充实的自我！"

乔婕点点头，还是有点不敢肯定地问道：

"充实，充实就够了吗？即使肿瘤复发，我还能继续抗争下去吗？"

甘隆说：

"是的，乔婕，你不但能抗争下去，而且肯定能赢得胜利的！这七年之间，你是在痛苦中充实着，在欢乐和旅行中充实着，你充实了整整七年的人生，你为何不继续充实下一个七年呢？你难道没发现你现在已经成就了一个全新的自我吗？现在的你勇敢坚强，走过苦难，怀着一颗热爱生活的心，这是你在七年前完全没有的，那个时候，你娇小柔弱，肩膀稚嫩，而你现在肩膀能扛下一个天，敢对肿瘤君说不，敢把肿瘤君阻遏在光明之外。

"我知道，你现在的不敢去住院，现在的退让躲避，只是你一时的彷徨导致心灵的软弱，如果你再振作起来，你一定能迎来下一个七年或者更长的生命。"

乔婕已经止住了泪水，说：

"你说得还真是有点道理，人生就是一个七年接着下一个七年，七年之后就是全新的自我，说明我这七年的艰辛和苦难并没有白费。只是，我还有无助的感觉，一个人在与肿瘤抗争的路上走了七年，还要孤单地再走七年，真是有望不到头的感觉呀！"

甘隆说：

"乔婕，有什么困难，我都会陪着你的！你并不孤单，我愿意陪着你一路前行，你的身边将永远有我，我愿意陪着你走到生命的终点。人不怕走在黑暗里，就怕心中没有阳光。我会陪着你一直走下去，扔掉失望、忘记忧愁、摆脱病痛！现在只需要你站起来，和我一起住院，振作起来迎接希望，以积极的心态去拥抱健康！

"你记住，有什么困难，我都会陪着你的！"

乔婕说：

"想想也应该是这个理！好吧，命运向我露出爪牙，我就向它做个鬼脸，对它说'不'。"

甘隆说：

"这就对了！那你现在同意去住院做化疗了吗?"

乔婕抹干了眼泪，点点头，说道：

"嗯。"

甘隆说：

"那就不要耽误了，我们今天就去住院，我已经请方教授为你开出了第三张住院证，我还问了肉瘤病房的护士长，请她今天为你安排出一张病床来。时间不早了，现在就动身去肿瘤医院吧。"

乔婕感激地看着甘隆，说道：

"好吧，甘隆，谢谢你，在这么关键的时刻为我解开了心结，又跑前跑后地为我安排好住院和治疗的事情，真是太谢谢你了。"

甘隆说：

"乔婕，我们之间就不用说谢了，我都愿意去代替你生这一场病，不让你受这份痛苦了！"

乔婕说：

"打住，打住，我可不想要你生病，我要你健健康康的，你不要乱说了，小心一语成谶，你赶快吐掉，吐掉！"

甘隆听了乔婕的话，笑了起来，他顺从地向空气吐了两口，说：

"呸，呸！吐掉了。"

乔婕说：

"这还差不多。我们走吧。"

两人相视一笑，走出房门，来到地下停车场。甘隆开车将乔婕送到肿瘤医院，跑前跑后地为乔婕办理了入院手续，并将乔婕送入肉瘤病房住了下来。

第七十五章　我永远陪你走下去

乔婕住进肉瘤科后，她盘算起来，上次七年前在斯隆医院和安德森肿瘤中心进行过几十个疗程的化疗，这次住院就是要进行新的化疗了，她心中十分害怕，吓得一晚上没有入睡。

第二天上午，方教授带着治疗组来到乔婕的病床前查房，乔婕将她此前到安德森医院找德里教授门诊的经过和方教授说了，并将德里教授的诊治病历报告交到了方教授手中。

方教授对乔婕说：

"你的病历我已经完全复习过了，我同意德里教授对你病情的分析，也同意他提出在PD-1药物应用的同时进行阿霉素联合异环磷酰胺化疗的方案，你知道我曾经到德里教授那里作为高级访问学者学习过，他是我的老师，我对他很是尊重，所以，你的治疗方案可以在我们肉瘤科顺利施行。"

乔婕说：

"方教授，我现在仍然会害怕阿霉素，这个红色魔鬼般的药物。"

方教授说：

"哦，这个你不用那么害怕了，我可以给你两种选择，一是普通的阿霉素，这个副作用会大一些的，另外一种就是脂质体阿霉素，这个副作用要小得多，但在经济上的负担要重得多。"

乔婕说：

"我选择脂质体阿霉素吧，我怕用普通阿霉素，有可能坚持不下去！"

方教授说：

"脂质体阿霉素和普通阿霉素一样，也具有心脏毒性、手足综合征、口腔毒性和皮肤毒性这些并发症。"

乔婕说：

"这个我明白，反正七年前我曾经用过极量的阿霉素，我知道这些副作用的，我仍然希望用脂质体阿霉素吧。"

方教授说：

"好的，我知道你的意向性选择了，具体情况等我们对你的全面检查结果出来以后，我们会再次作出全面评估的。"

乔婕心里想，甘隆在她住院前说的话看来并不是虚言，是他真真正正地问过方教授，知道方教授有方法能减轻化疗的副作用，现在听到方教授的一席话，果然得到证实！乔婕在心里对甘隆十分感动，他是真在帮助自己渡过难关！

此次住进肉瘤科后，方教授为乔婕进行了全身性检查，肺动脉加强CT和PET-CT提示她的右肺动脉内的病变已经完全清除干净，而且第一次手术的左肺动脉内没有复发病灶，但纵隔内有淋巴结肿大，而且SUV值高达八以上。看了这个检查结果，方教授下医嘱请护士先给乔婕穿刺植入了PICC管，并决定尽快在本科启动第一次化疗。

这次在肉瘤科为乔婕植入PICC管并不顺利，护士在植入后发现PICC管输液走速不流畅，老是需要用手给输液袋加压后输液才有点滴流入，护士反复给乔婕的左右手植入过三次，仍然存在这个问题。方梅蕊听到肉瘤科护士长的汇报后，她分析可能是因为乔婕在前几年中曾经植入过PICC管好几次，引起静脉血管壁刺激性炎性反应，血管腔变小，从而导致PICC管失效。

三次PICC管植入失败，给乔婕增大了心理负担，她对前来查房的方梅蕊教授说：

"PICC管植入三次都失败了，每次植入PICC管让我的手臂又疼又肿，实在太难受了，我不想再尝试了，再试也是失败，那干脆就直接用外周静脉给我输液吧。"

方梅蕊说：

"化疗药经外周静脉输入是不可取的方法，那样会导致严重的静脉炎，特别是输阿霉素渗漏会导致皮肤坏死。我觉得你不要着急，我正在为你想办法，看能不能为你植入输液港。"

乔婕说：

"植入输液港好呀！我看见斯隆医院和安德森医院很多病人植入输液港，只是那时我的PICC管很通畅，我就没有要求植入输液港，现在是该用到这个的时候了。"

方梅蕊教授说：

"输液港当然好呀，它可以用四千次，持续十年，基本上算是一劳永逸地解决输液问题，而且不影响病人的洗澡，没有感染、出血、移位、堵管的后顾之忧，又不影响你做家务和运动。输液港我们医院已经进货了，只是还没有正式在病人身上用，这需要外科大夫经过专门训练后才能为你安装上，而我们医院做这个手术的杨主任刚好出差了，就怕你等不起，再等下去，你的肿瘤病灶会继续增大！"

乔婕说：

"那怎么办，事情就卡在输液港植入的问题上了！"

方梅蕊教授说：

"这个需要与外科交涉，我正在与出差的杨外科主任联系呢，可是他这几天还在外地出差，说要一个星期后才能回来。"

乔婕说：

"要等一个星期？我的化疗就要拖一个星期？那时间太长了，这怎么办？"

方梅蕊说：

"那只有等了，这是现在唯一的办法。"

乔婕突然想起，甘隆曾对她说过，有什么困难，我都会陪着你的！想到这里，乔婕对方梅蕊说：

"我问一下甘隆教授，看他能不能植入，行吗？"

方梅蕊说：

"那当然好！如果甘隆教授能植入输液港，我就以会诊手术的方式请他来我院，为你植入输液港。"

乔婕说：

"那这样，方教授，您先查房，我这就和甘隆联系，有消息我就来找你！"

方梅蕊带领她的诊疗组继续去其他床位查房，乔婕则等他们走开后，就拿起手机拨通了甘隆的电话。甘隆此时正准备刷手上台做手术，听完乔婕说明事由后，他回答说：

"乔婕，这个没问题，我那年在宾州大学医学中心做高级访问学者的时候，曾植入过三十多个输液港，这个手术难度不大，只要做过的人就不会忘记，我肯定能做好的。"

乔婕说：

"那太好了，方梅蕊教授说请你明天过来会诊手术，你可以吗？"

甘隆说：

"乔婕，你的化疗要赶时间，不能拖长了时间，我看不要等到明天了，我今天晚上过来，加班做一台手术，这台手术不大，很快就完成得了。你去和方教授说好，就今天手术，请她完善一下会诊程序，我就过来，你主要是要禁食六个小时，我下了这台手术，就到肿瘤医院来为你植入输液港！"

乔婕十分感动，有些想哭，但她忍住了，说道：

"谢谢你，甘隆，谢谢你，有你真好，有你真好！"

甘隆说：

"乔婕，别激动，别激动，你记住，我将永远会在你的身边，陪你走下去。"

乔婕声音有些哽咽，说道：

"我知道，甘隆，我知道，我这就去通知方教授！"

当天下午四点钟左右，甘隆已经完成了自己的手术，尽管没有吃午餐，他觉得不算太饿，心里担心乔婕等得着急，便索性不吃午饭了，直接就开车来到肿瘤医院找到方梅蕊教授。

此时方梅蕊教授已经办好了会诊手术的手续，甘隆便在一个肿瘤医院外科医生的陪同下，进入了手术室，乔婕随后就被推入了手术室，抬上了手术台。甘隆便在消毒、铺巾后完成局部麻醉，用柳叶刀在乔婕的右胸锁骨下做了一条二厘米多长的切口，用血管钳经切口在皮下组织下进行钝性分离，形成了一个安置输液港的囊袋。他接着又为乔婕完成了颈内静脉穿刺、输液港植入右胸锁骨下囊袋、远端导管植入中心静脉等一系列操作，所有操作一气呵成，从打局麻药开始到他缝完囊袋小切口的最后一针，只花了不到半个小时。

输液港植入手术完成后，甘隆又陪乔婕在恢复室观察了两个小时，确认没有出血和其他风险后，甘隆又将乔婕扶上了轮椅，将她推回到肉瘤科的病房，向她交代了术后的注意事项。这一天下来，乔婕因为疲乏，躺在床上不知不觉地睡着了，甘隆这才轻轻从病房退出。甘隆从肿瘤医院出来，来到大街上，他看了手表，此时已是晚上九点来钟了，甘隆便在肿瘤医院周边的一家小饭馆里点了两个菜和两碗米饭，这就算是他今天的中饭和晚饭合而为一的一顿便餐。

乔婕的化疗就在完成输液港植入术后的第二天就启动了，她的体表面积是一点六二平方米，方梅蕊医生按照脂质体阿霉素二十毫克/平方米体表面积计算，一支脂质体阿霉素的药量是二十毫克，方医生开处方时开了一支半共三十毫克的剂量。本来方梅蕊医生建议乔婕只用一支脂质体阿霉素，但是乔婕总是担心用药量不足不能杀死癌细胞，坚持要求方教授给予足量药物。

这次化疗开始的那几天乔婕的感觉不错，一是化疗的输液量比以前少多了，脂质体阿霉素的溶药液体只有二百五十毫升，输液时间也大大缩短，不像以前必须输足三千毫升，而且输液时间长达八个小时，这一点使乔婕最为满意；二是这时还没有出现很大的副作用，有一些呕吐、疼痛之类的症状，方教授及时给她加上了药物，尽量减轻乔婕的痛苦。

但是，随着化疗时间的延长，乔婕开始出现肌肉疼痛的症状，开始时右肩靠近颈部位置的肌肉疼痛，后来随着右肩颈到右胸口所有骨肉都觉得像是被人拉扯着一样疼痛。再到后来，乔婕觉得双侧大腿的肌肉也开始剧痛，方医生只好给她加上止痛药物，如西乐葆加派丁，或者泰勒宁加派丁，这些联合用药止痛。

再到了后来，乔婕出现白细胞减少、血小板减少、红细胞减少的血液三系减少的并发症，最严重的时候，白细胞降到了一千以下，而血小板降到了两万以下，血色素降到了六克以下，方教授分析这一方面是阿霉素对骨髓造血功能的抑制作用引起的，另一方面是乔婕因为化疗而失去了胃口，营养不足引起的，要求她无论如何要多补充蛋白质和补血食物。甘隆经常过来看望乔婕，将蔬菜水果用粉碎机打成糊状，用消毒无菌的容器送到乔婕的床旁边，让她慢慢喝进去。有时候乔婕出现口腔溃疡，不爱吃肉类食物，甘隆便将煮熟的牛肉、鸡肉和猪肉也粉碎成糊状，送给乔婕慢慢吃下去。

另外，方教授迫不得已为乔婕应用输血或各种药物进行对症处理。乔婕的血小板急剧下降，引发她好几次发生鼻腔出血，其中有一次是深夜一点钟时，鼻腔像喷射性地出血，乔婕只好捂着鼻子去找护士，护士急忙叫来值班医生，值班医生先是自己尝试着用棉球塞入乔婕的鼻子来堵住出血，结果根本没有用，两个鼻孔被堵住了，血液却从口腔里吐了出来。值班医生只好去请耳鼻喉科的值班医生会诊，试图以凡士林棒堵住出血，结果仍然无济于事。肉瘤科值班医生紧急为乔婕查血相，发现血小板低于一万以下，他紧急找到血库要血小板，好在血库里有白天手术剩下的一个与乔婕血型相同的血小板，值班医生紧急为乔婕输了血小板之后，她鼻腔出血总算控制住了。

好几次乔婕的血色素低于五克以下，方医生只好为她相应地输了血液，把血色素升到相对安全的范围。但是，白细胞过低，方医生只好为乔婕打升白针。

打升白针的副作用就是引起乔婕的骨头很疼，这一点让乔婕感到很害怕，方教授就用上了在美国斯隆医院和安德森肿瘤中心学到的办

736

法，在打升白针之前给乔婕吃上开瑞坦，结果神奇地让痛苦减少非常多。乔婕的口腔出现大面积溃疡了，方医生给她开出碳酸氢钠片泡水漱口，以清洁口腔和消炎，还给含维生素的口服液，以促进愈合伤口，还特别嘱咐乔婕要对着溃疡的地方多含服一会儿这些口服液。

乔婕承受了这么大的痛苦是值得的，在完成了六个疗程的化疗后，方教授再次为乔婕进行了全身的检查，她的左右两侧肺动脉原发病灶、双侧肺组织、纵隔淋巴结、脑部及全身其他部位没有出现热结节，就是说乔婕再次出现了完全缓解的状态。经过方梅蕊教授与德里教授通过远程会诊确立的方案，乔婕的治疗再次改回到每三周输注一次 K 药的状态，她在出院后休息了三个月，又恢复了工作状态。

第七十六章　救人者必先自救

时间又过去了将近一年，乔婕再次感到胸闷气短，这次她的警惕性很高，立即拨通了甘隆的电话，甘隆让乔婕立即来到天辰医院门诊，为她开具了超声心动图的检查，而后他又陪着乔婕一起去做这个检查。

超声心动图的检查医生是章教授，他与甘隆是很要好的朋友，他也知道做检查的病人与甘隆之间关系很要好，所以他说话十分谨慎。当乔婕在检查床上躺平后，章教授在乔婕的胸部涂抹好耦合剂，再用超声探头打出各种心脏的切面。

当章教授对乔婕的心脏打出右室流出道切面的时候，他发现了异常的地方，但他并没有说话，而是对着站在他身后的甘隆使了个眼色，再用手指点了两下乔婕的右室流出道的那个部位。甘隆也发现了异常，他知道章教授是不想让作为受检病人的乔婕知道这个不好的消息，所以，甘隆也没有作声，而是弯下腰来，贴近显示屏仔细地看了起来。

甘隆发现，乔婕的右室流出道和肺动脉瓣上已经又有了新生的占位病变，他的脑袋嗡的一下子响了起来，他觉得这个征象十分不好，这就是说乔婕第三次发生新生病变了，而这次发生病变的部位既不是位于第一次发病的左肺动脉，也不是第二次发病的右肺动脉，而是右室流出道和肺动脉主干，连带着肺动脉瓣也已经受累了。

甘隆觉得有些喘不过气来！接着甘隆的手有些发抖，眼睛也有些

738

模糊起来，甘隆知道，他这是为乔婕的病情着急，可能是急火攻心吧！想到这里，他镇静了下来，手发抖的现象也减轻了，眼睛模糊也好了一些。

乔婕发现章教授和甘隆的神情有些不对劲，不像他们刚进诊室的门时，章教授还跟甘隆开起玩笑，现在不但不开玩笑，而且连话也不说，只见章教授频繁地用手指指点屏幕，联想到自己新发胸闷气短的症状，这次症状进展的速度比上两次发病前更快，乔婕有一种不好的预感，觉得可能事情不太妙！

过了一会儿，章教授说超声心动图已经做完了，甘隆也镇静了下来，乔婕问道：

"章教授，超声有没有什么不好的征象？"

章教授说：

"您先等一会儿，我一会儿就出报告。"

甘隆陪乔婕走出了诊室，他思忖着如何向乔婕说出有新发肿瘤的迹象，但不至于影响乔婕的情绪。乔婕对甘隆说：

"甘隆，刚才你发现了什么，请直接告诉我，我不怕。"

甘隆想拖延一阵再说，便嗫嚅道：

"其实，也没有什么不好的，没有什么不好的。"

乔婕说：

"甘隆，你说实话吧，有什么不好的，我迟早都要面对，你总不至于说要掩盖下去，耽误我的治疗吧？"

甘隆被逼到了墙角，只好回答说：

"我刚才看见你的右室流出道和肺动脉主干上有病变，肺动脉瓣也有受累。"

乔婕听完甘隆的话，眼前一黑，双腿一软，几乎就要蹲伏到地上了，甘隆一把将乔婕扶住，又见她的眼睛闭着，便将乔婕抱了起来，走到候诊区让她坐好，轻轻拍打了几下乔婕的脸颊，乔婕这才清醒了过来。这个时候，章教授的超声报告已经写完了，让手下的住院医生送到乔婕的手上，乔婕仔细地看了这份超声报告，果然和甘隆说的一模一样，哭了起来，说道：

"我怎么这么倒霉呀，噩运就这么挥之不去！"

甘隆说：

"婕，你不要这么想，你要反过来想，你已经战胜噩运八年了，这次噩运再来光顾，你一定能把它打走，你一定能赢的！"

乔婕说：

"我真的能赢吗？我已经都麻木了！我实在受不了，受不了肿瘤一遍一遍地发生在我的身上！"

甘隆说：

"你肯定能赢，不但能赢，而且你能够完胜！"

乔婕说：

"我有一种好无力的感觉，感觉十分渺茫！"

甘隆说：

"婕，你要挺住，我陪你一起挺住！"

乔婕这才含泪点点头，甘隆继续说：

"这个超声检查只是一个初步检查，这个新的占位病变还需要做PET-CT和肺动脉加强CT来证实一下，它是不是恶性的，如果恶性程度高，我们就要做第三次开胸手术！"

乔婕说：

"第三次开胸手术，我的胸部不像是拉链似的，打开了又合上，合上了又打开，这太可怕了。甘隆，你在一个病人身身人做过三次开胸手术吗？三次开胸手术危险吗？"

甘隆说：

"三次开胸手术虽然不多见，但也不是十分罕见，我见过有一个病人曾经开过五次胸，他在外地做过三次手术，又在我们医院做过两次手术，最后也活得好好的！"

乔婕说：

"太不可思议了！一个人开过五次胸，他还活得好好的！那我开三次胸也不那么可怕了！"

甘隆说：

"是呀，乔婕，你要有信心，我说过，我要陪你走下去，帮助你战胜病魔，赶走肿瘤君！"

乔婕说：

"那好，有你说的这句话，我的心稍稍安宁了一些，我听你的，振作信心，战胜病魔！你刚才说，还要做什么检查？"

甘隆说：

"这些检查和以前的一样，仍然是全身PET-CT和肺动脉加强CT。"

乔婕说：

"那好吧，我们现在就去预约这两项检查！"

在接下来的两天内，乔婕很快就完成了预约的两项检查，结果证实了章教授的超声心动图报告上的诊断意见。甘隆向乔婕建议要进行第三次开胸手术，但是在这次建议的时候，甘隆的心里突然有些没有底气的感觉。原来是这几天来，他又有几次感到手抖、头痛、视力模糊，有两次是在他进行手术的过程中发生的，好在他在手术台上定了定神之后，这种不好的感觉就消失了，没有影响手术操作，但这是难度为中等的手术，整个手术时长约四个小时，甘隆的手术操作时间只需要两个小时，其他部分的操作可以由助手李伟、张加成两位大夫完成。

而乔婕这第三次手术的时间估计会在十个小时以上，因为这是世界上绝无仅有的肺动脉肉瘤的第三次开胸手术，心脏大血管与周围组织紧密粘连不说，还要进行右室流出道部分切除、主肺动脉及左右肺动脉切除、肺动脉瓣切除，之后再以带瓣膜的人工管道重建右室流出道和肺动脉。这个手术极其复杂，手术时间估计在十个小时以上，而且手术一旦启动，就没有人能替代甘隆完成部分手术操作，甘隆必须从头到尾进行下去。

甘隆这次预先为乔婕选定的手术方案和前两次不同。乔婕第一次的发病部位是在左肺动脉，第二次的发病部位是在右肺动脉，因为左、右肺动脉都有无穷多的树状分支结构，这样的结构是不适合进行切除置换，难以获得无肿瘤切缘的，所以甘隆为乔婕选定的第一次和第二次手术都是肺动脉肉瘤内膜剥脱术。但乔婕的第三次病变是在右室流出道和肺动脉主干，这是可以将病变部位切除，获取无肿瘤切缘的，因此可以实行置换手术。

这种手抖和头痛、视力模糊的症状让甘隆感到困扰，他以为是手术多了，体力疲累引发的后果，但有时候他充分休息时也有发作，这不得不引起他的担心！但到这个时候，甘隆还没有想明白这些不适发生的原因。

这种情况使甘隆很有些犹豫！他怕把乔婕收住院，却不能为她手术；如果他不为乔婕手术，可能没有地方，也没有大夫能为她完成这么复杂的手术了，乔婕将很快就陷于无可治疗的地步。甘隆不敢把他这些日子手抖和头痛、视力模糊的感觉告诉乔婕，他怕打击乔婕治疗疾病的信心。在这种两难的情况下，甘隆不知道如何走向下一步，这个时候乔婕打来电话，说她准备好住院了，甘隆便为乔婕开具了住院证，为她办理了住院手续。

在乔婕住院之后，李伟医生和张加成医生迅速为她做好了术前的检查和准备，甘隆为她组织了全院大会诊，邀请了包括麻醉科、ICU、呼吸科、胸外科、心外科的其他专业病房及血库的主任，全部参加了这一次会诊。经过一个多小时的讨论后，达成了会诊意见，认为这是一次必要的手术，具有手术适应证，但这次手术是全世界都没有报道过的第三次肺动脉肉瘤手术，是具有很大风险的，因此，在术前要取得家属的谅解，在家属签字同意后方能手术，而且院长将协调全院各科室全力配合，争取让这个手术取得成功。

乔婕住院后，丈夫陈辉请了假专门陪护乔婕，甘隆与陈辉详细地谈了这次手术的风险和可能发生的并发症，取得了陈辉的谅解，陈辉在手术同意书上签了字。甘隆便为乔婕安排了手术日期。

但是，在确定了手术日期之后，甘隆心里感到非常不踏实，他害怕这次手术万一有什么闪失，左思右想后就把手术停掉了。他停掉这次手术的原因是因为他自己感到手抖的频率比前两天更高，而且头痛、视力模糊更厉害，使他极度担心他在手术当中发作这种不适的症状，很可能会影响手术的效果，甚至会让乔婕失去生命。

这次手术停了之后，乔婕、陈辉和余辰纷纷来问甘隆，为什么停掉这次手术，甘隆只好解释说，术前准备还有些不太完善，等术前准备完善后，再做手术。陈辉听了甘隆的解释，仍然有些不高兴，嘴里嘟嘟囔囔地小声说，甘隆这样做是耽误了乔婕的病情，要知道肿瘤是一天比一天长大，病情一天比一天重！甘隆听了陈辉的埋怨，只好伤心地扭头回到办公室，自我反省自己是不是做错了！

过了两天，甘隆再次查房，看见乔婕因病情而憔悴的脸，他一发狠心，再次将手术排上了，但是在手术的头一天晚上，甘隆再次感觉到身体不舒服，又发生手抖和头痛、视力模糊，他在痛苦之下，又通知了李伟大夫把手术停掉。连续两次把手术停掉，使陈辉感到非常不解，因为他的时间非常紧张，两次停手术使他不得不延长假期，而他现在的风险投资工作正处于大发展的阶段。乔婕也感到非常痛苦和彷徨。陈辉去找了老同学、神经外科教授余辰，要他去帮着问一下甘隆停掉手术的真实原因。

余辰来到甘隆的办公室，问他为什么要两次停掉手术的真实原因，甘隆在犹豫了好长时间后说：

"对于这台手术，我现在心中有些没底气！"

余辰说：

"你怎么会没有底气呢？原来乔婕的两次开胸手术不是做得挺好的吗？"

甘隆说：

"现在情况有些不一样，这是第三次手术，关系到乔婕的命运，我心中有些惶恐，我也不知道是怎么回事，感到手都发抖、头痛、视力模糊，我不知道这是什么原因，所以我就把两次手术都停掉了。"

余辰说：

"这就奇怪了，你怎么会手抖呢？还有头痛、视力模糊，你不会脑子出了什么情况吧？我赶紧给你做一个脑电波、头部CT和核磁，看看你脑子有没有什么情况，排除一下是不是有癫痫发作，还是脑子中有肿瘤现在，如果这两方面没问题，那你就是心理有问题了，说明你因为跟乔婕的关系太近，所以怕手术出问题。"

甘隆说：

"我希望是这样，如果是因为心理问题，我可以好好排解一下，没准能缓过来，要是脑部出现问题了，那可怎么办呢？"

余辰说：

"不管是什么情况，我们先把检查做了，脑电图、脑CT和核磁做了之后可以排除癫痫和脑部肿瘤，如果没有脑部肿瘤和癫痫，你把心理上问题纠正过来后，就大胆地做手术。"

很快，甘隆的脑电图、脑部CT和核磁的结果出来了，出乎他意料的是，余辰的猜测果然正确，甘隆的脑电图是正常的，但脑部CT和核磁显示，甘隆的颅内存在一个肿瘤。甘隆看到这个报告，如五雷轰顶，就立即将检查结果拿给余辰看，余辰说：

"甘隆，这个肿瘤有三点五厘米乘四点二厘米大小，已经是很大的瘤体了，你最近出现手抖和头痛、视力模糊症状肯定与它有关系！"

甘隆说：

"你判断这个肿瘤是良性还是恶性？要如何治疗？会不会复发？"

余辰说：

"从核磁图上看，这个瘤体包膜完整，而且是均匀强化信号，这是典型的脑膜瘤的特征，是良性肿瘤。"

甘隆问道：

"脑膜瘤要如何治疗？"

余辰说：

"通常在两个厘米以下的脑膜瘤可以做伽马刀，或干脆不用手术，观察它的大小变化就可以；但是你的这个脑膜瘤直径在四厘米左右，是应该手术切除的，而且你的手抖、头痛、视力模糊近期加重，很可能说明这个肿瘤在近期有加速增大的趋势，就更应该手术了。"

甘隆继续问道：

"手术后会不会复发?"

余辰说:

"这个手术有一定的复发率,但如果手术时小心谨慎,不遗留残体,基本上就不会复发的。"

甘隆继续问道:

"手术后,我的手抖和头痛、视力模糊症状可以消失吗?"

余辰说:

"我分析困扰你的这些症状是可以消除的。"

甘隆继续问道:

"我如果做了手术,那几天能恢复工作?几天能做心脏手术?"

余辰说:

"你这个脑膜瘤位于大脑半球凸面的表面和外侧面,位置表浅,如果是我做手术的话,我为你选择微创手术,基本上做手术后的当天就能醒过来,第二天下地,第五天就能出院了。"

甘隆说:

"那太好了,我就请你为我做手术,你先为我摘除了这个烦人的脑膜瘤,我的手抖症状和头痛、视力模糊症状就能减轻或消失,我术后一周就为乔婕再做开胸手术!"

余辰说:

"你疯了吗?你做了开颅手术后的第七天就想做开胸手术,而且还是十个小时的开胸大手术!你知不知道,通常会在开颅手术后,我们要给病人吃左乙拉西坦片,防止术后癫痫发作,这可能会导致你的反应性下降。"

甘隆说:

"那我就不吃左乙拉西坦片,等做完乔婕的手术后再吃!"

余辰说:

"可以是可以,但这对你的身体不好,万一癫痫发作,你要吃大亏的。"

甘隆说:

"没事，为了乔婕，我身体吃亏也不怕，只要让我手抖和头痛、视力模糊减轻，我拼了命也要把乔婕的手术做好！"

余辰说：

"行吧，甘隆，我真佩服你！你这样做，真是奇人！我不得不佩服你！这样吧，我先尽快为你安排做脑部手术吧！"

甘隆问余辰道：

"我就纳了闷，我这肿瘤怎么长成的？为什么会突然长出这个肿瘤呢？"

余辰说：

"你这个瘤子不是近期长出来的，至少有十年的历史，甚至有可能有三十年的病史了，只是那个时候瘤体还小，对你的脑部挤压作用小，你没有感觉罢了，你为了乔婕的病情焦虑过度，可能是这个瘤子在近期增长加快的主要原因，而近期瘤体增长速度加快，你才会有手抖和头痛、视力模糊的症状。"

甘隆说：

"那为什么偏偏是我长肿瘤了？或者说，我长肿瘤的原因是什么呢？"

余辰说：

"脑膜瘤的发病原因并不十分确切，除了电离辐射等因素外，我还注意到，脑外伤是一个很重要的致病原因，特别是脑外伤的对冲部位容易发生脑膜瘤，这是一个非常奇特的现象。"

甘隆说：

"你是说脑外伤的对冲部位容易发生脑膜瘤？那我记起来了，我就受过脑外伤呀！"

余辰说：

"你受过脑外伤？我怎么不知道这事？"

甘隆说：

"你当然记不住，因为不是你受的伤，可是你好好想想，我这受的伤还是你造成的。"

余辰说：

"是我造成你受的脑外伤？"

甘隆说：

"你难道真的忘了？那年在龙池中学读书的时候，我们初一一班与初一五班进行篮球比赛，到了最后我们班以一分优势领先于五班，结果在最后一秒钟的时候，五班的刘槐一在篮下腾空跃投，想得分取胜，我和你同时腾跃压制住了刘槐一，盖了他的帽而使他没有得逞，我们一班最后险胜。只是当时你的肘部把我推向篮板，我的左额部受了重伤，我当时就昏迷了，最后到麻城县医院检查是发生了颅底骨折，脑脊液外漏，我的两个眼周淤血，像个大熊猫眼似的，我一个多月的时间内不能上学，只能在家中坐着静养。"

余辰说：

"你说起这事，我还真记起来了，说起来那是三十五年前的事，那年我们十五岁，现在五十岁了！"

甘隆说：

"这次我的脑膜瘤发生的部位就在左脑的额顶叶部位，正好是左额部外伤的对冲部位。"

余辰说：

"你说得还真是有道理，你的脑膜瘤还真可能是上次脑外伤的后遗症，脑膜瘤在早期发展很慢，要说三十五年的间隔也是完全可能的！"

甘隆说：

"余辰，我这不是找后账，把事情赖在你的身上，我是向你问询一下，能找到发病原因，我心里就踏实多了，就不用担心是基因突变和复发这些问题了！"

余辰说：

"甘隆，我知道你的意思不是要赖上我，而是要找病因！这么说起来，你有脑膜瘤还真和我有关。解铃还须系铃人，你放心，我这次手术，一定干干净净地为你摘除这个瘤子！"

余辰将甘隆患有脑部肿瘤的消息告诉了乔婕和陈辉，陈辉这才明白为什么甘隆两次推迟了乔婕的手术，觉得自己错怪了甘隆，感到十分惭愧，而乔婕听到甘隆准备在他自己做脑部手术后尽快为她进行第三次开胸手术，心中十分感动。乔婕和陈辉一起找来甘隆的办公室，进行了一番长谈。首先是陈辉向甘隆表达了歉意，他说：

"甘隆，我真没想到，你自己竟然也患有这么重的病，脑部肿瘤有四厘米大，这真叫我感到害怕。"

甘隆说：

"其实，这也不是什么大不了的病，它是良性肿瘤，切除了就没事，只是它引起了我手抖和头痛、视力模糊，所以我想在我的手术做了这些症状消失后，再尽快为乔婕手术！"

乔婕说：

"那这样会太为难你了，虽然我的病情也很紧急，我哪里忍心你这样摧残自己的身体呀！"

甘隆说：

"我问过余辰，像我这个位置的脑膜瘤手术后第二天就能下地，第五天就能自己走着出院回家，所以在我手术后的一周为你做手术，肯定是没有问题的。"

陈辉说：

"甘隆，我理解你的决定，所谓救人者必先自救，救人者在悬崖上必须站稳脚跟才能援手救助坠崖者。只是这样的话，对你的体力将是一个巨大的挑战呀！"

甘隆说：

"这个没有问题，只要手抖和头痛、视力模糊这些症状改善了，我就能将手术完成下来。只是你们有担心的话，我还可以为你联系一下圣地亚哥医学中心的马尼教授，你要不要问问他愿不愿意为你进行第三次手术？"

乔婕说：

"不，我不找马尼教授，你前两次手术让我多活了八年，甘隆，我相信你，我不再找别人了，很少有外科医生能做这样的手术，就算有的话，他们也不了解我的病情，我只相信你！"

陈辉说：

"甘隆，实际上我也想过你提的问题，我也曾委托在美国的同事了解过，这种手术你是全世界最好的，再一个，就算我们要去圣地亚哥医学中心，这中间的时间成本太大，办完所有的手续到达那里至少要一个月的时间，乔婕也等不起！"

甘隆说：

"既然你们相信我，要在我这里手术，那我就做拼命三郎，我先自己尽快让余辰为我手术，手术恢复后尽快为乔婕手术！"

乔婕说：

"那好，我先祝你的手术成功，再祝我的手术也成功！"

甘隆说：

"好，我们就一起约定，一起与病魔作斗争！"

很快余辰就安排甘隆住进了天辰医院的神经外科，为了确保甘隆的手术取得成功，余辰又为甘隆安排了头部核磁增强成像及弥散成像系列（DWI）和液体衰减反转恢复序列（FLAIR）等检查，通过这些检查，余辰更加明确确定了甘隆脑部肿瘤四周的解剖结构，做到让手术的创伤更小，以便让甘隆的恢复更快，而不会出现脑水肿、癫痫或运动障碍并发症。

甘隆的手术是在他住进神经外科后的第三天进行，这天是星期一，他被安排在当天的第一台手术。在全麻完成后，余辰和助手一起将甘隆的头颅固定在头架上，常规消毒铺巾后，在甘隆的左额顶取一个八厘米长的直切口，逐层切开头皮、皮下，用铣刀铣下骨瓣后，探查发现肿瘤并未侵犯周围组织。

余辰小心地将手术显微镜移到术野的上空，在显微镜的放大视野中，他小心翼翼地在肿瘤周围进行解剖分离，分块切除肿瘤，肿瘤与脑组织有轻微粘连时，他小心地分离，将受累的上矢状窦和凸面硬脑膜、肿瘤及周边脑膜尾征均完全切除。余辰严密止血后，用清水冲洗清亮，用人工脑膜重建硬脑膜，植入引流管，并用钛合金钢板固定骨瓣，逐层关闭头皮组织。整个手术一气呵成，如行云流水，两个小时十分钟就完成了全部操作步骤，而术中出血不足一百毫升。

这场手术下来，余辰感到十分满意。甘隆在返回病房后的两个小时内就清醒了过来，但他仍然处于迷睡的状态，余辰的助手为甘隆开具了术后脑部CT复查，发现甘隆的脑部没有异常出血。助手又为甘隆开具了一剂抗生素和甘露醇进行脱水治疗。到了第二天上午，助手见甘隆的引流管没有什么新鲜出血，便为他撤除了头部的引流管。

第三天甘隆从麻醉后的宿醉状态完全清醒过来，他看着外面的太阳，感到十分的美妙，他注意到他的手抖现象消失了，看着窗外的远景，视野清楚明亮，又拿起书来近看，也十分清楚明白，他知道，余辰为他做的手术十分成功，他想消除手抖和头痛、视力模糊的目的已然达到了，再休息几天出院后就可以为乔婕做手术了。

果然，在接下来的几天内，甘隆的恢复十分迅速，除了头部的伤口略有些疼痛外，他没有什么不适的感觉，吃饭、睡眠、运动、阅读和手部精细动作都正常，按照医疗流程，在术后的第四天，也就是星期五的上午，余辰的助手拿来了肿瘤标本的病理报告，是纤维型脑膜瘤，也是世界卫生组织（WHO）分型的I级良性脑膜瘤。余辰在上手术前，专门来告诉甘隆说，这个病理是良性的，甘隆不需要再做进一步的治疗，并嘱咐助手为甘隆办理了出院手续。

甘隆听了余辰的话十分高兴，当天上午就办好了出院手续，从神经外科病房回到家里，就给李伟大夫打了电话，要他安排星期六到科里进行查房，以便安排乔婕的手术工作。

在星期六查房的时候，乔婕见到了甘隆，她十分高兴地向甘隆表达了对他手术成功的祝贺，她也为自己高兴，因为自己的手术很快就会提上议事日程。果然，甘隆在查完房后，觉得乔婕手术的障碍已经基本上扫清了，便让李伟给手术室发送了手术通知单，安排在下周一第一台为乔婕做手术，与此同时，李伟还为乔婕进行了其他的术前准备，如术前配血和术前再次谈话签字，等等一应俱全。

第七十七章　以身试药

　　乔婕在星期一的早上七点半就被手术室的接送工接到了心脏和肺血管外科中心的手术间，甘隆一早就来到了病房，他陪着乔婕一起进入手术室，很快其他的几个手术助手也到位了。

　　虽然这次甘隆设计的术式是肺动脉及肺动脉瓣置换，与前两次手术做肺动脉内膜剥脱术是一种完全不同的手术方式，但他采取与上次手术一样的最安全的手术方案，同样是在麻醉、消毒、铺巾完成后，先经股动脉、股静脉插好引血管道，建立起体外循环备用，用摆动锯一点点地锯开乔婕的胸骨后，再一步一步地分离心脏周围的粘连组织。这次手术极为困难，仅仅开胸这个步骤就花了两个多小时。

　　经过几次手术的折磨，乔婕的体质大不如前，这次手术前乔婕的血色素已经降到十克以下，而且她的肝功能受到很大的影响，凝血机制比前几次手术时要差得多，因此，在甘隆为乔婕开胸时就发现有很多的渗血，使红细胞进一步流失，甘隆只好嘱咐灌注师及时地补充血液。

　　到了十一点来钟的时候，甘隆已经将肺动脉周围的粘连组织完全游离干净，为下一步手术打好了基础。接下来，甘隆阻断了升主动脉，在主动脉根部灌注了心脏冷停跳液，让心脏再一次处于舒张期停搏状态，接着就切开肺动脉，探查发现新发生的肿瘤已侵透肺动脉后壁，甘隆只好将肿瘤切除，又将肺动脉及肺动脉瓣切除，将部分受累的右室流出道也切除，将肺动脉后方的纵隔组织和淋巴结清除干净。

助手李伟此时已经将一个人工生物主动脉瓣缝合到一根两分叉的人工血管的根部，形成一个带瓣的人工管道。甘隆用一种叫作普理林的丝顺滑线将这个带瓣人工管道的近端与心脏的右室流出道缝合起来，在远端与左右肺动脉上的切缘缝合起来，这样就完成了整个右室流出道和肺动脉主干的重建。这是手术当中的最主要部分，此时已经到了下午三点多钟。

手术过程中，甘隆因为没有吃防止癫痫发作的左乙拉西坦片，在手术过程中两次发作右侧身体发麻，他明白这是癫痫小发作，好在他咬牙坚持住了，过了几分钟后这种癫痫小发作都自行缓解了，甘隆才接着将手术进行了下去。

手术的主体部分完成后，甘隆继续完成其余的操作步骤，此时乔婕病情危重的特点就显现出来了，因为凝血机制障碍，整个手术创面到处都是渗血。而且这次术前乔婕的新生病变是将整个肺动脉堵死，在甘隆开放升主动脉后，血液重新供应到肺动脉内。通常一个很久没有血供的组织器官，重新得到血供的时候，会发生一种特殊的副反应，这就叫作"缺血再灌注损伤"，因此，乔婕的肺组织重新得到大量充足的血液灌注后，就引发了肺部缺血再灌注损伤反应，表现为肺组织内大量渗出浆液性的液体，将整个肺野组织全都淹没了，肺组织气泡内全是渗出的液体，肺泡失去了氧合功能，很难进行维持生命所必需的气体交换功能了。

因此，在心脏复跳后，只能依赖着体外循环的辅助才维持着乔婕的生命体征。此时手术已经七个多小时了，甘隆和李伟、张加成几个大夫只能在手术台上继续奋战，一边等待乔婕的心功能和肺功能慢慢恢复，一边用电刀不停在创面上烧灼止血。七个多小时的手术操作，使台上的手术者都疲饿不堪，特别是甘隆在不到十天前做过脑部手术，而且作为主刀，他的压力最大，加上他与乔婕的特殊情感所在，他让台上的另外几个大夫轮流下去吃午饭，而他自己则一分钟都不愿意离开手术台，实在太渴太饿了，甘隆就让巡回护士打开葡萄糖溶液，用一根吸管插到甘隆的嘴中，让甘隆吸入后补充水分和能量。

甘隆及助手们在手术台上继续奋战了三个多小时，经过灌注师和麻醉师输补血浆、血小板和红细胞等措施，以及甘隆他们严密的止血操作，大量渗血的并发症终于慢慢消减下来，但是肺缺血再灌注损伤这个并发症不可能在几个小时内就会缓解的。甘隆发现只要灌注师将体外循环机主泵的转速减下来，乔婕的血压就站不稳，有持续下降的趋势，而且血氧饱和度及氧分压也维持不住，就是说此时肯定不能停止体外循环，甘隆决定为乔婕安装上体外膜肺（ECMO）。

甘隆派出李伟到手术室外去和陈辉交谈了装ECMO的必要性，在取得陈辉的同意后，ECMO迅速安装了起来，在ECMO的辅助下乔婕脱离了体外循环。

接下来甘隆亲自为乔婕进行关胸的步骤，但此时甘隆发现由于手术时间和转机时间过长，体液从血管内外渗严重，乔婕的全身组织明显水肿，她的双肺及心血管组织因为水肿而显著胀大，导致被劈开的胸骨不能合拢，一旦合拢就会引起血压下降。甘隆决定对乔婕进行延迟关胸的操作，为了防止发生感染，甘隆只将乔婕的胸部皮肤缝合上，但不合拢胸骨，准备待组织水肿消退后再进行关胸的动作。

在铺好胸骨切口辅料后，甘隆和李伟及其他几个助手在灌注师和麻醉师的配合下，将带着ECMO机器的乔婕从手术室送往ICU进行严密看护。有些大夫在手术中容易在额头或者身上出汗，甘隆平素身体很好，平时在手术当中很少出汗，但是在这次做了脑部手术之后，甘隆身体还没有恢复，体能很虚弱，在这次手术中甘隆出汗淋漓，身上的手术衣湿了干，又干了湿，手术衣上形成了白色的盐渍，而且他脱水得非常厉害，所以回到手术室后他赶紧喝了很多水，又脱下他那一身沾满血污的手术洗手衣，洗了个澡，吃了张加成买来的晚饭后，就像散了架似的倒在值班房里昏睡了起来。

睡了两个来小时后，此时已是夜里十一点多钟了，甘隆突然从睡梦中醒来，他担心乔婕的病情是不是不稳，便急忙来到ICU查看起来，好在乔婕的生命体征还算平稳，三根引流管的出血引流量在可接受范围内，只是她仍然靠着ECMO辅助保驾着，而乔婕到此时仍然没有醒过来，她的两个眼睛球结膜水肿得像是眼泪汪汪的样子，甘隆知道这是乔婕的脑部有水肿存在，他便要求值班医生为乔婕用上了甘露醇脱水。甘隆这才放下心来，回到值班室中继续休息起来，在这一夜间直到天明，甘隆这样起床到ICU去查看了三次。

经过在ICU中的强力脱水、利尿及应用血浆、输血及血管活性药物，乔婕体内多余的水分通过尿液排出体外，组织水肿慢慢消退下去，双肺和心脏大血管的水肿也好了很多，在术后的第四十八小时后，甘隆判断可关闭胸骨了，便再次将乔婕推入手术室中，在全麻下拆除了胸部皮肤上的缝针，应用医用钢丝将她的两侧胸骨合拢，并缝合了皮肤及肌肉各层，再将乔婕送回到ICU里严密看护。

在接下来的几天里，乔婕的恢复并不顺利，她的肺部呈现为大白肺，根本起不到气体交换的作用。过了几天后，肺部的透亮度好转一些，血压也稳定下来，甘隆和ECMO团队的医生同事一起开始试着调低辅助泵的转速，这个过程非常艰难。刚开始尝试着下调辅助泵转速的时候，乔婕的血压和血氧饱和度根本就维持不住，甘隆和同事只好暂时中止这种尝试。

直到这次手术后的第八天，乔婕的肺野才算变得完全透亮起来，血压也更加稳定，甘隆和ECMO的医生一起多次逐步减低辅助泵的转速，发现乔婕的血压和血氧都能够支持住，在试停机后，终于在术后的第九天撤除了ECMO的辅助。

这就算是治疗上的一个非常大的进步，但此时的乔婕仍然是带着气管插管，需要呼吸机辅助呼吸。雪上加霜的是乔婕的体温越来越高，最高达到了四十一摄氏度，需要护士为她塞入肛栓，同时在她的背部持续不停地应用降温毯才能退热。与此同时，乔婕的感染征象越来越重，表现在血相越来越差，白细胞高达三万以上，血小板越来越低，经常是低于三万，血培养和痰培养发现了耐万古霉素金黄色葡萄球菌

(Vancomycin resistant S.aureus，VRSA)，对抗生素的应用变得不敏感起来，监护室的医生只好对她联合使用抗生素，并加大药物剂量，输血和输血小板。

乔婕的体温反复升到四十摄氏度以上，最后物理降温和退热药肛栓都不起作用，护士给她用上降温毯也难以把体温降到三十九摄氏度以下，更可怕的是病情急剧变化，乔婕出现冷汗淋漓，四肢厥冷，精神疲惫，呼吸低微，面色苍白，并且血压又出现了波动，血压经常降到九十以下，有时候还降到七十多，只有加大升血压的药物才能回升到九十多。

甘隆的心情非常沉重，他知道乔婕现在已经是出现感染性休克的早期，如果不想办法阻止病情的恶化，乔婕的命运堪忧！但现在能用的医疗手段都已经为乔婕用上了，她的感染没有好转的迹象！

这天他心事重重地回家吃饭，锦梅在桌上问甘隆病情现在如何，甘隆就一五一十地讲了乔婕的现状，甘隆的父亲甘成元也坐在饭桌上，他也认真地听了甘隆的讲述。原来，在五年前，甘隆将家里的房子换大了一些后，他见父亲甘成元年事已高，再也不能到诊所去为病人看病，遂专门回了麻城一趟，把父亲接到北京来和他一起生活。甘成元开始只是听着，并没有插话，他边听边思考，等甘隆讲完了乔婕的病情后，他便放下手中的碗筷，对甘隆说道：

"甘隆，你说的这个病人的病情不是没有救，而是有救，用中医的方法肯定能救她！"

甘隆说：

"父亲，你开玩笑吧？我们用了这么多药，都是重剂良药，对她的感染性休克也不起什么作用，你说中药能治好她的病，这可能吗？"

甘成元说：

"甘隆，你别不相信人，我曾用这个方法治好不下三个这样的病人，不信你试试？"

甘隆说：

"父亲，真的吗？你治好了三个这样的病人？你是用什么方法？"

甘成元说：

"甘隆，如果你相信我的话，我就告诉你。你说的病情在中医上叫作亡阳证，表现为冷汗淋漓，四肢厥冷，精神疲惫，呼吸低微，面色苍白，甚至昏迷，舌淡润，脉微欲绝。"

甘隆说：

"对，对，对，父亲，您说得很对，乔婕的表现就是这样的！"

甘成元说：

"亡阳证的原因是素体阳虚、阴液耗伤、邪气亢盛导致的，抢救不及时，可导致阳亡阴竭，最终死亡。"

甘隆说：

"父亲，您有方法治疗吗？"

甘成元说：

"既然找准了症候，我就有方法治疗！只怕你不敢用这个方法！"

甘隆说：

"父亲，什么方法？我都不敢用？难道是大毒之药吗？"

甘成元说：

"对，是大毒之药，就是附子，它是有毒之药，但它能回阳救逆、补火助阳、散寒止痛，只有它对亡阳证有奇功！"

甘隆说：

"父亲，治疗亡阳证只有一味药吗？"

甘成元说：

"是的，只用一味制附子，但用量要四百五十克！"

甘隆说：

"附子四百五十克，这么大的剂量不会让人中毒吗？"

甘成元说：

"如果不注意当然会中毒，所以我要强调这个方法是附子要久煎二十四小时，将其毒性去除，而保留其回阳救逆、补火助阳的功效。"

甘隆说：

"父亲，你确定这个方法有效？"

甘成元说：

"有效！我都八十多岁了，行医几十年，真见它起过奇效！"

甘隆说：

"你确定这个方法无毒？"

甘成元说：

"只要按我说的方法煎药，无毒！"

甘隆说：

"那我就按您说的方法试一下，说不定真能把乔婕从死亡的边缘抢救回来。不过，我不能让乔婕冒险，我要先试一下药，如果我喝了没有副作用，我才敢让乔婕喝！"

锦梅说：

"甘隆，你疯了吗？你没有病，去喝这么有毒的药，为了一个外人，你以身试药，值得吗？"

甘隆说：

"值得，我的身体好，试喝问题不大。再说，乔婕是我做的手术，我必须想办法将她抢救过来。这个方法也是没有办法的办法，我一定要先试一下，我喝了没有毒性反应，我就给乔婕喝！"

锦梅说：

"你就作吧，为了乔婕，你这么做，你还要不要你这家了？你还管不管我和恩源了？"

甘隆说：

"我这是为了救病人，你别胡闹好不好？"

锦梅说：

"你是为了救病人吗？你是为了救你的老情人，你才这样要以身试药！"

甘隆说：

"你怎么说这种话？你这不是胡搅蛮缠吗？"

锦梅说：

"我胡搅蛮缠？你以为我不知道，你去做开颅手术，也是为了乔婕，为了把她的手术做好，你就急着去做开颅手术，你这不是为了你的老情人吗?"

甘隆说：

"我不和你讲了，反正这个药我是要试定了!"

锦梅说：

"你这么危险地为一个外人试药，万一出了大问题，你把我和恩源母子俩置于何地? 你又把你的老父亲置于何地?"

甘隆说：

"我又不是盲目地瞎试药，爸爸说了，病人这么吃药是没有什么事的，我只是没有经历过这种方法，谨慎地试一下，肯定不会有大问题的!"

锦梅大声说：

"我看你是被乔婕迷住了心窍! 你自己都是一个病人，是做过开颅大手术的病人，一点都不知道爱惜自己，你现在还非要逞能去试那么毒的药! 你不要命了吗? 你试吧，试吧，试出个毛病来，我也管不了你，你就和乔婕一起去过。"

说着，锦梅哭着到隔壁房间去辅导恩源做作业去了，而甘成元听到甘隆夫妻在吵架，后悔地说是自己鲁莽了，说出这么个治病方法导致儿子和儿媳不和。

为了节省时间，甘隆到中药店里头了九百克的制附子，拿到家中，请父亲甘成元按他所说的方法煎成汤剂，他自己到医院去上班，在手术间去守护乔婕。第二天晚上甘隆回到家中，父亲已经将两份中药煎好了，甘隆便将其中的一份喝了下去，躺在床上观察自己有没有异常反应，结果他感到身体轻度发热和出汗，四肢温暖外没有任何其他不适，父亲甘成元走到甘隆的床旁边，对他说他的轻度发热和出汗、四肢温暖这些变化都是附子的药功，是正常反应。

次日早上，甘隆起床后还是没有发现自己有任何异常，便将另外一份药水温好，带到医院的ICU中，请护士用五十毫升的注射器通过鼻胃管一管一管地打入了乔婕的胃中。甘隆在乔婕的床旁守候一个多小时，没有发现乔婕有异常，便到自己的病房中去查房，接着又去手术室做手术去了，临走前甘隆还专门请ICU的值班医生观察乔婕的病情变化。

到了下午一点左右，甘隆完成了手术，就从手术室直接来到ICU里看乔婕，只见乔婕的脸色好多了，摸了摸她的四肢已经变得温暖了，而且乔婕一改几日来昏睡不醒的样子，睁大两个眼睛看着他。甘隆再看监护仪上的参数，血氧饱和度已经九十多了，而且血压已经变得平稳了起来。由于此时乔婕仍戴着呼吸机，她不能说话，只是摇着手向甘隆致意。

甘隆握住乔婕的手，俯下身子对着乔婕的耳边轻轻地说道：

"乔婕，你现在好多了，我看了你的胸片也透亮了起来，我明天就可能给你试停呼吸机！"

乔婕听了甘隆的话，便向他点了点头。甘隆这才去吃当天的中午饭，下午下了第二台手术后，甘隆又来看望乔婕，发现她的气色比上午还要好，甘隆这才在心里确定，父亲教给他的药方还真是有起死回生之功！甘隆将乔婕的呼吸机参数作了调整，将容控模式改为SIMV模式，这种模式是让乔婕自主呼吸为主，呼吸机辅助，这样可以锻炼乔婕的呼吸肌，为明天脱离呼吸机做好准备。

乔婕戴着呼吸机，一连十二天躺在ICU的床上，四肢被束缚着，十分难受，而且如果四肢这样长期不动弹的话，就会形成静脉血栓。甘隆有空的时候就过来，为乔婕做肢体按摩，以减少发生血栓的可能性。

第二天上午，甘隆来到乔婕的床旁，开始为乔婕做试停呼吸机的试验，经过半个小时的停机试验，乔婕的血压、心率、血氧指标都在合理范围，甘隆便为乔婕拔除了气管插管。乔婕在次日被转回到普通病房，继续进行着相应的治疗。

第七十八章　心随爱走　爱唯愿遂

　　乔婕从ICU回到普通病房后，又过了十来天的时间，身体完全康复，甘隆就让她出院回家休养了。乔婕在休养了一个月后，她的体力恢复到了术前的水平，便又回到巨乔研究院肿瘤研究所工作，继续进行CRISPR/Cas9改良杀伤细胞治疗肿瘤的研究。

　　到此时，乔婕的实验进展到关键阶段，她已经将受试者的细胞毒杀性T细胞（CD8+ Tcell）在体外分离出来，利用CRISPR/Cas9技术进行基因编辑，选择性地消除T细胞基因中一种编码PD-1蛋白的基因，从而将T细胞潜在的对肿瘤细胞的攻击能力"激活"，而且她还将新生的T细胞培养扩增，现在已经到了要进入初步临床前试验的阶段，这一步关系到整个实验能否成功！

　　本来开始时乔婕因为身体的原因，她是间断上班，到关键的时候，她就顾不得那么多了，又变成全天工作，还经常加班加点干。甘隆看到乔婕这么拼命地做实验，就过来劝她说：

　　"乔婕，你还是要多注意休息，不然的话，对身体的影响很大，到时候得不偿失呀！"

　　乔婕说：

　　"我是心急呀，这个项目如果能成功，对千千万万的肿瘤患者来说就是个福音，我自己深受肿瘤之苦，更能体会到肿瘤病人的心情。"

甘隆说：

"那也不能心急，如果你病倒了，不但这个项目完成不了，这个研究所也会垮掉的！"

乔婕说：

"甘隆，这正是我内心担忧的地方，要是哪一天我真倒下了，这个研究所怎么办？我的这个项目怎么办？那些受到苦难的肿瘤病人怎么办？"

甘隆说：

"婕，你不要胡思乱想！真要有那一天，我就来管理这个研究所！"

乔婕说：

"你是心外科大夫呀，你还有手术，如何来管理这个研究所？"

甘隆说：

"我可以两边兼顾呀，我到时候只做重手术，普通手术我就让李伟来做，李伟大夫这么多年跟着我，已经成长起来了，是一个成熟的心外科大夫，我已经向医院提议让他来担任心脏与肺血管外科中心的副主任了。这样的话，我就有精力来管理巨乔肿瘤研究所，从国内外吸收更多的精英加入其中，完成更多的肿瘤研究项目，当然，最重要的是要把你的基因编辑项目全部完成。"

乔婕说：

"甘隆，听你这样说，我心里总算踏实了一些，我就是拼了老命，也要把这个项目完成好！"

甘隆说：

"婕，你不要拼老命，我希望你长长久久地活下去，这才是我的最大心愿！"

乔婕说：

"甘隆，有你真好！我当初没有看错你，你有情有义，让我走过的每一天都有一种可倚靠的感觉。真的，我心里总在感谢你，感谢你给了我将近九年的新生命，使我能看到儿子小辉一天一天地长大！"

甘隆说：

"婕，你不要说谢了，为你所做的一切，都是出于我爱你，都是我心甘情愿的，我都愿意去代替你承受那份患病的痛苦！有个哲人说，爱的真谛是'爱唯愿遂'，就是说，爱一个人就要帮助他顺遂心愿，我现在最大的心愿，就是要让你活得长长久久的，就是要让你的愿望全部实现！"

乔婕说：

"爱唯愿遂，多么美好的情感呀！要是我没有这场噩梦般的疾病，能与你长长久久地一起走下去多好呀！"

甘隆说：

"婕，不要悲观，要相信未来。爱唯愿遂，这也是我的愿望，我们一起努力，一起携手走下去吧！爱唯愿遂，这是我和你之间爱的约定，矢志不渝！"

乔婕握住甘隆的双手，激动地说：

"好，我们就约定，爱唯愿遂，矢志不渝！"

甘隆接着说：

"这些年来，你太不容易了，昨天晚上，我把你这些年前前后后的经历在脑海里像电影一样来回地过了好几遍，睡不着觉，心情激动，就给你写了一首诗。"

乔婕说：

"你还写了诗，快拿出来，给我看看！"

甘隆拿出手机，调出微信，拿到乔婕的面前，乔婕接过读了起来：

心随爱走　爱唯愿遂

说好我和你要一起飞，

有风雨一起共同面对。

你前飞，我紧紧相随，

我前飞，你紧紧相随。

你要飞得更高，爱唯愿遂。

我要飞得更远，爱唯愿遂。

我们一起飞越千山和万水。
心随爱走，爱唯愿遂！

说好你和我要一起飞，
有苦难一起共同面对。
我前飞，你紧紧相随，
你前飞，我紧紧相随。
我要飞得更远，爱唯愿遂。
你要飞得更高，爱唯愿遂。
我们一起飞越千山和万水。
心随爱走，爱唯愿遂！

乔婕读完甘隆写的诗，激动得流出了眼泪，她激动地说：

"我心里是真可惜呀，我们俩没能在生活中走到一起，没有能成为生活伴侣！"

甘隆说：

"婕，我也是这样想的，不过，我们虽然没能在生活中走到一起，但我们的心却始终在一起，我把你当成我的灵魂伴侣，一生一世矢志不渝的灵魂伴侣！"

两个人情绪稳定下来后，甘隆又嘱咐督促乔婕去复查，防止复发。

时间又过去了大半年，乔婕在巨乔肿瘤研究所紧张地进行着实验研究，她突然觉得背部咔嚓地响了一声，紧接着腰部像是断了一样地剧痛起来。乔婕手下的实验员迅速将她送往天辰医院骨科，甘隆听到这个消息，立即赶了过来，陪着乔婕进行腰部核磁检查，报告很快出来了，说是腰椎第四节压缩性骨折，而骨折的原因竟然是肿瘤转移至此，造成严重的腰椎第四节骨质破坏。

因为肿瘤导致的骨折治疗方法与其他骨折不同，乔婕被转往肿瘤医院的骨科进行治疗。在进行相应治疗之前，骨科的主管医生为乔婕进行了全身的检查，这当中最重要的检查自然是PET-CT检查。

骨科的胡明达主任为了缓解乔婕的脊椎骨痛，开医嘱让护士为她注射了一针地诺单抗，这个药物注射后，乔婕的腰部疼痛缓解了很多，但是脊柱不稳定的问题仍然没有解决，为了防止椎体移位导致截瘫，医生嘱咐乔婕必须绝对仰卧位卧床休息，而且还禁止她翻身。为了防止乔婕再次发生骨折、骨痛和癌症骨转移导致的高钙血症，胡明达主任还开具医嘱，为她输注唑来膦酸。

PET-CT结果还显示左、右肺动脉远端出现黄色亮点，SUV值均在二十以上，而纵隔淋巴结增大，SUV值有十五以上，肺部和肝部有无数个小结节，其中右肺中叶有一个已经长到一点二厘米，脑部也有一个转移灶，约二点二厘米乘二点五厘米，第四腰椎存在一个零点九厘米的透亮点。骨科医生请来肉瘤科的主任方梅蕊会诊。

会诊的结果是，方梅蕊认为乔婕现在是原发病灶的复发，同时出现肿瘤爆发性生长和爆发性转移，之所以她这次是以腰椎压缩性骨折为首发症状，是因为乔婕一心扑到工作上，想早点把CRISPR/Cas9改良杀伤细胞治疗肿瘤的研究做成功，就忽视了她已然出现的刺激性咳嗽、胸痛这些不适，以至于让病情迅速恶化。实际上在乔婕发生腰椎剧痛之前，她已经就有了腿痛、麻木的症状，甚至有一次她在巨乔研究所下楼梯的时候，她的右腿一没吃住劲，跌倒了下去，她当时以为是自己正在想问题，没有看清台阶而导致的。这种种现象可能就是她即将发生骨折的前兆，但她因为心中想着实验，而把这种身体的暗示忽视了。

方梅蕊教授分析，这肿瘤爆发性生长和转移的根本原因，有可能是乔婕太过劳累，免疫力下降，但不排除乔婕对所用的化疗药物以及PD-1单抗药物出现耐药，甚至有可能是PD-1单抗药物的另一种被称为导致肿瘤超进展或假性进展的副作用出现了。

甘隆听了方梅蕊教授的会诊意见，非常痛心，他认为责任在自己督促乔婕复查的力度不够，因为每次乔婕都是答应好去全面复查，但结果是往后推迟复查的时间，而自己也没有果断地将乔婕拉到医院去开具复查的项目。

接下来谈到乔婕的治疗方案。骨科的胡明达主任是脊椎专家，有过二十多年脊椎外科的从业经验，他认为现在乔婕发生腰椎病理性骨折，伴发脊柱不稳定，但这不是致命因素，可以先请方教授对乔婕进行肿瘤的化疗及放疗，特别是对第四腰椎的转移灶进行放疗，待病情稳定后，再进行椎体融合术。这种手术的创伤性较大，或者做球囊扩张椎体后凸成形术，这个手术的创伤性小，恢复期很快，术后第二天就可以下地行走。不管选择哪种术式，都可以纠正她的压缩性骨折！

乔婕躺在床上，腰部疼痛难忍，她向胡明达主任和方梅蕊教授要求，先在骨科进行球囊扩张椎体后凸成形术，再转入肉瘤科进行内科化疗和放疗，但胡明达拒绝了她的这种要求。他说腰椎现在有转移灶存在，这个时候手术会增加肿瘤向其他部位转移的可能性，而且这种情况下急着做手术的效果也不理想，达不到恢复脊柱稳定性的目的。

乔婕只好同意转往肉瘤科进行治疗。陈辉从杭州赶了过来，他和乔婕商量，要把乔婕带到休斯敦肿瘤中心去治疗，但方梅蕊教授劝阻了陈辉的这个动议。因为如果坐飞机到美国去治疗，势必有一段旅行时间是得不到治疗的，加上乔婕现在的身体条件非常差，有可能发生死亡在旅途中的悲剧，陈辉听了方梅蕊教授的分析，就打消了他的这个念头。

肿瘤爆发性生长和转移是肿瘤终末期的表现，现代医疗手段很难逆转病情的恶化，而且治疗原则极其庞杂，有的时候还是相互抵牾的，令医生很难抉择。方梅蕊教授为乔婕的病情发起了全院会诊，主要有骨科、神经外科、放疗科、肉瘤科、中医科及其他各科的主任参加，而天辰医院的甘隆教授也被邀请来参加了这一次大会诊。

在会诊时，首先有人提出外科治疗乔婕的两侧肺动脉新生病灶问题，大家一致认为现在乔婕是全身爆发性生长和转移，再做开胸手术不但无益，而且还可能会让她死在手术台上，甘隆也赞同这个意见。

讨论的结果是，第一步先为乔婕的脑部转移灶进行伽马刀治疗，因为这是目前对她身体危害最大的病灶，第二步对乔婕体内的各个器官的大型转移灶进行放射治疗，同时进行免疫治疗；在放疗完成后，转为化疗联合免疫治疗，这个方案是目前全世界最先进的联合治疗方案，即立体定向放疗（SBRT）联合免疫+化疗治疗转移性复发肿瘤。立体定向放疗（SBRT）又被称为射波刀。

第二步方案的设计思想是乔婕在一直应用PD-1单抗多年的情况下，仍然发生肿瘤爆发性的增长，说明PD-1单抗在乔婕体内可能出现了耐药现象，那么就以立体定向放疗（SBRT）作为免疫治疗的点火剂，改善肿瘤免疫抑制微环境，增加肿瘤对免疫治疗的敏感性，从而介导肿瘤局部和全身系统性的抗肿瘤免疫反应。化疗也能改善肿瘤微环境，进一步提高免疫治疗的疗效。在保证安全的前提下，将上述方法进行有机结合，有可能获得更好的临床效果。

自从乔婕从天辰医院转到肿瘤医院住院后，甘隆每天都与胡明达和方梅蕊电话联系，了解乔婕的病情和治疗进展，而且每天在下班时间来到肿瘤医院看望乔婕，陪她说话。这一次在会诊结束后，甘隆心里惦记着乔婕，来到肉瘤病房看望乔婕，对乔婕说：

"今天我参加了方梅蕊教授为你组织的全院大会诊，为你制定出最好的治疗方案，脑部的转移灶可以用伽马刀治疗，而且体部器官的转移灶可以用立体定向放疗（SBRT），同时配以免疫治疗和化疗，你很快就能做骨科手术，将来你就能下地了，也就能完全康复了。"

乔婕哭着说：

"这一劫我肯定是逃不过去了，现在已经全身多器官转移，我感觉到死神的气息越来越浓了！我真不想再治疗了，再治疗已经没有什么意义。"

甘隆说：

"乔婕，你不要灰心，我知道有一个病人得了乳腺癌，全身有八处转移，比你还多几个地方，最后她到现在多活了二十四年，仍然越活越坚强，越活越洒脱，不仅创造了自身的奇迹，还为癌症患者和抗癌事业做了大量工作。现在肿瘤医院又拥有最先进的第六代立体定位射波手术平台，可用于你的治疗，这是抗癌的利器，我相信只要你不丧失信心，你一样能做到！"

乔婕说：

"好吧，有你给我这样的鼓励，我就相信我这次也能转危为安，想来那年我发癌性高热时就险些死了，是你做手术将我救了过来，到现在我已经多活了九年，我听你的话安心治疗，争取再多活九年！"

甘隆说：

"这就对了！你要再争取一个又一个的九年！我会跟踪你的治疗的，虽然现在暂时做不了手术，我会与方教授多联系，知道你的病情变化的！"

乔婕说：

"谢谢你甘隆，你总在我失望的时候，给我活下去的希望！有你真好！"

甘隆说：

"我们不是说好了吗？要一起飞，爱唯愿遂！"

乔婕说：

"好的，我尽量做到不让你失望，爱唯愿遂！"

由于乔婕已经卧床了五六天，不能下地活动，双下肢的血液处于淤血状态。加上乔婕现在是肿瘤复发的活跃期，此时她的体内血液肯定是高凝状态，淤血和高凝是发生血栓形成的两个重要危险因子，二者加在一起更可能形成下肢深浅静脉血栓，这是甘隆焦虑的地方。

为了防止血栓形成，甘隆为乔婕按摩下肢，还教给乔婕在卧床的情况下，如何在仰卧位时运动下肢，包括双下肢静态肌肉挤压运动，勾脚跷脚，抬高下肢踩空轮运动。这些动作是甘隆在长期做肺动脉栓塞手术的过程中，自己首创的一些针对卧床病人的下肢运动方法，他没想到今天给他最爱的人用上了，用来为她保命！

除了教乔婕如何运动下肢外，甘隆担心这些远远不足以预防下肢静脉血栓形成，就再次找到方梅蕊教授，提醒她乔婕现在是肿瘤活动期，处于高凝状态，建议方梅蕊为乔婕每天皮下注射一针低分子肝素，来防止血栓形成。方梅蕊教授觉得甘隆的建议十分有道理，就欣然接受照办了。

在第二天查房时，方梅蕊向乔婕解释全院大会诊决定的两步骤治疗方案，乔婕对方梅蕊要求说：

"方教授，能不能先对我的第四腰椎转移病灶进行立体定向放疗（SBRT），因为这样能先消除腰椎的转移病灶，就可以进行骨科手术，术后就可以让我能下地活动，现在我每天只能平卧，令我生活十分不方便，只能靠护工护理我的生活，而且不能下地运动令我十分痛苦！"

方梅蕊笑了起来，说道：

"我们现在又有了最新的进展，可以进行射波刀，也就是多点位立体定向放射治疗（SBRT），这是最适合于你这样在标准治疗后快速进展，非常适合于多器官转移的情形的！这样可以缩短你的治疗周期，防止疾病迅速恶化。"

乔婕说：

"多点位SBRT，那我的身体吃得消这么多放射线吗?"

方梅蕊笑着说：

"这个你不用顾虑，多点位SBRT是对两个至四个转移灶进行SBRT治疗，但并非所有的转移灶都需要接受照射，只有大于六十五毫升的转移灶才进行照射。SBRT的剂量根据照射部位不同可进行调整，范围从三十到五十戈瑞，如果观察到剂量限制性毒性，就按事先预定的剂量进行递减。"

乔婕说：

"这种多点位SBRT成功过吗?"

方梅蕊说：

"多点位SBRT是国际上放疗的最新进展，也是我们医院的一项临床试验，以图证明其安全性和有效性，这样的临床试验是一项非常先进的试验，几乎与安德森肿瘤医院的同类试验是同步的。

"这项试验现在正在招募病人。我此番查房，就是要向你解释多点位SBRT，希望你能入组这一项临床试验，希望能取得你的同意。如果你同意的话，我就通知放疗科的张启恩教授吸收你入组，为你进行这项工作。"

乔婕知道自己病情危重，这项临床试验很可能是救她活下去的一根稻草，便说：

"反正没有别的办法活命，我就死马当活马医，同意参加这项多点位SBRT试验，请张教授亲自为我实施吧。"

方梅蕊同意乔婕的要求，立即与放疗科负责乔婕实施SBRT立体定向放疗的张启恩教授取得联系，并且达成了一致意见，吸纳乔婕入组临床试验。

方梅蕊按照全院大会诊的意见，首先为乔婕安排了脑部转移灶的伽马刀治疗，消除了她脑部的肿瘤，治疗后复查脑部核磁证实这个转移灶已完全消失。

第七十九章　悲莫悲兮恸别离

很快，肿瘤医院放疗科的张启恩教授为乔婕实施了射波刀治疗，他为乔婕设计的放射剂量为四十戈瑞，这是射波刀治疗的中度剂量，分五次进行，每天进行一次。张启恩之所以没有选择五十戈瑞的大剂量，是他考虑到乔婕的体重不重，体质偏弱。

完成射波刀治疗后，复查了全身PET-CT和加强CT检查，发现乔婕的肺部原发灶部位及肺野转移灶减小，而肝部转移灶也有所减少，第四腰椎肿瘤转移灶已经消失，骨科主任胡明达为她进行了球囊扩张椎体后凸成形术。

乔婕选择这个手术是因为它是一种微创手术，胡明达在为她进行手术前，先进行了一次腰椎组织活检，活检是在腰部局麻下进行的，应用手术器械从腰椎可疑部位取出标本，送到病理科进行检验，好在病理报告活检组织没有肿瘤活性。

接下来是具体实施球囊扩张椎体后凸成形术，这是在全麻下完成的，手术时长约两个小时，胡明达教授在乔婕腰部做了一个微创切口，用一个球囊进入第四腰椎的骨折处后，充气后球囊将骨折压缩处支撑起来，再小心注入骨水泥。胡明达主任在操作时非常精细，他一是要防止水泥泄漏，以免损伤水髓和周围神经；二是要防止水泥进入脊椎周围静脉丛，以免形成肺动脉水泥栓塞。

甘隆在做肺栓塞手术过程中，发现过多例外地应用骨水泥治疗椎体骨折引发肺动脉栓塞的并发症，他将这些病例的影像资料都照成像留存，这次乔婕要做骨水泥手术，甘隆担心乔婕会发生这种并发症，就在术前专门和胡明达主任进行过交流。胡明达主任还真没见到这么多的肺动脉骨水泥栓塞的影像，对甘隆的提醒和无私帮助非常感谢。

这次腰部手术后乔婕腰部疼痛消失了，第二天就可以下地。甘隆在这次手术的时候，来到肿瘤医院手术室外面等候，在乔婕进入手术室前，给她打气。到了术后第二天，甘隆担心乔婕已经在床上躺了将近一个月，下肢静脉中肯定或多或少有血栓形成，因此，他当天早早地来到乔婕的床旁，先要乔婕躺在床上运动下肢，观察她没有异常反应后，再扶乔婕半坐在床上；观察十五分钟没有问题后，再让乔婕坐在床沿；又观察十五分钟没有问题后，才架着乔婕的胳膊，让她从床上站在地面上，要求乔婕在床边扶着床栏原地踏步；甘隆怕乔婕刚恢复，体力吃不消，很可能发生晕厥意外，又让乔婕坐回到床上休息半个小时，再重新扶乔婕到地面上踏步。

为了乔婕从床上下地这一个过程，甘隆花了整整一个上午，这就是为了防止乔婕出现意外情况。当然，甘隆是在工作当中发现，有些久卧在床的病人突然下地时，很容易发生下肢静脉血栓脱落，发生肺动脉栓塞，有的导致急性死亡的悲剧。因此，甘隆作为肺血管外科的专家，他专门为那些久卧在床的病人下床时，设计了一个多步骤下床方案，今天乔婕正是在床上躺了一个来月的时间，在要恢复下床运动时甘隆就为她实施了这个方案。在甘隆的细心照护下，乔婕顺利地下床活动了。

乔婕接下来的治疗就是要实施化疗，因为她的肺动脉复发病灶及肺和肝部的转移病灶仍然存在，这是乔婕治疗的重中之重。方梅蕊大夫为她选定了阿霉素+卡铂的化疗方案，而这一轮的化疗将是六个疗程。

乔婕在进入再一轮的化疗后，呕吐症状非常厉害，尽管方梅蕊教授给她应用了各种止吐药物，她的进食量仍然非常少，方梅蕊只好给她从输液港中输注静脉高营养，但就算这样她的体质仍迅速恶化下来，体重下降很快。这次复发前她的体重是五十二公斤，到这轮化疗的第三个疗程后，她的体重下降到四十三公斤左右，同时她的骨髓抑制非常厉害，血小板从二十六万下降到五万多，白细胞从六千多下降到两千多，而血色素从十三克多下降到七克多，方梅蕊教授见乔婕因为化疗陷入恶液质的状态，心中十分着急，就决定让乔婕轮空第四个疗程的化疗。

陈辉的巨乔资本发展势头非常好，他的工作重心一直放在巨乔资本杭州总部，工作非常忙碌，到国外和国内各地出差很多，他的很多时间是在飞机上度过的。陈辉有时候劝乔婕退休，和他一起到杭州生活，但是乔婕不同意，她坚持想把巨乔医学孵化研究院搞好，至少要在完成CRISPR/Cas9改良杀伤细胞治疗肿瘤这个项目后才退休，她说自己深受肿瘤之累，不攻克肿瘤，她誓不罢休。

在乔婕的第二次和第三次肿瘤复发住院的时候，陈辉只能回到北京去医院照顾她。而乔婕的母亲林回梅及父亲乔志钰都已经八十多岁了，身体状况不佳，只能偶尔为乔婕做一些可口的饭菜，有时候他们也到医院去探望乔婕。为此，陈辉专门请了一个阿姨来陪护照料她，但请来的阿姨毕竟是外人，所以，甘隆也经常来到医院看望乔婕，和乔婕聊天谈心，宽慰她的心理。

在轮空第四疗程的化疗后，乔婕的体质有所恢复。在这段时间，甘隆心里着急乔婕的身体状况及体内的肿瘤肆虐，每天过来督促乔婕进食，为她做好可口的食物，送到她的手上，看着她吃。

两个人还经常一起到公园里散步谈心。这天甘隆推着坐在轮椅上的乔婕在肿瘤医院的小花园中散步，乔婕对甘隆说：

"我这身体真不争气，研究院的工作也管不了，好不容易将CRIS-PR/Cas9改良杀伤细胞治疗肿瘤的项目做得有些眉目，结果我的身体垮了，不得不中止，我真担心，我还能不能将这个项目继续下去。"

原来，巨乔医学孵化研究院成立以来的几年内，在乔婕的领导下已经孵化出了二十多个项目，有的产品已经量产，投资产出回报非常丰厚，这个成绩令巨乔资本的股东们非常满意。在乔婕上次复发和这一次复发后，她仍然处理巨乔医学孵化研究院的很多工作，而且还指导着手下的研究员进行着肿瘤项目的研究，但到了此时，她感觉到死神已经再一次步步向她逼近，已经有了力不从心的感觉，她担心研究院的未来和命运，也担忧着肿瘤项目的成败。

甘隆说：

"婕，你先不要着急，你的身体肯定能康复的，到时再做项目也不迟。"

乔婕说：

"要是，我是说要是我的身体真的不能康复，那我怎么办？难道就让项目荒废下去吗？"

甘隆脱口而出：

"万一有那一天，我就为你把项目做完！"

乔婕说：

"甘隆，你说的是真的吗？"

甘隆说：

"是真的，你放心，我答应你，我一定会帮你实现这个愿望，我们不是有个爱唯愿遂的约定吗？不过，你肯定能完全康复的，你自己就能完成项目。"

甘隆和乔婕分手后回到家，琢磨出乔婕的话越来越不对劲，觉得今天乔婕说的话怎么听起来有些像临终遗言，又有些像托孤的感觉！难道乔婕有什么不好的预感吗？甘隆后悔他在公园中说的那句万一什么的话，气恼地自己抽了自己一耳光，他恨自己竟然说出这么不吉利的话来！

这天夜里甘隆睡觉极不踏实，恍惚之中他梦见乔婕面容憔悴，对他说：

"甘隆，你不用再安慰我，我知道我的命将不久矣。现在手术也做不了，SBRT放疗的效果也不是那么理想，PD-1单抗药物也出现了耐药性，化疗的副作用太大。现在化疗已经是医生最后的手段了，只能给我虚假的希望，我知道我可能真的活不了多久了，很快就要离开你了，我现在和你说的话也算是对你的嘱托了，还有小辉，你也要费心照顾了。"

甘隆刚要回答，却见乔婕突然飞升而去，他拼命地喊叫，也挽留不住乔婕的离去，他惊得一头大汗，醒来才发现是梦，但他在梦中大叫乔婕的名字有十几声之多，被锦梅听得真真切切，锦梅被甘隆的叫声惊醒了，对甘隆抱怨不已，她对甘隆说：

"你在梦中叫乔婕的名字，叫得那么亲切，你是不是要和她一起过呀？"

甘隆说：

"可能是乔婕近期病情加重，我只是关心她的病情，不自觉地在梦中叫出她的名字，你不要多见怪吧，人家现在是重病人！"

锦梅说：

"是呀，人家是重病人，前番你头部手术刚做完，就亲身为她试药，这次你又在梦中呼唤她的名字，你真是舍身为情，念念不忘！想来也是的，你们本来就是一对老情人，你这么痴情，也难怪！"

甘隆说：

"你何必这般酸言醋语、夹枪带棒的呢？"

锦梅哭了起来，说道：

"我酸言醋语？我夹枪带棒？人家都要把我的丈夫抢走了，我还能无动于衷？你以为我不知道吗？你天天到肿瘤医院去照顾乔婕，还在餐馆定制可口的鸡汤、排骨汤，亲手送到她的床前，这些我早知道了，只是隐忍未发罢了！今天你太不像话，在梦中叫她的名字有十几声！"

甘隆说：

"这一大清早的，你就这么吵吵的，日子还怎么过呀？"

锦梅说：

"我说呢？你心里已经打算不过日子了！"

甘隆说：

"算了，算了，我不和你吵了，我去上班了。"

甘隆见锦梅的情绪激动，再说下去只会激化矛盾，便只好在不到五点钟的时候就起床，径直到天辰医院上班去了，这样才躲过锦梅的抱怨，而且他心中不踏实，还回想着乔婕昨天说的话，怕她心情压抑或出现意外，就打算今天下了手术后再去乔婕病床前看望她，再和她说说宽心话。

第四次发病以来，乔婕一直都有刺激性咳嗽，每次咳嗽长达几分钟才能缓解，她用的止咳药效果也不佳。今天乔婕的咳嗽进一步加剧，而且出现每一口痰中都带血，咳完之后嘴角和牙齿上都带有血丝，同时她的脸色越来越苍白。

甘隆来看乔婕的时候，正好看见乔婕口吐一大口鲜血，他知道这是肺部肿瘤已经侵犯到她的肺动脉或者支气管动脉了，病情已经非常严重，在梦中的不祥预感果然应验。甘隆只好求助于方教授，为乔婕应用一些止咳和止血药物后，咯血症状才算有所缓解。

乔婕在大量咯血后，预感大事不妙，和陈辉通了电话，陈辉迅速推掉了一切公务，坐飞机从杭州赶了过来，陪侍在乔婕的床旁边。陈辉来到乔婕身边的第二天，乔婕的咯血再次加重，鲜血一口一口地从她口中咯出来，咯血量有一次达到一百多毫升，总量达到了五百毫升，这是达到了大量咯血的标准，而乔婕的血色素降到四克多，方梅蕊教授紧急为她输了两个单位的血红细胞，才算把血色素调到七克以上。

陪侍在乔婕身边的陈辉情急之下打电话找来甘隆，甘隆和方梅蕊商量请做支气管镜的医生来会诊，结果会诊医生陆铭谦说，他可以尝试用支气管镜进行局部止血。乔婕和陈辉及甘隆急切地要求陆铭谦医生进行这项治疗，他同意了这项要求，便请作为家属的陈辉在手术同意书上签了字。

支气管镜止血术是在支气管镜室中进行的，陈辉和甘隆及护工一起将乔婕的病床推入了支气管镜室，便在门外等候起来。陈辉好几次向甘隆表示了感谢，感谢甘隆三次为乔婕做开胸手术，现在又在乔婕病重期间跑上跑下地为她出谋划策，并帮助找各种医生来会诊和治疗，甘隆只自说这是他应该做的。

陆铭谦医生是在局部麻醉下进行支气管镜检查的，只在口鼻局部喷吸麻醉药物。他不敢为乔婕进行无痛支气管镜检，因为乔婕的身体太虚弱，无痛镜检时用的全身麻醉药很可能会引发严重心血管事件。当陆铭谦医生将支气管镜插入乔婕的气道时，乔婕感觉到非常难受，她用右手指甲来掐痛自己的左手掌来转移注意力，以此拼命地忍受住了，她尽量配合医生的指令。

陆铭谦医生手法娴熟，当支气管进入右侧支气管中叶时，他看见里面有不少积血和血块，马上就用吸引器将积血和血块吸除干净，看到了出血的罪魁祸首。这里有一支大的支气管动脉正汩汩流血，他先用生理盐水注入气囊导管，将出血的血管压迫住，过了五分钟，这支血管出血的势头就大为下降，但仍有渗血。

陆铭谦医生便又取出一根支气管镜下氩等离子凝固导管，经支气管镜活检孔导入至病变部位，调节好氩气流速度，调整输出功率，脚踏电凝开关进行治疗，从支气管腔中心点开始，依次对支气管腔内的病变进行治疗，并且覆盖绝大多数可见的病灶。做完这些操作后，陆铭谦医生又重新检查、局部没有出血，肺部其他部位也没有出血，就完成了这次手术操作。

这次支气管止血非常成功，乔婕在手术当天及随后的三天没有任何咯血，她的体力慢慢恢复起来，脸色又变得不是那么惨白，但是她的呛咳仍然非常严重。陈辉这几天一直陪侍在乔婕的床旁边，但是他的电话不断，时不时站起身来到病房外去接听电话。

时间长了，陈辉的脸上就开始显现出焦急的情色，乔婕看在眼里，心里便有了愧疚之情，心里虽然想要留陈辉在身边陪自己，可在嘴上却对陈辉说，看来现在自己的病情稳定了，要是公司的事情忙，就要陈辉先回杭州去。

又过了两天，乔婕仍然没有咯血，在乔婕再一次要陈辉去办他自己的重要事情的时候，陈辉顺坡下驴说，现在公司的确有非常紧急的事情，必须要他亲自去办，他先回杭州一两天，办完要紧事情后再马上回来。乔婕同意了陈辉的说法，陈辉当天就坐航班回杭州去了。

在做完支气管镜止血手术后，方梅蕊教授又为乔婕开具了肺及肝部加强CT和全身PET-CT检查，发现肿瘤再一次呈现更为可怕的爆发性广泛扩散转移，她的脑部又出现了转移灶，肺野又有了十多处转移灶，最大的一处将近五厘米，纵隔淋巴结呈团块样增大，双侧肺动脉也有肿瘤生长，肝脏及肾脏均有多处转移灶，肝脏上最大的转移灶有三厘米。更为可怕的是，乔婕的右肺中叶和下叶大面积肺不张，分析原因很可能是咯血导致相应的支气管闭塞，使乔婕只能靠左肺和右肺上叶完成气体交换，这当然不能满足乔婕机体的需要。方梅蕊判断乔婕已经到了生命的最后阶段了。

陈辉走后，甘隆向天辰医院请了事假，每天陪侍在乔婕的身边。甘隆向方梅蕊教授建议，请来陆铭谦医生用支气管镜为她吸通堵塞处，陆医生倒是这么做了，但他不敢吸得太厉害，怕撕破原来出血的地方，所以肺不张虽然有所缓解，但效果却不甚明显。

乔婕的咳嗽、气促、胸闷症状越来越重，在有鼻导管和储氧面罩双吸氧气的情况下，她的脸色仍然被憋得乌紫，甘隆在身边陪侍着，只好请方梅蕊教授为她上高流量吸氧，但乔婕仍然气促得十分厉害，她已有预感，她的生命将会很快终结了，她不甘心地对甘隆说：

"隆，我真的好想活下去，好想活下去呀，我还有很多很多的事没有完成，肿瘤项目半途中止了，小辉还没有长大！"

甘隆说：

"婕，对不起，对不起，是我的无能，没有办法将你救过来呀！"

乔婕断断续续地说：

"甘隆，这不怪你，是我的病太重了，太难治了。是我的运气不好，得了这么重的病。你给我做了三次手术，已经让我多活了九年，我已经很知足了，我很感谢你！只是我不甘心啦，我不甘心，我的肿瘤项目完不成了！我死不瞑目呀！"

甘隆说：

"婕，你会好起来的！你放心，我一定要帮你把肿瘤项目完成！我说到做到！"

乔婕说话的声音越来越小，但此时甘隆还能读出她的唇语：

"小辉还这么小，我多么希望他成长起来。"

甘隆说：

"婕，你放心，小辉我一定会照顾好的！"

乔婕继续断断续续地说，声音几乎听不到了，她的嘴唇动作含混，几乎发不出声来，令甘隆也难猜出乔婕的话是什么意思：

"我想看小辉长大，你看小辉和你长得多么像啊。你可能不知道吧？小辉身上流着你的血液。"

监护仪上的血氧饱和度下降到七十多，甘隆觉得这样下去不行，立即请来护士为乔婕装上无创呼吸机。无创呼吸机是将一个密闭的面罩扣在患者的面部，而呼吸机给予正压供氧。虽然此时气道里并没有插入气管导管，但在密闭的条件下，乔婕很难说出话来了，事实上，从此后，乔婕再也未能通过语言与任何人进行有效交流了。

一般癌症终末期死亡的主要原因是重要器官功能衰竭，比如肝功能衰竭、呼吸功能衰竭，还有心脏循环功能衰竭等，都会直接导致死亡。很显然，乔婕是出现了呼吸功能衰竭，这是她现在的致命威胁，这种呼吸功能衰竭不仅仅是由于她的转移病灶广泛破坏肺组织引起的，前不久进行的立体定向放疗（SBRT）导致的肺纤维化也更加使她的肺功能受损不可逆转。此时她仍然时不时大口咯出鲜红色的血液，而且乔婕还出现了癌症广泛转移引发的相应症状，她的肝转移还导致腹胀、腹水、腹痛、黄疸，从化验指标看，她已经出现了肝功能衰竭。

到了这个时候，乔婕的儿子小辉、父亲乔志钰和母亲林回梅都被请到肿瘤医院，方梅蕊教授向他们交代了病情。陈辉接到乔婕再次病重的消息，他想早点赶回来，但公司存在重大隐患，他实在脱不开身，只好在接到电话后的第三天才从杭州坐飞机赶回北京。

陈辉直接从机场来到肿瘤医院，来到肉瘤病房的重症病室，看望乔婕，可此时乔婕已经是弥留状态。在前一天方梅蕊教授见无创呼吸机无法支持乔婕的通气和氧供，便和甘隆商量，将无创呼吸改为有创呼吸支持，取得甘隆的同意后，方梅蕊教授联系好麻醉科的值班医生，请他到床旁为乔婕用上全身麻醉药，再插上呼吸导管，并接上呼吸机，进行容控指令呼吸。

陈辉来到乔婕床旁边的时候，乔婕已经从麻醉状态中清醒了一些，但她的意志仍然十分模糊，看到陈辉的面容，乔婕把脸扭向了另外一边。陈辉看到这个场面，他明白这是乔婕在心中怨责他回来得太迟了！他心中有些愧疚，上前握住乔婕那已经被束缚住的右手，低下头在她耳边说：

"对不起，婕，对不起，婕，我回来晚了，没想到你病情发展这么快！"

乔婕好像是听见了，又好像是没有听见，又把头扭向了另外一边。甘隆见状，将陈辉扶起来，要他到病室外边休息一会儿。陈辉对甘隆怀有复杂的感情，首先两个人从小就是情敌，后来陈辉在与甘隆对乔婕的感情争夺战中胜出，他的心里对甘隆有一种胜利者的姿态；后来，陈辉从生物化学博士改行为投资人，在资本市场颇有斩获，挣了几辈子花不完的钱，这是甘隆一个当大夫的望尘莫及的，所以，陈辉更加增强了对甘隆的一种居高临下的优越感。

只是到了再后来，乔婕身患重病，特别是在早期，陈辉对乔婕的情感仍然炽烈的时候，甘隆一次又一次地做手术挽救了乔婕的生命，陈辉对甘隆是怀有感激之情的。但是，到了后来，乔婕的病情再一次加重后，甘隆经常出现在乔婕的身边，甚至比作为丈夫的陈辉出现的时间长得多，肉瘤病房的有些护士不知内情，还误以为甘隆是乔婕的丈夫，到后来才知道是搞错了。甘隆太过频繁接近乔婕，使陈辉有一种芒刺在背的感觉，看到甘隆在乔婕的身边，会让陈辉感觉到右侧太阳穴发沉发胀，但只是因为自己总以工作忙为借口，未能对乔婕周到照料，陈辉只好隐忍对甘隆的不快。

陈辉在心里承认，在对于乔婕的感情来说，甘隆比他陈辉要真挚得多，付出也更多。这些年来，陈辉因为在商场上的成功，让他见到更加纷扰而庞杂的世界，面临的诱惑更多，慢慢地他对乔婕的情感变得疏淡了很多。

乔婕是在当天晚上子时离世的。当时她的亲人都在身边，母亲林回梅和父亲乔志钰、儿子小辉、丈夫陈辉以及同学甘隆、余辰都在病房外守候着，锦梅那天从医院下班后，也赶到肿瘤医院，来送她的老同学和老情敌最后一程。

乔婕在肿瘤医院肿瘤研究所的前同事和学生们闻讯都赶了过来，还有现在的巨乔医学孵化研究院的员工、同事和朋友也都赶了过来，还有些乔婕的武汉大学校友，有些曾受过乔婕指点的肿瘤病友也都赶了过来。这一天来看望乔婕的亲朋好友达一百多人。

这天从白天到晚上，方梅蕊教授一直守候在乔婕的床旁，这是出于她作为大夫的责任心，也是出于她与乔婕两人之间的深厚私谊，这份情感让她以教授的身份来值守夜班，而没有让年轻的主治医师担当乔婕的抢救任务。

甘隆十分伤心悲恸，对于弥留状态的乔婕感到无力回天，这天晚上他一直陪伴在乔婕的母亲林回梅和父亲乔志钰的身边，他明白，对于这两位即将失去爱女的老人来说，任何言语都是苍白的，他能做的就是陪伴他们。

到了子时，方梅蕊教授从重症病室出来，告诉甘隆、陈辉、林回梅、乔志钰及小辉这几个最亲近的人，说乔婕的心电图已经是一条直线了，征得他们的同意后，方教授没让手下的医生对乔婕实施心肺复苏，因为这是无用功，反而会对逝者带来不必要的伤害。

悲莫悲兮恸别离！听到最终的噩耗，林回梅抑制不住地大哭起来，小辉也随着他的外婆一起恸哭，甘隆则因为悲伤过度，暗中垂泪，他走进了重症病室，再一次去看望乔婕的面容，他亲自为乔婕摘除了气管导管，又撤除了缚在乔婕四肢上的束缚带，他不忍心看到乔婕处于被束缚的委屈的样子。方梅蕊大夫和手下医生一起为乔婕料理了身体，恢复了她平静的面容。

第八十章　尾声

乔婕的葬礼办得隆重而素朴。甘隆在葬礼上不但要行哀礼，他还要帮着陈辉操持着葬礼相关的事务，同时还注意安抚乔婕的父母。乔婕离世后的很多天以来，甘隆一直沉浸在悲伤之中，他的心情压抑沉重，但是他在众人面前并没有哭泣。

直到乔婕去世头七的时候，他独自来到墓前，这个时候他看见陈辉、陈小辉和乔婕的父母及其亲朋刚刚从墓前离去，甘隆才独自一个人来到墓前泪雨滂沱地哭了整整两个小时。

在乔婕的墓前，甘隆对乔婕诉说着心中的痛楚和思恋，他说，乔婕曾经的爱和他们两人一起走过的日子是他一生中最宝贵的财富！他后悔年轻的时候曾经有过很多的迷惘、诱惑、不安和烦躁，有很多不切实际的梦想分散了自己的精力，而他们的爱总是脚步匆匆，又饱含遗憾，以致曾经给乔婕写信固执地要求分手，导致两个人之间有过长达十六年的情感空白。

甘隆还对乔婕说，现在两人阴阳相隔，他彻底地失去了乔婕，才明白爱和陪伴是多么难得！如果生命能够重来，他一定紧紧抓住乔婕不放手，不让她片刻离开自己，一定要好好地呵护乔婕，不让她再受恶疾的侵害。

葬礼过去一个月后的一个星期六，这是陈辉准备要返回杭州的前一天的晚上，他约请甘隆出来谈谈心。他们来到一家私密的会馆里，这里是巨乔资本在北京设立的一个私家会馆，里面的陈设极尽奢华之能事。陈辉向甘隆介绍了巨乔资本的发展前景，以及巨乔医学孵化研究院的现状，他强调乔婕去世后，研究院院长的职务仍然由他自己兼任，但他自己在巨乔资本的公务繁多，管理这个研究院有些力不从心，所以这个职位缺少一个有力的管理人员。

陈辉问甘隆道：

"甘隆，你以后会如何打算？难道还要一辈子当心外科医生吗？"

甘隆说：

"我现在心情很痛苦、很矛盾。乔婕去世后的这些天来，我一直在思考一个问题。我为乔婕做过三次开胸大手术，虽然每次手术都很成功，但最终也没有挽救她的生命，她最终还是离我们而去，我不得不拷问自己，一把刀真的有那么灵验吗？或者说，一把刀真的能解决所有的问题吗？

"我现在反思，以前我当外科医生，推崇用手术刀解决一切病症，这个思路并不完全正确，唯手术论行不通了！"

陈辉说：

"那你思索的最终答案是什么呢？"

甘隆说：

"我仍然在苦苦地思索这个问题，并没有找到什么明确答案。"

陈辉说：

"既然你有这么个想法，又这么痛苦，我这里研究院有重要职务空额的机会，需要有医学背景又有能力的人士来担任，我觉得你是最合适的人选。看你愿不愿意来出任研究院院长的职务？"

甘隆说：

"你突然提出这个问题，那我得好好想一下，这就是你请我来聊天的主要目的吧？"

陈辉说：

"是的，我诚挚地希望你能接受这个offer。如果招聘不到能力出众的管理者，研究院很可能要被废弃。研究院院长职务将是一个很好的舞台，足够你在医学领域施展拳脚，我们这个研究院在这五年来的发展很迅速，经济体量已经比整个天辰医院的体量都要大好几倍，如果你愿意来当研究院院长，不但给足你发展的空间，也将给你足够的社会地位。"

甘隆说：

"这件事太重大，你给我一周的时间思考一下！"

陈辉说：

"好！一周后我们再在这里商量定夺！"

甘隆就陈辉的提议，找余辰商量，两人来到一家茶室里聊天。甘隆向余辰介绍了陈辉的提议，可是遭到了余辰的反对。余辰说：

"甘隆，你疯了吗？你当心外科大夫是吃了多少苦、受了多少罪，才成长为一个成熟而学有专长的心脏外科医生，况且你现在在肺血管外科领域独步天下，干得风生水起，你现在这么撤出，不是将一辈子的心血都浪费了吗？"

甘隆说：

"余辰，我的余大教授，你说得没错！只是我发现肺血管外科已经到了一个瓶颈的状态，肺动脉栓塞对我来说已经没有挑战性，而肺动脉肉瘤才是最大的挑战，我就是想把肺动脉肉瘤这个难关攻下来，这也是乔婕的梦想，这是乔婕和我的共同梦想，一定要把肺动脉肉瘤攻克下来，实现乔婕生前的愿望，这也是乔婕生前和我的约定。"

余辰说：

"天辰医院上上下下都知道，你和李继成的关系不好，自他当了院长以后他经常为难你，你要走是因为这个原因吧？"

原来，在近三年之中，甘隆的业务方面进步很快，捷报频传！他以这些年来在肺血管外科领域的临床、科研及论文申报科技奖励，屡有斩获，获得了国家科技进步二等奖一项，华厦科技进步一等奖一项，教育部科技进步一等奖一项，发表SCI论文二十余篇。

另外，国内一些医学院校的心外科在甘隆的带动下，也逐渐开展肺血管外科，大多数能开展肺动脉急性栓塞的外科治疗、肺动脉慢性栓塞的外科治疗，甘隆和这些医院的大夫在一起组织成立了肺血管外科协会，他被选举担任了第一任主席。在国际上，他成为国际慢性肺栓塞协会的理事，同时还入选为美国AATS协会的正式会员，并被接纳成为法国外科院学院的院士。

甘隆在肺血管外科学方面的成功，自然而然地就引起了很多同行的忌恨，就有人想办法要对付他！这个时候，在天辰医院内部就开始有人猜测甘隆有实力申报国家工程院和科学院院士，甘隆听到这些传言开始不以为意，他知道，他前面还有很长的路要走，才能取得成功。但是，后来他开始琢磨出这些传言的意味了，因为天辰医院的确有人想申报院士，但不是甘隆自己，而是新上任为院长的李继成，那么这些传言肯定会引来新任院长对于甘隆的忌恨。

果然李继成有一次专门找到甘隆，对他说：

"每个医院申报院士只有一个名额，我知道你有实力申报院士，你这是要与我形成竞争，那我就对你不客气了，我也不明着要赶你走，就让你难受，逼着你走！"

甘隆说：

"李院长，我压根就没有想要申报院士的想法，我志不在此，我只想干好我的工作，把心脏和肺血管外科的工作干好。我已经这样与世无争了，你不至于还要对我赶尽杀绝吧？"

李继成说：

"算你识相，你要是想阻我的道，我一定不会饶过你的！"

甘隆说：

"李院长，你用不着这样气急败坏的，我铁定不会申报院士！"

李继成说：

"好，我记住你说的话了，你去忙吧。"

这件事在天辰医院的职工中间传播非常广泛，余辰作为幕上神经肿瘤学科的学科带头人，他自然知道这当中的细节。天辰医院现任院长李继成对甘隆如此嫉恨，使余辰在心里为甘隆十分担心，以李继成的小人性格，余辰推测甘隆必定会继续受到李继成的不断打压。这是余辰对甘隆的处境和心理的分析，所以说出了上面这一番话来。

甘隆回答余辰的揣测说：

"不能说没有这个因素，但是乔婕在生前对我委托的重要事情，我是一定要帮她办的，这才是最主要的因素。"

余辰有些不相信甘隆的话，说道：

"甘隆，这种事在学术界也不在少数，就说你们心外科界的古院士吧，他担心沈教授威胁他的地位，就硬生生地把沈教授赶走了，所以你也不要在我面前推搪，我知道你心里有苦说不出。可是在职场上有这么一条潜规则，上位者永远在提防下位者，明白这一条后，你就会豁然开朗的。"

甘隆说：

"谈不上什么打压不打压的，我只要把我的手术做好了，就没有人能打压得了我的！余辰，你是我从小到大的好友，又为我做过开颅手术，我没有必要在你面前掩盖心迹！我的确是想完成乔婕的肿瘤项目，才愿意接受陈辉的邀约。"

余辰说：

"你在天辰医院也能研究肺动脉肉瘤呀，为什么一定要把这么多年的外科手术技术荒废了呢？"

甘隆说：

"我走出这一步，也就是想跳出唯手术论的这个怪圈，我已经深切地明白，很多问题不能仅仅依靠手术刀子来解决，要通过更加智慧的方法，发明出更加高级的治疗手段来解决问题。"

余辰说：

"甘隆，你说得不是没有道理，但我还是理解不了你的选择。我知道，这是因为乔婕的去世对你的打击很大，你的心理阴影面积还真不小，你做出这样的选择，说明你是为情所困。"

甘隆说：

"你说得还真有几分道理，我的思想改变就是因为乔婕的不幸而起的。"

余辰说：

"甘隆，其实你真的不必因为乔婕的离世而这么自责，这么折磨自己。你自己都知道，即使到了一万年之后，医学无论多么发达，医生无论多么敬业，依然无法摆脱一个命定的结局，那就是永远也无法战胜死神，衰老和死亡是生命必然的最后结局。想通了这一点，你就更不应该纠结了！"

甘隆说：

"余辰，你说得十分在理，但是，我永远忘不了乔婕在最后的时刻，她那痛苦的表情，真让我心痛，我为她做了三次手术，最终也没有能挽回她的生命，这是我永远无法释怀的事情。"

余辰说：

"你的心情我能够理解，要说，我也为乔婕的脑转移做了两次开颅手术，我也应该自责，医生要是这样不能自我排解的话，这医生的职业就没有人能干得长了。再说，你说心外科医生是多么拉风的职业，多么高大上而令人羡慕，你却要舍弃这个职业？"

甘隆说：

"当初你我选择神经外科和心外科医生作为职业，就是因为它们都是最拉风的医学专业，最危险而又显身手从而获得世人的赞颂，都是医学之明珠，都是武林之绝学，是你我最神迷的梦想，最能够爽切痛快地治病救人。但现在当了这么多年的外科医生，我想通了，所谓武林绝学最终只是个人技巧、才干的表演，有很大的局限性，对于很多疾病是无能为力的，就像我可以成功地通过手术治愈慢性血栓栓塞性肺动脉高压这一世界级顽症，但到现在，对于肺动脉肉瘤却仍有力不从心的感觉，因为手术治疗基本上难以改善其预后。

"这种挫败感总让我深刻地反思，对于肺动脉肉瘤的治疗，我是不是走错了方向？特别是乔婕离世后，这个问题更是令我困扰，我发誓，要让乔婕受过的痛苦不再在人间上演。现在在医学领域，仍然有很多

786

类似于肺动脉肉瘤一样的顽疾，我现在去研究院工作，一样能通过研究研发出更多、更新、更强大的医学治疗手段，这样就能救治更多的病人。"

余辰说：

"甘隆，你说得对，这些年，作为神经外科医生，我也对这个职业作了不少深刻的反思。我同意你的观点，外科是治疗疾病的一个方法，不是我们外科医生个人英雄主义逞能式的炫技手段，更不是外科医生存在的目的。你和我都已到了五十多岁，该闯的难关已经闯过了，该挑战的高难手术都已经挑战赢了，现在已经不是炫技的年龄，不能再为了赢得艳羡的目光而去冲顶难度极大却并不一定是对病人最为有利的手术，是该作更多更深层次的思考了。"

甘隆说：

"是的，余辰，你能这么说，说明你已经开悟了。我在肺动脉肉瘤领域的顿足不前，或者在一定意义上来说就是失败吧，这是因为你、我，还有医学界治疗的疾病越来越重、越来越难，单靠一个医生单兵作战的进攻方式已经过时，那种靠一个工匠式的医师拟定一个治疗方案就可以挽救重症病人的年代已经一去不复返了。我们必须建立起一个更强大更完善的系统，来向更加可怕的疾病进行集团式作战，在这个系统内，只有每个部分非常默契地配合，才能取得更加有效的治疗效果。

"巨乔医学孵化研究院看起来是资本逐利的产物，但这种创新梦工场式的研究院是符合时代潮流的，是有益于医学创新的，是可以更好、更快地创造出更多、更为强大的治疗手段，我相信，这个令我产生挫折感的肺动脉肉瘤也必将受益于其中。"

余辰说：

"甘隆，你说得非常在理，只是我更关心的是，如果你去研究院任职，那你的心脏与肺血管外科中心怎么办？你忍心看它就这么垮下去吗？"

甘隆说：

"心脏与肺血管外科中心不会垮的！这些年来，我一直注意中心的医师队伍人才梯队的建设。中心共有医生十二人，自我以下李伟、张加成是年资高的两位大夫，特别是李伟已经是主任医师了，我培养他好多年了，心脏和肺血管外科的常规手术和急重症手术他现在都能拿下来，也就是说他能独当一面了，我将向医院推荐他来接任中心主任的职务。"

余辰说：

"这么说来，你是早就有这个打算，早早地做出了人才培养，做好了人事安排，为你今天的转行做好了准备？"

甘隆说：

"你说得也算对！"

余辰说：

"你对乔婕用情如此之深，令我非常感动，说明你是一个有情有义的男人，而且，你去研究院任职，实际上仍然是在从事医学工作，仍然是与疾病斗争，也是从一个外科医生向医学家的转型，从一个精专的医生向大医的升华。你今天说服了我，我支持你的选择！"

此后不久，甘隆向陈辉表达了接受邀请的意向，在经过巨乔资本总部对甘隆的考察后，甘隆和陈辉一起去参加了巨乔资本董事会。董事会成员在听了甘隆的任职思路报告后，一致同意正式聘任甘隆为巨乔医学孵化研究院院长，同时还任命甘隆兼任肿瘤项目部部长、心脏项目部部长及肺血管项目部部长。甘隆要抓的第一个项目，就是把乔婕的CRISPR/Cas9改良杀伤细胞治疗肿瘤的研究项目完成，以实现乔婕生前的夙愿。

在甘隆接任院长后，他将精力都放在工作当中，巨乔医学孵化研究院在几年之间成为一个创业梦工厂，又孵化出十几个新型的医药、医械企业。乔婕的CRISPR/Cas9改良杀伤细胞治疗肿瘤的研究项目也进展顺利，已经进入临床试验阶段。

在随后的几年里，李继成数次动用行政资源申报两院院士，但是都归于失败。五年之后，他因为严重违法违纪行为而被检察机关带走，最终被判了十五年有期徒刑。

锦梅此后仍然在天辰医院心内科工作，成为天辰医院心内科行政副主任。余辰仍然在天辰医院神经外科工作，成为天辰医院神经外科大科主任。陈辉在乔婕离世两年后重新组成了新的家庭，他领导一批资深职业投资人和全球顶尖的科学顾问团队，使巨乔资本一路攻城略地，总资本超过一千亿元，完成了一百四十余家生物医药领域优秀企业的投资，涉及境外新药和新型医械引进、医疗器械研发、新药创制、体外诊断和精准医疗和医疗服务五大方向，取得了丰厚的投资回报，其中二十多家企业已经登陆美国纳斯达克交易所、港交所和科创板等资本市场。

需要特别强调的是，巨乔资本旗下的一个创新药业公司推出国产PD-1单抗新药，通过了国家药监局的批准，进入国内肿瘤治疗市场，并且也通过了东南亚国家的药监部门的验证，成功地登陆东南亚十国的医疗市场。

同时，巨乔资本旗下的企业，在巨乔医学孵化研究院的助力和赋能下，创新性地设计、生产了五十多种新型医疗器械投入量产，这当中包括最新型的心血管外科领域用到的可降解冠状动脉支架、轴流泵人工心脏、经皮主动脉瓣和二尖瓣置换装置，极大地提升了这些疾病的治疗效果，简化了手术操作，为病人带来了福音。

这些新型医疗器械的批量涌现，正是体现了国内现代医学创新浪潮不断高涨的一个侧面，一个蓬勃发展的生动画面。这种局面的产生是与甘隆以其才学对于巨乔医学研究院的付出分不开的，也正因为甘隆所取得的成绩，在甘隆临近退休的年龄，陈辉及巨乔资本董事会决定再聘任甘隆一个五年任期。

图书在版编目（CIP）数据

补心／麾下著 . -- 北京：作家出版社，2024. 9
ISBN 978-7-5212-3045-1

Ⅰ. I247.5

中国国家版本馆CIP数据核字第2024EG1219号

补　心

作　　者：麾　下
责任编辑：宋辰辰
装帧设计：老　左
封面题字：老　左
出版发行：作家出版社有限公司
社　　址：北京农展馆南里10号　　邮　　编：100125
电话传真：86-10-65067186（发行中心）
　　　　　86-10-65004079（总编室）
E-mail:zuojia@zuojia.net.cn
http://www.zuojiachubanshe.com
印　　刷：唐山嘉德印刷有限公司
成品尺寸：152×230
字　　数：706千
印　　张：50.75
版　　次：2024年9月第1版
印　　次：2024年9月第1次印刷
ISBN　978-7-5212-3045-1
定　　价：128. 00元（全二册）